中国作家协会
2010年重点扶持作品

愚 石 ◎ 著

山东文艺出版社

图书在版编目（CIP）数据

乡志 / 愚石著. —济南：山东文艺出版社，2012.8
ISBN 978-7-5329-3554-3

Ⅰ.①乡… Ⅱ.①愚… Ⅲ.①长篇小说—中国—当代 Ⅳ.①I247.5

中国版本图书馆CIP数据核字（2012）第188883号

乡志
XIANGZHI
愚　石　著

主管单位	山东出版传媒股份有限公司
出版发行	山东文艺出版社
社　　址	山东省济南市英雄山路189号
邮　　编	250002
网　　址	www.sdwypress.com
读者服务	0531-82098776（总编室）
	0531-82098775（市场营销部）
电子邮箱	sdwy@sdpress.com.cn
印　　刷	山东新华印务有限公司
开　　本	710毫米×1000毫米　1/16
印　　张	23.25　插页/2
字　　数	356千
版　　次	2012年8月第1版
印　　次	2021年1月第2次印刷
书　　号	ISBN 978-7-5329-3554-3
定　　价	48.00元

版权专有，侵权必究。如有图书质量问题，请与出版社联系调换。

题　记

　　公元2007年是农历丁亥年。有诗曰：太岁丁亥年，高低尽得通。吴越桑麻好，秦淮豆麦丰。三冬雨水多，九夏禾无踪。桑叶前后贵，簇畔不施工。卜曰：夏种逢秋渴，秋得八分成。人民多疟瘴，六畜尽遭迍。

　　这一年，黄帝故里拜祖大典在河南新郑姓氏广场隆重举行。

　　这一年，县乡村三级同时换届，百姓称之为换届年。

　　这一年，在仙鹤乡，有这样的人和事，被记入鲁中南农村的断代史。

目　录

正月 …………………………………………………………………… 1
杏月 …………………………………………………………………… 40
桃月 …………………………………………………………………… 69
梅月 …………………………………………………………………… 97
榴月 …………………………………………………………………… 136
荷月 …………………………………………………………………… 167
兰月 …………………………………………………………………… 204
桂月 …………………………………………………………………… 234
菊月 …………………………………………………………………… 258
露月 …………………………………………………………………… 298
葭月 …………………………………………………………………… 323
腊月 …………………………………………………………………… 365

正　月

1

一大早，村支部书记柳恒稳家里两扇高大的铁门上就糊上了两条白纸，大门的一侧挂出了纸嘟噜，再加上空气中弥散着的草纸烧过的味道，让书记老母亲样板老太在大年初一就驾鹤西游的消息迅速传遍了大街小巷，成了全村老少见面后打招呼的第一个问题，"书记的娘死了，知道不？""书记的娘，样板老太？"然后脸上便露出将信将疑或是莫名其妙的笑容，如草纸的味道，醉人且暧昧。

样板老太病了好长时间，村里人早就知道。看着她整天闭着眼睛，只有游丝般的呼吸，骨瘦如柴，早已经没有了往昔的精神模样，无论街坊邻居还是家里人，都以为她撑不过春节。但柳恒稳心里清楚，母亲一定会坚持住的。过了春节母亲就是八十五岁了，她以前多次说，她一定要活到八十五岁再走。她在等着这个时间，或者说是这个时间早在前面等着她。样板老太一辈子不信命，她信"与天斗与地斗与人斗其乐无穷"，信毛主席说的任何一句话，她信电视上天天说的党的路线方针政策。样板老太对亲戚邻人家长里短的不在意，却十分在意电视上中央领导同志的活动，谁去了哪儿，做了些什么。只是近两年她的记忆力明显不行了，头一天看的新闻第二天就记不起讲的是什么了。直到八十岁之前，她都可以背出中央电视台前三条重要新闻的全部内容，八十岁之后则是一天不如一天。但样板老太就是样板老太，她宁愿承认自己老了，就是不信命。百姓中间有句俗话，七十三八十四，阎王不叫自己去。孔孟两位圣人一个活到七十三一个活到八十四，这是人的大限。可样板老太偏偏不信这个邪，她说她一定要活到八十五岁。她说她一辈子大字不识一个，却能背过那么多圣贤书，她是圣贤弟子，理应活得长些。也正因为会背那么多的文章，样板老太从年轻时，就被村里公认为除了私塾先生、小学老师之外最有文化的女人。这也让样板老太成了村里年长一些的女人中唯一用"我"代替"俺"说话的人。样板老太经常开玩笑说："'俺'听着土气，'我'才有文化。""那你写个'我'字看看。"有人反驳。样板老太无言，有些难堪，于是回来后让儿子教她写"我"字。七扭八扭终于学会，天天操练，最后一个"我"字竟形成了样板老太独有的特色。以至于后来，样板老太如所有当家的男人一般，一定要亲自签家里所有的合同书、意见书。一个大大的"我"字便让所有人明白，"我"就是样板老太。

快到半夜十二点的时候，柳恒稳让老婆邵秋之如往年一样，做好了年夜饭，下了水饺，把碗端到母亲床头，小声地说着："娘，过年了，起来吃点东西吧。"

样板老太奇迹般地睁开了已经闭上二十多天的眼，喘着粗气，说："扶我起来，给我换上衣服，我吃五更饭（俗语，即年夜饭）。"

儿媳邵秋之今天专门包了一碗小水饺。水饺小巧，如大个的花生般大小，并且都捏上了花。馅儿也是样板老太最爱吃的韭菜肉，香气扑鼻，没出锅，空气中就已弥漫着鲜嫩的韭菜味。柳恒稳两口子一个扶着样板老太，一个用瓷勺喂样板老太，小心翼翼，老太太竟然一口气吃下了七个。

外面的鞭炮声渐次响起，忽高忽低，忽远忽近，刺破天空的烟花瞬间亮起，又瞬间消失。淡淡的火药味和着年夜饭的香气，以及高低不同的吆喝声，在空中四处蔓延。"我还想刷刷牙。"老太太吃完水饺，用游丝般的声音说。柳恒稳亲自去端来牙缸，兑好水，试了试水温，在牙刷上挤上了一点点牙膏。做这些事的时候，柳恒稳几乎是怀着一种崇敬的心情。柳恒稳知道，母亲四十岁以后，就开始学着上级到村里挂职包村的干部，用牙刷牙膏刷牙。母亲常说的一句话是"城里人的牙是刷白的"。对这句话，城里包村的干部们哈哈一笑，村里人却是信以为真。后来，大部分和母亲年龄相仿的媳妇姑娘们，也都开始学着城里人的模样，每天一早一晚地刷牙。有些人甚至专门到大街上刷，以显出自己与其他农村人的不同来。

样板老太吐漱口水的声音已经没有了以往的响亮。以前的响声在柳恒稳看来，有些夸张，牙刷与牙缸的碰撞声，与母亲的性格一样，有些略显故意的张扬。今天的样板老太，把牙刷放在牙缸里，呆呆地看了好长时间，最后长长地叹了口气："好了，你们都出去，我要和恒稳说几句话。"娘从什么时候开始叫他"恒稳"的，柳恒稳已经记不起来了。除了对几个女儿常常叫闺女之外，样板老太对几个儿子一直以大号相称，她常说："大号就是人长大了的名号，小看不得。男人的大名是一座牌坊，立得住立不住，全看男人走什么样的道。女人的大号是一阵风，叫叫就过去了。在娘家没人喊大名，在婆家就更没人喊了。起了这样的名字只是摆设，白起。"

"娘，啥事？"柳恒稳拉住母亲的手，问。

"去把我箱子里的小木盒子拿来。"样板老太所说的箱子是她的嫁妆，用了一辈子，大红枣木的，漆虽然剥落，却依然非常结实。

样板老太让柳恒稳把木盒打开，然后颤抖着从里面拿起一只玉镯，仔细端详着："这木盒子里，全是我背过的主席语录，都随我一起埋了吧。只是这玉镯，是村东头地主孙连金的老婆送给我的。那女人有个很好听的名字，叫苏宛如，琴棋书画没有一样不会的，针线活也比我的好上十倍几十倍，唱的戏文也好听，张生崔莺莺的那一段，叫什么来着，能把娘唱得流泪。她越好，娘心里越不好受，越想超过她。娘这一辈子就比着她，凡事儿都得强她一头。"

样板老太习惯把"毛主席"简说成"主席"，她说这样亲切，并且每次说"主席"两个字的时候，语气里满是骄傲。只是今天，她即使说"主席"的时候，也似乎没有了多少的力气，说话的声音越来越轻："'文革'开始的时候，她来求我，让我多替她说些好话。她是资本家的女儿，再加上地主的老婆，她害怕这种出身会让她丢性命。她送给我这只手镯，我本想推辞，可偏偏那么喜欢，就收下了。这也成了我的一块儿心病。收下她的手镯，让我觉得自己比她上等，娘心里虚着呢。"样板老太再次停顿下来，好长时间，她又说："现在我要走了，不能带着别人的东西上路。几十年来我把这手镯和主席语录放一块儿，就够反动了，不能再带着另一块污点去见马克思。手镯呢，还给孙连金的儿子，也算是物归原主。不过想想那个女人，也真是让人看着就喜欢，风一刮就吹倒的样子，总让人心疼。她还经常为一片叶子落下来掉泪，为被雨淋湿的小鸟流泪，也不知道她脑子里到底在想什么。如果不是因为她成分不好，娘会和她成为好姊妹的。"

柳恒稳紧紧抓住样板老太的手，感觉她的体温越来越低，手指几乎感觉不到一丝的温热。样板老太又说："还有，恒稳，你是一家之长，我走了，你要带好兄弟姐妹，要和娘一样，有个比着的，这样活着才有心劲儿。苏宛如比我早走几年，后来娘就觉得没有了多少活头，活得没有了心劲儿。要不是有个八十五的大限，娘活不了这么长。现在好了，娘没有什么记挂了，娘也要走了。恒稳，上了西天还划不划成分啊？如果划，娘还想当贫农。你一定记住，给我陪葬的东西，一定不能太多。"

柳恒稳不知该说些什么，他只感觉母亲干枯的手越来越凉，这凉似乎浸到了自己的心脏。

"我该走了，把我抬到堂屋里去吧。"样板老太轻闭上眼，一脸的安详。

柳恒稳招呼三个兄弟，慢慢地将母亲移到客厅，那里早就准备了一领新箔。这几年种高粱的人少了，买箔也很难了，这领箔花了六十多块钱呢。

把老人放平，其他办丧事用的东西早已经准备停当，包括嘴里含着的衔口钱。这种代表一个人死亡之后富裕与否的标志物，早就被柳恒稳放在随手可取的口袋里。以前人们普遍用的是铜钱，但现在铜钱越来越难找，便开始流行在五分硬币上打个洞充当。也有人用一元钱的硬币，但打洞的难度相对大些。人死且死了，一元钱和五分钱又有多大差别？但柳恒稳在乎，他准备了两枚一元钱硬币，两枚硬币在柳恒稳口袋里已经装了好几个月了。柳恒稳把两枚钱拿出来，仔细地用红色的线绳穿起，一枚含在母亲嘴里，一枚系在母亲上衣的第二个扣眼上。柳恒稳慢慢地坐下去，坐在母亲身边，拉着她的手。他感觉到母亲的体温一点一点地消逝，心疼也随之加深，越来越疼。为缓解心里的疼，柳恒稳一只手捂住心脏位置，另一只手四处拉平母亲的寿衣。从母亲六十岁开始，柳恒稳就让老婆弟媳们开始为她准备寿衣了。民间有个风俗，越早准备寿衣，老人的阳寿就会越长。也正是从那年开始，柳恒稳每隔两年，都要买上一套新表新里新棉花，重新为母亲做一身，准备老人走的时候一并穿走，想想已经有七八身了。今年的这身是最近才做的，布料上还有折叠的痕迹，衣缝间还有棉花清新的味道。能够让母亲温暖地离开这个世界，对柳恒稳而言多少也是一种安慰。想到这里，柳恒稳的肩膀开始抖动，眼泪不可抑制地流了出来。

样板老太病了很长时间，家里所有人对老人的离去，都有了充分的思想准备。但事到临头，却还是控制不住心里的悲伤，兄弟几个都哭出声来，几个儿媳坐在旁边抹眼泪。看到兄弟几个号啕大哭的样子，几个儿媳终于大声哭起"娘啊俺的亲娘"，嘹亮的音调明显多了些喊的成分。自古有句俗语，隔一层差一皮，真的一点不错。几个孙子孙女似乎并没有太多的情感变化，一脸的肃穆之外，并看不出太多的哀伤。

样板老太的呼吸渐渐变成虚无，终于再也没有了鼻息。柳恒稳心安于母亲走得安详而没有痛苦，她是老死的，到最后都没查出什么大毛病，只是各个生命器官的衰竭，让她走到了生命的尽头。

一家人的哭声被淹没在远远近近的鞭炮声里。这样的除夕，这样的春节，忽然让柳恒稳心里有一种说不出的味道，悲凉，而又无奈。别人在欢声笑语中辞旧迎新，除去了一年的晦气，一年的不顺，而他呢，却在这样的时候失去了最亲最近的人。一丧三年坎，自己已是快六十岁的人了，到了经不起折腾的年纪，三年的晦气会给自己带来多少的不顺？柳恒稳不知道。俗话说，"一顺百顺，一难九难"，但不管怎样，日子还是要过，兵来将挡，水来土掩，世上从来就没有过不去的火焰山。况且，他是族里的长者，是村里的支部书记，还能有多少自己不能应对的难事呢？

柳恒稳让老婆把灶里原本燃着的火熄灭，这样的年夜饭，已经不能再吃了。农村有个普遍的忌讳，只要死了人，在火化之前，任何亲人是不能吃饭的，否则死去人的疾病就会通过饭食传到吃饭人的身上。所以在火化之前，总有一碗满满的酒，喷到死者身上，避邪，祛病，盛酒的碗也要越过自家屋脊抛得远远的，似乎要把所有的疾病、不顺、晦气全部抛掉。

村里有个传统，人们吃过年夜饭就要互相串串门，尤其是辈分小的要到长辈家里去拜年，磕几个响头，说几句过年的话。所以那些原本想到书记家里拜年的人，进门以后才发现，书记家老太太已经去了，不能再拜年了，想好的拜年词在肚子里打着结，脸上堆积着的笑容瞬间变成了哭丧着脸的吊唁，让人心里很不舒服。走出门一边骂着"操，晦气"，一边在转瞬间变换脸色，然后谈笑风生地到下一家拜年。"你知道烧香摆供先摆哪儿后摆哪儿？烧香先烧哪儿？我告诉你，先是天井里的香台子，然后是祖宗牌位，第三是灶君爷，第四是门神，第五是保家客。你知道灶君爷为什么只要一炷香？因为那炷香是一根烧火棍。灶王爷的供为什么是全的？因为所有的菜都要经过他的眼，所以每个菜都得让他尝尝，这就叫要想从此过，留下买路钱，和现在的人一个样。"街道上三三两两的人交流着春节自古以来的一些风俗习惯，不管自己说的是对是错，也不知是从哪儿听来的。"还有，这大年初一碰见死人是好事，出门看见发丧的，这是大喜呢，做生意的更讲究这些。"

但在这些拜年的人中间，尤其是那些自家有老人的，心里不免要嘀咕，下一个走的老人应该是谁家的。多少年了，村子里一直有一个规律，单年走单，双年走双，并且绝不少于十个。2007年是单数，死去的老人自然是单数了。只是没人想到，打头的竟然是样板老太。这个好强了一辈子的女人，死也要在这一年里拔头，走在大年初一。

这个村子叫仙鹤村，是阳山市最大的行政村，人口在四千人以上。这个村子出名不仅仅因为它的人数为全市最多，还在于它曾经在历史上的红极一时。这里曾经是省委书记的联系点，是全省斗改批的样板和典型，唱语录歌，跳忠字舞，是村里所有人的拿手好戏。并且直到现在，还有许多人酒后放歌，一边缅怀历史的荣光，一边跳着忠字舞歌唱新时代的进步。忠字歌的曲调在仙鹤村成了一种历史传承，男女老少都能配上自己的词唱上几首。忠字舞则更是被年轻人加入现代舞的成分，有人还配上踢踏的乐曲，把传统忠字舞跳得不伦不类。老人们看不惯，便时不时地说着世道变了之类的话。但有些事是永远也变不了的，比如，那个时候建设的忠字礼堂，直到现在还完好无损地矗立在那儿，成为村里开会聚集的重要场所，也是一段光荣历史的最好证明。许多人常常流连在礼堂前后，回想着当时热火朝天的战斗场面，从全省调来的建设物资，从全县调来的建筑工人、汽车、马车、手推车，如流水一样来来往往，建成了这座能容纳三千人的大礼堂。省委书记说，那是当时全省最大的礼堂。由此仙鹤大队也成了全省的典型，到村子里学习的人络绎不绝，最多时一天可达两万多人。为了出行方便，省里出资为村子修好了通往县城的道路，这条路的质量极好，直到现在仍然平整如镜，畅通无阻。

天渐渐亮了，村书记柳恒稳叫过儿子柳方鹤："马上到红白理事会大总理颜景观家里去一趟，告诉他你奶奶在今天子时走了，让理事会过来议事。"

柳方鹤刚要出门，又被柳恒稳叫住。柳恒稳特意叮嘱儿子："记住，去了之后，要先磕头，再说事。"

改革开放以后，村里为了破除封建迷信，开始实行火葬，成立了专门的红白理事会。在此之前，都是村里出面，主持各种形式的婚丧嫁娶。每到这种时候，柳恒稳俨然成了所有人的主心骨，里里外外地忙。成立红白理事会也算是放权吧，也应该是村民自治的内容。当初挑选颜景观做大总理，还是柳恒稳的提议，因为村里的三大姓柳、颜、孙，无论从威望、族风以及考上大学的、在外面混事的人，都是颜姓人居多。这与颜氏家庭的门风有关，也与仙鹤村的历史有关。

柳方鹤回来说，颜景观和他族里的几个老人，正在家庙里祭奠呢，拜完了祖宗就过来。年初一祭祖是颜家的风俗，雷打不动。颜氏家庙是一座兴建于元代的建筑，因为二梁不在大梁上的独特建筑风格而闻名于世，历朝历代尊儒的传统更使颜姓人平添了无数的荣耀和尊崇。而同时期兴建的颜林，也同样享受着普通百姓充满羡慕的"宁入颜家林不入自家坟"的特殊地位，入了颜林就可以免除所有的徭役赋税，这是元代以后一直世袭的规矩。

大约一个小时之后，颜景观才叫了理事会的其他几个人，踱着方步走进柳恒稳家里。看见他们进来，柳恒稳最先跪下去。家有丧事矮三辈，见了谁都要磕头的，这是规矩，不管自己是多大的官，不管别人是多小的辈，见了成年的男子就要跪，不这样做就要被街坊邻居笑话。对女人则不需要这样的礼节，即使来吊唁的女人，也只是由女人们陪着哭几声即可。村里还有一个风俗，孝子孝孙们从家里老人去世的那天起，就不能沾床，不能坐凳子，只能跪在或者坐在地上。只是这几年有些礼节好多人都不太讲究了，无论事主还是外人，都对孝眷们更多了些理解和宽容。谁家都有老人，谁都可能有做不到的地方，互相迁就着点，总没有多少坏处。

但大总理颜景观对这些礼仪却丝毫不敢马虎。颜景观向来是极讲究的一个人，无论衣食住行，还是为人处世，都非常讲究祖制和传统，也便不自觉地要求任何人都不能乱了祖上传下来的规矩。颜景观经常挂在嘴边的一句话就是，"这是规矩，任何人都不能乱了的"。只是太多的规矩已经很少有人愿意遵守了，尤其是这些丧事上的礼仪，许多人并不太懂，便由他全权处理，一手操办。这几年颜景观一直想找一个合适的人能继承他的衣钵，能把他所知道的这些礼节都传下去，但现在的年轻人，没有几个愿意学。儿子颜世道是一个合适的人，头脑清楚，能说会道。但小时得了小儿麻痹症，走路一瘸一拐的，办喜事丧事都不合适。前几年他一直想在自己的家族内部找一个晚辈手把手地教，不知是自己选人太挑剔还是现在的孩子确实不成器，一千多人的家族竟没有一个合适的人选。这两年颜景观开始从柳姓家族里找，去年发现一个年轻后生叫柳昭潜的，那是柳方在家的孩子，聪明伶俐，小伙子长得也周正，人品又好，可人家对这个不感兴趣，说自己没有这个能耐。那天颜景观听到"能耐"这个词，心里动了一下，现在的年轻人能认为这个是"能耐"的就不多，都把这些程式当做繁文缛节不予理睬。"能耐"这个词让颜景观心动，所以他更想把自己几十年的积累教给他。可那孩子就是不学，颜景观让好多人去做工作，他就是不肯，他情愿自己走街串巷地收粮食，也不愿意跟他学这个。这可是一辈子不愁吃不愁喝的好差事，这孩子竟不知个好歹，也算是他与自己无缘，颜景观经常为此惋惜。找一个合适的人继承他的衣钵，长期以来成了压在颜景观心头的一件大事。

"大兄弟，一定节哀，你也是一大把年纪的人了。老人家八十五岁，是人的大限，孔夫子也没有活到这个岁数。你们做儿女的，该尽的孝尽了，该尽的心也尽了，没有留下遗憾。老人一辈子修身积德，又修了个四世同堂，儿孙满堂，并且个个争气，老人家没有遗憾，按风俗应该算是喜丧。老人家风光一世，走的时辰也好，给你留下了不光是一天的饭食，还留下了全年的财路。"颜景观这样说，是因为农村常常根据人走的时辰判定后人是不是有钱，走得越早说明留下的钱越多，走得晚的都说是坑人鬼，要吃完家里的最后一顿饭才走。

柳恒稳摇了摇头。如果真的如颜景观所说，他倒是能安心一些。但按照自己的理解，应是母亲吃光了一年的饭才走的，连最后的年夜饭都没有留下。真是这样的话，母亲从年头吃到了年尾，这是不是柳家即将败落的征兆呢？管他呢，人各有命，任何事都不是强求的。柳恒稳从里屋的柜子里拿出一袋上好的茶叶，抓了一大把泡上。那是他春节前专门到城里买的，原想用来招待客人用。柳恒稳家因为族门比较大，每年春节后要有二三十家的亲戚必须走动，烟酒自然用得特别多。今年老人的去世，省了亲戚的走动，也省了待客的酒菜。柳恒稳让老婆涮了涮茶碗，亲自把壶倒上一杯茶。柳恒稳倒的茶很浅，只有七分。倒酒倒满，倒茶倒浅，这符合颜景观常说的规矩。

柳恒稳毕恭毕敬地把茶端到颜景观的跟前："大哥，喝茶。"

按街坊，柳恒稳和颜景观是同辈。在红白喜事的礼仪上，颜景观比柳恒稳知道得多多了。在这些事上，柳恒稳向来不与颜景观争高下，但在其他一些事上，比如在村子里的影响力，两人暗地里是一对竞争的对手。柳恒稳向来把自己和颜景观看做是忠字礼堂前的两棵大杨树，都是铆足了劲儿地长，地下争养分，地上争阳光，谁都不输谁，又都是因为对方的存在感受到自己的挺拔。所以他在处理和颜景观关系上，遵循的也是自然法则，表面上两人好得如同一个人，两家的重要客人都要让对方来陪，但在心里，却是谁都不服谁的气。按说在村级事务上，颜景观是没有发言权的，因为他没有村里的任何职务。但因为他是颜氏的族长，对村里的大事小情都有着较大的影响能力，所以柳恒稳不得不有些忌惮，对他高看几眼，多敬几分。柳恒稳想起娘说的要有个比着的，颜景观算不算呢？从某种意义上讲他算得上，但更多时候，他算不得自己最理想的竞争对手，因为颜景观对村里的事向来不关心，也没有多少治村治人的道道。

柳恒稳在地板上坐下去，他似乎看见母亲的遮面纸动了一下，仔细一看，竟还是原来的模样，心里的痛不觉间拧成了一个麻花。他在想，还有什么让娘走得这样不安心呢？

颜景观很受用柳恒稳端上来的第一杯茶，这不是一般的茶，而是一杯代表尊敬和地位的茶。这第一杯，没有人敢用，除了他颜景观，所以他品茶的模样便有了几分陶醉和满足。再就是从柳恒稳倒茶的深浅度上，说明他还是知道茶七饭八酒十一这些最基本的待客之道的。想到这些的时候，颜景观感觉自己有些小看柳恒稳。几十年的村干部，这些事多少是懂的。这么多年来，柳恒稳为村子里做了许多事，颜景观打心眼里佩服。但这些敬佩是不能表现在语言上的，因为自己代表的是一个家族，是一个方面的力量。村里的人，族里的人，或在明处，或在暗处，都在比试着不同的力道。今天这个占些上风，明天那个略微胜出，说白了，这些恩怨是非，只是生活中的趣事罢了，其实并没有多严重的利害冲突，更没有什么原则性问题。一代代的人居住繁衍，一代代的人攀亲附戚，就这样生活着，没什么大不了的。

颜景观为自己的大度和通达快乐着，他轻啜了几口茶，现出很陶醉的样子，刚想夸一句是好茶，感觉有些不妥，赶忙把话咽了回去。他用右手轻抚着花白的胡须，目光内敛，认真盘算着整个丧局。

"这丧事嘛，不能超过一期，这是规矩，你们兄弟四个，不能过七天，我看了黄历，初六是一个黄道吉日。"颜景观的话不容任何怀疑和辩解，他是看了黄历的，谁还能与他争？说来也怪，这么大的一个仙鹤村，竟然只有一个颜景观会看黄历，这多少让人心里有些不平衡。柳恒稳曾经想学，但始终入不了门道。

"至于这倒头信儿嘛，今日主凶，最好等到明天再送。这样也好，也让老太太在家安安静静地过个年。"颜景观眯着眼，右手的拇指和食指动作迟缓地由外向内理着花白的胡须，说话的口气里竟带了些伤感出来，让柳恒稳心里一动。是啊，母亲一辈子都是闲不住的人，任何事都要做到最好，她常说要做到一等一，这就是她为人处世的风格。走就走了，就慢慢上路走个悠闲吧。

"咱们多年的兄弟，我有个事要提醒你这个当书记的，你得先合计合计，是不是要为老太太开个追悼会。多少年村里都没有开过了，老太太和别人不一样，当过市里县里乡里的代表，当过各级的劳模，能够担得起，其他人没有这个资格。不过话说过来，以前村里的普通老百姓不也是要以革委会的名义开追悼会吗？我们的忠字礼堂，多少年没有用过了，那还是老太太提醒省里的领导给咱村建的呢。人走就走了，但也得给老人家留个念想，让她老人家体体面面地用一回忠字礼堂。"

颜景观说完这些，柳恒稳眼里忽然潮润起来。还是颜景观想得周密，总能想到别人的心眼里去，怪不得他当大总理村里所有的红白喜事都能办得风光体面，也真的不愧为颜氏族长。

"如果按我的想法，还可以请一个戏班子，会唱样板戏的那种，为老人唱上几天。婶子一辈子都忘不了样板戏，那是她的命根子，不能丢的。"颜景观不再说老太太，而是专门用了婶子的称谓，显出了他的诚意。说实话，红白喜事的大总理也有一些私心在，无论是谁家的场子，办风光了，大总理也有脸面，办得寒碜了，大总理心里也觉得过意不去，所以他极力地劝说柳恒稳把场面办得大一些。

"这样办有些过头吧？"柳恒稳像是问颜景观，又像是问自己。

好久，颜景观才说："你是村里的书记，你的妹夫又是乡党委副书记，怎么会是过头呢？办得不体面，让外人笑话。如果你是怕花钱，可以从其他方面省一点儿。"

"钱不是问题，我怕造影响。"

颜景观脸上的笑容一闪而过，"发丧就是尽孝，这是规矩，什么叫造影响？什么叫过头？什么叫不过？这事毕竟只是我自己的一点想法，我觉得完全适当。老弟自己再咂摸咂摸，我不能乱做主。"

柳恒稳掏出烟，递给颜景观一支。颜景观把烟纸撕开，把烟丝按进随身带着的烟袋锅里，这是他多少年一直没有改变的习惯，再好的烟也必须按进长烟袋里吸。柳恒稳自己也点上一支，坐在地上，大口大口的烟雾迅速地从他嘴里喷吐出来。柳恒稳下意识地扭过头想看看母亲，忽然发现蒙在母亲脸上的蒙面纸又动了一下。他瞪大眼睛再看，又好像是自己看花了眼，纸上没有了任何动静。

"我得想想。"柳恒稳说。

又有几起吊唁的街坊来，拖着长长的哭腔，很明显是干打雷不下雨的。妯娌几个陪着干哭了几声，互相劝解着起身，然后到里屋说起了家长里短。

九指老太来吊唁的时候，已经是正午时分了。九指老太从来不给人吊唁，仙鹤村人尽皆知。但这次不同，因为九指老太和样板老太是一辈子要好的姊妹，比亲姐妹还亲，知心话说了一辈子。选在正午时分，九指老太也是考虑再三。这个时候是一天中阴气最弱的时候，自己也是快要走黄泉路的人了，不能让阴气伤了身子。九指老太的哭是真哭，泪水虽然稀少，却是滚烫滚烫的。她的哭没有内容，只是喃喃着："怎么会这样呢，怎么走这么早呢，你怎么不管我了呢？"然后就是流泪。但她更多的是想自己比样板老太小两三岁，是不是也快要入土了。入土也好，入土为安。越是这样想，九指老太的泪流得越多。

柳恒稳的老婆邵秋之把九指老太劝了起来，想让她到屋里坐坐，老太太坚持要走。眼看着她颤巍巍地离开，柳恒稳忽然觉得心里堵得慌，也更加可怜起这个命运多舛的孤寡老人。

2

天忽然间就阴了起来。大年初二，应该是候新客（方言念kei）的日子。一大早天上就有了厚厚的云，似乎要下雪的样子，压得人几乎喘不过气来。那些盼着浑身洋溢着新鲜气息的女婿回门的丈母娘们，忽然间就有了些不悦，心里抱怨着、嘴里嘀咕着老天爷怎么会这样。

柳恒声出了大门，本想去地里转转，看着阴沉沉的天，心里嘀咕着，一麦二豆三芝麻，今年豆子的收成肯定不会好。不过这年头，已经很少有人种豆子了，产量低，价钱也低，还不如一年两季的麦子玉米，省事，价格也合适，并且这两年都在涨。刚出门,柳恒声就发现老伙计颜景玉正在和侄子柳方或站在自己的家门口说话,便打了招呼:"你们爷俩过年好啊?大清早的,在这儿胡咧咧么呢?到家里喝一壶啵?"

柳恒声是出了名的铁嘴,村里人都说他的嘴皮硬得和打铁的砧子一样,随便你怎么敲打,都没事。村会计孙维下曾经给柳恒声开玩笑,说:"你可得保护好你的嘴皮子,这可是咱的村宝啊。冬天不能冻着,夏天不能晒着,下雨天更得给你的嘴皮子打好伞,可不能泡木胀喽。等你死了之后,什么都不要留,就把你的两片嘴皮子留下,晒干了挂在墙上,让过路的人都猜猜是什么东西,肯定不会有人猜出来。如果再竖起来晒,就更没有人猜出是什么玩意了。"柳恒声便回应他:"这个我同意。但我也得把你的嘴唇割下来,不晒,放在那个叫福什么林的药水里泡,泡木胀了,再让别人猜猜是什么玩意儿。"两人的玩笑谁都没有沾光。铁嘴的嘴皮子不但硬,还拗。有一次赶集,因为别人无意间撞了他一下,他开口就骂了句"操你娘",人家要揍他。铁嘴脖子一挺,说:"操你娘就是骂人吗?这根本就不是骂人,是夸你娘漂亮,不漂亮谁还想操?"那人气得火冒三丈,捏住他的脖子,问:"我承认这句话不是骂人,我操你娘你愿意吗?"铁嘴更是强词夺理,说:"我娘已经七十多岁了,让你操你也不愿意。这不就说明道理了吗,操谁谁漂亮。"那人见铁嘴死活不论理,又这么一大把年纪,算是不跟他一般见识,把他的头摁到地上,说:"我真想把你的头塞到裤裆里。"算是饶过了他。但这事却在仙鹤村传开了,总有人问他:"操你娘是不是骂人?"那些和他父亲同辈的小叔们,更是肆无忌惮地开着玩笑:"我不嫌你娘丑,给你娘吱声一句,得空让我操一把?"铁嘴心情好的时候,一笑而过,不高兴的时候,便祖宗八辈地骂上几句,算是回应。铁嘴不但嘴泼,还总是没有把门的,说话不讲分寸,不论场合,而且喜欢听别人说些乱七八糟、稀奇古怪的人和事,不管长辈晚辈,也总是随便开着玩笑,所以村里的小辈们也总是没轻没重地拿他开涮。

"铁嘴叔,刚才景玉叔跟我说,你们两个年轻的时候经常比谁的家伙什儿大,他说没有比过你。现在上了年纪了,你的家伙什儿还是那么大吧。"

"你这个小王八羔子,大过年的,怎么能拿你叔耍着玩啊。行,那我告诉你,现在拿出来比你的个子还高,不信你钻到我裤裆里看看。"

"叔,你的大我承认,那我问你一句,你们家我婶子那洞得有多深啊,是不是也要我钻进去试试深浅啊？"

"那还不得把你淹死啊？淹死你往外捞也是问题啊，非得用大吊车不可。"柳恒声停了停，骂道："你这个小王八羔子，我以前看着你有个人样了，什么时候学得这么没老没少的，再胡说看我不扒你的皮。"

柳方或嬉皮笑脸地说："叔，不说你了，你给讲个笑话吧。"

铁嘴柳恒声眯起眼，笑了："这可是我的拿手好戏啊！"他换了换站立的姿势，慢条斯理地说起来，"话说一年夏天，下了很大的雨，河里的桥都被冲垮了。一个婆娘想过河，又没有船，就央求站在河边的一个男人替她想想办法。于是男人把那家伙掏出来搭在河两岸，婆娘就从上面走了过来。后面一个推车的过来，以为是一座桥，也顺着从上面过河。遇到一个坎，车子颠了一下，没想到这下把男人轧疼了，家伙什儿猛地收回来，推车人连人带车掉进了河里。水流很急啊，那人一下子就被冲到一里以外。推车人的女人在后面看见了，急得直哭，又央求那个男人快想法子救救自家的男人。男人心里不忍，虽然不情愿，但还是把家伙什儿掏出来，往外一甩，正好甩到男人冲走的一里之外。那男人不知什么东西从天而降，急忙抱住。站在河边的男人使劲一挑，掉进河里的男人便在那家伙什儿上腾云驾雾，稳当当地站在了自己的婆娘面前。男人想，这可是救命之恩啊，无论怎样都应该报答一下，就问那个男人用什么报答他。那男人指了指他身边的婆娘，那婆娘一句话没有说出来，就被生生地吓死了。"

柳恒声停住，不再说话。柳方或瞪着眼问："完了？"

"完了。"

"不过瘾。"柳方或不怀好意地笑着，"叔，家伙长的那个男人是不是你啊？"

柳方或的话还没有说完，铁嘴就开始脱鞋子，然后猛地向柳方或砸去。

"君子动口不动手。"柳方或一边跑一边喊。

"你这小兔崽子算什么君子，老子砸死你。"铁嘴一条腿跷着追了几步，然后穿上扔在地上的鞋子，笑着骂道，"这些年轻的狗崽子，越来越不像话了，竟然给长辈们胡说八道。"

颜景玉看着这一老一少的胡闹，脸上如同六月的发面，笑开了花。

"连国，连国。"柳恒声看见孙连国走过来，远远地就对着他喊。

孙连国头也没抬，从铁嘴柳恒声和颜景玉身边毫无表情地走过。

"连国,我看见过你儿子。"铁嘴想给孙连国开个玩笑,大声地对他喊。

孙连国折转身,慢慢地朝铁嘴走过来,瞪得大大的眼睛里放出奇异的光。他声嘶力竭地喊:"他在哪?他在哪?"孙连国双拳紧握,向着柳恒声走来,把铁嘴吓得直往后退。

"连国,他给你闹着玩的。他成年到头地不出门,哪里能看见鱼儿啊。"颜景玉急忙出来打圆场。

孙连国悻悻地离开,眼里涌满了泪花。

"你也快入土的人了,怎么能和他开这种玩笑?"颜景玉转过身,抱怨着柳恒声。

"我只是给他闹着玩。"铁嘴软下来,声音很低。

"给他闹着玩,那不是专门揭人家的短吗?打人不打脸,揭人不揭短。连国心里除了鱼儿之外,什么都没有了。"

"唉,也是,这家子人也忒可怜了。如果小鱼还在,那孩子大号叫什么来着,对,孙诗鱼,如果他还在,应该三十多岁了吧。"

"可不,那孩子脑子聪明得狠,十八岁就考上了北京的大学,考上学第二年就没有了音讯。十八年了,活着的话三十六七岁了。多可惜啊。"

"不光他可惜,他妹妹也怪疼人,听说在南方做鸡呢。挣了钱寄回家来,让连国过年的时候回来取,然后再去找儿子。连国到年回来,过了年就走,也快成神经病了。那孩子肯定是没了,有的话早回来了,还用得着连国这样一年一年地去找?好端端的一个丫头,也给连累了。"柳恒声忽然间没有了铁嘴的泼皮模样,声音里竟然有了动情之处。

"你那臭嘴,就积点阴德不要糟蹋人家姑娘了。你怎么就知道那孩子在南方做鸡?"颜景玉忽然间生起气来。

"怎么是我糟蹋人家姑娘了,她做鸡是村里有人看见的,又不是我编排她。"铁嘴有点急。

"那就给自己的嘴安个开关,不管是不是编排人家姑娘都不要乱说。你这嘴就该给你抹上狗屎。再这样说八道的,你死不到好上。"

"死老头子,大过年的,你咒谁啊?你想干吗?"

"你这种人,我不待见。"颜景玉转身就走,留下目瞪口呆的铁嘴,好久没有反应过来。

  铁嘴柳恒声被颜景玉的话刺痛了，心里竟有了一丝愧疚。他一个人踱到孙连国的家门口，站住，看着那扇开着的门，处处透出荒凉和破败。院子里除了干枯的草和散乱的瓦砾，再也找不到任何其他的东西。正房顶上的瓦已经陷下去，有一处已经露出了屋子的横梁。铁嘴摇着头，慢慢地把院门拉上。原来的两扇门，现在只剩下一扇，露出原木上斑驳残缺的木纹。如果是自己的儿子走失了，他会和孙连国一样一年一年地去找吗？他不知道。但柳恒声非常清楚的是，天天在自己眼皮底下晃悠、壮得如同牛犊的儿子，并没有把他这个爹当回事儿。铁嘴年前就觉得自己的喉咙里好像塞了东西，吐不出咽不下的，想到医院里查查，跟儿子要了几次钱，硬是一分没给。这样的儿子，和丢了又有什么不同？再就是那个恶口不讲理的儿媳妇，简直没有一点人性。自己虽然是村里有名的铁嘴，和任何人论起理来都毫不含糊，天文地理，古今中外，虽然自己懂得不多，但能把大道理讲得人人喜欢，人人能懂，这就是本事。但这些本事在儿子儿媳面前没有任何用处，在他们面前他没有多少道理可讲，因为他们比自己更不讲理。这么多年自己和老伴单过，每次给他们要粮食的时候，就要天天看他们的脸色，跑个十趟八趟的，给了，心疼得就像扒了层他们的皮，嘴里还骂着老不死的，别吃多了撑死你，把柳恒声骂得一愣一愣的。怪只怪自己没有本事，没有其他收入，手头没有一个零花钱，连买盒烟的钱都没有。好在老太婆厚着脸皮赊了人家的一个羊羔子，养大后才还人家钱。大羊生小羊，小羊再去卖钱，这样将就着才能有了买油盐的钱。要是全部指望这一对"孝顺"的儿子儿媳，不知道自己饿死多少回了。柳恒声想，吃得好点差点可以不管，穿得好孬也没有关系，但生病了不给看就成了大问题。他有一种预感，自己这次得的肯定是瞎包病，是要花大钱的。这几天他一直琢磨，这种大钱是必须要让儿子掏的，自己手里那三核桃俩枣的根本看不了病。真不行就到儿媳的娘家，让亲家说句话，或许能够起点作用。

  月有阴晴圆缺，人有旦夕祸福，是福不是祸，是祸躲不过，就像孙连国的儿子，谁能想到去上大学说没就没了呢。那是一个多好的孩子啊，聪明伶俐，长得也秀气，别说在仙鹤村，就是在整个乡里也是一等一拔尖的孩子啊。命运总是无常，也总是亏待苦命人。一个孩子没了，就像撑天的柱子塌了，一个家就这样毁了。也许是这娃儿的名字起得不好，鱼儿，到了旱地，没了水，就会没命了，这是起名字的忌讳。铁嘴嘟囔着，这鱼儿，大名叫诗鱼，诗鱼就是死鱼，还不如叫飞鱼呢，飞去后，可以飞来，死去却不能复生。这孩子还乱了辈分，他应该是中字辈的，怎么能起"思"字辈呢？肯定是遭了祖上天谴的。这大过年的，怎么老是想到死呢？这样想着的时候，铁嘴柳恒声对着阴沉沉的天一声长叹，叹息声中的哀愁似乎能把干枯的树枝震落下来。

3

村会计孙维下的女婿是新客，所以孙会计家里从年前就开始准备候客的各种菜肴了。

一大早，街上就开始飘荡着诱人的香气，老式四八席上特有的味道让附近的街坊邻居都怀念不已。现在已经很少有用四八席候新客了，一方面是因为人们怕麻烦，再就是会做四八席的厨师越来越少，能做地道四八席的人更少。但孙维下是一个很讲究的人，做了多年的村会计，家里也相对富裕一些。几个孩子都大了，都在外地上班或者打工，挣的钱每次往家寄都几千上万的，然后就引来了街坊邻居的一阵眼馋："这老天爷是怎么了？越富的越能挣钱，越穷的越没钱花。人比人，气死人，咱这平头百姓的日子真的快没法过了。"孙会计家的日子越来越滋润，孙会计脸本来就白白净净的，现在的气色就更好了，年过五十的人了，看着像四十冒头的样子。最有特色的是他那撇小胡子，像两撇骄傲的山羊胡，动来动去，正应了老百姓的那句俗话，"胡子两根根，吃点好东西"。去年最小的女儿孙婷君出嫁，嫁给了一个小老板，家是浙江的，做茶叶加工生意。女儿在去南方打工时就在他的茶厂做工。女婿个子虽然矮了点，但人品很好，做生意也极精明。孙婷君也不是一般的女孩子，头脑灵活，不管家里同意不同意，就自己做主，毫不犹豫地嫁给了这个小伙子。孙维下曾经私下里给老婆说："女婿的个子是不是矮了点？有点拿不出门来。名字叫陈谷，也不太好听。一个大老爷们儿，还叫'陈姑'，就像是尼姑庵里的姑姑子。即使没人这样想，也总让人想起'陈谷子烂芝麻，绿豆蝇子癞蛤蟆'，这都是些最瘆人的玩意儿。"孙维下意见提了一大堆，女儿根本就不管。再说了，名字毕竟不是什么原则性问题，孙维下便不再坚持自己的反对意见。儿大不由娘，现在的年轻人，谁还愿意听老人的？什么事不都是自己说了算？小女儿孙婷君是孙维下的心头肉，现在嫁给了一个有钱人，终是一个好的归宿。小夫妻俩春节前就从南方开车过来，虽然是在一起过的春节，但候新客的程序是不能少的。宝贝女儿提出来，要让自己的小男人尝一尝北方正宗的四八席。孙维下二话没说，高高兴兴地领了圣旨一般，一进腊月就开始联系十里八乡最好的厨子。春节候新客的多，好厨子的价钱也贵，做这一桌饭光手艺费就要到四百块钱，这是多年从来没有过的价钱。但候新客不就一次吗，第二年就没有非得吃四八席的讲究了，又是孩子特别提出来的，孙维下绝对不敢马虎，也不想马虎。

因为是大早就起来忙活，孙维下的老婆李花菊累得有些直不起腰，趁喝口水的工夫，坐在了东侧的椅子上。"那是你坐的地方？"孙维下厉声喝道。李花菊猛地回过神来，大过年的，是不该坐上首的椅子，那儿正供奉着回来过年的逝去老人呢，便连忙赔上笑脸。

"还有笑脸，一脸奸相。"孙维下一辈子对自己的老婆不满意，时不时地讽刺挖苦。女人也自感到自己要长相没长相，要个头没个头，干瘦得如一只蚂蚁，自认为比别人矮了半截，所以在任何事上都对孙维下服服帖帖。可今天她有些气不顺，大过年的，怎么能说这么难听的话，不觉跟着骂了一句："你才奸相呢，大家伙都还叫你秦桧呢。"一句话把孙维下惹恼了，一巴掌扇下去，女人捂住脸，泪接着就流出来了。女儿刚好从屋里出来，见到这一场面，有些不知所措，赶忙替母亲揩泪。女婿陈谷也从内屋出来，老两口便不再说一句话，各自散去。

孙维下痛恨别人叫他秦桧。本来是自己偶然一次吃鸡头，扒出完整的鸡脑子，竟酷似被捆绑着下跪的秦桧。他想起老人讲故事的时候说秦桧是上辈子的鸡托生的，便当做故事讲出来，竟被那些烂嘴的说成孙维下是秦桧转了几世之后托成的。想到这里的时候，孙维下气不打一处来，别人的嘴自己堵不住，但自己的老婆也这样糟蹋自己，他是绝对不允许的。如果不是女婿在，他无论如何也不能轻饶她。

在让谁陪客的问题上，孙维下掂量了好久。原想让支部书记柳恒稳陪，但没想到他家里出了丧事。婷君的同辈兄弟里面，没有几个有出息的，大女婿也摆不上桌面，让其他没头没脸的外姓人又觉得不合适，所以他只好到城里把在一中当老师的侄女女婿颜廷石请回来。廷石这孩子酒量不小，又有文化，可以给小女婿讲讲什么是四八之类的话题。只是四八席这几年已经少有人做了，现在的年轻人到底知道多少也不好说。但廷石和陈谷毕竟年龄差不多，应该有好多能谈得来的东西。再加上廷石这孩子很懂事，给他说让他陪客以后就开始了解四八席的一些风俗礼仪，年前回来的时候说，已经明白了大概，应该能够让这个最小的妹夫，不谙北方事理的南方人知道北方人的重义，北方人的礼节。孙维下一直认为，南方人是不懂礼数的，要不为什么老百姓一直称他们为南蛮子呢。孙维下还为此专门研究过，认为历朝历代都建都北方，政治经济文化的中心也在北方，所以便将南方视为荒蛮之地，不懂孔孟之道，不懂为人处世的程式规范也便情有可原了。在侄女婿颜廷石眼里，这个有钱的小蛮子，对北方的礼数尤其是农村的规矩，懂得更是不多，或者更应该称他是一个什么都不懂的小暴发户。

颜廷石陪客的彬彬有礼和儒雅谈吐，让孙维下明白了自己选择的正确，就连他也听得入迷。以前虽然自己当过民办教师，但对四八席从来没有了解得那么仔细，现在终于知道了四八席的来历。颜廷石像一个真正的老师，介绍着四八席面的来龙去脉。颜廷石的声音极富磁性：

"四八如同满汉全席一样，是一种席面，是鲁中南特有的待客之席。所谓四八，简单些说，就是四个盘子八个碗。但在不同的待客礼仪和菜式的演变过程中，各地又衍生出多种形式的四八宴席，像'四八两大件''重四八''秃尾巴四八'等等。但不管怎样变化，四八的核心内容、烹饪方式都大同小异。四八宴席是仙鹤乡及附近十里八乡用以招待贵客的最高礼遇，以其形式高雅、席面丰盛、接待有礼、上菜有序而著称，曾有史书专门记载，'山东阳山招待尊贵客人，讲究山珍海味，做"四八两大件"或"重八四大件"。凡此宴席必有鸡、鱼，取"吉庆有余"之意，均用碟压桌，有四、八、十二碟不等，并用名烟名酒待客。'四八席之所以历经多年，至今盛行不衰，关键在于席中菜无不具有色、香、味、形、质、养等俱佳的特点。四八宴席的种类有'粉四八'、'参四八'两种。四八中先上的大件称为'头菜'，头菜中若是用洋粉做的，就称为'粉四八'，有的称为'白头席'；若是用海参做的，就称为'参四八'，有的称为'黑头席'，'参四八'要比'粉四八'厚实，重义。现在不少地方每逢男婚女嫁等重大事件，宴席都要有'四八两大件'，即全席由四个菜碟、八个果碟、四个小碗、八个大碗、一盘烧卖、一盘米饭、一盘点心、一碗汤和两个大件组成。

大件常用整鸡、整鱼等当地人认为最好最重的食品做成。'重八两大件'，即在'四八两大件'基础上，加四个菜碟，四个小碗和烧卖、米饭、点心、汤各一个，菜式和前菜重复。'重八四大件'，即在'重八两大件'的基础上，再加两个大件，是规格最高的宴席。而我的叔叔则在今天推出了规格最高的四八宴席，也就是'重八'大席，这是当地少有人能够做出的。

"四八除了菜的品种之外，更讲究上菜的程式。第一道程序上十二个压桌碟，四菜碟有肚、耳、心、松花蛋等，四果碟有粘果、冰糖仁等，四干果有菠萝、香蕉、大杏仁、腰果等。如今不少地方一般都是上八个压桌碟，含四个菜碟、四个果碟，讲究'四咸四甜'。第二道程序上四大碗，按照一鸡二鱼三丸子四大肉的顺序，先后摆上用以区分粉四八、参四八的带有粉头或参头的鸡丝、半口咸半口甜的瓦块鱼、清水丸子或四喜丸子、百叶肉。第三道程序是两大件，含清蒸整鸡、糖醋整鱼。糖醋鲤鱼本是'济南本帮派'的代表菜，烹饪讲究，尤其崇尚用活鲤鱼烹制。而四八席上，厨师们做出的'糖醋鲤鱼'讲究鱼口半张，鲤动尾摇，肉极其鲜嫩，口味酸甜，色泽红亮，让人垂涎欲滴。第四道程序四小碗，含滑肉丝、滑肉片、鱼棒、拔丝。而拔丝有拔山药，有拔地瓜，席面上以拔山药居多。拔丝讲究看着亮，丝要长。一桌四八席面，拔丝山药是评价厨师厨艺如何的最重要一道菜。拔丝的成功与否，厨师要考虑好多因素。除了熬糖的技巧之外，还要考虑天气是冷是热、厨房与饭厅的距离是远是近等等方面的因素。冬天和夏天不一样，厨房离饭厅的距离长短不一样，熬糖的火候也便是不一样的了。这道菜看着有光泽说明拔得好，吃的时候用筷子夹起，一拉一顿立马就断，断不了则是糖软。熬糖时冒烟，口味就发苦，但早了不拔丝，眼力很重要。熬糖时，有的用油，有的用水，以用油的居多，并且用油要比用水好，但对技艺要求更高一些。第五道程序是上中间饭，也叫腰中饭。主要包括点心、汤。点心是芝麻片、细粉糕等各一盘，不拘一格。汤有海米银耳紫菜汤等等，各种各样，上什么全看厨师的喜好。上完这道菜，一般都要闪席，就是出去活动活动。闪席有很多原因，因为时间久了，起来走走，如厕洗手，还有一个原因，就是让主家打扫一下席面上的吃食垃圾，净一下席面。这个时间一般在十到二十分钟之间。闪席的习惯也说明厚待客人，是真正的以人为本，考虑到人的各种需求，显示出饮食文化中的优雅大度，是真心实意地让客人吃饱吃好的。第六道程序四盘菜，含玛

20

瑙葡萄、热带炸果、清枣、橘子或柿子。这道程序有些地方没有。第七道程序四大碗，含清淡口味的鸡丝、肘子、鹌醇蛋、海米白菜。第八道程序上面食。面食视情况而定，不固定。从上菜程序中，可以看出四八宴席名菜荟萃，有的鲜香酥烂，有的则脆嫩清爽，有的却浓香醇厚，汇集了烹饪之精华，既有多种技艺手法的体现，又有阳山本地的独特风味，席面丰盛，款式多样，各具特色。

"不但是菜品，四八席对座次排列也十分重视。一般情况下，主人没有指明座次前客人一般不宜贸然入座。传统的阳山农村院落是典型的北方四合院，一般为坐北朝南，北屋是正房，正房里常年摆着八仙桌，宴客的席位就设在八仙桌上。按传统，坐北面南的桌子为正席，坐北朝南的位子最为尊贵。因为坐北朝南的位子正对着屋门，由此延伸，在东屋或西屋宴客也以对着门的位子为上席。坐北朝南的屋内八仙桌上，要坐八个人，朝南有两个座位，北方习惯以东为上，则东边是第一位，西边是第二位，以朝东、朝西座次依次类推，最后是朝北。四八席中，有一道漱口汤，也叫清口汤。主宾若是首次上门的女婿，上完这道汤之后，就要拿开刀礼，也叫犒厨钱。钱多少不固定，一般是拿两盒烟，钱用红纸包起来，放到一托盘里，由侍候客人的把盘子端回去，送给厨师，意思是厨师为了宴席上丰盛的菜肴，付出辛勤劳动，以此表示谢意。厨师为了表示对客人的尊重，一般是把两盒烟收下，钱再送回去。这时可由主人或陪客人征求主宾意见，提出闪席。

"四八席面有一道十分关键的程序，在当地我们叫让酒，其实就是敬酒的意思。酒礼是四八席面非常核心的内容之一。按照礼仪，不管老少，都有资格敬酒的。敬酒一般是在闪席回来之后。说到酒，应该说是无酒不成礼，无酒不成席。俗话说：浅茶满酒，酒可以比茶斟多些，但也以八分不溢为敬。在当地农村还保留着第一杯酒祭祀的习惯，一般第一杯酒要稍为倾斜洒向地面少许。通过饮酒，可以看出阳山人热情好客的淳朴民风。一般在让酒前，视情况要举杯共同喝四、六、八、九、十或十二杯不等，喝每个数的酒都有说法，意即'一心一意''俩好''三阳开泰''四喜''五谷丰登''六六大顺''起杯''发财''天长地久''十全十美''一年酒'等。传统习俗中阳山人以双数为吉，还有'逢双端起'的说法。饮酒过程中，往往主人要说'先干为敬'，将杯中酒一口干掉，后将酒杯倒转以示一滴不剩的待客诚心。干杯，往往要碰杯，而且要碰出响声，每次碰杯，主客都要站起来，否则为失礼。碰杯时，一般主人的酒杯要略低于客人酒杯，小辈酒杯低于长辈酒杯，以此为敬。农村摆四八席让酒时，客人喝得越多，主人就越高兴，说明客人看得起自己。如果客人不喝酒，主人就会觉得有失面子。让酒是主人给客人斟酒让客人喝，而主人不喝，个数据情况而定，分为四、六、八不等。多采取'文敬'，即有礼有节地劝客人饮酒。也有'罚酒'，这是'敬酒'的一种独特方式，最为常见的是对喝酒没喝干的，处以'滴酒罚三杯'的惩罚。四八宴席也非常注重筷子礼仪。如果将筷子横搁在碟子上，那是表示酒足饭饱不再进食了。但忌讳把筷子横担在碗上，据说这是供奉死人的放法。把筷子竖插在盛有食物的碗上，也是用筷礼仪中的禁忌，因为只有祭品碗盆上面才竖插筷子。我说的这些，只是在文字记载的资料中看到的一些情况，这些在四八席面中贯穿的礼仪、礼节，并非是对吃的情趣的束缚，而是表现人们的道德文化修养，在饮食中体现出一种形式美、伦理美、人情美。"

　　菜还没有上到一半，颜廷石已经把小妹夫陈谷讲得晕头转向，他用他带着浓重南方口音的普通话问道："如果说我现在就把筷子横在小碟上，是不是就可以不吃了，就应该闪席了呢？"话没说完就引起全桌人哄堂大笑，让陈谷如丈二和尚摸不着头脑。他想起了犒厨的说法，连忙从口袋里拿出一沓钱，放到桌子上："是不是我应该拿钱犒厨了呢？"看着一大沓钱，一桌人笑得更狠，让陈谷窘迫不已。

　　孙婷君听见笑声过来，一边嚷嚷着："婷君求求几位哥哥，陈谷不懂咱老家的这些事，不要难为他。他酒量也小，不要让他喝太多。"然后径直走过来，拿走了陈谷放在桌上的钱。

　　"哟，婷君小姑过门才几天啊，就和娘家人生分了？你还知道不知道和谁近啊？你姓孙不姓陈啊。"孙婷君的堂侄孙中闻开着玩笑，"你怕我姑夫喝多，可以来替啊。"

　　"我要喝你还真喝不过我，试试？"孙婷君吓唬孙中闻。

　　"你饶了我吧，我可不敢跟你这气死天的小姑置气。"孙中闻的话没说完，脸上就被孙婷君扭了一下，他龇牙咧嘴里喊着疼："你再扭我，我使劲灌我姑夫了啊。"

　　"你敢？"孙婷君笑着进了里屋。

所有的四八程序还没有走完，孙维下的小女婿陈谷就已经喝得天昏地暗。他经不住一轮轮地敬酒，而又不敢推辞，生怕哪儿做错了。饭还没上，就已经坚持不住，让几个陪客的兄弟侄儿把他架到了床上，然后就开始了撕心裂肺的呕吐。孙婷君嗔怪着陪客的哥哥们，不该让自己的小男人喝那么多酒。几个陪客的都高兴异常，把客人灌醉是陪客的天职，一个个地比画着："咱这酒量，还没有陪不倒的客人。"

　　屋子外面有人喊着婷君的名字，一家人迎出来，见是孙维下远房的一个侄媳妇，叫葛小窈，非常好听的名字，人也长得俊秀异常。葛小窈娘家是邻村的，前年过的门，去年生了一个女娃。生孩子之前一直和婷君一起，在陈谷的茶厂里打工，生孩子之后又一直住娘家，在仙鹤村待的时间很少，所以村里好多人都没有见过她。男人孙连其也在外地打工，所以两人直到过年的时候才回了家。本来葛小窈一直和公婆商量着，要他们替自己看孩子，自己再去陈谷的厂子里打工，但因为孩子太小，一直没有走出去。葛小窈抱着孩子走进家门的时候，所有的人都感觉眼前一亮，葛小窈身上的那份清秀与这些农村大老爷们有着太大的差别，邋遢与干净，将美与丑这么近距离地拉到一起，形成鲜明的对比。见到葛小窈的那个瞬间，孙维下的眼里闪过莫名的惊慌，自己似乎掩饰什么似的干咳了几声。按照农村风俗，长辈是不能与侄媳妇有过多接触的，甚至连玩笑都不能开。

　　葛小窈无意间看了孙维下一眼，没想到两目瞬间相对。葛小窈快速地低下头，脸腾地红了。

　　孙婷君见到葛小窈非常高兴，一边亲热地拉着葛小窈的手，与她天南地北地说着曾经一起打工的姐妹现在如何如何，一边哄着葛小窈的孩子。这个小家伙似乎有点认生，一直往她妈妈的怀里钻。"叫什么名字？告诉姑姑。"孙婷君逗着小家伙。"叫叶儿，快叫姑姑啊。"葛小窈从怀里往外推着孩子，说。

　　孙维下用眼睛的余光瞟了几眼葛小窈，心里忽然有了异常的感觉。他赶快把自己的视线挪开，不承想遇到了妻子看他的目光。孙维下感觉有些尴尬，不觉又干咳了两声。

　　天黑的时候，孙婷君的小男人还没有醒来。因为是外地女婿，所以本地的风俗新女婿头一年是绝对不能住在老丈人家里的规矩，不得不打破了。李花菊嘟囔着："祖辈的人早就说过，新女婿住丈人家，是会把丈人家吃穷的。"话虽这样说，但心里却是高兴着的，毕竟女儿又可以在家多住上一些日子。

孙维下捋着自己的两撇胡子："咱家里不怕被吃穷，咱有的是钱。"这样说着的时候，嘴里不自觉地用京剧的腔调哼起了几句戏文，词是他自己临时想起的："得荣华，享富贵，舍我其谁？"

天上开始飘起雪花，刚开始还不算太大，后来竟成了鹅毛大雪。这样的雪，已经有多少年没有见过了。不到一个小时的工夫，仙鹤村的大街小巷，房顶屋下，都成了雪白的世界。孩子们起初还在纷飞的雪花中尽情享受雪花带来的新奇和快乐，不一会儿便不得不带着冻得满脸的通红回家取暖了。

夜色并不太重，只有满世界的寂静，淹没了人们过年和走亲串友的兴奋劲儿。再加上书记柳恒稳家里样板老太火化时不时传来三三两两的哭声，更为村子里增添了一种别样的气氛。

4

乡机关两千响的鞭炮是在早上九点准时点燃的。

那个时间正是乡党委书记郑之渊的别克车开进机关大院，六万人共同尊敬的郑书记下车后面带微笑阔步迈向办公室的那一个时刻。郑之渊大学毕业后就在仙鹤乡工作，直到去年才当上乡党委书记，也让办公室沿袭了多年坚持的一些习惯，比如上班第一天要燃放鞭炮。四处飞舞的鞭炮纸屑五颜六色，如彩蝶似的，预示着一年的红红火火，郑之渊喜欢这种节日的喜庆。郑之渊今天有好多事要做，除了接受所有的部门负责人例行公事般的问候之外，他还在春节前就筹划安排了一项活动，那就是要亲自到乡里唯一的汽车站，送一送外出打工的仙鹤乡务工人员。上班第一天，机关上例行的问候虽必不可少，但毕竟没有多少实际意义。郑之渊更愿意做一些有意义的事情，从实际出发，做具体工作，要最直接的效果，这是郑之渊的风格。所以他在办公室里待了不到半个小时，就带领全体乡领导班子成员，匆匆赶往车站。郑之渊要与出行的百姓们说句话，握个手，让他们感受党委政府的人情味。三六九，往外走，今天是这些农民们出去打工比较集中的一天。虽然也有不少挣钱心切的农民工在年初三就到工厂去，但毕竟还与当地的习俗有太大的差别。也有一些，非要在正月十五元宵节以后走，因为当地人认为，只有过了十五才算过完了年。只是在外乡企业高额工资的诱惑之下，这种人越来越少。今天，大部分的农民工都要借着吉日吉时外出，郑之渊就是想在这个时候，用党委政府的诚心和爱心，联系一下自己的农民工兄弟，让他们在外宣传仙鹤乡，为仙鹤乡提供一些招商引资的信息。这几年，市里对招商引资工作重视到无以复加的程度，不管一个乡镇经济基础如何、发展速度如何，都必须有招商引资的项目。郑之渊作为新任职的党委书记，他必须有所作为，况且仙鹤乡是经济条件不算太好的乡镇，更要表现出赶超的势头和勇气。

  一大早郑之渊就让宣传室的人把电视台记者请了过来。电视台要到初八才上班，初六专门过来为郑之渊拍镜头，他是要欠一些人情的。但郑之渊不管这些，他的同学是电视台新闻部的副主任，他想让谁来谁就得来，这些记者可以不把党委书记放在眼里，却不能不把自己的直接领导放在眼里。作为同学的新闻部副主任确实为他做了不少事，仙鹤乡做好农民工闲置土地股份流转文章的新闻甚至上了中央台的新闻联播。其实这些都是工作中的正常内容，也只是郑之渊妙手偶得的神来之笔，但其典型带动意义在全乡、全省，甚至是全国都值得推广借鉴。因为这条新闻，郑之渊得到了市委书记的口头表扬，就他善于琢磨工作，善于发现典型，这让郑之渊心里很受用。更重要的是，老百姓因此得了实惠，土地得到有效利用，这才是最大的收获。与这些事比较起来，搁在郑之渊心里的头等大事，还是招商引资。但仙鹤乡这么偏远的乡镇，有多少外商愿意来呢？郑之渊明白，党委书记对任何人而言，都不是永远的岗位，三两年一调整，似乎成了习惯。所以郑之渊并没有打长谱，他只是需要踏踏实实地干上几年，出点成绩，要求换个好点儿的乡镇，然后就能谋求更大的发展。虽说打生不如混熟，但要看在哪儿打生，在哪儿混熟。多少年以来，仙鹤乡的党委书记从来没有在任上直接提拔的副县级领导，而有的乡镇，只要是党委书记，早晚都能混上个副县当当。这也让郑之渊心里产生了很多的不平衡。同样是党委书记，工作的难度不同，压力却是相同的，评价的标准也是相同的，这样的评价显然失去了公平。不在同一起跑线上的竞争，输赢的结局谁都能看出来，甚至不用看，想就能想出来。仙鹤乡是阳山市最偏远的乡，连老百姓自己都说仙鹤乡是兔子不拉屎的地方，虽然有些过分，却也差不了多少。但越是在这样的条件下，越不能抱怨，越要表现出一种勇气。郑之渊就是想用这种亲自送外出务工人员的方式，表达他对这块工作的重视,并以此带动和促进乡里的招商引资工作。

不过今天郑之渊也确实太忙,参加完专门为外出务工人员举行的欢送仪式,他就要去驻地的仙鹤村参加支部书记柳恒稳母亲的葬礼。除了支部书记这个因素,更重要的是,这位支部书记的母亲还是乡党委副书记袁成华的岳母大人。从这些关系的哪个方面考虑,郑之渊都必须去吊唁,不是为死人,而是为活人。回来后,他还要对春节前制订的村一级的经济考核进行研究,看看有多少水分,是不是公平。春节前他就已经听到了一些议论,说考核组没有真事,送钱送礼就改考核。对这些话,郑之渊将信将疑。至于到底怎么个有失公允法,郑之渊要亲自看看再说。还有更重要的事,郑之渊在春节期间拿出了一个对机关中层干部进行调整的方案,虽然涉及的人不多,但因为这个方案是自己拿的,对一些重要岗位进行调整,还要分别征求分工领导的意见。因为人事调整非常敏感,需要快刀斩乱麻,不能久拖不决,郑之渊的想法就是明天公布方案,然后进行组织谈话。以前每次调整人员都要弄出很大动静,这一次是他自己拿的方案,虽然春节前就给领导班子成员打了招呼,但具体怎么调,所有人都不知道。上班第二天就调整干部,也算是新年新气象,新班子新作为,他喜欢自己这种雷厉风行的作风。

党政班子一行十几人,在郑之渊带领下,到了乡里的客运站。那里已经集中了花花绿绿的年轻人和为他们送行的父亲母亲们,说着离别的话,叮嘱着各种各样的牵挂。郑书记的到来,让小站一下子热闹起来。他与这些外出闯天下的年轻人一一握手,然后提了几点希望,把小青年们说得心里热乎乎的,心里涌动着服务家乡的巨大热情。郑之渊的眼角甚至挤出了几滴泪,对家乡的热爱,对乡亲们的真诚,在狭小的客站飞成一朵朵花,开得鲜艳而且娇嫩。在所有的祝福之后,年轻人一一上车,带走了一双双望眼中的无限亲情,留下了十几辆大巴车后缓缓飘散的缕缕轻尘。

5

对于是不是要为母亲举行追悼会,尤其是不是在忠字礼堂为母亲举行最后的告别这件事,村支书柳恒稳一直没有拿定主意。从他的内心讲,他希望母亲走得体面,走得没有任何遗憾。忠字礼堂是一个时代的标志,也是母亲给当时的省委领导提建议，才让省里出钱出物出人修建的。母亲也亲自上阵，和那些大老爷们拼膀子，比赛着扔砖递瓦推小车。后来的很多年，母亲常常流连在忠字礼堂周围，脸上时而是幸福的微笑，时而蹙紧了眉头，以及多少年的言谈话语之间母亲对那个时代的回忆，对那些鲜红历史的记忆，都让柳恒稳觉得应该举行一个追悼会，并且也应该而且必须把追悼会放在忠字礼堂里。但柳恒稳怕别人说他张扬，怕别人批评他对那段历史的留恋。毕竟那个时代，是一个特殊的时代，政治挂帅让许多正常变成了扭曲。柳恒稳清楚地知道，直到现在还有人对母亲当时的红极一时有着种种非议，比如沽名钓誉，比如太多的公务接待浪费了多少村里的粮食和财产，以及如何因为虚报产量在分配上缴给国家的任务时吃了亏等等。国家对"文革"都进行了否定，那个时代的先进和模范，不也同样遭到了否定吗？虽然从"文革"到现在，母亲一直在心里打着鼓，也经常一遍遍地问他："忠于主席是错的吗？可我还是忠于主席，永远也变不了。主席永远活在我的心里，在我的血液里，谁也改变不了。"关于忠于主席是对是错，柳恒稳回答不了，也不想回答。因为柳恒稳知道，母亲只是一个普通农民，她没有政治上的责任与是非观念，对与错，都与普通百姓无关。他一次次地劝母亲："那已是过去的历史，管它对与错呢。"但母亲就是想不通，直到躺在病床上，她还是一直想弄清楚，自己到底做对了还是做错了。柳恒稳心里明白，历史的对错与是非，从来都不是一个普通农民说了算的。

　　这么大的事，柳恒稳考虑应该征求妹夫袁成华的意见，便给妹夫打了个电话。妹夫是乡里的副书记，他的回答很简单："现在已经是二十一世纪了，用开追悼会的这种方式还有必要吗？如果单纯地为老人考虑，可以开个追悼会，放在忠字礼堂也无可厚非。如果为我们俩考虑，就不开追悼会，影响不太好，你看着办。"这样说来说去，袁成华还是等于没说，还得柳恒稳自己拿主意。柳恒稳一边在心里骂着自己的妹夫太狡猾，一边在琢磨着妹夫的话，还有必要吗？是为活人还是为死人？这几句都是话里有话。按理说，他应该多为妹夫考虑，毕竟自从换届以后，乡里的书记乡长是党委和政府的两个一把手，副书记就是乡里的三把手，以前副书记一大堆，一个乡镇要有四五个，现在只有一个。从省里到县里再到乡里，都成了这种体制。副书记虽然只剩下了一个，但这是一个可以环顾左右的角色，权力大，责任也大，也算得上一个谁都得罪不起的重量级人物。也正是因为妹夫多年来一直是乡里的干部，从普通工作人员到副乡级干部，没有任何的政治背景，官却越做越大，权力也越来越大，柳恒稳一直享受着其他支部书记不曾有过的荣誉和骄傲，县级人大代表，乡里的各种荣誉、先进以及奖励，这一切都让其他支部书记侧目而视。也正因为如此，柳恒稳越发地小心和低调。枪打出头鸟，柳恒稳不想做出头鸟，他只想安安稳稳地做好他的支部书记，然后让村里的百姓能够有所发展，在力所能及的情况下为群众做点实事，他就心满意足了。村一级的支部书记，还能怎么样？没有往前走上仕途成为公家人的路，也便没有多少希望，没有多少前行的动力。从一开始就知道结束，今天在位明天不知去哪儿，每天还要面对无数的任务和难题，谁能理解一个支部书记的难处和苦处呢？但支部书记又是一个土皇帝，或者不应该叫皇帝，而应该叫做土财主之类，在自己的一亩八分地里面，还是自己说了算，谁能把支部书记怎么样？但更多的时候，比如说在老人是不是开追悼会这个问题上，柳恒稳更多考虑的不是自己怎么样，而是如何让死去的人荣耀，让活着的人体面。但这种体面，会不会影响妹夫，会不会给妹夫脸上抹点油，增点彩，自己真的拿捏不准。妹夫的心大着呢，看他举重若轻评点世事的模样，柳恒稳感觉他还能当县里的官、当市里的官、省里的官，谁知道怎么样呢？这官可不是想当哪一级的就能当上哪一级的，莫说省里、市里的，就连县里的官也不是谁想当就能当上的。但自己无论如何不能给他使反劲，他只能给妹夫长脸，让妹夫觉得荣光。但今天妹夫对老太太丧事的回答，真的让柳恒稳很生气。妹夫应该表现出对老人最真诚的尊重，对丧事的重视，但他的语气如此平淡，好像局外人一般。一个女婿半个儿，他怎么就能把自己置身事外呢？

　　颜景观刚开始还一直劝他开个追悼会，现在却一句话也不说了。柳恒稳现在甚至不知道他心里在想些什么，是后悔说了这些话，还是在等着他的决断？颜景观说开追悼会的建议村里有人说好，有人说孬，他自己都拿不定主意了。这些话让柳恒稳猜不透颜景观的葫芦里到底卖的什么药。颜景观啊颜景观，你担得起家族族长的名头，怎么就担不起村里人的三五句闲言碎语？但颜景观毕竟还是颜景观，也是柳恒稳多年来一直不敢小瞧的人物，他得敬着他，惦记着他，提防着他，任何时候如果一不小心，他就有可能被掀翻。还有孙姓家族，那更是一个敢做敢当敢吃敢喝什么事都做得来的家族，有事就像是被捅破窝的马蜂，一拥而上，丝毫不能掉以轻心。想到这里的时候，柳恒稳怀疑自己是不是太敏感了，他大可不必把所有人都当成敌人的。但话又说回来，人无远虑，必有近忧，坏人之心不可有，防人之心不可无啊。至于眼前是不是举办追悼会的事，柳恒稳心里清楚得很，无论自己做出一个什么样的决定，颜景观都得照办，因为他是理事会的大总管，大总管就得按照主家的意愿行事，这是规矩，也是理事会应该承担的职责，更何况他柳恒稳还是村里的书记呢。

　　直到发丧前的最后一个晚上，柳恒稳才下了决心。他握着颜景观的手："大哥，还是你能体谅我的心思，你的话我掂量了又掂量，是应该开一个追悼会。可以用一种新旧结合的方式，按照习俗发丧，出殡前念一个悼词，不进忠字礼堂，只在礼堂门口停一停，也让俺娘能够安心上路。"这样说着的时候，柳恒稳的声音有些哽咽，让在座的人都能体会到了他的孝心。

　　颜景观拍了拍柳恒稳的肩膀，算是安慰。他把自己深不可测的眼神扔出去，看着样板老太骨灰盒前面一直燃烧着的草香袅袅升腾起淡淡的烟气，把嘴里的长烟袋咂巴得咝咝作响，然后如一个镇定自若的将军，说："这样也好，就让维下写悼词吧。"孙维下也是红白理事会的成员，这样的悼词他以前就写过不少，但对样板老太，他却不敢有丝毫马虎。样板老太是支部书记的亲娘，又是在村子的历史上有过重要影响的人物，孙维下感觉自己必须认真动动脑子了。

　　开丧的时候，已经是九点多了。农村的饭时晚，早饭要到九点以后，所以众多忙人开丧后的第一件事就是要先吃饭。柳恒稳感觉今天心里堵得慌，吃不下任何东西。他看着高高的天鹅纸幡对着家里的老林方向，站在纸幡最高处的小纸人，巡视着老人即将归去的路途，随风而动的纸幡如同诉说着不尽的留恋。柳恒稳想起了书上的一句话，叫驾鹤西归。这天鹅纸幡被扎成天鹅飞翔的姿势，是不是就是书上说的这些呢？以前他还没有认真想过。白布包起来的大门，白布上写着一副对联，让柳恒稳感觉非常贴切，上联是"一生辛勤范式乡里"，下联是"终生节俭泽留村邻"，横批是"风木与悲"。这样的夸赞虽是针对所有租用这些丧事器具的人家，是对每一个逝者的溢美之词，但柳恒稳感觉这些话只有母亲能配得上。柳恒稳一直坚定地以为，母亲就是这样的人，一个在十里八乡能够称之为典范的好女人。

　　发丧发丧，谁发谁伤，不仅是失去亲人的痛苦，还有身体上的煎熬和折磨。

从开丧摆祭果到骨灰盒下葬，要经过很多程序和环节，如果外场大了，单是迎接亲朋好友的花圈，就让孝眷们吃不消。柳恒稳家里的丧局算得上村里最大的场面，他们兄弟四个，有三个姐妹，每个兄弟都有好多亲戚朋友。更重要的是，柳恒稳是村里的支部书记，全乡六十多个村里的支部书记都要来表示一下，不仅仅是因为柳恒稳的面子，还有乡党委副书记袁成华在那儿罩着，谁能假装不知道呢。所以开丧以后，就有许多支部书记陆续到来。前几年迎接花圈都是放挂鞭炮鞠三个躬，现在却又渐渐演变成原来的放三声火药炮或者放三个大的雷子，迎接礼也成了磕头。一里不同天，三里不同俗。因为仙鹤村是远近有名的颜氏后人的居住地，儒家礼仪也必然得到了最充分的体现，所有的发丧程式也便成了一种当地最具代表性的典范模式。孝子们手中的哀杖，也几乎是最短的，足以把孝子们的腰累得几天直不起来。柳恒稳个子很高，手中的哀杖一样矮短，这更让他痛苦难当。在村人的观念里，或许仅有如此，才能代表后代子孙对逝去老人的切肤之痛。

　　乡党委书记郑之渊和乡长车相渚代表乡党委政府前来吊唁，每人带来了一百元钱的大礼，这让柳恒稳心里很激动。柳恒稳知道，书记乡长对其他支部书记也可能是同样的上账标准，但两个人同时到一个丧局，是从来没有过的事。书记郑之渊是土生土长的干部，虽然老家不在仙鹤乡，但他对这个乡的人和事，对这儿的所有风土人情，都了如指掌。乡长车相渚是去年党委换届时来的，是根据时下流行的用人标准，年轻又具有高学历，从市里的机关派过来的，乡里的干部都说他是来镀金的。按照规矩，书记乡长都是贵宾级的人物，孝子们要先请后谢。所谓的请就是让客人先到近门的邻居家稍坐，然后孝子们前去磕头迎客，客人到灵棚祭奠返回之后，孝子们再去磕头表示感谢。对这些贵宾还要专门安排四八，叫提席，处处都要显出比其他客人的尊贵。大总理颜景观专门与郑之渊书记商量，最好让孝子们表表心意。但郑之渊并不需要先请后谢，他辞了所有的礼仪，走到灵棚里，鞠了三个躬。车相渚是城市里长大的，对农村发丧的一切都感到新奇，他定眼看着灵棚供桌上摆放着的祭品，不知道那只翅膀插进嘴里的鸡是如何被弄得那样别扭，成了这样一种不伦不类的模样。车相渚还特意看了看老太太的遗像，他不知道这个干瘦的老太太怎么就成了历史上的红人。因为有些走神，在他进屋与柳恒稳兄弟握手的时候，车相渚差点被并不高的门槛绊倒。车相渚忽然脸红，他感觉自己心里对老人的不敬被她的灵魂发现，身上不觉起了冷飕飕的鸡皮疙瘩。

在程式化的丧事礼仪里面，有几个小的高潮，装箱子就是其中一个。这个时间是在迎接完所有吊唁的客人之后，下午一两点钟光景，死者的女儿、儿媳或者侄女们，要给逝去的老人把草纸折叠成方，塞进白纸糊成的箱子里。这个箱子是为逝者准备的钱箱子，装得越满，塞得越结实，越说明家境的殷实，也越说明儿女们的孝心，逝者到了阴间也便越富裕。装箱子的时间要在两个小时左右，这个时间段也就成了鼓乐班子吹得最欢、最想显摆吹打水平的时候，清唱、浑唱，以及各种流派、各种歌曲或者戏曲，总能引来最多的听众和围观者。而这个时候，也是鼓乐手们挣钱最多的时候，他们要看死者儿女们的经济状况，越有钱，他们吹得越欢，中间歇停的次数也多，每次歇停都是提醒正在装箱子的女儿儿媳，要再拿出一部分额外的钱给吹鼓手。不能装哑巴箱子，这是一种风俗，也是村子里最忌讳的，否则的话逝者的黄泉路上将会寂寞无声。这个箱子要在被送盘缠的程序里烧掉，而抬着箱子的两个小纸人往往在被烧掉之前，都要被起上听说、听道之类的名字，由逝去的人使唤，也为其保管好箱子里的钱。装完箱子，吹鼓手们吃饭。这个时候，吹鼓手们也是最可以显示荣耀的时候，只要他们一吃饭，往往就有谁家的老人抱着孩子，向他们讨一个被咬了一口的馒头，然后让自己怀中的孩子吃掉。这样的人家，往往是因为孩子太娇，怕不好养，沾些吹鼓手这些祖辈就认定的下九流身上的一些晦气，让孩子躲避疾病或者恶魔的纠缠，就如有些人家愿意把自己的孩子称为"二狗""三猫"一样，似乎名字越贱就越好养。吹鼓手们似乎并不避讳历史上沿袭下来的习俗，只要有人伸手要馒头，总是非常愉快地给。近几年，由于经济的发展，吹鼓手在现代人的观念里，也逐渐成为一种谋生的手段，成为一种职业，不出力却能很轻松地挣大钱，所以对吹鼓手的鄙视也是越来越少，甚至不少人还多了些羡慕的目光。也正因如此，传统的家族式的鼓乐班子渐渐有了外姓人，甚至吸引了一些专业学校毕业的大学生。

柳恒稳的几个妹妹恒春、恒夏、恒秋以及四个儿媳，为吹鼓手们拿出了三百多块钱的箱子钱，这对吹鼓手们来说，是一笔不小的收入，甚至和他们的出场费已经不相上下。以前这一行当，出场一次只有几十块钱，现在没有四五百块钱已经不行了。这样的价钱还与吹鼓手的水平有关，也与他们的唱功、为人有关。

再加上这几年不少艺校的学生无处就业，几个年轻人约在一起，成立一个乐队之类，卖唱与献艺结合，形成了一些小的流动性群体，也成了农村街头的一大景色。对这些乐队，传统的鼓乐班子心存忌恨，认为他们抢了自己的饭碗，使这一个以前没有多少竞争的行当，有了许多的生存危机。但不管怎么说，死人的事每天都是要发生的，巨大的农村市场从来就没有凋敝的一天，所以对这些有吃有喝有玩有钱赚的吹鼓手们来说，他们仍然是幸福生活群体中的一类人。

装箱子仪式之后，是短暂的吃饭时间。忙人们、吹鼓手们，包括孝眷也都要吃点东西，丧事到此已经过了一半。大总理颜景观在院子里走来走去，他已经在午饭开始之前，到厨房切了一盘自己最爱吃的猪下货，三两热酒下肚。他看见钉耙子柳方皋正在往他十二三岁的孩子棉袄里塞馒头，走到跟前，说："方皋，你家里没粮食了？"

柳方皋绰号钉耙子，村里人都知道。柳方皋从来不掉东西，只要自己能看到、能接触到的东西，都会想尽千方百计往自己家里捞，所以才叫钉耙子。村里的红白喜事很少用他做忙人，但他为了能占点便宜，不管有没有人叫他，都要凑过来，忙前忙后，就是为了吃点拿点，所以只要哪个桌子上放的烟没了，肯定是他放进自己口袋里了。这几年，又有人风言风语地说他经常和几个小年轻，时不时地在晚上十点以后去劫路，村人只是传说，真假没人知晓。颜景观最看不惯的就是这些，他看见钉耙子老早把孩子叫来，就是为了拿点丧局上的东西回家，作为大总理，只要看到了，他就必须制止。

柳方皋嘿嘿笑着，一脸的不自在。

随着三声震耳欲聋的火药土炮在柳恒稳家门口爆响，起灵仪式正式开始。起灵后要先送盘缠。柳恒稳的大哥柳恒平率领着孝子贤孙大约三十多人的送葬队伍，先把母亲的牌位抬出了家门，这也是"破四旧"以后举行革命同志追悼会的环节。众孝眷们哭天喊地，显出异常的悲痛，哭着到了忠字礼堂前。追悼会已经有好多年没有举办过了，好多人尤其是现在的年轻人，都不知道追悼会是如何个开法，所以早早地来到礼堂前面等着观看。等所有的孝眷们都跪在牌位前面，村会计孙维下在大总理颜景观长长的"致悼词"的腔调里，用村里的扩音喇叭开始了他带着哭腔的哀悼：

各位革命同志，各位亲朋好友：

今天我们举行革命同志样板老太柳赵氏的追悼会，我代表村两委，代表全村四千多村民，表示沉痛哀悼。

大家都非常清楚，样板老太是一个革命的名字，在1968年的"三忠于"革命运动期间，她老人家为我们树起了一面旗帜，省委领导亲自接见。在全国上下都极端困难的情况下，省委领导批准了她提出的兴建忠字礼堂的建议，并为我们仙鹤村拨来了物资、材料，派来了建筑工人。忠字礼堂代表的是一个时代，更是代表了仙鹤村的光荣。样板老太的称谓是仙鹤村永远的精神财富。

柳赵氏老人家在做好伟大的革命工作的同时，还为我们村培养了大量的优秀人才，我们的村支部书记、他的二儿子柳书记，就是杰出的典范。她还为乡亲们带了个好头，团结和睦，助人为乐，她是全村人学习的榜样。

毛主席他老人家曾经说过：人总是要死的，但死的意义有不同。中国古时候有个文学家叫做司马迁的说过："人固有一死，或重于泰山，或轻于鸿毛。"为人民利益而死，就比泰山还重；替法西斯卖力，替剥削人民和压迫人民的人去死，就比鸿毛还轻。今后我们的队伍里，不管死了谁，不管是炊事员，是战士，只要他是做过一些有益的工作的，我们都要给他送葬，开追悼会。这要成为一个制度。这个方法也要介绍到老百姓那里去。村上的人死了，开个追悼会。用这样的方法，寄托我们的哀思，使整个人民团结起来。

样板老太柳赵氏永垂不朽！

让我们为样板老太默哀三分钟。

不少老人静默着，他们的记忆回到了那个年代，不分男女老少，都在用自己并不灵活的双腿跳着节奏感很强的忠字舞，扭啊，扭啊，扭出了快乐，扭出了对毛主席的忠诚，对毛泽东思想的忠诚，以及对革命路线的忠诚。他们为忠字礼堂的建设，出钱出力，不分黑白地抢工期，当时提出的口号就是大干三十天、向国庆节献礼。三十天，他们真的完成了这座两千多平方米的忠字礼堂。随后仙鹤村被省里推举为农村基层建设的一面红旗，"小黄旗一插，两行老太太拍呱"，全村老人都集中到村头巷尾欢迎来自四面八方的参观检查团，省内外前来学习的人数有时一天能到两万多人。各地的誓师大会，样板老太都要被当做典型请到主席台上做报告，她的话虽然简短，但铿锵有力。她常常给人们讲，要把毛主席语录活学活用到从天亮到天黑，从长辈到子孙。她在台上声情并茂地给大家讲，自己大女儿村子里因为没有开展学习活动，大女儿不会背毛主席语录，她大门都没有让她进.把女儿撵回了婆婆家。她常常随口就能背出毛主席语录中的一大段，在会场上领读，或者一曲尖亮的嗓音，领唱语录歌。仙鹤村似乎成了政治的中心，各级官员，各界人士，络绎不绝。甚至村里当时被派驻了一个连的部队，维护秩序，维持治安。其实，那时的治安真好，是真正的路不拾遗，夜不闭户。仙鹤村的人们一说起如今的治安，都要说那个时候如何如何。仙鹤村的商业气氛一夜间也似乎浓厚起来，各种集体开办的日用品小卖部，各种地瓜面、玉米面的小薄饼，成了人们除了精神食粮之外最为丰富的物质食粮。

柳恒稳想起了母亲因为推小车被挤伤了腿，但她仍然坚持要到工地上，唱语录歌为建筑工人活跃气氛。

颜景观想起自己因为忠字舞跳不熟练，被村宣传队长罚站半天。

孙维下想起自己的母亲成天跟在样板老太的屁股后面，献媚似的叫着老样板，为的是能把毛主席的那些语录活学活用到从天亮到天黑。

三女婿袁成华看着自己的大姨子柳恒春，想那时因为没有背语录不被允许进家门会是一种什么样的感觉，她现在是不是还能想起当时的情境。

"谁能永垂不朽啊！"不知谁在人群中喊了一声。人们互相扭动着脖子打探，如被放了血的鸡脖子般转来转去，终听不见那个声音再次响起。尖厉的唢呐声蓦然间划破长空，一曲《大海航行靠舵手》再次把人的情绪引到了旧时的岁月。伴着这首曲子，是颜景观高亢的送葬语："起灵喽。"这声音穿透了人们的记忆，把仍然处于哀悼状态的人们从怀念和留恋中拉回。

只有一个人，一直在回忆里不愿意出来，柳卫党，他的原名叫柳方义，正是在"三忠于"的时候，只有八岁的他把自己名改成了柳卫党，也就是一心卫党的意思。因为改成这样的名字，村里人都对柳卫党跷起大拇指，说这孩子有志气。当柳卫党到了十七八岁时，更显出他的与众不同。他身材高大魁梧，长得与革命样板戏《红灯记》中铁梅的父亲李玉和十分相似，人又积极上进，有人便说他是高大全的革命形象，也便被村里人称为"高大全"。他沉浸在丧礼的悲怆情绪里，回忆着自己幼小的身躯在漫长的乡村道路间追着样板老太听报告、听她唱样板戏的童年经历，忽然间泪流满面。

袁成华想，为什么仙鹤村的人们，如今仍然这样沉醉于那个已经过去的时代？村里喇叭一唱响，社员集合到操场；党委书记下厨房，拔丝山药不蘸糖，这些唯有在那个年代才会出现的生活场景，为何竟让仙鹤村的人如此充满依恋？

送完盘缠就是正式的送葬仪式。送葬过程是葬礼的高潮，抬着的是死者的骨灰盒，前来祭拜的人都是死者的至亲。送盘缠的时候还可能有其他远些的亲朋，但送葬却只能是最近的亲戚。这个时候，人们的目光开始聚集到样板老太的几个女婿这些重要的亲戚身上。也许是人们喜欢热闹的本性，即使在丧事上，许多人也希望能看到些客人闹出笑话的事，比如下跪的姿势不好看，比如磕头的个数不够等等。三跪九叩，或者是三跪四叩，大都根据各地的风俗习惯。仙鹤村所有的丧事行的都是最重的三跪九叩礼，这主要是多少年来颜氏家族一直坚持着的礼数，被仙鹤村其他家族也一样沿袭下来。但无论怎样做，颜景观已经对现在的年轻人不懂这些礼节颇有些不满，他们不懂为什么是三跪九叩，因为三与九均是最大数，三、九就是最高礼数，而三跪四叩则是百姓间传说的神三鬼四，对神拜三，对鬼拜四。还好，样板老太的几个女婿都在众人的注视下行完各种礼仪，捻香，敬酒，都做得中规中矩。摔老盆的时候，柳恒稳的大哥柳恒平竟然一下子没有摔碎，引起围观者的一阵大笑。摔老盆只有家里的老大才有资格，这是规矩。摔碎老盆，标志着一个灵魂的灰飞烟灭，与阳世的彻底隔绝。柳恒平长得个子很矮，干瘦如同枣核，所以村里人都送了他一个枣核的外号。因为一辈子没有娶上老婆，现在给村里看院子，为村干部们烧点水，打扫打扫卫生。围观者的笑让柳恒平更加慌乱，他把盆子举得高高，一下子摔下去，盆子立刻碎成了钱币大小的碎块，纸灰随即四处飞扬，但大部分都飞到了他的脸上。柳恒平顺手一擦，和着流下的不太多的泪水，竟变成了一个黑花脸，引起围观者的哄堂大笑。

送葬的程序终于在天黑前走完，这也是颜景观的精心运作，也满足了孝眷们越晚越表明这个丧局大而且场面的心愿。但这样一天下来，年近七十的颜景观感觉到了浑身上下的疲惫和劳累。

6

全乡的经济工作大会定在初八开。郑之渊喜欢八这个数字，用时下的说法，就是发的意思。但对这个数字，郑之渊充满了自己的思考，任何人写八这个数，就如同一个人在走一生的路，曲折蜿蜒，无论从何处起步，无论经历多少变迁，最后再回到原点。当一切都回到原点的时候，已经出现了个一百八十度大转弯，把一个人的思想、灵魂、躯体全部扭曲。所谓人之初，性本善，当一个人刚生下来只是一个点的时候，都应是善的，一生的路走过来，却是善恶难辨了。所以，这个数字里有好多生活的哲理和做人的道理。

因为涉及对村级的表彰，事关重大，村支部书记们都非常看重这一年一次的总结表彰会，都希望拿个好名次，多得点奖金。这也情有可原，现在村集体的收入已经基本成了空壳，全部要靠上级的转移支付才能勉强维持运转。但实际情况是，上级的转移支付基本上都被乡镇挪用了，村里只能靠着不超过土地总面积百分之五的机动地里为数不多的承包费，或者变卖点其他集体财产才能过日子。乡里也正是为了调动村一级做好工作的积极性，促进全乡的经济发展，制定了许多考核政策，根据考核成绩发放奖金，最多的五六千，最少的两三千，也算是对发不出工资的村干部们的一点补偿。因为这个奖金有一半是给支部书记个人的，所以每个村、每个村干部书记都对名次争得相当厉害。年前郑之渊就已经对各个村的成绩进行了认真研究和分析，对一些基础差但工作积极性很高的村进行了名次上的调整。今天他要先开一个书记办公会，然后再开一个党委会，把最后名次定一定。

然而今天郑之渊拿到手的成绩排名，与春节前有了很大差别，尤其是仙鹤村的名次，从原来的二十多名，一下子到了十名以前。郑之渊蹙紧眉头："这成绩好像与春节前不一样啊？"

乡长车相渚装出很认真研究文件的样子，头也没抬。经济工作考核是车相渚牵头搞的，成绩的最后排定也是他把关的，所以有些话他不好说。尤其是仙鹤村，是他弄到前面来的，因为他想以此拉近和副书记袁成华的关系。在考核问题上，虽然袁成华没有直接找他，但他知道袁成华在仙鹤乡的实力，在某些方面，甚至要超过书记郑之渊。

袁成华低着头，有些尴尬地端起杯子喝了口水。袁成华知道郑书记在说什么，但考核不是他管的，虽然成绩的变动他也看出来了，尤其是自己的舅子哥，从后面大幅度地提到了前面，变动之大非常明显。袁成华担心郑书记会以为是他搞的，自己又不能表白，否则就等于出卖了车乡长，所以只好装傻。他故意把喝水的声音弄得很响，以此作为掩饰，也有承担责任的意思，他想在座的书记乡长都能够感觉得到。

越往后看，郑之渊越发愤怒："这是怎么搞的？成绩怎么变化这么大？车乡长，这成绩是谁改的？"

"好像是考核组改的。"车相渚的声音明显底气不足。

"考核组谁有这么大胆？考核组不是你管的吗？上次的成绩相对来说已经很公平了，你们这样调整能调动积极性吗？能有利于工作吗？村支部书记们怎么看党委政府？不要以为我们可以随意摆布这些村干部，我们要对基层负责，更要对自己负责，拿回去重新弄。"郑之渊把考核成绩表一下子扔到地下，几张纸飘到了车相渚的脚上。车相渚拾起来，一句话没说，拿起考核表走出郑之渊办公室。袁成华走在后面，用手臂挡住车乡长欲重重带过的门，脸上露出为难的表情。郑之渊看到了这一细节。

对中层部门的调整方案，只好放到下午再通气研究，以目前的状态，没法再对人事调整进行商量。

郑之渊站起身，在办公室里来回走着。他不知道这位刚来了不到三个多月的车乡长，到底是真傻还是装傻。年度经济工作考核这么重要的事，是能够随便送人情的吗？党委书记已经过目的东西，他怎么敢再改动呢？他是真不知道党委书记的权威和地位，还是在试探自己的能量呢？郑之渊不得而知。这位车乡长虽然阅历不太丰富，但来头不小，据说是市里某位领导的外甥，又是原始本科学历，年龄也是八零后，从各个方面都表明他是组织重点培养的对象，明摆着就是来接他班的。但郑之渊清楚地知道，以车相渚目前的水平和他的处事能力，他根本承担不起一个乡镇的重任。乡镇党委书记不是什么鸟都能干的，郑之渊狠狠地骂了一句。然后他又自己笑了，鸟这个字忽然间让他很开心，呵呵。

不到半个小时的时间，车相渚就把经济考核的成绩改成了郑之渊看过的那个，原样不动。他自己拿着那两张表格，先是走到袁成华副书记办公室，把成绩表往他桌上一放："恢复原貌。"

袁成华看也没看，他知道，这位车乡长明摆着就是向他卖人情的。袁成华笑了笑，把表格推回去，他甚至都不知道应该对车乡长说些什么。书记乡长都是自己的领导，谁都得罪不起。车乡长是真的为他好还是故意让他难堪，他自己也说不清楚，或者就是年轻人的不成熟，也未可知。但仕途官场，一切都应该小心应对，谁也说不清楚什么时候，一不留神就进了谁的圈套。

车相渚出门前拍了拍袁成华的肩膀，轻轻地拉开门。郑之渊的办公室和袁成华的办公室紧挨着，袁成华知道车乡长的动作为什么那么轻，甚至都没有把门关严，脸上不觉淡然一笑。其实，官场的学问就在举手投足之间。这样看来，他还真不能把这位车乡长看成年轻人，他还真的很不简单。

经济考核成绩经郑之渊过目后，接着召开了书记办公会，形成了统一意见，然后就对人事安排方案进行研究。因为经济考核的事，几个人心里都还各有想法，所以对人事调整方案谁也没有心思提多少意见。党委书记管干部，这一点谁都没有任何异议，加上车相渚来得时间短，对现在的机关干部根本不认识，也不了解，所以更不便发表意见和建议。人事调整的速度之快，方案保密如此之好，是历次调整从来没有过的。党委会开过，接下来就是组织谈话，都是一些程序性的工作。

全乡的经济工作会开得很成功，大部分的支部书记都感觉到了考核的公平性。开完会，各管理区的书记都被自己辖区内的支部书记请到饭店，大喝一场，杯盏交错，总有不少人烂醉成泥。

仙鹤村的柳恒稳没有参加会议，他还有三天的服丧才能出门。但对于今年的考核成绩，他是有自己的想法的，排到了乡里的下游水平，他觉得心里有点窝火。

春节后的一个多月，是市里召开各类工作表彰会比较集中的时期，书记乡长在安排完乡里的工作之后，开始集中时间和精力参加市里的大小会议，连同各类专业会，一般要开三五十个。好在这些人都练就了很好的坐功，一般都能应付。会议结束，几个朋友再小酌几盅，发几声感慨，谈论些关于某某领导的花边新闻哈哈一笑，这种生活，可真他妈叫好啊。

今年开春的气候条件很好，天气一直晴朗，预示着一个丰收年。三三两两的人从初八九开始，就早早地到地里锄草。因为前几天的那场大雪，地里的草长得也快，那些能包水饺吃的荠菜、茼蒿，只要冒出个嫩芽就被拔走，进到了人们的肠胃里。

年前阴历二十六就打了春，今年的春脖子短，时间不等人，是到了下地的时候了。

杏　月

1

二月二，龙抬头。以前每到二月初一，家家户户都要把提前挑好的黄豆泡好、腌好，晚上进行爆炒，大街小巷里弥漫着的都是掺杂了不同香料的豆香味，农村人称之为"蝎子爪"。更有一些手艺好的主妇，买一些红糖或者白糖，炒甜豆子，更是让孩子们过足了嘴瘾。上学的孩子们第二天一大早要把自家的蝎子爪带到学校，互相比着谁家炒得好吃，有些孩子还把手里小心翼翼地捧着舍不得吃的豆子，当做礼物送给老师。而家里的主妇们，在天不亮的时候还要把头一天的柴火灰撒到院子里的角角落落，据说就是挡蝎子的，这也是北方炒蝎子爪的来历。现在的二月二，已经很少有人家再炒蝎子爪了。

柳恒稳醒来后要先喝一大碗鸡蛋水，这是他坚持了几十年的习惯，并且这碗鸡蛋水总是要披着衣服坐在床上喝的，然后再吸完一支烟，才开始穿衣下床。出门的时候，他随手抓了一小把老婆邵秋之昨晚炒好的豆子，细细地嚼着，然后出了门。这婆娘，总是把豆子炒得喷香，让人嚼着一直舍不得咽。老婆这一点绝活，母亲活着的时候，也一直夸赞着。

柳恒稳打算到山上和路上看看。以前他睁开眼的第一件事就是往村里跑，可这两天因为乡里安排的植树造林任务太重，他必须盯一盯。新来的车乡长似乎非常看重植树造林，要求所有的荒山都要绿化，所有的大小公路都要建成绿色通道，用他的话说，要为仙鹤乡打造绿色银行。从过了正月十五乡里就开始吆喝，现在也只完成了一半，主要是劳力太少。年轻人都出去打工了，只剩下一些老弱病残，谁还能上山挖树坑栽树苗？昨天乡里开了专门的调度会，孙思良回来说："乡长发火了，骂那些没有达到进度要求的村，骂得很难听。如果按我原来的脾气，真想一脚把他从主席台上踢下来。毛蛋孩子，屌毛还没扎全呢，怎么就敢对村里的干部指手画脚，骂人也忒难听了。"柳恒稳心里清楚，孙思良就这驴脾气，急了眼他也真能干出这种事。柳恒稳多次到乡里争取，想把孙思良提拔为支部副书记，可乡里一直让等等。乡组织室讲的话很委婉："他能成事，但也能惹事。"话已至此，柳恒稳也不好再说什么。但他仍然不断地向上争取，对村里则说乡里已经批了，所以村里的党员干部，都知道孙思良是村里的副书记。其实想想，乡里的担心完全是多余，柳恒稳有完全的把握，只要孙思良跟着自己干，永远出不了事，起码不会给村里惹事。孙思良脾气是孬点，但柳恒稳用的就是孙思良的这种驴脾气。现在的老百姓，故意和上面对着干，和村里对着干，必须有一个硬人，吓他们一吓。农村人啊，现在越来越难管了，以前有提留治着他们，听话的，村干部们说句话就可以减点免点；不听吆喝的，村里可以就此事实行强制，拉粮牵羊，交的是皇粮国税，谁敢跟国家对着干？现在没有什么拿手了，一些孬人根本不理村级这个茬，好话坏话一概不理，全当村干部们放了狗屁，村里还真拿他们没办法。以前计划生育兴打人的时候，多少是个理由，不行就给他们点颜色看看。现在计划生育也不让打人了，村里好多事真的就是有天大的本事也白搭，柳恒稳想起这些就恨得牙根子疼。但上面的要求还是那些，干也得干，不干也得干，这天底下就有这样不讲理的事。村支部书记，天底下最小的官，除了听话，除了干不好挨骂，还有什么可以干呢？这芝麻大的小官，当得真是窝囊啊。要不是还有退休这点事在那儿搁着，谁犯得着做这出力不讨好的差使？自己村里还好一些，有的村支部上去一个被揍下去一个，真应了主席他老人家的那句话，枪杆子里面出政权，现在是拳头下面出村官，难啊。

　　明天就是春分了，树苗子再过十天栽不上就很难保证成活率了。不过话又说过来，即使栽上了，也不见得能活。今年乡里统一给村里提供的树苗子，还没有小手指头粗，也不知道乡里这又是照顾的谁的关系。现在的人啊，都掉在钱眼里了，老百姓的钱，不赚白不赚，赚了也白赚，白赚谁不赚？栽树的老百姓都骂村里，说村里屙血，买了这种树，还不如三岁小孩的鸡巴粗。可这哪是村里买的啊，村里只跟着背黑锅。如果村里把责任推给乡里，那不又惹了乱子？因为经济工作考核名次的事，郑之渊专门找柳恒稳谈，让他不要把成绩看得太重，不能有其他想法，他是老支部书记了，应该有这个觉悟，再加上袁书记这层关系，更应该维护党委的工作。是的，他柳恒稳能够维护党委的工作，可他的手下人呢，他的支部成员呢？对于今年的考核，班子成员都有很多的想法，以为今年可以再和去年一样，拿几千块钱回来大家分分。但去年因为他们村，不少支部书记有意见，所以今年郑之渊亲自把关，把仙鹤村硬硬调到了后面，对此村里的干部都很不服气，骂娘的骂娘，甩脸子的甩脸子，有人甚至说话给他听，说乡里这回有真事了，亲戚也白搭。怨气发得差不多了，柳恒稳还是拿出自己的一部分奖金，把大家伙叫到一起喝了一次庆功酒，有奖金总比没有强。从那以后，大家心里才好受点。也难怪，如今所谓的经济考核，无论哪一级，有多少是真事啊。事后妹夫袁成华专门给他打电话，说书记乡长之间因为考核的事红脸了，至于会不会形成矛盾，都很难说，让他不能计较。妹夫还告诉柳恒稳："从现在我们都要夹着尾巴做人，村里任何人都不能因为我在党委的缘故，做出不合适的事来，更不能让人说闲话，出岔子。新来的乡长谁知道是什么脾气？书记乡长之间又会如何协调，将来谁也说不清楚，甚至下一届的班子调整，都有可能出现许多意想不到的情况。"柳恒稳佩服妹夫的明理，也能理解他所处的位置，不允许他出丝毫差错，否则就要吃夹板子气。作为副职，他必须学会见风使舵，见人说人话，见鬼说鬼话，柳恒稳知道妹夫有这个本事。这几年乡里的村支书们坐在一起，不少人夸妹夫是当官的料，这里面虽然有不少是谄媚的成分，但柳恒稳心里清楚，妹夫还是比较成熟的。说不定下次调整，或许也能弄个乡长当当，那么他们柳家就会有更多的好运气了。

  柳恒稳走到仙鹤山脚下，吸了一袋烟之后，才看到孙维下、孙思良和几个村干部，带着十几个老娘们儿慢腾腾地往这边走，心里不觉有些生气。昨天村里开了会，把绿化任务分配到每个干部身上，每个人都要包组，集中三天时间干完，谁干不完就扣谁的奖金。可这些人，还是狗改不了吃屎，乡长昨天就骂人了，今天还不知道加快进度，就这十几个娘们儿，能干什么？一天能栽多少棵树？这帮人还没有到跟前，柳恒稳就拉长了脸说："咱丑话说到前头，不要敬酒不吃吃罚酒，三天谁完不成任务，就让谁吃不了兜着走。就这十几个鸟人，能完成任务？一会儿乡长就来看，他如果骂了人，不要怪我不客气。"

  "叔，生么气，大清早的。你可别小看这些娘们儿，她们的功夫厉害着呢，不光会挖坑，也会栽树，更会下绊子，都已经在床上练了几十年的功夫了，错不了事。"孙思良有些皮脸，没有拿柳恒稳的骂当回事儿，"你看大妈妈婶子，这妈妈大的，真他奶奶的馋人，放在水里能当救生圈，放在锅里能炼五十斤色拉油，压在上面一定和抱着一个面团一样。真是天下一绝啊。"

大妈妈是煤矿工人窦修乐的老婆，四十多岁的婆娘，一直养得白白胖胖的。只是命运不济，生了一个有些痴呆的儿子，把她死死摞在了家里，即使地里有活，也要花钱请人帮忙。窦修乐在离家八十多里路的矿上下井挖煤，每个月带回千把块钱，让村里人羡慕得不得了，大妈妈也以此为荣。村里人讲，每次窦修乐回来，大妈妈都会到小卖部买下各种熟肴，陪着窦修乐喝酒，一直喝到两个人起性，然后把傻瓜儿子关到卧室里，他们在屋里只要能做爱的地方，脱下裤子就干。大妈妈干到起性，声音叫得像怀春的猫，那叫声能让周围的邻居心里痒痒得难受。有一些年轻人就偷偷地跑到他们窗子底下或者扒着门缝往里瞧，把他们馋得直流口水。除了大妈妈的叫声撩人，那些看见过他们两口子办事的人都说，人家那才叫会玩，躺着抱着，前面后面，上面下面，十八般武艺样样叫绝。尤其是那对大妈妈，那可真叫馋人哪，这十里八村的，哪个女人有过这种家伙？大姑娘的叫金奶子，小媳妇的叫银奶子，养过几窝孩子的叫狗奶子。大妈妈已经四十多岁，只养过一个孩子，但那妈妈仍然光亮亮的，和十八岁姑娘的金奶子一模一样，要体积有体积，要手感有手感，村子里有不少男人都动大妈妈的心思，但没有几个人得逞过。大妈妈家里有个痴呆儿子叫小财，时不时发些神经，见着生人就拿根棍子棒子追着打，让人根本不敢傻边。但有一个人不同，那就是村支部书记柳恒稳，他和大妈妈已经好了很多年了，这在村里是公开的秘密。柳恒稳和大妈妈也都不避讳，包括柳恒稳的老婆邵秋之以前还到大妈妈家里骂过，让柳恒稳着实打了一顿，然后老实了，从此三人和睦相处，再也没有了任何是非。也正是因为如此，村里的其他人再也不敢动大妈妈的心思，因为有柳恒稳在那儿罩着她。但柳恒稳和大妈妈办事的时候没有任何动静，因为柳恒稳不喜欢，他总是换不了几种姿势，就早早地蔫了，他怕别人听见，并且他还有支部书记的身份在那儿，哪能让这个骚娘们儿那样大呼小叫的。柳恒稳叫大妈妈骚娘们儿，大妈妈也愿意听这种有些醉人气息的称呼，答应得也十分干脆。大妈妈常对柳恒稳说："骚是女人的天性，哪个女人不骚？不骚的就不是女人，都是些假正经。女人骚了才有味道，才是真正的女人。"这些话让柳恒稳听了说不出的高兴，因为他也喜欢这女人的骚。

孙思良搬出大妈妈当救兵，让柳恒稳没了话说，自己先嘻嘻笑起来："你这毒狼，小心我扒你的皮。"

说孙思良是毒狼，也只有柳恒稳敢说。孙思良就一根独苗，他爹死得早，一个老娘一把屎一把尿地把他拉扯大。年轻的时候，孙思良对自己的亲娘是想打就打想骂就骂，尤其是因为家里穷，二十多岁了连个说媒的都没有，心里更烦，行事做人就更不像话了。但这孩子义气，拳头硬，天不怕地不怕的。柳恒稳正是看上他这一点，让他到村里帮忙，先是一天给他讲一通大道理，让他干些体力活考验他。好在孙思良比较听话，并且还能吃苦，没多长时间便调教得人模人样了，好多事都收敛起了坏脾气，打骂老人的事再也没有出现。柳恒稳看着差不多了，便四处托人给孙思良找媳妇。很快就找了一个外乡的媳妇，名字很好听，叫苗女，长得不算漂亮，但贤惠，脾气好，对男人和老人都照顾得很好。孙思良更加从心底里感激柳恒稳，他知道自己所有的一切都是柳恒稳给他的。起初，柳恒稳只是不忍心看着孙思良的老娘，成天生活在他的拳头下，让人觉得可怜，他是为了把孙思良拴在自己身边。另外的意图就是自己还有点私心，他看着这几年的村干部里面，已经没有几个人愿意为他出真力了，他只是想平衡一下力量，让其他几个干部有点压力。但没有想到孙思良这家伙还真能为他出死力，所有的事，只要他柳恒稳的一句话，就不计后果，坚决弄得让他满意。为此孙思良得罪了不少孙姓的人，甚至一些孙姓的长辈，也曾经挨过孙思良的拳头。孙思良还振振有词，说是为公家的事，他公私分明大公无私。孙姓人却在私下嘀咕，孙思良真是孙家的败类，竟然成了柳家的走狗，毒狼的外号就在孙姓家族里私下叫开了。但在公开的场合，没有人敢这样喊他，谁这样喊他就会跟谁拼命。只有柳恒稳，这样叫他的时候，他甚至有一种得意和炫耀，感觉那就是一种荣耀的称谓。在这个四千人的村子里，谁能是狼呢？并且还是毒狼。这两年流行一本叫《狼图腾》的书，都说好，是专门写狼的，并且是野狼。孙思良专门买回来，想看看自己究竟像不像一只狼。但那本书他没有看懂，也终于没有弄清楚自己到底像不像一只狼。

十几个人说着闲言碎语，然后三三两两地到路旁的沟里挖树穴。这时就看见一辆小车，歪歪扭扭地顺着只能容一辆车的乡间小路开了过来。柳恒稳认识那是车乡长的车，是一辆国产红旗。车未停稳，车相渚就一步迈下车，对着孙思良吼了起来:"孙思良,昨天的会是你参加的吧?你是怎么表态的?全乡就你们进度慢了,你还想不想干?三天完不成任务我撤了你。"

车相渚的话音未落,孙思良就猛地把手里的铁锹一扔:"车乡长,你别说,你他奶奶的有本事现在就撤了我。你瞎咋呼个屁啊,你以为我吃你那一套啊。我也打听了,你下了吃奶的力气抓植树造林,不就是想卖树苗子吗?全乡这些烂鸡巴树苗子都是你进的,你干爹家有一百亩地的307毛白杨,全部高价卖到了咱乡里,都是这种没有屌毛粗的烂货。奶奶个,你想怎么治吧,我现在就到市里告你一个假公济私,我看看你还在这儿耍什么威风。"

车相渚的脸被气得煞白,嘴唇发抖,几乎说不出话,"柳恒稳,你,你,你看你带的,这是个什么样的干部?你马上给我撤了他。"

"孙思良,你还有大有小吗?你是个什么东西,怎么能给车乡长这样说话?"柳恒稳怒斥着孙思良。孙思良真是一个好孬不吃的孬种,什么事都干得出来,话说重了,他会炸蹶子,说跑就跑;说轻了,他根本就不理这个茬。但现在,柳恒稳必须给车相渚一个台阶下:"马上给车乡长道歉。"

"我给他道歉?他奶奶个臭……老子还不干了呢。"孙思良转身就走,留下一伙人在那儿大眼瞪小眼。

柳恒稳掏出烟,走到车相渚跟前,"车乡长,你大人大量,这小子就这驴脾气,别跟他一般见识。我回去就撤了他。"

车相渚平时根本不抽烟,这次却接过柳恒稳递过来的劣质将军烟,让柳恒稳双手挡风给他点上,自己给自己找了台阶:"你看着办吧。不过你们的进度确实太慢了。县领导督得紧,过几天就开现场会调度,你们要在现场会之前完成。"

"我拿脑袋担保,坚决完成任务。"柳恒稳说。

"那好,我走了。"车相渚有些踉跄,上了车。

柳恒稳似乎看到了车相渚的眼泪,从车窗玻璃上流下。车相渚没有摇下窗子给柳恒稳摆手,却看到了他脸上挂着的笑容。

柳恒稳吸了长长的一口烟,然后慢慢地吐出。他知道孙思良给自己惹祸了,这位车乡长会不会以为是他指使的呢?其实孙思良的爆发是因为经济工作考核的奖金少,他自己分得也少,更重要的是昨天开会的时候挨骂了。孙思良这种顺毛驴,吃软不吃硬,越是压他他越反感,哄着他什么事都能干成。这会儿他撂挑子，一会儿就会乖乖地回来，放下蹄子就后悔，就这牲口的德性。不出十分钟光景，柳恒稳就看见孙思良一歪一歪地走过来了，肩膀上扛了一把铁镐。现在的路沟里，还有不少地方没有开冻，没有铁镐根本刨不开。这狗日的，自己惹了祸，和没事人一样，还去拿家伙什儿再回来。这驴熊，柳恒稳在心里骂道。

2

孙思良大骂车乡长的事迅速在全乡传开，柳恒稳知道，肯定又是孙思良这个嘴上没毛的家伙在夸耀自己本事的时候说出去的。为了这事，袁成华专门抽了一个晚上，骑着自行车来到柳恒稳家里，问清了事情的来龙去脉。柳恒稳说完当时的情况，袁成华好长时间没有说话，他告诉柳恒稳："孙思良把全乡搅成了一锅粥，小事闹成大事了。如果车乡长以为是你指使的，使用些手段对付仙鹤村，以后的形势还真不好预料。"

"能有多大事？我就不信车乡长就这么小的肚量。让他到家里来喝场酒，我让思良给他赔个不是不就得了？"

袁成华苦笑一下："你以为你家的酒好喝？"

一句话呛得柳恒稳脸红脖子粗。以前妹夫从来没有给他说过这么重的话，毕竟他年长十几岁，在村干部岗位上也算是老人了，妹夫有些事还得听他说个过来过去。可今天的话，让柳恒稳掂出了分量。

"现在最可怕的是全乡上下都一个声音，都说是你指使的，说你对考核结果不满，专门让孙思良给乡里弄点脸色看。还有人说是我指使的，是想让车乡长下不来台，说我和郑书记穿一条裤子，专门整车乡长。你给我说实话，你到底知不知情？"

"你怎么连我的话都不相信呢？我有三个心眼也不能这样做啊。"

"郑书记现在也知道了车乡长购进的全是他舅的劣质树苗，压着林业站长全部退回去，三天退不完就撤林业站长的职。"

"那不等于两个领导公开闹矛盾了吗？"

"都是孙思良这张狗嘴。郑书记明明知道事情的真相，可他硬是装作不知道，就是怕把事情闹大了，不好收场。现在倒是这个孙思良，把事情翻了个底朝天,郑书记想装不知道都不可能了。再加上一些火上浇油的人,事情已经很难控制了。现在的人总是怕事少。这下可有好戏看了。"

"车乡长给郑书记说一句不就行了,都是伙计班子,还有什么大不了的事。把村支部书记个别的再安抚一下,村里没有多事的,不就结了?"

"哪有这么简单,车乡长是什么人?年轻气盛,他肯低这个头?上次因为考核的事他就窝了一肚子火,这次再服软就等于完全认输了。不过现在确实很不好办。两个一把手,闹僵了对谁都没有好处。"

"你从中间调和一下嘛。"柳恒稳说。

"我哪有这个本事?我又能说什么?两边的话都不好说,深不得浅不得,说多了还让别人起疑心,说又和谁谁走到一起了。明摆着的,劝谁就是走到了谁的对立面。我还是装傻,让他们自己慢慢调和吧。"

"可你总要有一个态度啊。"

"没有态度就是最好的态度。我明天请几天病假,管他呢。"袁成华在夜色中匆匆离开,他先让姐姐出门看看有没有人,见街上空荡荡的,才骑上车子走了。

柳恒稳见袁成华走了,转过身给老婆说:"我出去一下。"然后掩上大门。

"你去哪儿?"老婆邵秋之问。

柳恒稳腔也没答,自顾走了。

3

村班子成员会开了整整一个上午,最终也没有商量出个所以然来。

柳恒稳让每个人都说说,今年抓些啥,所有人都嘻嘻哈哈的,没个正形,上级让咱抓啥咱抓啥,人家抓啥咱抓啥,咱想抓啥咱抓啥,三句话,都这样说。这帮玩意儿,柳恒稳在心里骂。他知道这帮子人主要是看年前发的工资少,奖金也不多,都没把村里的这点屁官当回事儿。不过话说回来,现在还有谁把这些村官们当回事儿呢?以前可以搞专政,现在是群众搞干部的专政,想打架的时候,家族里的人一窝蜂地上,打了白打,派出所不敢露面,法不责众,更不敢责家族之众。再说了,老百姓打架还能算什么事儿?叫纠纷,纠纷只需要调解,不需要专政。现在好多事就怕成群，成群了各级都害怕，怕上访，怕聚集，怕给各级的官员抹黑。即使有事拘留上几个，关几天出来，还是照样，有些还作为资本吹嘘和标榜，咱进去过，谁能把咱怎么样？那些告状的打电话的，最后还得给进去的人压惊，否则日子仍然难过。正不压邪，也不知道谁正谁邪，或者老百姓的事本就没有谁正谁邪，谁知道呢。

"咱可得说好了，去年的事谁都不能往心里搁，过去的就让它过去。说实话，我对咱去年的工作也不满意，责任在我，我没带好头。今年我发个狠话，不管怎么样，咱得干点活，要不老百姓还得骂咱。乡里的经济工作考核越来越有真事，咱不能成年价不进步，一直在后面喝糊涂，咱也得弄上个馒头吃吃，咱不能老看着人家吃肉咱喝汤。因为咱村里名次的先后，乡里的领导都红脸了，这些事大家都知道。这说明领导对咱还是看得很重，咱得给领导争口气，也给咱自己这张老脸争口气。今年下半年，市县乡各级都要搞换届，村两委班子也要重新进行换届选举。咱们这帮子人都知道选举的厉害，不要到时候咱们吃不了兜着走。乡里的班子说不定也要有所变动，咱更得干好。"柳恒稳的潜台词其实说得很清楚，他盼着自己的妹夫袁成华能当上乡长，自己也能光宗耀祖，工作上也可以更好干一些。

"俺更是盼着成华哥当乡长呢，当上书记就更好了，咱也能跟着沾点光。"孙思良还没等柳恒稳的话音落地，就接过来说，"再说了，成华哥要本事有本事，要能力有能力，要威信有威信，要人品有人品，凭什么就当不了书记乡长？"

"这话可不能乱说。"柳恒稳连忙接过话茬。

"其实谁当官对咱们这些小老百姓都无关紧要，就咱这觉悟，只要有口饭吃就行。大闺女做梦，也不能光想好事，想也是白搭。咱可是去年进村委的，咱对工资有意见，咱想今天给大家伙儿说说，咱一个月只有八十块钱，就连村里看大院的也是八十块钱，这样合不合理？"村委会副主任柳方鸣说。柳方鸣是去年上半年进村委的，吸收他进村委并不是因为村里需要人手，而是凑数的，可有可无。柳方鸣是退伍兵，跟着市里集体上访的老兵们进了几次北京，为这事市信访局专门要求乡里，要妥善处置，不能让柳方鸣再次进京，否则就要对乡里一票否决。乡里为了安抚柳方鸣，给村里提了这么个要求，用村里的职务把他拴住。柳恒稳给了柳方鸣一个村委会副主任的职务，专门分管治安工作，让他晚上值班，白天睡觉，再也没有精力乱跑，这样才算是解决了问题，也没有再去上访。柳方鸣这次提出工资，并且把自己和看村大院的柳恒平比，显然是有所不满。八十块钱现在已经不算什么钱了，但是柳方鸣一提工资的事，仍然让柳恒稳心里很不痛快。安排柳方鸣进村委的时候，若不是妹夫亲自找他，他才不管谁上不上访的事，仙鹤乡稳定不稳定与自己有何关系？他柳方鸣访的是上级的政策，不是仙鹤村的事，自己何苦要替上级承担义务呢？

柳恒稳皱紧眉头，没有说话。孙思良看到了柳恒稳的表情，知道该他说话了，"老柳，八十块钱不少了，你能给看村大院的比？人家看大院的一天二十四小时在村里，你才几个小时？再说你晚上查夜，你查没查都还说不清呢。"

"你这个人怎么这样说话？就咱这觉悟，怎么会不查夜？职责所在嘛。天地良心，咱查没查夜你不知道咱知道，咱查了就是查了。再说了，咱不查也轮不到你说话啊。"

"怎么轮不到我说话？我是支部副书记，我说完才轮到你说，你不查连工资都不能给你，八十块钱就便宜你了。"

"你这个毒狼，你欺负人。"柳方鸣一下子站起来。

孙思良一下子蹿到柳方鸣跟前，一把抓住了柳方鸣的衣服领子，另一只手攥紧了拳头，高高地举在柳方鸣脸的正上方，"狗日的，我看你能得不轻，要不是有个驴屌坠着，你就能上天了。你刚才说的什么，你再说一遍。"

"思良，你撒什么野，我们这是在开会，不是胡闹腾。放开方鸣，把手拿开。"柳恒稳呵斥孙思良。

这一文一武演成了一出双簧绝配，孙维下的脸上露出不易被人察觉的笑容。

计划生育专职主任安爱抬头看了看孙维下，见他不动声色的样子，心里有些疑惑。专职主任安爱是柳恒稳堂叔兄弟柳恒檀的媳妇，前几年是孙维下要求把她纳进班子的。人虽然长得一般，但头脑还算清楚，做计划生育在全乡也是一把好手。柳恒稳当时并不同意她进班子，因为有人风言风语地说她和孙维下好。但柳恒檀猪脑子，一次一次地到家里求他，他又不好明说，便呼着哈着让安爱进了村委。进了村班子后，孙维下和安爱两个人有一段时间很不像话，有人没人的总是不盖眼皮地闹。柳恒稳专门给他俩分别谈话，总算有所收敛。给他们谈话的时候，孙维下把责任都推给了安爱，说是她勾引他，这个娘们很骚，家里的男人不能让她舒服,才缠着他不放。柳恒稳把安爱叫过来,当面问她:"是你勾引孙维下吗?"柳恒稳当时就是想让孙维下下不来台。但安爱这个娘们真的不长脸:"俺也知不道怎么回事,孙维下的眼就像长了钩子,让俺见了就拔不动腿,就想那事。他这个老家伙,也真管事,也知道俺啥时候想,俺想了他就来了,真准。"柳恒稳碍于大伯哥和弟媳妇的不方便,有些话不愿讲过头了。但安爱的话让他觉得这两个人真的不知道丢人多少钱一斤了,便把他们狠狠地批了一顿。前年有好事者把他俩的事告诉了柳恒檀,柳恒檀差点没把安爱打死,他还在夜里到孙维下家里放了一把火,幸亏没有造成大的损失。但孙维下很害怕,提了东西到柳恒檀家里赔礼道歉,又拿了一千块钱,事情算是有了一个了结。这人啊,有时就是好了伤疤忘了疼,事情过去不久,两人很快又好上了,好在比以前隐蔽多了。两个人成天一块共事,抬头不见低头见的,也真的很难一刀两断。孙维下常给安爱说:"俗话里讲,一日夫妻百日恩,咱这露水夫妻的情分,比夫妻情分更长久呢。"安爱对孙维下的话撇了撇嘴:"男人的嘴比女人的都巧,有谁信呢?"话虽这样说,只要孙维下一叫,安爱便总是屁颠屁颠地跟了去。

颜亭好一直没有说话。她是药管员,属于班子成员里最不重要的一个角色。颜亭好一直以为,班子成员会都是男人们在争着各种权力、各种利益,女人没有发言权。更重要的是,以前曾经有人把她介绍给柳恒稳的大儿子柳方园,虽然没成,但心底里有一种难解的结,与柳恒稳之间有一份说不出的亲近。她以前是那么爱着柳方园,但人家的心不在农村,高中毕业没有考上大学,就去城市里学习汽车修理,后来进了一家汽车企业,由修汽车改成了装汽车,现在发展成了一个部门的负责人,威风着呢。年前回来的时候,柳方园就是自己开车回来的。颜亭好听到柳方园打开车窗叫她的名字,心里便乱乱的,她装作没听见没有应声,然后急急忙忙地拐进了旁边的小胡同。想想还是自己命苦,没有福分享受这段姻缘。但话又说回来,人怎样不都是吃饭?自己虽然嫁给了一个开杂货店的,大钱没有,小钱也不断,在农村也算是上等人家,人又老实本分,一个女人家,还求什么呢?

孙思良和柳方鸣都气呼呼地坐下,柳恒稳拿出烟,递给俩人一人一支。两个人各自点上,办公室里开始弥漫起淡淡的烟草味。

"我们今天重点是想讨论一下工作,今年村里能干点啥,每个人都能干点啥。乡里经济工作大会上发了几个文件，把村里的工作分成几个部分，大家琢磨琢磨，我们在哪一块上可以弄个先进，多得点分数。唉，都是日子逼的，老了老了，到最后竟然也和学生差不多。分，分，学生的命根，现在也成了村干部的命根，分就是钱啊。"

"我看哪，咱可以在农业结构调整上做点文章，这一块儿的分值高。乡里要大力发展的绿芦笋，那可是个好东西。今年我那小闺女女婿从南方带来竹笋，应该和这个东西差不多吧，好吃得很，那可真叫新鲜啊。"孙维下抽了几口烟，说。

其实在座的几个人都不知道这绿芦笋和鲜竹笋到底是不是一种东西。

"这年头，还有人愿意下那个力吗？人都懒了，要么出去打工，挣个现成的钱，要么还是麦子棒子轮换着种，机器帮收帮种，什么事都是现成的。这结构调整，肯定又是大棚又是薄膜的，老百姓还没忘了前些年的事哪。"颜亭好提出了自己的担心。

"那就看咱是不是真的愿意行政推动，愿意推的话，拿点补贴政策，做做工作，我觉得应该可以。"孙维下说。

"这东西销路怎么样呢？咱现在干什么都得想好了卖的地方，要不老百姓一家一户的没法弄。"柳恒稳说。

"销路应该没问题，乡里鼓励发展，肯定有现成的路子。年前我去城里的时候，遇到在外地做蔬菜加工的亲戚，说他在别的乡镇开了一个蔬菜加工厂，可以给咱一部分生产任务，只要种出来，他们就全部收购。"孙维下说。

柳恒稳没有说话。在此之前，他已经找过乡里分工农业的副乡长蔡宝安了，谈妥了乡里村里的提成问题，现在这个孙维下又提出了他这样一个亲戚，真是破裤子瞎伸腿。柳恒稳沉默不语，孙维下似乎看出了什么："这事真不行咱就先放放，以后再议？"

"我先去找找乡里，要以乡里给咱提供的销路为准。"柳恒稳似乎在做总结。

"我看行。"孙思良接过话音，然后他看到了孙维下有些怒气但瞬间就消失得无影无踪的眼神。

"别光腆着脸开这些没用的会，你们这一帮子该杀的。俺那宅基地今天你们要不给俺批了，俺就死在大队院里。"几个人没有动身，听声音就知道是三婆子又到村里添乱了。

"哟，三奶奶，您老人家怎么生这么大的气啊，有话慢慢说。来，先到办公室里坐会儿，喝杯茶消消气。"颜亭好一听是三婆子的声音，就站起身迎了出去。

这个三婆子不是一个善茬儿，轻易没人敢惹。她三十多岁就守寡，一个人拉扯着一个独生儿子。虽然也姓孙，但和孙家人基本上融不到一块儿。三婆子一直怨恨孙家的人，她男人犯病的时候是在晚上，她本想找几个男爷们儿抬着男人去医院，但敲了几个近门的窗户，这些人不是装作听不见就是说男人不在家，竟然没有一个人愿意去，三婆子的男人最后死在了她的怀里。男人下葬后的第三天，三婆子就一边到街上哭男人，一边骂街坊，骂那些不给她开门的，骂不给她帮个人手的。而在此之后，一到阴天下雨，尤其是家里遇到难处的时候，她都要抱着她的儿子，鼻涕一把泪一把地到大街上又哭又骂。对她的两个大伯哥，更是想骂就骂。骂他们没有人性，连最起码的兄弟情谊都没有了。一个妇道人家，家里又没有其他人给她主事，也便没人计较她这种泼妇无赖。其实街坊们都明白，三婆子是一个精明的女人，她是用这种方式，寻求着自己的生存之道，求得怜悯和同情，在任何事上都不要吃亏。三婆子更是想用这种方式，让那些对她有想法的男人望而生畏。寡妇门前是非多，她在用一种非常规的手段，保护着一个女人的名声，维护着自己弱小的儿子和风雨飘摇的家。以至于后来，她发疯似的今天借这家的东西不还，明天偷偷装那家晒在路边的粮食，也没有人愿意跟她计较。但渐渐地，村人们对她充满了厌恶，缺少了同情，只是不与这个女人一般见识罢了。

孙思良与三婆子家有着几乎相同的经历，所以对她充满了一种本能的同情。但三婆子毕竟还有他的大伯哥们，还有人时不时地帮衬着。而他孙思良呢，孤零零的一根独苗，一切事都是老娘一个人，吃苦受累的。随着年龄一年年地大了，孙思良也体谅到当娘的不易，想想难为娘做的那些人人不齿的事，他真的感觉没有任何脸面活在这个世上。

不过三婆子这次要求村里给她解决的事，确实有点过分。村班子的人都知道，她以前有两处宅子，因为家里穷，二十多年前把老宅子卖给别人了，她也正是用那些钱养活了自己的儿子。这几年儿子外出打工，也挣了一些钱，回家娶上了媳妇，媳妇一下子生了两个白白胖胖的小子。这下让三婆子又高兴又心焦，添了两个孙子就要有两处院子，一人一处啊。可自己以前卖出的老院已经没有办法收回了，所以就让村里再给她批一处宅基地。以前村里曾经有过私自卖宅基地的情况，对这种人村里一直没有办法，周瑜打黄盖，一个愿打一个愿挨，村里根本插不上手。但三婆子以前是有宅基地的，自己私自卖了，钱自己用了，然后再要宅基地，于情于理都没有办法让村里和其他村民接受。无论谁在村里当干部，都得讲一碗水端平吧，所以柳恒稳一直没有答应她。这个靠骂街、靠眼泪生活的女人，这次又用上了这些手段，一次次到村里又哭又骂。如果是前几年，村里的宅基地不是很紧的时候，批一处也就算了，村里如果有人提意见，干部们也好解释，你说谁能给她攀比啊，谁跟她攀，她就会撕开脸皮骂谁。但现在国家对土地控得那么紧，谁敢有一点的马虎啊，那可是要逮人的，没有人敢承担这个责任。所以对她的哭闹，柳恒稳一直采取了不予理睬的态度。但没有想到，这个倔强的老太太，一次次地来，上次还跑到乡里，大哭大闹，并且说如果不给她解决，她还要去市里上访。本来自己无理的事，这个三婆子还要上访，现在的世道，还有没有道理可讲？

"三奶奶，你家以前有过两处宅基地，让你卖了一处，按理说是不能再给你批的。"孙维下还没等三婆子走进办公室，就说。孙维下知道三婆子的脾性，本不愿插嘴，但自从上次她到镇上上访之后，柳恒稳把责任压给了孙维下："孙家的事，孙家人好说话，这事就交给你处理了。"

"俺卖了宅基地，你们当干部的谁没有卖过？你们自己卖过，你兄弟也卖过，就俺三婆子不能卖？你们还讲不讲公理？"

"三嫂，我给你指一条路，到市里的国土局去找，只有他们有办法。你到村里来一万趟，咱说了也不算，你到那儿，要个二指的小条，我立马给你找地方。"柳恒稳亲自把三婆子扶到椅子上，给她说。

"这话当真？"三婆子怒目圆睁。

"你有这么一张条子，谁不给你办谁是王八。"柳恒稳拇指和食指捏在一起，比画着，发着毒誓。

"行，有你这句话，俺还就不信俺三婆子还要不来一张二指的小条。"

眼看着三婆子一阵风似的消失在村大院的大门外，柳恒稳的心一下子放了下来。这个婆娘，向来刁缠，大小不论理，你没有多少道理能给她讲得通。她只想着按照自己的意愿去办，所以只有用这种哄的办法，拖一天是一天。但这种事，最终还是要靠村里解决，柳恒稳心里清楚着呢。柳恒稳只是觉得三婆子的要求确实太不像话，孙子还小，以前自家的宅基地也是卖了钱的，现在再反过来要新的宅基地，多少是有些不合道理。其实话又说回来，她不讲道理也是学了别人的，村里以前确实有个别干部卖过宅基地，然后又批了新的，是村干部没有带好头。在批宅基地问题上，柳恒稳自己说话都不柱桩，因为他的三弟柳恒如卖过，老四柳恒山也卖过，虽然都不是多大的地块，但只要卖，就兴下了例子，再没有多少道理可讲。再说了，即使三婆子不讲道理，一个年过半百的老太太，可怜她总不会有人有意见吧。嗨，管它呢，有意见怎么了，如果别人有这种情况，一样照办。村里的地无论多少，都不是自己祖上的，多批一处少批一处，只要上级不追查，又有什么原则性的错误呢？多一事不如少一事，多批一处宅基地，只要耳根子能落个清净，就会依了三婆子，谁做这个村支书可能都会这样想，这样做。所以柳恒稳定下主意，只要孙三婆子从市国土局回来，不管有没有那二指条子，只要上边知道了她这种情况，有这档子事，就正正当当了，他就马上给她批一处宅基地。

4

蔡家是仙鹤村的独门独户，在村子的最西南角。

蔡家是非常普通的一户人家，普通得如一张老农的脸。蔡家的存在总给人可有可无的感觉，无论大事小事，总是不前不后、不左不右的。蔡家有三间瓦屋，应该是在八十年代初盖的，砖墙上露出了深深浅浅的坑，像一张又老又丑的麻子脸。屋顶已经下陷，房子的大梁应是毛白杨或者梧桐木，这种木梁时间长了，都要出现房顶塌陷的情况。蔡家几辈单传，到了蔡老三这一代，除了他之外，他娘又多生了个女孩，叫蔡子淑。蔡子淑身体一直不好，成了三十岁的老姑娘才好歹嫁了人。蔡老三之所以被取名为老三，是因为他的父亲蔡祥攻想图个吉利，借名字再多带几个娃，不能让家里就一个男孩。可有时家族遗传或者说命运就是这样邪乎，蔡祥攻的老婆伊婶，生了一个蔡子淑就趴了窝，再也不生养。于是蔡祥攻就怨自己娶错了老婆，娶了个姓伊的，还不就只生一个吗？多生了一个还是病秧子。如果娶个姓多的，还不是多子多福吗？一切都是命啊。但不管怎么说，伊婶给他生了个儿子，让蔡家的香火能够延续下去，对蔡祥攻来说就心满意足了。

虽然族门不大，蔡家并没有受过多少欺负，一家人和和美美地过着与世无争的简单日子。蔡老三结婚时，家里还算殷实，几间瓦房也算不上落后。家里人口多，一家五口都是整劳力，又都勤快节俭，逐渐有了一些积累。但结婚后蔡老三的老婆郭燕子接连给蔡家生了两个女儿，让一家人很不痛快。到生出第三个女儿的时候，蔡家老头子再也忍不住，把儿子骂了个狗血喷头。儿媳妇心知肚明，公公哪是骂儿子，是骂自己不争气，不能给他蔡家生个带把儿的。儿媳妇想把刚出生的女儿送走，但那个时候，计划生育抓得那么紧，不是扒屋就是拆墙的，谁敢收啊，于是一家人没了主意。蔡祥攻让儿媳妇出去，一个人闭着眼，把活了不足十个小时的孙女活活闷死在被窝里。一家人哭都不敢哭，就跑到计划生育干部那儿，说生了个死胎，让人家验过后才算完事。自此以后，蔡祥攻让老婆儿媳不是烧香就是磕头，到处求神拜佛，他还亲自出马，到处收集生男孩的偏方，抓了药让儿媳吃。功夫不负有心人，三年之后，郭燕子终于生出了个男孩，取乳名为宝金。可蔡家已经违反了计划生育政策，把多少年的积累全部交了罚款，一共是两万九千八。蔡老三对这个数字记得特别准，因为他从来没有见过那么多钱，也没有想到父母除了借街坊邻居的一万八千块钱之外，还攒下了一万多块钱。自从得了孙子以后，蔡祥攻神清气爽地好了几天，走路带着风，嘴里还哼哼，不知怎么忽然间就不行了。蔡祥攻开始捂着头，嘴里念叨着我杀人了，杀人了。邻居们弄不明白他念叨的什么，但蔡家人心里清楚，他肯定想起了那个被他闷死的小孙女。直到有一天，蔡祥攻一夜未归，第二天竟被发现死在一片野地里。蔡老三记得那个地方，是他们父子俩就在那儿，埋掉了那个连名字都还没取的孩子。蔡老三见父亲手里紧紧地抓着一把土，抓得那么紧，任他怎么掰都掰不开。他用地排车把父亲拉回来，一边拉一边呼天喊地地哭。俗话说，福无双至，祸不单行。蔡祥攻死后烧过五期纸，村里便催着蔡老三去做结扎手术。蔡老三在一个下午去的，市里做手术的值班医生中午喝了点酒，手术做得很不成功，留下了严重的后遗症。从做完手术，蔡老三的腰就再也没有直起来过。已经十二年了，蔡老三再也不能下地，不能干重活，每个月还要到市计划生育指导站拿下一个月要吃的药。其实那些药根本不管用，管用他不早就好了吗？那些药现在只成了他的一种安慰，一种寄托，疼得厉害吃点止痛片。蔡老三失去了做男人的功能，所以老婆郭燕子在生下儿子两年后，就跟着村里的另一个男人去了东北，再也没有了音讯。一个老太婆，一个失去了劳动能力的男人，抚养着最大五岁、最小两岁的三个孩子，身上还背了一万多块钱的债。蔡老三整天愁眉苦脸的，他觉得日子过得再也没有了味道，就像一锅没有放盐的大白菜。蔡老三的妹妹蔡子淑看不过去，把三岁多的老二领养了过去，算是尽一下心意。但剩下的这一家四口，仍然举步维艰。

　　村里人常讲，世上只有享不了的福，还真没有受不了的罪。看人家蔡家，天塌地陷一般，不一样活得好好的吗？人家那个小宝金，不到三岁就没了娘，不是活得很好，现在上学了，不是在班里经常拿第一吗？但蔡家的苦，只有他们自己心里清楚。蔡金宝看着别人家的孩子吃香吃甜，自己却只能漱手指头，向奶奶和爸爸哭过闹过却什么也得不到的时候，全家每年闹春荒穷得揭不开锅的时候，姐姐小花取好了上学的名字叫蔡其，但到了上学年龄却交不起学费一个人在家偷偷哭的时候，蔡老三和母亲伊氏只有一起掉泪的份儿。每到这个时候，一家老少都在那儿哭，抱头的不抱头的，抱在一起的不抱在一起的，谁最先哭够了就止住声，去劝其他家里人。人往往就是越劝越哭，越哭越劝不住。直到所有人都哭累了，眼睛哭肿了，一条热毛巾全家人擦把脸，说着再也不能哭的话，再悄悄掉几滴泪。这样哭过之后，一家人更亲密了，也渐渐有了笑声，然后再平平静静地过自己的日子。

　　一次蔡老三的妹夫来，蔡老三陪着喝了点酒，酒没喝完，他就哭得再也止不住声。他把自己的头狠狠地撞到地上，额头上起了一个个的血包，一直撞到满头满脸都流着血，地下是点点血迹，老少三口人谁都拉不起来，一家老少，全在那儿哭。老婆跟人跑了，孩子无力抚养，对老人无法尽孝，蔡老三想死，可他连死都不敢，他死了把两个孩子留给母亲一个人拉扯，那不是对母亲丧良心吗？一次蔡老三跟母亲说："娘，等哪一天你也烧炷香，让老天爷睁睁眼，等哪一天下暴雨的时候，一个雷把咱家的破屋劈倒，或者天上掉下块硕石来，从上到下把房子砸烂，一家四口一起死，死得没有任何挂念，一了百了，多好啊。"伊氏听完，一句话也没说，一行老泪从脸上滑下来，伊氏没有擦，任泪翻过脸上一道道深深的皱纹，最后流进嘴里。蔡老三想问问母亲她的泪是不是也是苦的，声音却哽在嗓子里，说不出一个字来。

蔡婶一大早到药管员颜亭好家敲门的时候，天刚刚放亮。她等不及了，她不能眼看着小花就这样下去。

"他嫂，你看，这一大早地来叫你，给你添麻烦，俺家这日子实在是没法过了。"颜亭好一打开门，蔡婶就连忙走过去，抹着眼泪，抓住颜亭好的手说。

"怎么了蔡婶，出了什么事？都是自家人，不要说那些外气话。啥事？给我说说。"颜亭好一口一个婶，叫得伊氏心里很熨帖。其实，这位药管员不光是对她家好，对街坊邻居都很好，尤其是她很喜欢小花，说她聪明可爱。只可惜小花一天学都没有上，一个字都不认识，只会写自己的名字，那还是在弟弟蔡高天上了学以后亲手教她的。后来她又求着弟弟教了她其他几个字，苦菜花、蔡其，她知道这些都是她的名字，是仅属于她的字。孩子命苦，大人们都把小花叫着"苦菜花"。这个称呼一下子把邻居们的同情心充分释放出来，大家都自觉不自觉地帮助这个苦命的孩子，帮助这家人。这十几年来，也多亏这些邻居们帮衬着，蔡家才能够艰难度日，否则一家人要饭的份儿都有。

蔡婶一边哭，一边说："小花已经两天没有吃东西了，她在跟她爸爸怄气。昨天晚上俺就想来喊你，让你去劝劝小花。只是天太晚了，怕你不方便，所以才拖到今天早上。没想到越拖事越多，昨晚爷俩又吵了一伙，小花哭了一夜，嗓子都哭哑了。俺家老三现在越来越不像话，以前就不是省油的灯。自从燕子跟人家跑了以后，整个人都变了，对老人孩子都不行了，好急，急起来就没有人样，连骂带卷的。好在他还不打人，更舍不得打孩子。"

蔡婶把事情的来龙去脉说完，颜亭好心里很不是滋味。小花太懂事了，怪不得老辈就讲，穷人的孩子早当家，孩子苦命啊。

"走，婶，我跟你去看看。"

颜亭好进了蔡家，屋里显得很暗，她顺手把电灯开关打开，又赶忙把灯关上。颜亭好知道蔡家连电费都交不起，只有在蔡高天写作业的时候才开灯，一家人通常都是没有事就早早地睡觉。颜亭好还听说，有年夏天一家人在院子里乘凉，小花看着天上的月亮问奶奶："奶奶，咱能不能留下点月光，等天黑的时候放咱屋里呢？"这样想着的时候，颜亭好忽然心里紧紧的。

"宝贝花，怎么还赖在床上不起啊？婶婶记得宝贝花不是个小懒虫呢。"颜亭好喜欢把小花称为宝贝花,让这个孩子自觉不自觉地把她当做自己的妈妈,有话也愿意给她说。其实小花心里一直有个心愿,想认颜亭好做干妈,这个想法一直在心里嘀咕着,从来没有对外人说过,包括奶奶她也没有露过半个字。

小花听到颜亭好说话,身子动也不动。以前只要一听到颜亭好动静,她就会像围在颜亭好身边的小花猫,又乖又听话。从颜亭好进门开始,小花的眼泪就已经流出来了。她感觉自己太委屈。

颜亭好坐在小花的床前。把她的身子转过来,发现了小花一脸的泪水。

"宝贝闺女,怎么了,给婶婶说说。"

如果旁边坐着的是妈妈,我一定会放声大哭,小花想。没有人能够像妈妈一样爱她、疼她。可是妈妈为什么那么狠心呢,丢下苦命的三个孩子不管,她自己就能幸福吗?即使她能幸福,可她的三个孩子都受了苦,她就感觉不到吗?

"婶……"小花喊出一个字,却再也说不出一句话,泪水流得更猛。她听到了婶喊她宝贝闺女,她也想叫她一声妈,可她知道婶不是她妈妈,婶有她自己的孩子。小花没有妈妈,自己就是邻居们叫的苦菜花,一年一年重复着开了又败的日子,一天一天重复着苦了又苦的生活。

"给婶说说怎么回事。"颜亭好为小花擦干的泪,瞬间又流了出来。

小花摇摇头,一个字也不愿意说。她把头埋进婶的手心里,婶的手好软啊,比妈妈的手还软。

"宝贝闺女,婶知道是怎么回事。小高天这次考试没有考好,没有进入级里的前十名,回来你打了他一巴掌,你是恨铁不成钢,你说他不好好学习这家子人就完了,就没有希望了。爸爸看见你打弟弟心疼,听见你说咱这家人没有希望心里也难受,所以就骂你,骂你不懂事。其实啊,闺女,这事就怨你爸,他就是错了。我们小花多懂事啊,四五岁就帮着奶奶干活,什么活都干,家里外头的,一老一小,为这个家作了多少贡献啊。花儿说的话也很对,你说我们穷人家的孩子,不上学还有什么希望?为了供弟弟上学,我们小花一天学都没有上过。花儿这个年龄,全村没有一个不认字,没有一个没上过初中的,全乡甚至都没有一个,我们花儿都是为了这个家,为了奶奶,为了爸爸,为了弟弟。花儿,你知道咱仙鹤村有多少人在背后夸你吗?说你是蔡家的顶梁柱,说蔡家因为你才有希望,才像一家子人,花儿真的很了不起。花儿的话也很在理,说你想出去打工,为弟弟今年上高中挣点儿学费。可我们家花儿还不到十八岁，年龄太小了，谁敢用一个未成年人啊，那可是犯法的事。爸爸不让你出去也有他的道理，家里就留下奶奶和爸爸，一旦有事谁能忙前忙后地照顾他们啊？奶奶和爸爸年龄也大了，都需要人照顾。况且一个女孩子家，爸爸不放心是对的，他也是疼你啊。至于你担心的高天学费的事，这个你放心，婶为你张罗，只要高天能考上，婶就是砸锅卖铁也要和花儿一起，把他供出来。婶知道花儿是看着村里那么多年轻人出去打工了，也想出去为家里挣点钱。可家与家不一样，人与人也不一样，人家能行的事，我们不一定能行，花儿一定懂得这个道理。"颜亭好声音不大，却说到了小花的心坎上，她的手一直抚着小花的头发，让她感觉到了妈妈的体贴。小花渐渐停止了哭泣，似乎就要睡着的样子，婶的话就像是妈妈给她唱过的童谣，真好听啊。小花还从婶婶的身上，嗅到了母亲的味道，淡淡的香像是从身体里飘出来的。

蔡老三不知什么时候站到了颜亭好的身后："花儿，爸爸错了，不该对你发脾气。你婶说得对，花儿是咱蔡家的顶梁柱，花儿为奶奶和爸爸，为弟弟上学，做得太多了。爸爸没有本事，什么事儿都做不了，还对花儿发脾气，爸真该死。"蔡老三蹲下去，一边抽打着自己的脸，一边号啕大哭起来。

"你看你这人，还没劝好小的，你这又哭起来了。一个大老爷们儿，怎么也和小孩似的？"颜亭好把蔡老三拉起来，让他坐到外屋的椅子上。

蔡老三停住哭声，心里越发地堵得慌。其实他不是对花儿撒气，而是对自己撒气。看着别人的孩子一个个地出去上学或者打工，而自己家里还和十年前一样一贫如洗，这日子什么时候是个头啊。娘这段时间病了，病得很重，虽然她一直撑着，没有说过一句难受，但蔡老三知道娘是因为没有钱治才一句话不说。有一次他看见娘是从厕所里扶着墙出来的，她拉的大便里有血。花儿也渐渐大了，一个字都不识，她根本不能出去打工，甚至将来连个好婆家都找不到，当爹的心里能是个滋味吗？但这些话，他能给谁说啊。一个男人，当爹不像个爹，当儿子不像个儿子，活着还有什么意思，还真不如死了算了。

"老三，高天上学的事你就不用操心了。我给柳书记说说，大家都帮衬一下。我也去乡里找找人，申请点补助是没有问题的。再说我们还是计划生育困难户，上级也要帮一把，这事就包在我身上了。你和花儿都不要再因为这事闹矛盾了，还和以前一样地过日子，行不？"

蔡老三点点头。

"花儿，起来吧，地里的草该锄了，婶今天和你一起去，有些话再给你啦啦。"

"谢谢婶婶，我自己去就行了，不用麻烦你了。"

"花儿翅膀硬了，不用婶了，真不用了？"颜亭好故意逗小花。

"花儿想和婶在一起，可又怕耽误婶婶自己的事。"小花穿衣下床，心里一下子亮堂了许多，"婶，咱说好了，今天我要多挖些荠菜，晚上咱们回来包水饺吃。春节前村里给俺家送的白面还有不少，油也还有，这花生油可真香啊。"

"怎么还没有吃净，过年都一个多月了啊。我们花儿可真会过。"颜亭好的心里涌起阵阵酸楚。

小花似乎有说不完的话，即使是在地里锄草的时候，她的小嘴也一直停不住。她有些陶醉地闻着新鲜泥土的气息，感受着颜亭好母亲般的疼爱，忽然感觉自己是天底下最幸福的人。

5

村会计孙维下到葛小窈家里的时候，葛小窈正敞着怀给孩子喂奶呢。她见孙会计进来，连忙把孩子从怀里拉出来，遮住了一对鲜嫩的奶子。葛小窈的动作虽然很快，但孙维下仍然看到了她奶子的粉嫩，不觉有一种眩晕的感觉。从上次葛小窈到家里找女儿婷君玩，孙维下就记住了葛小窈这张撩人的脸，也记住了她那对挺拔诱人的奶子，甚至隔着衣服都能感觉出它的坚实来，那绝对是喂孩子的好奶子。作为本家的长辈他似乎不能对做下辈的有想法，但毕竟已经出五服了，也可以不算是本家。孙维下知道这是在给自己找借口，但他实在抵挡不住对葛小窈的渴望，想起她就觉得心里发痒。

葛小窈的公公婆婆都在。

"哟，维下老哥，你可是稀客啊，轻易不到俺家里来坐。来，快坐下喝一壶。"葛小窈的公公孙维此比孙维下要小几岁，见孙维下进来，连忙让座。

"我也想老弟了，过来看看。再就是从你家去年添了宝贝孙女，我还没有正儿八经地见过小爷们儿。"孙维下往葛小窈身边凑了凑，他没有闻到"小爷们儿"身上的尿臊味儿，却闻到了葛小窈身上的奶香。孙维下心里想，如果我是她现在抱着的这个小王八羔子该有多好，可以把这对小奶子任意揉搓，可以天天枕着睡觉。

这个老东西，怎么眼睛像个钩子，还像一把刀，让人心里很不舒服。葛小窈在心里恨恨地骂着。

"老哥，你坐下喝茶。"孙维下本来想逗逗葛小窈怀里的小家伙，没想到自己走神了。听到孙维此叫了他一声，脸一下子红了，这一红让葛小窈看在眼里。

孙维下坐下，看着孙维此的老婆把茶碗擦了一遍又一遍。孙维下很在意，村里人都知道，他轻易不喝谁家一杯水，他嫌人家脏。但有一点例外，那就是和他好的女人，他不但会在人家吃，还会在人家喝，一点也不在意。不过也有好事的人传出来，孙维下连干那事都很讲究，要让女人先把那个洗干净，没有任何其他味道，否则他情愿不做。

"弟妹都娶了儿媳成了奶奶了，还这么年轻。"孙维下夸赞道。说实话，孙维此的婆娘在一般水平之下，孙维下根本没有看在眼里，只有这葛小窈，真的让他动了心。

"都成老妈子了还年轻啥，大哥可真会笑话人。"孙维此的老婆说。

"天底下哪里有这么年轻的老妈子，我们家那口子才叫老妈子呢。"

"哟，看大哥说的，大嫂可是年轻着呢。你看鼻子是鼻子眼是眼的，皮肤也那么好，瞎子也不能说她是老妈子啊。"

孙维下信这话，自己的婆娘自从跟了自己，没有受过一天罪，光跟着吃香的喝辣的。以前他当民办教师的时候挣钱，不当民办教师当了村会计挣工分不用下地，村集体收提留的时候村里有工资，现在即使村里没有多少钱了，他拿着村里的公章，求他办事的人多的是。

"她虽然皮肤好点，可身上没几两肉，吃再好的东西也不给长脸。人啊，都是命，你大嫂从跟了我还真没有吃过苦。她身体也一直不好，要是没有几个钱养着，早不知怎么样了。"孙维下这些话，其实是说给葛小窈听的，他就是想让她知道，他孙维下是一个有本事的人。

"那还不是因为大哥有学问，当过老师，现在又在村里做事，干的都是一辈子风不着雨不着的差事。孩子们也那么争气，每年都给你寄回那么多钱，真是神仙过的日子啊。"

"当什么神仙哪，混吃混喝呗。"孙维下的口气里带着明显的得意。

"你看俺家里，连其虽然在外面打工，但出的是苦力，挣不到几个钱。外面什么事都忒黑了，花钱又多，孩子也小，再加上原来你嫂治病拉下的账，总觉得家里是罗锅子上山——前（钱）紧，也亏待了小孙女。比不上别人家，要么有么，咱是要么没么。没有办法，凑合着过吧。"孙维此一边说话，一边把焖好的茶水倒出来一碗，然后重新倒进茶壶，这叫栽茶，是把茶水调匀的好办法。但随后倒出来的第一杯茶，还是要敬给最重要的客人的，这是敬茶的礼节。

贫穷的家境和生活是每一个年轻人都不愿意过的，孙维下知道，葛小窈也一定不会安于现状，所以孙维此越说家里穷他越高兴。孙维下想弄明白葛小窈对现在这种日子是一种什么样的态度，再次仔细看着葛小窈的表情，发现她对公公说的话似乎有些麻木。但她眼中很快流过的无奈，让孙维下看了个正着。孙维下不免为她惋惜起来，这么漂亮的脸蛋，要是嫁到富人家就是仙女，嫁到穷人家就成了仆人。俗话说的男怕选错行女怕嫁错郎，真的是一点也不假。

孙连其是一个各方面都不出色的小年轻，他怎么就能把葛小窈弄到手呢？孙维下心里嘀咕。他再一次仔细看着葛小窈，心里忽然间如针扎了一下，全身酥疼。

"其实维此老弟也不用这么想，孩子们都还小，没有一辈子的穷家，也没有一辈子的富户。过日子就像槐连豆子，一段粗一段细。我今天来就是给你送个致富信息的。这不，村里今年想重点发展绿芦笋，这是乡里鼓励发展的项目，上面也有些补贴政策，看看你家是不是也能发展一点？"

"绿芦笋是干什么用的？"孙维此的老婆问。

"那可是好东西啊，败火提神，滋阴壮阳，现在是大城市餐桌上的名菜，人家叫什么，叫健康食品。除了进大城市，就是出口，外国人爱吃着呢。我看你们家侄媳妇今年也出不去，还要照顾孩子，闲着也是闲着，不如种上几亩，也不太费事，钱又好赚，割了有专门的车到地里来收，钱是现钱，还有保护价，我觉得是个好事。等以后大家都种的时候，就不一定能赚大钱了，现在种，就是让别人眼红的买卖。也合着侄媳妇和我家闺女是在一起打工的小姐妹，为她想着，才来告诉你一声。如果种，我明后天就去订种子了。你们合计合计，行就给我说一声，不行也不勉强。现在是市场经济了，上级也不强压人，村里也是鼓励发展。维此老弟你们商量一下，给我个准信儿。"

"村里有多少人报名了？"孙维此问，"前几年上级号召盖大棚，好多人家都背了许多债，村集体也拉下了大窟窿，村里人对这事都清楚。现在村里又让种这个，会不会也让人栽跟头？"

"这次和上次不同，上次是大棚，这次是陆地菜，是露天的，技术要求不高。大棚对技术的要求高，咱庄稼人不会弄。也不能说大棚就不好，人家外地不是好多大棚都还种着菜嘛。这绿芦笋泼着呢，不娇气，绝对没问题。"孙维下似乎是拍着胸脯说话，他觉得无论如何也要让孙维此家种，这毕竟是他能多来几趟的理由。

"这活平时缠手啵？"孙维此的老婆问。

"缠什么手啊？什么年代了，种上种子，地里有草就打灭草剂，浇地是村里统一浇，肥料上级供给的，也不用自己拿垫底资金，卖完芦笋统一结算，简直就是不投资光赚钱的好事。不过有一件，地里绝对不能打农药，厂家查得紧着呢，发现了人家就不收了。"

"一点钱都不要？"孙维此有些怀疑。

"你交一点保证金，让你收成了卖给人家，不能卖给别的厂家。其他的，种子钱、肥料钱，都是厂家给。你知道这叫什么，乡里说这叫订单农业。你听这名词，多新鲜。"孙维下对自己的表达能力，对自己会用这些庄稼汉们不会用的词一直很自信。村里人都把他当成学问人，他也一直感觉自己确实有学问，只是生不逢时，没赶上考大学，也没弄个国家干部当当。

"保证金要交多少？"孙维此问。

"也就三五百块钱，你有呢就多交点，没有呢我替你垫上也行，收成了统一给你结算。"

"那村里忙前忙后地抓这个，村里有什么好处啊？"葛小窈突然间问，这个问题问得孙维下有些措手不及。葛小窈的声音真是好听，像唱歌一般，更像毒品一样，让孙维下听了浑身上下紧紧地难受。

"看侄媳妇说的，村里就是服务的，以服务为主呗。再说了，这也是乡里号召的事,村里不抓不行啊。"孙维下似乎有些理屈。

"不对,肯定还有别的利益。"葛小窈有些穷追不舍的味道。

"还是年轻人脑子好使,这事我还没有仔细考虑过,我们还真得给厂家要些好处。村里这么多人替厂家出力跑腿,俗话说,无利不早起,不能为他们白干活啊。"孙维下脸上一阵红一阵白,他感觉自己在葛小窈面前彻底失败了。但有些话他是不能给别人说的,比如说厂里按发展面积提给村干部的提成,比如说按产量提给村干部的收成奖,这些都在合同里明明白白地写着呢。这些都只是给村干部的,没有老百姓的份儿。但不管怎么说,发展经济是没有错的,村干部沾光了,老百姓也不吃亏啊。

"就是就是。"孙维此感觉到了孙维下的难堪,觉得他心里肯定有鬼。但无论怎么样也不能让村会计下不来台啊,孙维此站起身,给孙维下倒水:"大哥,喝点水。你看这茶,也不知道你喝得惯喝不惯。你平时一直是喝好茶的,这俺知道。现在闺女找了个叫什么来着,叫资本家是吧,不对,叫企业家,又是做茶叶的,你就等着喝一辈子的好茶吧。"

孙维下脸上的笑容渐渐堆积起来,两只眼睛成了一条缝:"戏文里怎么唱来着?不到地方有人接,到了地方有人送,后面还跟着保家兵。什么人什么命,咱命里就是识文解字的,做不了什么大事,混吃混喝吧。"这话又是说给葛小窈听的,所以孙维下又悄悄地瞟了葛小窈一眼,见她无动于衷的样子,心里想:"我一定要把你这只馋人的小天鹅搞到手,还要毫不留情地拔掉你的羽毛,看你还能在我面前骄傲几时。"

孙维下起身告辞,说还要去串个门。他走的时候,葛小窈没有起身送他,甚至屁股都没有抬一下。按理说她是当小辈的,应该把他送出门的,但这个小娘们儿,竟然这样骄傲,早晚会让她乖乖听话的。

孙维下的眼里满是葛小窈勾魂的眼神,就像春天羊沟里的水,清凉干净,还撒着欢地诱惑着他。这种女人,早晚会上钩的,孙维下心里想。

6

乡长车相渚从南方带回来一个天大的好消息,他代表乡党委政府在广州签下了一个服装厂的合同，实际投资额度要在三千万元以上。这个项目是一家国营老厂因为城市规划调整，要到开发区新建厂房。但南方的地价实在太高，他们买不起更大面积的厂房，准备到北方重新建厂。车相渚这次出去，本来是因为树苗子的事郑之渊发了狠话，让林业站全部退回去，退不回去就撤了林业站长的职务。无论这事是一种什么样的结果，车相渚都感觉不好下台，所以提出来出去招商，也算是让自己来一个金蝉脱壳。后来事情的发展并没有他想得那样严重，郑之渊消了气，事情也便不了了之。毕竟是乡里的一二把手，不能让下面的干部群众看笑话，郑之渊还是有这个肚量的。俗话说，宰相肚里能撑船，郑之渊知道自己不是什么宰相，但为人之道、为事之道，他还是会讲究一些策略的。

全市的经济工作大会刚刚开过，就能签下这样的大项目，在全市也算第一个，所以郑之渊很兴奋。这也是仙鹤乡多少年来引进的真正的外商投资项目，一定要做好这篇文章，并且要大做文章。项目是经济发展的动力和源泉，这是谁都明白的道理。仙鹤乡因为地理位置太偏僻，以前总是引不进来项目。这几年上面的任务压得越来越紧，全民围着招商转，干部围着项目干，市乡村三级到处贴满了这样的标语口号，有人甚至提出像前几年抓计划生育那样抓招商引资，要搞人人过关，处处达标。在这样的大背景下，谁还敢不对招商引资下气力去抓？去年乡里因为没有完成市里下达的任务，就在市电视台做过检讨，今年再引不来项目，党委书记就要引咎辞职，这是市委、市政府发的狠话。有了这个项目，郑之渊总算可以放下心来了。不过，这个项目还需要进行包装，按目前招商引资的惯例，这种项目完全可以按通行的算法，乘以二加个零，那么这个项目总投资就是六亿元。这么大的投资额度，在全市也应该是大项目了。不过，由于服装企业属于劳动密集型企业，用工多，但利税水平不算太高。管它呢，只要有项目，就是税源，多少其实都无所谓，最起码能应付上面的招商引资检查，完成工作任务，这就行了。至于给企业的优惠政策，那是招商引资的成本，是吸引外商的必需。让税让个三年五年，都无所谓，三年五年之后，说不定企业做得越来越大，税收自然上去了。话说过来，即使企业到时候倒闭了，又怪谁呢？总不能怪招商的吧，离婚不找说媒的，这是谁都明白的道理。退一万步讲，到那个时候，自己在哪个地方，干什么工作，都一样存在变数。所以对车相渚签下这个项目所提供的政策方面的优惠、土地方面的优惠，郑之渊并没有进行认真思考和研究，管他黑猫白猫，能逮老鼠就是好猫，能不能逮着当然是另一说。

郑之渊认为，这么好的消息首先要在班子内部通一下气，也让大家抖擞抖擞精神，扬眉吐气一回。所以一大早他就让办公室下通知，让车乡长在会上通报一下招商引资的情况，然后安排下一步的工作。班子成员早就知道了这个大好消息，所以从进会议室开始，大家脸上都写着兴奋，连说话的声音都比平时高了一倍。这是一个地方的大事，是班子集体的荣誉，从计划生育办公室主任提拔起来的副乡长窦豆，甚至哼唱起《今天是个好日子》的歌曲。

"小窦，你唱的什么歌？我怎么没听过。"纪委书记李刚一脸的真诚，问。

"《今天是个好日子》。"窦豆答道。

"是个什么？"李刚又问。

"好日子。"窦豆回答，"怎么了，是不是又想到什么事了？你们这些男人啊，三句话离不开男男女女的那些玩意儿。有什么啊，不就那点事吗？"

满座大笑。

"李书记，你这么老实正经的人，怎么给人家窦乡长开这种玩笑？人家什么没有见过，还不懂什么是好日子？不过我听说你老婆的环是窦乡长给戴的，是真的还是假的？"乡人大主席牛子儒的一句话，又引来一阵大笑。

"那还有假？李书记家的那位嫂子，已经让李书记折磨得不像样子了，看着就让人心疼。"还没有等牛主席的话说完，窦豆就接过话茬。这些年一直干计划生育，真的让窦豆从一个循规蹈矩的小妇人成了一个泼辣能干的老女人，什么话都能说出口。不过干乡镇工作，没有这个泼辣劲儿还真的不行。

这话让宣传委员赵梦听来，却非常刺耳。赵梦是去年党委换届时从市里派下来的干部，也是按照班子里面必须有三十岁以下的女干部这样一个配备要求，从市直机关考选的。今年只有二十三岁，是所有考选的干部中最年轻的。

"你别看已经被折磨成那个样子了，跟你唱的好日子比起来，我们那口子是日子好，一个人一个人的口味。你那个长得漂亮，能亮出来让大家看看吗？你开个价，大家凑凑份子，一起饱饱眼福。再说了，你那个即使再好看，好用不好用也不好说。"李刚平时经常给人开玩笑，今天随口说了一通，没想到竟惹火烧身。再后来的话，就有些气急败坏的味道，并且分寸明显过了。

窦豆脸上红一阵白一阵，论职务她在乡长班里排名最后一个，绝对不能给乡里的四把手急。但李书记的话粗到这种程度，实在让人咽不下这口气："李书记，你欺负人。"话一出口，泪水就顺着脸流了下来。

"嗨，我这臭嘴，你怎么能跟我一般见识，不要跟我生真气，我这人是块什么料你还不知道？嘴就是臭点，没别的毛病。"李刚见窦豆真的生气了，自己骂了自己一句，算是给窦豆一个面子，也给自己一个台阶下。

袁成华想，男人和女人在一起，无论职位级别如何，三句话离不开下三路，这是不是也算是圣人说的"食色，性也"的具体表现呢？现在的人，一本正经地坐在那儿谈工作、谈思想的近乎绝迹，只有那些能说能侃的人，才能在各个场合被各级领导赏识，真是人性的悲哀啊。就像自己，虽然工作如同老黄牛，到底能不能让领导认可，能不能熬上一个书记乡长当当，都很难说。但不管怎样，既然走了这条路，就只能往前走，除此之外，并没有其他路可以选择。想到这里，他忽然想起走投无路这个词，一丝悲凉的情绪迅速涌遍全身。

郑之渊和车相渚一前一后地走进会议室。在各级官场，谁前谁后是有很多规矩的，有时顺序弄错了，就会被人笑话，就会让人说有野心。嗨，这样想想，还不如一个平头百姓，不用看别人的脸色，想干什么干什么，想怎么干怎么干，自由自在，多好啊。袁成华发现自己又走神了，不知道今天到底怎么了，总有一种不安堵在心口。

会议由郑之渊主持。车相渚通报了去南方考察项目、签订合同的全过程，兴奋之情溢于言表。多少次与企业董事长进行面对面的沟通，具体细节要谈到晚上几点，谈完了还要去喝酒，加深感情。说到这里的时候，车相渚低下头看了看自己的笔记本，他忽然间就想起了那个偎在他怀里唱歌的四川辣妹子，那样的娇小可人，真的是让人过目不忘。他端起杯子喝了口水，其实他并不口渴，只是在掩饰自己内心里的尴尬。

会议的最后照例是郑之渊安排如何强力推进项目落地和建设的具体工作。其实对这个项目，优惠政策无所谓，因为合同里明摆着的，就是按照市里对外商投资企业的所有优惠，没有大的突破，税收免三减二。这些优惠在目前的形势下已经算不上什么了。大家都在抢外商，就像抢一块大肥肉，只要肯来，什么条件都答应着，至于能不能兑现，到时再说。只有土地，是白送的，并且要在三个月以内把土地证交到外商手里。在洽谈期间，乡里给外商提供了一块接近六十亩的空闲地块，仙鹤村忠字礼堂前有村里近四十亩地的场院，原来是老百姓过麦打场的地方，现在收麦子都用收割机了，没有人再用得着场院了。然后再把忠字礼堂拆了，后面还有一块集体建设用地，足足有六十亩，完全可以满足外商的用地要求。因为办理土地证需要好长时间，三个月时间明显急了些，所以当前最急迫的任务是拆了忠字礼堂，同时到市国土资源部门办土地手续，按外商要求的时间，把土地证交给人家。郑之渊最后强调说："具体的分工，副书记袁成华和人大主席牛子儒，负责给仙鹤村做工作，拆除忠字礼堂。至于对村里的补偿，由你们谈，形成一个初步意见后，再向党委汇报。副乡长蔡宝安负责到国土部门联络，办理用地手续。在全国用地形势一片紧张的情况下，有一块建设用地，已经是巨大的财富了。"

对这样的分工，袁成华不置可否。忠字礼堂在仙鹤村的地位他心里非常清楚，他能做下工作来吗？以前遇到这种情况，被安排了什么任务，好多人都要表个态什么的。但今天，袁成华不敢表态，因为他心里一点底气都没有。

"这是政治任务，每一个人都要严肃对待。"郑之渊散会之前说。

桃　月

1

乡里要修乡志，副书记袁成华和宣传委员赵梦召集各村支部书记和村文书开会，讲了修志的重要意义，说市里把今年作为修志年，各乡镇都得修，是政治任务。读史明志，修史明德，柳恒稳记住了这句话。在柳恒稳看来，如果说村一级也要求修志的话，仙鹤村是最应该修志的，春秋战国时期的历史遗址被命名为市级文物保护单位，再加上有史可查的几个侯国，都让仙鹤村从历史上就充满了至高无上的尊荣。而颜氏家族的儒学荣耀，不仅仅是颜家人的骄傲，也让每一个仙鹤村人感到无限的光荣。

会议刚刚开过没几天，赵梦就来到仙鹤村，她要把这个村当做一个点，进行认真系统的研究和发掘。赵梦知道，从某种意义上说，仙鹤村的历史就代表了仙鹤乡的历史，因为有文字记载的史料都是写的仙鹤村。作为一个热爱文字写作的年轻人，赵梦总想为仙鹤乡的历史写点什么，这也是她十分热心于乡志编纂的理由所在。赵梦一直以为，仙鹤乡是省内外的所有乡镇中将历史遗迹、文化底蕴、自然景观巧妙融合在一起的集大成者，常常让她陷入对仙鹤乡的无限感叹。这不是因为她在仙鹤乡工作对这个地方特有的偏爱，而是作为一个文化爱好者对一个地方历史及文化的探究及追溯。尤其是因为交通、地域、经济条件等方面的制约，仙鹤乡多少年来一直如蒙着轻纱的少女，始终未将她的美丽展示于世人，更让她的心头多了一些遗憾，这也是她要为仙鹤乡写点东西的动力源泉，把仙鹤乡宣传出去，更是她的本职工作所在。她曾经在不少的史料中，不断搜寻着有关仙鹤乡的历史和文化的点滴记录，尤其是市里安排了编修乡志以后，她更是对仙鹤乡和仙鹤村的历史沿革和文化传承进行了系统的研究。赵梦在记录本上密密麻麻地记录着她所付出的艰辛劳动，仙鹤乡历史的血脉也慢慢地融入到她的血液里，成为她思想中的一部分：在《阳山县志》中，没有对仙鹤乡建制时间的准确描述，就像中国的历史出现断层一样，仙鹤的历史也并没有多少文字记述。"汉代属侯国故地，明代属西乡，清代属皋乡社"，寥寥数语，将汉代以前的仙鹤乡历史以空白填充了人们的想象。没有历史，就像是找不到生命的起源一样，就当政者而言，这应该是历史责任感的缺失，而这种缺失，竟也和历史一样的悠久和漫长，于是让许多人心里更多了些苦涩的味道。但从仙鹤乡域内发现的历史遗迹和不少专家的明确定位看，仙鹤乡作为大汶河文化的组成部分，有着对中华文化的巨大传承。商周遗址肯定不是仙鹤历史的源头，但却清晰地标明了仙鹤乡的历史年代。那些直到今天仍然在农民的耕作中不时出现的陶罐碎片，虽然经过了多少年的风雨侵蚀，如今仍然十分鲜活地记录了一段曾经辉煌的历史和数不清的风土人情。在商周时代，仙鹤乡是囤粮的地方，他们的邻乡叫兵屯乡，是屯兵的地方，紧密相连的两个乡镇，虽然分属于不同的行政区域，但曾经相同的一段历史应该是他们共同的光荣。也正是根据这些分析和判断，赵梦觉得仙鹤乡在商周时代或者是一个军事重地，或者就是一个古国城镇，因为重兵把守的只能是一个要地，而粮仓的存在更说明了当时仙鹤乡的举足轻重。粮仓所在的位置早已经成了一片黑土，据说是粮仓曾经遭受了一次巨大的天火，也有人说是粮仓经年的焦化，使这片土地变黑了，也变得更加肥沃。新版《阳山县志》中有一句非常不起眼的记述："西汉，公元前200年，于宁山之南置县，又置……春城侯国。"那么在商周至汉代的时间长河中，又有多少历史值得探究和挖掘，春城侯国这样动听的名字又是如何消亡的，这自然而然地引起了人们更大的好奇心。顺着这条历史线索，赵梦又翻查了大量的史书，在清代《阳山县志》里面，她又发现了一段话："春城，侯国。班书《王子侯表》有春城，侯允，东平炀王子。而《地理志》不载春城，盖偶失之。"而炀王刘云，继承了谁的祖业，又经历了怎样的历史变迁，人们都不得而知。赵梦曾经力求发现更古老的都城记录，但无奈的是缺少更多文字的记述，缺少历史的见证，于是她更加相信这儿曾经遇到了天灾，因为一个地方一段历史的消亡，一段繁荣的衰落，只是缘于时间的流逝和岁月的变迁，或者只是如《地理志》的"偶失之"，总显得有些牵强。赵梦绞尽脑汁，极力地推测着汉代的春城侯国是否经历过庞贝古城式的惨剧，坊间传说因为得罪神灵而发生的水淹邱家庄造成仙鹤人烟灭绝是神话还是史实，或者还有其他不为人所知的天灾人祸以及各式各样的战争杀戮。尤其是那些清晰地出现在附近山头上插放旗杆的石穴石坑和带着车马驿道明显标志的拴马桩，让赵梦更加弄不明白这儿到底是古都还是古战场。

研究仙鹤乡的历史，同样不能忽略的是仙鹤乡的文化。赵梦知道，仙鹤乡文化的厚度已经超越多少时空，可以成为仙鹤人永远的图腾和崇拜。仙鹤文化的核心应该是颜子文化，颜氏家族的家庙家林是颜子文化的承载物。赵梦做了宣传委员以后，专门到颜氏家族目前的掌门人颜景观家中，极力通过他们的家谱，发现颜氏家族人的历史兴衰，写出了关于颜子文化的部分文章，并在报纸上发表，也引来了颜氏人对自己家族的深度思考和重新认识。赵梦今天再次来到颜景观家中的时候，还把那张报纸带在身边，让颜景观提提意见。其实她知道，就颜景观的学识来讲，他真的对她的文章提不出多少有价值的东西，她只是想把文化的东西挖掘得更深一些，所以还是显出对颜景观的谦虚和尊重。是啊，她到仙鹤乡就是当学生来的，就是为了多深入学习和了解一些东西，她必须谦虚而勤勉。颜景观戴上老花镜，认真读起赵梦的文章：

颜回（前521—前481）名回，字子渊，一作颜渊，春秋末期鲁国人，后世也有称"颜叔""颜生"等，是孔子最得意的学生。颜回家境贫困，居陋巷，箪食瓢饮，但好学不倦，终身追随孔子而不仕。孔子对颜回有很高的评价，把他许为自己"德行"科最优秀的学生。颜回有崇高的志向，曾说："舜，何人也？予何人也？有为者亦若是。"但他又十分谦虚谨慎，孔子问他的志向，他说："愿无伐善，无施劳。"即愿不夸耀自己的好处，不表白自己的功劳。《庄子》一书中有不少关于颜渊思想的记载，带有"出世"的倾向，一般认为这是经过后人改造过的话，但也有少数学者认为，颜回的思想中较多"自然无为"的因素，与孔子"宽猛相济"主张不甚相同。宋明理学家大多注意到颜回安贫乐道的思想境界，称之为"孔颜乐处"。历代对其也不时追加谥号，如唐玄宗曾封他为"亚圣""兖国公"，元代封为"复圣公"，山东曲阜有"复圣庙"，即颜子庙。也许由于历史和家族等诸多因素的影响，在颜氏家族中非常有影响力的仙鹤颜氏家庙，却一直没有成为颜氏族人的家族神祇。我们无法探究其中的真正缘由，但我却为仙鹤颜氏家庙所受到的不公平待遇抱屈。据《颜氏族谱》记载："颜氏五十二代孙颜仙、颜俊、颜和居阳山泗皋村,五十四代孙泰安州太平镇巡检颜伟于至元十二年(1275)奉敕监修泗皋祖庙。"1992年6月,仙鹤颜子庙由省政府公布为第二批省级文物保护单位,2000年5月被省建设厅、文化厅公布为山东省历史优秀建筑。1994年春天,我国著名的建筑学家郑孝燮先生对颜庙大殿进行鉴定,确认颜庙大殿是真正的元代建筑,具有极高的文物价值。而颜庙的价值或许不是因为它的建筑年代久远,而是因为它是独特的"二梁不在大梁上"的建筑模式,而这种建筑模式目前已经成为全国唯一,并在中国建筑学中作为一个特例去研究。六架平梁由横在大梁上的四架顺梁承托,除了两山墙内重梁之外,其余四架平梁均错出大梁。仙鹤颜子庙的独特结构,让历史学家感叹的同时,也让建筑学家们感叹。偌大的顶部木梁框架,竟没有一根铁钉,全部是用榫子榫起来的,真的让人叹为观止。至于为什么会出现"二梁不在大梁上"的独特样式,人们莫衷一是。这种种说法,也更增添了颜庙的历史厚重感和它的神奇色彩:第一种说法是借鉴蒙古包的样式而形成的独特建筑风格,因为颜庙建于元代,所以这种说法应当是非常可信的;第二种说法是为了扩大三间正房中明间的空间,把大梁往另外两间房子里伸了伸,也由此形成了明三暗五的另一种建筑风格;第三种说法是颜伟在建庙时以为自己是颜氏家族里职位最高、最富有、最有权势的颜氏第一人,所以奉命建家庙,但在进京时发现,京城里还有比自己职位、权势更高的颜氏族人,自感羞愧难当,所以用二梁不能在大梁上表达自己的心境;第四种说法是建于曲阜的颜子庙和修建仙鹤颜子庙的是颜氏家族不同的两个支系,而仙鹤颜氏家族是长支,曲阜颜人修建颜子庙让仙鹤颜人感觉很伤自尊,也上书请求建庙,并且在建筑设计上用二梁不能在大梁上表达了颜氏长支的一种气愤和恼怒。不管这些说法哪个是真的,但颜子庙作为一种历史存在,在经历过战火、"文革"等等的历史变迁和七百多年的风雨飘摇之后,仍然完好无损地显示着家族的历史荣耀,不能不说是一个奇迹。颜林作为与颜庙同期兴建的颜氏家林,有着与颜子庙同样的礼遇,不仅与颜庙同时上报了国家级的文物保护单位,而且由于颜林中历经几百年风雨依然葱郁茂盛的诸多珍稀树种,增添了其可与皇家园林相媲美的荣耀与身价。"宁入颜家林,不进自家坟",是历代尊儒思想的写照,更重要的是历代朝廷都对颜氏族人减免各种徭役赋税，让颜氏族人得到了更多的实惠。颜林的林门是一座元代石牌坊，蒙古包及元代官帽式样的林门特征和凹进式字刻，目前全国仅剩三处。而颜林中最有代表性的四种珍贵树种，更让颜林身价倍增：一是楷树，与模树同为人类榜样的引申寓意，有着寸木寸金的高贵身价。楷树是雕刻用的极好木材，历经千年不会变形。加之目前全国不足20棵的熊猫级的数量和极难繁育的技术难题，使颜林楷树成为江北的一个神话。民间曾有一块楷树根雕，20世纪80年代身价已达到30万元人民币，近年也在网上热炒，但主人无论价格高低拒不出售，并把它作为镇宅之宝，传承着颜氏家族更多的渴望与希冀。二是乌灵柏。锥形树干上长树叶、根部镂空、只有四五条根支撑树身而几百年不倒的独特形态，让乌灵柏增添了一些神话色彩，而它的树干无论横着还是竖着，解开后的纹理怎么看都像一只飞翔的小鸟，更让诸多的诗人们增添了想象的空间和赞美的因由。有谁见过飞鸟的灵魂呢？或许乌灵柏不只是文字上的想象，更多了些自然界中的神奇和浪漫。三是红钱榆。虽然也是榆树的一种，但异于平常，红钱榆结的榆钱像古代铜钱的颜色，并且是在夏秋之交结榆钱，历经秋冬而不落，成为冬天皑皑白雪中的美丽点缀，是大自然的神奇，更是颜林的造化。红钱榆的数量全国20多棵，而颜林独占8棵，并且由于其特殊的气候条件，有些小的树苗不断地钻出地面，却总也长不大，其中的原因或许只有植物学家们才能解释。四是铁树。这些材质坚硬、大多生长于南方的铁树，在北方极其少见。而这种树大多用于制作皇宫豪宅的大门，如今在颜林除了告诉人们它的存在以外，还在固守着颜氏族人家林的威严。

看完文章，颜景观好长时间没有说话，他不知道一个外姓人对颜氏家族竟有如此深刻的认识。他一遍遍地说，后生可畏啊，眼睛似乎潮润，让赵梦心里很激动。一个人的文章能如此打动人，总是让人高兴的事。

过了许久，颜景观才说："不瞒赵主任，今年家族有重修家庙的打算，只是这资金问题不好解决。年前我给家族里几个在外有个一官半职、有头有脸的人物发了封信，让他们捐一些。我也下了狠心，即使把全部家当都赔上，也要把这个家庙修好。这不仅仅是家庙啊，也是咱仙鹤村、仙鹤乡的历史啊。"

"颜老，你放心，乡里一定会全力支持你的。政府没有专门的资金，我们就到上面去争取一点。当务之急，是要把这仙鹤的文化、颜氏的家林家庙能宣传出去，否则我们什么事也做不了。"赵梦的语速很快，颜景观似乎听不过来。赵梦就是这样一个快人快语的年轻人，做什么事都充满了热情，思维活跃，做事果敢，这也应该是让乡镇班子多配年轻人的理由吧。

柳恒稳一直坐在旁边插不上话。柳恒稳也不想插话，他们说的是颜氏家庙，这事似乎与他柳家无关。

相对于仙鹤乡的历史和文化，赵梦其实更愿意写遍仙鹤乡的自然风光。仙鹤乡的得名有两个因素，一是因为从远古至今相当长的一段时间内，仙鹤乡确实曾经是仙鹤们栖息繁衍的理想国度，人们可以想象芳草萋萋、鹤舞成韵的动人景象，以及成群结队的仙鹤们飞翔出的一片片祥云，同时也把美好的祝愿撒播在这片土地上。第二个因素是因为境内有座山的名字就叫仙鹤山，而这座山从外形上看就像一只展翅欲飞的仙鹤。与之相对应的，是一座不事张扬的龟山，而龟与鹤作为民族认同中最吉祥、最具生命力的吉祥物，构成了仙鹤人几千年的理想与图腾。再加上翠柏密布的皋山，以及众多连绵不断形似蛟龙的山峰组成的卧龙山，使仙鹤乡成为连绵起伏的最美图画，浓妆艳抹地铺展开来。有名人说：没有文化内涵的山还应当称它为山，却少了一种韵味，少了一种风情，就像一所庙宇没有晨钟暮鼓，就像一位少女没有顾盼流连的眼神。缺少了文化底蕴，山水也在，却不会有山水的诗情画意，不会有山水的人文意义。仙鹤乡境内的山古迹众多，仙鹤乡山顶有"九九石"等充满传奇色彩的奇石，人们用手抚摸后，能祛病免灾，延年益寿到九十九岁。山顶主峰周围有古时屯兵扎寨留下的旗杆窝，城墙遗迹依然清晰可见。山腰处亦古迹众多，朝阳洞、老虎洞、仙人洞等洞穴密布，朝阳洞内还有古人刻石桌、石凳等，都是珍贵的艺术之宝。清人刘儒镔《虎洞记》曾经记载："仙鹤乡东偏壁立千仞，忽现一洞。洞口二尺许，屈身而后可入。广不满二尺，深约六尺，正面石上镌一佛像，石几、香炉具备。天将雨，佛身如有汗出，香炉水盈不溢，土人以为雨征。折而北，壁缝隘甚，侧身入，乃阔如夏屋，其上无际，不止数十仞。窅然深黑，灯烛俱不燃，惟燎柴可照。洞前有二碑：一建于前明天启，一建于国朝乾隆。名为虎洞，祈雨辄应。"屈身可入的老虎洞，如今已经少有人进入，所以文章中描写的景色和历史，也只有靠探险者去发掘和体验了。龟山上只有几十个立方的龟山砚石，因为特殊的材质而成为书法家们的最爱，再加上龟山下刘姓家族历经多少代而流传下来的手工雕刻及制作工艺，更使龟山砚成为收藏家、书法家以及达官显贵们的珍藏佳品。虽然未经考证,但民间流传着一种说法,说是刘墉给皇帝进贡用的砚台就是龟山砚,不少当地百姓对买砚的细节进行了一番勾画。皋山上有玉皇庙、龙王庙、魁星阁,琵琶山上有五鸡台、盟誓台,龟山前有挡龟岭,阻滞着得道神龟,这些遗迹使仙鹤乡的每一座山都充满了文化的厚重感。一位名人曾经说过一句话,天底下的名山名水大多是文人鼓吹出来的,只要鼓吹得响亮了,迟早会引来世俗的拥挤。而仙鹤乡的与众不同也许就在于它的默默无闻,在于它的没有人工雕琢的天然,在于它的没有人为吹捧的淳朴。甚至在各处流传下来的文化传说,也是粗粝的、原生态的,如被人遗忘的璞玉,闪射着旷古的原始灵光。

而仙鹤乡最美的当然还是琵琶湖的景色。站在琵琶湖边,赵梦总是想起白居易的《琵琶行》,想起那位充满哀怨的商人妇,想起那句"嘈嘈切切错杂弹,大珠小珠落玉盘"的动人诗句。而仙鹤乡的琵琶湖,更多的是静美,没有激昂的旋律,没有湍急的水流,水是静的,静得几乎看不到波纹;风是静的,静得似乎听不到树叶的呢喃软语;甚至连明媚的阳光也是静的,只让你感觉她的脉脉温情。岸边的垂柳总是与一支钓鱼竿、一顶草帽、一方木凳连在一起的。或者在心情需要抚慰的时候,只需一叶轻舟,独酌一份平静、安详或者是一壶经年的老酒,品味独钓寒江的意境和恬淡。在湖中洲头翩翩起舞的白鹭,在让人体会"一行白鹭上青天"的视觉美感时,更让人知道仙鸟的动其实也是一种美丽的静。仙鹤乡的湖是与万亩山林连在一起的,所以在泛舟之后到林中小憩,或野炊或野宿,或与家人嬉戏,或与朋友狂欢,都是一种非常不错的选择。仙鹤乡的琵琶湖目前是市境内最大的水面,足足有六千亩,而且市里也有建造一个亿方储量平原水库的构想,到那个时候,琵琶湖或许会更加阔大和包容。到那个时候,琵琶湖"孤峰冷月怨佳人"的传说一定会更加动人,那位因为爱上农家小伙被父亲化身为湖的小龙女,一定会在被老龙王化身为琵琶山的小伙旁,显得更加妩媚和温情,更加透明清澈,更加充满灵性。赵梦一直弄不明白,在仙界以绝色美貌和琵琶韶音而备受玉帝疼爱以至于天庭每次大的聚会都要弹奏天上仙乐的琵琶女,如何竟爱上了一个普通的农家小伙,他们又是如何拥有了这份与生命同等重量的邂逅。因为爱情传说而动人的琵琶山琵琶湖,在每一个月圆之夜,也一定会让在山下湖边"盟誓台"上诉说着缠绵悱恻、地老天荒的爱情男女,体会爱情的真实含义。谁又知道，美丽的琵琶湖里竟落下了玉帝的一滴伤心泪，于是便有了东海不干、琵琶湖不枯的亘古之约，起因竟是这天上人间的爱情悲歌。

而让赵梦更动心的是琵琶山上常常出现的海市蜃楼的景色。琵琶山依傍琵琶湖，每次大雨之前，因为水汽浓重，琵琶山上总要现出人们理想中世外桃源的美丽画景，稀疏的篱笆小院里，一对老者在黄昏的夕阳下品茶，篱笆墙上爬满了牵牛花，那或浓或淡的蓝色在风中绽放着笑脸，长长的烟袋里徐徐冒出淡黄色的烟，一条老得没有牙齿的黄狗与飘曳着的花絮嬉戏，累了就偎在老者的脚下，而那只抖着翅膀呵护着雏儿们的老母鸡，在树荫下踱来踱去。

赵梦想，那一对恩爱的老者，肯定就是传说中的农家小伙和琵琶女，他们总是在用海市蜃楼般的恩爱告诉人们，爱情，其实就在我们不远处。

赵梦笃信爱情，笃信命运，虽然她到现在还没有遇到自己的真命天子，但她知道，他或者就在不远处，如那位痴情的农家小伙一样，用生命的全部等待她的君临。而现在，她又感觉自己是孤独的，这种孤独感自从来到仙鹤乡以后，更加强烈，也更加刺痛她的心脏。赵梦觉得，自己似乎不适应乡镇的工作和生活环境，她常常感觉自己无所适从，做与不做，都是不对，做了有人说闲话，不做有人指手画脚，做好了有人说你出风头，做差了就有人开始幸灾乐祸。这左左右右，今天明天，都在对与不对之间，纠结着，缠绕着，时光也在这样毫无意义的对错之间，流逝成一去不返的感慨与伤怀。

只有这修志的差事，让赵梦暂时感觉到了工作的可爱和生活的充实。

2

铁嘴柳恒声从床上一骨碌爬起来，他是疼醒的，然后就满腹心事地到儿子柳方九家里来了。柳恒声要让儿子带他去市里的医院瞧瞧，他的嗓子眼儿一直不舒服，这几天一吃东西就生疼，现在连说话都感觉费劲了。柳方九抬头看了看老婆许大牙，没敢接父亲的话茬，自顾忙着手里喂猪的活。

许大牙的牙大得吓人，前面的两颗门牙占去了半张脸，在那儿不畏严寒酷暑地龇着。上牙骨还十分突出，两片嘴唇似乎永远都合不起来。

"怎么，不要老的啦？"铁嘴忽然间就来了气，"是不是怕花钱啊？"

柳方九和许大牙两个人互相看了看,许大牙才发话:"小九子啊,把你布袋里的钱都掏出来,让你爹去看病。"

柳方九慢腾腾地把口袋里的钱全部拿出来,大约有二十多块钱,然后把口袋翻出来让老爹看:"你看,我就这些,全给你了。"

柳恒声一看就急了眼:"你们这些狗娘养的,天底下再也没有你们这样没良心的杂种,哪有像你们这样对待老人的?许大牙,你爹你娘就不生病,就不死啦啊?你爹死了小九子上吊礼也得上一千块钱吧。让俺看病就给二十块钱打发了,你以为俺是要饭的啊,俺是你爹。"

这许大牙也不是吃素的,她一听公公骂得这么难听,死活不愿意了,也撒开了泼:"你这老不死的,不要在这儿胡屌乱呲。你有病怎么了,有病你还有功了?我们要钱没有,要命一条,爱看不看。嫌钱少了是吧,把那二十块钱拿过来,这些也没有,一分也不给。"许大牙还真的把公公手里的钱抢了回来。

"好,许大牙,俺就不信你这么不要脸。咱们让街坊邻居给评评理,二十块钱能不能看病。"

"你这样的人活一天多一天,早死早利索,这么不要脸的人活着干吗?你还嫌街坊邻居不恶心你啊,还要让人家给评理。"

柳恒声气得浑身打哆嗦,他一把抓过许大牙的头发,拉着她就往街上走。这许大牙也急了,低身抄起地上的一个铁铲子,对着公公的腿就是一下子。柳恒声疼得大叫一声,连忙把手松开了。

铁嘴柳恒声与儿媳许大牙多年不睦,村子里人都知道。多少年了两个人不是打就是骂,并且都是祖宗八辈地骂。俗话说,不是一家人不进一家门,铁嘴和许大牙算是对了撇子,一个铁嘴,一个钢牙。许大牙说铁嘴是老娘们的烂裤腰什么都装,铁嘴说许大牙是野狗的臭嘴什么都吃,两人谁都不服谁。有人劝铁嘴,孩子们都大了,孙子都快娶媳妇了,这样成天打来打去的,连个媳妇也难找,但他就是不听。柳恒声说儿媳妇在娘家没有教育好,到婆家不能没有规矩,不能没有老少。可这个许大牙还就是死活不认那个理,无论怎么打怎么骂,都和铁嘴照着,你怎么骂我就怎么骂,你怎么打我就给你怎么打。前几年铁嘴总是沾光,毕竟大老爷们儿,力气大,基本上都是铁嘴把许大牙打得在大街上哭着骂几个时辰,浑身青一块紫一块地让邻居们劝回去。而铁嘴就在远处看着,时不时地再骂上几句，专门气她，还忘不了和街坊们开着玩笑。可这几年，柳恒声年岁大了，力气小得多了，真正动手的时候少了。可偏偏许大牙又来劲了，总是把公公惹恼，然后两个人再对打，柳恒声总是占不了多少便宜，所以从心底里有点发怵。但今天柳恒声抱定了大干一场的决心，要和儿媳打个你死我活。因为这是人命关天的事，他有病了，不能不看，他不能就这样等死，他还想多活几年，所以宁愿打死，也要争个是非曲直。

铁嘴柳恒声开始在大街上叫骂，他在街上骂，许大牙就在家里骂，柳恒声骂一句，许大牙还一句，两个人你一句我一句，一直没有要停下来的意思。不知是柳恒声的故意还是骂漏了嘴，他骂了句"我日你爹"，许大牙接着跟了一句"我日你爹"，把街坊们乐得笑翻了天。

街坊邻居已经习惯了铁嘴和许大牙的对骂，时间长了两人不骂还觉得闷得慌，心里就开始嘀咕，两人怎么就没事了呢？两人对骂就像是一出戏，骂人的话也是成天翻新。前几天铁嘴还骂出了让许大牙到奥运会上去晒，让邻居们又见识了新东西。而铁嘴骂人的本事也可以说是骂到老长到老，今天他又练起了顺口溜："都来看，都来看，没有钱的拿鸡蛋，没鸡蛋就白看。这个娘们儿丑八怪，又黑又丑王八蛋，这个娘们儿没家教，老人有病不给看。从东头到西头，这个娘们儿浑身臭，臭得老人吓得跑，臭得小孩把尿流，头上长疮脚下流脓，这个娘们儿猪狗不如。"

从一大早骂到十一点多，柳恒声不骂了，他说了句："这么不要脸的烂货，俺到你娘家问问，当初是怎么生的你，是不是大腿一撇就遇上了妖怪，真不行把你送回你娘肚子里再回炉。俺拼上这把老命，也要治死你个烂娘们儿。俺要问问你娘家的爹到底管不管你这个泼妇。"然后真的骑上自行车，到许大牙的娘家去了。

见好久没有动静，许大牙对丈夫柳方九说："你出去看看，那个老不死的去哪儿了。"

柳方九出去看了看，街上已经没有人了，连看热闹的邻居们也都四散而去，回来给老婆说："街上没人了。"

"是不是回老院了？"

"那俺怎么知道。"

"你是猪脑子啊,不会过去看看啊。"

"俺才不去呢,去了就挨骂,要去你去。"

"你看你那个熊样,俺去还怕他吃人咋的,不是你去方便些吗?俺刚骂完再去,脸往哪儿搁啊?"许大牙说。

"你还有脸啊。"柳方九似乎在揭老婆的短。

"俺操你祖宗八辈,连你这个狗日的也来欺负俺啊。再这个熊样,老娘不跟你过了。"许大牙一直用这一招吓唬柳方九,并且屡试不爽,一直很管用。这话一出口,柳方九再也不说话了。

"俺去看看,能惹不能撑,自己屙了自己除啊,让别人跟着你擦腚。"柳方九嘟囔着出了门,一会儿回来告诉许大牙,"俺爹去你娘家了,你看怎么办吧。"

许大牙嘴一撇:"管他呢,走,你今天陪俺到城里去一趟,俺没有春天穿的裤子了,想去买一件。俺看上了颜亭好穿的那一件,那天俺问过她,是在富源巷商城买的,一百多块钱,很便宜,你陪俺去买回来。"

"俺才不去呢,俺得下地。"

"你下地找死去啊?现在地里没活,用得着你咸吃萝卜淡操心?"

"俺就是不去。"柳方九很拗,一上来那拧筋劲儿,谁也劝不动。

"拧筋熊,和你狗爹一样。就算是你替你爹对俺的一点补偿,陪俺去一趟。谁让他一大早就来骂俺呢。"

"俺爹是俺爹,俺是俺。俺爹骂你俺凭什么补偿你?骂你是因为你找骂,活该!"

"你存心找不痛快是吧?柳方九,你别给老娘来这一套,你想怎么着吧?"

一看许大牙这次是真的急了,柳方九连忙赔上笑脸:"你找个人陪你去吧,找个野男人也行,俺是真的不想去。"

许大牙再也没有说话,自己到屋里拿了点钱,拉上门就走。刚走出几步远,许大牙又进了院子拿了把锁,反手把柳方九锁在家里,"不跟俺去,你也别想好受。不过俺把话搁在前头,是你让俺去找野男人的,你不要后悔,弄不好俺再给你生个小弟弟回来。"

柳方九头也没抬,到里屋睡觉去了。他心里想,就你那德性,还找什么野男人呢。哪个男人找了你,不是眼瞎,祖宗八辈没干好事!

3

  乡里要搞青年节庆祝活动,是车相渚提出来的。教育系统的一帮子年轻老师忙活了三个星期,才把最后的节目敲定。车相渚的本意是让机关上干部聚在一起,出些节目,也算是活跃机关生活的一种方式。但现在的乡镇机关,没有几个人有文艺特长,真要凑起一台像样的晚会,难度还是非常大的。机关上的干部大部分都是各级领导的亲戚朋友,通过各种关系各种门路进来的,有真才实学的并不多。年龄偏大,年轻人偏少,大部分干部土里生土里长,根本就不能唱不能跳。这几年市里虽然统一招考了一些专科毕业生,补充到了乡镇机关,但人数有限,学历水平也不算高,文艺细胞更是少得可怜。还多亏前几年时兴的卡拉OK之类的东西,让通俗歌曲走进了普通人群,否则,谁会唱歌啊?

  车相渚是一个活跃分子,原本想通过庆祝青年节这样一种方式一显身手,让乡里人知道他是个多面手,能文能武,多才多艺。这下可好,大部分演出者都是教育上的教师,并且都是专业水准,再加上规模也搞得太大了,成了全乡的大活动,作为一乡之主,他就有了太多的不便。不能再上台高歌一曲,车相渚的心里不免涌起一丝淡淡的遗憾。恰好是这个时候,办公室主任穆晓图进来签单据,都是车相渚来之前一直没有结算的陈年旧账。

  "我给你说过多少次,这些账以后再结。"车相渚很不耐烦。

  "那到底是什么时候啊?人家都跟着腚地给我要,我不能成天只顾着应付这些要账的啊。"

  "不应付要账的就别干这个办公室主任,只要干就得应付。"一听办公室主任的话竟没有丝毫谦恭的口气,车相渚的火就不打一处来。更可恶的是,这个办公室主任因为是书记提拔起来的,成天耀武扬威的,机关干部不少人对他有意见,车相渚对他也很有看法。

  "车乡长,这话我听着不好听,你是领导,说话要负责任的。"

  "负什么责任?不好听别听,滚出我的办公室。"

  "你凭什么骂人?单据不签散伙,你骂人不对。不能因为你当领导就骂人。"办公室主任把门猛地摔上,那响声似乎能把整座楼震塌。

  这个狗日的,竟然对老子甩脸子,还不是仗了书记的脸吗?好,我让你这个熊样，我找你的主子说理。车相渚恨恨地想。

"郑书记，穆晓图我是管不了啦，竟然给我甩脸子。"车相渚通过内线电话，直接把矛盾交到了郑之渊手里。

"说说怎么回事？"郑之渊问。

"他找我签以前的单据，我说等等再说，他就不愿意了，说我说话难听，甩上门就走了，门上的玻璃都让他摔碎了。"车相渚的口气里仍然带着气愤。

"那好，我找他。"郑之渊似乎也生起气来。

郑之渊真的找了穆晓图，没听他说一句话，就劈头盖脸地把他训了一通，然后逼着他去给车相渚道歉。郑之渊的话不容反驳："不道歉就写辞职报告。"

穆晓图心里那个冤啊，让他从心底里恨起了车相渚。多大点儿事啊，竟然把他告到了书记那儿，这个人真是鼠肚鸡肠。相渚相渚，真他妈的像猪。穆晓图同样感觉到了这种人的可怕，他用这种神不知鬼不觉的方式，在挑拨着他和书记之间的关系。郑书记这个人心太善，也太直，如果认不清他这副嘴脸，将来是要吃亏的。穆晓图心里想，等合适的时间，自己一定要提醒一下郑书记，让他提防着点。

穆晓图还没有到车相渚办公室道歉，车相渚就打来了电话，语气已经完全平和了。他竟先向穆晓图道歉，说自己因为最近太忙，没有控制好情绪，不要跟他计较，并且让他把发票全部拿过去，一并签了。

一场风雨似乎就这样完美解决。但郑之渊并不知道事情解决的过程，他还在自己办公室里，想着穆晓图这个年轻后生怎么会出现摔乡长门的情况呢。这个穆晓图一向都是很精明的，怎么会对乡长有所不尊呢？他百思不得其解。管他呢，只要穆晓图找车乡长道个歉，事情就过去了。这种小事，本就没有想那么多的必要。

但办公室主任和乡长吵架的事在机关里都传开了，常务副乡长朱启明直接问车乡长是不是真有这回事，如果有就要建议郑书记把他换了，真是胆大包天，一个办公室主任竟然敢这样。车相渚只是笑笑，不置可否。但机关里另一种说法迅速传开，车乡长大人大量，根本没有让穆晓图道歉，反倒是他给穆晓图道歉了，只有郑书记当了冤大头。只是这话没有人传给郑之渊。

党委书记是一个乡镇的最高长官，但在某种意义上讲，他又是这个地方唯一的瞎子聋子，好多见不得光明的事，上不得台面的事，没有人愿意或者是不敢向他汇报。一个真正称职的党委书记，自己想知道的事必须知道，不想知道的绝对不能知道，即使知道了也要装作一无所知。这是基层领导者用脑子行事的一种为人为官之道。

4

乡党委副书记袁成华、人大主席牛子儒和招商办的两个工作人员，一起到仙鹤村里的时候，柳恒稳刚到了山上那片新植的核桃林。柳恒稳本想看看小苗子是不是都发芽了，就听到了村会计孙维下的电话，说袁书记来了。妹夫这个时候过来，肯定是工作上的事，如果是家里的事，他一般都要到晚上才来，来了也是匆匆忙忙的，不想多停留。官身不自由，柳恒稳明白这个理。

柳恒稳仍然以他惯常的速度往村里走。多少年了，柳恒稳在村里都是走着，不紧不慢，不急不缓，从来不骑自行车。除非去乡里开会时间急，或者去走远道的亲戚，他才偶尔骑一下车子。随着年龄越来越大，需要他亲自走的亲戚不多了，只有小辈的来看他的份了。柳恒稳走路的速度如机械表般的精确，一样的步幅，一样的节奏，即使再有十万火急的事，想让他跑起来也很难。柳恒稳愿意在这种缓慢而悠闲的踱走中，享受着遇到的老老少少带着谦恭和尊敬的目光与问候。随便说几句家常，顺便了解一些想知道的情况，是另一种形式的深入群众。所以从接到电话，一直到村里，他用了足足半个小时的时间。

一辆小车停在村院里，那是妹夫的专车，柳恒稳闭上眼睛也能认得出。

门开着，几个人在闲聊。柳恒稳进门，掏出烟，先让人大主席，再让妹夫。妹夫不吸烟，他仍然要让，因为跟着来的还有其他的机关干部。在对待妹夫的礼仪上，柳恒稳分得很清，公就是公，私就是私。在家里私人场合，他可以让妹夫给他倒水，但在外面，人家是乡里的副书记，是父母官，自己只是一个村支部书记。而这些，也正是袁成华对他比较服气的地方。

照例是袁成华先说："我和牛主席受郑书记、车乡长委派，到咱们仙鹤村，有个事商量一下，具体事呢让牛主席说说。"

柳恒稳心里和明镜似的，如果书记乡长在场，妹夫通常会这样说，"郑书记车乡长安排我来和大家商量个事"，"书记乡长"是放在这句话的最前面的，表现出自己的位置和谦恭。而一旦他们不在场，他就会把"我"放在前面，"我"受书记乡长委派或者安排等等。呵呵，也就我能发现这点小秘密吧。柳恒稳的脸上露出不易被人察觉的笑容，但这笑容被妹夫看到眼里。

牛子儒先清了清嗓子："事情是这样，最近乡里和广东的一个客商签订了一个我们乡前所未有的大项目，是一个服装加工项目，想在仙鹤村落地。外商呢看中了村里的一块地，就是忠字礼堂周围，包括忠字礼堂在内，总共六十亩左右的地方。因为这些地都是原来的集体建设用地，不受土地手续制约，上起项目来可以快当一些。工作的难度呢就是时间紧了些，外商要求乡里三个月之内，必须给他们办好土地证，做好拆迁。这样呢，郑书记安排我们给村里通个气，村里可以适当提一些经济补偿要求。不过，咱们乡财政是什么情况柳书记也清楚，柳书记也是全乡德高望重的老书记，政治觉悟向来很高，也一定能体谅乡里的难处。所以，在补偿问题上，要量力量情，不要有过分的要求。至于忠字礼堂拆迁的时间要求，党委的意见是要在六月一号之前完成。我想拆礼堂不是什么难事，以前的建筑，主要是土坯土墙，有点钢筋混凝土也不多。拆肯定好拆，主要是要给群众做好思想工作。周围的地也要拿出来，也需要给群众做工作。柳书记看看有什么难处？袁书记也在这儿，你们亲戚里道的，有话好说，有什么要求直接告诉他就行了。"牛子儒一边哈哈着闹着笑话，一边看着柳恒稳，他知道这是一个不容易对付的村支部书记，老百姓都说他肚里有牙，花花肠子多着呢。

柳恒稳站起身，又把自己的将军烟让了一圈，然后坐下。柳恒稳的脸上现出铁青的颜色，似乎被这个突如其来的消息击垮了，心里开始如翻江倒海一般，更多的是浓烈的酸辣味道。忠字礼堂，这是历史的见证，也是仙鹤村光荣的见证，里面有村里多少人的心血，怎么能说拆就拆呢？

"这事来得太突然，太突然。这是个好项目，服装加工，又没有污染，还能安排闲散妇女，确实是个好项目。"柳恒稳说完这几句话，就没有了下文，目光显得有些呆滞。

几个人都不说话，吸烟的吸烟，喝茶的喝茶，屋里顿时弥漫起呛人的烟雾。村会计孙维下受不了这烟味，一个人走了出去。

"这可是一件大事，我自己做不了主，我得给村两委成员通通气，还要召开两个议事会议一议。"柳恒稳沉默了好久，终于开了口。

牛子儒来之前就推断，柳恒稳绝对不会立即答应的，这是他的性格，也是他的处事方式。柳恒稳这样做的目的，无非就是多争取一些利益，只要他答应考虑，没有一口回绝，这事就有可能，牛子儒心里想。

袁成华看到了柳恒稳眼里微微泛起的泪光，忽然意识到情况不妙。对于郑之渊把忠字礼堂拆迁任务安排给他，他一直心存担忧。袁成华不知道能不能做通舅子哥的工作。忠字礼堂，里面有好多情感是永远都不能拆除的，仙鹤村经历过那些艰难岁月的老人们能不能答应，都充满变数。谁愿意就此割断一段光荣的历史呢？

"要不先这样，柳书记给各个方面做做工作，乡里看你们做工作的情况再说。"袁成华站起身，说。

柳恒稳也站起来："行，我们通通气再说。"

袁成华注意到，柳恒稳给车上的人挥手的时候，手指有些颤抖。

乡里要拆忠字礼堂的消息不胫而走，许多人都涌到村院里来，问是不是真的。更有几个上了年纪的人，坐在村办公室不走了，说谁要敢拆忠字礼堂就跟谁拼命。

柳恒稳劝着他们："都是没影的事，没影的事。"

"没影的事？俺怎么听说你那个妹夫带人来的，说你们串通好了的，马上就拆。你们是不是仙鹤村的人啊，你娘还因为建那个礼堂摔断过腿，别人的脸面不管，你娘的脸面总还是要顾的吧？"

"那是那是。"柳恒稳嚅嚅着。他庆幸自己没有在妹夫他们来时就表态，那时他除了情感上的难以割舍之外，更多的想法就是借此可以向乡里多争取点经济利益，根本没有想到会有这么多的村民，对忠字礼堂竟然看得那么重。群情激愤到这种程度，做不通工作，没有人敢在利益问题上谈什么条件。柳恒稳心里清楚，自己只能静观其变，看看过了这几天的风头，老百姓的劲头下去以后，能不能做做工作。

"小大人"孙思错走进村院的时候，还有三两个老太太坐在村办公室里，他逐个打了招呼，然后把烟递到柳恒稳手里。

孙思错虽然模样不济，但嘴很甜，很让村里人夸奖。尤其是对村里的老人们，孙思错更是嘴甜得不得了。除了嘴甜，孙思错还精于心计，脑袋瓜子特别好使。他的这几种本事，都是继承了他父亲的长处。按照遗传基因和先天条件，孙思错的长相应该非常出众才对，偏偏就长得十分寒碜人。孙思错的母亲是下乡知青，除了肤色稍黑点，模样十分周正。而他的父亲孙有树长得虽是五短身材，却是正宗的国字脸，有模有样的。孙有树是村里有名的小能人，给人掌鞋给马挂掌给邻居打锡壶可以说学什么会什么。下乡知青欧阳园到村里的第一天，就被他发现然后惦记上了，他天天和黏黏胶似的往知青点上跑，非要和欧阳园谈对象。这家伙脑子好使，说话也让人心动，他为了和欧阳园搭讪，故意弄出好多笑话。

"小欧啊，咱们农村可是一片广阔天地啊。"孙有树装作大人模样，说。

"我不姓欧。"欧阳园白他一眼。

"噢，阳园啊，你不姓欧，叫你阳园总不错吧，咱们农村可是一片广阔天地啊。"

欧阳园扑哧一下子笑了，"我既然不姓欧，哪来的阳园，我姓欧阳，是复姓，知道了吗？"

"哈哈，你看我这没学问的，那我以后多跟你学着点，欧阳。欧阳算名还是算姓啊？叫你欧阳显得远了，我就叫你园园吧。"……

两个人的交往成了村里的陈年旧事，也成了孙有树一家不敢揭开的伤疤。两个年轻人相爱了，并且爱得死去活来。但欧阳园家里成分不好，孙家同意，村革委会不同意，说仙鹤村这样的红旗村，不能让成分不好的人嫁进来。到后来，欧阳园有了七个月的身孕，她怕革委会的人看出来，说是得了浮肿病，不敢出门，被特许到一个农户家里养病。直到孩子临出生的时候，孙有树才把她接到自己家里，为孙家生下了一个大胖小子，就是现在的"小大人"孙思错。但从此以后，厄运也开始降临到两个年轻人身上。先是知青们开批斗会狠批欧阳园，革委会组织各类会议进行道德审判，直到欧阳园出现了精神分裂症的明显症状，才算是停止了批斗。欧阳园被特许遣返回城，然后被她的家人送进了精神病院。孙有树受到了巨大的精神打击，成天萎靡不振，除了喝酒就是喝酒。直到有一天，孙有树再也没有钱买酒了，就偷偷撬开生产队仓库的大门，偷出了一口袋豆子，卖到供销社，随后就被供销社举报，被送进了监狱，一判就是十五年。出生不到一个月的孩子，只能被年迈的爷爷奶奶喂养。村里人看这老少三口十分可怜，便都处处接济。凡是正在喂奶的年轻女人，不管辈大辈小，都插空到孙有树家里，给可怜的孩子喂奶。孩子是吃着百家奶长大的，虽是饱一顿饥一顿，却得到了众多女人发自心底的疼爱。爷爷奶奶也为了让孙子记住父母的错误，起了孙思错这样一个名字。正是因为自己出身及家境的特殊，孙思错从小就表现出与同年龄段的孩子不相符的成熟和懂事，所以从五六岁开始就有人叫他"小大人"。那时候这样叫他，更多的是一种夸赞，而到后来人们叫他"小大人"，又多了一些诙谐的成分。也许是因为从小就营养不良，孙思错个子很矮，没有长到他父母中任何一个人的高度。脸也长得极老成，黑瘦，十六七岁的时候就像是三十多岁的。有两次让人啼笑皆非的经历，村里人一直当作笑话讲。一次是孙思错到集上买菜，刚到一个摊点前站住，卖菜的一个四十多岁的中年妇女就问他："大哥，你买什么啊？"一下子把孙思错气晕了，心里想，我有那么老吗？转身就走，弄得卖菜的不知咋回事。还有一次是孙思错出远门，在路上问道儿，问一个五十多岁的老大爷，刚喊了一个大爷，那人就开口说话了："哟，你这么大年纪了，可不能这样叫我。"孙思错气得抬腿就走。而这两次经历，都是在他二十岁之前。孙思错回来把这些话说给爷爷奶奶听，把他们乐得和弥勒佛似的，开心得要命。孙思错由此也认了，自己长得就这样，爱咋的咋的，就像是自己的命运一样，一开始就错了，错就错吧，一错到底，还能怎么样？

话虽那么说，但孙思错对自己的命运仍然耿耿于怀。他不相信自己一辈子就只能这样碌碌无为，要永远承受上一代人的错误带给自己的生命烙印。孙思错曾寄希望于回城找到母亲，或者与他同母异父的兄弟姐妹等等有点权势和能力的人，让他们帮自己一把，所以早在十几年前，孙思错就按照村里老人提供的亲生母亲的住址，到省城去找母亲。孙思错远远地看到了她，苍老得已经不像个样子，目光呆滞，衣服破旧，里面的内衣要比外面的裤子长十几公分的样子，并且脏得可怜。孙思错向楼下的一位老者打听母亲的一些情况，知道母亲从精神病院出来以后，到一家福利企业当了工人，也找了同厂的一个老实巴交的工人结了婚，却一直没有生孩子。后来企业破产，她也便下岗在家。老头老太太两个人，只靠政府的救济过日子，非常艰难。听完这些，孙思错很想走过去，叫她一声妈。但孙思错没有勇气，一条马路的宽度却像是隔了亿万光年，让他迈不开一步。孙思错的泪慢慢地流下来，他没有去擦，他多想把两位老人接到农村去住，说不上吃好穿好，却能吃饱穿暖。但他知道，以自己目前的状况，还没有抚养两位老人直到终老的能力，家里太穷，还有八十多岁的爷爷奶奶，下面有两个上学的孩子，他如何应付得起？孙思错心如刀绞，流着泪离开了那座让他一生都必须牵肠挂肚的城市。他一步一回头，有那么一个瞬间，他似乎看见母亲抬起头来，朝着他看了又看，那目光似乎闪着光芒，如流星，如闪电，刺痛着孙思错的心脏。孙思错知道母亲看不到自己，她无力低下的头，是失望，是绝望，更是没有希望的日子和将来。如果爹知道了这些情况，他会怎样？孙思错在心里想。在那一刻，他甚至想告诉爹关于娘的种种困境。只是告诉了爹，他又能怎么样呢？父亲从监狱里出来后，到南方流浪，靠自己的一点小手艺生存，生活还算过得去。孙有树前几年曾经来信，问家里的情况，说他没有脸回来，更不愿意想起以往的岁月，坐过监的人，到哪儿都会有人指指点点的。父亲和母亲，已经天各一方，是时间和历史的过错，更是命运的无情。曾经想过让两位老人团聚的梦，在孙思错转身的瞬间，如一缕轻尘，消失得无影无踪。孙思错啊孙思错，历史错了，难道你也错了？你的爱心也错了？

孙思错常常想，自己心再高，又能有什么本事让家里富裕起来呢。出去打工也就几百块钱，仅能够维持正常的生活，他哪还有什么闲钱把自己的亲生父母接回来呢。为了改善家里的经济状况，孙思错想了好多办法。他看着村里好多外出打工的人地都闲着，即使不闲着也不上肥料，随便种上一季粮食，长不长，长多少从来都不关心，他觉得心疼。他找到村里，想让村里出面，让他把这些地集中起来承包，他一个人实行机械化收种耕播。但村里不同意，那些承包土地的也不干，他们说无论地里长不长庄稼，那都是他们的命根子。现在让给你了，我们再想种的时候你能痛痛快快地还给我们吗？人都是穷极饿迷，让饿皮虱子咬着了，谁能指望它能口下留情？说到底，村里人还是看不起孙思错这种穷得叮当响的穷光蛋。所以无论孙思错承诺什么样的条件，就是没有人同意，此事便搁下了。但这种集体承包的念头他一直没有断过。

"柳书记，这忠字礼堂无论如何都不能拆。""小大人"孙思错坐下，说出了自己的第一句话。

"没说要拆啊。"柳恒稳接过来说。

"柳书记，忠字礼堂，是仙鹤村的历史，谁拆了它，谁就是对历史犯罪，我带头坚决反对谁。"孙思错语气坚决，让柳恒稳不得不抬起头，寻思着他为什么会是这样坚决的态度。

"放心吧,大侄子,礼堂不会拆的。只要我当书记,我就会按照老百姓的意愿做事。"柳恒稳长出了一口气。

其实,在柳恒稳心里,他是矛盾的。乡党委定的事,就他一个人,是挡不住的,只要这些村民们能团结起来一起挡,应该没有问题。现在上下都讲和谐,都讲做工作要顺茬不戗茬,谁敢违背群众的意愿啊。一个支部书记不敢,乡党委书记就敢吗?现在的形势还真的不好说。老百姓现在的口头禅,顺百姓者兴,逆百姓者亡,老百姓就是覆舟之水啊。

"还有个事,村里不是芦笋种植的地块一直没有落实吗?我想能不能由村里出面,做做户里的工作,我给户里承包费。只要村里能帮着我把地调到一块,我搞规模化种植,我还可以给村里一部分费用。"

"大侄子,这事啊,还没有人做过,我也没有那个本事能给老百姓做工作。你这样吧,你去跟孙会计合计合计,他能帮你你就搞,不能帮你我也没有办法。"柳恒稳把问题推得很干净。在这种节骨眼上,柳恒稳唯一关心的就是忠字礼堂的事,什么芦笋种植,都是瞎扯淡。

孙思错的要求没有得到满足,心里很不熨帖,悻悻地走了。

到了晚上,柳恒稳把老百姓的激烈情绪反映给妹夫袁成华。袁成华听他一五一十地讲完,就让他明天把情况给人大牛主席汇报一下,一定要把群众的情绪汇报清楚,否则将来出了问题,就要吃不了兜着走。

"另外,就工作说工作,不要乱扯,更不能说多了。我估计郑书记也会找你,你一定要想好,应该怎么解释,话应该怎么说。"柳恒稳刚要放电话,又听见妹夫补充了一句。

从袁成华的这句话里,柳恒稳听出了其他一些东西,也意识到了问题的严重性。拆或者不拆,已经不是一般意义上的工作问题了,而是政治原则问题了。想到这里,柳恒稳浑身打了一个冷战。

5

村里调整土地种植芦笋的提议没有几家认可,这事算是泡了汤,孙维下为此难过了好几天。现在的老百姓啊，即使你往他嘴里抹蜜，也会咬你的手指头。越是上级或者集体提倡的事，他们越不干，以为上级总是在骗人。这也难怪，多少年了，老百姓已经让上级忽悠怕了，让干什么什么赔，谁听话谁吃亏，不听话的总能沾光。就像不少人欠集体的往来账吧，几十年的都有，不还也就不还了，你能把他怎么样？村里以前还可以用审批计划生育证、宅基地、盖结婚的章这些乱七八糟的事，卡一卡那些不听话的，现在谁还敢卡他们？你盖慢了他都不愿意，卡他就直接到上级部门上访。现在上级的领导也和以前不一样了，以前真的是向着基层的干部说话的，他们能体谅基层干部的不容易。现在完全反过来了，说的也很好听，就以民为本，答复任何事都讲政策。所以只要有欠集体账不给盖章的情况，就会问村干部们："国家哪一条政策规定欠集体的财物就不能结婚，就不能批宅基地？"村干部便无言以对，脸拉得再长也要盖章。为了让那些欠账的没有话说，村里以前专门成立了清欠班子，催缴那些陈年旧账。那些欠钱的，反倒成了老爷，振振有词，或者干脆耍赖，要钱没有，要命一条，把命给你，你敢要吗？这命如今还真没人敢要。还有一次，村里用了一些土办法，只要不给钱，就让清欠人员在欠账户家里大吃二喝炒豆芽。这种办法对有些人行，对有些人则行不通。孙大赖皮欠村里不到一千块钱，清欠人员在他家连着吃了三天，他就跑到市里告状去了，说："你们的村干部这三天吃了我们家多少菜多少馒头，我做饭用了多少蜂窝煤，耽误我外出打工的误工费各项累计五千元，你政府拿吗？不拿我再到省里上访，或者我到报纸电视说，共产党的干部就是这样深入群众的。"之后，市里压乡里，乡里压村里，孙大赖皮不但欠的账一分没还，还从村里要走了五千块钱。村里赔了夫人又折兵，弄了个灰头土脸，让村里人笑掉了大牙。为这事柳恒稳生了好长时间的气，发了狠话，对村干部们说："孙大赖皮家的事，以后什么事都不能答应。"但孙大赖皮接着就把话捎过来了："我孙大赖皮求天求地求风求雨，就是不求你村里，能死你！"

芦笋基地没有调整成，孙维下感觉自己是最难过的，除了原来企业承诺的好处之外，更要命的是没有多少机会再去见葛小窈那个小娘子了。但天无绝人之路，只要我孙维下认准的事，认准的女人，没有几个搞不到手的，我总有自己的办法。孙维下恨恨地想。

大约十点钟左右的时候，孙维下想着带孩子的葛小窈应该已经起床了，就从过春节时女婿带给他的茶叶里拿出一盒,在手里掂了又掂。这茶叶就是他妈的好喝,人家是怎么造的呢?这盒茶叶他是准备给孙维此拿去的,不是为了给他喝,而是为了能有一个接近葛小窈的机会。孬茶叶是不能拿的,葛小窈一喝就能喝出来,她毕竟在茶厂里做过工,知道什么是好茶叶什么是不好的茶叶。他孙维下不能在葛小窈面前显出他的低微和小气来,任何时候都不能,拿就拿最好的。孙维下下定了决心,就把茶叶放进一个方便袋里提着,里面还放了一瓶女人用的化妆品,名字叫什么奇思丽,那是他专门到城里最大的商店,花了二百多块钱买的,特意送给葛小窈的。至于怎么给她,孙维下连话都想好了,就说婷君从南方寄过来的,她记挂着姐妹一场,在家里各方面的条件都不如南方,专门从南方大商场给她买的。为此孙维下花了将近十分钟的时间,才把化妆瓶上的商场标签擦掉。孙维下想,花二百多块钱为一个女人买一瓶化妆品,在仙鹤村也只有他孙维下一个人能做到。农村的男人,不是太粗俗,就是太小气,小气到甚至要沾女人的光。这种男人是最赖皮的,也没有情调,孙维下看不起这样的男人。男人为女人花钱天经地义,哪有女人为男人花钱的道理?不愿意为女人花钱的男人,办不了多少真事,最多是耍耍嘴皮子,滑溜滑溜舌头,大不了搂搂抱抱,掐掐摸摸的。孙维下不同,他要的就是女人的身体,女人完完整整的身体,可以让他从上到下地摸个够,亲个够,玩个够,对他百依百顺,让他快活到成神成仙。

葛小窈应该是一个做爱的好手,孙维下从见到她的第一眼开始,就感觉到了这一点。她高耸的奶子,上翘的小屁股,细细的小蛮腰,再加上撩人的眼神,这样的女人做爱是不需要调教的。尤其是生了孩子以后,葛小窈变得更加丰满,到处充满了女人的诱惑,让孙维下再也抵挡不住,天天做梦都是和她在一起。人就是奇怪,自从看上葛小窈以后,孙维下对计划生育专职主任安爱就再也没有了兴趣,或者说是没有了性趣,看着她的乳房现在是套拉着的,她的洞也松松垮垮,就连叫床也是那样难听,和猪叫似的。所谓情人眼里出西施,真是一点也不假,以前他那样喜欢这个骚娘们的,可现在看她哪儿都不顺眼。

推开孙维此家里的门,孙维下喊了句"有人吗",就听见孙维此从屋里出来,"哟,维下哥啊,快到屋里坐。"

"好长时间没来了,来看看你,给你拿来一盒茶叶,是上好的龙井。这可是我家女婿茶厂最好的茶叶,让你老弟也尝尝。"

"那俺可担当不起，你还是拿回去送个人吧。"

"看你这话说的，我还需要送什么人？送给你我乐意，送给别人我还不高兴呢。再说了，我们家婷君和你们家侄媳妇是小姐妹，她还给侄媳妇从南方捎回来一瓶化妆品，让我送过来，送给你茶叶也是顺便的。哈哈哈。"孙维下的声音爽朗而清晰，笑声是颤颤的。他透过门帘看到了葛小窈的身影，他的这些话就是说给她听的。

孙维此让自己的婆娘烧开热水的工夫，葛小窈抱着孩子从里屋出来了，说了句"孙会计来了"，然后就抱着孩子站到院子里，哄孩子看窗台上放着的花草。

这个小烂娘们儿，这么不领情，孙维下心里恨恨地想。

正不高兴间，里屋又出来一个年轻女子，长得比葛小窈还要俊俏，甚至把他的眼都看直了。经过孙维下身边时，她连眼皮都没有抬一下。

"这位是谁啊？"孙维下压低了声音问孙维此。

"孙女他小姨，叫葛小宛，专门过来看看外甥女的。"孙维此也把声音压得很低。

透过窗子，看着两姐妹在那儿逗着怀里的小宝宝，孙维下心里痒得发慌。这两个小娘们儿，真是勾人的小妖精，也不知道她爹娘到底是怎么生的，竟生出天底下少见的两个美人，比着的漂亮。要是能与这两个小娘们儿同床，即使把命给她们，他也愿意。孙维下甚至想，如果是左手小窈，右手小宛，那会是一种什么感觉呢？

龙井茶的香气慢慢溢了出来，让孙维下想起一句有些文绉绉的话，品茶赏女人，这可是天下绝好的差事啊，只可惜这样的生活不属于自己。想到这里，孙维下的心里忽然涌起一股凄凉。唉，自己年岁渐渐大了，即使一天一个女人，也玩不了几个了。以前是有贼心没贼胆，有贼胆没贼钱，现在有贼钱了，贼又快不管用了。再不抓紧该玩的玩玩，就只有等死的份了，唉，真是苦命啊。

"维此兄弟，你是不是把侄媳妇叫进来，让我把化妆品给她？"

"行，没问题。"孙维此拉开门，叫着，"小叶她妈，你维下大爷给你捎来点东西，你过来拿过去吧。"

"不用了，我不要。"葛小窈回答得很干脆。

孙维下忽然感觉很没有面子，他走出屋来："是婷君给你捎过来的，不是我给你买的，你们姐妹情谊都没有了吗？"

"她的心意我领了，射谢她。东西我不能收。"葛小窈似乎没有一点含糊。

"你这样叫我怎么出门呢？婷君回来我怎么给她说？"孙维下透出为难的神色，"古话说当官的还不打送礼的呢。"

葛小窈抬头看了看孙维下。这一看，又让孙维下心颤得有些发抖，他甚至不敢直视葛小窈的眼睛。

"既然这样，我就收下。不过我们可没有什么东西回给婷君的。"葛小窈的话里有话，没有东西可回，而且是回给婷君，孙维下这个茬她理都没理。好，真的是一个不好对付的小狐狸精，孙维下心里想。

"你们姐妹还讲什么回不回的。那好，我走了，我还给你们家带来一盒茶叶，觉得好喝再吱声一句，我让婷君再捎点回来。"孙维下似乎有些谄媚的味道。

"不用了，我们平时喝不起那么好的茶。"葛小窈有些不依不饶。

孙维下刚要出门，又转身回来："对了，婷君还让我问问你，他们那个茶厂还想让你去，工资会比原来的多一倍。想去就给我回个话。"

葛小窈的眼里忽然透出一丝光来，那光一闪即逝，却让孙维下看个正着。女儿婷君并没有捎来这样的话，孙维下只是想用这一招，试试这个小娘们儿是不是爱财。葛小窈眼里发出的光，让孙维下感觉到希望的来临。

孙维此两口子一边说着谢谢老哥的茶，一边把孙维下送到大门口。孙维下再次回过头，看了葛小窈姐妹俩一眼，真他妈的馋人，孙维下在心里骂道。

隔了有半个月光景，孙维下又到城里给葛小窈买了时下最流行的露腰小褂，让老婆给她送过去，仍然说是女儿婷君从南方给她捎过来的。老婆回来说，葛小窈非常高兴地收下了，还当着她的面试了试，真合适。年轻人真是穿什么什么好看，再说那个小媳妇子确实长得也俊俏。说完她就开始抱怨女儿为什么只想着葛小窈，她与孙家非亲非故的，怎么就不想着给当娘的买件衣裳，然后噘着嘴去给孙维下烧水泡茶。孙维下感觉时机基本成熟了，心里涌起莫名的兴奋，喝着已经是上年的陈茶，感觉同样充满了新茶的清香与甘甜。

乡里发粮食补贴了，每亩地十三块钱，五一前要全部发完。这次上级的政策很透明，根据各家提供的身份证号码，直接为每家每户在信用社开了专用账户，给老百姓送的都是银行存折。这政府也真他妈的绝，以前乡里村里的还能克扣一点，欠村里钱的可以直接留下，但这次村里只是干活出力，一点好处都没有。现在的老百姓啊，真是幸福多了，这粮食补贴是什么，是老百姓种地的工资，以前要交皇粮国税，从古至今这是天经地义的。可现在呢，粮食不让交一两了，还给工资，这叫什么社会啊，这才叫社会主义，多好啊。孙维下从心眼里佩服共产党。但有些老百姓是不行的，老是嫌少，觉得给个十万八万的才过瘾。也不想想，以前一分不给的时候你还不照样种地？让你交公粮的时候，你不是一两也不敢少交吗？人心不足蛇吞象，这世间的道理搁哪儿都是一样的。

　　孙维下从一大早就挨家挨户地送银行存折，送到葛小窈家的时候，已经是中午十二点多了。孙维下进门的时候，葛小窈正穿着他给她买的小褂在洗衣服呢。

　　"孙会计，你来了？"葛小窈已经没有了上两次他来时的敌意。

　　"我给你们家送粮食直补的银行存折来了。你们家四口人六亩地，一共是七十八块钱，我给你放里屋去吧。"

　　"那到屋里坐坐吧。"葛小窈擦了擦手，"我给你泡壶茶。"

　　"你公公婆婆呢？"孙维下疑惑地问。

　　"走亲戚去了，下午才能回来。"

　　孙维下忽然感觉热血沸腾，他随着葛小窈进屋，忽然感觉身子有些踉跄。

　　"怎么了，孙会计？"葛小窈发觉他不对劲儿，回过头问。

　　孙维下一下子把葛小窈抱住，抱得死死的，葛小窈一动也不能动。

　　"大爷，放开我，这样不行，大爷，放开我，真的不行。我娘一会儿就来，我弟弟娶媳妇，要盖新房子，我娘让我借了五千块钱给她，她一会儿就来拿。"葛小窈声音软绵绵的，她记不起自己的男人走了多长时间了，她那么想，而这几天，是她完了例假后最想的时候，也是她最难熬的时候。葛小窈受不了男人身上的味道，这种充满力量的汗腥味，就像人平常说的春药一样，让她无力抵抗，她的挣扎也就有些半推半就，甚至如同更暧昧的引诱，这更激起了孙维下的欲望。

　　"你这个小妖精，我不管你钱不钱的，你要多少我给你多少。你知道，从见到你的那天开始，我就想着你。那时我恨自己的眼不是激光，能透过你的衣服看到你的奶子，看到你的毛毛，也恨自己的家伙没长在眼上，看到你的时候就能一梭子射出去，即使射在你的脸上也能舒服死人啊。"孙维下一边用语话诱惑着葛小窈，一边快速地把她抱到里屋，还没有把她的衣服全部脱光，就开始了他用舌尖、小手指在她各个敏感部位或急或缓、或快或慢的探险与漫游。葛小窈放弃了所有的抵抗，尽情地享受着孙维下带给她的新奇与快乐，直到再也坚持不住，然后把孙维下压到自己的身子底下。

他奶奶的，这年头，青菜成了反季节的，男上女下的老套路难道也变了？孙维下心里想。他撑起身子，吮吸着葛小窈的奶子，淡淡的奶香让他猛地一个激灵，心脏一下子被抓得紧紧的。

6

乡党政办公室主任穆晓图给柳恒稳打电话，说郑书记让他第二天早上八点，准时到郑书记办公室。柳恒稳一猜就知道，肯定是忠字礼堂拆除的事，书记要亲自听情况、做工作了。到了晚上，柳恒稳打电话给妹夫袁成华，想探听一下郑书记的口风，然后让他出出主意。没想到袁成华竟然什么都不知道，什么态度都没有。柳恒稳不知道妹夫是真的没了主意，还是在跟他耍滑头。说到底，这么大的事，谁都不敢拿主意，对了还好，各方面皆大欢喜，如果错了，出了问题谁能承担起这份责任呢？柳恒稳越发感觉妹夫的深不可测，这么近的关系，关键时候也是掉链子，连个主意都不帮他拿，真是太滑了，怪不得机关干部都叫他滑蛋。

柳恒稳进郑之渊办公室的时候，心里有些七上八下的。倒是郑之渊，满脸笑容地从座位上站起来，递了一支中华烟给他。

柳恒稳嬉笑着："吸书记的烟，怕是吸馋了，俺又买不起，还不如不吸呢。"柳恒稳这个人很少闹笑话，所以偶尔开个玩笑，也似乎是一本正经的样子，让郑之渊说不出什么味道来。

"不就一盒烟吗，多大点事。这一盒全给你，也好解解馋。"郑之渊把刚刚启封的一盒中华烟递到柳恒稳手里。

柳恒稳把烟接过来，放在了面前的茶几上："一会儿走的时候再拿。"

"你知道让你来什么事吧？"郑之渊坐到柳恒稳对面的沙发上。待柳恒稳坐下，郑之渊开始说话。

"郑书记知道我这个人脑子笨，我还真不知道您叫我来啥事呢？"柳恒稳深深地吸了一口烟。

"老柳啊，你是明白人，我看你倒像是拿着明白装糊涂啊。好吧，那我就直说了，上次袁书记和牛主席找你谈的那事，已经火烧眉毛了，必须抓紧时间。现在是你替党委出力的时候了。俗话说得好，养兵千日，用兵一时，强人干硬活，党委最愿意用有本事的人。你一直是全乡支部书记中的先进，各个方面的工作都做得很好，村里的经济发展，社会事业发展，大局也十分稳定，这都是你的功劳。仙鹤村也是老先进了，'文革'那个特殊的历史时期就是全省的红旗村、样板村，家里的老人还是全省的先模人物，你在群众中的威信也特别高，这都是你做好工作的前提和保证啊。党委相信你能按照党委的意图做好工作。"郑之渊端起茶，轻轻吹着上面飘浮着的茶叶，他似乎是在等着柳恒稳表态，但柳恒稳一句话也没有说。郑之渊不禁在心里骂道，这个老狐狸。

"说吧，老百姓现在有什么想法，村里有什么要求。"郑之渊不得不单刀直入。

柳恒稳仍然没有说话，他不知道应该说什么。如果说群众工作难做，郑之渊肯定认为他是在推卸责任。如果大包大揽地说没有问题，他柳恒稳并没有这个把握。补偿或者其他条件，就更不能谈了，只要谈就等于接下了这个活，就等于认可和服从了党委的决定。柳恒稳处于一种两难的复杂境地，不知如何应对。他不敢抬头看郑之渊一眼，目光甚至不敢越过郑之渊老板桌的下沿。柳恒稳发现，郑书记的老板桌已经开始爆皮，有的地方漆开始剥落，有的地方竟然干裂出一条长缝。

"我听说村里的老百姓有不少反对的，但这些人对你这个老支部书记而言，不应该是个问题。只要工作做到家了，我相信仙鹤村的老百姓是通情达理的。老百姓有相反意见也完全正常，毕竟那座忠字礼堂有仙鹤村的光荣，有老百姓的汗水，也是仙鹤村一家一户的精神寄托。不同的时代背景有不同的历史要求，那个忠字礼堂已经不是先进文化和先进生产力的代表，它只是一个时代的标志物，再留着会有人说我们恋旧。'文革'已经是被否定了的，'文革'中的所有保留物都应该被拆除才对，我想仙鹤村的干部和老百姓都应该有这个觉悟。至于占用土地的补偿问题，乡里是不会让老百姓吃亏的，你们说个数，乡里一定尽力而为。怎么样，柳书记？"郑之渊有些循循善诱的味道，柳恒稳甚至于要答应他了。但柳恒稳知道，对拆除忠字礼堂，他确实没有十足的把握，更不能让郑书记知道的是，就连他自己，对这个礼堂也有着浓厚的情结。母亲的血汗，自己在礼堂里经历过的岁月酸甜，以及仙鹤村的老百姓对礼堂的心理依赖，都让他不敢随便表态。

"不看僧面看佛面，你可以不给我面子，总得替袁书记想想吧。这个项目的用地问题由袁书记牵头，忠字礼堂的拆除也是他负责。袁书记现在处于一个关键位置，也是一个关键时候。今年年底各乡镇政府换届，我有个想法，如果可以，会在尽可能的条件下，把他往前推一推，你也算是为他出把力。另外，如果你自己有什么要求，也完全可以提。"郑之渊见柳恒稳没有任何反应，使出了最后一招撒手锏。

柳恒稳仍然不置一词，好久，他才说："我妹夫的事是你们班子内部的事，我不能插手。我自己也没有任何要求。"

局面陷入僵持，郑之渊似乎也没有多少话说了："这样吧，我该说的话都给你说了。党委非常看重这个项目，占用忠字礼堂的地也是党委研究决定的，任何人都阻挡不了，也不能阻挡。谁在这个问题上犯错误，谁最后就要付出代价。你是老支部书记，几十年风风雨雨，不容易哪，党委很体谅，也很关心你们这些老同志。关键时候，党委还是需要你们这些闯天下、拼天下的老臣。尤其是有急难险重任务的时候，尤其是面对大是大非的时候，一定要与党委保持一致，这也是党委评价支部书记是否称职的唯一标准。忠字礼堂拆除这个问题处理好了，党委给你设特别奖励，处理不好，撤换一两个支部书记、几个村干部，党委还是有这个权限的。另外，在礼堂拆除上，党委只有一个月的时间，组织上希望柳书记一定要做好工作，不辜负党委的希望。"

"我尽量吧。"柳恒稳嚅嚅着，他站起身，主动上前握了握郑之渊的手。柳恒稳感觉那双手有些冰凉，如一张麻木得没有任何表情的脸。

柳恒稳出门的时候，并没有拿那盒郑之渊送给他的中华烟。

梅 月

1

九指老太的槐花渐次开了，村子里四处弥漫着槐花的淡淡香气，甜甜的。九指老太的槐花林有两处宅院大小，那是她们家祖上传下来的宅基地，也不知道有了多少年的光阴。槐树长得歪七扭八，树皮斑驳，用手一揭就能掉下一块，枝叶却长得相当茂盛。

九指老太的槐树林，是村人歇息的好地方，茂密的槐林里清凉的气息，总让村人的疲惫在瞬间消失得无影无踪。槐林里有一座石碾，村人们喜欢把那些泡湿然后晒到半干的豆子压成扁，拿各种野菜或者槐叶或者其他树叶作为青头，喝豆扁子咸糊涂。而最好的当属地瓜叶子，不仅口感好，更重要的是地瓜叶子最能勾起人们对贫穷岁月的深刻记忆。槐林中的那座石碾，是小孩子攀爬的好地方，更是大人们闲坐乘凉的好座位。

槐花盛开的时候，是九指老太最忙碌的时候。九指老太要一天到晚地在林子里转来转去，生怕别人来摘她的槐花。九指老太的槐林里，既有家槐也有洋槐。几十年了，九指老太始终分不清哪棵是家槐哪棵是洋槐。她总是抱怨只开花不结果的槐树是坑人鬼，总是抱怨到她槐林里偷她槐花的人应该千刀万剐，对着槐林自言自语似的骂人，也便成了九指老太槐林里的一道风景。这个季节，九指老太总是仰着脸，看着一棵棵的槐树，或者双手不停地抖在胸前，对着一棵棵树作揖，盼着槐树多开些槐花，多结些槐米。洋槐只开槐花，以前没有人收购的时候，九指老太只是看槐花开过败过，任花香飘来飞去，然后不少的村人再饱饱口福，九指老太很高兴地把那些槐花送人，然后换回一两声奶奶、老奶奶之类的亲切叫声。这几年，槐花摆上了城里人的餐桌，开始有城里的人到村里来收购槐花，这片槐林便成了九指老太的收入来源，她便不允许任何人在开花时节进入她的槐林。村里人知道九指老太的习惯，有些人便故意气她，拿一根长长的蚊帐竿子，专门守着她摘槐花，说要摘一些回去烙饼。九指老太便拿着锈迹斑斑的菜刀，踮着小脚使劲追。其实好多人只是逗她开心的，做做样子便收手。只有一些小孩子，是真的想摘下槐花吃的，九指老太追不上时，便送个顺水人情，嘴里说着"就这一次啊"。在这片槐林中，九指老太更看重的，是那些家槐。尤其是等槐树上结出了槐米，九指老太的小脚便如在槐林中飞舞一般，帮着那些收槐米的，把一串串槐米收拢进口袋，换回她一年的零花钱。而此时，她便会躲到她低矮的房子里，吐着唾沫，一遍遍地数着散发着各种气味的纸钱或者硬币。

　　九指老太的一生注定是孤独的。她嫁到仙鹤村不到三年，丈夫便得了一种怪病死了，留下了一个两岁的女儿和一个遗腹子。九指老太名字就叫杨槐花。丈夫死后，她天天跪在供奉的菩萨像前念叨，"大慈大悲的菩萨，槐花求您给俺送个儿子，夫去从子，俺记住了您说的话，您可千万要给俺个儿子啊。"原指望着能生下男丁，为她支起生活的希望，没曾想生下的又是一个女儿。九指老太为此难过了好长时间，一直感觉自己抬不起头来，日子再也没有了任何奔头。情绪稍好之后，好多人便试着劝她改嫁，九指老太却始终没有动过心思，她说："男人死了，俺的心也死了，俺只想把两个女儿抚养成人。"关于九指老太这个名字的来历，在仙鹤村是一个公开的秘密。九指老太的男人去世以后，村里有人想占她的便宜，深夜到她家里想非礼她，她对那人说："你再不走，俺会剁了你。"那人不信，她便拿起家里的菜刀，把自己的一个小手指剁下，然后举着血淋淋的小手指对那男人说："俺连自己都敢剁，还不敢剁你吗？"那人被吓走了，九指老太因此得名，也让所有男人从此都不敢再打她的主意。当时有人打听那人是谁，九指老太始终没有说。直到现在，那人的身份仍然是一个谜，九指老太从不露半点口风。有人传言，那人是乡里的一个包村干部，也有人说是当时的大队书记。到底是谁，没有人知道，随着时间的推移，也渐渐没有人关心了。

　　九指老太的两个女儿长大后嫁到外村，却都因难产而死。第一个女儿去世的时候，她哭了三天三夜，第二个女儿去世的时候，九指老太一夜白了全头，目光呆滞，如同一张白纸上的黑白人物画，没有了一丝光彩。九指老太几天不吃不喝，嘴里一直说："怎么会这样，这到底是怎么了？"样板老太一直陪着她，流着眼泪，无论她怎么劝，九指老太就是不吃不喝。样板老太最后没辙了，说：

"你看这样好不好,以后就让恒稳叫你娘吧。等你老了,让他为你养老送终。"这才把九指老太从绝望中拉了回来。九指老太从此开始衰老下去,四十多岁的人,如同六七十的老太太一样。她经常不自觉地说出一句话:"怎么会这样,这到底是怎么了?"谁也不知道她是在问别人,还是在问自己,所以她的这句问话,从来也没有人回答。

村人们在槐林里闲坐的时候,说起一些事,九指老太都要很认真地听,然后就会是同样的一句话:"怎么会这样,这到底是怎么了?"

村人们知道,九指老太或许活不多长时间了,她已经活迂了。一次乡里来了一个干部和她闲聊,问她今年多大了,她说已经八十三了。然后问她在这个村子里生活了多少年了,她说九十多年。乡干部大笑,说这对不起头来啊。九指老太生气了,说:"你们这些吃公家饭的,怎么都这么傻,你好好算算,俺今年八十三了,十一岁就嫁到仙鹤村,俺不就在仙鹤村过了九十四年了吗?这点账都算不好,怎么管好公家的事呢?"

因为九指老太和自己的母亲曾经有过非常深厚的姊妹情谊,并且还有母亲曾经对九指老太的许诺,使柳恒稳对九指老太有一种更加特殊的情感。柳恒稳曾经想让九指老太去乡里的敬老院,村里负责一切费用,但九指老太不愿意。九指老太说:"敬老院是没儿没女的人待的地方,俺有两个女儿。她们都还活着,都在俺心里活得好好的,俺是一大家子人家,谁也不能把俺当五保户看。俺还有三间房子,跟村里别人家的房子一样敞亮,是皇帝都不换的金銮殿,夏天凉冬天暖。你们让俺走,是不是相中俺的房子了?"村里人没有人跟九指老太计较,她老了,又经了那么多事,谁会和她较真呢?柳恒稳一直让九指老太享受着五保户的一切待遇,逢年过节的,村里总要送上米呀面的,让她和其他五保老人一样,过一个丰裕的节日。对这,九指老太没有过其他异议。除此之外,柳恒稳还让村集体拿钱,隔上几年就要为九指老太修修房屋,把草顶换成瓦屋,把土墙换成砖房。九指老太的房子也因此成了村里的另一道风景,静立于槐林深处,虽然有些低矮,却如世外桃源一般,在风雨中享受着四季变换的清新与安闲。

今年的槐树,槐花出奇多,槐米也满树都是。九指老太脸上的笑容,也堆得和槐花一样香甜。

2

乡里把柳方鸣叫过去了。

乡里打电话的时候,村会计孙维下正在村里做账,办公室的公务员杜小可说是郑书记找柳方鸣,要给他谈话。孙维下想打听打听乡党委书记亲自找一个普通的村干部会有什么事,但杜小可并不知情。孙维下往柳方鸣家里打电话,柳方鸣的老婆香花说他下地了,让打他手机。柳方鸣的手机一直没有开,孙维下便重又打到他家里去,让香花去找找他:"乡党委书记找他,可不是小事,说不定你们家要有什么喜事了。"他开着玩笑说,"你也快去准备点菜,一会儿我们过去贺喜。"香花刚要放下电话的时候,孙维下想起什么似的又开了口,"小婶子,方鸣叔最近给你买香香了吗?要不怎能一直是香花呢?"

"天底下还真少见你这样的花公公,什么人都闹。"香花嗔怪着,挂了电话。

自从郑之渊找了柳恒稳之后,柳恒稳成天围着村子转悠,手里始终不离烟,没有人知道他在琢磨什么。柳恒稳还常常到忠字礼堂坐一会儿,吸根烟,然后就有人聚过来,探听他的口气,问:"这礼堂到底拆不拆?"看到柳恒稳一直是一种不置可否的态度,便有人情绪激动,显出与忠字礼堂共存亡的决心。"下定决心,排除万难,全村人团结起来,争取最后的胜利。"这些话让柳恒稳感觉心里很不是滋味。柳恒稳拿不准,这些人到底是不是真的就能把忠字礼堂当作一个信仰,看作神圣不可侵犯。柳恒稳来忠字礼堂,是因为他感觉能保住的可能性不是太大。俗话说得好,胳膊拧不过大腿,一个小小的支部书记能与党委政府作对吗?自己还是一个党员,是组织培养多年的干部,关键时候,应该为党委出力。柳恒稳只是没有多少把握,他能说服多少人,起码现在,他连自己都还没有说服。柳恒稳要把所有问题都考虑清楚,想好怎样去做工作,从哪些人开始做工作。这两天,柳恒稳的心里一直很乱,大妈妈的疯儿子病又犯了,还要给她帮衬着点。家里人也因为他往大妈妈那儿跑得多,冷鼻子冷眼的。想想这些,柳恒稳就心烦得要命,

也正是这个时候,柳恒稳的手机响了,是孙维下打来的。柳恒稳接起来,听完后心里更加烦闷。这个时候,乡里找柳方鸣会是什么事呢?他嘱咐孙维下,柳

方鸣回来马上让他到家里来一趟,他要问问乡里到底给柳方鸣说了些什么。

柳恒稳的心里是有些担忧的。乡里一般不会直接找一个普通村干部,工作上的事,应该找村支部书记才对。那么党委书记找柳方鸣会是什么事呢?让他接替自己当支部书记?柳恒稳的脑子里瞬间蹦出了这么个想法,让他浑身打了个冷战。绝对不可能,柳方鸣的人品、能力、群众威信,谁都不敢恭维,他也根本干不了这个差使。那么是让他做群众工作或者让他给自己做工作?也不可能。因为自己对这个人了解很深,如果不是他一个劲儿地上访,一个劲儿地告状,柳恒稳是不会把他吸纳进村班子里的。让柳方鸣当村干部,只是因为乡里稳定压倒一切的要求,这也是柳恒稳的一个小花招。那么这个时候,乡里为什么直接找柳方鸣呢?是柳方鸣自己犯了错误,还是乡里有其他用意呢?还有一种可能,就是让他成为班子里打探消息的奸细,但这样做不是太明显了吗?乡里还笨不到这种程度。柳恒稳想,在所有的推测里,让柳方鸣当耳目应该是可能性最大的一种。如果真是这样,以后的事,还真得提防着他。并且也应该开一个村两委班子会了,把乡里拆礼堂的要求说一说,然后让大家议一议,这也算是一种态度。否则几天过去了,村里没有一点动静,对党委也不是一个交代。想到这里的时候,柳恒稳让孙思良通知所有村干部,晚上六点开会。开会之前,他会提前找柳方鸣,听听乡里到底找他干什么。

柳方鸣从乡里回来,并没有去找柳恒稳,无论怎么打电话,家里都是没人接,手机关机。柳恒稳让孙维下骑自行车去他家里找他,家里也是铁将军把门。这下可把柳恒稳急坏了,这个狗杂种,乡里找他竟然连屁都不放一个,有什么事回来也不汇报,真他奶奶的不懂事理。晚上开会之前,仍然没有柳方鸣的任何消息。不管柳方鸣在不在,会还是要照常开,议题只有一个,就是忠字礼堂如何处理的问题。实际的情况就是,乡里压着让拆,老百姓不让拆,村班子拿个主意,到底拆还是不拆,拆就要给老百姓做工作,不拆就要给乡里说明情况,说明做工作的难度,这个事村里无论如何要有一个明确的态度。

开会之前,柳恒稳给妹夫袁成华打电话,再次让他给拿个主意。袁成华一口回绝:"这种事不是私事,我怎么能给你拿主意呢?工作上的事,还是通过工作的正当渠道进行研究。"一句话把柳恒稳堵得死死的。

"那你能不能给我透个实底,是不是乡里所有领导都坚持同一种意见,非让我们拆不可吗？"柳恒稳问。

"即使乡里的意见不统一，也不能成为你们决策的依据啊。"袁成华说完这话就挂断了电话。

柳恒稳听出了妹夫的话外之音，态度也更加难以确定。既然乡里的意见都不统一，我们怎么非得按照乡里一个人的意见去做呢？如果真的是乡里的意见出现了两种完全相反的方向，那么仙鹤村就成了急流漩涡中的一块浮木，用来测量水深、水向，然后不知被漂流到什么地方，那仙鹤村不就成了地地道道的牺牲品了吗？

村里开会之前，孙思良问柳恒稳："我应该怎么表态？"

这是他们两人之间多少年的习惯了，只要决定一些大事，就要孙思良先开口，起个头，然后再商议。这个头，一般都是柳恒稳的意思，村干部也都习惯了这样一种模式，只要孙思良说出的事，一般都不会反对。

"先听听别人怎么说吧。"柳恒稳说。

孙思良也由此认识到了问题的严重性。这么多年，他还是第一次没有听见柳恒稳的主导意见，看来这次他也是拿不定主意了。

这村两委班子会也因此开不下去了，没有了主导意见，谁都不知道应该怎么做。乡里的意见和村民的意见，是相左的，谁拿出了意见，谁就要承担责任。现在的老百姓，有几个是省油的灯？不行就上访，就告状，为了公家的事，谁何苦做这种傻事？

"大家都说说，都得有一个态度，行或者不行，都得说。"柳恒稳说。

大家不约而同地看孙思良。孙思良把一口烟吸得很深，然后面无表情地吐着烟圈。

柳恒稳知道，这个时候，他不能先让孙思良说："维下，你先说说。"

"还是先让孙书记说说吧，他一肚子好主意。"孙维下不紧不慢地说。

这个老狐狸，柳恒稳心里骂道。

"安爱，你说说。"

安爱先看了看孙维下，见他看都不看自己，就说："俺一个妇道人家，懂什么？俺就懂计划生育，懂男女之间的那点事。这种大事，俺还真的没有什么主意呢。"

"那么亭好呢，你怎么想？"柳恒稳的眼里透出的似乎是最后的希望。

"说实话，我也拿不准。乡里让拆是为了上工业项目，应该是好事。但村里人对忠字礼堂有太多的感情，很难做工作，这谁都知道。我们村两委成员心里也一定很矛盾，所以才不敢表态，我想这事不如先放一放，等等再议。或者放到两议会上，让两议会代表表决。"

柳恒稳深深地吸了一口烟，关键时候还是亭好能说句公道话，这话虽然也是没有拿出意见，但让柳恒稳心里热乎乎的，因为颜亭好是在想问题的，是替他考虑各种利害关系的。村班子里必须有几个这样的人，出于公心，处事公道，否则再好的村也没有办法开展工作。现在社会上的不少人都把村一级想象得多么肮脏，有多少钩心斗角，其实想想，村一级有什么可斗的，为什么去斗呢？村干部也是人，他们也是有责任心的，他们的工作办法虽然看似粗暴简单，但在农村做工作，谁能每件事都用道理和政策说话？简单的或许是最有效的。如果说工作粗暴的话，这些粗暴都是上级逼的，如果不是上边压这任务压那指标，村干部会用那些极端的手段吗？都是街坊邻居，谁愿意对自己祖祖辈辈就一起生存繁衍的村人们，做那些强压硬夺的事呢？大部分的村干部都想把自己的村子建设好，这是给自己长脸的事，哪有几个人上来就是光想占便宜的？何况现在的农村还有多少光可沾呢？现在当村干部的，还不如出去打工挣钱多呢。

快散会的时候，柳方鸣才回来，他推开村委办公室的门，一下子就呆在那里："开会怎么也不通知我？难道我就是后娘养的？"

在场的人没有一个搭理他，一方面因为他人缘本来就不好，再就是从上午村里就找他，让他回来说说书记找他什么事，一直没有联系上。他现在是倒打一耙，让所有人都很气愤。

"你不是后娘养的，你是前窝生的，身份高着呢。这样高的地位，你该留在乡里当乡长啊。从早晨开始你的电话就关机，我寻思着是不是有些人乍穿新鞋高抬脚，不知道天高地厚了呢。"孙思良还没等柳方鸣坐下，就开始说着风凉话，话里话外的辱骂，弄得柳方鸣很不自在。

"好了，今天的会就到这里，没有议完的事以后再议。"柳恒稳站起身，赶着大家都早点回去休息。他也感觉累了，要早点回家。

"柳书记，今天议的什么事啊？能不能给咱说一声。"柳恒稳准备锁门的时候,柳方鸣凑过来问。

"都是些鸡毛蒜皮的小事,没什么大事,你就没有必要知道了。"柳恒稳开始往家走。

"那怎么行,我也是支部成员啊,还是村里的副主任,就咱这觉悟,商量事怎么能不知道呢。"柳方鸣一脸认真。柳方鸣是军人出身,他的父母也是"文革"时期宣传队的重要成员,所以他一直把自己说成根正苗红,并以此作为骄傲的资本。从部队回来以后,更是了不得了,自以为见过了世面,每次说话的时候,就带着一个"就咱这觉悟"的口头语。

"就你那觉悟,我们还真不能让你知道。再说了,村里也没商量什么事,都是小事,没大事。"柳恒稳越是这样说,柳方鸣越是急。

"哪能啊,尽是小事能放到晚上专门开会?咱才不信呢。二叔,不,柳书记,你真得给我说,我好给你出些点子啊。你不能光听孙思良一个人的,他可是一个小人,只有匹夫之勇,没有脑子。就咱这觉悟,你不如让我参谋参谋。"

柳恒稳知道他还会一直给自己唠叨下去,越是不让他知道,他越会打听清楚,这就是柳方鸣的性格。所以柳恒稳就是一个字也不说,直到他进了家,柳方鸣还跟在屁股后面胡乱唠叨着。

"你先说说你今天去哪儿了吧。"

"我去乡里了啊。"柳方鸣没有反应过来,接着说。

"去乡里做什么了?"柳恒稳的脸猛地拉下来,青筋跳动,让柳方鸣不敢再说一个字。

柳方鸣的沉默让柳恒稳想起了上午的担心。

"你不说是吧,那你就走吧,我也早些休息。你去不去乡里,去了做什么都与我无关。"柳恒稳站起身,下了逐客令。

柳方鸣坐在那儿没动。赔着小心看了看柳恒稳的脸,犹豫着起身,自己倒了一杯茶壶里的凉水,一口气喝了下去:"其实是我自己惹事了。全市复退军人集体上访,五一那天,我也去了。市里找下来,要分别谈话,并且要党委书记亲自谈,我被叫到市里的宾馆待了一天。"

柳恒稳长出了一口气。他让老婆重新泡上茶,然后问柳方鸣:"被审问了一天,是不是饿了?让你婶子给你下碗面条吧,再荷包两个鸡蛋。"

柳方鸣忽然低下头去，瞬间在他的脑海中形成了一个小的计谋，自己为何不好好利用这次机会，制造一些有利于自己的局面和形势呢？任何事越复杂，越容易在混乱中寻找机会，老百姓常说浑水摸鱼，那就要先得把水搅浑了。"二叔，郑书记还给了我一个任务，就是让我监视村里对拆除忠字礼堂的态度，还有工作的进度，有情况要及时反映给他。他说要给我一些补助，让我给你做工作，拆除忠字礼堂。"

柳恒稳忽然涌起浓重的失落感。郑之渊并不信任他，还专门让柳方鸣这种人做奸细，监视村里的工作，真是太小人做派了。自己上午的推测还真的没错。既然这样不信任他，他还有必要再去做什么群众工作吗？从让柳方鸣监视他这件事来看，郑之渊对仙鹤村、对他柳恒稳是不信任的。联想到今年经济工作考核结果的更改，由此可以推断，郑之渊一定对仙鹤村很有成见。而这种成见，如果单纯因为仙鹤村的工作被动还情有可原，但如果这种不信任是源自妹夫袁成华呢？这事就显得更加复杂了。

柳恒稳斜睨着柳方鸣："你说的这话，我不信。"

"谁要是说半句假话，死他祖宗八辈的。"柳方鸣拍着胸脯发着毒誓，眼皮一眨一眨，心里一遍遍地说："你就是俺的祖宗八辈。"

"我还是不信。"柳恒稳又说。

"二叔，你是明白人，怎么忽然间就糊涂起来了呢？如果咱说的是假话，对咱有什么好处？咱都姓柳，咱是一家人，还是咱近啊。"柳方鸣脸上露出委屈的神情。柳恒稳这才信了。

柳恒稳送走了柳方鸣，接着就给妹夫打电话，把今天的情况说了一遍。袁成华长出了一口气："天要下雨，娘要嫁人，管他呢，睡觉。"

3

乡宣传委员赵梦一大早就来到了仙鹤村，她带着市电视台的三位记者，直接来到了支部书记柳恒稳家里。这时柳恒稳刚喝完一壶早茶，这是他保持了多年的习惯。睁眼后是沏鸡蛋水，起床后是早茶，然后才是早饭。茶叶必须是散发着浓浓香气的茉莉花茶，茶要浓酽，颜色必须是重重的，喝起来香气四溢，让人感觉精神抖擞的。

赵梦给柳恒稳说:"柳书记,今天市电视台来采访,是郑书记亲自安排的。郑书记让我专门来找你,说是仙鹤村的典型就是乡里的典型,一定要配合记者同志拍好。郑书记这样重视,我当然更不能马虎,希望柳书记能帮帮忙,把我们的典型宣传好。"

"什么典型?俺们村又成什么方面的先进了?"赵梦的话还没落地,柳恒稳的老婆邵秋之就接过话头,急急地问道。

"妇道人家,就喜欢打听事,忙你的去吧。"柳恒稳话一出口,就意识到自己说得不对劲了。眼前的赵梦也是女人,妇道人家把赵梦也裹进去了。虽是言者无意,也还真怕赵主任想多了呢。

赵梦笑了笑,说:"婶婶这是关心村里的工作,应该表扬的。柳书记,今年市里搞感动阳山年度人物评选,把各个乡镇的道德典范、各个行业的先模人物在电视上做宣传,然后集中起来进行总评选。市里还要进行大张旗鼓的表彰呢。"

"真的啊?那俺能参加吗?"邵秋之又插话。

柳恒稳笑起来,"说你是妇道人家吧,又多说话。你有什么能感动全市的事迹呢?饭菜都做不好,连我都感动不了,你还能感动整个阳山市?净在这儿胡诌。快去忙你的吧。"

"不懂不才问嘛,真是的。"邵秋之噘起嘴,不情愿地出门。

赵梦接着说:"咱们村里不是有个叫孟晓依的吗?就是从外乡带着婆婆再嫁过来的那个,乡里觉得她是一个道德典型,所以就想大规模地宣传她一下,这也是宣传咱们仙鹤村啊。"

"能不能让颜亭好陪着你们?我今天还要去城里办点事。"柳恒稳问赵梦,"按说这么大的事,又是郑书记亲自安排的,我应该陪着。"

柳恒稳忽然间琢磨起郑书记亲自安排采访的意义了,这是郑之渊的另一个"甜枣"?

"你忙你的就行,只要有人能把我们领过去,让孟晓依接受采访就行。估计需要三两天时间,怕耽误人家的事,人家不愿意。"

"哪能啊?这是好事,有谁不愿意呢。"柳恒稳说,"你要是觉得不放心,我先领你们过去,我给他们家里交代好。到饭时的时候由村里管饭,这样行不行？"

"吃饭倒是无所谓，我们可以回乡里吃。我们只需要人家配合采访。"

"还是我领你们过去吧，你们开始了我再走。"柳恒稳说。

记者一行三人，加上赵梦和宣传室的干事小傅，一行人显得浩浩荡荡。

孟晓依的家在村子的东北角，是三间老式的三七的房子，配房全部是二五的。农村人所说的三七和二五，指的是墙的厚度，竖砖是三七，横砖是二五。以前家境好的一般都是三七的，家境不太好的用二五；正房用三七，配房用二五，这是多年的习惯。而现在的农村建房，三七和二五基本上被淘汰了，取而代之的是砖混。在建筑样式上，也几乎是千篇一律，都是带一两间阁楼房的平房，老百姓称为半截楼。这种房子造价高，质量也好，能晾能晒，比原来的起脊房方便了许多。半截楼的多少，是一个村富裕程度的直接反映，在仙鹤村，已经有百分之六十的房子都是半截楼了。所以从一走进孟晓依的家里，看到这种已很少见的砖房，记者们首先感受到的就是"贫穷"两个字。

孟晓依的公公姓颜，叫颜景闻，是村子里辈分比较高的。所谓的穷大辈，在他家里有了非常明显的体现。孟晓依的丈夫叫颜廷泽，前几年是一家个体石材厂的采石工，后来采石场出了事故，一次死了两个人，其中一个是颜廷泽的老婆。法院判决原来的石材厂老板赔偿颜廷泽二十多万，但他拿不出那么多钱，便把石材厂盘给了颜廷泽。前几年市场行情好的时候，扎了堆的石材厂竞相压价，都没赚到钱。这几年市场行情不好了，就更赚不到钱了，有时连工人的工资都发不出。

孟晓依一看便是农村大街上随处可见、非常普通的女人，普通得如同冬天里的大白菜，没有多少出彩的地方。

几个人支好摄像机，女主持人一会捋头发，一会揪褂子，一会扑粉抹唇，终于摆弄好姿势，准备采访孟晓依。孟晓依满脸涨得通红，紧张得不行。

记者："你怎么想起带着婆婆，一起嫁到仙鹤村来的呢？"

孟晓依："丈夫死了，婆婆没有人照顾，总不能把她一个老人留下吧。"

记者："你心灵深处是怎么想的？"

孟晓依："没怎么想。"

记者："当时你老公同意你把原来的婆婆一起带过来吗？"

孟晓依："他不同意我就不会嫁给他。"

记者："你原来的婆婆和现在的婆婆关系怎么样？你和谁的关系更好一些。"

孟晓依："都是我自己的老人，关系一样好。两个婆婆都像疼自己的女儿一样疼我。"

记者："那么，有没有闹矛盾的时候呢？"

孟晓依笑了笑："你怎么巴着我们闹矛盾呢？"

记者也不好意思地笑了："哪儿的话，我只希望你们能生活得像一家人。那么后来，你怎么想起把邻居的其他几个老人也接到你家里来呢？再加上你自己的公公婆婆，有六个老人一起生活，你当时心里怎么想的？"

孟晓依："没怎么想，就是看着老人们可怜，做饭烧水都是一个人干，病得再重也得爬起来照顾自己。再就是想着让他们住在一起，互相能有个说话的伴儿。"

记者："可你的家庭并不宽裕，能负担得起吗？"

孟晓依沉默许久，"是有点难。但这事做到现在，无论多难我们都要往前走。几个老人关系现在都很好，就像电影上说的，一个也不能少。我和老颜的两个孩子都能挣钱了，老颜的厂子也慢慢开始回本，以后情况会更好些。我觉得养活这几个老人，应该不是太大的问题。"

记者："当初，你丈夫同意你把村里的其他几个老人都接过来一起过吗？"

孟晓依："他不同意。当时我想，一个老人是养，两个老人也是养，不如让他们互相有个伴儿，也算有个照应。"

记者："那你们养这几个老人，一年要花多少钱？"

孟晓依："三四万块钱吧。"

记者："你能负担得起吗？"

孟晓依："这个问题你已经问过了。"

记者："集中赡养孤寡老人应当是政府和敬老院做的事，你们替政府做了，心里感觉亏吗？"

孟晓依："我并不是想着为谁做，只是想让几个老人在一起，让他们活得开心一点，也从来没有想过是不是亏的问题。"

被照顾的几位老人各自搬了一个小凳子，坐到了离记者很近的地方。一位老人开口说话："电视台,俺们这个小廷泽家啊,心忒好了,侍候俺就像侍候自己的亲娘一样。俺几个这是上辈子积了德,遇上了这样一个好人,政府一定要好好表扬她,替俺表扬她。"

记者把话筒对准老人:"老人家,你能说说她对你们怎么好吗?"

另一个老人口齿不是太清楚,说:"她给俺做饭,洗衣服,还给俺洗脚,剪脚趾甲。俺的脚那会儿很臭,老多年都没有洗过,她也不怕臭。俺自己都嫌俺自己的脚臭。"老人一直把"臭"说成"秋"。

孟晓依脸上红了起来:"大爷大娘们,你们就别夸我了,我自己都不好意思了。咱这些家长里短的,人家电视上不能演。"

"谁说不能演?俺看电视上净表扬些好人好事的。廷泽家里做的是好人好事吧,电视上不演她演谁啊?你说是吧,小同志?"老人问记者。

"当然当然。"记者应着。

一老者把记者拉到一边,悄悄地问:"俺给你说,廷泽家里下巴上有个痦子,上电视没事吧?"记者这才发现,孟晓依下巴处有一个大大的痦子。

"应该没事。"记者应道。

"俺给你说,那可是个福痦,明雀子暗痦子,这是老话。并且,痦子这东西也很邪,有的人长是福,有的人是祸,嫁一个人是福,嫁另一个人可能是祸。廷泽家里第一个男人没福,廷泽就有福。两个人现在可幸福呢。"

"大爷,你就别在那儿瞎扯了。"孟晓依走过来,笑着把老人扶到座位上。记者问孟晓依的丈夫去哪儿了,他们还要问他几个问题。当得知他在采石场,一行人就开车去了那儿。记者们到的时候,正好有几个人在颜廷泽简陋的办公室里坐着。说是办公室,其实就是一个简单的能歇息的小棚子,四面漏风,里面堆满了烂铁废铜破工具,让记者的摄像机根本没法架设。

看到有记者来,在办公室坐着的几个人站起身,给柳恒稳打着招呼,然后握手告辞,说着让颜廷泽尽快想想办法的话。赵梦仔细看了看那几个人的工作制服,知道是乡信用社的职工,而这几个人对赵梦并不熟悉。

"廷泽,你们两口子成了咱仙鹤村的名人了。这不,电视台都来采访你了。"柳恒稳说着话,找了个角落坐下,"电视台的记者来对你进行采访,就是想知道你和你家媳妇一起赡养几个孤寡老人,心里是怎么想的。"

颜廷泽掏出一盒烟,是非常便宜的那种白将军。这种烟只有农村市场上有,城里人早就不吸了。颜廷泽让了一圈,没有人抽,便一个人点上。

颜廷泽是那种老实得有些木讷的人,脸上爬满或深或浅的皱纹,清楚地记录着一个男人的生活沧桑。颜廷泽虽然已经是小老板,却丝毫没有小老板的风度和做派,上衣是老式的夹克衫,虽然很旧,却还干净,脚上穿着和采石工人一样的军用胶鞋,脚上没有穿袜子,裤腿挽得老高。随处一坐的姿势,狠狠抽烟的模样,以及眼神中不经意间流露出来的无奈,都让人感觉这是一个充满苦难的男人。颜廷泽的第一个女人是在采石场做工时被滚落的石块砸到头上,没有送到医院就死了。如今他自己盘下这个采石场,因为效益不好,心情也一直郁闷,尤其是因为老婆的猝死,他一直不能从悲伤中走出来。好多时候,颜廷泽常常感觉到自己的前妻还没有死,还在他身边,还在场子里帮着他,为他看着这片场子。颜廷泽常常在这片山上流连到深夜,他感觉到妻子的孤苦无依,需要有个人在这儿陪她度过漫漫长夜。山上太冷,山风也伤人,他总是担心妻子瘦弱的身子吃不消。在妻子死去的半年时间里,颜廷泽所有的表情都是空洞,没有心情做任何事。幸好孟晓依嫁了过来,给了他一个女人所有的柔情,他的心才慢慢复活。想想晓依也是一个苦命人,丈夫因为车祸死去,一个人拉扯孩子,养着婆婆。两个苦命人走到一起的时候,他们相拥而泣,也更加珍惜彼此之间的这份情爱。

"老颜,你说说,你们一起赡养这几位老人,是怎么想的。"记者问。

颜廷泽再次深吸了一口烟:"没怎么想,只是晓依愿意,我就支持她。"

"你们同时赡养几位老人,感觉到经济上的拮据了吗?我们听说这几年你的采石场效益也不是太好,你挣的钱是不是都用到老人身上了呢?"记者问。

"老人要养,采石场也要转。"颜廷泽回答得有些不耐烦。

"我刚才看见信用社的人在这儿,是不是你贷了信用社的款?你的贷款里面有多少用到了几位老人身上?"记者有些刨根问底的意思。

"百分之六十左右。"颜廷泽的声音不大,却让在座的每个人都感到了震惊。其实这句话的另外一个意思,就是他几乎是在用贷款养活着几位老人们。

"那么,你妻子孟晓依知道这些情况吗?"记者的声音有些颤抖。

颜廷泽摇摇头:"我不想给她增加心理上的负担,我能养得起这个家,也能养得起这几位老人。晓依愿意做的事,我会尽全力支持她,怎么能让她知道这些事呢？况且，养家糊口也是男人们必须做好的事。"

"当时孟晓依带着婆婆嫁到你们家，你是怎么想的？"

"老人没人照顾不行。她又没有其他亲人，晓依虽然和她没有血缘关系，但晓依的孩子是她的孙子，他们之间是亲人，亲人只能由亲人照顾。晓依要带她来，说明晓依是一个好儿媳，她孝顺老人我很高兴。她说带着婆婆嫁过来，我打心底里高兴，接着就点头同意了。都是苦命人，都喝着药水黄连，也更能品出黄连的滋味。"

随着采访的深入，记者们感觉到了一种博大的真爱，赵梦也沉浸在对这个家庭、对这对夫妻、对这些普通人无边的敬佩和感动之中。她知道，也只有在这些淳朴和敦厚的百姓中间，才能真正找到这种人间大爱。这个时候，眼泪不足以表达出对这种情感的真实体验，只有灵魂的感动、净化和升华，才是对这种人类情感的真实表达。

采访进行得很顺利，记者们很兴奋，说："多少年没有发现这样的典型了，一定要把片子做好，把这一个典型人物宣传好。"

4

郑之渊在办公室里踱来踱去，从早晨一进办公室公务员给他泡上茶开始，他就没有在舒服的老板椅上坐过一秒钟。

自从上次给柳恒稳谈过话以后，郑之渊就一直关心和惦记着忠字礼堂拆除的事。他把这事明确给副书记袁成华抓，目的就是想借助他与柳恒稳这种亲戚关系的特殊力量，千方百计把这件事做成做好。但从对待拆除忠字礼堂的态度来看，袁成华和柳恒稳都在给他装憨扮傻，没有一个人主动来给他汇报工作的进展情况。郑之渊还从侧面了解到，忠字礼堂的拆除似乎并不简单，有人把它扩大化了，把它当成了一种崇拜、一种政治遗产，没有人敢把这件事挑开了头去说去抓。郑之渊是一个率直而认真的人，他需要的是对工作的百分之百的投入，尤其是在乡镇工作这么多年，他更需要对领导意志百分之百的服从，他讨厌挑战他权威的任何言行和做法。这也难怪，在目前的行政领导体制里面，乡镇党委书记是绝对的权威，是人们所说的地道的土皇帝，说一不二。尤其是对班子成员，如果有不同意见，如果不能维护好一把手的权威，那么吃亏的只能是不配合工作的副职，因为党委书记具有按照自己的意愿搭配班子的特殊权力。在忠字礼堂的拆除问题上，郑之渊同样需要的是服从，是抓好，因为这事涉及今年招商引资任务的完成，涉及仙鹤乡多少年都不曾真正有过的招商引资的具体成果能否落实。所以对这事，任何人不能有任何动摇，无论遇到多大的阻力和困难，都必须认真抓好。从昨天晚上郑之渊就想，今天一上班就要给副书记袁成华摊牌，如果他能抓，就让他继续抓下去，如果他抓不了，就让给别人去抓。但这种话一旦出口，对一个班子成员就是一个很大的批评。郑之渊明白，对班子三把手，对一个在本地土生土长的干部，他说话必须讲究艺术性，讲究些策略和态度，不能用和对其他人一样生硬的语气。更何况，自己和袁成华共事多年，袁成华也是从最基层一点点干上来的，无论能力和人品，都可以独当一面。在郑之渊和袁成华都是普通机关干部的时候，也算是比较要好的朋友，经常一起喝酒打牌，关系很铁。只是到了后来，随着职务的变化和升迁，两个人的心里都有了一些变化，谁快谁慢的问题，谁权力大小的问题，这些似乎成了他们之间不可回避的话题，谁都不愿意再敞开所有的思想，称兄道弟的话少了，隔膜也越来越深。郑之渊当上党委书记，袁成华原以为可以当上乡长，却事不遂愿，自己仅仅是一个三把手，心里的疙瘩和憋屈越积越深。也正因为如此，袁成华学会了明哲保身，学会了凡事往开处想，干事创业的激情渐渐消退。对于这些，郑之渊看得一清二楚。他曾经给袁成华谈过一次，告诉他还有机会，就是看干不干、怎么干。袁成华表面应承得很好，只是在工作的实践中，仍然没有太多的变化。比如这次的忠字礼堂拆除，让郑之渊感觉很窝火，很简单的事情，怎么拖起来没完了呢？

郑之渊让公务员把袁成华叫到自己办公室来。郑之渊坐在与袁成华并排的沙发上，问起仙鹤村的一些情况。郑之渊的话一出口，袁成华就知道了郑书记的意图。袁成华提出来："因为我和仙鹤村这种特殊的亲戚关系，抓这件事有些护短。柳恒稳又是我的舅子哥，比我大十几岁，说话深不得浅不得，不如换个班子成员去抓。这事我一直想找机会给您汇报，怕您以为我是推卸责任，一直开不了口。现在既然您问起这事，我把心里的想法汇报清楚。继续让我抓，我没意见，但我什么也保证不了。不让我抓最好，谁抓我支持谁的工作。"袁成华接着说，"如果单纯从工作的角度考虑，我不直接抓，而是从侧面切入，效果应该更好些。"

郑之渊本来想批评袁成华几句，没想到竟然被袁成华反戈一击，明摆着是将了郑之渊一军，让他忽然哑口无言，原来设想好的一些词句都没有了任何用场。但有些话他还必须得说："原来以为今年的乡镇班子调整，我可以重用你，给你一个更大的舞台。尤其是在忠字礼堂的拆除问题上，你有着得天独厚的优势，是最容易出成绩的。市里上下都抓招商引资，在这天字号工程上抓出点成绩，是全乡上下都能看得见的。既然你不愿意抓，我也只好忍痛割爱，让别人抓去了。只是有些话你还得给你舅子哥捎个信儿，忠字礼堂拆也得拆，不拆也得拆，拆不了礼堂我们就拆班子。也算提前给你打个招呼，我们多年的老伙计，按理说不看僧面看佛面，我不能把话、把事做绝。但我的性格你了解，一切都得为工作让路，这么多年我就是这样一路走过来的。你提出来不抓这个事，对你来说也算是退路，你磨不开亲戚这个面子，我也能理解。正好市里要求每个乡镇，都要派一个招商引资小分队去南方招商，你就做个领队，再去招三五个大项目，你也同样是功臣。你觉得怎么样？"

郑之渊的话音未落，袁成华就接着点头："行，没问题。郑书记的话我一定捎给我的亲戚，让他与党委保持高度一致，不能出杂音。"但袁成华心里知道，自己的话对舅子哥，到底有多大的影响力并未可知，因为拆除忠字礼堂的事，已经不是一个柳恒稳所能够完全掌控的了。更可怕的是，随着时间的推移，在乡党政班子内部，也渐渐出现了两种声音，有人赞成拆，有人反对拆，说这是历史遗产，保护还来不及的，怎么能够强行拆除呢？但这话，他不能给郑书记说，否则就会被认为消极，散布落后言论，给工作泼冷水、拖后腿。自从郑之渊给袁成华压了任务后，袁成华无时不在关注各个方面的动向和言论，他告诫自己绝对不能踩到烂泥坑里，能做则做，不能做则撂，否则就会成为坑下鬼。袁成华心里暗暗高兴，党委让自己带队出发，真是一个天大的好事啊。

袁成华走出郑之渊办公室的时候，带门的动作很轻。这是袁成华惯常的作风，总是表现得对上唯唯诺诺，对下含而不露。"这个老滑头！"郑之渊恨恨地骂了一句。

郑之渊让公务员把车乡长和牛主席叫过来，他要和他们俩一起商量忠字礼堂拆除的事。既然袁成华指望不上，就得指望这年轻的乡长和经验丰富的人大主席。

"既然郑书记都给柳恒稳谈话了,别人再做工作意义也不大,别人再做就好像工作的力量越来越小。问题的关键是如何推动这件事往前走,谁去给老百姓做工作,尤其是那些反对拆除忠字礼堂的人,应该怎样去沟通,这是最关键的。"牛子儒停了停,接着说,"任何群众工作,最好的办法就是群众自己解决,让群众发动群众、说服群众。村级班子是必须依靠的力量。"

"道理是这样讲,可柳恒稳现在是死狗托不上南墙去,他现在不认出这个力。"郑之渊说。

"前期我已经通过其他渠道给他透过信息,让他说个数,想让乡里给他多少补偿,可他死活不开口。这个老狐狸很明白,他一旦开口,就等于接下了这个活,就必须完成好。但他现在补偿的事一概不提。"车相渚说。

郑之渊抬头看了一眼车相渚,就这个事上来讲,这个小伙子还是比较主动的。

"其实也简单,既然不能引蛇出洞,我们可以逼蛇出洞,让柳恒稳必须跟着我们走。关键是我们有没有能拿得住柳恒稳的东西。"车相渚像是自言自语。

郑之渊摸起电话,让公务员把纪委书记李刚叫到自己办公室来。

车相渚和牛子儒对视了一下,似乎都明白了郑之渊的意图。车相渚掏出烟,让给牛子儒一根,他故意把烟圈吐得很大,心里忽然间有些得意,觉得自己做基层工作的办法还是很多的。

李刚进来,看见车相渚和牛子儒都在,以为他们在商量事,刚想转身回去,就被郑之渊叫住,他才意识到是让自己也参与进来。李刚是一个极谨慎的人,该自己知道的事,自己一定要弄清楚,不该自己知道的事,一个字也不打听。他清楚自己的角色,对任何人任何事,都必须心里明白,在表面上又要装作一概不知。

"有件事我问你,你手里有没有仙鹤村反映支部书记问题的举报信?"郑之渊问。

李刚故意看了看车乡长和牛主席,有些欲言又止:"这个……"

"没事,你说吧。"郑之渊说。

"最近有一封信,就是反映柳恒稳问题的,说他财务上有贪污挪用行为。只是没有查证,不知道是真是假。"李刚说。

"车乡长,你有什么主意?"郑之渊故意这样问。其实郑之渊心里早已经有答案了,因为他知道这封信的来历,那是柳方鸣上次来的时候专门送给他的,而他又让柳方鸣通过邮局寄出,直接寄给了纪委书记李刚。

车相渚并不是一个很笨的人,他猜测这封信不会是寄给纪委书记李刚的,因为普通老百姓没有人知道乡纪委,更不会把信直接寄到纪委书记手里。那么这封信的唯一合理解释就是寄给党委书记,然后又转给李刚的。那么刚才的一切,就应该是郑之渊的故意安排了。车相渚不禁赞叹郑之渊的高明了,自己策划的举报信,让纪委名正言顺地得罪人,他自己既可以向村支部书记柳恒稳交代,更重要的是还可以向自己的副手袁成华交代。脑子快速地转完这一圈,车相渚已经明白了郑之渊的意图,他就是想用自己逼蛇出洞的建议,逼着柳恒稳按照党委的意图去做事,否则就会受到其他方面的打击和处理。在这一个瞬间,车相渚豁然间意识到,自己的小把戏竟被郑之渊提前想到了,而自己出的这个主意,却为郑之渊打压柳恒稳提供了口实。如果将来袁成华或者柳恒稳知道这主意是自己出的,还不一定会怎样呢。郑之渊这真是一箭三雕啊,想到这里,车相渚浑身打了个冷战。

"我看可以依着这封信对柳恒稳进行财务审计,如果真的有问题,就以此作为撒手锏,让他按照党委的要求去做群众工作,否则就按照党规党纪进行处理。"这话是李刚说的,是李刚替郑之渊,或者说是替车相渚说。替谁说并不重要,重要的是这个主意是为了推进工作,所以这样的主意,便没有了是非界限。郑之渊和车相渚都若有所思地点着头。

牛子儒一言不发,他知道自己不能随便说话,毕竟自己的身份和职位,要求他不能过多地参与乡党委政府的决策性工作。人大主席应该是个闲职了,只是郑书记要求他做点什么的时候,他还不能推辞,还必须维护好党委书记的工作和权威,这是他的本分,也是他为人处世的原则。端谁的碗,受谁的管,吃谁的饭,就要听谁的话。但对车相渚和李刚的建议,牛子儒是有想法的。柳恒稳毕竟是多年的支部书记,维护党委决策的觉悟应该是有的,所以做工作还应该从正面进入,不能用这种旁门左道。以柳恒稳的性格,对他使用的这些激将法,是不是能起到作用,会起什么样的作用,真的很难说。况且,就目前仙鹤村的情况看,不是柳恒稳不想做工作,而是他根本不可能做工作,老百姓的情绪太激烈。如果这个时候用这种办法激他,他真的撂了挑子,还真的不好说。这么多年了,仙鹤村没有一个人能像柳恒稳那样,能支撑起仙鹤村的大局,能具有平衡各方力量的本事和才能。退一万步讲,即使柳恒稳财务上真的有问题,处理也需要一个过程,就真的能把他拿下吗?毕竟还有袁书记的面子,这也总是要考虑的吧。这样看来,郑之渊进入了经验主义的圈套,他并不是真正清楚仙鹤村更多的情况。

"老牛,你还有其他想法吗?说出来听听。"郑之渊说。

牛子儒摇摇头,算是回答。牛子儒知道自己此刻什么话都不能说,不是因为工作,而是因为各种人与人之间的利害关系。但刚才自己所有的担心,他会在合适的时候与郑书记谈的。

"这件事就由李书记向市纪委案件室汇报一下,以市里的名义调仙鹤村的账务,不要说是乡里的意思。最好能联系个市纪委的工作人员过来,让他们一起去仙鹤村,这样我们可进可退。"郑之渊这样交代,"关于仙鹤村忠字礼堂的拆除问题,我听到了一些相反的意见,说忠字礼堂是历史文化遗产,不应该拆除。其实这种观点是错误的,'文化大革命'都被历史否定了,'文化大革命'时期的建筑怎么就会是历史遗产呢?在这一点上,党政班子内部必须完全统一起意见来。前期这项工作由袁书记牵头抓的,但因为袁书记和柳恒稳的特殊关系,他今天提出来不方便参与此事。这样从现在开始,这项工作就由车乡长直接去抓,成败的功过都系于车乡长一身啊。"说到这里,郑之渊故意停住,目光盯着车相渚。

车相渚面无表情。在对待拆除忠字礼堂问题上,车相渚的心里是矛盾的,说了一些不负责的话。这些话是不是传到了郑之渊的耳朵里他不知道,或者这也是郑之渊要更换工作牵头人的原因所在?

郑之渊不知道车相渚此刻在想些什么,而自己心里,却有着一丝丝的得意和快感。郑之渊并不否认自己的私心在,尤其是上次因为穆晓图和车相渚两人闹别扭的事,郑之渊感觉很窝火,让书记得罪了人,然后乡长为了好人,两个人合伙把他卖了,真是小人计谋。对这些小把戏,作为领导干部,郑之渊只能装聋作哑,吃个哑巴亏,合适的时候再捞回来。车相渚的小把戏玩得不错,那么抓大事的能力怎么样呢?郑之渊就是想用这项工作,试试这位年轻的精明的车乡长,到底有多高的水平。

车相渚忽然感觉郑之渊洞若观火的深不可测。他细细品味着郑之渊的每一句话,"党政班子内部不能统一起意见来",这说明郑之渊意识到了意见的分歧,并且分歧在党政班子内部。此外,郑之渊让他抓忠字礼堂的拆除,是因为有人给他说了自己对拆除忠字礼堂的不满?自己当初说那些话的时候,只是酒后之言,并没有真正的情绪和观点在里边。可现在郑之渊把这些话说出来,肯定是因为他听说了此事,尤其是当着他的面说这些话,并且让他亲自抓这件事,是否就是针对他的言论?

"另外,因为这件事毕竟是乡里的大事,牛主席要帮助车乡长,了解情况,推进工作。老牛毕竟是乡里的元老,确实是老黄牛,再受受累,为党委出点力。"郑之渊的语气明显有些商量的味道。人大主席毕竟年龄大了,即使是党委书记,也还是要尊敬的。"至于查账的情况,李刚书记牵头,抓紧,只要有大的问题,党委绝不迁就。忠字礼堂的拆除问题,已经是党委的头等大事,各位要切实抓好。"

三个人点头,表示同意郑之渊的安排,然后纷纷起身,走出书记办公室。

"李书记,你等一下。"临出门的时候,纪委书记李刚被郑之渊叫住。

对这封信,郑之渊和李刚都心照不宣,为了推进工作的需要,这些小伎俩小动作,并没有多少实质性的伤害,都是为了工作好开展,并且这事也只有他们俩知道。但真正抓起来,却需要有一个度。郑之渊叫住李刚,就是想给他说不要过了,假戏不能真做:"对于仙鹤村的账,只调不查,并且账绝对不能交到市纪委。我们目的不是为了搞垮村班子,也不是为了把柳恒稳搞下台,而是逼他就范,为党委出把力。柳恒稳是一个老狐狸,绝不可掉以轻心,必须做得隐秘,并且要绝对保密。"

"郑书记你放心,你交代的事,绝对不会出错。"李刚表着态,但心里却打着另外的算盘。对柳恒稳多少年对自己的不冷不热,他是有想法的;对袁成华从自己后面好几位,一下子排到自己前面,成为党委的三把手,他也是有想法的。即使郑书记不让真查柳恒稳的账,他也要查一查,摸清楚一些事,为将来打算,也为自己打算。想到这里的时候,李刚脸上忽然感觉冰凉。李刚一直弄不明白,别人做亏心事的时候脸红,脸上发烫,自己为什么脸上就感觉发凉呢?

5

刘敬天来找柳恒稳的时候，柳恒稳刚从大妈妈那儿回来。

大妈妈的傻瓜儿子小财最近老是出毛病，柳恒稳要时不时地去看看，不能让他弄出什么岔子来。这孩子大了，常常表现出一种不可控制的烦躁，也不知道是怎么回事。

"大兄弟，我来是想告诉你一声，我最近想去北京。孩子催我好几次了，再不走就不好了。我还想再给你说一句，这次回去我还想去中央问问，我的组织关系是不是应该给恢复。这次你也不用跑了，你头天跑去我第二天还去，我常在北京住，啥时候去都方便。本不想给你添麻烦，可我也是快入土的人了，临死前总得给我一个说法吧。"刘敬天坐下，喝了一口柳恒稳端给他的茶水，说。

"老哥的事村里一直想着呢，我也正在想办法。市里都给咱明确答复了的，要慢慢解决。你找上面一万趟还得回来，还得让市里或者乡里处理。老哥，你还得听我句掏心窝子的话，京城的大门再大，咱老百姓不见得能进得去，进去了也不见得能讨个好脸，上访的路不好走啊。如果你觉得在北京住着，说去就能去，那是你的事，真去了我也没有办法。这种话，吓唬吓唬乡里市里还行，咱本村本家的，就别说了。我还是劝你，事咱慢慢来，不能太急。咱是不是再找找乡里，让乡里给想想办法再说？"柳恒稳劝说道。

"我现在根本就不相信乡里的干部，除了吃喝嫖赌能行，还能干什么？根本就不管咱这些平头百姓的死活。我听说他们还想拆咱们的忠字礼堂，那是绝对不能答应的。如果拆了我也要上访，礼堂的东墙上还有我家的三百块青砖呢，那可是我们老房子上最好的青砖。"刘敬天外号叫"不吃亏"，什么事都不会吃亏。忠字礼堂建了这么多年，他还没有忘记他家的三百块青砖。

刘敬天是邻村刘家庄倒插门到仙鹤村的人。刘敬天家里兄弟们多，家里又穷，早些时候，家里全是赤条条的光棍汉子，没有一个娶上媳妇。刘敬天在家排行最小，伶牙俐齿，人也长得帅气，让孙有于家的五妮相中，死活让他老爹把刘敬天倒娶过门来。五妮是孙有于家的老小，家里又没有男丁，她老爹便依了她。刘敬天也确实聪明，来到仙鹤村后，很快就站稳了脚跟，并且在孙氏家族树立起了自己的一派势力。几年光景，刘敬天就被人民公社确定为入党积极分子，在公社里参加了一个星期的培训，回来后就在村里担任了共青团书记，成为预备党员。有时人就是不能太顺了，太顺了容易让人乱了方寸。刘敬天成了村团支部书记后，很快不知道天高地厚起来，私自支出了村团委的经费和三十多个青年团员的团费，总共一百多块钱，被人告发，随后锒铛入狱。当时的公社党委书记闫波，是一个以严厉著称的干部，被老百姓叫做"阎王爷"，他尤其见不得人在钱上出问题。所以，仅仅这一百多块钱，刘敬天就在闫波的意见主导下，被判了五年有期徒刑。这对一个年轻人来讲，简直就是灭顶之灾。但世事就是这样无常，如人们常说的什么人什么命，刘敬天出狱后，虽然在政治上断绝了念头，但在做小买卖上开了窍。他用在监狱中学来的打铁皮壶的手艺，开始走街串巷，挣点小钱，家境一天天更加殷实。到了"文化大革命"期间，刘敬天又放下自己的小买卖，开始了对原来打击他的那些人的疯狂报复。他依靠自己的口才背政策、讲形势，成了远近闻名的万事通，然后被发展成农民身份的乡革委会副主任。这既是政治体制的需要，更是他作为一个年轻人流淌的血液中一种强烈而真实的命运反抗。刘敬天上任后，第一个批斗的对象就是那位曾经让人闻风丧胆的"阎王爷"。又是多少个年头过去了，"文化大革命"结束，刘敬天再次从权力的风口浪尖回归到平民百姓的队伍里。刘敬天不得不再次夹起尾巴做人，一心一意地做起小生意，精明而且尖刻。无论是亲戚邻里，还是对家人朋友，一丁点的蝇头小利他都算得一清二楚。也正因为如此，人们给刘敬天起了一个绰号叫"不吃亏"。在仙鹤村人的记忆里，没有一个人吸过刘敬天的一根烟，吃过他的一顿饭，喝过他的一杯茶。刘敬天用他自己特有的方式保护着自己，隔绝着与外人的所有交往。

几起几落，对一个人，打击最大的应该是心理上的。

柳恒稳对刘敬天有着一种复杂的心理感受。刘敬天的为人，让柳恒稳看不起，男人没有男人的大气。但刘敬天所经历的世事变迁，又让他对这个风吹不倒雨打不倒的男人充满了敬佩。更重要的是，刘敬天和自己的母亲一样，都是一个时代的人物，他们身上有太多的时代特征，也写满了时代带给他们的生活疤痕和深深烙印。至于刘敬天现在重又提起他以前曾经是预备党员的事，柳恒稳专门到乡里查阅了有关资料，那时他确实是预备党员，村里也有档案记载，都明白无误地记录着他在六二年被村党支部发展为预备党员的事实。但如果当时工作没有失误的话，在刘敬天入狱之后，就应该把他的预备党员资格取消。但那时的大队党支部根本没人想到，也没有人做过这项工作。刘敬天出狱后，一直没有提这个事，直到"文化大革命"结束，他都只字未提。一个有入狱历史的人，组织审查会更加严格，所以即使他做了农民身份的乡革委会副主任，也没有提过入党这件事。只是改革开放以后的几年，尤其是这个三两年，所有的历史错误都逐步得到了解决和落实，刘敬天才动了心。三年前，刘敬天开始到市里省里上访，要求恢复他从六三年开始的正式党员资格。市委组织部门、市纪委为此专门成立了工作组，对刘敬天的事进行研究，但没有形成一个最终结果。这种事在历史上没有先例，政策上没有根据，四十年后的党组织怎么能够恢复四十年前的党组织审批的预备党员资格，然后再给他转正呢？更重要的是，刘敬天在仙鹤村群众威信不高，市里让村支部给党员做做工作，让刘敬天重新入党，竟然没有一个党员同意，所以这事便搁置下来。而刘敬天却上了劲，非要入党不可，党龄不能从现在开始，还必须承认他从六三年开始就是正式党员，达不到这个要求他就上访。为了刘敬天上访的事，柳恒稳几次和乡信访办的人，一起到省里市里，去年还到北京把刘敬天接回来。但去一次接一次，接了再去，来来回回，花了大量的人力物力。刘敬天铁了心，只要他的问题得不到解决，达不到自己想要的理想结果，他坚决不会停止上访，活一年访一年，活一天访一天。所以对刘敬天，柳恒稳也没辙了，他只想听乡里的安排，让干什么干什么，让怎么干怎么干。村一级的支部书记，根本就没有权力从根本上为他解决这件事。但乡里同样是没有办法，并且乡里还有更多的担心。如果给他解决了组织关系，依刘敬天不吃亏的性格，他还会有更多的要求。有人听说刘敬天已经放出风来，他是"文革"时期的革委会副主任，应该是副乡级领导，就应该享受副乡级的所有待遇，要补齐以前欠他的所有工资，给他办理退休手续，现在要拿退休金，并且他还有四个孩子，也应该给安排工作之类的。人心不足啊，这些要求，谁能满足他呢？嗨，管他呢，大不了多往北京跑几趟，也算是公费旅游，无所谓。柳恒稳以前只是担心乡里，会不会因为刘敬天越级上访而否决他的年度先进。现在想想，乡里的一个破先进，能值几个钱？

刘敬天现在年纪大了，说话办事比原来好了许多，话语间已经没有了以往的狂傲。马大骡子大值钱,人架子大了不值钱。仙鹤村的人明显感觉到了刘敬天的变化,低调了许多,也随和了许多。尤其是女儿女婿在北京做生意,他也经常到女儿家住一段时间,见识了外面的世界,言谈举止不再那么尖刻,和邻居们也开始有了交流。刘敬天一次次地来找柳恒稳,只说年纪大了,不能背着黑锅进棺材。一个开始为死做准备的人,如果提一些政策法规允许范围之内的事,别人还能怎么说?柳恒稳曾经为他想过许多办法,包括重新召开党员大会对他的事进行表决,他也一家一家地走访过老党员老干部,但只要一提刘敬天的事,柳恒稳的话就会被打断。村人们至今记得刘敬天对那些曾经与他有过节的人、有矛盾的人,是如何进行打击报复的,打过骂过欺侮过,祖宗八代地诅咒过,鞭抽打耳光,捆绑去批斗,这些情景,好像就发生在昨天呢。对这种人,村里人能有什么好的念想?

"老哥啊,总这样找,也不是个办法,毕竟是上级没有政策依据的事,谁都不敢做主。现在的人,没有谁愿意承担责任。你也是这么一大把年纪了,多吃点好菜,多喝点好酒,孩子们现在也都有这个能力,多活动活动身体,有一个好心情,比啥都重要。党员不党员的,还在乎这个干吗呢?话又说回来,如果真的入党了,还要重新补过党费来,也不划算。"柳恒稳劝慰道。

"话可不能这么说,人活一张脸,树活一张皮。我活了一辈子没有长上脸去,临死了总还想带着点光荣走,也好给阎王爷交代。再说了,党费的事也不算啥事,我以前一直想交,是没人让我交啊。现在即使让我多交点,我也愿意。一年不就几十块钱吗?那算什么。"

柳恒稳忽然弄不明白,刘敬天怎么说变就变了呢?竟然变得不在乎钱了。

也正是在这个时候,乡纪委干事宁方中和市纪委信访室的闫恪义走进了柳恒稳的家。刚才柳恒稳就听到汽车的喇叭声,估计是乡里来人了。柳恒稳站起身,把身上的土拍了拍,然后倒掉茶壶里的茶叶,准备泡一壶新茶。刘敬天还以为是给他泡的,客气着推让了一番,然后就听到铁门被打开的声音。

"哟,有客人啊。"宁方中进来,招呼着。

"是老刘啊,你怎么在这儿?"刘敬天因为经常到市纪委信访室去,市纪委的闫恪义早已经认识了刘敬天。

"怎么这么巧啊?闫主任到柳书记家里来,是不是专门给我解决问题的?"

刘敬天打着哈哈，他知道市纪委的领导不会因为他的事到村里来的。如果市里真想给他解决的话，不会拖到现在。

"你那点事，还用得着我给你解决吗？我劝你啊，老刘，还是别瞎折腾了，折腾也没用。不如吃好喝好玩好，开开心心的，看孩子过日子，享享清福多好啊。"闫恪义也给刘敬天开起了玩笑。

"闫主任，这可不是你的上班时间。要是你在办公室给我说这话啊，我得告你去。"

"人家都说你是不吃亏，还是真的呢，连说话都是得理不饶人。"闫恪义拍了拍刘敬天的肩膀，示意他坐下。但刘敬天知道市里和乡纪委都来人，肯定是有正事，便起身走了。

"柳书记，我和闫主任来，没有大事，就是想调一下咱村里的账，现在有人对村里的账有疑问。闫主任来就是想和你商量商量，看能不能现在就把账带走？"宁方中看见柳恒稳为他们倒茶的手颤抖着，脸上却现出惊愕和疑惑。

"带走账没问题，能不能给咱透透反映的什么问题吗？"柳恒稳故意清了清嗓子，才说。

"没什么大事，只是几笔小账，你不用担心，我们只是核对一下。"闫恪义说。他知道柳恒稳和乡党委副书记袁成华的亲戚关系，话语间便有许多客气。如果不是这层关系，闫属义甚至连一个笑脸都不会有。

"那行，我给孙会计打电话，让他领你们到村里去抱账。"柳恒稳说着话，打孙维下的手机，竟是关机，打他家里电话，也没有人接。柳恒稳再打到村里，村办公室也是空无一人："这个孙会计，这会儿能去哪儿呢？要不我带你们出去找一找？"

"那就不用了，只要你知道这个事就行，我带闫主任去找孙会计。闫主任一会儿还要回去，天也不早了，就不麻烦你了。"宁方中领着闫恪义出了柳恒稳的家，然后往村办公室方向走。

柳恒稳送走纪委的人，呆呆地站在院子里，一直在重复拨着孙维下的号码，孙维下的手机却始终处于关机状态。

柳恒稳给妹夫打电话，袁成华正在去浙江的路上。他听完柳恒稳说的一些情况，感觉心里沉甸甸的。袁成华一边劝柳恒稳不要管这件事，一边问他村财务上到底有没有什么问题。其实袁成华知道，这句话问得有些多余，村里的账，说有问题就有问题，说没有问题就没有问题，就看怎样去对待和处理了。可袁成华一听说是市纪委的闫恪义来村里调账，又感觉事情并不那么简单。晚饭后袁成华给闫恪义打电话，闫恪义一直拒绝接听。袁成华想，让自己到南方招商引资，是不是郑之渊一个计谋呢？调虎离山之后，趁自己不在的时候，把柳恒稳从支部书记的岗位上拿下？袁成华很快就否定了自己的猜测，因为他知道，即使柳恒稳有问题，郑之渊也应该打个招呼的。那么，郑之渊的用意到底是什么呢？

袁成华看着车窗外匆匆而过的风景，心乱如麻。

6

市纪委和乡纪委的人当天并没有把账带走。村会计孙维下进城了，是和葛小窈一起进的城。有人看见孙维下和葛小窈一前一后出了村，然后一起上了城乡快客。村里的人都不傻，眼睛都亮着呢，好多人都知道他们好上了。

孙维下第二天把账送到乡里之前，专门到柳恒稳家里说了一声："柳书记，你放心，账面上他们不会查出任何问题。"

这么多年以来，孙维下和柳恒稳之间形成了一种非常默契的合作关系。彼此算不上铁了心的好，却也没有多少利害冲突。柳恒稳一直坚持清廉做事，村里的钱不往家里拿一分。对村会计孙维下，他也时时提醒，绝对不能因为财务问题出娄子。但孙维下并没有柳恒稳要求的那样不沾不贪，柳恒稳只是在好多事上睁一只眼闭一只眼。无利不早起，村干部这点破官，如果真的一点油水都没有了，谁还拼死拼活地干？村支部书记本事再大，也不可能把一个村子全部统起来。况且孙家是一个大姓，一大家族，孙维下在他的家族里，说不上顶天立地，毕竟还有些说话和办事的分量，大小也算得上人物。所以从这个意义上说，柳恒稳和孙维下的默契，或者可以理解为彼此的一种需要。

孙维下也曾经想过要当支部书记，但他清楚自己确实没有这个本事，即使有，柳姓家族绝对不会听他的吆喝。况且，村会计这个角色，从某种程度上说，是村里的二号人物，所有的财务支出都要他点了头签了字才行。村里即使有钱，只要他说没有，该给的不给，该支的不支，谁也没有一点办法。如果村里一时没钱了，只要柳恒稳同意，孙维下还可以用其他办法借了，记入村里的往来账，管他谁还呢，也不管什么时候还。利息高高的，总有一些人见不得这几厘钱，拼了命也想挣那点利息。其实几年下来，能够还上本就不错了。明知是大坑，愿意跳的人还是那么多，想想人也真是够邪门儿的。

抱走了村里的账，孙思良就跑到柳恒稳家里："叔，这是怎么回事？乡里怎么他奶奶的专门查咱村的账？"

柳恒稳长长地叹了口气，"要给我下套了。"

"下套？下什么套？"孙思良不解地问。

"你就别管那么多了。这几天我去城里待一阵子，我和你婶子都要去查查病。这几天你要天天到村里，听见什么动静就给我电话。我去城里再买一个新的手机卡，买了打给你，这个号码不要告诉任何人。"柳恒稳交代着。

"我怎么觉得和做地下党似的。叔，到底怎么回事？"

"放心吧，叔没事。我只是想看看，到底是谁想搞垮仙鹤村，我要让河里的蛤蟆，都跳出来。"柳恒稳面无表情地说。

孙思良一头雾水。但他知道，只要柳恒稳说没事，就肯定没事。他从心底里佩服柳恒稳的一脸镇定。

第一天平安无事，孙思良兴高采烈地给柳恒稳报平安，柳恒稳心里只是一片疑惑。

第二天仍然平安无事，孙思良开始疑惑了："叔，啥事没有，你躲出去干吗呢？"

第三天仍然是没有任何消息，柳恒稳自己开始急了。老婆问他："老头子，我们在外面住宾馆，一天要几十块钱，在这儿什么事都没有，除了看电视就是看电视。我还挂着回家给麦子浇水呢，地里再不浇就干芽了。"

柳恒稳一言不发，他知道不会就这样平安无事下去。柳恒稳现在要和乡里比试着耐心，也比试着腕力的大小。柳恒稳没有再给妹夫打电话，这个时候，他要按照自己的意愿行事，他不能就这样败下阵来。柳恒稳一次次地回忆村里的账面，到底有多少可以置他于死地的支出或费用，他觉得应该没有，因为他确实没有往自己口袋里塞过一分钱。这么多年了，柳恒稳一直坚持这样的原则，母亲样板老太是仙鹤村的历史和光荣，自己，也要在仙鹤村的发展史上，做一个和母亲一样有名有姓的人物，要让自己家里的这份荣耀，连绵不断地延续下去。他，柳恒稳，在意的不是金钱，在意的，只有那些留在百姓心目中的光荣。这么多年，他可以和其他人一样地吃吃喝喝，但这不是他的本意，而是工作的需要，是社会和人对一个支部书记、对一个岗位的要求。这些事，他不做，别人也会做，根本就算不了什么大事。只要不往自己家里拿，该花的吃喝账、洗脚账、送礼账，不光他自己，全世界都这样，他柳恒稳有什么害怕的？大不了给他一个党纪处分，绝对没有进监狱的可能。柳恒稳猜测，这是乡里逼他就范的招数，但这招显然对他没有效果。为此柳恒稳愤怒了，生气了，他觉得这是对他人格的侮辱。乡里还专门把妹夫弄到南方去，这一切都是有预谋的整治。经历了那么多的大风大浪，他柳恒稳还真不在乎这些小把戏。柳恒稳自认为没有小辫子可以让别人抓，伸手的时候他们就应该知道已经抓空了。既然如此，他就要在合适的时候反击，就应该让他们知道仙鹤村的柳恒稳也不是吃素的。柳恒稳一直自认为脑子聪明，有时他自己都佩服自己的不同凡响。如果有谁拿他当猴耍，那是他最讨厌的，也是他最不能容忍的。柳恒稳讨厌这些以权压人的官僚作风，所以他必须反抗，必须有所动作。

柳恒稳打电话给刘敬天，刘敬天已到了北京，安顿在女儿家了。柳恒稳告诉刘敬天今天去找乡党委了，乡里还是拖着不办，并且话也说得难听，如果真要想解决，除了从上面压下来，没有第二条路可走。刘敬天答应着，声音却在哽咽："兄弟，让你受难为了，我会自己想办法的。"

第四天，孙思良一大早就打来电话："叔，不好了，乡组织室来人了，说是考察村班子。有人透出消息，说是要撤了你，换柳方鸣当书记。这些狗娘养的，如果真让柳方鸣当书记，我劁了他。"

柳恒稳好久没有说话，他不知道乡里竟然没有找他，就来了这样釜底抽薪的一招，这一招可真够狠的。不过，柳恒稳以为，这还是逼他就范的招数，他必须沉住气，绝不能自乱阵脚。

"小良子，你什么话都不要乱说，什么事也不要做，你只需要把村里每天发生的事告诉我就行。"

"柳方鸣这个狗娘养的，从昨天就开始串门。他挨个找村里的党员代表，说乡里要让他当书记，让他们座谈情况时为他多说几句好话，如果投票呢就投他一票。就他那屌样，还想当支部书记，他奶奶的，真是癞蛤蟆想吃天鹅肉，知不道自己多粗多长，真是知不道天高地厚了。"孙思良咬着牙根骂。

"这就对了。"柳恒稳自言自语道。

"这就对了？什么对了？你怎么那么沉得住气。二叔，支部书记要是让人给你撤了，就全完了。"孙思良对柳恒稳的无动于衷很不满。

"该是谁的还是谁的，不该是谁的谁也动不了。小良子，放心吧，照叔的话做，天塌不下来。"

7

郑之渊在市里开了三天经济工作调度会。会议期间，所有手机关闭。市委书记彭子丰因为招商引资工作没有大的突破，不少乡镇没有新上项目破口大骂，各乡镇党委书记被弄得灰头土脸。会议在一种凝重的气氛中收场。

郑之渊回到乡里后，车相渚给他汇报着仙鹤村工作的进展情况。

车相渚说："现在工作根本推不动，找不到任何突破口，我已经好几天没有睡好觉了。"车相渚还说："柳恒稳现在躲起来了，人头狗头不伸，做起了缩头乌龟，村班子其他人没有柳恒稳的安排什么事也不做。党委能不能来个釜底抽薪，干脆把柳恒稳换了，用一个能干的人，说不定还能行呢。"

郑之渊破口大骂："柳恒稳真他妈的不识抬举，给他脸不要脸，关键时候给乡里制造障碍。"郑之渊感觉气得嘴唇发紫。

车相渚从来没有见过郑之渊发这么大的火，不觉有些心虚。其实这几天，车相渚根本就没有找柳恒稳，他想让柳恒稳自己跳出来。依车相渚自己的判断和分析，账让纪委弄走了，柳恒稳肯定为自己账上的那些事托人托脸地找，干支部书记这么多年哪有没事的？既然有事，他柳恒稳就跑不了。但柳恒稳始终没有出现，手机也关了，包括袁成华，也没有找他，这应该不算一个好兆头。所以车相渚一大早就安排组织室去座谈情况，考察村班子，他想用这招逼柳恒稳出来。早上因为郑之渊在市里参加会议，车相渚没有给郑之渊汇报就自作主张，让组织室按程序进行了大范围的推荐和考察。车相渚对柳方鸣的印象不错，这个人能说会道的，又是复退军人，虽然前期参与了涉军人员上访，但为了个人利益，是应该能够理解的。如果现在他能够为乡里出把力,把忠字礼堂的拆除工作做好,不是更好吗?当车相渚把组织考察村干部的事给郑之渊汇报以后,没想到引来一顿训斥:"你真是成事不足败事有余啊。调整支部书记这种事,你以为是小事?你怎么能不汇报就擅作主张呢?这是一步臭棋啊,车乡长同志!走出这一步,我们就和柳恒稳成了死对头,就摆明了要整他治他撤换他的姿势。可现在村班子里的那几个人,有哪一个是成事的衙役?"

郑之渊在办公室里踱来踱去,步子非常快,把车相渚的眼都晃花了:"你说说,事情让你搅成这一锅糊涂,大事小情的都拧成了一团麻花,你有什么本事让这一切平静下来?柳恒稳他为什么躲起来?为什么好几天了都没有任何动静?因为他在经济上没事,他心里没鬼,他什么都不怕。这个时候你调整他,于情于理,都站不住脚。我们调村里的账,只是试探他的虚实,逼他就范,这条路走不通,就要想其他办法。你现在倒好,把自己逼上了绝路!"郑之渊指着车相渚的鼻子,声音越来越高,"你说吧,你想怎么收拾这个烂摊子?谁能替你往前推进工作?"

"那个柳方鸣……"

车相渚的话刚一出口,郑之渊接着就吼开了:"你别给我说那个柳方鸣!你知道那是个什么人物?他的群众威信怎么样?不能光听着他嘴甜,会说话,那算什么本事?柳方鸣说话做事,根本不经过脑子,简直就是一头笨猪,我看你和他也差不了多少。"

"可今天下午,我已经让管理区口头宣布,让柳方鸣暂时主持村里的工作。"车相渚知道自己惹祸了,说话已经很不顺畅,对郑之渊骂他像一头笨猪的话,也不敢做任何反驳。

郑之渊一下子瘫坐在椅子上,好久没有说话,他的脸气得煞白,手一直在哆嗦。他有些气急败坏地拿出一盒烟,用了好长时间也没有把烟盒打开。等他点上烟之后的第一个动作,就是拿起自己的水杯,对着地面砸了下去。然后指着车相渚的鼻子,问:"你有什么权力随便撤换我的支部书记?你简直就是一个成事不足败事有余的混蛋,你猪都不如。马上给我滚出去,滚出去!"郑之渊指着门,把车相渚骂了出去。

车相渚听到郑之渊办公室里再次传来水杯子碎在地上的声响,不自觉地加快了在走廊里轻轻走路的步伐。平日里趾高气扬的皮鞋声,此刻竟然成了细绵无声的小雨点。车相渚回到自己办公室，摸起电话，打给地税分局的局长栾杰："你晚上找个好地方，一起喝几杯。还有，你上次带去的那个女孩不错，挺有气质，酒量也好，将来应该很有前途。她叫什么来着？叫程琳。对，程琳，与前几年那个红得发紫的歌唱演员重名。

郑之渊如一只被惹急了眼的野狼，在办公室里急得团团转，他感觉自己已经无计可施。郑之渊把电话打给袁成华，把事情的来龙去脉说清楚，希望袁成华能从中调和一下。袁成华一边满口应承下来，一边劝郑之渊不要生气。袁成华说："柳恒稳是一个明白人，只要把事情解释清楚，应该不会故意制造事端，任何事情终有解决的办法。"听着这些话，郑之渊心里感到了一丝的安慰和温暖。

有人敲门，郑之渊勉强应着。等他坐直了身子，看到进来的竟是纪委书记李刚。

"郑书记，不知怎么回事，市纪委非得想把仙鹤村的账弄走。我们只是想吓唬一下柳恒稳，现在市纪委却是不依不饶，非得插手这个案子。案件审理室的梁主任现在正在从城里往乡里赶，说要和你见个面，然后就把账带走。"李刚的声音有些不对。

郑之渊忽然间有一种崩溃的感觉。这接踵而来的消息，竟是一步步把仙鹤村推向了矛盾的旋涡，也把他所有的计划全部打乱。市纪委直接插手的最后结果，则是把小事弄大，把局面搅混，也彻底把柳恒稳逼向了工作的反面，形成了与党委的完全对立。仙鹤村的工作，走入了错综复杂的混乱棋局，这个村子乱了，将是不可收拾。想到这里，郑之渊浑身打了个冷战。

"告诉梁主任，账坚决不能调走，这是党委集体研究的意见。我明天一早就去市纪委，当面向明亮书记汇报情况。听清楚了？"郑之渊的声音有些吓人。

"听清楚了。"李刚低着头，退出了郑之渊的办公室。

8

柳恒稳的支部书记职务被撤的消息，迅速在仙鹤村传开。这消息如同八级地震，让好多人都目瞪口呆。人们见面就问："书记被撤了，这是真的吗？人家干得好好的，怎么说撤就撤了呢？"这个时候，村民们开始回忆起柳恒稳的所有好，比如村里的几条主要道路都已经硬化，老百姓一分钱没拿，都是从上面争取的钱；比如路两旁都安上了路灯，并且每天都要亮到晚上九点；比如村里人都吃上了干净的自来水，是和城里人一样，打开开关水就流出来了；比如去市里教育部门争取，保留了原本应该撤掉的村完小等等。

正是在宣布柳恒稳不再担任支部书记的那天晚上，柳恒稳回到了仙鹤村，然后就有好多人陆续到家里来坐。最先来的是孙思良，他几乎是等着柳恒稳进门。孙思良进屋后，并没有坐下，他握紧双拳，脸上青筋暴露，每条皱纹都写满了愤怒。孙思良说："乡里凭什么？总得给个理由吧？让柳方鸣干书记，打死我也不会跟着他干，柳方鸣算什么东西！"然后就开始掉泪，落了满脸，也不擦。一个大男人，竟哭得透不过气来。柳恒稳一言不发，坐在椅子上，两只手交叉在一起，两个大拇指互相绕着转来转去，先是正转，然后再反转。柳恒稳自己也弄不明白，党委连他的面都没见，怎么说撤就把他撤了呢？这样也好，多少年了，经历了太多的酸甜苦辣，还有什么留恋？只是他有些不甘心，他从心底里感觉窝囊，就像被人悄悄抄了后路，连转身的余地都没有。而接替他的，如果是别的什么人，他还没有多少怨气，偏偏是柳方鸣。这个以告状上访谋取个人利益的人，当上支部书记以后，仙鹤村会变成什么样子？嗨，管他呢，仙鹤村不是自己家里的自留地，想栽韭菜栽韭菜，想种萝卜种萝卜，仙鹤村烂成什么样子再也与自己无关，愿意怎样就怎样吧。

柳恒稳这样想着的时候，柳方鸣进来了。

柳方鸣压抑着的兴奋表情里，透出许多的不自在，见孙思良在，更有些局促不安。柳方鸣嚅嚅着："你看，这事办得，多不好。我根本就不想当。我给乡里说，还是柳书记德高望重，又没有犯任何错误，还应当让柳书记干下去。车乡长非得压着我当。你看，这事……"

"你这个狗日的，你还是人吗？怎么净干这些没腔眼子的事？你还有脸在这儿说风凉话。你他奶奶的，不是早就把村班子成员安排好了吗？让谁干村主任，让谁干会计，让谁干副书记，你还知道别人德高望重？你这是黄鼠狼给鸡拜年，没安好心。你还有没有人味啊？"孙思良停止哭泣，揭着柳方鸣的底细。

"这是哪个扇血坏良心的说的？用人的事，我再怎么着也得和恒稳叔见个话，征得他老人家的同意吧。我怎么能做这等小人呢？"

"你以为你是什么好东西啊。"

"思良老弟，你不能老是和我对着干，多少年了，我可是一直让着你的。"柳方鸣恨不得把孙思良杀了，这种狗东西。现在老子我当上支部书记了，还像疯狗一样乱咬，过了这一段时间，最先干掉的就是你这条疯狗。柳方鸣在心里骂着孙思良，脸上依然堆满了笑容。

"我和你对着干怎么了，你能把我怎么样？小心哪天得罪我，我他奶奶的一刀劈死你。"孙思良的每个字里都充满了仇恨。其实他就是这个样子，只要不对眼，再怎么着也会成为敌人，对眼了，有多少不满也无所谓。

"思良老弟，这么多年，我可是把心都掏给你了，把脸面都让给你了啊。"柳方鸣说。

"把心掏给我了，你有心吗？把脸面给我了，你不要脸了？"孙思良反问。

柳方鸣不知如何回答是好，嚅嚅着："我还有，还有。"

"你还有？是有心还是有脸？有心也是黑心，有脸就是二皮脸。"孙思良的话更加尖刻。

柳方鸣忽然感觉很窝囊，但他妈的这个世界就是这个样子，谁的拳头硬，谁就可以随便欺负他人，就可以称王称霸。谁让自己长得这样弱小呢？恨只恨爹娘没有给自己一副高大强壮的身躯，面对别人欺侮的时候，只能选择忍气吞声。但柳方鸣不会善罢甘休，他会用自己的方式，实现自己的快意复仇。柳方鸣想起武侠小说中的这个词，脸上露出兴奋的笑容，快意复仇，这个词真他妈的好。柳方鸣觉得自己太有学问了。

柳方鸣起身告辞，柳恒稳和孙思良都坐着没动。柳方鸣感觉自己有些狼狈，但想想自己已经是仙鹤村的支部书记，心里豁然明亮起来。是啊，现在自己就是村里至高无上的皇上，谁见了都要顶礼膜拜。柳方鸣想起电视上的那些皇帝，满身的富贵豪华，高坐在龙椅上，听着朝臣们山呼万岁，脸上不觉荡漾起灿烂的笑容。他娘的，如果自己真的当了皇上，三宫六院算什么，他要弄个十宫百院，每天都在那些漂亮的姑娘间玩个够。这样想着的时候，柳方鸣竟感觉自己的老二有点蠢蠢欲动，他用裤兜里的手使劲按了按，它竟硬得更加厉害，甚至把他的裤子都撑了起来。这个狗东西，竟他娘的像孙思良，这样不服管教，他在心里骂着。柳方鸣感觉自己真是太聪明了，竟能把老二比作孙思良，还真的让人叫绝，兴奋间竟哼起了小调："路边的野花你不要采，不采白不采……"

计生专职主任安爱是和药管员颜亭好一起到柳恒稳家里来的，来了又都似乎没有话说，干坐了一会儿就走了。其实柳恒稳并不需要她们说什么，只要到家里一坐，他就非常感激了。所谓破鼓乱人捶，自己是下台之人，这些人还能到家里来，或者是安慰，或者只是看望，对干了这么多年支部书记的柳恒稳来说，似乎应该知足了。但柳恒稳又于心不甘，他不知道其他人为什么不能和孙思良一样，旗帜鲜明地站到他这一边呢？还有孙维下，竟然人头狗头地伸都不伸。这个自己一直没有亏待过的人，竟然如此薄情寡义，真是关键时候看人心啊。

村支部书记调整，只是拉开了忠字礼堂拆除的序幕，柳恒稳的心突然被揪得生疼。这时他想起一个人，柳卫党，前几天他还来过，说是坚决反对任何人拆除忠字礼堂。此时，应该让柳卫党出来，给柳方鸣一个警告，不能让柳方鸣有任何一点拆除忠字礼堂的想法。柳恒稳打电话给孙思良，让他晚上十点以后约上柳卫党，到家里坐坐。柳恒稳绝不允许乡里把自己的职务撤了，还把忠字礼堂拆了，否则的话就像正是因为他柳恒稳的原因，才拆除不了忠字礼堂。

晚上的时候，妹夫袁成华打来电话，说免除他的支部书记职务，不是郑之渊的本意，郑书记还是希望他能出来主持工作，如果他愿意，就让乡组织室再来明确一下。

柳恒稳深思良久，说出去的话，泼出去的水，党委怎么会说变就变呢？兔死狐悲，这只是郑书记的策略罢了，妹夫怎么会这么傻呢？上午撤了，下午复出，这不是拿人当猴耍吗？他柳恒稳的脸面是值钱的，不是一个电话就能解决问题的。况且，这个时候，也绝对不是自己出来继续担任支部书记的最好时候，因为只要干，就必须承担拆除忠字礼堂的任务。但这个活，是目前谁也干不成的。即使他柳恒稳做支部书记，即使他想拆，老百姓也不见得能愿意，他何苦现在出来收拾这个乱摊子呢？他现在只有顺水推舟，将计就计，唯一能做的就是等，等到柳方鸣自己无法收拾村里局面的时候，乡里还不同样需要他出来，继续村支部书记工作？

但柳恒稳不想把自己真实的想法告诉妹夫。柳恒稳只说自己年龄大了，已经不想再出这个牛力了，他想抽出一段时间，去城里陪陪孙子。那个小家伙现在好玩着呢，成天捋着他的胡子玩，还在他身上骑大马。以前成天为村里的事操碎了心，现在终于可以放松一下了。

袁成华知道柳恒稳的心里在想什么，但他不便说破，毕竟是自己的舅子哥。况且袁成华自己也认为，这个时候不是柳恒稳出来工作的恰当时机。只要自己把郑之渊的话捎到了，做了说客，那么自己的任务就算完成了。至于结果，那不是他说了算的。

对柳恒稳的态度，郑之渊早就预料到了。袁成华打电话给他的时候，他一句话都没有说。郑之渊一直在想，该用如何手段才能让柳恒稳这个老狐狸出山呢？车相渚已经是他的对立面了，柳恒稳理都不会理他。牛主席人很老实，也能够前后因果地说，只是说话的分量和身份，柳恒稳并不见得能把他放在眼里。袁成华现在更加指望不上，哥舅俩本就是穿了一条裤子的。难道非得自己出面吗？那就是最后的一招了，是没招的招。如果自己的话柳恒稳都不听的话，党委就没有了任何退路。大不了三顾茅庐，有什么？他郑之渊还是有这个肚量的。所谓宰相肚里能撑船，忍一时之长短，为了工作，算不得丢人。郑之渊打定主意，晚上就到柳恒稳家里，请他出来继续工作。但现在他不能这么早地压着柳恒稳拆忠字礼堂，只要他再次上道，一切都好说。但郑之渊还有其他的顾虑，摁住了柳恒稳，柳方鸣又该如何安抚？柳方鸣会不会因此再次成为影响稳定的上访分子？管他呢，这种小人，只要提防好，给点小甜头，应该能够摆平。

令郑之渊没有想到的是，柳恒稳再次给他玩起了失踪。一连几天，手机不通，家里没人，如同在这个世界上蒸发了一般。郑之渊和车相渚都坐在办公室里，空等着一个个找不到柳恒稳踪影的消息。这个时候，车相渚没有再夸赞柳方鸣多么能干，因为他知道，自己让柳方鸣临时担任支部书记，已经在仙鹤村引起了巨大震动，而郑之渊的心里，还一直希望能让柳恒稳重新出山。因为支部书记的人选问题，车相渚已经和郑之渊产生了严重的意见分歧，也让许多人感觉到了他和书记的矛盾和隔阂。车相渚明白，自己不能再多说话，他要看着郑之渊如何收拾目前的混乱局面。

"我还真的不相信，这个世界上离了狗屎就不能攒粪！死马当作活马医，让柳方鸣放开手脚干，先做群众工作，再谈补偿问题，坚决拆掉忠字礼堂！"郑之渊不能眼看着外商要求的时间一天天过去而无动于衷，他终于下定决心。郑之渊似乎把自己所有的气愤都聚集到了脚尖上，狠狠地把鞋底下的烟头踩得粉碎。

听了这话，车相渚心里一阵窃喜。

这个时候，郑之渊更感觉到管理区书记田沧海的重要。以前仙鹤管理区的事，哪让党委操过心？现在倒好，越是关键时候，越是需要用人的时候，他却出了车祸，大腿骨折，颌骨骨折，断了腿还破了相，至少要半年时间才能上班。说起来，田沧海的车祸出得有些蹊跷，宽宽的水泥路，怎么就能把摩托车骑进沟里呢？他又没有喝酒，即使喝，不到八两以上也到不了那种状态啊。一切都是该着，是福不是祸，是祸躲不过，这话一点也不假。管理区主任杨柳是个胆小怕事的人，根本无法担当整个管理区的重任。好的管理区书记能顶一个副乡级领导，这话一点也不错。管理区书记豁上命地干活，是因为他们还有提拔重用的可能。而一个副乡长，在乡镇基本上到顶了，船到码头车到站，已经没有了前进的动力，他还会给你出这个力吗？以后更要善待这些管理区书记，郑之渊心里想。

9

麦到芒种谷到秋，豆到寒露无青豆。正常的年份，麦子过了芒种四五天就应该收割了。今年的麦子似乎熟得早了些，过了芒种两天就有人开始磨镰下地。

柳恒稳这几天一直在自家地里转来转去。看着那些沉甸甸的麦穗，柳恒稳从心底里涌起莫名的兴奋。以前他没有这样认真地关注过自家的麦田，因为他还有村里的好多事，他要考虑如何让村子里那些日夜不歇的机器，能够尽快地让各家各户颗粒归仓。而今年，他可以放心地收好自家的麦子了，为自己家里做事，是一种快乐啊。柳恒稳掐了一棵麦穗头，搓了搓，鲜嫩的麦粒如一个个惹人喜爱的娃娃，在手心散发出诱人的香气。他把麦子一下子捂到嘴里，从舌尖到胸脾，顿时被一股麦子的清香渗透着，仿佛能让人灵魂出壳一般。

柳恒稳感觉自己做支部书记的这些年，似乎丢掉了好多东西，变得懒惰了，变得不再对农活有那么多的热爱，好像成了专职的干部。现在当他重新回归于农民本身的时候，才意识到，自己对这片土地、对这个村子，真的是充满了热爱。比如这山，看起来竟是这样秀丽，比如绕在山上的云，竟蓝得和天一样。柳恒稳忽然想起，前几天小孙子说，老师让用"和……一样"造句，呵呵，蓝得和天一样，这应该是多好的造句啊。

这块地是仙鹤山下一块稍微有些瘠薄的山地，麦子的长势不算太好，有些稀疏,但麦粒却是如此饱满。地块小,地势也是高低不平,是没有办法用机器收割的,所以柳恒稳一大早就拿着镰刀来到地头上。柳恒稳吸了袋烟,搭起手看了看天边灿烂的朝霞,才开始躬下身子收割。柳恒稳早上就给老婆邵秋之说:"这块地我包了。这么多年一直是你家里家外地忙活,今年我要多干些。你在家里做饭,到饭时给我送过来。我要喝绿豆汤,吃发面饼,再煮上几个咸鸭蛋,有这些就行啦。"邵秋之问:"你这老胳膊老腿的,还能割?"柳恒稳想起早上和老婆的对话,心里有些热乎乎的。他回想起原来生产队、大集体的时候人们一起挥镰的欢声笑语,想起女人一摇一晃的扁担像一支秧歌,想起那些坛坛罐罐怎样盛满了劳累的人们解乏解馋的饭食,他真的喜欢那种感觉。柳恒稳觉得,现在的人丢失了太多的东西,那些劳动的乐趣,那些聚在一起不分你家我家同吃同住的融洽,再也找不到任何影子。贫穷与富有,其实在太多的丢弃之后,已经显得并不重要。钱多少是多,闲多久是快乐?那些物质的富足能够带给人们的幸福,就一定比贫穷多吗?比如现在,他的腰有些酸疼了,但他并不感觉劳累,而更愿意享受这种有些原始的劳动所能带给他的极大满足。

柳恒稳习惯性地抚了头发一把,手中抓着的竟是几根白发。柳恒稳忽然间觉得,自己老得太快了,才几年的工夫,头发就白成了这种样子。其实想想,自己的头发十几年前就白了,只是因为自己常常到乡驻地的理发店里染上一染,人显得精神,也是当干部的气象。这几个月以来,不顺心的事太多,没有了那份心劲儿,白头发自然就偷长得旺。或许这就是人吧,像庄稼,该熟的时候熟了,该老的时候也便老了。想想自己多少年来为村里的事没日没夜地操劳,皱纹更深,皮肤更黑,胃病也厉害,已经完全一个农村老头的模样了。

柳恒稳又躬下身子割了一段麦子,站起身的时候,看到孙思良和柳卫党一起向他这边走过来了,心里不觉有些烦躁。别人干点活都不清心,这算什么事儿啊?但柳恒稳知道,这个时候他们一起来,肯定是为了村里的事。这样看来,仙鹤村离开他是不行的,离开了柳恒稳,仙鹤村就不再是仙鹤村。这样想着的时候,柳恒稳的心里不觉荡漾起幸福的味道。

一阵清风吹来,柳恒稳发现麦田里的麦子都向他躬下腰去,颗粒饱满的麦穗像女人的乳房,白白嫩嫩的,美丽,且充满诱惑。

榴　月

1

在去乡里上班的路上，郑之渊接到市信访局张事理局长的电话："郑书记，你们乡里有个叫刘敬天的去了北京，在天安门广场上搞静坐。这个刘敬天闹得动静还挺大，让广场派出所强制带离了，你得马上派人去接回来。要多带一些钱，做好善后事宜的化解工作，最好能让派出所把记录删除，否则通报下来，就是一起进京上访案件，市里乡里都是要挨批评的。我已经让一个副局长在局里等着，坐你们乡里的车，一起去北京。不管谁去，你都要和去的人说好，钱一定要多带些，穷家富路。并且在处理这种事情上，绝对不能怕花钱，要舍得泼血本，现在花钱能不能化解都不好说。这叫非正常上访，各级要层层上报处理结果的。"

听得出来，因为一大早就遇到了越级的非正常上访，张事理局长很生气，口气十分生硬。接完电话，郑之渊心里恨得牙根子痒痒，他只想骂娘。这个老不死的狗东西，越是怕出问题出毛病的时候，他越是给惹麻烦。仙鹤村现在连一个真正的支部书记都没有，忠字礼堂拆除的工作刚刚开始做，在这种节骨眼上，怎么又出了这档子事？那个也是上访老户的柳方鸣，就能把人带回来吗？还有忠字礼堂的拆除问题，像堵在嗓子眼的一块骨头，无论如何都要啃下来。郑之渊本想今天就找柳方鸣谈谈，给他压压任务，拆得了就继续让他当支部书记，拆不了就主动让贤，要断绝他所有的侥幸心理，切断他的后路。现在也只好等把这个上访问题处理完，再说忠字礼堂的拆除了。

郑之渊让办公室通知纪委书记李刚给他回电话，让他带着柳方鸣火速赶往北京，并且要真正把非正常上访的记录销掉，绝对不能让上级通报了，否则乡里就会受处分。今年年初的平安建设会上，市委书记已经发了狠话，谁在信访问题上捅了娄子，谁就要给市委写检查，问题严重的，就地免职。唉，现在的乡镇领导，最怕接两个人的电话，一个是信访局局长，一个是计生局局长，有工矿企业的，还怕安监局局长。这些局长亲自给党委书记打电话的时候，肯定是哪个地方出问题了，而且一出就是大问题。从目前的实际情况看，只要是上级部门一把手的电话，乡镇党委书记谁的都害怕接。一票否决的项目越来越多，除了计划生育、信访稳定、安全生产之外，现在又有了环境保护、土地利用、节能降耗等等，招商引资、经济发展指标就更不用说了。乡镇已经是所有官阶里面任人欺侮压榨的孙子辈了，见了谁都得点头哈腰，哪个庙里的小鬼都不敢得罪。其实想想，如果不是为了镜子里那个不知有没有、即使有也不知道是猴年马月的县处级领导，谁愿意受这种憋屈？郑之渊忽然涌起了极其强烈的委屈感，自己这是为谁干的？干得好了又能怎么样？二十多年的乡镇工作经历，除了得到了这个入不了流的党委书记职务，除了一身的毛病之外，到最后究竟能够有多少是属于自己的东西呢？

但既然干了，就得往前走，人活着有时是为脸面的，也可能仅仅是为脸面。

好在现在的党委书记，已经练成了橡皮泥的本事，能随便被任何人拿捏成任何样子，也可以承受得了任何的挤压。工作上的事，管他呢，天塌下来有地接着，地不接也与自己无关。地球不是自己的，这个世界也不是自己的。所有的事情，该来的终究会来，不该来的无论如何也不会来，来了就要承受。至于结果如何，古人早就说过了，谋事在人，成事在天，不成就是天意。这样劝慰自己的时候，郑之渊的心里才稍稍好受一些。

但李刚和柳方鸣并没有找到刘敬天。他们去的时候，刘敬天已经被他的女婿领回家。非正常上访的销号问题，就更加无从说起。李刚和柳方鸣围着天安门广场走了一圈又一圈，连派出所的一个人影也没有看到。李刚感觉非常狼狈，这种事，只要领导交代了，办好了就是态度问题，办不好就是能力问题。李刚向来对自己是满意的，做任何事都能够按照领导意图，一丝不苟地完成。而这次，却不得不无功而返。更加可怕的是，刘敬天还在北京，说不定什么时候他还会到北京的某个地方，采取一些过激的举动。想到这里，李刚浑身起了一层鸡皮疙瘩。

李刚拿起电话，向郑之渊汇报事情的进展程度。话没说完，郑之渊就大发雷霆，在电话里吼道："这点事都办不好，如何向市里交代？你现在就待在那儿，什么时候处理完事什么时候回来。无论采取什么措施，都必须把刘敬天给我带回来，都必须把非正常上访的号销掉。你要告诉柳方鸣，刘敬天回不来，他代理支部书记的职务，立刻就给他免了。"有了这道死命令，李刚只能让市信访局的副局长先回，自己和柳方鸣留下来，继续软缠硬磨刘敬天。李刚找一个极便宜的小店，和司机一起三个人挤到一个房间里，住了下来。

李刚让柳方鸣打听刘敬天现在住在哪儿，柳方鸣嬉皮笑脸地把手伸过来："李书记，给我你的电话使使。"

"你不是有手机吗？"李刚不高兴地问道。

"我的手机没钱了。昨天刚充了五十块钱，一上午就花光了。这狗日的电话费，就是不耐用。"柳方鸣为自己的小聪明找着借口。

"我也是自费的，你长话短说啊，不要啰啰起来没完没了。"李刚把手机递给他。

"你们当领导的，哪有自己报销电话费的，别糊弄咱老百姓了。"柳方鸣打听了刘敬天在仙鹤村辈分比较近的几个近门儿，终于找到了刘敬天的女婿在北京的家庭电话。柳方鸣打过去，接电话的正是刘敬天。

"叔，俺亲叔，可找到你了，你可把咱害惨了。咱大老远的来了，住在这样一个破马车店，你也不来请爷们儿吃一顿，咱大小也是村里的书记嘛。你还躲着，来了个小鬼不见面，多大点事啊？不就是你的组织关系问题吗？咱乡里的李书记也来了，咱们明天见个面，谈谈咋样？"柳方鸣的好处是嘴巴甜，说话受听。

"哟，方鸣，是你来的啊？你这么大的书记，我可不敢劳你大驾，我八抬大轿也不见得能请得动你啊。见面的事再说吧，你告诉李书记，不答应解决我的组织问题，我还会去上访，隔一天去一次。我在北京住，方便得很。"

刘敬天的口气有点生硬，让柳方鸣心里很不舒服。现在就是当官的害怕老百姓，就像猫怕老鼠，真是没了天理。"叔，俺亲叔，你可不能再去了，你再去俺这点小官就没了。你跟咱回村里，咱要是不给你解决，咱就是孙子。前提是你必须跟我们回去，然后咱再想办法。乡里的车也在这儿，我们一起走，反正也不用你花车票钱。你觉得怎么样？"

"你说了能算吗？你不也是靠上访才当上的官吗？你也知道，上访就是小访小解决，大访大解决，我就是拼了这条老命，也要为自己讨回一个公道。你给李书记说说，乡里如能给我一个明确的答复，我就跟你们回去，如果不能给我答复，我永远都不会走，直到解决好我的组织问题。"刘敬天的语气更加强硬，情绪似乎也开始激动起来，"凭什么发展了我的预备党员不能给我转正，组织上没有取消我预备党员资格的文件材料，我要求恢复组织关系有错吗？'文化大革命'中间的错误，都是历史错误，国家应该拨乱反正的都反正了，乡里有错误，为什么不能承认、改正？更别说一个小小的村支部。"

"那是那是，这事我马上给李书记汇报，一定给你一个明确的答复。"柳方鸣把电话挂掉，一脸的苦相。

手机的音量很大，刘敬天的话，李刚听了个一清二楚。但他知道，自己是无法马上给刘敬天答复的，他要请示郑书记。无论柳方鸣如何拍着胸脯向刘敬天发誓，李刚都无法明确承诺给他转正的任何问题。刘敬天是一个什么人物李刚知道，而为刘敬天转正面临的政策约束他也清楚，有些东西不是能不能办的问题，而是一个原则问题、大是大非问题。别说自己不敢给他答复，即使是郑书记，也未必敢应承他。

但让李刚惊奇的是，当他打电话给郑之渊的时候，郑之渊答应得非常爽快："告诉刘敬天，他的组织关系回来马上给他办理，让他立即转正，党龄从他预备期满后算起。但前提条件是马上回来，否则就再也不讨论他的组织问题。"

一个预备期四十年的预备党员，因为进京上访而解决了四十年的党龄问题，听起来多少让人感到不可思议。但事实就是这个样子，郑之渊在答复李刚的时候，他已经有了新的解决办法。郑之渊知道，刘敬天这种人物，是不能惹的，现在这个时候，用一些变通的办法解决他的组织问题，是寻求长久安宁的唯一出路。但他担心的还是仙鹤村的那些人，尤其是仙鹤村那些政治觉悟极高的党员们，他们会答应为刘敬天解决党龄问题吗？

柳方鸣回到村里，向邻居们炫耀着自己住在京城里的光荣："除了乡里专门派车派人去接、好吃好喝侍候着之外，咱还在京城找到了农村人在京城的自尊，你信不信？连厕所都是那样干净，哪像农村人的猪舍厕所，既喂猪又拉屎，一点卫生也不讲，城里人擦脸盆的抹布都比农村人洗脸的毛巾白。"看着别人对他的话理也不理，柳方鸣继续吹嘘，"我每次都是故意在北京人的后头去厕所，咱就是想用咱农村人的尿压住北京人的尿，让城里人永远在农村人的尿下面。那个时候，咱想起了一句话，叫什么你知道吗？叫打倒在地再踏上一只脚，那感觉真好,就和干了北京的女人一样痛快。我小便也要坐在大便盆上,这样尿起来就是舒坦,管他尿滴不尿滴,什么时候滴完什么时候算事,咱有的是时间。然后把冲水马桶弄得很响,一次小便要冲两遍,我就是想要浪费他们的水,也让咱的尿在京城里流得更远,流到旮旮旯旯。现在的北京城已经有了咱尿的味道,那感觉就像是北京的大街小巷都长满了咱仙鹤村的庄稼,有了咱仙鹤村的子孙后代,啧啧!你知道我当时想起什么?我想起了咱村的大尿脖,他尿脖再大,能有咱的尿金贵?咱的尿可是流在了京城的下水道里呢。"

"小心大尿脖听到,弄不好他会揍扁你。"有人这样说,柳方鸣便哑口无言了。

2

野艾的清香味道弥漫在端午清晨的每个角落。

家庭主妇们一大早就起床,先是把野艾插到门楣上,然后再折几棵放到锅里煮鸡蛋。有愿意闻野艾味道的人,大把大把地把野艾放到炉膛里,烟雾里便开始散发出淡淡的青涩,让人禁不住地翕动鼻子,不停闻着。孩子的床头放上了滚烫的鸡蛋,慈祥的母亲等鸡蛋稍微降一些温度之后,把鸡蛋轻轻地按在孩子的眼皮上,据说这样可以预防孩子得眼病。

这是北方人过端午的习惯,仅仅是一大早吃几个野艾煮的鸡蛋,没有粽子,因为他们不太愿意吃大米,更不会包粽子。只是近些年才有南方的米运到北方,也有更多的人学会了包粽子,城里的街道上开始有了粽子的叫卖声。而在仙鹤村,能够吃粽子的,前几年还是一种时髦。现在生活条件好了,吃粽子的人也越来越多,几天前就有人从城里的超市里买回现成的粽子,只等今天热着吃。

孙维下早晨醒来的第一件事,就是想弄明白人们为什么要过端午节。他看到房顶上有一只蜘蛛在爬,喜蛛喜蛛,蜘蛛总是与喜事相连。那么这个喜事,是否就是过端午呢?端午这个事,看起来与喜蛛无关,来由也不见得简单。孙维下以为仙鹤村没有人会知道,他们只知道这是祖上传下来的习惯。孙维下就这样胡乱想着,南方人过端午是为了纪念诗人屈原,这样说来,端午在北方便成了舶来品。那么北方人为什么要吃野艾煮的鸡蛋呢,孙维下还真的没有听说过。他忽然感觉自己有些浅薄，曾经以为自己懂得不少，现在看来需要学的东西还真不少呢。怪不得人们常说，要活到老学到老呢。

但对其他事，孙维下还是觉得自己学问不浅，比如村里的事。柳恒稳下台以后，柳方鸣被任命为支部书记，但柳方鸣对村里的事并没有多少经验，要指望他出力，大事小情的都要靠他出点子呢，这样自己就成了仙鹤村实际意义上的一把手。再说了，他柳方鸣算什么东西？不过是乡里的一条狗罢了。柳方鸣是一个纯粹的傻瓜，只想着当支部书记的荣耀，却没有想到这个岗位，并不是谁都能干的。孙维下想，柳方鸣那点本事，和拾大粪的差不多，他哪一点也比不上自己，孙维下忽然就有些愤愤不平。但如果乡里真的让自己干，自己会干吗？孙维下自己问自己。不会，绝对不会。支部书记总是要换届，三年一届，选不上干瞪眼，乡里也可以说撤就撤了，村会计哪有乡里直接任命或者撤换的？况且，村会计还是有些油水的嘛。比如葛小窈，这个小骚狐狸，如果自己不是村会计，能挂拉上她吗？这些小油水，以前花到了安爱这个骚女人身上，现在又都花给了葛小窈。女人嘛，就得宠着，哄着，尤其是对葛小窈这种俏如天仙、心比天高的小娘们儿，就更得花钱养着。孙维下一直想弄明白，那些有亿万家财的富翁们，他们养小的是不是也得使用同样的手段？如果一样的话，那么天底下的女人就成了一样贪婪的德性了。只是现在有了点小麻烦，葛小窈的公公婆婆对他们之间的事有所觉察了，现在到他们家里去，看到的是一对冷猪脸。这两个老不死的，管的事也太多了，孙维下恨恨地想。

昨天葛小窈让孙维下陪着进了趟城，买回了好多粽子，葛小窈愿意吃。她说喜欢那种甜甜的、黏黏的感觉，昨天在城里她就吃了不少。孙维下也破天荒地带回家一些。但自己的老婆脱不了土坷垃的命，死活不愿意吃，说吃不惯。好说歹劝地算是吃了一个，剩下的都留给了孙维下。

孙维下刚出家门，就听到村里的大喇叭打开的声音，接着就听到柳方鸣扯着嗓子喊："维下同志，请马上到村里来。维下同志，请马上到村里来。"

柳方鸣有些烧包，自从当上支部书记，每天都要在喇叭上喊几声，有事没事地胡显摆。以前这大喇叭是一种权力的象征，只有当上支部书记的人，才能在这大喇叭上喊话、下通知。一些小村的支部书记，为了图方便，把大喇叭的扩音机放到自己家里，有的放在床头上，随时训话骂人。黄店村的支部书记黄成洲，晚上骂完人忘记关电源开关,和老婆亲热的声音让全村人听了个一清二楚。他老婆哼哼唧唧,一会儿让他往东南角使劲儿,一会儿又往西北角使劲,在仙鹤乡成了流行经典。

柳方鸣十分看重大喇叭的权力象征意义,有事没事地打开喇叭乱叫唤。现在人人都有手机了,打个电话多方便,非得让村里人都得听他的狼嚎。上次他就告诉柳方鸣,有事打手机。柳方鸣老先生说得很直接,手机花自己的钱,大喇叭的电费花公家的钱,谁不会算账啊。但柳方鸣自从当上支部书记,手机从来没有花过自己的钱,都是把话费单子扔给孙维下就完事。以前柳恒稳没有让村里报销过手机费,一是村里经济不宽裕,再就是一个月也没有多少钱,值不当的。柳恒稳曾经因为村干部的手机费专门开过支部会,定了一个谁的手机费都不报销的规定,现在却让柳方鸣破坏了。所以在这一点上,孙维下很不赞成柳方鸣,就是小家子气。如果这样下去,柳方鸣是干不长的。

路上到处是晒着的麦子,有的用木头棍子挡着,有的用石头挡着,为的是不要让来往的车辆轧了麦粒。现在的水泥路就是好,这种毒辣辣的日头,有两天时间麦子就能全干了。孙维下想起八五年,麦收季节遇到了连阴天,二十多天的阴雨,见不到太阳的一点影子。有的麦子在地里没有收起来,麦粒在麦穗上就发了芽;也有的收起来堆在场院里,焐的烂的发芽的,霉烂的味道四处弥漫;有的已经打完了场,脱出的麦粒用塑料纸盖着,眼看着麦芽一点点生长出来,如同看着衣服里的那些白白的虮子变成虱子然后在皮肤间到处乱咬,真让人心疼啊。那年全村人吃了一年的黑霉面,脸色也到处是发霉的颜色。因为雨水太多,街上到处是黑得发亮的水牛,那是雨天最肆虐的昆虫了,好多人都捉来了用油炸了吃。那东西可真香啊,孙维下这样想的时候,嘴里都似乎流出了口水。现在有了收割机,不再是一刀一镰地死啃硬砸,麦收的时间从原来的一个多月缩短到只有几天时间,应该再也不会有那样的年月了吧。社会进步了,托的是党和政府的福,孙维下觉得,老百姓应该感谢党和政府才对。听党的话,跟党走,绝对错不了。只是,柳方鸣这种人物,也能代表党吗?尖嘴猴腮的,成不了大气候。

柳方鸣让孙维下到村里来,是想商量刘敬天的事。

从北京回来以后,郑之渊专门把柳方鸣叫到办公室,让柳方鸣无论如何要把刘敬天的事处理好,处理不明白,柳方鸣就地免职。柳方鸣大气不敢喘,他知道党委书记的话绝对不能有任何反驳，只能照办。柳方鸣回来后就开始给不少党员打招呼，让他们高抬贵手，给刘敬天一个机会，也算是支持他柳方鸣一把。昨天晚上支部召集村里的八十多个党员开会，但没有想到，只有不到十个人同意为刘敬天转正，其他人全都画了反对票。刘敬天一直坐在村办公室里等着，结果出来后，一句话也没有说，铁青着脸，灰溜溜地走了。所以今天五点多刘敬天就给柳方鸣打电话，如果三天之内解决不了他的组织关系，他还要去北京上访。柳方鸣知道上访的厉害，他打电话给郑之渊汇报投票情况，没等柳方鸣说完，郑之渊就打断了他："刘敬天的事办不好，不要再打电话。结果如何党委不想听，只要刘敬天不再上访，至于你怎么办，党委不管。"柳方鸣真的体会到了什么叫做老鼠钻进风箱里，两头受气还真他娘的不是滋味。刘敬天这个狗日的，自己在仙鹤村做了那么多坏事，还从来不服软，不知道给党员同志说几句好话，醉死不认那壶酒钱，真他奶奶的不是东西。柳方鸣没辙了，想了许多办法，能不能不通过党员大会，直接把支部的意见报上去，同意让他转正呢？柳方鸣给组织室汇报了，组织室不同意，非得要党员投票结果。但这种结果，怎么能上报呢？上报了是要挨熊的。

"其实这种结果也正常，你刚上来，有些人是想给你一个下马威，就是不想让你把事儿办成。"孙维下说。

柳方鸣点了点头："是啊，仙鹤村的水向来很深，浑得像坑里的泥巴水，不容易蹚的。就咱这觉悟，这事还这么难办。"

"我前天就看见孙思良和柳卫党到不少党员家里去，我专门问了问，说是他们在做反面工作，不让党员给刘敬天投赞成票。其实我觉得可以走另一条路，如果我们俩拿着征求意见书，分头到党员家里让他们签字，乡里乡亲的，谁好意思不签呢？刘敬天也快入土的人了，谁还能老是翻那些陈年旧账呢。再说，如果咱俩替他跑，不看僧面看佛面，有谁能不给咱俩面子呢？"孙维下给柳方鸣出着主意。其实这个主意孙维下早就想到了，就是不给柳方鸣说。柳方鸣还开什么党员大会，孙维下知道根本不可能通过，包括他自己也投了反对票。孙维下也想挫挫柳方鸣的锐气，不要老是感觉自己就是支部书记，权力地位有多高，如果不把其他干部放在眼里，唯我独尊的话，随便给他出几道难题，他吃不了就得兜着走。只是孙维下并不想把事情做过头，他不想让乡里把柳方鸣撤掉，因为只要柳方鸣干着，他孙维下就可以当幕后的慈禧，掌着实权，做着自己想做的事。如果其他人干，不管是孙思良还是柳卫党，他们都不会和自己一心的，只有柳方鸣，大部分时间就是这样没心没肺，死指望着他，是可以控制的。自己和柳方鸣，大概就是人们所说的一条绳上的蚂蚱，所谓唇齿相依或者狼狈为奸，都应该讲的是这个意思吧。想起狼狈为奸这个词，孙维下自己在心里暗自笑了，他明白这个词不应该用到自己身上。但人的脑子就是这样，瞬间的胡乱记忆，什么都可能想起来。

柳方鸣觉得孙维下的办法是个好办法。这个家伙的脑子就是好使，这个狗日的，柳方鸣在心里骂道。他看着孙维下有些得意的脸，问道："是不是也让颜亭好和安爱她们一起跑跑？"

"你以为她们会给你跑啊？她们对刘敬天本来就没有什么好看法。再说了，她们都是柳恒稳的人，能为你出力？"孙维下说。

"不出力就免了她们。"柳方鸣张口就说。

孙维下哼了两声，笑得让柳方鸣心里发虚："你还真没有那个本事。你免了她们，你也就别想干了。你以为你是乡党委书记啊？说免谁免谁。"

柳方鸣嘿嘿地笑着，"我不过是说着玩的。"他想起孙维下和安爱有一腿，还故意把她说成柳恒稳的人，真是此地无银三百两啊！

"这种话不是随随便便就能说着玩的，要不然让别人听说了，你就有麻烦了。"

"嗨，说着玩就是说着玩，管天管地还管得了别人屙屎放屁啊。"

"你那是屙屎还是放屁啊？"孙维下反问道，弄得柳方鸣不知如何回答。

"不说了不说了，咱还得办咱的正经事吧。你起草个征求意见表，咱俩分头跑去。"

"办成了你得奖励奖励我。"孙维下说。

"我拿什么奖励你，钱都在你那儿，还不都是你的？"柳方鸣站起身。

"你可别没数了，村里哪还有钱？你上来一分钱都没有弄到。忙完这个事，你得想法弄点钱。"

"你以为我是开银行的啊，我到哪儿弄钱去啊？前几天去北京，乡里让咱出的钱，发票都在我手里，我还找不到地方报销呢。"

"我给你说个出钱的路子，把忠字礼堂拆了，乡里给个十万八万的，够咱们花上三年五年的。"孙维下试探着柳方鸣。

"这事你别乱说,那是一个马蜂窝,谁敢捅啊?"

"你怕什么,谁还能把你吃了?拆就是。"

"柳恒稳干着的时候,你怎么不敢说拆,我上来了你就让我拆,是不是想祸害我啊?"

"柳恒稳干着谁也不敢说拆啊,谁说他会跟谁拼命。村里人都说,那是他家的老宅子,谁敢拆别人家的房子?当时你应该站出来说拆,那样乡里会真正信任你,依靠你。你动动脑子,乡里让你干,其实就是想让你拆忠字礼堂的,不管你承认不承认,你自己也想拆。"

"我可从来没有说过啊。"

孙维下笑着摇了摇头:"人啊,不能老是把自己当成诸葛,把别人当成阿斗。都是肉体凡胎,谁比谁能多几个心眼子啊。"

柳方鸣递一支烟给孙维下:"老哥,村里说咱俩是穿一条裤子的,我觉得这话没错。我现在虽然是书记,可好多事还是要依靠你。等以后真的有了钱,就咱这觉悟,绝对不会亏待你的。"

孙维下接过烟,眼眯成一条线。孙维下知道柳方鸣说的是真心话,满脸的笑意:"彼此彼此嘛。好了,我去划拉划拉那个征求意见书,几行字还不就行啊?"

"行,越简单越好。"柳方鸣答道,"还有,拆礼堂的事,咱谁都不能对外说,说多了要出大事的。咱要悄悄地干。"

"我怎么感觉你像是特务似的。"孙维下说。

"维下维下,你等等。"孙维下刚要出门,就又被柳方鸣叫住。

"怎么了?"孙维下问。

柳方鸣使劲笑了笑,有些别扭地挠着头皮:"维下,我想打听你个事。你说男人吃什么才能补肾啊?我那家伙什儿最近不太管用了。"

孙维下哈哈大笑起来:"这事啊,好说,老百姓不是说吃什么补什么嘛,就吃猪狗牛羊的那家伙。吃菜呢,吃往上长的,比如韭菜辣椒,不能吃丝瓜子,这是往下长的。不过,我觉得,只要是模样像那个东西的,都管用,吃了就硬得当当响。"

"可别了,也不能像那个东西就管用啊,咱才不信呢。蒸馒头的时候把面也捏成那个样子，也管？真要管，我成堆成堆地捏。"柳方鸣也开着玩笑。

"让我给你出个主意啊，很简单，两条：一是换个口味试试，老婆总是看着别人的好，别老逮着自己家里的撼。这第二条嘛，就是你别老是天天找蚂蚁窝尿尿，你也老大不小了，让那些小媳妇小娘们看着没正形。再说了，现在村里的蚂蚁少了，都是被你的尿淹死的，这可是灭绝生灵的伤天害理之事。"

"我就是愿意找蚂蚁窝撒尿，你说奇怪不？对着蚂蚁窝尿尿的时候，我感觉老二硬邦，和干事一样舒坦。"柳方鸣说。

"呵呵，那我可就不管了，你愿意舒坦舒坦去吧，我先走了。"孙维下推门出去。

柳方鸣看着孙维下的背影，想：这家伙的老二会有多长呢？他这么大年纪了，怎么还那么壮呢？他用的是什么法子，让年轻的葛小窈死心塌地跟他好呢？

3

铁嘴柳恒声十天前就躺在儿子正房里了。他从自己家里抱来一床又脏又旧的破棉被，铺到儿子堂屋的正中间，谁劝也不走，谁拉也不走，儿媳妇许大牙再怎么骂，柳恒声就是一声不吭。即使许大牙拿着毛巾、树条使劲地抽柳恒声几下，他也只是做做躲开的样子，身子却并没有挪开半步。

柳恒声已经说不出话了，从两个月前到医院检查以后，柳恒声一下子就没有了精神，连骂人的劲儿都没有了。公公儿媳在街上大骂之后的第二天，柳恒声真的找到了许大牙的娘家，给女亲家把前前后后都说了。女亲家出于对自己的家风门风考虑，一边数落着自己的女儿不懂事，一边向柳恒声赔着不是："这孩子从小娇惯坏了，这么没大没小的。无论什么情况也不能和公公对着骂啊，那不明摆着让亲戚邻人的看笑话吗？"这话柳恒声爱听，他觉得亲家是明事理的，便骑上车子回来了。女亲家看到柳恒声心里就发怵，虽然她并不信铁嘴的话，他的嘴臭、爱骂人，是十里八乡都知道的。但女亲家更怕铁嘴在自己家里也骂人，这种没轻没重的破裤腰，真要往街上一站骂上一阵子，那样就更丢人了。所以亲家真的到闺女家来了，把许大牙数落了一通，也算是给柳恒声下了台阶。老母亲都来了，许大牙没再撒泼，嘿嘿笑过算是道了歉，然后给了柳恒声二百块钱，让他到城里去看病,并且还破天荒地让柳方九陪着。但在临走之前,许大牙把柳方九身上翻了个遍。其实二百块钱现在能干什么?进了医院一眨眼的工夫就没了。多亏铁嘴自己身上还带着一些钱,勉强把医生给开的那些项目检查完,花了六百多。爷俩回来,都哭丧着脸。医生给铁嘴说是慢性咽炎,要住院,打一段时间的针,但爷俩儿身上没有了打针的钱,连买药的钱都没有了,更别说住院了。儿子柳方九知道老爹快死了,是喉癌,撑不了几个月。不管老爹和媳妇有多少过节,但毕竟是自己的亲生父亲,只要有希望还要给老爹治啊。

柳方九问医生:"还能治吗?"

医生头也没抬,一副将别人的生死置之度外的模样:"已经是晚期了,不用考虑动手术或者其他任何的治疗手段了。打点针,吃点好东西,维持维持营养,能多活一天就是一天的福气。"

这算什么福气?柳方九心里想,多活一天不是多受一天的罪吗?到最后连一口水都咽不下去的时候,那不是更受罪吗?眼睁睁看着东西吃不下活活饿死,这滋味肯定不好受。

柳恒声看见医生把儿子一个人叫到外面说了好多话,尤其是儿子哭丧着脸,让柳恒声似乎感觉到了什么。方九这孩子实诚,有事心里瞒不住,大事小事,都在脸上摆着。所以从医院回来后,柳恒声再也没有提过去住院的事。儿媳妇不是善茬儿,但儿子是好儿子,柳恒声心里明白着呢。虽然方九一个劲儿地说没事,他越说越让柳恒声心里没底,就更不敢再去医院复查。柳恒声心里还存在侥幸,万一医生看错了呢?看错了自己还有盼头,一旦确诊为癌症了,就没有任何希望了。管他呢,能吃能喝的时候就多吃一点多喝一点,不能吃不能喝的时候想吃也不行了,柳恒声这样劝自己。

从医院回来后,柳恒声的病情越发重了。柳方九没有告诉任何人爹得的是喉癌,包括自己的母亲。后来终于忍不住,悄悄告诉了许大牙。没想到这个死婆娘高兴地跳了起来,说:"那俺得喝两盅庆贺庆贺,骂人骂得嗓子眼儿长疮,这就是报应。"

"真他娘的不是东西。"柳方九骂。

柳恒声开始天天到儿子家里要肉吃,要酒喝。喝酒的时候,嗓子呛得生疼,但他还是要喝,喝一顿少一顿。儿子好歹给买过两次,此后就再也没有买过。许大牙的嘴臭，簸箕嘴，兜不住事，柳恒声得喉癌的消息不到一上午，村里人就都知道了。许多人看柳恒声的眼光就有些怪怪的，还有人好心地劝柳恒声凡事要想开些，能吃多吃些，想吃点什么就买什么，不要心疼钱，钱生不带来死不带去，留下再多都不一定给谁花。这些话听着是好话，却让柳恒声气不打一处来，他只想骂，骂老天不长眼好人不能长寿，骂儿女不孝顺对他的病不管不问，骂世道不公平为什么只有他一个人得这种毛病。铁嘴什么都想骂，可现在铁嘴不铁了，成了纸糊的，嗓子一说话就疼，骂人就更不行了，只好干瞪着咸鱼眼一个人生闷气。

从上个星期，柳恒声就感觉自己快不行了。他已经吃不下任何东西，只能喝一点点汤水，还得是不冷不热的那种，热了嗓子火辣辣地疼，凉了胃里不舒服。古话说，阴来阴去下大雨，病来病去病死人，柳恒声知道自己就要死了。他多想能天天喝上一包奶啊，甜甜的，嗓子眼儿舒服，也有营养。但他柳恒声没有这个福气，他没有钱买奶了。自从查出病，柳恒声把自己养的羊全卖了，他想临死也要吃点好东西，不能做饿死鬼。柳恒声把那些钱数来数去，一块一毛地省着花，还是不行，越花越少，眼看着一分钱都没了。柳恒声现在喝的那些鲜奶，都是掺了凉开水的，奶香的味道淡了，但仍然香得很，就像自己年轻时最爱吃的红烧肉，怎么做怎么好吃。半个月过去，这种掺水的奶，柳恒声也喝不上了，他花光了自己这些年攒下的所有的钱。柳恒声想让儿子给买，可儿子一分钱的家也不当，身上从来都是不带一分钱，给儿媳要，她根本就不理这个茬。柳恒声急了，抱着被子住到了儿子家里。其实，柳恒声不想走这一步，他不想临死还惹人嫌，偏偏许大牙没有人性，到现在还是对他那样恶毒，他只好如此了。自从搬进儿子家，柳恒声就没有再打算离开，即使死也要死在儿子家里，因为这处院落还是他为他们盖的。盖好房子儿子儿媳就搬过来住，他和老婆子住在头顶露瓦的旧房子里，一天都没有在这个新房子里住过。自己一辈子就盖了这一处院子，怎么就不能占用一下呢？临死了住上几天，黄泉路上也能挺直腰杆，唱上几嗓子。

柳恒声渐渐说不出话，他心有不甘。儿媳不给他钱买吃的，他也不能让她好受。柳恒声拿过洗脸盆，找了一截钢筋，只要许大牙在家，就开始敲脸盆，一边敲一边浑身哆嗦。刚开始的时候，许大牙还时不时地过来骂几句，或者踹柳恒声一脚，时间长了，也便习惯了柳恒声越来越小的敲打声。直到某一天，柳恒声失去了敲打脸盆的兴趣。

柳恒声每天就睡在堂屋里，一床被子既铺又盖。地板又硬又冷，但他不在乎。年轻时什么罪没有受过？这点罪算不了什么。况且他就是想死在这个堂屋里，老子死在儿子屋里，这是天经地义的，他就是要占这个地儿。但老婆子心疼了，哭着拉他走，柳恒声就是不走。他看见老婆子的泪像断了线的珠子，她用自己树枝样的巴掌扇自己的脸，说怎么生了个这样没良心的儿，眼看着自己的亲爹活受罪。老婆子也要陪着老头子睡在地板上，但柳恒声不愿意，她便半躺半坐在沙发上，看着老头子在疼痛中翻来覆去。柳恒声每次抬头，都能看见泪水流在老太婆的脸上，冲出了深深的一道沟。

柳恒声想闺女了，那是她唯一的闺女，菊儿。这个性格和自己一样倔强的傻闺女，已经有十年没来看她爹了，她一定还在记恨他吧。柳恒声这一辈子就骂过女儿两次，一次是她不听家里的话，拼了命也要嫁给龟山村的小年轻郭怀远。柳恒声看不惯那个小青年，长长的头发，流里流气的，柳恒声骂了女儿，女儿五年没有回娘家。第二次就是十年前，女婿因为打架把别人打残被抓进去待了三年，女儿回来想借点钱送点礼，让公家少判几年，柳恒声又骂了女儿。这一次柳恒声是真的伤了女儿的心，后来他又让老婆子把钱送去，女儿一分不少地又让人给捎了回来。从那以后，女儿又是十年没有回家了。柳恒声拗不过这个面子，不回来就不回来，大不了就当没有这个女儿。可他的心却一直像是有谁的手攥紧了似的，天天如此，越攥越疼，攥得他梦里梦外不得安生。女儿哪知道当爹的心啊，柳恒声想让女儿好，想让女儿给家里长脸。可她就是不往好路上走，日子过得紧巴不说，自己相中的那个男人对她也不好，不是打就是骂。人啊，各有各命，别人的命怎样与自己无关，可菊儿是自己的闺女。柳恒声真心希望女儿一切都好，命好，过得也好。

可自己这是什么命啊，是狗命，是驴命，还是猪命？受这种罪，真他娘的什么命也不是啊，甚至还不如那些畜生的命好，柳恒声这样骂着自己。如果有下一辈子，一定托生到一个富人家，有吃有喝，没有心事，多好。

要命的疼，柳恒声感觉活着还真不如死了的好。俗话说，鬼怕托生人怕死，好死不如赖活着。可如今，连赖也没法赖了。柳恒声抬头看了看老婆子，她倚在沙发背上睡着了。柳恒声自言自语道："你这个苦命的老妈子，跟着我受了几十年的苦了，以后也不知怎样，儿子是不是也像对待我一样对待你？我这张破嘴，没能给你带来福气，只招来骂名，你都替我忍下了，我都记着呢。我真想和你一起走啊，离开这个世界。可你的身体还好好的，一定会有好日子过的。我到阴间等你，也在阴间看着你，如果你吃苦受罪，我会在每天夜里来看你。"说到这里，柳恒声不觉老泪纵横。

柳恒声悄悄起身，推开门，他尽量小心，他怕开门的声音惊醒了老婆子，惊醒了儿子儿媳。外面的月光真好啊，有些瘆人的亮。月亮的周围那些飞来飞去的云彩，多像人的命啊，谁也不知道会飘落何方。几天前柳恒声就想自己应该什么时候死，怎么个死法最好。这几天他已经想好了，就上吊死。虽然死后的模样有些吓人，老百姓常说吊死鬼吊死鬼的，长长的舌头青紫的脸，没点儿好样，但上吊的人是受不了多少苦的。柳恒声看见过好多大个子的人，即使在很矮的门栓上，即使是一根鞋带也一样能吊死人，说明这个人确实该死了，就像自己。虽然死得并不体面，但不受罪，也很好。这样想着的时候，柳恒声解下自己的粗布腰带，一头搭在院子里那棵老榆树的树杈上，一头紧紧地系成一个疙瘩，然后把头伸进那个小小的套里。柳恒声想给儿子说，方九，我没占你的堂屋，不想给你晦气，你好好过日子吧。柳恒声抬头看月亮，心里有些犯嘀咕，有这样好看的月亮，天底下的人怎么就不能有好日子过？铁嘴柳恒声看见月亮中的嫦娥仙子向自己飞过来了，她舞着长长的袖子，真好看啊，那是天女下凡，有说不出的俊俏。

柳恒声的嘴角露出动人的微笑。

4

柳方鸣和孙维下不但没有把刘敬天入党转正的事办妥，还差点闹出人命。孙思良和柳卫党跟着他们俩，他们到谁家就跟到谁家，谁想签字就吓唬谁，孙维下和柳方鸣竟然一家都没有签成。在走到颜景观家的时候，柳方鸣见孙思良还跟着，被惹急了，抄起一把铁锨砸向孙思良。孙思良真的像一条机敏的狗，迅速躲开，接着就是反扑，他弯腰抓起脚下的一块砖，猛地拍到柳方鸣头上。砖头一断两截，柳方鸣被打晕，倒了下去，头上鲜血直流。孙思良见状，装出一副若无其事的样子，嘴里一边骂着，一边一步一回头地看着倒下去的柳方鸣，待他出了颜景观家的大门，拔腿就跑。

柳方鸣好久才从昏迷中醒来，颜景观把他送到了乡卫生院，陪着他进行了包扎。

柳方鸣被砸的消息传到乡党委书记郑之渊那儿，气得他连跺脚加咬牙。对柳方鸣，郑之渊本就是死马当作活马医，原想可以利用柳方鸣的势利之心，试试他的能量，让他为党委出点力。这样一来，一切都将化为泡影，郑之渊不得不重新考虑为仙鹤村选配支部书记的问题。可现在，仙鹤村的局面越来越混乱，孙思良公开对柳方鸣进行人身攻击，说不定谁干他就会和谁对着干，有这个不要命的家伙在村里，谁还有这个胆量当这个支部书记呢？所以，郑之渊安排派出所马上出警，把孙思良按故意伤害罪办了。但派出所去了以后，没有找到人，孙思良早不知道跑到什么地方去了。郑之渊知道柳方鸣的性格，怕吃亏怕挨揍，有这一出，他再也不敢出来工作了，仙鹤村的工作将再次陷入停顿。不但刘敬天的事没有处理好，忠字礼堂的拆除更成了问题。

柳方鸣从医院打来电话："郑……郑……郑书记，俺……俺……呜呜……这个支部书记，俺干不了，不干了，让孙思良喊我爹俺也不能再当了。"然后郑之渊就听到了柳方鸣的哽咽声，"郑书记，你得给俺做主，俺这是为了公家的事，绝对不能吃这个气。"

郑之渊听着就想笑："看你那个熊样吧，多大点事啊？一个大老爷们儿，要拿得起放得下，吃得起蟹子当得了王八。这事你放心，党委会替你做主，这事不会就这样过去的。"

郑之渊把派出所所长朱向前叫到自己办公室，安排抓孙思良的事。朱向前说："孙思良这家伙，真正的狗鼻子，闻到一点味就跑，这会儿早不知道跑哪儿去了。"

"他跑得了和尚跑不了庙，他老婆孩子在家，他还能跑多远？从现在开始，你们派出所天天到他家里去抓他，抓不到不要紧，只要一进村就把警笛拉起来，让老百姓知道乡里要抓孙思良。"郑之渊说。

朱向前点头称是，心里却一直在打鼓。这种事，也只能是走走过场，如果真办起来，无论从程序上还是从伤害的程度上，都比较困难，毕竟没有造成大的伤害，并且柳方鸣被打了以后没有人报案，从程序上市局就通不过。柳方鸣也真是狗熊一个，听说乡里真要抓孙思良了，还专门让家属到乡派出所，说他的头不是孙思良砸的，是自己不小心摔的。自古就是民不告官不究，所以这案子根本没法办。但不管怎样，书记的话还是要听的，所以朱向前还是按照郑之渊的要求，天天到仙鹤村，拉着警笛转一圈就走。从现实的情况看，乡镇派出所的角色定位非常微妙，在一些需要派出所出人出力的事情上，派出所可以听党委的，也可以不听，毕竟是上挂单位，尤其是一些麻烦事，尽量还是不能沾边，沾上就是麻烦。现在上下都要求文明执法、严格执法，执法首先不能犯法吧，谁愿意因为工作上的事给自己惹头疼呢？多一事不如少一事。但派出所又不能完全不听党委的，毕竟还要从乡里伸手要钱。各个乡镇派出所的经费都很紧张，市局每年根本不拨一分钱，要全部靠派出所自己划拉。经济条件好一点的乡镇还行，有各种各样大小不一的企业，在哪儿都可以弄到钱，但在一些企业少、经济条件不好的乡镇，连吃顿饭喝场酒的钱都难弄。以前可以靠各种各样的罚款补充，公家的私人的，连哄带骗，只要弄到钱谁管是什么来路？现在一切都变了，罚款要有依据，要开具发票。如果真的依法依规，一个小小的派出所，哪有那么多合法合规的罚款项目啊？也就是派出所的人一张黑脸一身黑衣，打点擦边球，多少弄点酒钱，勉强过日子。

  回忆起以前给党委当打手的日子，朱向前想都不敢想：计划生育要参与，找计划生育对象，收缴计划生育罚款，有钱收钱没钱收粮没粮扒屋，女人跑了抓男人，儿媳跑了找公婆；收桑蚕茧要参与，绝对不能让本地的桑蚕卖到外地，因为上级要保护自己本地的丝绸公司，前几年有一个派出所所长和外县收蚕茧的动了手，还开了枪，受了纪委处分；收提留要参与，乡镇驻地管理和建设也要参与，派出所没有不干的活，没抓几个坏人，倒是自己先成了老百姓眼中的坏人。老百姓有句话，过去土匪在深山，现在土匪在公安，如果追根溯源的话，根子都在这些事上。朱向前是全市所有派出所所长里面年龄最大的了，在乡镇工作也有十年了，再混上年把儿半年的，就该回城了，即使弄不了个副局级，也会弄个好差使，自己何苦再给自己惹不素净呢？朱向前总这样劝自己。所以，对乡里安排的事情，朱向前一直很慎重，能做的做，不能做的不勉强，尽量少给自己惹麻烦。

  郑之渊知道朱向前会给自己耍滑头，对朱向前口头答应的事，并没抱太大的希望。郑之渊只是需要朱向前在仙鹤村制造一种声势，不要让孙思良这种恶人成了气候。郑之渊还想通过这件事，给柳恒稳制造一种压力，不能让他轻举妄动。但从推进工作的角度讲，郑之渊却更希望能让柳恒稳重新出山，执掌大局。郑之渊心里非常清楚，在目前的情形下，除柳恒稳之外，仙鹤村不可能再有任何一个人，能尽快把这种复杂的局面化繁为简，把这一个个让人头疼的事情处理好。唉，现在想想，如果不是车相渚的自作主张，把事情搞到这种局面，一切都还会在掌握之中。郑之渊再次让柳恒稳出山的念头如此强烈，燃烧着的烟头几乎烧到了他的手指，他都没有感觉到。只是现在，到底是谁，又怎样才能搬出这个老狐狸呢？郑之渊曾经想过要三顾茅庐，党委书记的脸，或许用不了三次，就能够解决问题。但问题是柳恒稳一直躲着，面都不露，手机停机，电话不通，袁成华捎话不到，柳恒稳如同人间蒸发一般。尤其是经历了这段时间的折腾，柳恒稳心里到底怎么想，根本无人知晓。郑之渊曾经与袁成华有过一次电话深谈，希望他从中周旋，让柳恒稳出来工作，但袁成华根本没有找到柳恒稳，这个以前有事就打电话找妹夫协商的舅子哥，似乎对自己的妹夫也充满了抵触和怀疑。如果长时间没有一个人主持大局，仙鹤村就真的完了，就会从此陷入混乱，以前隐藏的各种矛盾都会爆发，一切复杂的问题都可能接踵而来。想至此，郑之渊浑身一阵发冷。

请柳恒稳出山，或许成了最好，也是唯一的选择。郑之渊这样想。

郑之渊打电话让车相渚到自己办公室，把自己的想法给他说了。车相渚一脸苦相："没想到这个柳方鸣这么熊，官不会当，架也不会打，本事都在上访上。这算什么事啊！"

郑之渊笑了笑："这可是你选的好干部啊。柳方鸣和柳恒稳比起来，简直就是一个天上一个地下，让柳方鸣给柳恒稳提鞋，柳恒稳都不见得愿意。你给成华书记打个电话，让他把招商引资的工作先放一放，马上回来，做做他舅子哥的工作。现在请柳恒稳出山，比招商引资都重要了。如果他做不下工作来，你就和牛主席再去，你们请不出来，我就亲自去。我就不信这个柳恒稳就这么难请。"

"死狗托不上南墙去，也难说。真不行从乡里找个机关干部派下去。"车相渚又开始出主意。

"事情就这么难以让人相信，仙鹤村四千多号人，机关干部里除了几个女人，还真没有几个男同志是仙鹤村的，在市里工作的人倒是不少。教育上倒是有几个，但都是普通老师，一个个无嘴无心。唉，人到用时方恨少啊，现在只能死指望着柳恒稳出山，走一步看一步了。"

"那么其他人呢？柳恒稳的那些死党，孙思良或者柳卫党的，是不是也愿意当这个支部书记啊？"车相渚问郑之渊。

"你就别再想那些歪门左道了。这些人即使想当，有柳恒稳在那儿罩着，他们敢当吗？他们充其量只是柳恒稳的马前卒，做不了大事，更当不了、也不会当支部书记。这个支部书记啊，是好汉子不想干，赖汉子干不了的活，不是谁想干就能干的。现在的支部书记自我调侃的时候常说，支部书记算不上什么人物，但并不是什么人物都能当支部书记。这话我觉得一点儿都不假。"一个好的支部书记，在乡镇党委书记心目中的分量相当重，就是因为这个岗位确实太难选人了。郑之渊停了停，继续说："现在的支部书记，也难干得很，没有工资保证，没有任何好处，干的还都是些姥姥不喜舅不爱的活，靠脸干活，靠家族势力干活，也还得有点真本事，让群众信服。谁能混一个上下圆通、左右逢源，那是真本事。因为柳恒稳的事，全乡有不少支部书记给党委提意见，说党委太草率，卸磨杀驴，对这样的有功之臣，应该高看一眼厚爱一层，否则谁还愿意出这个牛力啊。再说了，没有功劳还有苦劳，哪个支部书记没有个把闪失，人无完人嘛，怎么说换就换呢？这支部书记的管理啊，也是一门学问，抽几鞭子，还要给点好处，给足面子，也还得不能让他们翘尾巴，有个度，这个度不是所有人都能把握好的。换人，是最后的招，是没法的法，一般不能使用。"郑之渊这话，很明显是在批评车相渚，他目光狠狠地扫了一眼车相渚，心里想，"也就你这种牛犊子，好端端的支部书记，说换就换了，真这样下去，全乡非乱了不可。"

"郑书记，你看，柳恒稳是我撤的，这事弄得我里外不是人，我知错了，你也大人大量，别和我计较。现在让我请袁书记回来做柳恒稳的工作，我怕袁书记有想法，怕他说我是黄鼠狼给鸡拜年，没安好心。再说了，柳恒稳也不愿意听我的，还是你说话有权威，是不是劳你的大驾，亲自给他打个电话，也显出你对这个事情的重视程度。"车相渚脸上透出为难的神色，一对小眼珠直盯着郑之渊的脸。

郑之渊看了车相渚一眼，心里暗自笑了。这是一只真正狡猾的狐狸，有责任往外推，而且推得不留痕迹。随口说出的一句话，都在说着别人的毛病和坏话，同样不留痕迹。他也同时通过这些话,向他表白着和袁成华的关系是多么疏远,但私下里他们却是拍着肩膀称兄道弟,甚至在数个酒桌上谋划过他做书记袁成华做乡长的政治格局。对这种传言,郑之渊只能装糊涂,不能太明显地发作和生气,但心里的火经常压不住,莫名其妙地发些脾气,让办公室里的人,或者让家里的人,受了气还不知道什么原因。郑之渊想起狼子野心这个词,用在车相渚身上再恰当不过了。

但从另一个方面讲,如果真的是车相渚当书记,袁成华给他当配角,倒也是一个不错的选择,一动一静,一个毛躁一个沉稳,应该算是一个绝配。想到这里的时候,郑之渊心里一阵收缩,或者这正是自己需要提防和担心的。不过话说过来,他们俩的搭配,也只是一种政治上的搭配而已,对工作是没有多少好处的。因为车相渚和袁成华都没有从事过经济一线的工作,没有抓好经济工作的思路、办法和手段,没有多少过硬的经济工作能力,是真正的空对空,都是纸上谈兵的将领。一个地方的发展,离开经济发展一切都可以免谈。如果一个乡镇班子不在做些经济工作上下工夫,而只在玩政治上动脑筋,这个地方就没有多少希望和前途了。

郑之渊发现自己想得远了。他端起水杯喝了口水,然后答应着:"那好吧,我给袁书记说。但你要时刻关注仙鹤村的情况,尤其在忠字礼堂的拆除问题上,你要负总责。对仙鹤村的其他情况,也必须在自己的掌握之内,尤其是信访稳定。出了问题,我们谁都担当不起。你刚来时间不长,基层的事、村一级的事,还应该多深入一些,扑下身子认真学一学,应该承担的责任就要像男人一样担当,并且要通过实实在在的工作,树立自己的形象和威信。"郑之渊话里有话,他想表达的话外音就是不能玩其他小把戏,玩相互拆台或者做一些损人不利己的事。郑之渊知道车相渚是明白人,应该能够听懂他的意思。稍一停顿,郑之渊继续说:"另外一个乡镇,曾经有一个从团机关派下来的镇长,年纪轻轻,天天研究从政之道,说起历史宦海沉浮,可以三天三夜不吃不喝。他认准了唯上路线,钱花了不少,最后因为违反财经纪律受到处分。起因是他从村里挪用了一笔钱,答应将来用一个土地整理项目补偿这个村,第二年他却把争取到的项目给了另一个村,惹恼了村支部书记。所以对村一级的干部,要真诚相待,不能有丝毫欺骗。一旦让支部书记感觉哪个领导人是在糊弄人,他们也会制造一些小动作进行恶意报复。支部书记常说一句话，都是十个心眼子，谁比谁聪明多少呢？任何人都不能把别人当猴耍，猴子的心眼子掉地上也能摔八瓣，这也是老百姓的大实话。"

车相渚脸上红一阵白一阵，他感觉郑之渊的这些话就像一条条的鞭子，抽打在他的后背上。

袁成华在接到郑之渊电话的第二天，就从南方回来了。在去给舅子哥谈话前，袁成华专门到郑之渊办公室，想听听他的意思。郑之渊讲的还是大路边上的那些道理，说："你们兄弟俩，都是党委的得力干将，这个时候，都应该为党委出力，不能推脱责任。尤其是仙鹤村现在出现这种混乱局面，是任何人都不愿意看到的。"

相对于这些空泛的道理，袁成华更想听到郑之渊对忠字礼堂拆除的态度，但郑之渊没有说，这也说明忠字礼堂还是要拆的。袁成华心里清楚，只要有这一条，柳恒稳出来工作的可能性就不大。袁成华知道舅子哥的脾气，他认准的理儿，谁也劝不动，但这话袁成华不能给郑之渊说。尽力而为吧，袁成华心里想。

事情进展如袁成华所料，舅子哥没有等他说明来意，一句话就把他挡了回来："如果回家来看看，我让你嫂子买瓶好酒咱俩喝，我也算是给你接风洗尘。如果是为了劝我出来工作，你现在就可以走了。"

袁成华觉得脸上有些挂不住，自己毕竟是乡里的副书记啊，他故意把杯子里的茶叶吹来吹去，大约有十几分钟的时间，说了声"走"，起身告辞。柳恒稳没有送他出来，只有邵秋之送出大门，看着他的车越走越远，才返回家里。

"你这人也真是，妹夫来了，怎么说话那么噎人啊。"邵秋之抱怨着男人。

"你一个妇道人家，懂什么？"柳恒稳训斥老婆，一脸的不高兴，吓得邵秋之不敢说话了。

不到半小时工夫，乡长车相渚和人大主席牛子儒就来到了柳恒稳的家里。车相渚的司机从车上搬下两箱酒，方便袋里还有两条烟，是时下普遍受欢迎的红塔山。柳恒稳起身，一边寒暄着，一边亲自用刚烧开的水泡上茶，然后用干净的纸巾用心地擦着豆绿茶碗。柳恒稳在泡茶之前，专门看了看车相渚和牛子儒是不是随身带了水杯，如果带，他就用不着自己泡茶，没带，就是另一种待客之礼。两个人都是空手来的，这让柳恒稳觉得他们还没有把自己当外人，还没有多少嫌弃。柳恒稳端详着手中的茶碗，这种茶碗虽然模样不济，但喝茶口感比较好。前一段时间柳恒稳曾经买来一套紫砂茶具，但又从电视看说是那种紫砂含铅高，便又弃之不用了。柳恒稳擦茶碗的动作很认真，很仔细，很专心。柳恒稳知道，乡镇干部的级别虽然不高，但能到一个支部书记家里，也算是一种荣耀了，如果能在家里吃上顿饭，那更是一种特别的感情，特别的光荣，会让村里的人羡慕和念叨好长时间。但柳恒稳今天并不准备留他们吃饭，因为自己知道他们为什么来，而自己又不能答应他们。酒是媒介，能拉近感情，喝场小酒，拍拍肩膀头，就什么事都解决了，这是不少乡镇干部和支部书记的工作方式。而这次对他柳恒稳不行，因为现在他遇到了自己的原则性问题，不能妥协，更不能随便吐口，如果答应了就会把自己置于一个非常难堪的境地。答应了就必须做好，做不好做不成就不能应承，这是柳恒稳的做事风格，也是他为人处世的原则。柳恒稳知道党委这次是动了真感情了，确实是想用他了。但此时，却是他最不能出来工作的时候。不说党委前期什么话不说就查他的账然后不了了之，也不说对他没有任何理由地说撤就撤然后用他最不喜欢的人当支部书记，单说目前的混乱局面，就让他不知如何继续工作。老百姓的心收起来难，放开了再收更难。比如有三提五统的时候，说几天交就能交上来，他们觉得那是天经地义的。取消了三提五统，再交一分钱都不行了，即使是对他们自己有利的事，比如让他们交上十块钱的医疗保险，也不知要做多少工作。现在的老百姓觉得一切都不应该了，只有领钱应该，交钱就成了加重农民负担。

"柳书记，我和牛主席受郑书记委托，过来看看你。好长时间没见到你了，怎么样，身体还好吧？"车相渚问柳恒稳，显得十分谦恭。

"谢谢郑书记、车乡长惦记，乡下人，土拨子的命，泼实着呢。"柳恒稳的声音似乎没有任何感情。

"你是村里的老支部书记了，当村干部有几十年了吧？"车相渚端起茶碗嘘了一口。柳恒稳专注地看着车乡长的动作，想看清他是否在意他的茶碗是不是干净。农村人有时就是这样，自己可以不干净，但不允许别人看不起他。柳恒稳知道自己已经把茶碗擦到消毒柜消毒的程度了，如果车乡长还不领情，他就再也不会给他倒一滴水。还好，车乡长毕竟嘘了一口。

"没有干好，给党委丢人了。"柳恒稳话里有话，让车相渚心里很不舒服。

"人非圣贤，孰能无过。"车相渚是搭话，也是话里有话。他停了有几分钟，然后才说："我和牛主席来，是想请您老哥继续担任支部书记的职务，村里的工作离不开你啊。"

柳恒稳一口气把烟抽到了一半，然后慢慢地把烟雾吐出。柳恒稳听见车相渚说着人非圣贤孰能无过的话，似乎是向他道歉的意思。但他还不能让这样几句话就把他打发了，显得他没有骨气，有坡就下了，好像他把支部书记这个职务看得多重似的。柳恒稳心里清楚，自己并不是非得当这个支部书记不可，而是赌一口气。几十年了，没有功劳也有苦劳啊，怎么这样不问是非曲直，甚至没有组织一句话，说不让干就不让干了呢？没有选拔程序，没有考察程序，更没有组织谈话，一切都是口头表达，这符合组织原则吗？这些话柳恒稳一直压在心里，从来没有给任何人说过，他今天也不想说。不说各个方面都能讲得过去，农村嘛，不按程序的事不是太多了吗，说了反而像是他鼠肚鸡肠，过于看重这个职务。

心里想着的，是不愿意让人看到的，这应该是所有人的共性吧。

"这个世道，哪有什么离得开离不开，地球离谁都一样转。我一介草民，就是地里的一块坷垃，年景好了长根草，年景不好连根草也不长，没什么大不了的。再说，我已经这么一大把年纪了，跟不上趟了，再干只能是耽误党委安排的工作。所以支部书记这个职务，我是坚决不干了。辛辛苦苦几十年，没有给党委帮上忙，临退了更不能给党委添乱。"

车相渚听出了柳恒稳的抱怨，心里想：你这个死老头子，竟然还记仇呢。如果不是因为村里乱成了一团麻，只有你才能收拾得了，我才不来这样低三下四地给这个狗东西说这些好话呢。

"组织上很信任你，郑书记也对你很器重。俗话说，士为知己者死，越是在目前这种局面下，越能看出一个人的素质、水平和能力。你也是老支部书记了，在这种关键时候，一定有这个觉悟，同党委保持高度一致吧。"

车相渚看老头子不太好说话，就搬出了组织纪律之类冠冕堂皇的话做说词，反而让柳恒稳涌起了更强烈的抵触情绪。

"我这个人啊，一辈子都是与组织保持一致的，也一直很听党委的话。可我现在老了，觉悟也跟着退化了。有时我就问自己，我一辈子都听上级的，什么话都听，一直都听，我凭什么？我又得到了什么？我是越想越糊涂。糊涂好啊，人是难得糊涂嘛。"

牛子儒一直眯着眼,因为他眼睛很小,给人的印象一直是眯着的。在乡机关他一直有一个绰号,就叫小眼睛。眼大无神,眼小聚光,牛子儒从来没有因为自己的眼睛小自卑过。从小到大,有许多看相的都给他说过一句话,你是千人一面,从眼睛上就带着官运的,所以命中注定就是一个当官的材料。但可惜的是,他只是生在农村,所以他能当的官也就太小了。人大主席,只是一个乡局级干部,在干部层阶里,只是个不入流的科级干部,怎么就是千人一面呢?但在农村人的眼里,乡人大主席这个官确实不小了,几乎可以和党委书记平起平坐,他还有什么不满足的?也正是因为如此,牛子儒才对党委充满了感激之情,安排的任何事都是不遗余力。对请柳恒稳出来工作,虽然他自己并没有多少底气,但作为乡里的老人,牛子儒觉得自己应该说几句。尤其是刚才车乡长的话,柳恒稳一点也不买账,这让牛子儒有些气不过,言语间便少了以往的许多客气:"老柳啊,论资格我不比你老,但论年纪我们差不了几岁,有些话车乡长不好意思说,我这个老仙鹤乡人说几句,你看在理不在理。所谓大人大脸,小人小脸,有些事总要有一些分寸。你也是咱仙鹤乡举足轻重的人物,也是要面子的人,也应该懂得给别人面子,那也是给自己面子。车乡长来了,虽然他年纪小,但人家职务放那儿了,他是我们领导。在家听父母的,在单位就听领导的,在外还要仰仗朋友,这是古训,这些理不用我说你都明白。并且我还听过诸葛亮三顾茅庐,定三分天下大计,车乡长虽不是想请你安天下,却是为了仙鹤村,是对仙鹤村负责。你也是几十年的村干部了,应该有这个觉悟,乡长亲自来请你出山,说明在乎仙鹤村,看重你老哥的才能,知道你能为百姓做事,为村里人做事。你觉得我说得有道理吗?"

"你们谁说的都有道理,就是我自己磨不过这个理来。我只是一个普通老百姓,没有安邦定国的本事,也不做能力范围之外的事。在村里工作的这么多年,起起伏伏,阴沟里翻船我都能划出来臭水沟,那时候凭的是心劲,是不服输的精神头。可现在真的不行了,再也经不起一点风吹浪打,心里装不下针鼻儿大的事。心老了,都快老成了灰。所以对这个支部书记,我还是坚持自己的态度,不干啦,也干不了啦。老就老吧,不想再去逞一时之强,也不逞有心无力之能,还请两位领导体谅。按理说,两位领导来了,我该请两位吃顿饭再走,但今天很不巧，我还要去走一个亲戚。以后等有合适的机会，我用四八席候两位领导。今天怠慢了，对不住啊。"柳恒稳听着车相渚和牛子儒的话，心里涌起了更强烈的反感。如果他们不是端着架子居高临下地只会教训人，他可能还会考虑考虑，哪怕以后真的做不下去了，起码现在也会给这些当领导的一个台阶下。但现在这些人，总是感觉施舍这个职务一般，他还就是不干呢，不能让他们以为自己就那么贱，离不了这个破官。也不要以为他们官大就有什么了不起，到家里来也不是自己请来的，他柳恒稳担不起这个面子，也不要这个面子，这样总行了吧。他听组织的话听了一辈子，现在就不想听了，怎么着吧！柳恒稳在心里恨恨地想。

车相渚和牛子儒互相看了看，既然柳恒稳下了逐客令，他们感觉再待下去已经没有多少意义。他们几乎是同时站起身，头也没回，木着脸，走出了柳恒稳的家。

柳恒稳说着天气真好的话，把他们送出门。两个人谁也没有搭话，上了车猛地拉上车门。

透过车窗玻璃，车相渚看到了柳恒稳嘴角滑过的笑，那样可怕，心里不觉涌起强烈的仇恨。他看到车前面有一条正在路上小跑的狗，就对着司机喊道："轧过去。"

司机猛加油门，那条狗却轻易地躲过，车相渚更是气恼："连仙鹤村的狗都这样狡猾。"

车相渚透过车的后玻璃回头看，早已经不见了狗的影子，却看见柳恒稳仍然在门前站着，便骂道："他娘的，狗屁玩意儿。"

牛子儒的脸上，闪过一丝说不出什么味道的笑容。

5

仙鹤乡的基层党建的创新工作受到了市委的表彰。自从郑之渊上任后，乡党委在乡里开展了机关干部结对帮扶活动，解决群众关心的热点难点问题四百多件，市委组织部专门为仙鹤乡总结经验，并在全市推广。本想在全乡的"七一"庆祝大会上对优秀村支部和优秀党员进行隆重表彰，但因为仙鹤村的事，郑之渊几乎没有了心情，只是草草地开了一个会议，传达市里的会议精神，过了一个平淡得没有任何生气的党的生日。

最后一个行政村泉河通上了自来水,标志着仙鹤乡的村村通自来水工作,在阳山市第一个全面完成。市水利局精心筹划,在仙鹤乡举行全市范围的庆祝活动。郑之渊目不转睛地看着分管农业的副市长,有些夸张地拧开自来水龙头的时候,心里竟比喝了蜜还甜。市长对仙鹤乡的工作给予高度评价:"全市最差的财政基础,第一个完成村村通自来水工作的乡镇,这样的工作实绩,说明了一个问题,那就是任何工作资金都不是决定因素。起决定作用的,是认识问题、工作办法问题,是对老百姓的感情和态度问题。解决好通水通路这些民心工程,是仙鹤乡党委政府的历史性贡献,也必将被载入历史史册。"郑之渊对这番讲话很是赞同。在面对与会者作经验介绍的时候,郑之渊脸上的笑容,一直盛开得如春天里温暖的花。

郑之渊给乡村干部和仙鹤乡的百姓承诺了三件大事:村村通柏油马路、村村通自来水、引一批工业项目。目前已经有两项全面完成,下一个就是工业项目了,自己做的可都是民心工程呐。这样想着的时候,郑之渊的眼里似乎有泪水慢慢积聚,马上就要流出。

6

仙鹤村的局势越来越复杂,却没有一个人愿意出来收拾这个烂摊子。

一大早,刘敬天再次来到乡里,说如果三天之内不给他满意的答复,他立马就回北京,他就不信天下真的就没有了说理的地儿。

郑之渊安排袁成华给刘敬天谈话:"这个上访油子,真是难缠。你和他谈谈,先稳住他再说,绝对不能再让他去北京。"

刘敬天一看在接待室等他的是袁成华,一句话没有说就走,然后在院子里咋呼:"袁成华和柳恒稳这种关系,本来就是穿的一条裤子,让他处理这个问题,不是明摆着糊弄人吗?"

袁成华心里想,上次在舅子哥家里闲谈的时候,不是说刘敬天已经不再上访了吗?他还说这个人这几年变了一个人似的,知道夹起尾巴做人了,说话做事都开始讲分寸。怎么忽然间就胆子大了起来,竟敢明目张胆地在乡里叫骂了呢?

信访办主任把刘敬天拉回办公室，郑之渊又安排纪委书记李刚给他谈。刘敬天看了李刚一眼，说："你的官太小，定不了事。我只想听郑书记一句话，行或是不行。"

处理这事的态度，郑之渊在刘敬天上次上访的时候就已经明确说过，只要刘敬天从北京回来就给他解决。郑之渊原想用分头表决的方式悄悄处理，没想到柳方鸣这个成事不足败事有余的笨蛋，竟把事情搞砸了。如果这事真的处理不下去，那么他还有最后一招，用钱买断。只是现在，真的到他亮底牌的时候了？

"老刘啊，你也是老同志了，曾经也是公社的干部，素质和觉悟肯定很高。这样吧，你说说你到底有什么想法吧。"郑之渊让刘敬天坐在沙发上，然后用一种比较平和的语气给他说话。这个人，不太讲道理，也是顺毛驴的那种，如果把他惹急了，也是翻脸不认人，对这种人，就是要立一个杆，让他爬。

"郑书记，不是守着你吹，我还真的一直是觉悟很高的人。公社那会儿，咱做的事，都是上级跷大拇指的。当过模范，做过乡里的领导，咱也应该算个人物吧。现在儿女们都出息了，一个个都是要钱有钱，要车有车，都在北京买了房子。郑书记可以数数，整个仙鹤乡，整个阳山市，在北京能买得起房子的人有多少？就凭这些，谁也不能小瞧咱啊。"

"那是那是。老刘啊，你说你这么好的条件，尤其是儿女们都这么有出息，你还有什么不满足呢？不缺钱花，不愁吃喝，不少地种，咱一次次跑大老远地到北京上访，孩子们是不是也会对你有什么不满意的看法？"

"郑书记，我要的是脸面啊。一个人钱多少都不重要，这个脸面咱还是得要吧。你说我在别人面前吹这吹那，还不都是为了面子吗？曾经当过乡里的干部，说起来多好听啊，可现在却是身上身下光溜溜的，什么职务没有，什么荣誉也没有，政治待遇更谈不上。你说我这快入土的人了，不能背着黑锅上西天吧？"刘敬天说着说着就要动感情。

"可老刘啊，有些事党委真的很不好办，解决长年没有解决的历史遗留问题，太敏感了，必须有政策依据的。你的问题，同样是一个政治问题，是如何对待历史的政治态度问题，这种事不是咱一个小小的乡镇党委说了算的。为了你的事，我专门到市委组织部，请示了部长，可全国上下都没有这方面的依据，谁也不敢开这个口子。你知道政策上的事，都是原则性的大问题，你说现在的人谁还敢承担责任啊。但话又说回来，如果不给你办呢，确实也讲不通，毕竟是一种历史事实。这种事实有历史的原因，也有组织的原因，确实不应该让你一个人承担。你看这样好不好，除了你要求的党龄从那个时候计算这个咱不好办的事情之外，你再提些其他方面的要求，只要咱党委能办的，咱尽力解决，你说好不好。"

郑之渊是想用钱解决这个历史问题，但又不能说得太明，如果刘敬天不同意这样解决，话说得太明会被他抓住把柄。郑之渊确信刘敬天听懂了他的意思，因为刘敬天是一个聪明人，"文革"期间的领袖人物，有几个不是头脑灵活有嘴有心的？

"让我干村支部书记。"刘敬天声音不大，却让郑之渊很是震惊。在那短暂几分钟的时间里，郑之渊一直说不出话来，他在权衡着方方面面的利益得失。

"可你现在还不是党员身份，这个，有点……"郑之渊露出为难的神色。

"郑书记，我的事确实让你们为难。你看这样好不好，我再到北京去一趟，我去中组部，不到信访局了，这样不扣市里的分，也不扣乡里的分。我最后去一趟，只要他们给我一个明确的说法，行或者不行，我也死心了，再也不找任何人。这样总可以了吧？"刘敬天顿了顿，"我已经做出很大让步了。"

"如果让你到村里任一个副主任，管治安或者管经济，临时主持村里的工作，你觉得你能干好吗？"

"那要看你让我主持多长时间，三天五天的，那不是纯粹让我难堪吗？"

"只要你能把忠字礼堂拆了，我保证我在乡里当书记期间，会一直让你当下去。"

"如果你走了呢，我是不是就要马上被免职？这样不行。我需要一个文件，无论我干多长时间，我都要享受村干部的一切待遇，包括退休。除此之外，我还要一些经济补偿。"

"你要多少钱？"郑之渊问道。

"按乡干部的工资标准，从我当预备党员的那个时候算起，全部补过来。我已经算好了，不到三十万。我也不讹乡里，给我二十万，以后谁再上访谁是孙子。"

郑之渊终于弄清楚了刘敬天的底，他没有想到这个刘敬天竟然来了个狮子大张口，要价这么高。

"这个价其实不能算高。"刘敬天似乎看清了郑之渊心里的所有想法，他滔滔不绝地解释着高额要价的因由，"郑书记你想想，如果不是那个冤假错案，我可能也会当上公社党委书记，或者做更大的官。即使当不了大官，如果一直是乡里的领导，我的孩子们也能有一份好工作，说不定他们就能当上大官。因为我的事，我的那几个孩子根本没有资格推荐上大学，更没有吃上国库粮，他们的孩子也还要受影响，这种影响是世世代代的。我们这个家庭因为历史的一个错误，付出的代价是不是太高了？我们受到的精神上的折磨，那就更没有办法说清了。现在打官司都兴精神补偿了，我们怎么就不能有精神补偿呢？所以说，二十万根本就不能算多，这点钱能补偿我们什么呢？什么也补偿不了。"

郑之渊忽然想起小学课本上愚公移山的典故，"子子孙孙无穷尽也"，竟被刘敬天用到清算历史欠账上来了，心里恨恨地骂着"这个不要脸的东西"，表情上却装作没有在意的样子，说："老刘，不管你的要价是不是合理，咱乡里的情况你是知道的，别说二十万，现在拿出两万来就是烧高香了。既然让你做村里的干部，党委已经决定为你解决后顾之忧，你就把价码再放低一点，一口价，说吧，多少钱？"

话一出口，郑之渊就感觉脸上有些发烫，觉得自己好像猪市上的经济子，给猪贩子讲起了价钱。

"五万块钱，一分不能再少。"倒是刘敬天成了主导者，让郑之渊感觉自己角色的难堪。

"行，五万。你和乡里签个协议，这事从此挽一个扣，谁也不能再提。我现在就安排信访办，马上草拟一个文字材料。你呢，今天上午就别回去了，中午我让李刚书记陪你喝二两，也算是给你们接风洗尘。"

"那敢情好，这不又给乡里添麻烦了吗？"刘敬天眼睛眯成了一条缝，笑意写在脸上。这笑让郑之渊感觉很恶心。

"那什么时候让我到村里上班呢？"刘敬天接着问。

"下午就让组织室和管理区一块到村里宣布一下，村里现在急需用人。不过丑话咱可是说到前头，忠字礼堂拆不了，你的五万块钱，你的退休待遇，统统作废。"

"你放心,我刘敬天从来不信邪,我就不信自己没有那个本事,不能把仙鹤村治理好。郑书记,你想想,我有孙家一个大家族的支持,咱也是当了多少年领导干部的,怎么会治不了一个村子?以前没有人给咱这种机会,郑书记您给我了,我一定不会辜负您的期望。你就瞧好吧。"刘敬天拍着胸脯,说。

刘敬天走后,郑之渊心里一直是乱如丝麻,他越想越不敢相信刘敬天能把仙鹤村治理好。说出去的话,泼出去的水,收不回来的,更何况自己代表的是一个乡的党委。刚才自己怎么就答应他担任村里的干部呢?起用刘敬天这步棋,会不会成为一步险棋或者是一步臭棋呢?如果自己的决策真的不能让党员和群众接受,随之而来的又会是一种什么样的局面呢?郑之渊庆幸自己为这个决策,留下了充分的空间,只是临时让刘敬天主持村里的工作,干得好可以继续干,干得不是那个样,随时可以撤换。对刘敬天的使用,只是一种暂时的策略。这个策略,解决了刘敬天的上访,拆除忠字礼堂有人抓了,还可以敲给柳恒稳,让他知道党委并不是非用他不可,真正是一箭三雕,这样想来,应该是绝对的上上之策呢。

柳恒稳这个死狗,真的是农村里说的给脸不要脸的货色,乡长和人大主席都带着东西到家里去了,还不做个顺水人情,他心里到底是怎么想的?昨天晚上郑之渊本想去他家里坐,让办公室主任打电话,柳恒稳竟然把电话扣掉了,这让郑之渊很不开心,他知道柳恒稳肯定是故意的。郑之渊打消了去柳恒稳家里的念头,他知道此时再去,已经没有任何意义。那么,起用刘敬天,或者是一步高招,或者就是病急乱投医。这一服没有人知道药效的猛药下去,仙鹤村又会是一种什么样的局面呢?

郑之渊扭头看了看窗外,天似乎阴了起来。进入雨季了,天气却一直干得要命,两个多月没有下过一滴雨。而天边渐渐浓重起来的雷雨云,能带来老百姓救命的雨吗?

今天早晨的天气预报说,今晚有大到暴雨。郑之渊一早到办公室之后,就让穆晓图通知各个管理区,要求各个村做好救灾防雨的各项准备工作。尤其是对各个学校、敬老院、村里的孤寡老人住的房子,要在天黑前检查一遍,确保不能有任何安全隐患。住在破旧房屋中的困难群众,村里要做好疏散和转移工作,绝对不能出现任何安全问题。

起风了,这风大得有些吓人。

7

郑之渊收到市委办公室转来的一封信,他拿剪刀拆开,见是广州老板写给市委书记彭子丰的信,反映的是自己如何愿意到北方投资,并且尤其看重的是阳山的环境和政策。协议虽然签了,但仙鹤乡党委政府工作被动,土地一直没有落实好,他恳请彭书记帮忙解决。郑之渊心里对这个南蛮子气得咬牙,这种事,怎么能反映到市委书记那儿呢?这不是明摆着让他难堪吗?郑之渊仔细地看着彭书记的批示:"招商引资的环境问题,表现在方方面面,言必信,行必果,是首要的一条。希望仙鹤乡党委政府加大工作力度,抓紧落实好项目建设用地,让外商满意,确保项目尽快落地建设。"

郑之渊打电话给车相渚:"你告诉那个外商,让他马上到乡里来一趟,我要和他见一面。征地手续进展不快,我们也急,他怎么能够给市委写告状信呢?纯粹是小人做派。"

"郑书记,你别生气,给这种小人生什么气?没事,这事我找他们算账。不过,话又说回来,人家还是咱们的外商,还是要尊重的。至于让他们来一趟的问题,我想想办法,看看他们能不能腾出时间。其实,既然咱们现在还没有调出地来,人家来了咱也不好表态,也没有多少可以谈的内容,不如等等再说。"车相渚劝着郑之渊。

郑之渊感受到各个方面的压力,越来越向自己集中,他感觉自己如同一支被压得变形的弹簧,随时都可能折断或者反弹。"生或者死",郑之渊的脑子里瞬间闪过一句台词,说的是自己吗?或者生活中的每个人,都会面临这样的生死抉择?

车相渚的话,让郑之渊陷入了长时间的思考之中。

荷　月

1

　　一交六月节，龙王不得歇。仙鹤村的人们，自古以来就对六月初一充满了敬畏，好多大人都要在这一天，为三岁以下的小孩子剃头。人们一直迷信一种说法，如果这一天不给孩子剃头，六月六的时候，龙王就会让关老爷来给孩子剃头，换句话说，就是关老爷的大刀会把孩子的头带走，所以才有了"六月六，磨大刀"的俗语。为了图个吉利，不仅是三岁以下的，只要是没有成年的孩子，大人们都会在这一天，让他们洗头理发的。当地许多人识不了几个字，但开口就说老黄历，比如把初一、十五、二十三当成主凶的日子，有好多忌讳，在这些日子里不能盖房、不能娶亲、不能走亲戚等等。至于老黄历上到底是怎么说的，又有多少因时因事因地的变化，并不能说出个一二三来。

　　往年的六月初六，柳恒稳的家里都会有二三十个村支部书记，到家里来吆三喝五地大吃一顿，因为这一天是柳恒稳的生日。张家圩子的张运来书记，是与柳恒稳比较要好的朋友，如果不是前几年样板老太挡着，他们几乎就成了拜把子兄弟。张运来六月初一就打电话，想来家里坐坐，柳恒稳拒绝了。一方面是自己的老人年初刚刚去世，按三年守孝的礼仪，他现在还在服孝期间，不能举办各类喜事，更不能再像往年那样，把朋友们尤其是那些酒肉朋友约在一起，喝得昏天地暗。另一方面，自己已经不是支部书记，再让其他的支部书记来，似乎有些两难。朋友们碍于情面不好意思不来，柳恒稳也盼着他们来，毕竟有那么多年的交情。但来了同样是给别人出难题，说什么，怎么说，都会有所顾忌。还有一点，柳恒稳一直以为，自己凡事不顺的时候，必须离伙计们远一点，否则就会给他们带来晦气。再加上仙鹤村目前的混乱局面，如果几个人再聚在一起，就会有人做出种种猜测，探测这些支部书记是什么心态，是不是和党委保持一致，是否又在琢磨什么鬼点子。所以想来想去，柳恒稳打消了过生日的念头。

只是农村还有个风俗，常年过着生日的人，是不能停的，停了就是不吉利。这样一想，柳恒稳的心里就生出了许多的不愉快。

上午十点多的时候，妹妹柳恒秋来给柳恒稳做寿，她说："成华一大早就催着我来呢。他说你这一段心情不好，让我多陪陪你。要我说啊大哥，公家的事，犯不着的。咱好吃好喝好身体，比啥都强。"妹妹带来了六色礼，鸡鱼肉茶蛋奶。这些生活中最实惠的东西，一般都是近亲之间才送，大部分的亲戚都还是那些中看不中用的猪肉礼条、简装酒、低档茶之类，有些东西纯粹是为了凑数，只为说起来是几色礼，面子上好看罢了。柳恒稳并不在意妹妹带来了多少东西，他更关心妹夫是不是对他有误会，别以为这个舅子哥有多大架子，竟请不出来工作，即使是他亲自来的时候，也是冷语相加。妹妹恒秋刚才的几句话，把柳恒稳心里说得热乎乎的，脸上也渐渐有了笑容。柳恒稳心里清楚，妹夫是一个明白人，不会因为工作上的事，影响亲戚之间的感情。看到妹妹早早地来到家里，并且带来的都是些高档实用的东西，柳恒稳明白妹夫对自己还是尊重和在意的。

柳恒秋劝了哥哥几句，便和大姐恒春带来的小孙子汉唐闹着玩。柳恒稳觉得大外甥很有学问，大外甥姓秦，给儿子起了名字叫秦汉唐，三个朝代的名称，很有些帝王的气象。柳恒稳巴不得家里出几个帝王，自己的孙子，外孙，甚至侄孩子家的孩子们，不管是谁，只要能成王成相，那就是柳家的荣耀。不过孙子辈的孩子们中间，小汉唐最惹人喜爱，虽然只有七八岁，却处处表现出了与众不同的俊秀和精灵似的聪慧。

"汉唐，姨奶奶给你破个闷儿，你看会不会。"柳恒秋说。

"什么是破个闷儿啊？"小汉唐不解地问。

"这个小捣蛋鬼，就是猜个谜语。"

"那你说是猜谜不就是了，怎么还破个闷儿呢？"小汉唐有些不依不饶的样子。

"这小子是打破砂锅问到底啊。好，我告诉你，破闷儿是咱们仙鹤村的土话，用你的话说就是猜谜，这样总行了吧？"

"好，那你说吧。"

"奇奇巧，奇奇巧，站着不如坐着高。"

"狗。"

"你说狗就是狗,没有腿来也能走。"

"螺。"

"你说螺就是螺,掉到水里摸不着。"

"屁。"

"你说屁就是屁,小树枝上唱大戏。"

"知了。"

"好孩子,还真是聪明,这都是谁教你的?"柳恒秋问道。

"当然是奶奶了。奶奶说,就数这些旧的有学问。其实啊,奶奶是不会那些新谜语。我给奶奶说过一个新谜语,奶奶猜不出。"小汉唐露出满脸的稚气。

"这孩子就是聪明,将来肯定能考上大学,这样咱也就有个大学生的外甥了,也可以能给你奶奶长长脸。"

"嗨,现在的大学生都不值钱了,不像前几年了,能分配,能吃国库粮。现在那么多的名牌大学生,连个工作都找不着,电视上不是说北大的学生卖猪肉淘大粪吗?连北大的学生都这样,别的学校更别提了。以后的大学,谁知道能成什么样子呢?再说了,老话早就说过,玩龙的吃饭,玩色蛇绿子(注:蜥蜴)的也一样吃饭,干么还不都一样吗?"柳恒春接过话茬,说。

孙思良的老婆苗女给柳恒稳送来了两条鲤鱼和一箱子酒,说是思良让她送来的。苗女还说:"思良在外边挺好的,有吃有喝,他不让您老人家挂念。"听完后面这句话,柳恒稳心里有些疼。柳恒稳知道,自己和思良之间,永远都不单单是一种工作关系、街坊邻居关系,而更多的是一种父子亲情。他为孙思良操持了许多大事,孙思良也确实把柳恒稳当做了自己的父亲一样。而现在,他还真的十分牵挂思良呢。

刘敬天这个时候进了门,怀里抱着一箱子酒,胳膊底下还夹着两条烟。刘敬天知道,柳恒稳最愿意抽的是将军烟,并且是那种白将军。这种烟劲儿大,抽着过瘾。柳恒稳一看刘敬天进来,眉头皱了皱,但随即脸上就换上一种不冷不淡的表情,把刘敬天让进屋里。柳恒稳并没有接过刘敬天抱着的东西,而是斜睨着几乎掉下来的酒箱子,被刘敬天干瘦的胳膊吃力地夹着,身子也因此费力地倾斜着。

柳恒稳已经听说乡里给了刘敬天五万块钱，让他以后不要再上访，并且郑之渊让他临时主持村里的工作，并且让他一定要把忠字礼堂拆掉。柳恒稳却故意装傻，问道："我听说你的组织关系，乡里给你解决了？"

"哪里的事？你在的时候都解决不了，现在没人管没人问了，还有谁能解决？"刘敬天给柳恒稳戴着高帽子。

"方鸣前一段不是给你跑了吗，也没有解决好？"柳恒稳装糊涂，问。

"嗨，他一个小小的柳方鸣，就能把我几十年的遗留问题解决了？老弟，给你说实话吧，在我的组织关系问题上，我并没有抱太大希望，找成就找成，找不成也要有找不成的说法。这不，郑书记让我临时主持村里的工作，这事不就好办了吗？当然了，好办不好办，还得看你老弟是不是给老哥面子，是不是支持我。咱们多年的交情，你也知道我的为人，你在任的时候，我没有给你出过一点难题吧？我主持工作，你也要支持我一下，谁让咱俩的关系就像是一个娘的孩儿呢？"

柳恒稳故意好长时间没有说话，一方面，他对刘敬天这个人的嘴皮子功夫特别反感，更重要的是他不能表态，他有自己的算盘在打。在柳恒稳看来，让刘敬天主持村里的工作，比柳方鸣强不了多少，乡里这是乱点鸳鸯谱，病急乱投医。一个造反派头子，能当村里的负责人吗？人心能服吗？刘敬天私心太重，凡事不吃亏，凡事要先考虑自己的利益，这是村里人都知道的，他能在村里号召什么事呢？郑之渊这是在拿刘敬天当枪使。只可惜，郑之渊用的这两杆枪，都是不带准星的三八大盖，是两杆废枪，打不了别人，弄不好还会伤了自己。郑之渊身为一名从最基层干起来的党委书记，会把一个村的工作当儿戏、把村支部书记当儿戏吗？柳恒稳觉得不像。或者让刘敬天做事，只是试探他柳恒稳，这还真的说不准。那么这个时候，刘敬天不正好为我所用吗？柳恒稳心里想。

"我肯定是支持你的，只是有些事我说了也不一定算。退下来的人，说多了人家会嫌烦的。"柳恒稳故意这样说。

"老弟，村里的事，你尽管说，我听你的。我在前台，你在幕后，这仙鹤村还不同样是你的？"

刘敬天有着极好的语言表达天赋，并且还有着屈伸自如的政治伎俩，只可惜被长时间地浪费了，柳恒稳心里暗暗地想。

"仙鹤村谁的也不是，我也没有那个本事。三十年河东，三十年河西，风水轮流转，明年到谁家，这都说不准。不过，如果老哥不嫌我唠叨，我倒是可以在背后为你出把力。"

"我要的就是老弟这句话。你说吧，让我做什么？"

"你去乡里找找郑书记，让孙思良回来，不再追究他打人的事。孙思良是村班子里最能干的一个，关键时候，一个人能顶好几个人用。你刚上任，正是用人的时候，这个时候你把孙思良拉回来，他还不得替你出牛力？"

"这个没问题，仙鹤村现在需要的是稳定，也真是用人的时候，我保证乡里会同意的。"刘敬天拍着胸脯说。

"好，再和乡里提议一下，把柳卫党、孙思错吸纳到村委班子里，让他们为你跑跑腿。"

刘敬天沉默好久。刘敬天忽然意识到，这是柳恒稳在用他的人监视、限制他，让他在村里做不成任何事。这些人现在不在村委就有很大的能量，如果再进了村委，仙鹤村不就成了他们的私有财产了吗？自己这个临时主持人，不就被架空了吗？那可就真的成了临时主持了。

"老弟，这人的事嘛，我还得给乡里汇报。柳卫党、孙思错，这两个人都是好人，这个我承认。只是他们俩以前都没有在村里工作过，没有经验，能不能行，还真不好说。我先给乡里汇报，看情况再说。你也知道，村里用的哪一个干部不都得乡里点头吗？这事我记下了，得空的时候我去乡里专门汇报，尽量争取。"

柳恒稳知道刘敬天在给自己玩太极，笑了笑："其实这事老哥也不一定那么为难，行就行，不行也不是你的责任。那几个人也没有找过我，也没有说过要进村班子的事，都是我个人的意见。这两个人，在村子里的威信都不低，我琢磨着能给你出把力，能和你抱成一团做点事。你不乐意也就算了，无所谓，这事儿算我没说。这样吧，我今天家里的客人不少，咱哥俩儿以后再聊。你一百个放心，我绝对支持你在村里的工作。"

"那可就真的要谢谢老弟了。"刘敬天满脸堆笑。但他心里清楚，知人知面不知心，他柳恒稳可不是一个见风就倒的简单人物啊。

柳恒稳看着刘敬天离去的背影，心里涌起了十分复杂的滋味。你说这人啊，好好的福不享，干这点儿烂官有什么意思呢？可是大多数人，总是放不开自己的这点欲念，当官，挣钱，说到底，不就是为了这两样吗？只是刘敬天到了这把年纪，还要蹚这摊浑水，难道真的是老糊涂了？

不过，刘敬天也还真有点道道，他真的到乡党委找到郑书记，争取党委支持，不再让派出所传讯孙思良，并且也把孙思错、柳卫党吸纳进村班子里。刘敬天给柳恒稳打电话的时候，声音颤抖着："老弟，怎么样？你让老哥办的事，都办成了。我就是想让你知道，咱就是一个娘的孩儿，你能让我办的事，我一定照办。你也得一样支持我的工作啊。"

柳恒稳清楚，刘敬天是想用真情感动自己，然后支持他在村里的工作，这是一桩交易，一桩自己渴望发生却又不愿意发生的交易。他看着村班子按照自己的意愿进行了组合，心里涌起一股浓重的被历史淘汰的失落感。这样的组合，党委认可了，就等于他已经被彻底抛弃了，不会再有书记乡长之类，亲自到家里来请他出山的可能。柳恒稳不止一次地想过，如果郑之渊亲自来找他的话，他会出来工作的，无论有多少难处，他还是要识点抬举的。但郑之渊没有来，他已经毫不犹豫地把他舍弃了，这怪谁呢？只怪自己没有看清形势，只怪自己把自己看得太高，只怪自己有些不知道天高地厚了。呵呵，生活可能就是这个样子，你越想得到更多，最后折掉的就是老本。或者这也符合事物发展的规律，所谓长江后浪推前浪，谁也改变不了。可现在柳恒稳分不清什么是前浪后浪，他刘敬天究竟算是哪一波的浪头呢？柳恒稳心里猜测，郑之渊或者知道这两个人的底细和背景，知道他们是自己推荐的才痛快放心地大胆使用，这不同样是给自己面子吗？但柳恒稳很快否认了自己的想法，如果真是如此，就一定会有人捎话给他，不管是谁，妹夫或者其他人。但直至现在，没有一个人说过，党委卖给他了一个人情。嗨，细想想，党委怎么会卖给他人情呢？自己只不过是一个卸任的，或者说是被党委抛弃的，或者说是居功自傲的过气的支部书记，有何德何能在组织面前邀功呢？一个刘敬天，会把所有的功劳，一丝不剩地揽到自己身上。但话又说回来，只要是这样的组合，他柳恒稳的所有思路就会和以前一样，能够在仙鹤村坚决彻底地执行下去，柳恒稳对这一点充满信心。

刘敬天为自己掘好了坟墓，柳恒稳想。远远往村外看去，柳恒稳似乎看到了一座土坟上倒插着的一枝雪柳。

倒插雪柳，家破人亡，柳恒稳不知为何竟想了这句俗语。

2

　　颜景观盼望的好消息终于来了，乡党委委员赵梦通过在省城工作的同学，在省财政厅争取了二十万元的专项资金，用于颜庙的抢救性维修。赵梦到颜景观家里来说这个事的时候，颜景观的泪旋在眼眶里，强忍了好长时间，终于忍不住，背过身去，老泪纵横。多少年了，颜景观一直有这个梦，要在自己的有生之年，哪怕赔上自己的全部家产，也要把家庙修好，却始终不能如愿。颜景观知道，这区区二十万，同样不能把所有的建筑，都恢复到族谱上的模样。三进三出，外加书院祠堂，占地一百多亩，这是何等壮观的场景啊。上级给的这些钱，只可以进行一些最基本的建设，然后再想其他办法，一步步往前推进。春节前后，颜景观给在外工作的颜氏族人每人发了一封信，现在也陆续回复了，并且收到了大大小小的十几笔捐款，却只有两万多块钱。这样合计起来，总可以把大门院墙先圈起来，以后有了钱，再为祖宗颜回塑一尊全身像，这座家庙也是小有模样了。颜景观打听过了，仅仅是一尊泥塑，就要几万块钱呢。

　　想着自己日夜为重修家庙苦思冥想，颜景观忽然觉得很不公平。他曾经见过一张报纸，是在南京的颜姓企业家出资编的，叫颜氏华人报，听说是影响很大，已经发到国外去了。上面有好多颜氏族人的企业发展壮大的消息，有颜氏族人一些有影响力的活动。颜景观曾经给这张报纸写过一些有关仙鹤村颜氏族人的材料，叙说家族迁徙变化的来龙去脉，意在呼吁颜氏族人捐资修建家庙。颜景观的信一封封发出，却如石沉大海，始终没有任何回音。前一段时间，颜景观在电视上看到了一条消息，说是世界颜氏华人协会到邻近的一个县去祭祖，他恨不得把电视机砸了。颜氏的根在仙鹤村啊，怎么到别的地方去祭祖呢？那三五个土包样的坟头，怎么能代表颜氏的根呢？这些人怎么连自己的根在哪里都不清楚了呢？颜景观从小就听爷爷说，颜氏根在滕县，而长支因战火迁至仙鹤村，那么仙鹤村理应是颜氏的家族老大了，怎么就没有人清楚这个事实呢？尤其不可多得的是，仙鹤村的颜氏家庙是在元代兴建的，是颜氏家庙里年代最远、建筑风格最独特的，怎么就没有人在意呢？全国唯一，这是多大的荣耀啊。世界颜氏在中国，全国唯一，不也是全世界唯一吗？如果知道怎样申报，颜景观还想申报吉尼斯世界纪录呢。而且颜氏家庙，有着太多的神奇，经历过多少的朝代更替，经历过多少战火，一直完好无损。村邻中间现在还流传着各种各样的怪异传说，更说明颜氏家庙有着太多的灵气。祖辈就盛传，只要国家每有重大事件，颜庙前后夜里就会有白兔子出没。三年自然灾害期间，曾经有一年，有人捉到了一只，确实是毛白如雪，剖开后竟然没有内脏。那家的女人把兔子肉煮食后，开始变得疯疯癫癫，不久就悲惨死去，而她的几个孩子也是疯的疯傻的傻，相继离开人世。直到现在，还有人偶尔在颜庙中看见白兔子的身影，只是再也没有人敢去捉它了。

不管这些传说真假与否，颜景观一直相信这一切都是真的。他相信这是家庙里积攒了多少代的灵气和荣光，一定是有着让人敬畏的神灵，保护着颜氏家庙和他的族人们。

颜景观想把家庙重修的开工仪式，搞得隆重一些，他要把市里、乡里的领导都邀请过来，一方面是捧捧场，更重要的是能在方便的时候，向他们争取点资金扶持。现在各级都有不少专项资金，只要有关系有门路，争取点钱不是太大的问题。只是颜氏家族历史上虽然显赫，现在却少有在省市混大事做大官的。如果真有，早就把家庙修好了，还用得着找别人吗？颜景观和族里的其他几个人，用了整整三个晚上，才把整个仪式的事定下来，都是请谁，由谁去请，准备什么样的宴席，宴请多少前来参加仪式的各级领导等等。

依着赵梦的意思，开工仪式没有必要搞那么大，等竣工的时候，再把上面的人请来，让他们看看，争取点资金也好说话。但颜景观觉得，建设期间用钱的地方太多，不如先让领导们心里有数，开工的时候赞助一点，竣工的时候再给一点。赵梦见老头子实在执拗，就按照颜景观的意思给郑之渊汇报了。

郑之渊好长时间没有说话，目光似乎游离到了有些模糊的窗玻璃以外。在那一个瞬间，郑之渊忽然想到，忠字礼堂要拆，而颜氏家庙要建，这一拆一建，总有些让人说不出来的味道。赵梦低声叫他的时候，郑之渊才发现自己想得有点远了。郑之渊见赵梦有些好奇地目不转睛地看着他，不好意思笑了笑，然后就说："按你们敲定的程序办就行，需要谁干的活让谁干。"

赵梦感觉郑书记似乎不太对劲，最近一段时间，无论开会或者在办公室，经常走神。赵梦觉得，郑书记肯定是在为忠字礼堂的事操心，在想着办法或者筹划思路，心里不觉涌起一阵感慨。唉，真是的，当个一把手并不是多么轻松的事，尤其是乡镇的一把手，过的究竟是什么日子啊！

开工仪式那天，是六月初九。颜景观专门查了查，是一个适宜动土祭祀的黄道吉日。在由谁主持仪式的问题上，颜景观颇费了一番脑筋。如果是柳恒稳当支部书记的话，也许应该让他主持。颜氏家庙不单单是颜姓人的，也是全村人的，如同忠字礼堂，是分不得姓氏的。所以支部书记主持开工仪式，是再恰当不过的事情了。可现在村里没有了正头，柳方鸣在家躺着养病，刘敬天虽然主持村里的工作，但只是临时主持，不是支部书记，没有党组织的光环，再加上威信太差，再没有合适的人也不会让他主持。所以临到最后，他还是舍着老脸，劝说着赵梦给主持主持。

颜景观作为家族代表，也作为项目监督方，要在仪式上汇报颜庙修复的总体想法。颜景观毕竟年纪大了，写好的稿子也看不清楚，念起来更是磕磕巴巴，尤其是面对各级领导，他心里慌着呢。颜景观这样劝自己，能念到这样已经不错了，是情有可原的，咱毕竟是草民一个，没有见过大世面，不会有人笑话的。几个相关的领导依次讲完话，颜景观始终没有从刚才的窘迫中转过弯来，他还在想着，自己应该能够念得更好一些。整个仪式，颜景观只记住了文化局张局长的一句话，他感觉领导就是领导，水平就是高，"在物欲横流的今天，我们丢失了太多的东西，尤其是在精神层面，我们迷失在混乱与失序之中。从这个意义上讲，今天我们重修的，不仅仅是颜氏家庙，更应该是一片道德净土"。"道德净土"，多么好的词啊，没有非常高的水平，谁能想起这种词来？颜氏祖训，颜氏家庙，颜氏文化，这些，都应该是道德净土的范围。这样想着的时候，颜景观忽然感觉脸上红光焕发起来。

仪式的最后，是颜氏族人祭祖。颜景观领着颜氏家族的所有男人，跪在家庙门前，满满一院子的人，无限虔诚地匍匐下去。

颜景观跪在颜庙的最深处，面对着空空的墙壁，忽然间泪流满面。

3

刘敬天没有想到的是，最先跳出来给他制造麻烦的，会是柳方鸣。

因为刘敬天入党的事被打之后，柳方鸣就一直没有再到村里上班。他觉得自己很窝囊，为了别人的事自己挨了打，怎么说也显得脸上不光彩。在家歇着的这一段时间，柳方鸣一直等着刘敬天来看他，他先是盼刘敬天能带来一瓶好酒，让自己解解馋，然后盼他来时能带几条好烟。刘敬天的闺女女婿那么有钱，一定给他买了不少好烟好酒，刘敬天分给他一丝半点，也算不得过分。等了几天之后，柳方鸣见没有任何动静，便让老婆给刘敬天打电话。先是打到他家里，没人接，打刘敬天手机，刘敬天无关痛痒地说了几句吃了喝了的话，便再也没有下文。柳方鸣生气了，他骂道："这个狗日的刘敬天，还真他娘的不是东西，不吃亏还就是不吃亏。老子为你受了那么大的气，你怎么着也该来看看我。你以为我是图你的东西吗？我图的是你的情分。哪怕你什么东西都不带，来看看我，对咱也算是慰问吧。"更不能让柳方鸣接受的是，刘敬天不知采取了什么手段，竟然买通了乡党委政府，短短十几天时间，就接替他主持村里的工作，从哪方面讲都是不仗义、不厚道，是落井下石。而且刘敬天上任后的第一件事，就是让乡里不再追究孙思良的责任，那他柳方鸣挨的打不就白挨了吗？自己是为了谁呢？柳方鸣知道这一切肯定都是柳恒稳捣的鬼，从刘敬天提拔的这几个人他就看出来了，这些肯定都是柳恒稳的主意。用柳恒稳的人，刘敬天你真是老糊涂了，柳恒稳是什么人，他挖的坑你也敢跳？既然你如此聪明，我再给你烧上几把柴，我要看看你到底有多大能耐。刘敬天，你死到临头了，柳方鸣恨恨地想。

　　柳方鸣头上还裹着纱布，纱布上隐约可看出点点暗红的血迹。一大早他就让老婆起来，跟着他进城。香花不知道柳方鸣进城什么事，嘴上嘟囔着："伤还没有好还到处乱跑。"

　　香花的声音不大，却让柳方鸣听了个清楚。他紧走几步，对着香花的屁股踢了一脚："臭娘们儿，老子在外面受人欺负，在家里也要受你欺负不成？"

　　香花的泪无声地流下来。她扭过头，把泪水擦掉，然后收拾完柳方鸣刚刚喝完鸡蛋水的碗，低着头，问："俺收拾好了，啥时候走？"

　　柳方鸣的气还没有消，他把胳膊抬起来："走，扶着我。"

　　香花小心翼翼地扶着柳方鸣，她不知道自己的男人葫芦里到底卖的是什么药。这么多年了，香花一直非常迁就柳方鸣，嫁鸡随鸡，嫁狗随狗，自己命中注定就要嫁给这个人，什么人什么命，男人嘛，可能都是这个德性，怪只怪自己命苦。再说了，乡下女人，不都是这样过来的吗？挨打挨骂，还算什么丢人的事呢？他最近因为挨打的事，一直窝着火，谁让自己这样没眼神儿呢？农村的女人挨打，就像是餐桌上的一道咸菜，常见。可男人窝气是不行的，那会气坏身子骨，十病九气生，哪个老婆都不愿意自己的男人身体出毛病。香花这样劝着自己，心里慢慢好受了许多。

到城里下了车，柳方鸣就让香花找个老百姓家，借一辆地排车用一天。可现在城里的人家，哪还有地排车啊？香花在城郊走了好几家，一直没有借到。柳方鸣一边骂着自己的老婆笨，一边四处看着，终于看见一个衣服破旧的老头拉了满满一车菠菜进城。柳方鸣迎上去，递上根烟，给老农搭话："大爷，卖菜呢。"

"是啊，你买啵？要多少？"老农的脑门上流下汗珠。他停下车，擦把汗甩掉，然后深深地吸了一口烟。

"大爷，我给你商量个事，菠菜呢，上午你先挑个地儿卖着，下午你卖不了的，我全包了。现在的菠菜，快老出渣了，值不了几个钱，就咱这觉悟，是不会让你吃亏的。现在呢，我想租你的地排车用，一天十块钱。你把菜拉到市场，我就把地排车拉走。你看好不好？"

"俺又不认识你，你要是把车拉走不还俺，俺上哪儿找你去？这事不行。"老农摆摆手，不同意借车给柳方鸣。

"我是仙鹤村的，叫柳方鸣。这不，我带着身份证呢，就咱这觉悟，绝对不骗你的。你看一下，我把身份证押你这儿，再放上一百块钱，这样你放心了吧。"柳方鸣把身份证递到老汉手里。

老汉很认真地打量着他，然后看了看身份证上的照片，确定确实柳方鸣没有骗他，才点了点头："那咱可说好了，俺卖不了的菜，不管多少，你都得要。"

"行，没问题。"柳方鸣一口应承下来。

等老汉把那些凌乱的老菠菜卸到菜摊上，柳方鸣就让香花把地排车拉出菜市场，然后把早就准备好的报纸铺在上面："走，到市委上访去。"柳方鸣刚跳上车，又看到旁边有一段木棍，自顾跳下来，把木棍拿到手里，掂量着，"我还得有个家伙什儿。"

"可我知不道市委在哪里啊。"香花说。

"直走，不用拐弯，二里路，再右拐，有个九层的高楼，全城最高的楼，就到了。"柳方鸣说。

"你对城里比对自己家里还熟悉。"香花半是嘲讽,半是羡慕。

"那是当然,在社会上混了这么多年,什么事没见过?就咱这觉悟,别说是这个小县城,就是省城、北京咱也去过啊。这个世道,谁怕谁啊?说白了,是好人怕坏人,当官的怕黑社会的,这就是老百姓常说的光脚的不怕穿鞋的。就咱这觉悟,终于弄明白了一个理儿,一个人想做的事,想达到的目标,上访是绝对能够达到的。"柳方鸣脸上露出得意的神色。

"可上访也不是多么光荣的事啊。"香花说。

"什么是光荣?什么是不光荣?当官的就当得光荣?我看也不见得。台上一套台下一套,人前一套人后一套,都是些小把戏。只是当官的披着护身符,不像咱老百姓,全是仗了脸皮上的。"柳方鸣坐在地排车上,点上一根烟,说。

"仗着脸皮上就是不光荣嘛。"香花回过头,看着自己的男人逍遥自在的模样,说。

"这个世道本就没有什么光荣不光荣。老子当了十几年的兵,谁说老子光荣了?落下了一身毛病不说,还没有相应的待遇。就咱这觉悟,现在寒酸到这种程度,你还给我谈什么光荣?你这个臭婆娘,怎么老是不和我一个调呢,你吃错药了吧?"柳方鸣似乎有些急了。

香花不再说话,她把柳方鸣拉到市委大门前面,再也不敢往前走一步。柳方鸣从口袋里拿出一张早就写好字的白纸,香花看了看,上面是"还我公道,严惩凶手"的字样,脸腾地一下红了:"这种小事,你到这里来上访,丢人啵?"

"头发长见识短,你一边儿坐着去。把我从车上拖下来,记住,一定是拖。把白纸和木棍给我,其他的事你不用管了。"

香花按照柳方鸣给她说的一一照办,然后坐到离柳方鸣十步开外的地方,开始看着人来人往的市委大门发呆。这是香花第一次跟着柳方鸣到市里上访,感觉很丢人。市里的大门可真高啊,高得让人感觉透不过气来,怪不得老话就说衙门难进呢。有人站在柳方鸣前面,认真看着柳方鸣举着的白纸上写的字,有的还专门在柳方鸣身前转来转去,问这问那,似乎在打听什么事。在柳方鸣一一回答的时候,香花忽然感觉很难过,她不知道自己的男人怎么能对这些人对答如流呢?难道自己的男人就没有感觉到一丁点的丢人吗?

这样想着的时候，就有两个干部模样的人，把柳方鸣从地上拖起来。柳方鸣一边喊着香花的名字，一边大声地哭了起来："求求青天大老爷，一定要为老百姓做主啊。"这两个干部模样的人根本不管柳方鸣在喊什么，就把他扔到地排车上，对着香花喊道："你是柳方鸣的家属吗？把他拉走，你不拉我们就送他去看守所啦。"听完这话，香花赶忙跑过去，然后就听见柳方鸣故意大声地喊着："不能拉我走，还我公道，还我天理，把打人凶手抓起来。"

正是因为柳方鸣上访，刘敬天和乡里的袁成华一起，被叫到了市信访局。

袁成华看到柳方鸣和刘敬天同时在信访局坐着，忽然想笑。两个人都是信访老户，此刻竟都在信访局会面，一个老户劝另一个老户，这真是天大的讽刺啊。袁成华坐在一旁，一支签字笔在两个手指间转来转去，似听非听的样子。柳方鸣一边絮叨着孙思良如何打他的事，一边眼睛不停地向袁成华这边瞟，袁成华装作看不见。倒是刘敬天，非常气愤地抱怨着柳方鸣，说："这种小事，你不应该到市里来上访。咱村里自己的事，村里能解决。村里解决不了，不是还有乡里吗？"

柳方鸣也不是好惹的，对着刘敬天喊："你少给我来这一套！我不来你能给我处理吗？我受伤这么长时间，你不是人头狗头没伸吗？你和孙思良是穿一条裤子的，是一丘之貉，我能让你去处理吗？"

看着他们两个人闹得差不多了，袁成华才开始说话："柳方鸣，你反映的问题党委会给你解决的。你们都先回去，三天给你一个答复，怎么样？"

"我现在就要答复。"柳方鸣说。

香花站在信访局办公楼的楼道里面，没敢进门。她更不敢离柳方鸣太远，她害怕有人打自己的男人。香花听到了柳方鸣的话，觉得心里憋屈得难受，这到底怎么回事啊？

"回去我们再商量，好不好方鸣？咱们都是一个村的，乡里乡亲的，非得把关系搞那么僵干吗呢？孙思良就那个德性，你能给他一般见识？再说了，你真把他惹急了，对谁都不见得是好事，狗急了还跳墙呢。你可得想好了。"

刘敬天说出这话的时候，袁成华不禁佩服起他来，他竟能想到用孙思良再次吓唬柳方鸣，应该是效果不错。果然，柳方鸣先软了。

"孙思良本事再大，也还有王法吧。就咱这觉悟，我柳方鸣也不是非得对他怎么样，只要他能正儿八经地给我道个歉，说句好话，我也是要面子的人，得饶人处且饶人，这理儿我也懂。可他非得装得和没事人一样，让你说说五叔，你能吃得下这口气吗？"

刘敬天看着到了火候，也软下来："咱们自己的事，不要再给市里添麻烦了。咱们自己回去处理，你看怎么样？"

"我租的人家的地排车，还答应人家要买人家的老菠菜，这钱总得有人出吧。"柳方鸣说。

刘敬天笑了笑，这样的方式，怎么竟和自己如出一辙："好了，村里给你解决，这样你满意了吧。"

"我受了伤，不能就这样白受了吧？"柳方鸣手里攥着的木棍在地上来回地戳着，他继续提着要求。

"你说吧，要多少钱，村里拿。"刘敬天满口应承下来。

"三千五千，村里看着给，就咱这觉悟，绝对不无理取闹。还有，不管多少，我要现钱。"

"三千，现钱。"刘敬天拍着胸脯说。但他心里清楚地知道，村里的账户上，早已经没有一分钱了，他开出的，只是一张空头支票。先把人糊弄回去，其他的，自有办法。

经过柳方鸣这一闹腾，刘敬天忽然对自己完全掌控仙鹤村充满了信心，连柳方鸣这种人他都能对付得了，还有什么是他玩不转的？但刘敬天没有看清楚，在柳方鸣的眼里，流露出一种强烈的夹杂着复仇、矛盾以及无法言说的目光，如同一座将要喷发的火山，瞬间就能把刘敬天烧成灰烬。

事情并没有刘敬天想得那样好，当他在村两委成员会上把拆除忠字礼堂这件事提出来的时候，立即招来了一片反对之声。而最先站出来的，就是柳方鸣："仙鹤村的老少爷们儿知道，乡里让你主持村里的工作，就是想让你拆礼堂。乡里还答应给你五万块钱，你这是拿仙鹤村的集体利益谋取个人私利。不要以为自己什么事都做得神不知鬼不觉，还是祖宗的那句老话，要想人不知，除非己莫为。"

"大家伙儿怎么看我，我管不了。可天地良心，我没有做任何对不起仙鹤村的事。拆除忠字礼堂，也不是我非得拆不可，这是乡里招商引资用的土地。大家想想，留着这个礼堂，我们还要维修看管，花钱费事费力，拆了，上了工业项目，我们可以安排工人，可以有税收，这是多好的事啊。拆礼堂对仙鹤村，可以说是有百利而无一害，咱仙鹤村一点儿也不吃亏，大家伙儿怎么寻思不过这个理来呢？我也是从那个时代过来的人，也对这个礼堂充满了感情，可感情能给我们带来什么？能给仙鹤村带来什么？一分钱也带不来。乡里不管能给我们多少补偿，那都是大家伙儿的，总比抱着一个空空的名号强上百倍。"刘敬天早就想好了在会上应该说的话。他的话还真起了作用，让不少人开始安静下来。

"你别在这儿假正经了，那钱会是大家伙儿的？还不都得进了你的腰包？你啥时候吃过亏？忠字礼堂是仙鹤村的光荣，那是一段历史，也有许多人的命在里边，这些都是多少钱买不来的。礼堂拆了，一段历史就消亡了，你有再多的钱顶屁用。"孙思良从外面回来后，就赶上了村两委会，"你一个外姓人，无权干涉仙鹤村的事吧。"

在开会之前，刘敬天还专门让人到孙思良家里看了看，怕他到会场上捣乱。孙思良当时没在家，刘敬天还庆幸了一阵子，没想到这家伙开会之前得到了消息，租了一辆车赶回来。

"思良侄子，没想到你能来参加会议，能来就好。我到乡里替你开脱罪名，这事我想你也听说了。乡里答应我的原因有一条，就是我说你也支持拆除礼堂。"刘敬天卖着人情，说。

"开脱不开脱无所谓，我孙思良即使进去了又能怎样？我讲的是道理，不管你是不是替我做过什么，你做过的，我会记着，我孙思良不是忘恩负义的人，我会还你这个人情。但在拆礼堂问题上，我不会让步。我知道你刘敬天为什么觉得礼堂碍眼，'文化大革命'中间你是造反派啊，你当然希望忠字礼堂拆得越干净越好。"孙思良接着说。

"我同意思良老弟的意见，那是历史遗产，谁拆了就要负历史责任。这个社会，谁有那么大本事能担起这个责任啊。就咱这觉悟，我坚决反对拆除忠字礼堂。"柳方鸣头上的纱布仍在，他在心里嘀咕着，"刘敬天啊刘敬天，你惹谁也别惹孙思良，更不能惹我柳方鸣。你答应给我的钱，到现在给不了我，我只好和你对着干了。"

孙维下斜睨着柳方鸣，浓浓的烟雾在他脸上绕来绕去，然后他轻轻一吹，眼看着这些烟慢慢散去。他不明白，前几天还吵吵着一定要拆除忠字礼堂的柳方鸣，怎么突然间就来了一个一百八十度的大转弯？孙维下越看越明白，在很多时候，柳方鸣总是看着赞成的人多他就反对，有反对的他就偏偏赞成。这种人，不是没有立场就是想把仙鹤村的局势搞乱，自己也好浑水摸鱼。

"我坚决反对拆除忠字礼堂。"柳卫党的声音坚定而响亮。

"我也反对。"孙思错说。

安爰出去上厕所，好长时间没有回来。

颜亭好沉默不语，她不想在这种关键的时候，成为男人们斗争的砝码和工具。但她又实在忍不住，她看不惯男人们这种样子："按说，这种场合没有我说话的份。可我觉得，男人就应该有男人的样子，该承担的就应该承担。任何事，都不要治到气上，治气就什么事也干不成。我也不知道该不该拆忠字礼堂，这是你们大老爷们儿应该拿主意的事，你们要前前后后地想一想，这到底是好事还是坏事。我是相信党委的，他们是领着老百姓往好日子上奔的，这几年修路治水，大家伙儿都看到眼里，也得到了实惠。党委号召的事，咱应该支持的。"

刘敬天脸上闪过一丝笑容，他转过脸，看着孙维下。他希望这个时候，孙维下是两委班子里能和他站在一起的人，能配合着颜亭好的话，再烧上几把火。但孙维下只顾吸烟，没有任何的表情和动作。

村两委会不欢而散。

刘敬天把会议的情况给郑之渊汇报了，郑之渊只说了一句："你继续做工作吧，我知道会是这样一种结局。"就把电话挂断了。

刘敬天的情绪忽然恶劣到极点，心里想，现在的好多事情，似乎都讲不通道理。村里可以没有任何人做事，天塌不下来，任何事都可以做不成，天也塌不下来。但如果真有人想做成一件事，无论你出于什么样的目的，都是绝对不可能的，那会被人认为是羊群里跑出的一头驴，是要挨鞭子的。

4

袁成华再次被派到南方去招商引资。按照以往的惯例，这种出长发的，乡里总要有一个领导出面送送行。袁成华是副书记，书记乡长总得有一个出面，陪着吃顿饭。但这次，没有一个人说送行这回事。袁成华非常明显地感觉到，一切事情似乎变得不可捉摸,他被有心无心地冷落着,逐渐成为政治权力的边缘人物。这种感觉又是如此强烈,几乎让他窒息。是风雨欲来吗?那么这样的风雨到底是一种什么样的风向,摧毁的又是一个什么样的世界,而他又在其中扮演着什么样的角色呢?

袁成华打电话给柳恒稳,说他马上就要出发。袁成华相信柳恒稳能明白他的意图,能听出他想说什么。亲不亲,自家人,更何况他现在几乎要成了仙鹤乡的局外人呢?

可袁成华多留了一个心眼,他说不用乡里的车送了,他想坐火车去,也因此在家里多待了两天。其实袁成华更想知道,党委这样急匆匆地派他出去,到底是什么用意。

然而两天过去,一切都是风平浪静,袁成华看不出任何的异样来,便心事重重地提上行李,坐上了南下的列车。

其实这两天,一个巨大的行动正在酝酿之中。

乡里成立了四十个人的工作组,由各个部门的中层干部带队,分成二十个小组,加上村里一个干部,每个小组三个人,深入到仙鹤村,挨家挨户地做工作。纪委书记李刚总牵头,村干部和乡里的干部分片包干,同意拆除忠字礼堂的,在同意书上签字,每户当场可得到现金五十元,不同意的,乡村干部直接留下,一起做工作。一天工夫,二十个工作小组跑遍了村里一半以上的人家,签字的竟达到了一半以上。到晚上李刚给郑之渊汇报这些情况的时候,郑之渊的眉头一直紧锁着,一半的一半,连百分之三十都不到,这说明什么问题?况且当晚他就听说了,即使签了字的那些人家,有不少人又把钱退回到了乡里的工作组。郑之渊还听说,前面是乡里的干部做工作发钱,后面就有几个神出鬼没的人做反面的工作,让签了字的人再反悔,马上把钱退回去,否则就会有他们好看的。

刚进村委班子的孙思错、柳卫党,坚定地站在了党委的对立面,公开做群众的反面工作。还有那些哭着闹着要当村干部的几个人,现在却都成了缩头乌龟。

孙思良不知从什么地方冒了出来,到处散布一些谣言,说党委这是收买人心,党委书记郑之渊收了外商的贿赂,有几十万,所以铁了心要拆忠字礼堂。他还说,乡里的干部根本不为老百姓考虑,是外商的狗腿子,是地道的汉奸。

到晚上乡里的工作组入户的时候,所有的村干部都说家里有事,不能跟着了。乡工作组入户陷入停顿。

一切都在掌控之外。

郑之渊似乎已经无计可施。

外面的光亮渐渐暗淡下来，郑之渊没有开灯，只任黑暗毫无顾忌地在他的办公室里，如幽灵般来回游荡。从政这么多年，郑之渊从来没有如此无助过，无论大事小事，没有一件像忠字礼堂拆除这样，丝毫进展不下去。郑之渊感觉此时的自己，竟比塞万提斯笔下的堂吉诃德还可怜，他可以与风车作战，打到筋疲力尽而无怨无悔。他有自己的敌人，那辆破旧的风车，虽然他们无冤无仇。而自己却是一个人面对无边的大海作战，无论怎样用力，结局都会是空空一场。郑之渊弄不明白，为什么仙鹤村的人对拆除忠字礼堂，怀有这么深的敌意？以前曾经如堡垒般坚固的村子，在柳恒稳下台之后，乱象丛生，直到现在，村里的干部连一个像样的会都开不成，谁都想当支部书记可谁都干不了。这样的一盘散沙，为什么竟有如此强烈的抵触情绪？是对拆除忠字礼堂这件事本身呢，还是针对党委呢？如果仅仅是针对这件事本身，如果用他们对忠字礼堂有着特殊情感，或许可以解释。但工作做到如此程度，应该差不多了，党委派工作组，每户五十元钱，光这一块乡里就要拿四万多块钱，他们还想怎么样？如果是针对党委，认为党委对这件事的推进办法不妥，也不至于有如此强烈的对抗情绪吧。老百姓的人心散了，这是现实，郑之渊承认，但再散也不至于走到党委的对立面吧？行政命令对老百姓失效了，郑之渊也承认，但再失效也不至于如此抗拒吧？郑之渊清楚地知道，前几年关于农村结构调整方面的各种行政命令，老百姓确实没有得到实惠，政府更没有少投入，村干部也没有得到多少好处，几百个大棚一场大雪全部压垮，几方都受到了损失，可这也不应该成为党委失去民心的合理解释啊。那么还有什么强大的力量，能让老百姓如此同心同德，心往一处想、劲往一处使地与党委对着干呢？郑之渊感觉到，党委现在所做的任何工作，如同一个没有方向的拳击手，一会儿碰到的是铜墙铁壁，一会儿又是软棉花。可无论碰到的是什么，都找不到任何可以解决问题的切入点。

现在的老百姓，到底怎么了？他们心里到底是怎么想的？郑之渊百思不得其解。

整座楼里除了党政办的灯光还亮着之外，所有的灯都已经熄灭了。办公室主任穆晓图刚才过来敲门,没有听见郑书记应声,便推门进来。打开灯,穆晓图看见郑之渊一个人坐在老板椅上,眼里闪着吓人的光。穆晓图说了句:"郑书记,天太晚了。"

接着就听见郑之渊大声地呵斥:"谁让你进来的?把灯关上。"

穆晓图灰溜溜地走了出去,掩门的声音很轻。

第二天一大早,车相渚就被叫到郑之渊的办公室里,因为郑之渊已经下定决心,必须采取强制措施,对忠字礼堂强行拆除。

"其实早该采取强制措施了。现在好多乡镇都传开了,笑话我们没有本事,说我们不会做群众工作,竟然连一个'文革'时期的毒瘤都拆不了。现在我都不敢到市里去开会了,见面就有人问,是不是拆了那个破礼堂。"车相渚说。

郑之渊知道车相渚的话里有添油加醋的成分,其他乡镇谁操这份闲心呢?不过他确实也听说了,有人议论他们做不好群众的思想工作,让外商项目无法落地。

"现在不光是乡镇,市里的领导也在催我们。前一段时间,书记大人转来南方客商的一封信,特别指出我们要讲诚信,维护好全市招商引资的大环境。小问题影响了大环境,就成了大事了。唉,现在是皇帝不急太监急啊。"

"所以我说,早就应该采取强硬措施。这些老百姓,欺软怕硬。穷山恶水出刁民,这话一点也不假,不给他们点厉害尝尝,他们不知道婆婆就是娘。现在还是共产党的天下,还一样可以实行无产阶级专政,拿一些专政手段,这是完全可以的。"车相渚咬牙切齿地说。

"话不能这样说,无论这些老百姓是什么样子的人,他们都还是我们自己的老百姓,要有怀善之心,不能和他们斗气。"郑之渊嘴上这么说,可他心里知道,老百姓中间确实有一些人是不可理喻的,是好话坏话都不听的恶儿烂,他们根本不与你讲道理。这些人如同被无情压迫然后得到释放的弹簧,抗拒渐渐成为习惯,对各级干部都心怀敌意。这部分人中,有相当一部分人,总是把一些蝇头小利放到眼里,有些好处就能说些好话,否则就只会说风凉话,往前推不使劲,往后拉力不小。对这些人,说起来还好对付些,给他一点好处也就罢了。但还有一部分人,却是死猪不怕开水烫的主儿,任你怎么样,他有他的老主意。这些人一旦被权力利用,就是一股不可小视的力量,让你永远不得安生。郑之渊坚信,大部分的老百姓还是好的，他们还是听话的，尤其是对村干部的话，乡里乡亲的，大多是出于情面考虑问题的。也正因如此，郑之渊才一直希望能通过村干部做工作，把忠字礼堂的事处理好。只是这村里的干部，换了一个又一个，班子调了又调，几个月过去了，竟然还是老样子，甚至比以前更加混乱无序。乡里的干部组成的工作组，又把工作做成这样一种样子，这让郑之渊感觉更加失败。

"那么，我们商量的强行拆除忠字礼堂的事，还继续操作吗？"车相渚似乎听出了郑之渊的犹豫和动摇，"如果郑书记不敢承担责任，由我来做好了，由我承担责任。"

郑之渊长长地吸了口烟。他知道，一旦做出这样的决定，首先承担责任的是自己，而不是车相渚。自己是乡里的党委书记，是一把手，任何事都是第一责任人，出了任何问题，也不会有任何人把责任追究到车相渚身上。车相渚现在表白要承担责任，是表示一种决心呢，还是真的想承担责任？或者还有其他的企图？

"现在除了这个办法，我们似乎已经没有其他路可走了。你到市里找个合适的建筑公司，公司经理要靠得住，建筑队伍人员要多，三下五除二地快速拆除。这种活要放在一大早，别人都在睡觉的时候，神不知鬼不觉，不能让老百姓反应过来，否则我们就会处于全面被动。不过，在拆除忠字礼堂之前，最好先别告诉建筑公司是什么活，到拆除的头一天晚上再给他们说。目前这件事，是天知地知，你知我知，除了咱们俩，不能再让第三个人知道。你抓紧时间联系建筑公司，想好一切可能遇到的问题，比如真的有老百姓阻挡怎么办，要有应对预案，不能到时候手足无措。你拿个详细的操作流程，咱再商量。"

乡里派出的工作组停止了入户，却没有从村里撤出来。他们在村办公室里，吆喝着聚在一起打牌，有打够级的，也有打升级的，还有几个人在斗地主，一派热闹景象。村里的干部忽然间变傻了，怎么一夜之间，乡里的干部竟成了这种样子？

临近傍晚的时候，乡里的工作组仍然没有离开的迹象。柳恒稳忽然有一种不祥的预感，他意识到，乡里似乎要采取更进一步的行动了，现在的机关干部只是在麻痹老百姓的神经，遮挡他们的视线，一场面对面的较量已经在所难免。柳恒稳快步走到孙思错家，他一直低着头，怕人认出来的样子。离孙思错家门口不到十步远的时候，柳恒稳还是被蛤蟆嘴孙维彼遇到了。孙维彼和孙维此是兄弟，是村里有名的无赖。他们兄弟俩的名字是当时的一位有学问的老先生起的,老先生的原意是想说兄弟俩不分彼此,不曾想却起到了点子上,因为这家伙只喜欢做女人活计。蛤蟆嘴奇丑,不但嘴像蛤蟆的嘴,腿也像,外翻,细短,却很有力,鼻子也是趴趴着,两个鼻孔还很大,并且朝天长。他有一个堂兄,叫孙维他,长得也是奇丑无比,驴长脸,金鱼眼。于是有人就开始编排,如果把他们两个的丑处结合起来,会是一种什么模样呢?驴长脸,金鱼眼,塌塌鼻子,蛤蟆嘴,外加两条蛤蟆腿。村里人对这两个人的耻笑经常传到蛤蟆嘴的耳朵里,所以他对所有的人都充满了怨恨,见谁都是斜瞪着眼。前几年孙维彼专门到学校里找女孩子下手,被派出所抓了个现行,判了十年,出来后变本加厉,对什么人都想下手。老百姓看不起这种渣滓,却也无可奈何。老百姓有句俗话,不怕贼偷,就怕贼惦记着,惹不起却可以躲得起。对蛤蟆嘴,柳恒稳连搭理都不愿意搭理。他刚出来的那会儿,柳恒稳还到上级公安机关找了找,想把这家伙再放进去待几年,却因为找不到足够的理由,只好作罢。这一段时间,村干部走马灯似的换,听说这家伙也活跃起来了,整夜整夜地胡窜乱蹦,连偷带摸。不少街坊还说,这个奇丑无比的蛤蟆嘴还一直打着侄媳妇葛小窈的主意呢,如果不是孙维下早早下了手,他或许早就有行动了。

"呦,柳书记,这么晚了,还去哪里?"

柳恒稳头也没抬,径直进了孙思错的家。

仙鹤村老百姓家里的内部电话,忽然间此起彼伏,村里许多有头有脸的人物,都被叫到孙思错家里。孙思错的老婆颜仙花,名字起得好听,却长得五短身材。因为长相不好,自觉着低人一等的样子,所以嫁给孙思错后,一门心思地过日子,家境在她的操持下,一天好过一天地越来越殷实。再加上孙思错甜瓜似的嘴,经常带给她许多快乐,颜仙花很知足,所以对孙思错唯命是从,说东不往西,指狗不打鸡,两口子倒成了恩爱夫妻的典范。更让人佩服的是,颜仙花还知恩图报。她知道孙思错是吃百家饭长大的,所以对所有的街坊邻居,都怀有一颗感恩之心,谁家有事,她总是第一个赶到,这也在无形中提高了孙思错在仙鹤村的地位。上次村里选举的时候,孙思错还差点进入村委呢。所谓好事多磨,现在没有通过选举,不是也进入村委班子了吗?想到这一点,颜仙花就有些心花怒放。今天这么多的叔叔大爷到家里来,颜仙花知道肯定有什么大事。她一个妇道人家，是不能打听男爷们儿的任何事的，男人们做的，都是顶天立地的大事，颜仙花总是这样以为。

电话铃声再次在仙鹤村的每个角落里响起，许多家的青壮年劳力，被集合到村子的不同地方，然后被分配着各种各样的任务。一场保卫仙鹤村的战斗，似乎马上就要打响。

天阴得厉害，无边的黑吞噬了仙鹤村的所有光亮。

5

孙维下陪着葛小窈到城里流产去了。起初孙维下不想去，葛小窈的脸瞬间就拉了下来，眼里露出凶光。这目光让孙维下感觉很可怕，他有些讨好般地嘿嘿干笑。葛小窈说："你别在那儿跟我耍皮脸，你不去我就拉着你老婆去，真不行就打电话给你闺女，让她回来陪我去。"

孙维下赔着笑脸，"你这难缠的小娘们儿，好，我去。"然后戴上一副墨镜，陪着葛小窈坐上了车。

孙维下戴上墨镜的样子显得有些滑稽，他不停地往上推着镜框，刚推上去又滑下来，似乎专门与他作对的样子。

"你看你那熊样，省得别人不知道你有个墨镜。不要从镜框上边看人，像个老特务。"葛小窈挨着孙维下坐下，嗔怪道。

孙维下交叉着两条胳膊，手指从胳膊下面伸过来，在葛小窈的腋下搔来搔去："哎，我问你，刚开始的时候，你怎么不愿意呢？你知道吗，你是一条最难钓的鱼。"

"你这种又老又花的臭男人，我看不上。"葛小窈一脸的鄙夷。

"那后来又怎么上钩了？"

"什么叫上钩？狗嘴别乱喷粪。女人也是人，也需要男人好好地疼。要不是我自己的男人这么长时间不在家，你以为我看得上你？再就是你巴结得紧点，要不你根本没机会。也怪他们老孙家祖上没积德，活该戴绿帽子。我弟弟盖房子这么大的事，钱存在银行里就是不借给我们家。对了，我问你，你说，我们这算什么关系？"葛小窈问。

"什么都不算。"孙维下的回答很简单。

"什么都不算你成天缠着我干吗？"葛小窈瞪大了眼，问。

"男人女人还不就那么回事吗，还有什么谁缠谁，都是为了那档子事。这和妓女卖是一样的，一个为钱，一个为舒服。"

葛小窈没有想到孙维下把她看得那么贱，她侧过脸，瞪大了双眼："你这个狗娘养的，怎么说话呢？"

孙维下怕葛小窈再骂，让他在车上丢了脸面，嘿嘿两声："说着玩呢，生什么气？"

"你给我说实话，你和我就是为了那事？"葛小窈怒目相视。

"哪能啊，我爱你，这总行了吧。"孙维下压低了声音，哄着她。

"你这个老流氓老恶棍，懂什么是爱啊。"

"我不懂我不懂，就你懂行了吧。"孙维下闭了嘴，再也不说话。他不知道现在的这些媳妇娘们儿，怎么都变成这样了，本就是玩玩的事，现在倒抖落不开了，还说什么爱不爱的。农村人，哪有什么爱情，就是那档子事。葛小窈这个女人，也太自我了，什么事都得依着她，稍不顺眼就哭啊骂的，真是烦死了。这么俊俏的脸蛋下面，怎么会是这么刚烈的脾气？孙维下开始后悔和葛小窈的事了。

像小偷似的为葛小窈交上押金办完各种手续，孙维下又被护士叫进手术室。护士说葛小窈头晕，必须让孙维下陪着。疼痛中，葛小窈不顾医生护士在场，骂孙维下断子绝孙，为什么要对她坏这样的良心。孙维下脸上一阵红一阵白，看着身边护士们嘲笑的眼神，牙咬得咯咯响。一个上了年纪的老医生看不过，说："别骂娘了，谁的娘也禁不住这样骂。这种事，本就是两相情愿的事，老话说的什么……什么……掰两瓣，就是这道理。"

葛小窈不说话了，过了十几分钟，她又骂了起来。孙维下起身就走，任她怎么喊都喊不回来。无奈，葛小窈只能一个人强忍疼痛，做完手术后从城里坐车回到仙鹤村。葛小窈没有回自己家，她跑到孙维下家里。孙维下回到村里就去村委大院了。孙维下的老婆知道葛小窈流产了，按风俗，这种小产的女人，不出满月是不能到别人家串门的。如果真有这种情况，或者要用火烧遍大门底下的每个角落，把晦气烧走，或者要翻盖门楼。葛小窈故意犯下这样的忌讳，就是想报复孙维下。

孙维下的老婆鸭子腚看见葛小窈进了自己家，没出屋门就骂开了。她骂葛小窈是烂货，卖了还不死心，还要到家里故意带来臊气、带来晦气。葛小窈从来就不是吃气的主，她紧跑几步，上前就和鸭子腚抓了起来。葛小窈使出吃奶的力气，薅住鸭子腚的头发，使劲地往墙上撞，她似乎把对孙维下的所有怨恨，都撒到了他老婆身上。直到葛小窈看到她的头上流出了血，除了呜呜哭再也骂不出声了，才撒手而去。葛小窈心里想，这个鸭子腚还真的很沉，尤其是那腚，真大，像老鸭子的破腚，踢上几脚竟和踢棉花套一样，软软的，有些不解气，不过还算过瘾。这样想着的时候，葛小窈的心情不觉高兴起来，竟哼起了现在流行的歌曲《你是我的玫瑰花》。真他妈的，满世界都是这种爱情歌曲，怎能不让世风日下，叫人成天胡思乱想呢？

6

党政办公室主任穆晓图接到郑之渊电话，让他通知所有党政班子成员，下午四点开会。穆晓图本想问问会议是什么主题，但想到郑之渊近来的火暴脾气和那些随时可能爆发的无名火，便没有说一句话，满脸堆笑地答应着，然后轻轻地放下电话。穆晓图安排杜小可下通知，杜小可刚问了句会议内容是什么，便挨了穆晓图的训斥："小孩子家，打听那么多事干吗？知道需要知道的，忘掉不需要记住的，这是办公室工作人员的规矩。记住了？"

党政班子成员一直在办公室里坐到下午五点，郑之渊仍然没有从市里回来。郑之渊打电话给办公室："告诉各位班子成员，让大家耐心等待，市里的会议还没有结束。市委要求今天无论早晚，要把市里的会议精神贯彻下去。"于是，大家纷纷猜测，市里肯定有什么大动作了，机构或者人事改革？不可能，最近没有哪一级的新闻说是要改革。那么，这个时候，能有什么事让市里一直开会开到现在呢？

"既然是等着，咱还不如打着牌等呢。"常务副乡长朱启明的话立刻得到大家的赞同，两盘扑克牌架子迅速搭了起来。

六点多，郑之渊又打来电话，说："市里统一安排了晚餐，书记大人请客，我吃完饭才能回来。班子成员都在机关食堂用餐，晚上再开会。"

晚饭后,郑之渊再次打来电话:"有个明天一早就要走的外商需要会见,请大家再耐心等一会。"班子成员无奈,没有办法,大家只好再次打着牌等。

"车乡长怎么也没来?"不知谁问了一句,几个人相互看了看,没有一个人回答。

一直到晚上十一点半的时候,郑之渊和车相渚才从外面回来。这个时候,大家打牌都打累了,还能开会吗?

穆晓图进来,赔着笑脸似的给大家说:"郑书记和车乡长商量会议的贯彻意见,因为市里要求明天必须上报落实措施,各位领导再耐心等一会,就一会儿。"

牌架子撤了,大家忽然间被困神缠上,一个个开始打呵欠。"打呵欠是传染的。"宣传委员赵梦说。接着还真有几个人连续打着呵欠,然后便是一阵大笑。

正式开会的时候,已是凌晨一点钟。这是郑之渊的策略,他和车相渚今天既没有在市里开会,也没有会见什么外商,而是在一直商量着强行拆除忠字礼堂的各个环节。所以当郑之渊说明会议主题之后,所有人都有一种豁然开朗的感觉。李刚的脸色有些漠然,他在心里想,郑书记是完全没有必要这样做的,与党委保持高度一致,不是每个党委成员必须履行的职责吗?但对郑之渊的以防万一,各位乡党政班子成员还是理解和赞同的。千人千思想,万人万模样,谁能保证每一个人都能严守纪律,嘴巴严实得像地下党?

郑之渊让每个人都要表态,对强行拆除有什么意见。到了这个时候,表达个人意愿只是走形式,因为所有的细节都已经商定好了,谁还能提什么反对意见?这个时候,谁有意见纯粹是傻瓜。况且你有意见,反对又能怎么样?人家郑书记说得很到家了,他将承担所有的领导责任,无论党委受什么样的处分,他都不会让大家的政治生命受一丁点儿的影响。尤其是郑之渊对形势的分析,让大家不能不同意:"党委去年换的届,今年绝对不会对党政班子作调整,无论我们做得好与坏,都不会给大家的仕途造成影响。一直没有拆除忠字礼堂,市委书记彭子丰都签了批评意见,再不拆,就真的对不起市委。再说了,仙鹤村的老百姓大部分是拥护拆除忠字礼堂的,只有极少数人,或者说个别别有用心的人,把忠字礼堂当成了工具和谈判的条件,胁迫党委做出这样那样的让步。党委就是党委,在原则问题上、关键环节上,不能有丝毫动摇,不能因为谁会制造这样那样的混乱,就让他们的阴谋得逞。党委也想通过这件事，树立党委、政府在群众中的威信和威望，坚决打击极个别的阴谋分子。更重要的一点，我们把强行拆除的工程包给建筑公司，他们有着多年在市里强拆强建的经验，知道如何去办，并且由他们承担所有可能引起的纠纷和责任，大家不必为此担心。"

郑之渊的话条分缕析，让大家禁不住地表示同意。

车相渚拿出工作预案，按照设想到的种种可能分配了任务。每个班子成员都领着几个机关干部的工作小组，哪个小组负责现场信息通报，哪个小组负责拦截可能上访的群众，哪个小组准备应对外地随时可能来到的小报记者，哪个小组负责做强行拆除后的群众工作，那个小组负责派出所维持秩序的总指挥，那个小组负责乡卫生院对受伤群众的救治，哪个小组负责对老百姓的赔偿，哪个小组负责对村干部进行教育和说服，凡是能够想到的问题，都细致到位地进行了责任分工。

班子成员不禁佩服起郑之渊和车相渚拿出的这个详细的工作方案了，任何人都没有提出反对意见。

郑之渊的脸上露出一丝笑容。好的方案是成功的一半，他感觉离忠字礼堂的拆除，只有一只脚的距离。

郑之渊让任何人不能走出这个会议室，这件事目前还是绝密事件，谁都不能透出半点风声。他招呼大家，打牌的继续打牌，不打牌的就在沙发上眯一会，而他自己则打起了够级。

车相渚走出会议室的时候，郑之渊抬头看了他一眼，接着问："去哪儿？"

"去趟厕所，十秒钟回来。"

"十秒钟，够快的。"窦豆说。一屋人哈哈大笑。

"窦姐，听说你最近减肥呢，吃的什么药啊？"等笑声停下来，赵梦问窦豆。

"她减肥？"朱启明有些疑惑地说，"上边不该减的地方越减越小，三尺二的腰越减越粗，这也叫减肥？"

"去去去，小孩子别拿大人穷开心。"窦豆和朱启明同一年生人，都属鸡，但比朱启明大几个月，所以经常开玩笑。

"我提醒你啊，你们家老头子可是给你标出价码了，谁把你领走，外带五块钱。我正跟他讲价，让他再涨个万儿八千的。到时候你不能有意见啊。"朱启明继续说。

"她巴不得呢。"李刚小声嘀咕了一声,被窦豆瞪了一眼。自从上次玩笑两个人开大,就很少开玩笑了。

"朱启明,现在人家都找个小的当二奶,你也不能找个我这种年龄的当二妈啊。再说了,即使我相中了你这个人,可我能不能相中你这个鸟啊。"窦豆的话又引来哄堂大笑。

车相渚回来的时候,故意把关门的声音甩得很响。

7

村里成立了十几个治安小组,各生产小组的小组长带头,所有在家的男劳力全部轮流值班。小组长们挨家挨户做工作,说:"最近村里不太平,小偷小摸不少,邻县骑着摩托车偷羊的更多,他们知道家里男人少,不但偷东西,还偷人。"偷东西本身就让人担心,一说到偷人,村里的妇女们更是头皮发麻。所以对村里组织治安巡逻小组,没有一个人提反对意见。

村里的干部群众每个人都心知肚明,说是治安巡逻,其实是怕乡里采取突然行动,强行拆除忠字礼堂。每个小组巡逻的重点部位都在忠字礼堂,只是不同的时间段不同的人去查看,但必须保证有一个小组是全天监视那儿的。柳恒稳总结这种监控的方法叫固定加流动,绝对确保万无一失。以前自己在市里的农村治安工作经验交流会上,曾经虚构过这种工作办法,受到领导表扬,没想到竟用在了保护忠字礼堂上。

在义务保护忠字礼堂这件事上,柳方鸣表现了异乎寻常的积极,他和孙思良、柳卫党、孙思错,达成了空前的一致。

看着这几个人摩拳擦掌,柳恒稳忽然间想,如果按照乡里的安排,拆除忠字礼堂,他们是不是也能和现在一样,表现出更多的拥护和积极呢?是什么力量让他们如此踊跃呢?是对忠字礼堂的特殊情感,还是其他什么因素?所谓无利不早起,老百姓是最实际,也是最势利的。自己眼前的这几个人,除了对自己的支持之外,还有其他的企图吗?如果他们对拆除忠字礼堂,原本就没有什么观点,只是因为听了自己的话,才成了忠字礼堂最坚定的保护者,这件事就太可怕了,那就是自己把这眼前的几个人，带到了与党委作对的立场上。如果真是这样，作为党员，作为曾经的支部书记，自己就走错了路，就犯下了严重的政治错误。每个党员都可以有自己的意见和观点，可以赞成，也可以反对，党组织给了我们这样的自由和民主。下级服从上级，个人服从组织，这是最基本的组织纪律。但如果我们按照自己的观点搞非组织活动，按照派系把这些人集合起来，公开挑战党委的权威，这不但是党员自身的素质问题，更是一个人的人格问题了。柳恒稳似乎感到了一丝害怕，他翻来覆去地思考着，是自己组织起这些人，组织起仙鹤村的老百姓，与党委唱起了对台戏吗？是，又不是。柳恒稳想，自己从来没有想过要与党委对着干，所有的事情，就这样一步步地走过来，矛盾一点点累积，情绪一点点激化，才形成了今天这样的局面，变成了如此水火不容的对峙，谁都无意退让，也无法退让。

还有，那些一呼百应的老百姓呢？他们，为什么竟也与自己成了同道？他们曾经有那么多的人，在背地里骂过自己，骂过自己断子绝孙，骂过自己的祖宗八辈，为什么现在竟成了自己最坚定的支持者？柳恒稳越想越害怕，越想越觉得不可思议。

路灯在十点钟的时候完全灭了，整个仙鹤村一下子陷入黑暗之中。柳恒稳借着微弱的天光，在街道上穿行，他感觉脚下宽敞的水泥路，如同自己的情绪一般，有些不稳定，上下起伏，歪歪扭扭，更像自己的喘气，轻一口重一口的。刚才，在安排完所有的值班事宜之后，柳恒稳似乎重新找到了当支部书记的感觉，但这感觉来得太快，去得也如同瞬间灭下去的路灯。此刻，柳恒稳感觉自己如同就是黑暗中见不得光明的掌控者，只能生活在黑暗之中，做着的事情也净是些见不得人的勾当。管他呢，他娘的，不能光明正大地做支部书记，做一回地下实权派有何不可？听上级的话听了一辈子了，就不听这一次，谁又能把自己如何？再是法大无边，对他这一介草民，又能怎样？

可自己是党员啊，三十多年的党龄，想到比，柳恒稳蹲坐下去，抱着头，足足有十几分钟。

远远地听到脚步声，然后看到有手电闪过的影子，柳恒稳站起身。他没有直接回家，而是去了大妈妈家。刚才柳恒稳给她打了一个电话，大妈妈说给他留着门呢。

蛤蟆嘴孙维彼躲在暗处，眼看一拨拨的人到孙思错家，一个个急匆匆得像是赶着去救命，就感觉到今夜不同寻常，他猜想着肯定要有什么事发生，并且一定是大事。他在街上四处游荡，从一扇扇开着的窗子里，他似乎嗅到了女人们身上散发出的气息，黏糊糊的感觉，有些腥的味道，有些想睡未睡的味道，明明是喜欢偏偏骂他是冤家的味道，有些让人欲死欲仙的味道。蛤蟆嘴喜欢这种味道，总让他感觉有使不完的劲儿。

前面似乎是柳方鸣的影子，但他并不是往自己回家的方向走。蛤蟆嘴想看看柳方鸣到底去哪里，又会干什么。到了大辫子家门口，柳方鸣停住脚，四处张望着，吓得蛤蟆嘴赶紧贴到墙脚，才没有被发现。柳方鸣把门掩好，门闩响过之后，隐隐听到了大辫子的压得很低的声音："怎么才来？"蛤蟆嘴如同触电一般，瞬间兴奋起来，他蹑手蹑脚地绕到大辫子家的房子后面。这几年一直有人说大辫子和人好，蛤蟆嘴很想弄清楚是谁。这个臭娘们儿，自己从来还没有得手过，原来是和柳方鸣有一腿。他奶奶的，这个娘们儿应该是很好上手的，男人在外地做建筑工，女儿在市里上学，一个星期才回来一趟，无论白天黑夜，家里经常是她一个人，自己怎么就没有想起来呢？还有她那闺女，长得水灵灵的，一掐一股水的模样，要是能把她们娘俩儿一块办了，就是死了也值啊。蛤蟆嘴借着大辫子卧室里透出的光，从后窗子往里偷看，见柳方鸣和大辫子两个人如同干柴烈火，见了面就脱得精光。柳方鸣摸着大辫子的下身，说下面的淫水真多，气得大辫子在他肩膀上咬了一口。两个人开始喘粗气，然后就在堂屋里干了起来。蛤蟆嘴看了一阵子，再也忍不住，他感觉自己的下身坚硬得如同孙悟空的金箍棒。他快步走到大辫子的院墙外，翻身进了院子。这几年经常攀爬院子，蛤蟆嘴跳墙的功夫没人能比，这让蛤蟆嘴很自豪。他推开屋门，拉开灯，见柳方鸣和大辫子直愣愣地立在那儿，如同傻了一般。

蛤蟆嘴上前把柳方鸣推开，二话没说，就趴在大辫子的身上，猛烈动作起来。不到两分钟工夫，蛤蟆嘴一边喊着娘哎，一边就败下阵来，然后全身瘫在大辫子身上。蛤蟆嘴感觉自己很窝囊，怎么就这么快呢？他有些不过瘾，就让柳方鸣和大辫子继续干，让他在一边看着。柳方鸣刚才被他一吓，蹲在地上不敢起身，下身也没有任何反应。大辫子满脸挂满惊恐，压低着声音抽泣起来。

"哭什么哭，你又少不了么，你们继续干，让我也学点本事。"蛤蟆嘴点上一支烟,裤子都没穿,坐在椅子上,"你们不干是吧?不干我就把你们俩的这些丑事咋呼到街上去,真不行,我开了村里的大喇叭喊,让三里五村的都知道。"

柳方鸣和大辫子互相看了看,只好又躺在地上。但柳方鸣再也起不来,任他怎样动弹,那家伙就是没有动静。看着他们赤裸裸的样子,蛤蟆嘴很快又硬了起来,他再次把柳方鸣推开,和大辫子干了起来。这次,他似乎很享受,做了很长时间,倒是柳方鸣成了看客。

大辫子的嘴唇咬出了血,泪水流个不停。

8

凌晨四点,郑之渊让所有人都集中到会议室,进入临战状态。郑之渊再次讲话,这次的行动,没有书面材料,不印发工作方案,每个人都要按照会议上提出来的分工,想好自己应该干的所有事,谁出了问题就追究谁的责任。

强行拆除定在早上六点。

郑之渊在沙发上眯了一会,梦见了漫天大雪,他似乎是从寒冷中醒来。郑之渊呆坐在沙发上,思维似乎停滞,他想着梦中的场景,除了大雪之外,他已想不起其他的任何内容。梦见大雪,郑之渊不知是什么征兆,但彻骨的寒冷,在记忆中是如此深刻。仔细想想,很有可能是因为空调太凉,让他感觉到冷了吧。郑之渊一直想弄一本《周公解梦》之类的书,也好预测一下吉凶,却一直没有下定决心去买。如今的好多人,做事前都要占卜问卦。太多的人尤其是官员,更信风水。邻近的一个镇改建了大门,安上了石头狮子,说是为了社会稳定的需要,风马牛不相及的事,却成了最恰当的理由。可郑之渊不信,他只信命,一切都是命运的安排,任何人都无法改变。尤其是想做一些事,不能因为卜卦不吉就放弃了吧?那些所谓的老黄历之类,完全是自扰然后扰人。工作本来就累心的,何苦在太多的琐事上,再增加自己的心理负担呢?万事万物总有它自己的规律,一切就应该顺其自然。所谓谋事在人,成事在天,尽心去做就会有好的结果。

五点,郑之渊让车相渚打电话给建筑公司经理胡建,问人员是不是已经集合齐了,是不是已经出发。建筑公司经理的电话处于关机状态。

五点十分,郑之渊再次让车相渚打电话,建筑公司经理的手机仍然关机。

五点二十分，车相渚通过其他渠道，打听到了建筑公司经理的家庭电话，电话没有人接听。于是郑之渊和车相渚推测，他或许已经在路上了。

五点三十分，车相渚再次拨打建筑公司经理的手机，仍然关机。

郑之渊开始坐不住了，心底涌出一种不祥的预感。是不是昨晚让建筑公司的经理喝得太多，他起不来了？或者他联系的其他方面的人员没有到位？郑之渊不敢再坐在会议室里。他回到自己办公室，用冷水洗了把脸，然后在办公室里走来走去。

六点整，建筑公司经理打过来电话，说人已在路上。其实他刚刚从梦中醒来，他是昨晚被车乡长他们灌醉的，这句话刚到嘴边，又被他生生地吞了下去。他知道这话不能给郑之渊说。

从市里到乡里，只有二十多分钟的路程。到了六点三十分，为什么还没有建筑公司施工队的影子？郑之渊让车相渚再打电话。建筑公司经理说："那边说拉人的车在路上出了一点小故障，已经联系了另一辆车，正从市里往这边赶呢。"建筑公司经理还说，"请领导放心，事情来得及。"

车相渚抬起头看郑之渊，郑之渊的脸色铁青，嘴唇有些发抖。

七点二十分，建筑公司施工队直接到了仙鹤村。而此时，已有上百口子青壮年劳力，里三层外三层地把忠字礼堂围了起来。他们手中拿着铁锹镢头，建筑工人不敢靠近。

"用铲车强行推进。"郑之渊命令。

市里的110报警电话剧烈响起，乡派出所的电话一遍遍响起，仙鹤村的村民报警说出了群体斗殴事件，警车迟迟没有来到现场。

市医院120急救车拉着警笛呼啸而过，现场传来消息，有六个老百姓受伤，建筑公司的施工车被砸，司机受伤。

忠字礼堂最后被老百姓围得水泄不通。建筑公司任何一个人，再也无法靠近忠字礼堂一步。

强行拆除忠字礼堂的行动宣告失败。

接踵而来的是郑之渊早已经预料到的种种乱象：医院里聚集了几十口子老百姓，他们说是来保护那些村民的，村民们没有带钱，医生不给医治，村民和医生形成对峙，其中一个医生说话气粗了点，被几个村民围住，差点挨打；乡里的干部急急匆匆赶到,协调医院先行医治,六个伤员中,三个重伤,三个轻伤,其中有一个人被推进了重症监护室;四五十口子老百姓,坐上了早在村口等着的公共汽车,他们没有去阳山市委,而是直接开往省城。派出所的人和几个机关干部在路上进行拦截,形成对峙,乡常务副乡长朱启明被群众打了两巴掌,然后被派出所干警护送到警车上,再也不敢下来;派出所所长朱向前命令汽车司机调转车头开回阳山市,司机听命前行,却成了一辆空车,老百姓徒步往省城走。朱启明打电话给郑之渊,请示怎么办,郑之渊的电话一直占线;乡政府大院里坐满了老老少少,有哭的有闹的,更多的是骂的;忠字礼堂外面,还有几十口子人,寸步不离地守着这座空荡荡的礼堂。

原来设想到的种种分工,乡里的这些所谓的领导干部们在执行起来的时候,竟没有几个人做到能让郑之渊满意,一切,全都乱了套。

市委办公室打来电话,让郑之渊火速赶到市委汇报情况。

市里由政法委牵头,抽调公安局、信访局、新闻中心的二十多名干部,政法委书记米金亲自担任组长,在一个小时内组成了市委工作组,迅速进驻到了仙鹤乡。

以乡党委名义上报给市委的书面检讨,由乡党委书记亲自执笔,连夜完成后,第二天一早由党委书记郑之渊,亲自送到了市委书记彭子丰手里。

仙鹤村所有在职的村干部,都被集合到了乡二楼会议室。政法委书记米金代表市委讲话,要求每一名干部都要讲党性,讲大局,从维护仙鹤村稳定的大局出发,做好当前的群众工作,稳定压倒一切。米金书记问:"谁愿意像个爷们儿似的站出来,为市委、为党委分忧,做好村里的工作,做好群众的情绪疏通工作?"几个村干部没有一个人说话,吸烟的吸烟,低头的低头。与此同时,另一路到阳山市委上访的几十名群众,被乡里的干部专门雇用的三辆大金龙拉回乡里。这些群众从车窗外拉起了刚才在市委门口拉着的白布黑字横幅:"严惩凶手,还百姓公道""把郑之渊赶出仙鹤乡""血债要用血来还",俨然一副闹革命的样子。客车回到乡里后,上访群众被引导到乡三楼会议室,群众上楼的脚步几乎把楼踩塌,嘴里骂着不同的粗话狠话。政法委书记米金铁青着脸,亲自给上访群众对话。米金是部队转业军人,身板宽大,脸黑黑的,让人一看就有一种畏惧。讲话的时候,他没有坐下,而是一直站着,他代表市委讲了五点意见:"第一条,市委高度重视仙鹤乡的群体性事件,已经组成了专门的工作组,全权负责事件处理工作;第二条,也是当前最急迫的一条,就是千方百计抓好受伤群众的治疗,不拖延,保证一切资金供应;第三条,对事件的处理应严格按照法律程序,依法追究违法犯罪人员的法律责任,不管涉及谁,都要进行严肃处理;第四条,所有群众都要严格禁止大规模上访和越级上访,凡在幕后指挥的捣乱分子,将严惩不贷;第五条,群众的合理要求,由村干部和德高望重的群众代表,组成临时工作小组,通过正当渠道反映,市委工作组将及时给予答复。"

群众极不情愿地起身,然后从会议室往外走。拥挤中,不知谁把一块窗子玻璃砸坏,随着哗啦一声响动,会议室里一下子静下来。群众互相扭头看了看,然后一下子把目光聚集到政法委书记米金身上。米金猛拍桌子,大吼一声:"是谁砸的,给我站出来,谁胆敢破坏公物,依法惩处。"

有几个群众低下头,然后慢腾腾地往门口走,其他群众的秩序明显也比刚才好了许多。其实米金心里清楚,如果自己的那一嗓子不能奏效,后果将不堪设想,很有可能出现群众起哄砸会议室的情况。如果真的那样,局面就会越来越复杂,而他,也将成为工作不力的直接责任人。这样想着的时候,米金的心里竟有些后怕。

事件的处理显得异常艰难,尤其是几个伤员,在医院一天的花费就达到了三万多元。市里的大部分医院对这种交通事故、打架斗殴的伤病号,历来是不怕花钱多,因为总有人要承担这些医药费,并且没有人讲价钱,所以用药总是用最好的,有些甚至用国外进口的。这些进口药因为用的人少,不少几乎过期。但这样的忙乱场景,谁会注意到药品的生产日期呢?老百姓都说医院是饿皮虱子,只要让他逮着,就别想轻松了。米金安排工作人员,专门给医院院长打电话,必需的检查和治疗不能含糊,但额外的支出必须压下来。医院院长答应得挺好,但到了医生身上,什么钱他们不赚呢?现在不少医生都是通过开药拿提成的,尤其是那些贵重药品,提成更多,所以他们才不管什么市委工作组的要求呢。

在车相渚给建筑公司商定的责任里边,如果拆除不成功,所有的费用都应该由建筑公司承担,即使出现了这种打人受伤的情况,也应该由建筑公司承担所有责任。但出事以后,建筑公司经理胡建的手机一直关机,无论公司还是家里,再也找不到他的人影。建筑公司有一个轻伤的建筑工人,不敢在市医院住院,而是转到了外地，胡建怕工人的人身安全受威胁。这也难怪，这些老百姓现在是群情激愤，见了乡里的人，见了建筑公司的人，都伸拳头抻胳膊的，躲都躲不及，怎么能专门送上门呢？因为建筑公司没人露面，所以现在的医疗费，要临时由乡财政全额负担，至于以后如何处理，要等事件平息以后再说。也正因为如此，党委书记郑之渊感觉特别窝囊，既丢了人又破了财，事还没有办成，属于典型的老百姓说的丢人丢到家了。而这一切，只是因为几个环节出了问题。而最大的问题，恰恰是因为建筑公司来得太晚，老百姓已经有了防备，事情还怎么能够顺利进行呢？

米金到医院去看伤病号，乡里只有人大主席牛子儒跟着去。郑之渊不方便去，因为老百姓的矛头直接指向他，他去了只能使局面更加混乱。车相渚是不敢去，他自己说："谁去了还不得谁挨揍啊？现在就有老百姓议论，要雇用杀手取我的小命，我不能自己送上门啊。"其他的党政班子成员，现在是能躲多远就躲多远，甚至想放个长假出去旅游才好呢。宣传委员赵梦想去，但米金书记不让她跟着，说一个女孩子，怕有什么闪失。米金书记也是在几个公安干警的簇拥下去的，他给几个伤号讲了市委的几点意见，让大家安心养伤，稳定情绪，市委会给大家一个满意的交代。满意是什么，谁都不知道，几个受伤的老百姓根本不去考虑，他们只是一遍遍地重复着自己当时挨打的一些情况。

"那些人真是不讲天理，哪儿不能打他们打哪儿，你看俺头上这个大包，再重一点可能就没命了。"

"他们不也都是农民兄弟吗？打起人来怎么那么狠呢？没命地打，俺都跑远了还追着打。"

"一个人还从腰里拿出了刀子，很长的那种，真要是砍上了，那还有个活啊？"

"俺看着有一个人像是黑社会的，胳膊上还刺了一条青龙，真吓人啊。那人打人打得也最厉害，那些人真的是黑社会吗？"

"俺村里这是犯了什么错啦，乡政府要用这种办法治俺？村里有错，老百姓可是无辜百姓啊。"

"俺几个被打得是轻的，那个小牛子，头骨都被打裂了，能不能活过来都还说不准。他这么年轻，即便是救过来，还能找个媳妇吗？人要是废了，哪个大姑娘愿意跟一个废人过日子啊。真是惨哪。你们说我们这是为了什么哪？"

"俺是乡里雇人打的。当官不为民做主，不如回家卖红薯。现在当官的是不是不再把老百姓当做衣食父母了？要是当成衣食父母，这天底下哪有儿女打父母的？"

"当官的没有几个好东西，仙鹤村的官更是猪狗不如。"

"领导，你是市里的大官，管管俺乡里的这些干部，这些人太屙血坏良心了。他们不光屙血，还喝血。这样的干部是败类，真该千刀万剐了他们。"

……

几个伤病号你一句我一句，米金一直听着。他知道做一个好的听众，也是疏导情绪、化解矛盾的一个好办法。

走出病房前，米金用右手和伤病号一一握手，然后用左手轻拍着病号的手，关心和慰问之情温暖着病号们的心，病号的情绪慢慢平静下来。

稳定人心，首先必须做好村里的稳定工作。米金和郑之渊坐在会议室里，商量着事态控制的下一步措施。米金说："当务之急，还是要安抚好受伤群众，乡里派干部到这些病号的家里去看一下，妥善解决好他们家里的问题，让他们安心养伤。对其他方面的人员也要引导好，教育好。村里的局势稳定之后，要对一些关键人物，比如孙思良，还有几个隐藏在幕后的黑手，要进行重点打击。一手要软，一手更要硬，要软在先，以软感化，以硬威慑，综合施治才能真正使仙鹤村稳定下来。而当前确保稳定的任务非常艰巨，现在我们必须找到一个人，可以让乡里和村里更好地沟通，形成互动机制，事情才好办，才好处理。"米金说到这里，郑之渊马上想到了袁成华，或许他这个时候回来，能够发挥一些作用。尤其是对柳恒稳，对柳姓家族，乃至对整个村，或许他都是最好的桥梁和纽带。

乡党政办公室主任穆晓图打电话给袁成华，说郑书记让他连夜赶回来。袁成华没有问为什么，对乡里发生的一切，他早已经完全知晓。袁成华明白，这个时候让他回来，唯一的任务就是灭火，而郑之渊派他出去，则是怕他泄密。无端被别人怀疑是一件很让人恼心的事，但作为下级，他又能怎么样呢？即便是气愤，也只能接受这样一种事实，也只能把所有的委屈和不满，深埋在心底。好在这么多年来，袁成华从一个普通的机关干部，混到乡镇党委副书记，经历过很多事，顺的不顺的，难办的好办的，也遇到过好多种人，官大的官小的，好人或者坏人,逐渐修炼成了无动于心、无动于容的功夫和气度。对这一点,连他自己都十分佩服。然而这个时候,谁都没有回天之力,仙鹤村的群众形成这种局面,自己处理不了,柳恒稳就能行吗?袁成华对此没有一点信心。仙鹤村有一些人,总是善于浑水摸鱼,在混乱局面中达到自己的目的,这一点袁成华心里非常清楚。有多少个人就有多少个心眼子,这才是仙鹤村,此时的柳恒稳应该不能完全掌握局势了。

他想,所有的一切,或许只能让时间去消磨。

几个病号家属一大早就跑到柳恒稳家里,又哭又闹:"柳恒稳,你这个没良心的,让俺这些人挨打,你们这些该死的都躲在后面,你们的良心都叫狗吃了?你们家的人怎么一个也没有挨打?拿我们这些人当猴耍啊。"

"柳恒稳,这事咱得说清楚,所有的事都是你指使的,出了人命你得偿命,出不了人命你就要拿钱。"

几个妇女坐在柳恒稳家的沙发上,拍着大腿哭个没完。柳恒稳给老婆邵秋之使眼色,让她劝劝。这个臭婆娘竟吓得一句话也说不出来,只在那儿流眼泪。一气之下,柳恒稳坐车去了城里,再也不露面。

孙思良又把刘敬天打了,谁也不知道为什么,刘敬天住进了乡卫生院。

村大院的大门从出事那天锁上后,再也没有开过,没有一个村干部到村里上班了。

大妈妈的男人所在的矿井出现了河水倒灌,上百号人死于矿井之下。矿上的人要把大妈妈接走,说是要处理后事。市里对矿难非常重视,要求各乡镇全力做好安抚工作,配合矿上的工作进度,不能出任何问题。乡里根据市里的统一安排,抽出三个机关干部,专门陪着大妈妈,按照市里的统一要求做她的工作。大妈妈临走的时候,专门到柳恒稳家里,想让他给出个主意,柳恒稳却早不知道躲到什么地方去了。大妈妈让邵秋之告诉柳恒稳,说她家里出了大事,一定要联系她。邵秋之的脸上透出笑意:"大妹子,人死不能复生,凡事都要往开了想,不能太难过。再说了,矿上不会让家属吃亏的,会给很多钱,你这后半辈子还不是一样吃香的喝辣的?会比男人活着的时候还自在。"大妈妈故意甩出一把鼻涕,全部甩到了邵秋之的鞋上,然后哭着坐上乡里给安排的车,去矿上处理善后。车上坐着的还有她眼睛一直发怔的儿子,小财握着拳头,看样子随时都有可能发疯。

蛤蟆嘴到乡派出所告状,说他看见柳方鸣强奸了大辫子,是他那天晚上巡夜时看见的。派出所到村里调查大辫子,大辫子哭得和泪人似的,然后一头撞在墙上,撞得鲜血直流,差点闹出人命。柳方鸣到场,给派出所民警反映情况,证实是蛤蟆嘴强奸了大辫子。蛤蟆嘴被带走,仙鹤村再次热闹起来,后来传出消息,说是蛤蟆嘴为了长期霸占大辫子,要把柳方鸣弄进监狱。

仙鹤村乱成了一堆烂泥,让人插不进一个脚趾头。

9

市里计划生育半年检查,仙鹤村被抽到,查出一例计划外生育,肯定要影响乡里的成绩。按照市里和乡里的奖惩政策,村里的五职干部都要因此受处分。而此时,谁还顾得上处理干部呢?再说了,现在仙鹤村的干部,不处理都没有人干了,处理了又能怎么样呢?另一个村子刘庙查出一例大月份怀孕,但二胎证还差三个月才能办,女人被乡计生办强制带到卫生院进行了引产手术。女人身体不太好,一直怀不上孩子,好不容易怀上了,又被流掉,因此可能造成终生不孕。家属为此大闹,打了计生办干部,派出所出警,将男人送进看守所,进行治安拘留,并处罚金三千元。

兰　月

1

　　机关大院一下子就静了下来，静得似乎没有了生命。下午三四点钟光景，大院里已经见不到几个人了，无论是机关干部还是领导班子成员，不到下班时间就都回了家。偶尔见到一两个人影，低垂着头颅，行色匆匆的样子，走在紧贴着下水道的路沿上。低落而无奈的情绪在机关中如同瘟疫，慢慢地滋生漫延，无情地折磨着每一个人的神经和意志。

　　似乎只有郑之渊，仍然坚守着最后的一块城池，北风凛冽或者杀声滚滚，他都无动于衷。

　　郑之渊知道，自己不是无畏，而是无力，是生命中不得不承受的无可奈何。

　　比如现在办公室里的黑暗，黑得见不到一点颜色，即使大街路灯偶尔飘进办公室的一点光亮，也被黑暗吞噬得无影无踪。只有自己的呼吸，还那样真实，真实得如同缓慢跳动的心脏，无力而又苍白。

　　郑之渊极力让自己的注意力集中起来，想弄清楚事情的来龙去脉，想知道一切的是与非，想知道策划得完美无缺的一次行动，为何竟到了如此境地。但他的脑子混乱得如一堆乱麻，总也理不清头绪。或者在做出决定，准备拆除忠字礼堂的那个时候，他的头脑就是如此地混乱着，也正是从那时开始，他就已经错了。开错了头，后面所有的路走得再对，也必将是错上加错。而他，对这个错了的结局，无论错到什么程度，他都必须承受由此而带来的一切后果。仔细想想，那个时候，他更看重的是外商的意见，更看重市委领导的那封信，以及车相渚传话过来的外面的各种风言风语。那个时候，他关心的是自己的外在形象，几万人之上的土皇帝、当权者，似乎习惯了被人尊称为书记的毕恭毕敬，绝对不允许有人挑战他作为党委书记的权威和尊严。或者在他的潜意识里，他从来就没有把那些普通百姓放到眼里，他没有想到他们会有那么大的能量，也没有想到他们会在忠字礼堂的拆除面前，形成了一种无法阻挡的抵抗的力量。以前的老百姓不是这个样子啊，当他们虔诚地拿着语录本唱着革命歌曲的时候，当他们在集体利益和个人利益出现矛盾舍小家顾大家的时候，他们是何等的高尚和可爱。甚至是到后来，即便是在分田到户以后，他们仍然唯上级的各种命令是从，开口闭口都是"上级要求、坚决服从"之类。可现在怎么处处跟上级作对呢？水能载舟亦能覆舟，古人的话说得真有道理啊，可当小舟真的倾覆的时候，谁会具有扭转乾坤的力量呢？那个时候，是因为自己太把自己当回事，以为自己无所不能，其实自己什么也做不了。高估了自己，低估了百姓，正是兵家所说的不知己不知彼，失败注定成为必然。这也同样是他唯上的结果，他把上级的一个指示，当做不可违逆的圣旨。为了达到拆除忠字礼堂的目的，他所做的一切似乎有些不计后果，付出什么样的代价似乎都在所不惜。唯命是从、急功近利，让他付出了惨重的代价。如此说来，他甚至觉醒得不如那些百姓们更早，他还在一种唯上的思维习惯和行为习惯中，没有对错是非地盲目打着转转。

　　郑之渊点上一支烟，却没有丝毫吸烟的心情。他把刚刚点上的一支烟斜放在旁边的烟灰缸上，烟头朝上，然后看着烟头上的火在无边的黑暗中，一点点燃尽烟丝。光亮稍暗的时候，郑之渊便又拿起烟来，长吸了一口，烟头便重又闪出明亮的光，他便又再次将烟头朝上放到烟灰缸上，看着光亮渐渐暗淡。郑之渊觉得，这烟头正是自己的心情表达，明明暗暗，冷热飘忽。不过，这烟真他妈的是好东西，如同女人，愁能解愁，忧能解忧。可自己这一辈子，除了老婆之外，还没有过其他女人。郑之渊知道，这是因为自己的眼眶子太高，或者根本就是因为自己从来都是目不斜视，没有动过任何的花花肠子，或者是自己本就没有这方面的才能和天赋，吸引不了女人的内分泌，谁知道呢？但不管怎样，女人总是在自己的工作和生活之外，走不进他内心的一丝一毫。女人或许就如同这烟头，猛吸两口她就明亮，弃之不理则很快失色，女人是需要用嘴呵护着的。郑之渊开始为自己这个比喻兴奋起来，如同刚刚有过一次初吻一般。他有些下意识地摸了摸自己的下巴，然后摇着头苦笑着。女人啊，对自己而言，更多的是谜，更是一种奢侈。郑之渊不知道自己此时为何竟想起了女人，连他自己都觉得奇怪。没有女人存在的男人世界，是被权力和欲望占有的世界，可以有刀枪铿锵，可以有阴谋陷阱。自己虽然走过了一次次的艰险,却总还有迈不过去的高墙,比如这次的群体性事件。

烟头熄灭的时候,郑之渊的心情几乎坏到了极点。他感觉自己就是一匹受伤的狼,孤独而又无助。今天一天,他几乎没有接到一个电话,没有听到一个人安慰的话语,甚至平时那些通过各种渠道打听到他的电话然后向他推销各种各样书籍的苍蝇们,今天也竟一同失声。郑之渊感觉自己如同一位失聪的哑人,整个世界都是冷如冰山的安静,静得如同死亡的影子。郑之渊感觉到了来自灵魂深处的悲凉,那些平时与自己称兄道弟的朋友呢?那些曾经在自己的工作历程中,结下了深厚友谊的患难之交呢?有人说,一个人成功的时候朋友看到你,失意的时候你看到的是朋友,这话一点也不假。而今天,郑之渊谁都没有看到,只有他一个人,独对空荡荡的办公室。而最让他气愤的,是他的班子成员们,在他提出强行拆除忠字礼堂的时候,许多人都投了赞成票,而现在有问题了,又都躲得远远的,如同躲避一场瘟疫。车相渚前几天还担心有人会雇凶杀他,几天的平静让他胆子大了;也离乡大院远了,一大早来到办公室,点卯似的待上一会儿,随便找个理由跑出去,一天再也不见踪影,似乎乡里发生的所有事,都与他车乡长无关。而更不能让人容忍的是,他出去竟是找地方钓鱼。一位机关干部看到后义愤填膺地向郑之渊告状,郑之渊苦笑着:"天要下雨,娘要嫁人,随他去吧。"副书记袁成华虽然表面上为仙鹤村的事跑前跑后,但郑之渊知道,他表现出的所有积极和忙碌,只是做做样子罢了,他并没有下真力气,他心存怨恨,心底的排斥隐隐写在脸上,脸上的每一个表情似乎都显出他内心深处不可触碰的委屈。袁成华本是可以相托的人,任何事只要放手让他去做,他是愿意做好,也能够做好的。可恰恰这种事发生在仙鹤村,如果是其他村子,他不护短、不避嫌的话,事情或许不会发展到如此程度。即使发生在仙鹤村,如果自己放手让他去做,他并不见得不能做到一种理想的结局。或许是自己的狭隘模糊了分辨是非的能力,或许是对车相渚与袁成华之间并不存在的默契关系的防范和提防,让自己首先乱了阵脚,才把所有可以放心使用和依靠的力量,放到了对立的位置上。甚至是柳恒稳,或者都应该是放心使用的呢。想到这里,郑之渊开始为自己对袁成华的不信任感到羞愧了,他不知道这种不信任感从何时开始,而又如何而来。纪委书记李刚,三脚踢不出个屁来,心里想得很多,多得任何人都把不准他的脉。如果说班子里城府最深，最不可捉摸的，或许就是他了。让他做事的成或者败，都在掌握之外。人大主席牛子儒，毕竟年纪大了，并且不在党政领导岗位上，做与不做，做多做少，谁也说不出什么。乡镇一级的人大本身就是个闲差，就是让人休养的，还能给他更多的具体工作吗？还有那些党委委员、副乡长们，这个时候，谁也没有想到他们的书记大人，心里正憋屈得难受，一肚子的话想说，却没有一个说话的地方，没有一个可以说话的对象。小猫小狗寂寞的时候、受到委屈的时候，还可以对天叫上几声，而自己，能对着哪儿喊上几声呢？自己不是小猫小狗，是一个活生生的人，是一个听惯了好话此刻更需要安慰的人，却没有一个人主动来到他的办公室，陪他坐一会儿，说一两句安慰的话，哪怕一句话也不说。其实一个乡镇班子就是这个样子，铁打的营盘流水的兵，今天你干党委书记大家都听你的，明天你不干，你只能是一种过去时，没有人再把你当回事。无论你干着的时候有多风光，曾经为这个地方做过什么，很快就会成为过眼烟云。即便那些曾经拍着胸脯要为你卖命的人，关键时候也不会像他们曾经发下的毒誓那样，为你做什么两肋插刀的事情。这样想来，这些干部们，甚至不如那些行走江湖侠肝义胆的江洋大盗，真义气，真性情，敢作敢为。官场就是一个鱼龙混杂的地方，什么人都有，什么事都可能发生，而永远的主题是唯上。这唯上应该是两层含义，听上级的话和一个劲儿地往上爬。也正因为如此，在只有不到十个人的班子之间，或许并没有真正的友情存在，只有互相之间的攀比和倾轧，比谁的权力大，比谁的位置靠前，比谁更有资格可以更进一步，比谁上边的关系硬，比谁和党委书记的关系好，下一步可以提拔重用，凡此种种。尤其是换届考察之时，在组织座谈时互相说着贬低的话，然后还要安排和自己走得比较近的人，说哪些人的好话，或者说哪些人的坏话，并且还刻意提醒着，要多为自己唱点赞歌，但也不能唱得太明显，不能让考察组听出彼此关系的远近厚薄。做婊子还要立贞节牌坊，郑之渊想起了这句话。每次考察前他都要给班子成员提一些要求，让他们多说成绩，少说或者不说问题。郑之渊知道，即使是他要求再严，也总有一些人，把不同的问题暴露出来，而其唯一的目的，就是为了自己的提拔重用。

  婊子，不折不扣的婊子，郑之渊这样想。

  郑之渊发现自己想得太远了，远得自己都收拢不起那些思绪。

  整个世界，寂静得有些可怕。

轻轻的敲门声，郑之渊没有说话。

"郑书记，我是赵梦。"又是轻轻的敲门声。

"进来吧。"郑之渊的声音有些嘶哑，他咳了咳，竟有些堵塞得疼痛的感觉。

赵梦推开门，摸索着打开了灯。她蓦然间看到郑之渊充满血丝的眼，脸上暗淡无光，头发散乱如同一堆烂草，颓废而且无奈地蜷缩在椅子深处，说不清是坐还是躺，面前的烟灰缸里堆满了烟头。这是赵梦到乡里工作以来，从来没有见过的书记形象。她愣愣地站在那里，泪哗地流了下来："郑书记，你这是怎么了？"

郑之渊坐直了身子："赵梦啊，我没事。你怎么还没有回去？"

赵梦掏出面巾纸，沾了沾眼泪，坐在郑之渊对面的沙发上，哽咽着说："穆主任给我说，你已经一天没有吃东西了。我知道你心情不好，可人是铁饭是钢，这样不吃不喝的，终究不是解决问题的办法。你是乡里的主心骨，如果你先垮了，其他人就更不知道应该怎么办了。你可是全乡五万人的依靠啊！"

全乡五万人的依靠？自己真的是吗？郑之渊在心里问自己。他摇着头，脸上堆满苦笑。如果说以前还有人把他当做乡里的依靠，把他比作青天大老爷，是父母官的话，那么现在，他什么都不是了，他只是仕途上的一个小官僚，没有荣耀，没有拥戴，没有百姓的仰视和尊敬。老百姓没有权力任命他这个党委书记，但在百姓的心目中，他或者已经沦为令人不齿的小丑，一个为了仕途升迁而置百姓利益于不顾的小人。想到这里，郑之渊觉得，自己已经没有脸面再见这些善良淳朴的老百姓了。在刚刚当上党委书记的时候，他曾经有过那么多的雄心壮志，在开车行驶在几十公里的山乡道路上的时候，他想起了英国的圈地运动，他想仙鹤乡就是自己的领地，是自己的理想王国，就是自己亲人拥簇的家，他一定要为自己的国度增加荣耀，为自己的家多做事情。甚至，他曾经设想着忠字礼堂拆除以后，在那儿建起一大片的工业区，仙鹤乡的面貌会有多大改变，经济实力会一下子跃入全市前几名。而现在看来，这一切只是自己的一厢情愿，只是一个不能实现的梦境罢了。更让郑之渊感觉可悲的是，自己曾经以为是家人、是衣食父母的乡亲们，竟成了忠字礼堂拆除事件中的受害者，受伤的受伤，住院的住院。以后所有的工作，他又有何脸面面对这些乡亲们？有谁还会相信党委的决策、维护党委的权威呢？

从强行拆除忠字礼堂的那一刻起，他已经不自觉地把自己放到了老百姓的对面,成了他们眼中的敌人。是自己真正的不自觉,还是其他什么原因呢?郑之渊不愿深想。

"郑书记,我陪你回城吧。你已经一个星期没有回去了,嫂子也该挂念了。"赵梦的声音渐渐恢复正常。

郑之渊长出了一口气:"她已经习惯了。"

"要不咱去琵琶湖走走?今天的月亮很好,可以看看湖上的夜景呢。"

郑之渊又是苦笑。他看着赵梦脸上的青春气息,看着她赔着小心的试探,感觉赵梦的阳光和活力似乎就要被自己的悲情淹没了,心里忽然感觉有些过意不去。这个涉世未深的小姑娘,竟也被乡里的这种烂事影响得这样沉重,都是自己的罪过啊。也罢,就算是为自己舒缓一下压力,到琵琶湖走走。

月光下的琵琶湖很有些婀娜少女的味道,蒙着薄纱,透出娇羞的迷人姿态。在湖畔行走,你闻不到她的气息,看不见她的羞涩,只有柔情拍打湖岸的声响,如悄然生长的庄稼,在拔节的韵律里轻起轻落。湖面上有高低舞蹈的飞虫,用翅膀飞翔的快乐击打着湖面上的月光,让那些或浓或淡的色彩,在水的皱纹里流淌至无声消遁。水中似乎永远都有长不大的鱼,趁着夜色把头探出水面,呼吸一些新鲜空气,也把层层美丽的涟漪留在水面,然后荡着水波欢歌而去。三五颗调皮的星子和小鱼捉着迷藏,撩起一片水花,然后悄然消失在湖水的安宁里。清高的月亮在湖面上显得如此孤傲,孤傲得谁都无法接近,时明时暗的轮廓如轻盈醉舞的少女,通体流淌着绝世的美丽。这时候会有一两声夜鸟的啼鸣,那定然是谁梦中的沉醉,撕破了夜的宁静,惊扰了乡村的梦乡,最后变成黑暗的弦,弹出一种暧昧的味道,在夜色中渐行渐远。远处那黑黝黝的影子,定不是湖心的孤岛,也不是孤岛上丛生的野柳,或许会是哪一个闲散的游魂,在水面上低头深思。一切都是静的,静得让人没有任何杂念,只有用心体会、用心聆听的渴望。

郑之渊和赵梦两个人,离得只有一尺远的距离,离水面却有一米远的距离。两个人谁都没有说话,只任无边的寂静,在暗夜里轻轻流淌。

"你不应该走这条路的,行政这碗饭不好吃,在乡镇混行政就更难了。"郑之渊的声音不大,在暗夜里却如一把刀,一下子就刺伤了赵梦的心。这么多天以来,她也一直在想,这条路走得是不是对,是不是值。乡镇,中国最基层的政权单位,对她,到底有多少的吸引力?但走上一条路容易,要退出一条路,却并不简单。如同得到与失去，有时并不在自己的掌控之内。

"考了，就来了，没想太多。"赵梦的话很轻，如湖面上的风，掠过郑之渊的心头。

"乡镇总让人充满挫败感，时时处处。乡镇起点太低，辛辛苦苦干一辈子，不如上面清闲一阵子。市级以上的机关干部们，一毕业就什么都有，房子车子，工资待遇，福利补贴，职务升迁，动不动就是县级副县级。可在乡镇，一辈子能混到科级副科级的，都是些优秀人才，都是出类拔萃的。在乡镇，机关干部难，领导也一样难，上面压，下面挤，干好了一件事没有人说好，因为所有人都认为那是你应该干好的，职责所在。可一旦干不好，就落个满身不是。无休无止的劳累、重复，无休无止的压力和责任，总让人感觉喘不过气来。在许多人看来，乡镇党委书记真是好大的一个官啊，土皇帝，可以为所欲为，可以颐指气使，有吃有喝有专车，要风得风要雨有雨。可这都是些被歪曲了的表面现象，党委书记心里的苦，有谁能知道呢？我大学的几位同学，有三个混到了副厅级，五个成了正处级，我竟成了混得最差的。在大学的时候，我是班长，而他们只是几个调皮捣蛋的孩子。可我，混了大半辈子，还是一个小小的科级干部。以前我总用一些宁当鸡头不当凤尾的话自欺欺人，用忙碌的工作为自己创造一种满足感和成就感，但实话讲，就一个乡镇而言，我们能有多少成就呢？在我从一个普通的乡镇干部走到乡镇党委书记的过程中间，自己付出了什么、付出过多少，只有我自己知道。说出来不怕你笑话，自从我大学毕业到当上乡长之前，我的工资没有往家里拿过一分钱。请吃了，送礼了，官场上的这些小把戏，我似乎都用过。呵，话说白了，这就是自认为本事不小、成绩不小的一个书记的成长手段和提拔历程。即使是这样，我去年仍然差一点当不上党委书记，市直机关一个干部找了省里的人，非要来这儿当书记。我听说后非常气愤，他凭什么？就凭关系？至于后来我怎么做的，其实不说你也差不多知道。"

郑之渊顿了顿，继续说："这个书记当上了，就要承担更多的责任和风险。各种否决指标如一把把利剑，时时刻刻地指着你的脑门，稍不留意，就会成为刀下鬼。人何苦要为自己套上一个个的枷锁呢？小赵，你是一个聪明好学的女孩子，你应该能看清乡镇所有的恩怨是非，能明白好多为人处世的道理。如果你想在行政上走得更远，就必须用心慢慢去走，或许几年内你就会有很光明的仕途。

你只需要把乡镇当做一个舞台、一个跳板，不要把这儿当成一种归宿，你要为自己设计一条路线，想着如何能走得更快。我说句你可能不爱听的话，在你的性格里，有许多官场不能接纳的东西，比如你太直、太真，有话就想说出来。并且在你的骨子里，是一个充满浪漫、充满幻想的人，总想把一切事情做到完美，没有缺憾，然后让所有人都称赞。但那只是一种理想状态，现实生活中你做得再好，也总有人挑你的毛病，并且做得越好毛病越多。你要适应这些，把现实的困扰和内心的追求区分开来，官场不允许任何人有任何不切实际的幻想。但从另一方面说，你身上的这些弱点，都不是什么大毛病，只要自己以后注意就行。无论你在乡镇岗位上工作多长时间，你要记住我的一句话，不求有功，但求无过。一个人一旦有过，是用多少成绩都无法遮掩的；世上的大部分人，在面对别人成绩的时候，都非常吝啬自己的好话和掌声，因为他们心里只有妒忌。所以他们在大部分时候记住的，不是你的成绩，而是你的失误，那会成为他们永远的茶余饭后的谈资。"郑之渊的声音透出无奈和感伤，他稍一停顿，接着说，"现在的人，缺少了同情心，只想着如何看别人的笑话，自己的快乐是建立在别人的痛苦之上的。"

赵梦不知道郑书记心里竟然压抑了那么多的东西，平日里见他充满激情、永不停歇的样子，见他镇定自若、指挥万马千军的样子，从来没有想到过，一个权威男人背后的细腻情思以及在他背后的所有真实。她想，或者每个人都有他的两重性，一个在阳光底下，一个在月亮的阴影里，这应该没有多少可以大惊小怪的，她能理解郑书记的成长历程以及为此付出的所有东西。乡镇党委书记也是人，并且是一个承担着更大风险和责任的普通人，谁能用一个超人的标准去苛责和要求他呢？赵梦今晚本想来安慰郑书记的，却发现更多地成了郑书记对自己的鼓励和鞭策。从心底讲，赵梦感觉自己并没有太多安慰的话可以说，因为这些话，说出来就成了不自然，就成了一种虚假。

"比如今天晚上，我知道你是想让我散散心，想给我说些心里话，尤其是想说些安慰的话。其实，对我而言，说与不说都是一样，因为我了解你，知道你的性格脾气，你不说我也同样感激。因为你是班子成员里面唯一一个在今天来看我、来听我说话的人，并且也是唯一一个想鼓励和安慰我的人。但以后，对其他的领导人，将来不管你跟着谁干，心里想说的一定要说出来，因为有些人是愿意听好话的，是愿意你表达他们想要听的歌颂或者赞美。有些话说出来可能就是虚情假意，人与人不同，有人偏偏喜欢那一套，哪怕你说过了、说酸了，都没有人说你的不是，反而会夸你懂事。这些话可能有违你的天性，但你要学会劝自己，那是别人让你说的，而不是自己愿意说的，况且别人都能说的你为什么不能说？"郑之渊长长地出了口气，接着说，"一个地方就是一盘棋局，有的人当将，有的人当卒，至于自己当什么，从来都不是自己说了算。即使是当将的，也是被别人的手拿着走。无论你刻意摆出多少自以为是的自尊和威严，一个棋子的存在，从来都不是自己说了算的。应该冲锋陷阵的可能倒戈，应该出谋划策的可能缄默无言，应该士为知己者死的可能成了缩头乌龟，任何一盘棋都不好下啊。或者这就是仕途，就是现实，就是人们常说的命运。等你慢慢习惯这些的时候，你就能够适应这个官场、适应这个环境了，你才能在仕途上走得更远。"

"我不喜欢这种为人处世的方式。我不想当什么大官，只想为老百姓做点事。"赵梦的声音很小，如一只夜虫的声音，轻柔而且动听。

郑之渊笑了笑，摇着头，说："我毕业的时候也这样想。这么多年来，我们做了那么多的事，有几个老百姓感激和认可呢？我们可以用不需要感激为自己开脱，可是当他们把我们的好心当成黑心驴心猪心的时候，你是不是会觉得委屈、感觉心疼呢？不想当大官是不对的。既然走上了这条路，再退出来，没有人会说是你不想做，而是会对你指手画脚说你做不了。世上的好多人，都是为别人活着的，为别人的看法活着，从来没有痛痛快快地为自己活一回，这就是人的悲哀啊。而在仕途中的人，时时仰人鼻息，更是悲哀。"

"既然如此悲哀，你为何还要劝我在仕途上往前走？如果我不想玩了，想退出呢？"

"别傻了小赵，你很年轻，又是女干部，现在各级对女干部的配备都有年龄、学历、职数的要求。你只要坚持走，将来肯定是要超过我的。"郑之渊忽然感觉话说得不对，"当然，你的目标不能只是超过我，而是要当市一级、省一级的领导干部。"

"郑书记，您可别抬举我了，我哪有那个本事啊！"赵梦随手拾起一个小石子，扔进黑暗中的湖里，水面上传来很小的声响，更增添了夜的静谧感觉。

"天不早了，走吧，谢谢你陪了我这么长时间，我心里现在好受多了。世上从来就没有过不去的火焰山，明天的太阳会以同样的姿势升起，这些话说得多好听啊,现在我也终于能够明白这些光照人间的大道理了。"郑之渊一边说着,一边起身,伸出手拉起赵梦。在他们的手指轻触的那个瞬间,赵梦似乎被电流击中了一般。她感觉郑书记的那双手如此有力,如此温暖,让她久久不愿放开。

2

颜景观终于看不下去了,村里乱成这个样子,竟然没有一个人出来主持大局。那些在集体斗殴事件中的幕后指挥,现在更是躲得远远的,生怕别人找着他们。那些被打的群众,因为医药费跟不上,经常打不上针。村里那些自愿陪护的人,因为时间太长,终于失去了耐心,最后留在医院里的,就只有那些哭丧着脸的伤员家属。也难怪,久病床前无孝子,别说这些街坊邻居了。

刚开始的时候,那些村民的心底,有一种面对灾难的义愤,所以空前团结。当需要他们在医院里陪护那些伤员的时候,他们一个个自告奋勇,如同将赴疆场的勇士,心里涌起的是一种舍生取义的光荣感、使命感。可当他们真正静下心来,回过头仔细想想的时候,忽然发现自己如同被人掌控的木偶,一切都是别人安排好了的。这个世界谁都不是谁的主子,一旦进入了谁想控制谁的圈套,就必然产生反制控制的情绪和办法。所以那些村民们慢慢滋生出强烈的抵触和厌倦情绪,然后就找到了各种各样的理由,悄悄离开了医院。

颜景观把刘敬天、柳方鸣、孙思良、孙思错、柳卫党、孙维下,招呼到自己家里。颜景观电话打了一个又一个,费了好多口舌才把这些人招呼齐。等着这些人的,是一桌子的好吃好喝。几个人在桌子旁边坐下,嘴上天南地北地瞎扯,心里却打着各自的小算盘,他们都想知道颜景观葫芦里卖的什么药。

等所有人都坐下,颜景观开始说话:"今天请各位来,就是闲场闲酒,我一个闲人,借机说几句闲话。首先声明一点,我既不是支部书记,也不是任何一个职务上的村干部,我只是一个平头百姓,也不想给任何一个人争任何一个官位,只想舍着这张老脸,替街坊邻居们向大家求个人情。村子里乱成这个样子,在座的每一个人都没有想到。时事天命,怨不得别人,怨也没有用。现在急需的是不要让村子成为一盘散沙,要想办法让那些病号尽快看好病,让村里的事有人管,有人干。大家都是明眼人,现在的情况也一定看到了,电机坏了没人管,地都没法浇了；村里的治安没人管，几户人家大白天的就被人撬开门偷了，晚上也经常有人家被偷被抢。对这些事，我相信各位早已经看不下去了。所以今天我是倚老卖老，希望老少爷们儿给我颜景观一个面子，暂且抛开其他的一切恩怨，想法解决点具体问题，要钱我出钱，出力是各位的。大家伙儿合计合计，有什么想法，咱都摆在桌面上，看看怎么样？"

几个人没有一个说话，"大叔，你这菜都凉了，咱是不是边说边吃啊？"孙思良说。

"也行，那我就先敬大家伙一杯。大家知道我酒量不行，但这杯酒我一定喝了。是敬各位的，大家也要干。"颜景观端起酒杯一饮而尽。

几个人刚要端杯，就听见有人从外面跑进来，脚步声快而且重。大家往外张望着，然后就看见孙思良的老婆苗女，上气不接下气地推门进来，大声喊着："思良，快跑，派出所又来抓你了。"

孙思良把一杯酒端起来干掉，用手捏了一块鸡肉放进嘴里："狗日的，搅局的都是乡里的这群王八蛋。老少爷们儿慢慢吃，我先走了。"说罢一溜烟跑了。

"来，咱喝，都干了。"柳方鸣有些急切地招呼大家，脸上露出得意的笑容。很长时间以来，他一直对孙思良心存恨意，见他狼狈逃窜的样子，心里熨帖得很。

柳卫党狠狠地瞪了柳方鸣一眼："没出息，好像没喝过酒似的。"

柳方鸣嘿嘿笑着，他现在越来越不把别人的话当回事。

"不管做什么，我退出。在我任职期间出现了老百姓挨揍的事，脸上无光啊。所以村里的任何事，我以后都不会参与。"刘敬天长叹一口气，说。

"那乡里给你的钱你还要不要？"柳卫党问道，丝毫不留情面。

"哪有什么钱？乡里是因为我的组织关系解决不了，怕我上访才答应给钱。可到现在我连钱的影子都没见到。现在又出了这种事，我再拿乡里的钱，还不让老百姓把我剥了啊。"刘敬天说。

"不要白不要，说好给的就得要。你觉得放进自己口袋里过意不去，你完全可以放到村里来嘛，也算是对你所犯错误的一种补偿。现在那些病号都骂你，说是让你给出卖了，乡里强拆礼堂是你鼓动的。"柳卫党说。

"天地良心，我再怎么着也不能做那样缺德的事啊。我是想沾点小光不假，可沾的是乡里的光啊，不沾白不沾，根本没想占村里什么便宜，更没有想着要拆除礼堂。我知道这些话你们也不见得相信，唉，这都是报应啊。谁让我把那个党员资格看得那么重呢？快入土的人了，是党员就能多活几天？还是想不透这些事啊。这几天我想通了，也看开了，所有的东西都是身外之物，生不带来，死不带去的，强求不得。这样吧，我从现在开始，永远在仙鹤村消失。"

"噢，你惹了事就想拍拍屁股走人啊？想得可真好。村里这个烂摊子，还非得让你收拾不可，谁屙的谁除，不能这样便宜了你。"柳卫党的声音很大，似乎掉在地上就能砸出个坑来。

"我看也是，谁也不能说想干就干，说不干就撂挑子走人。那村两委成什么了，咱这些人不就都成了刘黑七的队伍了？"孙思错站了出来，帮着柳卫党说话。

"让我干行，那你们能听我的吗？"刘敬天反驳道。

"听你的，你算老几？"柳卫党接着反问。

"那我就没办法了，不干不行，干还不听我的，你们拿我当什么了？你们说句明白话，让我怎么着吧？"刘敬天手开始哆嗦，话也似乎说得不利索了。

"你得赔偿那些老百姓，拿钱给他们治病。"柳卫党的声音不容反驳。

"凭什么？人不是我打的，我凭什么拿钱？"刘敬天急了。

"凭你跟乡里穿一条裤子，凭你挑动着乡里强拆礼堂，凭你腆着一张老脸非得当村干部。这些人就是想让你知道，村干部并不是容易当的。"柳卫党把拳头扬了几扬，"不服气咱就比试比试，看你的嘴硬还是我的拳头硬。"

刘敬天不说话了，眼里流出了泪水，浑浊而汹涌，然后一下子跪倒在地上："我是老糊涂了，你们放过我吧，我今天就走，从此再不踏进仙鹤村半步。"

几个人一下子静了下来，谁都没有想到刘敬天会有这一招。

"敬天啊，都是乡里乡亲的，不要这样，快起来。你也一大把年纪了，让人看见多不好。我也向大伙儿求个情，就让敬天走吧。话已说到这种地步，再跟他过不去就有些不近人情了。"颜景观离开椅子，把刘敬天扶了起来，然后把他送出了门。

剩下了颜景观和其他四个人，屋子里似乎宽敞了许多。柳方鸣开口了："卫党兄弟，你放心，我不想当什么支部书记村长的，我就想跟着你干。就咱这觉悟，你说干啥我干啥，你让我干啥我干啥。"

其他人沉默着。孙维下没有更多的野心，他无意于做支部书记，只想安安稳稳地做他的村会计。孙思错心里有着更多的想法，他以为凭着自己的出身和人缘，完全可以在村里占有一席之地。但以前一直是柳恒稳干支部书记，柳恒稳更倾向于用柳姓的人，所以他几乎没有多少机会。前一段时间，虽然是柳恒稳提议让他进了班子，但孙思错以为，自己或者仅仅是柳恒稳的某种工具，柳恒稳想要的肯定是村干部之间的相互制约，他是想让自己帮着孙思良出主意，然后制造与刘敬天对立的另一派势力。如果柳恒稳真的是好心，他早就把自己吸纳进村两委班子了，孙思错对此明白着呢。可现在所有的情况都变了，柳恒稳不知躲在哪里，在仙鹤村再也不是一言九鼎说一不二了，那么自己的机会就来了。孙思错认为自己完全有能力让仙鹤村稳定下来，完全可以掌控好村里的大局。在几分钟的安静里，柳卫党逐一看着每个人的表情，似乎觉察到了什么，然后慢慢开了口："在仙鹤村，还没有谁能像柳书记那样，能完全把握局势。所以我不会争着去当书记，只想在村里有个活计就行。"

柳卫党的话似乎是自言自语，其实是说给其他人听的，他在警告在座的人，不要有任何的非分之想，这仙鹤村还是柳恒稳的。包括颜景观召集这些人吃饭，柳卫党就感觉不对劲，心底里都有一种不耐烦。你颜景观算什么人物？凭什么把这些人约到一起吃饭？你家的饭好吃吗？地浇不浇旱不旱的，有你什么事？你这不是狗拿耗子多管闲事吗？但柳卫党清楚，这些话只是放在自己肚子里，于情于理都不能让颜景观下不来台，毕竟颜景观在仙鹤村、在颜姓家族里面，还是头面人物。

"我看不如这样，你们四个人都是村里原来的干部，老资格了，还是你们几个有事多商量，别让村里人没个依靠。尤其是现在急需浇地的事，维修电机的事，治安值班的事，再不办就会出大事。你们尽管去干，需要我给你们出力的，一定会给你们敲好边鼓，怎么样？"颜景观尽量把话说得周到委婉，让每个人都能接受。

"大叔既然这样说了，我们做小辈的，还能说什么？我没意见。"颜景观的话音落地，柳卫党就首先表态。他知道，在发言先后的问题上，谁早谁主动，谁就是挑头的，其他人就要跟随。

"我没意见。"柳方鸣接着说。

"我也没意见。"孙维下和孙思错几乎同时说出口。

酒杯响起来,一杯酒下肚,颜景观家里的电话响了。

是孙女小叶子的电话。老婆子接起来,然后就喊:"世道他爹,是咱孙女的电话,长途,让你接哪。"

"爷爷,我上次给你说过我和绪野的事,求你了。我们都老大不小了,不能总是这样耗着。下个月他准备回家探亲,我想和他一起回去看看您。"孙女小叶子的声音甜甜的,在电话听筒里显得遥远而陌生。

颜景观的脸一下子拉了下来,手开始哆嗦:"小叶子,你是大学生,他是一个普通士兵,他还要服役好几年,你们不合适。如果你不听话,你就别回来。"

"爷爷,他人很好,将来也肯定很有前途,我也很爱他,你就接受他吧。"小叶子开始向爷爷撒娇,"我知道爷爷最疼小叶子的。"

"你少给我啰唆!你要是跟了他,颜家就没有你这个孙女。"听到孙女在电话那端强忍着的哭声,颜景观长出了一口气,说,"叶子,爷爷最疼的是你,这话一点也不假。正是因为疼你,才一门心思地让你过上好日子,爷爷想让你一辈子幸福。你和一个当兵的,能幸福吗?他能给你带来什么保障?退一万步讲,即使我同意了,你们结婚后要到猴年马月才能在一起?你还是个孩子,一个大孩子带着一个小孩子,这能叫过日子吗?这些实际困难,爷爷替你想了又想,就是下不了这个决心。叶子,爷爷的心你知道,以后也别再给我说什么爱不爱的,我听着不顺耳,我听不惯。咱农村人哪有那么多的爱呀情?过日子就是生儿育女、侍弄庄稼,这才是正办,才是规矩,上对得起天,下无愧于地。你们口口声声挂在嘴皮子上的爱情,是能当粮吃,还是能当钱花?天底下的爱情长不成摇钱树。你还是再想想那些实际问题,别成天价做那些没边没棱的梦。"

颜景观听见孙女抽泣着挂断电话,心里忽然被揪得很紧。他摇着头,长出了一口气:"现在的孩子啊,年龄一大,翅膀就硬了,就开始不听话了。可他们怎么懂得居家过日子呢?真的让人不放心。"

颜景观重又入座,让大家喝酒,可几个人都没有了喝酒的情绪。

"看看这些长大的孩子,世道真的变了。在外面打工,打着打着就心高了,看不起农村人了。再过几年,村里只剩下我们这些老弱病残的,村子又会变成什么样子呢？"孙思错像是自言自语，又像是说给其他人听。

"世道再怎么变，庄稼人还是庄稼人，离开庄稼就不是人。"颜景观说，"我听着刘庙村要搞六层高楼，要让土泥腿子住楼房，纯粹是瞎折腾。他们下地的镢锨锄头往哪儿搁？"

"时代变了，什么都在变。现在的年轻人啊，经常是大白天说梦话，不切实际。他们是靠做梦活着的，成天价开口闭口地谈爱情，好像爱情就是天大的事情，比什么都重要，以为有了爱情就可以要风得风要雨得雨。大老爷你说得对，咱农村人说什么爱情啊，农村本就没有爱情。"孙维下的话让几个人齐刷刷地看过去，他们同时想起了一个女人，葛小窈。

3

"防火防盗防记者"，这是时下好多地方的流行语。乡里早就安排了几路人马，在各个重要路口，提防着那些随时可能从地缝里冒出来的小报记者。百密终有一疏，乡里安排的防范人员终于还是没有防住。或者这些记者们早已练就了突破防线的各类手段，换成地方牌照的车，或者伪装成当地人的亲戚朋友，手段不一而足。最先发现有记者来的，是在入村的路口安排的一个暗哨，打锡壶的，长发飘飘，眼睛毒辣，姓钱。钱锡壶给牛子儒打电话的时候，胸有成竹，说："那人一看就是记者，长着三角眼，四处乱看，不像好人的模样。他打听村支部书记的名字，说要到他家里去，不是记者还能是什么？"

牛子儒不敢怠慢，赶快汇报给郑之渊，郑之渊让牛子儒马上汇报给市委工作组。

市委驻仙鹤工作组组长、市政法委书记米金不敢马虎，安排市新闻中心的干事小李跟上，说是服务，实则是监视。但小李到村里后，始终没有见到那两位记者，最后是市医院来了电话，说是有报社记者到医院拍照。小李赶到医院的时候，那两位记者已经驾车回省城了。原想能把问题解决在当地，花几个小钱把事办了，却连记者的面也没有见到，让米金很生气，对着李干事发了一通大火。

第二天一大早，郑之渊的办公桌上就放着一份传真件，题目是《凶手是建筑公司还是黑社会，谁在雇凶？》，内容写的是仙鹤村强行拆除忠字礼堂引发的斗殴事件。郑之渊一边骂着狗日的小报记者,一边认真地看着传真文件上的文字:"2005年6月11日,某省绳油村遭到歹徒围攻,300余人持猎枪、刀棍袭击因反对占用自家耕地聚居多日的数百名绳油村村民,致使6名村民当场死亡。历史非常相似,在今年7月26日,这一幕又在阳山市仙鹤村上演,这一集体斗殴事件,离绳油事件仅有一年又四十五天。而打人的到底是建筑公司还是有人雇佣的黑社会,请看记者调查。"

作者署名是北京《法制快报》记者贺怀崇。

郑之渊感觉这位野记者的文笔很差,只是一种事态的描述。但他在医院拍摄的那些照片,却有很强的震慑力,那些血淋淋的纱布包着的头颅,那些断臂残腿,让人有些触目惊心。如果这种报道发到报纸刊物上,会不会引发连锁的不良反应,会不会引起更大范围的动荡都未可知。想到这儿,郑之渊的额上渗出汗珠来。他让办公室公务员把李刚和赵梦叫到办公室,然后让赵梦马上联系市新闻中心主任贾岩,火速与这位野记者取得联系,绝对不能让他把稿子发出去。

贾岩因为在新闻中心工作,被人戏称为"假新闻"。贾岩写稿子的水平一般,但对新闻灭火,却有自己独到的本事。

贾岩被请到郑之渊办公室后,看了几眼稿子,说:"郑书记,这种负面报道,只有百分之一的记者是为了体现新闻价值,百分之九十九的人都是为钱。对待这种小报记者,有几种办法:一是对那些无损党委政府形象的小稿子,给几个小钱打发算了,不跟他生气,这就是老百姓说的破财免灾;第二种办法是在他们的报纸上刊发广告或者形象文稿。这种情况一般是那些小报记者,为了完成报社下达的任务,采取先用稿子吓唬人,说报纸要刊登负面新闻,版面已经排好了,要想撤下来,必须用其他稿子替换,然后就会谈到广告合作事宜;第三种情况,如果遇到黑心的记者,只有钱才能够打发得了,并且不是小钱。这种人一般都很狡猾,他们收钱没有收据,联系都是单线联系,好像地下党似的;还有一种情况,比如贺怀崇的这种稿子,涉及地方党委政府,比较敏感,一般的报纸刊物刊登,都要掂量掂量,一般是不敢发的。这种情况如果铁了心地不予理睬,有时他们也没有多少办法。但这样处理有可能出现风险,如果真的有报纸敢发,就捅了大娄子,其他报纸、网站的再一转载,事态就不好控制了。所以最好还是采取息事宁人的态度,尽量用钱摆平。但这种稿子要价一般都很高,因为这些野记者以为抓住了党委政府的软肋，开价比较狠，像饿皮虱子。去年我给一个乡镇灭火，也是国家一个部委的报纸，少于两万不干，那位乡长说两千块钱，多一分也不给，你尽可以发。只要你发了，北京有多少你们印的报纸我买多少，然后就到法院起诉你，告你没有新闻工作者的职业道德，新闻报道不实，到时候连报社一块儿告。后来那位小记者竟然连面也不露了。这也是迄今为止，我感觉处理得最爽的一个稿子，一分钱没花，稿子最终也没有见报。但对贺怀崇的这篇稿子，我一时拿不定主意，因为我对这位贺怀崇没有了解，不知道他是一个什么样的人，我们可以先接触一下再说。并且这种事，不要太急，太急了就有可能吃亏，让他们先动起来，先谈价格，然后再牵着他们的鼻子走，事情就好办多了。"

不愧是新闻中心主任，还真有一套。郑之渊心里想，猪往前拱，鸡往后扒，各有各的门道，这话一点也不假。

"兄弟，新闻灭火是一门学问，我是门外汉，不懂，李刚书记和赵梦也没有遇到过。这样吧，让他们俩给你当帮手，你全权处理，要钱拿钱，要车出车，这事我就不再管了，怎么样？完了事我请你喝大酒。"郑之渊用商量的口气给贾岩说。

"对这事我没有十足的把握，因为这个野记者到底是一个什么样的人我还不知道。这样吧，有事我们及时给你汇报，大主意还是你拿，我只是跑跑腿。"贾岩的话说得很圆滑。

"你就别给我卖关子了，重任在肩，你就看着办吧。行吧，兄弟？"郑之渊显出十分的真诚。

"我不会惜力的，一定尽百分之二百地努力，你就放心吧。"贾岩站起身，"我和李书记、赵主任一起商量商量，怎么和这个家伙联系上，尽快进入工作状态。"

贾岩联系贺怀崇的时候，贺怀崇拒不相见，这让贾岩很恼火。贾岩明确告诉贺怀崇："我代表一个市里最权威的新闻宣传部门给你打电话，你发表的文稿如果得不到新闻中心的认可，将承担一切法律责任。"

贺怀崇说："你不就一个县级市的新闻中心主任吗？牛逼个啥？"然后就挂断了电话。

贾岩感觉这家伙可能是一个软硬不吃的主儿，并且一个电话就交上了火，这事就比较难办了。无奈，贾岩只好请出了省委宣传部宣传处的一位副处长，他是自己多年来一直交往并且关系密切的非常重要的灭火工具，实在办不了的事，一般都要请他出面，姓华。

贾岩让华处长给贺怀崇打了电话，贺怀崇才勉强同意在一个茶楼见面。

贾岩没有带着乡纪委书记李刚，而是带了赵梦，女同志，能让谈判少一些火药味。贾岩知道，这将是一场艰苦的斗争，因为从贺怀崇目前的表现看，他不纯粹是为了钱。所以第一次见面，贾岩让赵梦少说话，不能透出任何给钱灭火的意思，一方面怕被抓住把柄，更重要的是，他要看看贺怀崇葫芦里到底卖什么药，他的背后是不是还有涉及仙鹤乡更复杂的背景。贾岩清楚，这些小报记者，冠冕堂皇地说什么新闻监督道义责任，其实只是为钱忙活。现在的报纸，有几家不是为了生存卖关子揭漏子然后用所谓的道义责任换两个小钱的？贾岩隐隐感觉到，自己将要面对的这个贺怀崇，无论装扮得多么高尚，最后都要扯到钱上来，他并不见得有多么崇高。有了华处长的电话做铺垫，两个人在价码问题上应该好谈。只是谁会先开口，谁最先谈价码，谁拥有谈判的主动权罢了。或者因为华处长的电话，贺怀崇会痛快地把稿子撤下，一分钱不要也未可知。但贾岩知道，他不能抱这样的幻想，给了钱反而更安全，因为给了钱就等于灭火成功。如果记者不收钱，灭火的反而感觉不安心，担心稿子说不定在哪天，还会刊登出来。这都是极少数龌龊的记者们给闹的。

三个人客套地握手，然后坐下，贺怀崇点了时下最流行的普洱茶。茶座里有很轻柔的音乐，却让人感觉并不轻松，更没有谈话的气氛。几十秒的无声，三个人好像不知道如何开口说话，却都在用眼睛的余光斜睨着对方，揣测着对方的心思。

贺怀崇的手机响起，似乎有些不合时宜。贺怀崇拿出看了看，挂断电话，然后把手机放到面前的茶几上。

"其实你们来与不来都一样，稿子我已经通过电子邮件，发给了几家刊物。"贺怀崇终于开口说话，声音很轻。

"发了几家？"贾岩问道，似乎一点也不急。

"五家。因为这是一次联合采访，不单独是我们一家媒体。"贺怀崇回答得很直接。

"这茶叶好像焐了一样,喝不惯,似乎不像报纸上宣传的那样好喝。"贾岩端起小小的陶瓷茶碗,故意哑巴着嘴巴,"贺记者的稿子可是一稿多投啊,这好像不是一个正当记者的作风吧。"

"多挣点稿费,也想扩大点稿子的影响力,无可厚非。这也是圈子里的潜规则。"

两个人的对话已经暗含锋芒。

沉不住气了,狗东西,现在就说到钱了,贾岩心里想,但他还故意不接话茬。从刚才贺怀崇的表现来看,贾岩感觉这个家伙的最终目的就是钱,那么他就有完全的胜算了,以自己的能力和水平,拿下他不成问题。

"无论发多少家刊物,正式发稿前还是应该由当地的新闻宣传部门把关的,这不是潜规则,应该是新闻纪律吧。"贾岩说。

"这个世道,哪还有那么多的纪律?这些潜规则能理解得了就不错了。"贺怀崇也把嘴巴咂得很响,"这茶很好啊,贾主任怎么会喝不惯呢?"

"小地方的人,没有那么高的品味,还真的喝不出这茶到底是一种什么味道。"贾岩仍然是话中有话。

"贾主任,你能不能给我说句真话,那些打人的,到底是建筑工人还是黑社会杀手?"

"哟,这可不是一个专业记者的水平。连你自己都不知道到底是建筑工人还是黑社会,你是怎么写的稿子呢?是不是胡乱猜测的?那你这篇稿子就得好好掂量一下了。"

"稿子肯定没问题,至于是不是黑社会,其实你们比我心里更清楚。"贺怀崇发现自己的话说得确实没有水平。

"贺记者是不是很怕黑社会啊?"贾岩压低了声音,故意问。

"黑社会有什么可怕的?我们干记者这一行的,走南闯北,什么事没见过?"

"那可不一定,视力所限,得夜盲症也有,见过也许只是传说。我刚看了一则报道,说是京城里的一个小报记者,到一家地方煤矿拍了一些照片,人还没有出厂区就被矿上的保安抓住,打出人命了。贺记者没有看到这篇报道?"

贺怀崇的电话再次想起,这次他接了起来:"你好,蓝总编,你说稿子已经编好了是吧,是不是仙鹤村的那个啊?谢谢你啊,蓝总编。哪天的报纸?后天的，行，我注意查看。"

赵梦的头一下子蒙了，贾岩的表情却没有任何变化。老江湖就是老江湖，赵梦心里想，竟然如此沉得住气。

"你看贾主任，让你白跑一趟了。省里的《法制报》后天就把仙鹤村的稿子登出来了，已经不能撤了。"

"是吗？"贾岩再次把茶水品得很响，他几乎是照着原来处理过的一个灭火事件方式，说，"这样也好，我们就在这儿等着买后天的报纸。省城的报摊上有多少我们买多少，然后会在当天把起诉书送到法院，你和那家报社就准备当被告打官司吧。"

贾岩站起身，头也不回："赵梦结账，咱们走。"

贺怀崇悻悻地站起身，脸上的愤怒与无奈交织，看到他们两个马上走出茶室的时候，喊道："贾主任，能不能把你的电话号码留下？"

贾岩脸上的笑容一闪而过："真是贵人多忘事，我给你打过电话，你的手机上应该还有我的电话号码。"

贺怀崇的笑容有些僵硬。

第二天是比耐心、比毅力的过程，郑之渊几次来电话，询问事情的进展情况，贾岩一直让他等。直到晚上六点多，郑之渊等不及了，贾岩也怕真的让报纸给登出，才犹豫着给贺怀崇打了电话。

贺怀崇的手机关机，贾岩的头一下子就炸了。这个狗日的，还玩起了失踪，贾岩没有想到贺怀崇会有这一手。贾岩慌忙打电话给华处长，让他帮忙想办法，直到八点多，华处长的电话才打过来："你们找他吧。"

"贺记者，我知道你一直在等我的电话。撤下那篇稿子，你开价吧。"

"到这个时候，已经撤不下了，刚才华处长找我的时候我已经说得很清楚了。报纸所有的审签程序都已经走完了，马上要进厂开机。并且我还要告诉你，我并没有等你的电话！你不要以为所有的记者都像你想象的那样，可以用钱收买，具有社会正义感的记者到处都是。"贺怀崇的语气忽然坚硬如铁。

"你是吗？我还真没有看出来。我告诉你贺怀崇，如果报纸真的登出仙鹤乡的稿子，我会让你吃不了兜着走。你不但一分钱拿不到，我还会让你从这个世界上消失，你信不信？"

223

一阵静默。

"十万，少一分不行。"

"五万，多一分不给。"

"八万。"

"六万。"

"成交。但我要现金，一个小时内把钱送到省立医院门口，一辆牌号是5741的出租车，一个女的负责收钱。"

"这些钱包括你们联合采访的所有媒体。"

"没问题。"贺怀崇说完就挂断了电话。

贾岩忽然感觉很失败。这些钱对一个乡镇来说，不算是一个小数。而在这场讨价还价的灭火过程中，他没有掌握多少主动权，反而是被贺怀崇牵着鼻子走。就连出租车号，也是"我气死你"，真他娘的可恶。贾岩气得把水杯子摔在地上，玻璃碎片四处乱飞。但他心里清楚，自己手里并没有多少谈判的筹码，也便注定了一种完全失败的必然结局。

贾岩开始默默祈求，希望这是媒体对仙鹤乡群体性事件的唯一一次采访。

4

车相渚和牛子儒各领了一个小组，分头和病号家属谈补偿的问题。村里的几个干部也分了工，柳方鸣和柳卫党跟着车相渚，孙思错和孙维下跟着牛子儒。谈判没有进行多长时间就卡了壳，病号家属说，治不好病不谈赔偿问题。其实这种硬伤，完全可以出院治疗了，骨头断了回去休息就是，在医院待着不打针不吃药的，也只是干耗着。皮外伤好得很快，结成的痂早已经脱落，已经完全没有住在医院的必要。但这话没有人能给病号家属说，包括那些村干部，因为是他们组织群众阻挡拆除忠字礼堂的，有人受了伤，谁也不能胳膊肘子往外拐，他们也想让老百姓多得点补偿，这也应该是人之常情吧。

眼看着日子一天天过去，市里在仙鹤乡处理问题的工作小组坚持不住了，强压着乡里抓紧时间谈赔偿问题。这个问题结束了，就等于整个事件处理到位了，他们也好鸣锣收兵。但病号家属不管那一套，市里乡里越急，他们越不急，他们一次次地给乡里说:"我们老百姓有的是时间,耗得起。"村民们越这样说,市乡两级越耐不住,一个乡镇的精力不能全耗在这件事上啊。所以乡里私下要求医院给这些人停止输液,还让医生赶他们走,说病号住不下。几个受伤群众无奈,这才准备谈赔偿问题。

几个病号家属狮子大张口,开价在一百万元以上,并且死咬住不放,根本没有往下谈的可能性。

谈判陷入僵局。

当天晚上,有光头、胳膊上刺着青龙的年轻小伙子走进病房,其中一个被叫做龙哥的站在病房中间位置,告诉那些病号:"我们是建筑公司的,我们老板给你们准备了十五万块钱,多一分也没有,你们几家看着分。明天下午拿不出分配方案来,这些钱一分也没有了。明天晚上就会有人把你们抬出医院,扔到大街上。"龙哥还故意走到病号床前,使劲捏了捏那些病号的受伤部位,但没有一个人敢喊疼。

"说实话,你们这几条胳膊几条腿的,根本不值那么多钱。我们做了那么多活,一条胳膊才五千块钱,一条命才两万。老板一开口就给你们十五万,给足了你们面子,不要敬酒不吃吃罚酒。"龙哥转了一圈,继续说,"你们真不愿意走也行,从后天开始,我们伺候你们几位。至于工钱嘛,也不多要你们的,乡里乡亲的,看面子,一天三千块钱。至于你们愿意怎样,我们不强求,完全尊重大家伙儿的意愿。"

满屋子里的安静。直到龙哥一行走出医院病房楼,几个伺候病号的家属才敢站起身,把头缩在窗子的下沿往外看。

第二天乡里再次和病号家属谈判,双方很快就赔偿数额达成了一致,总数二十万。车相渚心里充满了成就感,能够这么顺利地谈下赔偿问题,这一切都是他的功劳。

忠字礼堂的强行拆除所引起的群体性事件,就这样曲终人散。不到两个月时间,所有问题都处理到位。车相渚感觉很不过瘾,他觉得应该有更激烈的对抗和冲突才对。这样的结果,竟如同生活插曲中的小波折、小花絮,小得竟没有激起任何波澜,这似乎有些辱没自己的智慧。车相渚心里忽然有些淡淡的失落。

5

"酒黏黏子"孙有财的儿子孙思宇收到了北京大学的录取通知书,在仙鹤乡引起一阵轰动,在仙鹤村更是如八级地震一般。也难怪,全乡自古以来就没有人考上过北京大学,仙鹤村就更不用说了。街坊们想起来,孙连国的儿子十几年前也是去了北京读大学,可他上的是外国语之类的学校,远不如孙有财的儿子。不过,为什么孙家的孩子都那么有出息?两个最穷的人家,孩子最聪明,都能考上名牌大学,这里边一定是孙家祖坟的风水好。颜家虽然知书达理,是儒家正传,却少有人考上好大学,这不能不说是怪事。为此颜景观曾经让看风水的来看过,并且做了法事,却仍然不见效果。这几年借着大学扩招,走三两个大学生,都是二本三本的,成不了气候。为此,颜景观一直郁结不已。

孙有财的家境与他的名字正好相反,不但无财,而且完全可以称得上一贫如洗。多年来因为喝酒,孙有财几乎卖掉了家里所有值钱的东西,是乡里村里出了名的贫困户,吃了上顿没下顿,全靠上级的最低生活保障金和民政救济买点口粮。这也难怪,老婆神经有点问题,一点农活都不能干,也不会干,前边生的三个闺女憨的憨傻的傻,没有一个能下地干活的。只有孙有财,还能下地出力,却因为没钱买农药化肥,种地也便成了种子一撒万事大吉,不锄草不浇水不施肥,真正成了靠天吃饭。

酒是粮食精,越活越年轻,孙有财总是这样说。但在仙鹤村人的记忆里,孙有财似乎从来就没有年轻过,三十多四十多甚至现在的六十多,一直是满脸的褶子。借酒浇愁,喝醉了不愁,孙有财还这样说。所以,孙有财是逢酒必喝,逢喝必醉,可以从早上喝到晚上,从头一天喝到第二天,这也是乡亲们叫他"酒黏黏子"的原因。谁家来了亲戚让他碰上,一让就喝。他喜欢用碗喝,并且还非得喝醉不可,后来就没有人敢让他了。酒是自家花钱买的,谁愿意让他这样糟蹋呢?所以即使让他碰上,也不再让。但有时守着亲戚磨不开面子,总要说几句客气话,或者亲戚随便一句客套,也能让孙有财毫不客气地坐下,抡开了膀子和亲戚对着喝。赶上了就喝,赶不上不找,孙有财对此把握得很好,他从不刻意盯着谁家来没来客人,他也怕别人烦了他。孙有财喝得最痛快的时候,是在每一个丧局，只要当完一天的忙人，他就会放开喝，瓶子对着嘴，干吹一瓶，吹完有时连菜也不吃了，然后就会随便找一个地方，歪歪扭扭地倒下去。孙有财虽然爱好酒，但他的酒德很好，喝得再多，不乱，不骂街也不打老婆孩子，一觉醒来，啥事就都没了。有一次他喝吐了，让一条狗吃了呕吐物，那狗醉了三天。孙有财醒来后猛踢了那狗几脚："不要脸的东西，竟然跟着俺过了回年，等于抢了俺的饭啊，你马上给我吐出来。"然后就听见他嘿嘿笑着，"你吐出来俺也不吃。"

孙有财的儿子叫孙思宇，从小就聪明懂事，上小学就跳级，初中高中都在全班全校拿第一。街坊邻居们都说，孙有财一家人所有的聪明，都给了这个孩子，考上北京大学似乎并没有出乎人们的意料。只是有些人心理上不平衡，他孙有财算什么东西，怎么会养出这么出息的儿子呢？一边叹息着，一边教育自己的孩子们要争气，也要考出个北京大学来，或者考上清华更好，换个样，也震他们一批。

但孙有财高兴不起来，因为他付不起儿子的学费。孙有财看着儿子的录取通知书，一会儿哭一会儿笑。孙有财不识字，他一遍遍地问儿子，哪个地方是写的他的名字，哪个地方写的是北京大学几个字。孙有财把通知书小心翼翼地折好，每天都要到村里去，逮住谁就给谁看儿子的通知书，让人家小心点，别弄脏了，然后就问村里能不能给点救济，孩子去的可是北京大学哪。因为村里没有一个正儿八经的主事人，孙有财便天天往孙维下家里跑。孙维下是他孙子辈的，所以有些话孙有财不好往深里说，要是比自己的辈大，赖也要赖一回的，就是给人家跪下，孙有财也不在乎。毕竟自己是长辈，要是真的给维下跪下，那不是折人家的阳寿吗？孙维下告诉孙有财："村里现在穷得叮当响，别说没钱，就是有钱也没有人签字啊。大老爷，我是真的做不了主，你也体谅当小辈的一回。"孙有财没辙了，一副叫天天不应叫地地不灵的表情，回到家便开始琢磨着，自己应该到什么地方去卖血。

这个时候站出来的，是柳卫党。他把孙有财叫到自己家里："大叔，思宇小弟考上北京大学，是咱全村人的光荣。我觉得这事儿和'文化大革命'的时候，我们夺了全省的红旗样板村一样，让人长志气，全村人都替你高兴着呢。至于学费的事，你先别急，我给你想想办法。我把村干部和有钱的几个大户，都约到我家里来，请他们喝二两，我负责好酒好菜地招待，你老人家到时候过来，帮个人场，说几句好话，我给思宇弟弟化化缘。人情我欠，以后有事我补，你只等着拿钱。怎么样？"

孙有财一听这话，真的想给柳卫党跪下，想起柳卫党按街坊也是小辈的，腿一软又接着站了起来："大侄子，你的大恩大德，俺全家人一辈子都忘不了。"话没说完，便开始拿袖子擦眼了。

柳卫党把村干部孙思错、柳方鸣、孙维下和村里的首富孙维金、木材贩子颜世银约到自己家里。柳卫党感觉凭自己的人缘，人请到了，事情也就基本上算成了。话再说回来，几千块钱放到这些人眼里，根本就不是什么大事，即使放在自己手里，也算不得什么。但事这么办，有这么办的道理。昨晚柳恒稳给他打电话说这事的时候，他还没往深处想，现在琢磨琢磨，他就更佩服柳恒稳的老道和计谋了。

眼看着酒喝得差不多了，柳卫党把话头挑明了，孙维金接着就拍着胸脯说："卫党叔，学费的事我一个人包了，其他人就不用操心了。今天到场的老少爷们儿，就算是喝个闲酒，乐和乐和。我这个人除了有钱，别的什么都没有，更没有那些弯弯肠子，想什么说什么，老少爷们儿也别往心里去。"

孙维金的话虽然大些，但确实是实情。他从做菜贩子开始，从东北买土豆倒车皮到城里，完成了资本积累。后来发现做河沙生意很挣钱，就开始挖沙卖，兼给别的沙场做运输，生意越做越大，现在少说也有几千万。十年前他就开始从琵琶湖里挖沙往外运，乡里的运沙路他出钱修了两次，能挣多少钱也就可想而知了。现在他又开始琢磨，要投资建设旅游项目，把琵琶山全部买了下来，五十年的经营权，要搞什么琵琶山寨，还专门请了省里的专家来搞设计。孙维金的文化程度不高，但脑子确实灵活，做生意也实诚，又很义气，结交了不少的朋友，财源也便更加茂盛。其实生意场就是这个样子，越有钱越能挣钱，越没钱就会越落魄。

颜世银脸上有些挂不住，他也是要面子的人，酒喝了，就得有个态度。再说了，按辈分，他比孙维金长一辈，更应该带头。所以孙维金的话一说出，他就感觉很不舒坦："维金哪，你是大老板，多拿点我们没意见。可今天来的老少爷们儿，都是想表达一下心意的，你不能这样就剥夺了我们的权利吧？"

"嗨，什么权利不权利的，你们那些小钱就留着买酒喝吧。学费我掏，思宇叔带的上学的东西，吃喝拉撒用的东西，你们出钱买，这不就得了吗？大老爷们儿，别争来争去的，像个娘们儿。"孙维金的嗓门很大，不容别人插话的样子。

"这样也行，有钱帮钱场，没钱帮人场。以后思宇小弟用钱的地方还不少，说不定还要麻烦各位老少爷们儿。"柳卫党眼看着达到目的了，及时救场，说。

"以后用钱，尽管来找我，四年的学费，我全包了。仙鹤村不就一个北京大学的学生吗？如果还有，我一样全包。村里可以贴个告示出去，就说是我孙维金说的，白纸黑字地写出去，鼓励鼓励学生们，多出几个北大清华。"孙维金再次接过话来，让其他人似乎都没有了话说。颜世银又开始沉默不语。

"世银叔，我知道你心里不熨帖。可这人哪，都有自己不熨帖的事儿。就拿我来说吧，钱是不少了，可家里不安生。老婆天天去参加那个什么教，信什么基督，就她那能耐，我看纯粹就是瞎叽咕。儿子儿媳妇就信天主，三个人只要在一起就争就吵。这个劝我信这个，那个劝我信那个，你说我信哪个？这五花八门的教，我还不如信金庸武打小说中的日月神教呢。以前过穷日子的时候，打药薅草累一天，倒头就睡，也不用争来争去，现在倒好，有钱了，清闲了，倒信起了什么教。这年月，有什么教能信？信钱吧，可人不能除了钱什么都没有了吧？人总得有点奔头才行。"孙维金的话让满座的人都沉默下来。

"维金，你这话对着呢。以前信共产主义的时候，咱老百姓什么苦恼都没有。现在什么都有了，却什么都不信了。嗨，管他奶奶的信什么教不信什么教，咱就信共产党，其他的都靠边站。这样吧，有财叔一直在外面等着给各位敬酒呢，要不让他进来，陪老少爷们儿喝一杯？"柳卫党用征求的口气问。他怕孙有财的破烂衣裳扫了大家的兴。

"他老人家的拳划得很好，村子里没人比得了。他那些牛拳、王八拳、花拳，更是绝了，咱不行让他表演一下？"孙维下喜欢划拳，但从来就不是孙有财的对手。

"那就来热闹了。好，咱今天谁喝不醉谁就是儿的。拿茶碗来，用这小酒杯子喝不过瘾。"孙维金脱了身上的T恤衫，露出了一身的肥肉。

孙有财的身后，站着给他带来无限荣耀的儿子孙思宇。他让儿子给各位老少爷们儿磕头，那些比孙思宇辈分小的，慌忙站起来阻拦，但孙思宇早已经双腿跪了下去。孙思宇被柳卫党的老婆拉起来后，坐到了客厅的沙发上。他看这一群男人吆喝着坐下，开始划拳。

在座的，真的没有一个人是孙有财的对手，所有跟他划拳的，都败下阵来。孙有财却一杯酒都没喝。

"大老爷，咱别这样划了，我们都认输了。刚才维下哥说，你的牛拳、王八拳、花拳样样精通。可这些我们都不会，你能不能给我们表演一下，再教教我们呢？"孙维金说。

"这些拳，你们这些小孩子们是不能学的。"孙有财赔着小心，说。

"都是大老爷们儿了，怕什么？来吧，让我们开开眼界。"

孙有财端起一茶碗酒，一口下肚："好，今天就给你们露一手，只有这一次，以后再也不划了。维下，跟上啊，咱先来螃蟹拳。螃蟹一只爪八个，两头尖尖这么大的个，魁五首，该谁喝，八仙过海该你喝，该你喝你就喝，喝酒别让人啰唆。喝吧，维下。"

"大老爷，我只是跟着学拳，我知道来不过你。酒就免了，拳继续划吧。"

"那可不行，真正会来拳的不能有空拳，除非事先讲好了。这样吧，你喝不下俺替你喝，划拳总得带响啊。"孙有财说。

"那可就感谢大老爷了。不过还是老惯例，一酒分三杯，三轮九个酒。"孙维下一抱拳，笑着看孙有财把酒喝掉，"咱再来牛拳？"

"接着来。高高山上一头牛，俩角（方言读jiā）尖尖抱着一个头，四个蹄子分八瓣，尾巴长在腚后头，再往后，再往后，后面跟着七巧酒，六六顺，快升官，三仙桃子让你端。维下，你又输了，这回还让俺替你喝吗？"孙有财又赢了。这些拳法除了手法之外，还都带着大幅度的身体动作，喊什么就得比画什么，比画什么就应该在合适的位置，说头抱着头，说角摆出角，喊错了或者位置放错了，就得罚酒。孙有财对这些十分精通，无论划什么拳，都会引起旁观者的由衷赞叹，都说是真的开了眼界了。

不知为何，孙思错忽然间想起了爹，他在南方，究竟过得怎样？已经好长时间没有他老人家的音信了。还有自己的亲娘，她的病好些了吗？那双经常发呆的目光，此刻又会飘落到何处？在她老人家的记忆里，仙鹤村，还会是最疼的记忆吗？

"还是你老人家喝吧。"孙维下说。

"那俺就不谦了。"孙有财脸上开始红润起来,头也开始有些发晕。但孙有财知道,不管多难受,自己都应该坚持下去。老少爷们儿都是来帮自己的,是来帮儿子的。没有别的本事,没有任何东西可以回报,就这点混吃混喝的拳法,还能掖着藏着吗?就图让老少爷们儿高兴,美着呢。

"来,维下,咱爷俩来个花花拳。丑话咱讲前头,划拳不讲辈分,这种花花拳更不讲辈分。对了,思宇,你先走吧,这是大人的玩意儿,你别跟着学坏了。"

看着儿子走出了柳卫党的家门,孙有财重又坐下,夹了一筷子菜,放进嘴里。看到盘子里还有一块鲜嫩鲜嫩的肥肉,又快速地夹起,使劲往嘴里塞。

"一辆马车仨马拉,上面坐着姊妹仨,若问姑娘叫什么,翠云翠红和翠花。面前坐着人一个,浑身上下摸一摸,你别生气你别恼,一会儿让你更快活。金簪子银簪子,五根簪子两酒窝,柳叶眉,瓜子脸,九龙戏水勾魂眼,两个妈妈大不大,巧七巧七像甜瓜,一对腚垂儿俊不俊,四喜丸子离不了它,三寸金莲是个宝,五更暖被离不了,掀开衣服仔细瞧,裤子里面十根毛,这些毛长不长,端起酒杯让你尝,尝罢这杯尝那杯,还有两奶香喷喷……"孙有财的手在孙维下身前身后地忙活,男人醉酒之后的贪色、贪杯的模样,让孙有财表演得活灵活现。因为现在的人已经很少划拳喝酒了,所以这些酒令已经很少有人能会,花酒酒令更因为会的人少,已经几乎失传。孙有财会这些酒令,全是村里原来一个经常逛窑子的外号叫"花花少爷"的人传授的,他是老地主的小儿子,曾经是仙鹤村的知名人物之一。也正是因为这些花酒酒令,让这位旧社会的"花少",在"文革"中挨够了批斗,最后丢掉了性命。

孙有财喝多了,表演过这些拳令,他累得几乎站不起来。他拱手抱拳:"谢谢各位老少爷们了。维下,俺可听说你一直号称仙鹤村第一好拳,今天服气了吧?爷们儿告诉你,你输在你的自负上。你为何总是出一这个数呢?因为你野心很大,总想当老一。划拳的都有手病,这不要紧,要紧的是不能被人看出来,不能被人抓住。你的手病太明显,不出一就出四,大不了再加上一个七。在俺跟前儿,你永远赢不了。"孙有财跄踉着走出柳卫党的家门,看见儿子一直站在柳卫党的大门底下,眼里含着泪水,有些心疼地拍拍儿子的肩膀,"男子汉大丈夫,掉什么泪。走,儿子,咱有学费上学了。哈哈,能上学了,可真好啊。"

孙思宇抬头看见了父亲的泪水,缓缓爬在一条条的皱纹里,浑浊而无力。

"望西都，意投土（踌躇），伤心秦汉经行处。宫厕（阙）万间都做了土。兴，百姓苦；亡，百姓苦。"孙有财的唱腔明显混杂了几种戏曲的腔调。

"爹，你唱的这是啥戏？"孙思宇问。

"北京大学的学生也有不知道的事？这可是地道的京剧啊。"孙有财有些骄傲地说。

"爹，不对吧。我知道写这诗的人是元朝的张养浩，所以应该是元曲才对。怎么就成了京剧呢？"孙思宇拧紧了额头，问。

"管他圆圆曲扁扁曲呢，爹今儿个就是高兴，随便唱的。"孙有财一个趔趄，孙思宇赶忙扶住了他。

"兴也百姓苦，亡也百姓苦啊。"孙有财开始唱起来，却与刚才的曲调完全不同。

大妈妈回来的时候，正赶上孙思宇去上学。孙有财拉着一辆地排车，车上坐着他的神经病老婆和几个弱智女儿，一家人到村口送孙思宇等公共汽车。看着父母和姐姐们衣衫褴褛，孙思宇悲从中来，眼泪如泉水般涌下，竟不敢再回头看亲人们一眼。走到村口，孙思宇一下子跪在父亲面前，跪在和他的父母一起送他的乡亲们面前，强压着呜咽，泪水在瞬间湿了一地。孙思宇说不出一句话，多少年的赤贫清苦，多少年的世事艰辛，多少年在鄙夷下的忍气吞声，一幕幕在脑海中翻滚着，敲打着他少年老成的心。而此刻，当孙思宇离开仙鹤村的时候，乡亲们给他的帮助，又让他充满感激。自己走了，父母却要留下，还要在贫穷和苦难中漫漫无期地生活。还有自己的几个姐姐，她们甚至都不能有完全正常人的生活，她们还要在今后的岁月里，承受多少磨难，他不敢去想。而更让孙思宇难过的，或者不是家人必须承受的这些苦难，而是自己的无能为力，自己的不能分担。父亲喝醉酒的时候，谁还能为他倒杯水，谁还能为他盖上被子，谁还能替他擦去梦中或哭或笑流出的泪水。当他再老些，老到连他自己的生活都需要别人照顾的时候，谁能给父亲端一碗茶，买一片药，烧一口热水，下一碗面条。没有人，没有。

孙思宇终于哭出声来，没有人能把他劝起。

大妈妈蹲下身子，把孙思宇揽进怀里。孙思宇抬起头，看着这个命运多舛的女人，忽然有了一种同病相怜的悲戚。

大妈妈把他拉起来:"孩子,放心去上学吧,家里的事,有乡亲们。你爹、你娘和你的姐姐们,不会吃苦的。"

孙思宇更是止不住泪水,他再次跪下去,感谢这些善良淳朴的乡亲。

大妈妈掏出了六百块钱,塞到孙思宇的手里,孙思宇推让着。大妈妈似乎有些生气:"孩子,听话,拿着。也算是你婶的一点心意,不要嫌少。你婶有这些钱没这些钱,没什么两样,你在外不容易,穷家富路,多带点,啊?"

"婶,你也需要钱。"孙思宇还在推让。

"婶需要钱干什么?婶没有你这么有出息的孩子,要钱一点用处也没有。如果俺儿子能有你的一半,婶也算是积了八辈子的阴德,花再多的钱婶也愿意啊。"说着说着,大妈妈的泪就流了出来。

孙思宇知道,大婶肯定又想起了他的儿子。他已经被矿上送进了福利院,这是矿难之后,集团公司对这个特殊家庭的特别照顾。听人说,矿上还给了婶三十万块钱。人都没了,这些钱有什么用呢?孙思宇忽然觉得,大婶的命运甚至比自己更惨。

公共汽车来了,孙思宇给乡亲们深深地鞠了一躬,眼泪模糊地上了车。

汽车缓缓开动,孙有财看着儿子渐行渐远,蹲下身子,放声大哭。

孙有财的神经病老婆,忽然间倒下去。有人上前掐着她的人中,却发现她的体温正在慢慢消失。

桂　月

1

八月的早晨，已经有了淡淡的凉意。

柳恒稳一大早起来，穿着背心在院子里走了一圈，感觉有些凉，便又回里屋找了一件蓝色褂子披上，推开沉重的铁门，准备到地里转一转。

离开村子转眼一个多月了，柳恒稳是前天晚上才从城里回来的。过了一个月封闭、闲散的生活之后，柳恒稳发觉自己渐渐淡忘了仙鹤村，忘记了村里已经发生或者正在发生着什么。这也难怪，村里的所有事务早已经与自己无关，再记挂着这些事就有些不明事理了。前天公共汽车到村口停下，柳恒稳在抓住车门把手下来的时候，一种生疏和隔膜的感觉像一阵北风袭来，忽然把他的心揪得很紧，浑身瑟瑟发抖。当支部书记的时候，柳恒稳感觉仙鹤村真的很小，小得完全在自己的视野之内，村里的事，一家一户的事，鸡下蛋狗拉屎的事，似乎都在自己的眼皮子底下。而现在，他却感觉仙鹤村很大，一千一百户人家，四千口子人，一万一千亩土地，村子里的一草一木都脱离了自己的掌控，按照它固有的规律生长繁衍着。这个世界，离了谁都一样转，太阳照样升起，玉米一样出穗，鸡狗鹅鸭一样吃喝拉撒睡。

谁都不是超人，谁都不是谁的主人，柳恒稳想起电视里的一句话。他的心里忽然涌起了浓重的失落感，甚至走在大街上，他都感觉与往常有了太多的不一样。比如，以前他总是走在路的中间，虽然没有昂着头大摇大摆，可仙鹤村老大的感觉让他充满自信，脸上堆满含而不露的微笑。可现在，他似乎并不愿意也不敢走在路的中间了，而是不自觉地靠右了许多，甚至接近下水道的边沿了。柳恒稳试着强迫自己在路中间走了一段，感觉心里老是不踏实，生怕被车撞上似的，便重又走在路的靠右侧。这人啊，在别人眼里，行走的姿势或许没有多少改变，而在自己的心境里,却有了那么多的不自在,这都是那顶小小的官帽惹的祸。这也叫官?柳恒稳暗暗笑话自己。该是自己的,谁也夺不走,不是自己的,求也求不来。看来自己是真的太在意这些,才有了这么多这样那样的想法,自寻烦恼吧。何苦呢?柳恒稳问自己。

而真正让柳恒稳感觉心里难受的,却是大妈妈的走。她去了矿上,当了一名清洁工。一辈子都是靠着男人的工资过活,忽然间要自己去挣钱了,大妈妈觉得有些委屈。这是矿难以后公司因为职工闹事,形成的最后妥协,让家属们都能有个工作养活自己。但没有过多久,矿上就要把这些单身的女人们,调到西北新开的一个矿上去了,据说那儿成天黄沙遍地,根本就不是人待的地方。公司说得好听,说这样可以让经过这些苦难的女人们,忘掉过去的伤心地,眼不见,心不烦。公司还说,那儿的福利待遇会很高,比在内地高出一倍,目的只有一个,就是要把这些功臣的遗孀照顾得更好。矿难补偿的时候,没有人说这些工人是功臣,都当成了屈死鬼,现在忽然间就成了功臣,让这些女人的心里有些热乎乎的。柳恒稳劝大妈妈不要去,但大妈妈忽然就有些心疼,对柳恒稳说:"俺不去那儿又能去哪儿?在仙鹤村俺还不是一样,一个人过日子?"

"在仙鹤村你还有我啊。"柳恒稳劝她。

大妈妈哭了起来,越哭越伤心,似乎把压抑太久的委屈全部倒了出来:"有你又能怎么样?俺这种女人,撑破天顶多算是你的一个相好。还不如那些露水夫妻,好歹也有个夫妻的名号。俺找人拿个主意的时候,连你个人影都见不着,还让你老婆败坏了一顿,这有你和没有你又有什么区别?再说了,你的孩子们都成家立业了,下边有了孙子孙女了,咱再这样不清不白的,俺一个寡妇无所谓,可你的孩子们怎么看你?他们不能对你怎样,可他们会骂俺,会指指点点戳俺的脊梁骨。俺的命本来就苦,再这样下去,就连头也抬不起来了。还是走了吧,一了百了,有合适的俺就再找一个,没有合适的就这样过。什么人什么命,俺生来就是受苦的黄连命。"

"在咱这儿再找一个,安安稳稳地过日子,不是一样吗?"柳恒稳问。话一出口,他的心就如同被针扎了一下。

"想找是好找,大家伙儿都知道,俺手里有那坑人鬼三十万的卖命钱。俺要找得拨拉着找,可现在谁要俺,还不都是为了那些钱吗?俺何苦做这样的傻瓜?

那钱俺得给孩子的后半辈子留下。再说了，俺天天在你的眼皮底下晃悠，然后再找一个男人，是你能受得了还是俺能受得了？一夜夫妻百日恩，俺和你好了这么多年，自己这张脸皮要不要的没什么，可还得顾及你的面子吧。能找一个知冷知热的当然好，找一个不通事理的，翻究起咱们的事来，你怎么过？俺又怎么过？你心里还能痛快吗？"大妈妈的几句话把柳恒稳说得更加心疼，他怎么就没有想到这些呢？柳恒稳感觉自己怀里的女人，竟有那么多的苦和怜，对他，对命。而这所谓的命，为何总是这样折磨人呢？

这一夜，显得这样长。柳恒稳把大妈妈抱在怀里，眼睛里空空的，似乎能够看穿这满屋子的黑。柳恒稳和大妈妈都是一夜没有合眼，什么都没做，只是紧紧地抱着。大妈妈压抑着自己的哭声，只任泪水流下，再流下，把两块枕巾都湿透了。天快亮的时候，柳恒稳眨了一会儿眼，趁着柳恒稳睡着的那会儿，大妈妈走了。她把房子钥匙放进柳恒稳的口袋里，掩门的时候，声音很轻。

2

安阳市纪委转发给阳山市纪委一封举报信，反映仙鹤乡党委书记郑之渊，雇用黑恶势力欺压老百姓。安阳市纪委责成阳山市纪委严查，并在一个月之内上报结果。阳山市纪委书记明亮接到市纪委的信后，马上到市委书记彭子丰那儿进行汇报，问是不是要查。彭子丰沉思很久，说："查是要查的，因为上面要结果。但要把握好一个度，影响面不能太大，对问题的追究要适可而止。一方面我们要保护干事创业的干部，另一方面，马上要进行乡村班子换届，不能乱了大局。"

对书记的这句话，明亮领会得非常深透。这只是一个上级索要结果的人民来信罢了，并且是匿名信。对这种匿名信，纪委完全可以置之不理。只是因为是上面要结果的案子，就显得有些复杂了。这种事，本就可大可小，本也无所谓大小。法律面前人人平等，对普通老百姓都强调讲事实重证据，对领导干部的处理，因为事关一个人的政治命运，就更要重证据了。一封匿名信根本不可能成为给干部定性的依据，信里所反映的雇佣黑恶势力，更是难以找到真凭实据。所以从彭书记那儿回来后，明亮就把信交给了孙洁副书记，让他找郑之渊座谈了解情况，然后写一个对上的汇报材料："记住，这事非同小可，一定要让郑之渊书记亲自写。"明亮特意强调。

这位孙副书记老家是仙鹤乡的，和郑之渊有非常铁的关系。明亮心里清楚，这样处理举报信，虽然有违反组织工作纪律的嫌疑，但顶多也只能算是嫌疑。如果有人查究，他完全可以解释为他不知道郑之渊和孙洁的关系，或者说很铁的朋友关系不是近亲或嫡系等必须回避的办案约束。政策的擦边球无处不在，只是看你怎样运用了。明亮为自己的聪明有些暗自得意。

孙洁副书记去找郑之渊的时候，郑之渊正在看一本谨防小人的书。郑之渊沉浸在书里面，仔细研究着书中的细节，比如：生活中那些总是低头看你的人，并不一定代表着他的谦恭，而极有可能他正从眼镜的边框上面，把目光探出来，一遍遍地寻找着你的破绽。对这类书籍，郑之渊以前是不愿意看的。自从当上党委书记之后，他在猛然间就对这种书充满了非常浓厚的兴趣。他想起毛主席的一句话，与天斗，与地斗，与人斗，其乐无穷。作为在乡镇一级的当权者，他无意于与谁斗，因为在他的统治之下，无论是班子成员还是机关干部，没有谁可以公开地成为他的敌手。而混了这么多年的基层，他也自认为没有几个人可以成为他的对手。只要他愿意，他随时随地把随便哪个人当做下酒菜，生吃活剥用油烹，完全随自己的口味而定。他需要做的，只剩下了防好身边的小人。

"郑书记竟有这样的闲情逸致，看起闲书来了。你不是成天说自己没文化吗，怎么也装模作样地当起文化人来了？"孙洁进门就打着哈哈。

"你就别笑话我了，看点闲书，算是放松一下。你现在是越来越厉害，开始拿我寻开心了。"郑之渊站起来一边让烟，一边让座。

"厉害还不是跟你学的？我看看你看的什么书，是不是黄色书刊？"孙洁接过郑之渊递过来的烟，然后走到郑之渊的办公桌前，拿起书看了看，"哟，如何防小人，这书好。我看你也确实应该学些这方面的知识了。"孙洁的话没说完，郑之渊就猜到孙洁肯定是有事才来，并且肯定是因为小人告状。

"怎么，是不是有什么把柄落到你手里了。"郑之渊半真半假地问。

"你小子就是聪明，一点就透。这不，上边转来一封信，你看看吧。"

郑之渊把信接在手里，先看了看封面，仔细看着上面的字迹，没有看出什么，这才把信封里面的材料抽出来。

"因为是上面要结果的信，所以明亮书记也很重视。你说这事，怎么弄呢?"孙洁有些故意地面露难色,问道。

郑之渊笑了笑,把信重又装进信封,"怎么弄?很简单,给我个处分就是了。这个破党委书记,说实话,也真干够了。"

孙洁知道郑之渊是在卖关子,市委无论如何也不会因为这封信就给他处分。孙洁接着他的话头,故意问:"真的干够了?你这个家伙,真是狡猾大大地。"

"说实话,在乡镇,谁要是不想干书记谁是儿,谁干到三年以上还想干,谁也是儿。"郑之渊骂着誓,这是孙洁以前从来没有听见过的。

"好不容易干到这个位置上了,这是多少人想干都干不了的,你就别拿馍馍不当干粮了,凑合着干吧。再说了,这种事,哪个党委书记遇不上?哪个乡镇没有几个小人?再多的匿名信,只要没有查实,都是臭屁一个,不影响提拔升迁,不影响评优重用。你只当是不小心闻到了一个狗屁,或者就当它从来没有发生过。"孙洁劝慰道。

"可它影响情绪,让人觉得恶心。真是小人难防啊。"郑之渊长出了一口气。

"有小人不怕,但你要明白谁是小人。你看这封信,它反映的是什么样的问题?它最终的目的是什么?反映问题的渠道是什么?并且是在什么时候写的这封信?这一连串的问题,都是耐人寻味的。"孙洁帮着郑之渊分析。

所有的班子成员都在郑之渊的脑子里,像过电影一样地过滤着。郑之渊仔细地回忆着近一段时间,每个人的表情变化、行动变化,揣测着每个人可能出现的思想情绪,然后想着如何进行下一步的动作。郑之渊明白,自己必须让告状的人知道,纪委已经接到信了,并且开始着手处理。同时,他又不能表明纪委处理的最终态度,因为如果处理重了,必然在乡内外引起轩然大波;处理轻了,是不是会引起告状者向更高一级的纪委写信,这都说不准。处理这样的事情,必须淡化,淡化到神不知鬼不觉,更不能引起更多的负面反应。

郑之渊把所有的班子成员召集起来,陪着孙洁副书记喝酒。孙洁很明白郑之渊的用意,所以极少喝白酒的他,今天带头喝。郑之渊更是拿出他的权威,不允许任何人少喝一点,无论男女老少,一律平等。七八两白酒下肚之后,郑之渊开始骂人了,说班子里有内鬼,吃里爬外,他大声地骂姥姥骂娘,一桌人都不敢说话,甚至连头都不敢抬。孙洁有些半躺在椅子上,眯着眼,似乎要睡着的样子,然后环顾着满桌上的人。孙洁的脸上露出笑容，只是那笑容，不容易被人察觉，并且很快隐遁在酒后的红晕之后。孙洁暗自高兴，觉得自己和郑之渊的双簧演得太好了。

过了好大一阵，孙洁觉得也差不多了，就开始劝郑之渊："郑书记，你喝多了，回去休息。我们也该走了。"

送走孙洁，郑之渊故意装得很踉跄，径直去了宿舍。睡到下午五点多的时候，郑之渊醒来，坐在床上，仍然想骂人。他甚至想现在就开会，把最近心里所有的憋屈，全部骂出来。但郑之渊控制住了自己，因为他知道，如果酒后再开会骂人，就又成了别人的把柄，所以他把班子成员会定在了第二天一早。郑之渊打定主意，第二天他要先为头一天在酒桌上的骂人道歉，然后再骂人，不是酒后失态，就更能让人掂量掂量。他还可以趁机看看谁的表情出现异样，或者还能发现那个写信的小人。骂人也是要讲艺术的，想到这句话的时候，郑之渊的心里忽然很得意。

几天之后，孙洁又来了，仍然是安阳市纪委转来的信。信中在郑之渊原来的罪名之后，又加上了酒后骂人，不具备一个领导者的基本素质。看完这封信，郑之渊和孙洁互相看了一眼，然后放声大笑。

3

市农开办给了仙鹤村一个万亩中低产田改造项目，而这个项目是在去年就开始上报，今年才通过了层层审核，刚刚批了下来。项目原计划是在收完秋以后，腾空土地之后再开工，也好进土地整理开发的机械设备。

去年上报这个项目时，是柳恒稳找的郑之渊，那时郑之渊还是乡长。正值乡镇领导班子调整前的关键时刻，郑之渊答应给仙鹤村这个项目，多少有些取悦柳恒稳的意思。大村的支部书记，又是袁成华的舅子哥，这点面子还是要给的。工作上的事，为谁不是为啊？现在项目要实施了，早已经物是人非。柳恒稳不干支部书记了，仙鹤村在这半年多的时间里，又给乡党委政府招惹了太多的麻烦，这让郑之渊心里非常不痛快。"喂狗它还得摇摇尾巴呢，这项目给了仙鹤村，这不是自讨没趣吗？"郑之渊在心里骂。

马上就要收秋了，农开办委托乡里抓紧时间招标，要不然就耽误工程进度了。这个项目春节前省里就要验收，只有三四个月的时间，如果不抓紧，工程验收不了，工程款年底前也就到不了位。现在各级都在争项目，说到底就是争资金，这种四五百万的项目，至少有百分之二三十的盈余，结算完了地方财政就能有一笔不菲的收入，小日子就能过得宽裕一些。

车相渚叫上分管农业的副乡长蔡宝安，来到郑之渊办公室，准备汇报项目招标准备情况。郑之渊扒翻着手头的几份文件，也在想着农业开发项目时间太急了，这么重的活应该让谁去抓。尤其是仙鹤村，现在乱成这个样子，没有一个能执掌大局的人，即使是给老百姓办好事，他们也不一定能领情，施工队甚至连地都可能进不了。郑之渊更担心那些别有用心的人，会趁机挑唆群众，阻挠工程施工，今年的工程款到不了位不说，还会更加影响党委的形象。郑之渊现在最怕的，说不定又因为什么事出什么漏子，给市里惹出什么麻烦。无论什么地方起火冒烟，他都已经承担不起。

蔡宝安说着项目准备分类招标的事，土地整理是一块，水利工程是一块，电力设施是一块，绿化是一块，并且每一块的招标价格分算得也很详细，材料费是多少，人工费是多少，如果把这些人工费由村里承担，整个项目可以为乡财政节省多少资金等等。郑之渊听着，心里开始计算所有的项目工程量，应当说，蔡宝安算得还算准确。郑之渊从分管农业的副乡长，一直到乡长职位，干的都是具体活，在工程的测算上，谁也瞒不了他。郑之渊以为，这样精细的计算，蔡宝安是做不了的，因为就他的本事来讲，酒量很大，工作水平却低得可怜。郑之渊早就听说过，村里的干部曾经给蔡宝安记录过一个会议上的相关数据：传达一个五页长的文件，中间要喝二十二次水，要端三十次杯子，有八次是只端杯子不喝水；念一张三十个人的名单，要有四个是端杯子前念前两个字，放下杯子念第三个字。有次乡里表彰一个叫"张安定"的村干部，他念完"张安"，喝完水又念了"定"，这在全乡都成了笑谈，不少人因此戏称蔡宝安为"定乡长"，"定在后面"也成了乡里一时的流行语。蔡宝安的工作思路也不是很清晰，安排工作的时候，总是头上一句腔上一句的，说完了连他自己也不知道说了些什么，最后只好再总结似的说一句"就这么个事，干去吧"。蔡宝安讨厌三页纸以上的会议材料，全乡上下都知道他这个习惯。但没有会议材料他就不会讲话，所以无论大会小会，只要讲话就得给下边的人要材料，并且必须是打印的材料，手写的还不行，他怕认不清别人的字。所有的讲话材料都要提前让他看，他害怕自己有不认识的字，担心念错了别人笑话他没学问。但事情就是邪门，越怕出娄子就越容易出娄子，尤其是面对那些重要意义啊领导重视啊这些虚三套，越玩他就越迷糊，念完一遍倒过来再念一遍是常有的事。主席台上的人越多，蔡宝安就越紧张，就越容易出错。蔡宝安也有他的长处，就是实诚，只要是领导安排的事，交代他干好的事，他会尽百分之百的努力，干不好只能是水平低，而不是不认真。蔡宝安还有一个更大的优点，就是和上级交往的时候，从来不怯场，官大官小的，敢用酒拼。他也因此用酒喝出了好多感情，许多农口部门的分管局长，经常来找蔡宝安喝酒，就是因为他的实在，也因此给乡里带来了这样那样的信息，这样那样的政策。一把手只要善于用人所长，对其短处就必须能够容忍，并提醒其改正，这才是为官之道。

"这些数字好像不是你算的吧？"郑之渊对蔡宝安汇报的招标计划还算满意，笑着跟他开着玩笑。

工程量计算，车相渚同样不是行家，甚至完全是个大白痴，大机关里下来的嘛。郑之渊这样想。

蔡宝安知道郑之渊是农业方面的万事通，没有他不懂的事，所以不好意思地笑笑："郑书记眼睛真厉害，竟然看出来了。是我让农办和水利站一块儿算的，不对的地方我再回去重新算。"

"重新算倒是不用，只是有些小地方，比如电力设施，可以再重新核定一下，现在钢材涨价，电力设施的价格也高了不少。再就是人工费，仙鹤村的人是不是能够承担下来，谁去做村里的工作，这些都要打个提前量。"

车相渚和蔡宝安都点头称是。

"你们想什么时候招标？"郑之渊问。

"想明天上午，已经提前和农开办对接了。"蔡宝安说。

"那么你们的招标底价，想什么时候弄出来？"郑之渊问。

"想等你看过这些材料后，我们回去就确定。"车相渚说。

"晚一些吧，到晚上咱们再定。你们把材料放我这儿，我也再合计合计。"招标底价是招标的核心机密，绝对不能早定，泄露出去就会压不下工程价格。这一点，郑之渊要比他们俩更有经验。

下午电话蜂拥而至，都是各级领导安排招标时给哪个工程公司照顾的，郑之渊都把他们推给了乡长车相渚。只有一个，他是必须关照的，是一个同学当面来找他的。一辈子同学三辈子亲，不照顾同学还要照顾谁呢？

为了真正保密，直到第二天早上，郑之沸才把车相渚和蔡宝安叫到自己的办公室，把他核定后最终确定的工程招标底价给了他们。郑之渊在原来的工程造价基础上，每一项都下调了百分之十左右。郑之渊怕具体办事的人，或者有谁已经把底价泄露出去，所以调低的幅度不小，这样即使谁手中有造价，也基本上作废了。

郑之渊叫住车相渚，把一个公司名字给了他，悄悄地说："这个是市领导安排的，投标配备电力设施，务必招上。"车相渚答应着："没问题。"然后走出了郑之渊办公室。

郑之渊用短信把招标底价发到同学的手机上。

一个小时后，车相渚哭丧着脸来到郑之渊办公室，说："郑书记，真的对不起，你交代的那个公司没有招上。招标前，农开办的那位副主任再次调低了招标价格。"

"那是谁招上了？"郑之渊的声音都有些颤抖。

"是另一家。"车相渚嚅嚅着。

"肯定是另一家。"郑之渊把手中的水杯猛地摔到地下。

"我突然间肚子疼，没有参加招标会。蔡乡长全程参与了招标，我把你给我的名单给他了。"车相渚解释着。

"你肚子疼得可真是时候。"郑之渊气咻咻地说。

"不信你问蔡乡长。"车相渚抢白道。

"没那个必要，你现在给我出去。"郑之渊的声音很大，似乎要把整个办公楼震塌一般。

车相渚小心翼翼地站起身，出去时关门的声音很轻。转身走开的瞬间，他还特意低下身子，从门缝里往郑之渊办公室里看了看，脸上露出笑意，有些故意地蹑脚离开。

郑之渊把蔡宝安叫到办公室，问是谁招上了电力设施那一块。蔡宝安说：

"是车乡长的同学,叫红大阳公司,这名字我记得很准呢。并且招标前他还改动了招标价格,提高了不少。他还说,郑书记都说了,钢材最近涨价,原来的底价不合适。"

"他给你名单了吗?"郑之渊问。

"名单?什么名单?就是车乡长同学的那个公司名单吗?他给我了。"

郑之渊心里的火几乎压不住了,狗日的东西,竟然给我玩这个,我会让你吃不了兜着走。他在心里恨恨地骂着。

4

市委召开党委书记和组织委员参加的换届工作会议,要求用两个月的时间,完成村两委的换届工作。

会还没开完,就有人在台下嘀咕:"时间太紧了,以前至少三个月完成的事,现在要两个月之内完成,这不是折腾人吗?现在正是秋收时节,这项工作安排的真不是时候。"其实市里也是没有办法,按照省里的统一安排,县乡村三级换届都必须在年底前完成。如果按照这个时间推算,现在安排就已经很晚了。参加会议的有不少村干部代表,他们更是在台下骂:"这上面的领导是不是不在天底下生活啊?拍拍脑袋想什么事就安排什么事,哪能一点儿都不考虑农村的实际情况呢?老百姓都忙着收秋,又收又种的,谁还管你村里换不换届的鸟事?"

上午参加市里会议的时候,乡组织委员周全一直神色凝重。

也难怪,以前仙鹤乡的每次村级选举,都要闹出许多笑话,有抢话筒的,有抢票箱子的,还有打了死架造成选举不能进行的,不一而足。沿河的沙高村,因为当上村支部书记就能掌管全村的河沙承包,还能管着每天几十辆车的进出,是一个巨大的肥差。所以就出现了不同家族的数个候选人,把自己的所有亲戚朋友,都集中到自己的家门口,敲锣打鼓地给自己壮威。一些有钱有势的沙场老板,竟从外地雇了一些打手,上百辆车,从村这头摆到村那头,造成选举被迫推迟了一个星期。乡党委请示市委后,由市乡两级公安坐镇,才完成了上次换届选举。也正因为如此,换届两个字成了仙鹤乡上上下下的一个心结,只要一说换届,仙鹤乡的组织干部一个个都心惊肉跳的。

当然，这些情况在其他乡镇可能也会出现。但在周全看来，这反映出一个乡镇党委的统筹能力，也反映一个组织委员的组织能力。周全是一个要面子的人，也是一个只想把工作干好的人，他不能让别人看笑话，更不能让其他乡镇看笑话。上次的村级选举，周全还只是一名副乡长，虽然参与了换届选举工作，但对村两委换届的具体细节及有关程序，没有进行认真的分析研究。所以市里的会议一结束，周全就坐在办公室里，一条一条地分析今年上级的换届政策。散会时，郑之渊让周全拿出方案，然后尽快开一个党委会，研究换届方案和具体的实施意见。说实话，方案倒是好拿，照着市里的文件依葫芦画瓢，肯定不会有人有意见。但方案的关键在于要把政策吃透，要有很强的针对性和可操作性。村和村不同，支部书记和支部书记不同，在政策的把握上就要有所区别。如果一个环节扣不好，就可能造成选举作废，就要推倒重来。现在的老百姓，政策研究得比乡里的干部还用功，还深透。有一个村的上访老户，消息非常灵通，不知通过什么渠道听说要换届了，就在上个星期找了乡里找市里，说上一届的临时村委会临时了三年，不符合法律规定。文件要求半年内必须重新进行选举的，是党委包庇村干部，党委书记收了村支部书记的礼，要去法院告乡党委。市里把人推给乡里，乡里把责任推给了村里，让村支部书记去做工作。村支部书记也顾不上自己比他大了两个辈分，买了一箱子酒两条子烟，好歹把问题解决了，并且让他答应这次换届不再惹事。乡里乡亲，土办法是能够解决大问题的。但从另一方面说，人家老百姓反映的问题是对的，也正是有了这些研究透政策的老百姓，睁大眼盯着乡村的干部，才让选举有了更多的公正。所以郑之渊常常给支部书记们说："不能只抱怨老百姓们怎样不好做工作，更重要的是看看我们是不是违反了政策，工作是不是做到了家。"

村两委换届造成的矛盾，上一届延续到下一届，甚至造成了家族之间的矛盾，成为永远无法解开的疙瘩，这在每个乡镇、每个村都是常事。

可这次，周全想把换届做得和自己的名字一样，万无一失。尤其是市里要求的那些硬性指标，更要不折不扣地完成。比如一肩挑的比例要达到95%以上，比如交叉任职的比例要达到85%以上，比如换届成功率要在90%以上，村干部总人数要在上届人数的基础上，精简20%以上。这些都是要求很高的指标，尤其是涉及精简人员，更是换届选举能否成功的关键，是牵一发而动全身的重要一环。谁当谁不当，都不是简单的选举要求所能说了算的，还有很多细致的工作要做。但周全想，只要别人能够完成的，自己也一定能完成。这个世界从来就是只有想不到，没有做不到。

当党委会认真研究换届政策的时候，周全才发现，自己对市里的政策研究得并不深透，有些想法也很不周全。

"大家都说说，有什么想法。"郑之渊要求每一个党委成员发言。

"我没有参与过换届，也没有研究市里的这些政策，说不出个一二三四。郑书记是老乡镇了，也是换届的专家，还是请郑书记作指示吧，一切按郑书记的要求办。"自从招标事件之后，车相渚对郑之渊表现出了极大的谦恭和尊敬，任何事都要先请示后汇报，当着郑之渊的面更是极尽献媚之能事。但郑之渊几乎从来都不用正眼看他，看见他就感觉有些恶心，像是吃了苍蝇一般。即使在今天这样的党委会上，郑之渊对车相渚做出来的谦恭，同样是连理也不愿理。

袁成华看出了书记乡长之间的矛盾已经不能弥合。作为副职，袁成华有时想做一下努力，在适当的场合，以适当的形式撮合一下，让两人重归于好。可今年乡里发生了太多的事，复杂且矛盾重重，整个班子没有了心往一处想的齐心劲儿，更让他学会了明哲保身。沉默是金，祸从口出，想起这些古人名训，袁成华就自己劝自己，多一事不如少一事，绝不能出现抓不着狐狸还惹一腚臊的情况。但今天，袁成华明显地感觉到，郑之渊看他的眼神充满了期待，让他心里有些感动。袁成华心想，士为知己者死，更何况郑书记待自己还不算太薄，工作上的恩怨得失，也只是因为工作所需要的平衡和策略，作为领导干部，还是应该大度一些的，应该有领导者的胸怀。说不定哪一天，自己做了党委书记，行事决策也会如郑书记一般，甚至不如他想得全面呢。也算为自己将来做党委书记做准备，就应该在适当的场合发表自己的意见。更重要的是，今年乡镇党委换届，自己在郑书记的手下，说不定还有机会呢。那么这次的村级换届，或许就是展示自己能够再上一层楼能力的机会和舞台，应该珍惜才对。

袁成华在看过市里的文件后，对今年的换届，发表了自己的看法："今年的换届与往年有许多不同，有些条款让村里操作起来，有许多实际的困难。比如文件里这几条，选举村民委员会，由选民直接提名候选人，村民委员会候选人通过预选产生。核心内容是：村民选举委员会在已确定村民委员会成员候选人人数的前提下,给每一位选民发一张白纸,由选民在规定的候选人名额内,从本村全体选民中自主选择自己认为合适的人,作为村民委员会成员候选人。预选的时间可根据选举的整体部署,由村民选举委员会协商确定,具体时间要明确到年月日几时到几时。预选时一人一票,不搞流动票箱,预选人数要达到选民总数的一半以上,地点选择在村民经常集会或便于选民集中的地方。要在预选地点设立投票站和秘密写票处。这些具体详细的要求条款中,关于一人一票和参加预选的人数要达到一半以上的要求,与往年不同,在强调了预选公正性的同时,也增加了工作的难度。说实话,往年的村级换届预选,设置了流动票箱,有些群众基础好的村,村两议会的成员填上选票,甚至是村干部分头填上,只要没有群众提反对意见,就万事大吉了。可这次不行了,不设流动票箱,选民只能去村里投票,谁能保证参加投票的人数能达到一半以上呢?我们全乡有百分之三十以上的青壮年都在外打工,秋收他们都不回来,收成的玉米换成钱,还抵不上他们来回一趟的路费。再加上那些老弱病残不能去投票的,所有人都加起来,也不见得能有登记选民的一半以上啊,这怎么能够进行预选呢?以前有些村在正式选举的时候,为了保证人数,用发洗衣粉发肥皂这些办法吸引选民,那是无奈之举。这次,却要从预选的时候就要进行物资利诱了,否则,更没有人理这个茬了。"

"这样也好,以前那种一张选票十块钱的情况,说不定就不会出现了。"朱启明接过来说。

"那还不一样?只要进了候选人名单,正式选举时一个人还同时可以为三个人代理,不同样也能买选票吗?"周全接过话头说。

"这些话只能在我们这个场合说,其他场合别这样说,别人会笑话我们党委,明明知道有人贿选,还不进行制裁。"车相渚见别人说得热烈,自己也插了一句。

"证据呢?共产党是要讲证据的,党委也不例外。你以为那些买选票的都是些傻子,让你看得见,让你耍着玩吗?"郑之渊呛了车相渚一句,好多人都听得出来,郑之渊话里有话。

"还有一些比较难办的事。"周全见场面有些尴尬,抢白似的接过话头,继续说,"市委组织部让一个星期之内,上报村两委换届的人事安排方案,要求成功率必须在90%以上。这个人事安排方案如何上报,如何保证党委意图实现,还能通过群众的换届选举,这事比较难办。再就是那几个率,也要求太高了。我们现在有两个村,班子已经瘫痪两年多了,无人可用。几个党员都当过支部书记了,真的是皇帝轮流做,可没有一个顶用的。市委要求,这样的三类村,这次换届也必须能选出群众满意的支部班子,不能再让这些村烂下去了。"

"是啊,拿个人事安排方案不成问题,问题是如何保证这个方案能够落实,90%以上达到党委意图,这个目标不低啊。"郑之渊捏着自己的额头,来回揉着。

周全看见车相渚的脸红一阵白一阵,难道郑书记的话又是一语双关?

"这样吧,让管理区书记先拿个方案,党委研究后再上报市委组织部。组织室下通知,要求各管理区三天内都拿出方案来。"郑之渊猛地抬起头,说。这时人们才发现,他刚才的话其实只是沉思中的自言自语。

"郑书记,我有个建议,预选时选民过半数的政策,我们能不能不做统一要求?上次换届没有这条规定,我们还沿用老路子去走,老百姓对这次的文件要求没有几个人清楚,也不见得有多少人关心。设不设流动票箱也不作统一规定,那些群众基础好的好村,怎么做都没事,那些基础差的村,怎么做都会出毛病,不如装些糊涂。摸着石头过回河,试一试。这政策那政策,换届顺利就是好政策。嘿嘿,我这是活学活用邓小平理论的思想精髓啊。"周全说这些话的时候,一直用眼睛看着郑之渊,他怕自己的这些主意说不到书记的心眼里,只要书记不爱听,他就会马上打住。没想到郑之渊一直在听他讲,并且因了他的幽默,书记脸上竟露出了笑容。

郑之渊看着袁成华:"袁书记,你什么意见?"

袁成华知道自己这个老组织应该说话了:"我觉得可以一试,程序别乱,按步骤一个一个来,该走程序的都要走一遍。如果个别环节出现疏漏,也在所难免,到时再做说服解释工作也来得及。所谓民不告官不究,老百姓连知道都不知道的事,怎么会告呢?再说,兵来将挡,水来土掩,乱子该出气该生,不要什么事都上纲上线,更不能什么事都先想到乱。怕乱必乱,有乱治乱,前怕狼后怕虎的什么事也干不成。我同意周全同志的意见。"

几个人也随声附和,这事就算是定下来了。会议结束前,郑之渊做总结讲话:"我要特别强调领导同志的政治责任。这次的村级换届,要继续实行领导干部包保责任制,袁成华书记对全乡的换届总负责,其他领导同志按照原来的分工，一人一个管理区，谁的管理区出了问题，就坚决追究谁的责任。换届是乡村的政治事件，是大事，大事面前不能装糊涂，更不能真糊涂。每个人都要全程参与到换届工作中来，要善于从一些细枝末节发现苗头性的问题，绝对不能闹出任何政治笑话，更不能形成政治闹剧。对一些技术性问题，比如在印制宣传材料的时候，制订实施方案的时候，给市委组织部上报的材料等等，都要严格按市里的要求，人家怎么报我们怎么报，人家报什么我们报什么。一句话就是严格按照市里的政策，要什么有什么，有什么正确什么。而对村一级和老百姓的换届工作的宣传，那些敏感的政策部位，袁书记要亲自把关，不能出任何纰漏。我赞成袁书记刚才说的那句话，怕乱必乱，有乱治乱。对换届工作中出现的所有困难和问题，未雨绸缪没错，但不能投鼠忌器，更不能自乱阵脚。党委有控制全局的能力，各位领导干部有做好工作的能力，我深信这一点。话再说回来，即使换届过程中有个别村出现状况，也没什么大不了，我相信整个换届的大局，一定会取得成功。"

周全记录下党委会议的主要内容，尤其是郑之渊的讲话。周全一边佩服着郑书记的口才，一边想着：郑书记所说的个别村，一定是仙鹤村无疑。

5

分管农业的副乡长蔡宝安参加全市的玉米机收免耕种现场会暨跨区作业启动仪式后，回来就找到乡长车相渚，把一大摞宣传资料和会议材料放到车相渚跟前："车乡长，我们应该发动村里去学习学习，确实是个好东西，应该在全乡推广，能够完全杜绝焚烧棒子秸的问题。"

"购买设备的钱谁出呢？"车相渚问。

蔡宝安不好意思地挠着头皮，笑着说："我还真没考虑呢。"

"没脑子。"车相渚小声嘟囔了一句，自顾回过头去，玩起电脑游戏《梦幻传奇》。

蔡宝安凑上前去，有些讨好地说："这游戏还真好玩。"

"去吧去吧，没事该干嘛干嘛去。"

真他妈倒霉，又挨了一顿狗屁呲，蔡宝安心里恨恨地骂。他不再作声，推开门往外走，走到门口又跑到车相渚的办公桌前，从面巾纸盒里刷刷刷地抽出五六张纸，一句话不说就大步走了出来，弄得车相渚有些发蒙，直愣愣地看着他。

蔡宝安去了厕所。在车相渚办公室汇报工作的时候，蔡宝安就憋得难受，让车相渚训了一顿就更有些想发泄的感觉。等他擦屁股的时候，嘴里骂着：狗日的，怪不得愿意用面巾纸擦屁眼呢，确实是比乡政府的拟稿纸舒服多了，更比一擦一腚黑的那些报纸强。机关干部们还争论车乡长擦屁股的面巾纸是什么牌子的，说是什么"清风"或"柔顺"，明明就是"佳人"牌的嘛。这可是当下广告做得最响的名牌，哈哈，"佳人"擦屁股，也只有车乡长能想得出来。

蔡宝安为自己的绝顶聪明惊呆了。他摸了摸没有几根头发的头皮，真的，本来就是绝顶聪明的。车乡长是佳人擦屁股，一语双关，妙！蔡宝安为自己的奇思妙想有些得意起来。

提裤子站起来的时候，蔡宝安突然间又想，车相渚擦屁股用"佳人"，他老婆的月经护垫会是什么牌子的呢？蔡宝安想起了电视上宣传的"月月舒"，月月舒月月舒，月月舒服，可舒服不舒服，只有车乡长知道。想到这里，蔡宝安对着空荡荡的厕所，放声大笑起来。

6

八月十五云遮月，正月十五雪打灯。今年的八月十五，天气一直很晴朗，正午的时候甚至有了些夏天的味道，直到傍晚，天气才开始凉了下来。一些收割完的农户开始焚烧玉米秸秆，空气中渐渐弥漫起呛人的烟雾。不少人咳嗽着，骂着，第二天却同样把自家的玉米秆点着。

焚烧秸秆的事已经成为公害。曾经有人盼望乡里能管一管，但乡里怎么管？管谁家的是呢？又有谁愿意听乡里的？也难怪，不烧这些秸秆又能有什么用？以前是拉到家里烧水做饭当柴烧，现在做饭都用电用蜂窝煤，谁还愿意坐到锅门脸前边火烧火燎的？

忙碌了一天的村人，筋疲力尽地回到自己的小院，说着家长里短，品着可口的月饼。现在的人，从城里到乡村，对月饼已经没有了太多的兴趣。生活条件好了，月饼只是成为某种象征。多少买上几个，给那些喜欢吃甜的孩子们，或者一家人围坐在一起，你一口我一口的，也算是一种快乐。只是现在的月饼，早已经没有了过去的味道，那些青红丝的甜，那些花生仁的香，被各种各样的味道取代，却永远也取代不了那些贫穷岁月中的香甜记忆。

不知谁家开始燃放起鞭炮，噼里啪啦的。时断时续的声响，再加上鞭炮受潮后冒着烟的咻咻声，让人怀疑这挂鞭炮很可能是春节时留下的。仙鹤村八月十五没有放鞭炮的习惯，没有谁家会专门花钱买鞭炮。

邵秋之被人送回家的时候，柳恒稳刚泡上一壶好茶。柳恒稳刚把茶栽了栽，就听见有人在门口喊："恒稳大哥，大嫂冲着大婶了。"

一群人拥着邵秋之进门，然后柳恒稳就听见邵秋之喊："小稳子，你是不是把你娘忘了，你知道今天是什么日子吗？"

邵秋之的声音、语气竟和柳恒稳的母亲样板老太一模一样。柳恒稳知道，这就是人们常说的冲着鬼了。他问一同进门的柳卫党："没有用针扎扎试试吗？"

"试了，不管用。一般情况用这种办法都行的，可嫂子怎么就不管用呢？是不是因为是冲上婶子的事。婶子这个人一辈子要强，小把戏不管用。"

"小稳子，我问你话呢，是不是把娘给忘了？你知道今天是什么日子吗？"邵秋之再次冲着柳恒稳大喊，一脸不耐烦的样子，声音也尖厉起来。

"我没忘，孩儿记着呢。"柳恒稳浑身起了鸡皮疙瘩，战战兢兢地回答。

"你记着什么了？今天怎么不去给娘上香？"邵秋之一屁股坐在柳恒稳天天坐的太师椅上，"泡了茶也不给娘倒上？"

柳恒稳一边倒茶，一边说："娘，我知道我错了。原想是晚上给您老人家送月饼去的，您老人家别生气，先喝茶，我们一会儿再给你做饭。"

"娘要吃整鸡整鱼，要把鸡别成供鸡的样子，翅膀从嘴里穿出来，不能走了形。我还得要点钱，我的钱早花光了，我要人家那种一千亿的，一时半会儿花不了就存在银行里。毛主席他老人家说，存在银行里就是支援国家建设。"邵秋之拿起桌上的月饼，吃着，忽然就抽泣起来，连这哭声，竟也都是样板老太的腔调。

围观的人吓得往后退着。

送邵秋之回来的柳卫党，早已经差人去找老道颜老九了。这个颜老九早年因为贫穷，并且腿跛得厉害，上山当了道士，六十多岁的时候回老家居住，由他的几个侄子伺候着，他对这种事向来是黄纸到小鬼跑。颜老九对村人而言，一直是一个谜，直到现在没有人知道他去了哪座山修行，他到底又有多少法力。但村人们知道，附近几个省的人，凡是家有大难，或者大病难除的，总要到他这儿算上一卦，写几张字符回去，放在一个他指定的地方，准保一切都能好起来，颜老道的名声也因此在十里八乡传播开来。曾经有人传言，说见过某位省里的大领导来过，至于真假，无人考证，颜老道的家人也从不外传。颜老道自从回村后，就成了侄子们的摇钱树，他们家从平房盖成瓦房，几年前就又盖成了楼房，这都是颜老道的功劳。

"再去催催。"柳卫党又让身边的一个小媳妇子去颜老道家。

"催什么催，人总是要死的，有的重于泰山，有的轻于鸿毛，大家聚在一起，开一个追悼会，寄托我们的哀思。"邵秋之站起身，对着围着她的人说，声音仍然是活脱脱的样板老太。

"来了来了。"有人喊着。

"拿火机来，恒稳兄弟，你在她跟前烧。"跑去找颜老道的柳恒闻把一张黄纸递到柳恒稳手上。

火苗刚刚着起来，就看见邵秋之一下子倒了下去。众人急忙上前，紧紧掐住邵秋之的人中，然后就听她大声地出了口长气，喊了声："哎哟俺的娘唉。"

"俺这是怎么了？怎么会在家里？俺不是在地里干活吗？"邵秋之眨巴着眼，声音也成了她自己的声音，问身边的人。

"你没事了？"柳恒稳低下头去问。

"俺有什么事？"邵秋之真的恢复了正常。

"狗日的娘们儿。"柳恒稳骂道，然后端起一杯茶泼到邵秋之的脸上。

"散了散了，大家伙回去过十五了。"柳卫党驱赶着围观的人群。人们议论纷纷，说着这事奇了，多少年都没有人冲着鬼了，大十五的，邵秋之究竟做了什么亏心事，让她婆婆这样追着。

柳恒稳再也没有了过十五的心情，他奶奶娘地骂着老婆让她早早去睡。邵秋之在地里干了一天的活，刚才也折腾累了，又被柳恒稳骂过，更不管十五十六的了。她流着泪躺在床上，不一会儿便睡着了。

柳恒稳一个人坐在院子里，静静地发呆。柳恒稳想起了大妈妈，这个让自己牵肠挂肚的女人，现在竟不知在何处。

月上树梢，这月亮圆得有些出奇。

7

八月十六日，全乡村级换届工作会议召开，所有村干部和机关包村干部参加会议。乡党委书记郑之渊作了动员讲话，要求各级要把村级换届工作，当做当前压倒一切的政治任务，认真抓好。涉及一些村干部要面临精简，希望大家从讲政治的高度，从维护党委权威的高度，理解好，执行好。

"执行个屁，这不是操人吗？"有人小声骂着。

这时，恰巧有人真的放了一个屁，很响，还带着转音，引起与会人员的哄堂大笑。

8

管理区书记田沧海一瘸一拐地到郑书记办公室报到。虽然说是伤筋动骨一百天，但因为田沧海骨折的是大腿骨和腓骨，恢复起来比较慢，所以直到现在，他仍然要拄着拐杖走路。

等郑之渊问过田沧海身体上的一些情况以后，田沧海提出想上班。随后他吞吞吐吐地说："郑书记，这么多年，一直跟着你风里来雨里去的，承蒙你照顾提拔，我才有了今天。所以对您，从心底里讲，我除了佩服，就是感激。管理区是给党委扛大活的，好的坏的，都要顶着扛着。您看，我这身体，我这年龄，都不适合在管理区工作了。瘸腿拉巴的，除了身体不允许再风里来雨里去之外，我还真的怕自己耽误事。我自己的身体事小，耽误了党委的工作事大，我怕自己承担不起。"

见郑之渊没有表态，田沧海继续说："在忠字礼堂拆除的关键时候，我掉了链子，出了车祸，没有给党委出一点力，感觉心里很不是滋味，倒是给乡里添了不少麻烦。包括郑书记都去医院看我，这让我很感动，所以不想再牵累乡里的领导。自己退出这个岗位，让有能力的人去挑这副担子。"

郑之渊沉默了好长时间，终于摆摆手："老田，你说的这些都是实情，我也能体谅。只是现在处于换届的关键时刻，我离不了你。沧海，我们同时做管理区书记的，你出的力流的汗，我看得最清楚。就算为我干的，再坚持一年半载，党委亏不了你。可以吗？"

管理区这个管理阶层，在中国的政体里面是不存在的，以前曾经叫过小乡，后来改成管理区。乡里的机关干部任管理区的书记主任，如同其他的政府部门一样，属于没有级别的股级。但在乡镇，管理区却是提升副乡级领导干部的重要平台。管理区书记这个岗位，直接面对的是村支部书记和广大老百姓，更能显示出一个人有没有领导农村实际工作的本领。前几年，有的乡镇曾经撤销过管理区，但后来的实践证明，这是一种失误。没有了管理区，村一级的工作难度非常大，乡党委政府直接面对村干部，面广量大，根本应付不过来。有的乡镇也试用了大村管小村的模式，但小村也是村，同样都是支部书记，所以村与村之间，互相之间不服气，根本谈不上什么管理。郑之渊上任之初，曾有人劝他撤销管理区，被他一口回绝了。郑之渊也是管理区书记出来的，除了对这个岗位的浓厚感情之外，他明白管理区承担着的工作协调和管理职能，不是说撤就能撤的，他也不想在这种注定没有多少实际意义的小改小革上出风头。所以，郑之渊一直把管理区当成党委的第一道挡风墙，当成摧城拔寨的工兵士卒，跟他们结下了士为知己者死的兄弟情谊，让他们出力，给他们相应的政治经济待遇，高看一眼，厚爱一层。但郑之渊又明显地感觉到，自从自己当上党委书记之后，好多人把他看远了，再也不是以前称兄道弟、无话不说的那种状态了。是自己变了还是这些管理区书记们不习惯了？郑之渊不知道。他曾经无数次地回顾自己说过的话，做过的事，他觉得自己没有变，变的或许只是人心。郑之渊越来越深切地感觉到，自己很孤单，孤单得如同一个在风雨中独自行走的老人，再苦再累，竟没有人伸出手扶他一把。

田沧海是自己最看重的管理区书记，现在竟也不想干了，让郑之渊的心里很不是滋味。

只是现在的田沧海，还是与自己干管理区书记时，可以与自己一道光膀子拼干劲儿的田沧海吗？

田沧海的车祸，以及他现在的出现，再加上关键时刻的辞职，让郑之渊心里充满了疑惑。他不知道田沧海在忠字礼堂的拆除中间，究竟是站在了什么位置，他和柳恒稳之间，是不是也和他们的私人关系一样，在整个事件中保持了高度的一致和相当的密切。那时，郑之渊曾经想让田沧海劝劝柳恒稳，但后来却出现了种种波折，让柳恒稳远离了仙鹤村，田沧海对仙鹤村的影响也便小了许多。过去的事已经过去，郑之渊对忠字礼堂拆除的事近乎淡忘，现在唯一担心的，是田沧海在仙鹤村的两委换届中，会不会因为柳恒稳的存在，再次激起一场矛盾争斗，而他，又会站在哪一个阵营？

"郑书记，有你这几句话，我田沧海即使累死，也值了。村级换届，全乡最难的是仙鹤村，郑书记也一定料到了。我不求别的，只求党委给我充分的信任，我会让仙鹤村逐步走上正轨。"田沧海被郑之渊的话感动。但他知道，自己最大的弱点，就是听不得别人的几句好话，耳根子软了，自己也就上了套。管他呢，士为知己者死，男人，就要拼搏在各种战场。

田沧海喜欢战场这个词。

因为要尽快拿出人事安排的初步方案，在此后的几天，郑之渊、袁成华和组织委员周全，一直在与各个管理区书记座谈情况。有些管理区书记对自己辖区内的村如数家珍，也有的心里并没有太多的人事考虑，其实这都说明了一种能力和水平的差别。到了田沧海的时候，他长叹了一口气，说："驻地管理区向来是老大难，各位领导都清楚。各村的人事安排我还没有考虑成熟，请党委给我时间。我已经有几个月没有上班，现在的好多情况都出现了一些变化，与我休病假前有了很大不同。"

郑之渊知道，田沧海是在耍滑头。即使有再大的差别，只有短短的三四个月，管理区内的几个村除了仙鹤村，都没有对村干部进行过大的调整，能有什么不同？郑之渊问他仙鹤村的人事安排，他故意用这个热芋头试试田沧海，田沧海便闭口不谈了。田沧海就是田沧海，总有他自己的处事方式和工作原则。郑之渊暗想："这个家伙，怪不得乡村干部都叫他'老谋深'，他肯定有自己的小九九。"

晚上是郑之渊值班，他一个人在办公室里看着由组织室提供的现任村干部人员名单，仔细地思考着每个村的不同情况。尤其是对那些因为换届选举有可能出现矛盾和不稳定因素的村，郑之渊一个都不敢放过。郑之渊仔细思考着，谁会有更大一些的支持面，谁会不会和上届一样，能把整个盘子都反过来。早在一个月前，郑之渊就想对村班子进行一些测评和调整，也为村级换届做些准备。只是今年不顺心的事太多了，他似乎没有了那个心劲儿。但村级换届迫在眉睫，这项工作近期必须搞，而且必须马上搞，各个村都必须搞一个"两议会"成员对现任班子的民主评价，然后推荐村两委干部和部分后备干部，最后的结果作为乡里形成用人方案的依据。

办公室公务员敲门，说："田沧海书记想见您，要向您汇报工作。"

郑之渊知道田沧海会来，便笑着点了点头："好，让他进来。"

"郑书记，希望你能理解，不是我不想说，而是不能说。咱们乡里的人嘴快，矛盾复杂，话不出口，就有人开始猜测别人心里在想什么。再加上有些村，我确实没有考虑成熟，说不好。"田沧海进门就做着检讨。驻地管理区向来是一个十分复杂的地方，人与人之间，村与村之间，明争暗斗，田沧海根本不可能把他的想法守着袁成华和周全说出来的，否则他的话第二天就会传到有关的村。有人曾经戏言，在仙鹤管理区，两个人的话都不能保密，夫妻俩也不行。即使是一个人，只要是晚上说了梦话，也有泄密的可能。

"坐下吧，我并没有怪你。你考虑成熟的就不要说了，就按你的想法去办。考虑不成熟的是哪个村？"郑之渊坐在田沧海旁边的沙发上，这在乡镇的上下级之间，已经是一种很高的礼仪了，这说明党委书记没有把你当外人。

"仙鹤村的人事安排，一直让我非常头痛。我想听听您的意见。"田沧海言辞恳切，不像是踢球给郑之渊的样子。

"仙鹤村的情况现在非常复杂，想必你也早已经知道。自从柳恒稳下台以后，目前在职的这些村干部，没有一个人能执掌大局，瘸子队里也选不出一个将军来。但这些人却精于钩心斗角，没有多少实际工作的本事，但歪门邪道的东西会得不少。"郑之渊稍一停顿，猛然间问："你对柳恒稳现在的群众威信怎么看？"

田沧海似乎预料到郑之渊会问这个问题，他长出了一口气，说："柳恒稳现在已经是众叛亲离，很难控制局面了。那些他提拔使用的干部，面和心不和，都有自己另立山头的打算。仙鹤村，已经是一摊烂泥，谁也救不了。"

"你想没想过去兼一段时间的第一书记，下功夫培养一个合适的接班人，再通过组织程序使用呢？"

郑之渊提出这样一个想法，让田沧海吃了一惊。

"我同样会被抬出来。仙鹤村的派性和排外情绪，在全乡几十个村里面，是最严重的。"田沧海说，"不过上报市委的方案，可以写上我兼任支部书记，村主任选举成功以后我退出，仍然符合市委要求的书记主任一身兼。选不成功，组成临时村委会，我过渡一下，然后党委再任命支部书记，或者让村里再选出一个书记。这样也符合市委换届的要求。这或者是最好的操作办法了。"

郑之渊陷入了沉思，田沧海的这个方案，会是最好的方案吗？他和柳恒稳的关系很好，为什么不再提名柳恒稳，让他东山再起呢？

田沧海似乎看出了郑之渊的怀疑："郑书记，我感觉自己有些对不住你。尤其是在仙鹤村的群体性事件中，没有给你出一点力，辜负了你对我的一片心意。所以这次的村级换届，我想做好自己应该做的，尽量不给你添乱。"

郑之渊一边点头，一边问田沧海："柳恒稳真的是无可救药了吗？能不能死马当作活马医一回？"

田沧海笑了，他感觉郑之渊是在试探他，或者是想向他传达一种信息，党委不是不想用柳恒稳，而是因为群众已经不再认可他了，这样做对袁书记、对柳恒稳或许都是一种安抚。但现在的仙鹤村，已经今非昔比了。

"党委要在全乡安排一次民主测评和民主推荐，我们看看最后的结果再说吧。仙鹤村不能乱啊，全市最大的村，乱了就是党委无能。这第一步的测评，一定要让尽可能多的人参加，尽量多地代表民意。这项工作明天党委就要安排，完事后我们再定。"

田沧海起身告辞，刚走几步，又犹豫着站住："郑书记，我说句不中听的话，仙鹤村选举成功与否，不在于是不是选出了老百姓满意的村两委班子，而在于是否能顺利完成选举。"

郑之渊点了点头。这句话，郑之渊一直憋在心里，在任何场合都不敢说，也不能说，而这，正是最安全合理的工作底线。顺利完成选举，或许就是最让人满意的结局了，郑之渊苦笑着摇了摇头。

田沧海的脚步消失在办公楼下，整个世界重又陷入一片寂静。郑之渊看了看窗外无边无际的黑暗，起身，然后拉开了窗子。郑之渊不知道自己想看什么，又为什么要拉开这扇窗。人的意识有时就是这种样子，完全的无意识，却又在自己的大脑掌握之内，任何一个动作一定有它的潜意识。那么自己开窗这样一个动作，又意味着什么呢？郑之渊开始为自己开窗的动机发呆了。

办公室的座钟有气无力地响了一下，已是凌晨一点了，郑之渊不自觉地打了个呵欠。开门回宿舍的时候，外面的寒气迎面而来，郑之渊浑身一个激灵。真的是到了秋天了，他心里想。即使不是秋天，这乡下的温度也要比市里低三五度。农村就是好地方，要比城里好上百倍。这样想的时候，郑之渊感觉自己有些酸葡萄心理，多少年想到城里工作去不了，对城市的感觉便有了深深的可望而不可即的隔膜。正宗农村版的阿Q，郑之渊自言自语道。正宗阿Q，这名字真好，就像是大街上到处都写着的正宗狗不理包子一样，正不正宗，有谁管呢？再说了，这个世界，还有什么是正宗的呢？

菊　月

1

秋天是仙鹤山最美的季节。因为空气湿度低，仙鹤展翅欲飞的模样也便更加清晰，更加生动，逼真得让人有些心疼，叹息着这山为什么就不是一只真实的仙鹤呢？那些褐色、黑色或者浅白的山石，构成了大大小小各种模样的山水画，或粗犷豪放，或细腻柔情，总是浓淡相宜，姿态万千。满山的青藤稍稍有些发黄，显出了成熟女人丰满且韵味十足的诱人模样，那些挂满枝头的小山枣似乎一个个小精灵，在枝杈间钻来钻去，猛然间钻进你的眼帘或者肌肤，在引起你疼痛或者赞叹的每一个时刻，诱惑着你敏感的舌尖。而雨中的仙鹤山，却如一个蒙着薄纱的少女，香袖轻撒着少女的娇羞，流动的空气里浸淫着水的湿润，雾的朦胧。这个时候，你最好是徘徊在山下的，你会如同流连在一幅油画之中，浓墨重彩让你时时感受着氤氲之美，无处不在的温润和柔爽，会让你感觉如同来到了天堂中的田园水乡。

这场淅淅沥沥的小雨，是从头一天晚上开始下的。直到下午三点多，一直没有停下的意思，下得人心里烦烦的。如果这样的雨再持续两天，等有了墒情再耕种，就错过最好的播种时节了。所谓的秋分早、霜降迟、寒露早晚正宜时，眼看着寒露已经过去了几天，再不抢种就真的是晚三秋了。偏偏这个时候，村里还要搞什么换届选举，连地都种不上，谁还有那份闲心啊。但上面已经安排下来了，再有怨言也没有办法，老百姓只有听话的命。

一大早，田沧海就打电话给管理区的小公务员李务实，让他用摩托车把自己送到了仙鹤村。车祸的伤还没有彻底好，这样的阴雨天，田沧海的腿便疼得更厉害。但选举的事已经刻不容缓，尤其是党委让上报的人事安排方案，必须在这几天拿出来。其他几个村可以让管理区主任跑跑，搞搞民主推荐，走走形式，不会惹什么乱子。而仙鹤村在大乱之后，人心散了，干部没有带动力，民主推荐很有可能出现失控的局面，所以他是必须要亲自靠上工作的。

这是田沧海自从出了车祸以后，第一次到仙鹤村里来。村大院以前到处都是十分规整和干净，现在却是杂草丛生，并且可了劲儿地朝天长。厕所也应该是好长时间没有清理了，大老远就能闻到刺鼻的臭味。此情此景，让田沧海的心里如同倒了五味瓶，物是人非的隔膜感从心底涌起。本来就因为腿疼心烦得要命，看到这样的景况，田沧海的心里更是充满了愤怒。

田沧海昨天给包管理区的赵梦主任已经说好，所有村干部八点到村里集合开会。赵梦因为要去市里参加会议，昨晚十一点多才告诉田沧海，今天她不能到村里来了，她要求田沧海一个人先把会议开了。田沧海以为村干部接到通知会早早地在村里等着，没想到现在已经八点多了，竟然连个人影都没有见到。田沧海推了推几个办公室，门都还关着，嘴里便狠狠地骂出一句奶奶的。

直到李务实站在院子里一个一个地重新打过电话，仙鹤村的干部们都才慢条斯理地从家里踱到村大院来。看着田沧海铁青着的脸，几个人只问了几句腿好了之类的客套话，便各自坐到办公室的一个角落里，或者喝茶，或者抽烟，或者沉默不语地发呆。最先来的是柳方鸣，最后来的是孙维下，这也符合目前这些干部的性格习惯，穷积极的柳方鸣，绊不倒的孙维下，老百姓都这样形容几个人。从进村院到所有人都到齐，田沧海等了接近一个小时。

"我宣布一条纪律：从现在开始，所有村干部，无论是谁，愿意干的就每天八点到村里来上班，不想干的马上写辞职申请。写完辞职申请现在就可以离开，我就不信离了狗屎不能攒粪。仙鹤村烂成这个样子，和在座的各位有直接关系，别成天价人模狗样地自我感觉良好，摸摸自己的心口窝，问问自己到底有多大本事，拿着百姓们的血汗钱，为老百姓做了多少事？哭着闹着想当干部，当上了就吊儿郎当，共产党的钱不养懒汉，老百姓的钱更不养孬熊。我田沧海是什么样的人，我想大家也都清楚，我就是说一不二，我需要每个干部都百分之百地干活，不要给我耍阴谋诡计，更不能使绊子搞破坏。我提醒各位，我田沧海不是吃素的，要文的要武的，我一律奉陪。"田沧海故意把茶杯子蹾得很响，几乎把桌子敲烂的感觉。他看着这些熟悉和不熟悉的脸，忽然感觉很气愤，他不明白就这么几个人，怎么能把仙鹤村搞得如此混乱，"现在村级换届已经开始了，不想干的，抓紧时间退出去，别占着茅坑不拉屎，想干的，认真干。如果谁想再制造混乱，我把丑话说在前头，即使你不幸被老百姓选上了，我也要把你办下来。"

几个人面面相觑。以前这些村干部都见过田沧海，也曾经在一起称兄道弟地喝过酒，从来没有见他发过这么大火。有人开始考虑，这火是不是因为他的老伙计柳恒稳被赶下台的缘故呢？

柳方鸣站起来给田沧海加了水，然后又给其他人倒了一圈。

"大家伙儿都仔细想想，你们现在是不是对得起自己的良心，对得起交到老婆手里的那份工资？村两委换届人家别的村都动起来了，都成立了选举委员会，都在搞选民登记，可咱村里都干了什么啦？每个人都觉得自己不是村支部书记，不应该管那么多事，可你自己分内的工作干好了吗？比如乡里给你们争取的土地整理项目，到现在都开不了工，不就是因为村干部没人挺起头来，没有人给老百姓做工作吗？话再说回来，就现在这种精神状态，就现在这种你吹我不打的臭毛病，在座的谁都别想当支部书记，谁都干不了这个支部书记。这话肯定有人不服气，不服气站出来说说，我看看谁有这个能耐？自己没这个能耐就得听别人的吆喝，不能光仗着自己的两片嘴皮子吹得天崩地裂，人总是要有点儿真本事的。今天我来，就是给大家开个小会，统一思想认识，希望各位都能看清楚仙鹤村再烂下去的严重后果。从今天开始，我也天天在村里办公，集中精力梳理一下村里的具体事务，一人一摊，分工负责，集中精力做好当前的几项工作。"

田沧海故意把喝水的声音弄得很响，眼睛却在偷偷地扫视着村干部们的表现。他见有人低着头似看非看地盯着面前的旧报纸，有人两手抱着杯子不知所想，而他的目光恰好与孙维下的目光对在一起，不觉在心里骂了一句老狐狸，便继续喝他的水。田沧海有些故意地把喝水的声音弄得更大。

"孙会计，我听说前一段时间你家里出了点事儿，都处理好了吗？"田沧海问。

"没事没事，处理好了处理好了。"孙维下有些语无伦次，脸上的汗接着就流了下来。这个狗娘养的，孙维下在心里骂道。他感觉田沧海一下子就打到了自己的七寸，但他不知道田沧海为何要对他如此不敬。俗话说打人不打脸，揭人不揭短，田沧海肯定是有所用心的。

在座的村干部心知肚明，田沧海所说的孙维下家里的事，应该是葛小窈的丈夫孙连其回来过中秋节的时候，听到了葛小窈和孙维下的那些肮脏事，先把葛小窈打了一顿，然后提着菜刀去找孙维下拼命。孙维下跪在孙连其面前又是磕头又是作揖，并且答应赔给孙连其两万块钱。孙连其仍不答应，非要剁下他的祸根不可。还是邻居报了警，派出所的民警好说歹劝地把孙连其拦下，事情却在四里八乡传开了。无奈之下，葛小窈跟着丈夫孙连其外出打工了，孩子留给孙维此老两口照管，同时还留下了孙维下赔给他们家的三万块钱。

那么现在，田沧海让孙维下如此难堪，有什么用心呢？是敲山震虎，还是另有用意？村干部的心里都开始犯起了嘀咕。

"今天有两个重要的事情，需要给大家伙儿通个气，一个是村里的账目，市纪委已经退回来了。经市纪委调查，仙鹤村的账目没有任何问题，没有发现前任支部书记柳恒稳同志违法乱纪的任何支出。这个情况也需要给柳恒稳同志反馈一下，大家看看，谁愿意去给他说一声？"

一伙人没有一个说话。这种事，查账本身就是一个幌子，就是为了治柳恒稳，大家心里明白着呢。现在没事了，谁愿意揽这种出力不讨好的活呢？

"我看这样吧，还是让孙会计去说，毕竟账上的事你最明白。"田沧海说，口气不容辩驳。

"我……"孙维下刚想说什么，看到田沧海如鹰似的眼光，声音一下子就颤抖起来，"行，我去。"

"田书记，我想弄明白，这账乡里和市里到底查没查？"柳方鸣忽然站起来，问。

"你想弄明白这个干吗？查没查与你有什么关系吗？"田沧海有些不耐烦。

"查没查，有没有问题，这要有个书面的东西，不能这样说说就过去了，也算是对恒稳叔的一个交代。再说，因为账目问题，把人家的支部书记说撤就给撤了，就咱这觉悟，也得给个说法吧。如果没查，那更得说说了，不能糊弄着人玩啊。"柳方鸣似乎有些激动。

"你到底是什么意思？"田沧海对柳方鸣充满了厌恶。田沧海把账的问题抛出来，就是想看看现在的村干部，对柳恒稳到底是一种什么样的态度，账只是一块试金石。

"要是查了，就得给恒稳叔一个书面的东西，然后给人家一个说法。如果没查,就得说明为什么没查,是不是需要查清楚了,然后再看下一步怎么办。咱不能这样稀里糊涂地把账说弄走就弄走,说弄回来就弄回来,这算什么事啊?就咱这觉悟,应该讲一下组织原则吧?这个账不仅仅是对恒稳二叔一个人有所交代的事,对这一班村干部,都要有一个交代。哪一级的领导也不能糊弄着人玩啊。"柳方鸣文化不高,但说话的水平还是一套一套的,他的话似乎打动了几个干部,几个人也"是啊是啊"地附和起来,这是田沧海没有预料到的。

"这样吧,我给市里要一个书面意见,这一点应该不成问题。既然账都查了,确实也应该有一个书面的反馈,对各方面都有个交代。这个事就先过去。"田沧海及时把话题进行了转移。从刚才几个村干部对账目的反应看,柳恒稳仍然是他们心中一个强有力的竞争对手,还有人仍然对柳恒稳不放心,还想置他于死地。田沧海昨天晚上原本想亲自去看一看柳恒稳,问一问他心里怎么想的,现在看,幸亏自己没有去,否则又会被有些人当成柳恒稳的同党,会被他们说成来村里工作只是为了让柳恒稳复出,那么随之而来的将是更大的不稳定和更多的矛盾。恒稳啊恒稳,你辛辛苦苦大半辈子,竟然落到如此孤家寡人的地步,怎么会这样呢?田沧海长叹了一口气。

田沧海发现自己想得太多了,马上回过神来,接着说:"下面咱说说村两委换届的事。根据市委和乡党委对换届工作的要求,现在需要马上定的是村选举委员会的人选,并且马上要开始工作。今天乡里还安排了一次民主座谈和测评的工作,要让'两议会'的党员干部,都推举下一届的村两委干部。孙会计,上一次换届的材料你还能找得到吗?大家议一议,我们是不是沿用上一届的选举委员会。"

"用上一届的选举委员会不合适。上次的人是上一届的村干部定的,这一次要由现在的村干部定。"柳方鸣首先站出来反对。

"其他人什么想法,都说说。"田沧海看着其他几位干部,说。

"是应该重新定。"孙思错首先表态。

"我也赞成重新定。"柳卫党说。

田沧海忽然感觉到来自心底的悲凉。他曾经以为,目前的几个村干部里边,应该还有柳恒稳的死党,应该还有人能替他出力,为他做点事情。比如柳卫党,比如孙思错,他们都是柳恒稳看重和相信的人,他们都应该能在关键的时候为柳恒稳说句公道话，都应该对柳恒稳心存感激。但现在看来，他完全想错了，这也应了人人为己的那句老话，在面对自己的利益之时，没有人是先想别人再想自己的。那么自己现在面对的，将是一个更加复杂的局面。

田沧海今天还有一个更重要的想法，那就是要弄清楚，在目前的这班人马中，他可以相信谁，可以使用谁。但从这些人目前的表现看，想找一个可以放心使用的人，根本不可能。

"这样吧，既然大家都不想沿用上一届的选举委员会，咱就重新拟定一个九人选举委员会名单。按照文件规定，选举委员会由各村民小组推荐。大家都兼任着各村民小组的小组长，所以大家的意见，就代表着各村民小组的意见，我想大家对这个意见应该没有异议。咱每人写一个九人的名单，然后再集合起来，按得票多少确定。不过我有个提议，为了让票更集中一些，大家最好能提一些'两议会'的成员，提一些有经验的，再加上一些德高望重的家族长者和退下来的村干部。尤其需要注意的是，党委的文件写得很清楚，选举委员会中现任的村干部比例，不能越过百分之三十。所以，大家不要为了能在选举中得实惠或者做手脚，没有原则地把自己的名字写上，这也是看大家政治觉悟的时候。"田沧海说，"当然，我也不是完全反对村干部写自己一票，关键一点是你能不能出于公心，公道正派地参与到换届选举中来。"

对这个选举委员会名单，田沧海并没有抱太高的期望值。村干部一人一个心眼子，那么这样的选举委员会人选，就很难有集中的高票。这些平时看着心粗得和胡萝卜似的村干部，在选举的每一个环节上，心眼细得都和老娘们儿的绣花针鼻儿差不多。

几个人分开头，各自找了一个角落，琢磨着选举委员会的人选。田沧海感觉很可笑，这些人，为了这芝麻大的小小的村官，竟然如此用心。计生主任安爱放下手中的笔，提着暖瓶给田沧海倒水，然后走到孙维下身边，看他都写了哪些人。田沧海暗自笑了，这个臭娘们儿，他在心里骂着，这个时候还看孙维下写谁呢，真是狗改不了吃屎。

几个人写完，田沧海问谁愿意统计一下，还是柳方鸣自告奋勇，说这种出力的活让给他干吧。其实每个人都清楚，柳方鸣就是这样一种贱材料，生怕自己被人糊弄了会吃亏。统计的结果没有出乎田沧海的预料，柳姓、孙姓占了大部分，而颜姓人除了颜景观之外，没有一个人进入选举委员会。

"我看这样，既然这个名单是大家推举出来的，我也提议一个选举委员会的主任人选，就用颜景观，有人反对吗？"田沧海问。

颜景观无论威望和人品，都是无可挑剔的，并且已经是连续几届的选举委员会主任。柳恒稳在的时候都用他，现在更没有多少人提反对意见了。更重要的是，颜景观是一个正义感很强的人，他不会为任何一个姓氏和家族搞那些歪门邪道。

"我赞成。"仍然是柳方鸣先表态。

"没意见。"

"没意见。"

几个人先后表态。

"选举委员会的其他人选就按照得票多少定，不再议了。现在我要分头征求每个人对下届村两委班子成员的安排意见，希望大家把自己真实的想法告诉我，我也好对党委有个交代。"田沧海站起身，夹起桌子上放着的有些破旧的手提包，"我去支部办公室，大家都在这儿等，不要走远，叫到谁谁过来。"

分头座谈的情况更没有出乎田沧海的预料，柳方鸣、孙思错、柳卫党都以为自己在村里能独当一面，都有资格成为村支部书记。至于在目前的职数上减一职的问题，大都没有回答，只有柳方鸣，说应该把孙思错减掉，理由很简单，他没有做村干部的经历，时间太短，任何事都应该有个先来后到。从柳方鸣的这句话里，田沧海意识到，柳方鸣把孙思错当成了自己的竞争对手，一心想排挤掉他。田沧海曾经寄希望能有人提出来，让柳恒稳重新出山，多少也会让他心里有所安慰，却始终没有一个人这样说。这说明柳恒稳确实失去了大势，或者这些村干部们还是对他心存忌惮，不想让这个强劲的对手加入竞争的行列。座谈之后，田沧海得到的结论是，目前的这几个人，都不具备领导仙鹤村的能力和品行，那么还有什么办法能挽救这个村于膏肓之中？这个村的人事安排方案又该如何拟定然后向党委汇报呢？

田沧海突然觉得晚间的"两议会"，可能是他物色人选的唯一稻草。他希望能通过"两议会"的投票，看到真正的民意，能发现一个让他眼前一亮的干部人选。

可"两议会"的成员就能让人放心吗？就能真正体现民意和公正吗？现在的这些村干部，都知道晚上要投票，肯定又要去做这些党员群众的工作，许下各种各样的承诺，让他们投自己一票。再加上家族的外在影响，推出的人就能过得硬吗？这样一想，田沧海对晚上的测评又没有了任何信心。

2

土地整理项目开工的第一天，就传来了一大喜讯，施工队在平整土地的时候，挖出了一个古代的墓穴，里面除了一具骷髅骨之外，还有不少完整的文物，其中有一副铜镜，擦去土垢之后，还隐约可以照得出人影。骷髅骨旁边还有银簪子和其他一些饰物，都被施工队队长装进了自己的口袋。柳方鸣听说后，带了十几个本家兄弟，去给施工队长索要，说坟是他家的祖坟，坟里的东西应该归还柳家，谁也不能拿走，一伙人几乎和施工队打起来。施工队长一口咬定什么都没有，只有一面铜镜，被乡土地所的人拿走了。柳方鸣便又到土地所，想要回那面铜镜，被土地所长训斥了一顿，悻悻而归。柳方鸣不甘心，又打电话给市文物局，说要举报有人偷了发掘出的国家文物。文物局局长袁溯不敢怠慢，带了几个人很快赶到现场，然后又专门从省里请来一批专家，想弄清楚是何时何人的墓穴。

仙鹤村曾经传说有两座汉代两王坟，但长期以来，两座坟究竟在哪儿谁也说不清楚，两王坟的墓主是谁也一直没有定论。施工队挖出的坟墓是不是就是两王坟，就更没有人知道了。但从出土的这些简单的文物看，这个墓穴算不上显赫，没有王家坟墓的奢侈和豪华，两王坟的规模和档次应该更高才对。这个地方地势较高，并且一直是村里人所说的风水宝地，土地整理项目刚一开挖，就已经挖出了两座坟，第一座坟是一座很大的空坟，已经让人起了疑心，再有这个小坟里挖出了文物，就更让仙鹤村的人们充满了想象。

省城的专家就是专家，他们看了一眼小坟的规制就说是西汉时期的坟墓。他们还带来了大量的仪器，仔细地对周围的土地进行了勘测，发现有一块地的汞含量高得离谱，甚至可以和秦始皇陵发掘时测量出的汞指标相媲美。其中一位被人称为甄教授的人，一看就是满腹经纶的样子，一边对助手们说着需要注意的事项，一边对陪同他的市文物局局长介绍着一些情况："我其实一直非常关注两王坟，因为我最感兴趣的是汉代历史。那是一个复杂而又承前启后的朝代，尤其是那个时候的礼制、思想，都与唐以后有很大的差异。我想通过对这个时期历史和文化的研究，整理和推演出人们思想观念的演变轨迹。阳山曾经有过两王坟，我早就从资料上发现过，因为没有具体的位置，没有进行更深入的研究。现在好了，有了第一手资料，就可以进行发掘了。"

"两王是哪两个王呢？"市文物局长袁溯问。

"据《汉城阳王世家》载，汉元帝初元元年也就是公元前48年，城阳王六世孙刘宪被封为式侯，食三百户，归属泰山郡，治所便在现在的仙鹤乡，他在位的年限和哪年去世史书没有记载。其后他的儿子刘霸继位，因刘霸无后，其弟刘绍继位，在位十九年。王莽篡国，刘绍之子刘盆子起兵反莽，被起义军立为皇帝，后被光武帝刘秀废掉，封于荥阳，这些《后汉书》都有记载。刘绍在位的十九年，为其父刘宪、其兄刘霸按皇家规制修建了陵墓。刘绍在位时因王莽篡汉取消封国，成为庶民后葬于荥阳。所以位于仙鹤村的父子两王坟墓主应为刘宪、刘霸无疑。"

"教授，我们现在的仙鹤山上还有在石头上打的拴马桩，是不是就是王莽起兵时候留下的？你说坟墓里的那个汞含量超标，汞是一种什么样的东西啊？"柳方鸣极愿意凑热闹，也爱打听事，他吆喝着"让让让让"，从人群后面挤到最前面，问。

"汞就是老百姓说的水银。没事儿回家待着去，别在这儿乱挤。"袁溯见柳方鸣挤得那么凶，有些心烦，便没好气地说。

"教授，你说的是刘宪还是柳宪啊？"柳方鸣没有因为被讽刺改变心情，他一直跟在甄教授的后面，听得很认真。

"刘宪。你说山上有拴马桩？"甄教授回头看了他一眼，回答道。

"是有拴马桩，很多。不过怪了，俺仙鹤村的人都姓柳，两王怎么会姓刘呢？"柳方鸣顺着自己感兴趣的话题不解地问。

"这儿是他们的封地。"甄教授回答得很认真。

"怪不得柳姓人这么好欺负，自古就是这样啊，柳家竟然让刘家管着。时代不同了，不行咱也当个王莽，造个反玩玩。"柳方鸣似乎为自己的想法有些得意。

"你们仙鹤村可是三面红旗的代表，要是你这话放到'文化大革命'中间，你就当上现行反革命了。"甄教授对柳方鸣的话有些反感，训斥着他。

"时代不同了嘛，现在骂国家主席都没事，怕什么。"柳方鸣一副满不在乎的样子，"就咱这觉悟，要是能弄到枪，也弄个山大王当当。乱世出英雄，咱盼着这年月乱呢。"

"柳方鸣，你真的不配当党员。你还是当了几年兵的人，当兵的时候怎么没弄支枪回来啊？就你那德性，还当英雄，你连狗熊都当不了。以后出来的时候用擦腚纸把嘴擦一擦，别出来乱放一通，光给咱仙鹤村丢人。"站在甄教授旁边的孙有银说道。

因为孙有银比柳方鸣辈分要大，一句话把柳方鸣说得再也不敢开口了。但柳方鸣在心里狠狠地骂道：老不死的，我能用擦腚纸，你只配用坷垃，并且是那种不成个的坷垃，一擦腚里就全是碎土，让你用三盆子水都洗不干净。

3

接到田沧海的电话以后，柳恒稳心里非常凄冷，人情薄如纸，真的是这样。无论你曾经对一些人有多好，时过境迁之后，人心都会变。柳恒稳想起了老百姓常说的破鼓乱人捶，应该就是他目前的情境吧。市里乡里把村里的账调走，目的可能很简单，就是压着他能接受拆除忠字礼堂这件事，让他做好群众的工作。甚至到后来，乡里的郑书记都是想让他出面主持局面的，这些柳恒稳心里清楚，妹夫袁成华也在话语中间流露出这些意思来。及至后来，柳恒稳弄清楚事情的缘由只是车相渚的冒进和唐突，并不是郑之渊的本意，心里的宽慰和轻松也便慢慢滋生出来。所以不再担任村支部书记职务之后，柳恒稳并没有对郑之渊有任何的怨恨，毕竟是自己怕做不下群众工作有意辞职，乡里也并没有下免职的文件，这已经是很大的面子了。村里的账并没有往市里送，在乡里更没有人真正动过深查的念头，这些情况袁成华都告诉了柳恒稳。这在柳恒稳看来，除了妹夫的关系之外，郑之渊还是想保护他、继续使用他的。所以乡里的换届会开过之后，柳恒稳曾经幻想着可以继续出面工作，不为别的，只想向村里人证明，仙鹤村离开他柳恒稳是不行的。这种种乱象，也只有他柳恒稳才能收拾得了。可从目前的情形看，竟然出现了这么多的变化，以前自己作为后备干部推荐的一干人马，等在村干部的职位上坐到屁股热的时候，竟都如此对他薄情，还非得要把账查到底，还非得要什么说法，这是明着要往死里整他，要把他往对立面上推。说实话，如果真的细查哪个村子的账，能有几个没事的？吃喝账，乱支乱报的账，这是一种现实，不只是他柳恒稳一个人这样做。而他报销的个人支出，在全乡的村子里，应该是比较少的，也经过了严格的"两议会"审查程序。那些吃的喝的，都是为了村子里的项目，为了村里的发展，"两议会"成员都投了赞成票的，柳恒稳心安于此，这也是他不怕查的原因所在。从其他村的情况看，只要上级把村级账目当成事认真查，没有没事的村干部，这要看组织上是不是真查。水至清则无鱼，对农村干部而言，这话更是一种真理。选一个好的支部书记并不容易，要能说，能干，能听话，能一个人面对所有的老百姓。这种人在农村并不好找，也由此注定了各级组织在某些问题上，对支部书记们只能睁一只眼闭一只眼。如果真的想想自己曾经有过的账目问题，柳恒稳心里清楚，一些吃饭加油租车的发票，有一部分是虚开多开的，送钱给人的，没有发票也要处理，人情往来的，没有发票也要开支，那些白条不只是违反了财经纪律，还多开一些作了其他用途。谁再廉也廉不了，再清也清不了，这就是农村干部的现实。柳恒稳承认自己做不到完全的清廉，做不到母亲要求的不拿公家一针一线，但他却一直尽力维持自己与村级财务的距离，他力求自己最大的心安理得。全身而退，不仅仅是自己的最好归宿，也是对母亲最大的安慰。想起母亲，柳恒稳忽然觉得心疼，这个一辈子是非分明的老人，走了不到一年，期间竟然发生了那么多的事。以前柳恒稳一直把母亲当成自己的依靠，当成自己的福星，那么现在所有的失意和不顺，或者就是因为没有了母亲的保护？

  以前每次换届，母亲总是说："担心啥？是你的谁都夺不走，不是你的，你夺也夺不来。"柳恒稳记住了这句话。而这次，没有了母亲的叮嘱，柳恒稳也不再需要母亲的叮嘱，柳恒稳反而更加心安。自从自己辞职以后，柳恒稳没有给现在的干部使过一个绊子，他只希望这些干部们能把村里的事办好，能实现平稳过渡，自己也真的不再过问村里的任何事，不添乱，多支持。可这些人竟没有给他最起码的尊重，现在竟要把矛头指向他，非得把他置于死地。这样想来，他就不得不反击了，他不允许任何人不把他柳恒稳当盘菜。他必须让这些人知道，他们看不起的柳恒稳还是在村里跺一脚仙鹤山就要颤三颤的人物。柳恒稳也曾经想过，如果这些人在选举前，有谁来征求他的意见，寻求他的支持，他就会给谁出把力，把谁推到支部书记的位置上。可自从管理区书记田沧海按照党委的统一安排，搞了民主推荐之后，竟然没有一个人到他家里来坐坐，没有一个人给他说几句心里话，这让他非常心寒。纵然是落地的凤凰不如鸡，可即使是秦桧也还有三个相好的吧，再怎么着他柳恒稳也还没有落魄到孤家寡人的地步？

"沧海，我给你推荐个人选，你看看孙维金这个人怎么样？我觉得无论从人品和资金实力都不错。这次的换届，市里不是也提了能够带头致富和带领群众致富的'双带'干部吗？他正好符合这条规定。"柳恒稳在电话里给田沧海说。

"大哥，你拿定主意确实不想干了？'两议会'成员中还有一部分人投了你的票，这说明你还是有群众基础的。"田沧海没有接着柳恒稳的话说，而是更加直接地问他自己的想法。

柳恒稳沉默好久，长出了一口气："破鼓乱人捶，一掌难撑天。我早已经是下野之人，谁还愿抱我的大腿啊。'两议会'里有几个人还念想我的好，我心里已是十分感激，村干部却再也不想当了。人都是三十年河东三十年河西，河东河西我都走过了，不想再操那份闲心，也不再和这些下九流们争吃打闹了。"

"可这个孙维金生意做得很好，出门都要坐着高级轿车，外出谈生意都要带保镖，他老婆下地都还要车接车送，他愿意当这个芝麻小官吗？"田沧海对柳恒稳的推荐有些不可理解。

"我干着的时候他不想当也不敢当，我不干了他肯定想当。"柳恒稳回答。

"以前他想承包村里那六百亩山地的时候，你们不是干过一仗吗？我听说当时他还雇用了黑社会的人来找你麻烦，如果不是袁书记从乡里带着派出所的人来，可能就会出人命。你怎么还会推荐他呢？"

柳恒稳好长时间没有答话，最后才说："那都是过去的事了。所谓不打不成交，更何况我和他没有私人恩怨，没有直接的利害冲突，我推荐他就有推荐他的理由。并且，我还会让孙思良当他竞选的帮手。这一段时间思良一直在他那儿帮忙。"柳恒稳停了几秒钟，接着说，"不要对任何人说是我推荐他。孙维金是一个非常热心村里事务的人，你找找他，一谈准成。"

田沧海和柳恒稳的电话通了几十分钟。自从田沧海上班后，还一直没有到柳恒稳家里坐坐，不是田沧海无情无义，而是因为身份和工作的某种需要，田沧海刻意躲避着柳恒稳。田沧海害怕柳恒稳趁村"两委"换届之机，向他提出重新干支部书记的要求，依他们的交情这会让他很为难，因为现在的柳恒稳，已经不是以前那个能够呼风唤雨的柳恒稳了。但今天的电话，柳恒稳告诉了他一个非常明确的信号，那就是他不再参与村"两委"换届。这样，田沧海就会安心多了，也能放心大胆地去处理现在的村干部之间的所有矛盾和争斗。田沧海开始为自己的小心眼后悔了，柳恒稳就是柳恒稳，是个真正识时务之人，大气大度，却又不失公允，深有计谋却摒弃不择手段，这个朋友自己没有交错。

而此时，田沧海考虑更多的，是他不得不面对的另一种新生力量，那就是孙维金。他到底是一个什么样的人物，他会和村里的哪个现任干部成为朋友或者成为敌人，他担任村干部的合理解释是什么？如果孙维金真的在选举中胜出担任了村主任，然后再由党委提名为支部书记，他会是让自己称心如意、让党委放心满意的合格人选吗？孙维金参选，对他个人而言，或者只是为了一个脸面，因为田沧海想不出孙维金依靠支部书记这个岗位，可以为他自己谋取利益的地方。或者还是以前没有承包成的那六百亩山地？想到这里的时候，田沧海猛地打了激灵。或者柳恒稳也并没有自己想的那样高尚，并不是出于公心，而只是为了搅局呢？所谓人心隔肚皮，自己是否真的能把柳恒稳看透？以前自己佩服的是柳恒稳的手段和他对自己的坦诚，那么这一次，柳恒稳会有同样的公正和坦诚吗？柳恒稳推荐的孙维金，如果也只是为他自己的利益考虑，那么还真不能把他作为推荐人选，否则就会留下骂名。他不允许自己推荐的干部，把仙鹤村带到更加混乱的局面中去。作为一个党员，一个干部，自己必须对党委负责，对工作负责，他不能卷入到任何一个村干部的利益争斗里，不能成为某一派势力的帮凶。田沧海告诫自己，必须站直了身子骨，确实为仙鹤村选出一个得力人选。但话又反过来说，如果孙维金不是为了自己的利益，愿意为老百姓出力，为乡亲们做点事，那当然是最理想的结局了，他又何苦不做一个顺水人情呢？想到这里的时候，田沧海摸起手机，想直接打给孙维金，想听听孙维金的口气，探听一下他真正的意图。刚按了几个数字，他又停下来。不行，他不能这样急急匆匆地接触孙维金，他要等一等，自己要等，也让柳恒稳和孙维金都等一等，等到终于有人等不下去的时候,等到他们把所有的意图和目的完全显露出来的时候,他就会拥有更多的发言权,处理起来也会更加主动。

田沧海似乎已经掌控了仙鹤村的所有局势。擒贼先擒王,据住了柳恒稳这一头,其他的小蟊贼便不足为惧。田沧海今天的电话,就是要稳住柳恒稳,让他知道自己心里有他,还记挂着他,给足他面子,让他不要在换届选举中出乱子、惹麻烦。应该说,这个电话的效果出奇好。田沧海的心情豁然轻松起来,不自觉地哼起了小调,"路边的野花你不要采,不采白不采。"

呵呵,真是白混了几十年,从小到大,除了老婆之外,竟然没有野花可采。田沧海开始笑话自己了。

4

田沧海自从到村里安排村"两委"换届工作以后,几乎每天都要到村里去。按田沧海的要求,村干部和村换届委员会的几个人,分头做着换届的各项准备工作。田沧海的眼始终没有闲着,他一刻不停地看着几个人的表现,他知道越是在这种关键时刻,越能看出一个人的本质和品行。眼看着换届的期限越来越近,田沧海心里担心的事也越来越多。尤其是现在的村干部,最后能有几个进入村"两委"班子,谁又是最关键的村主任的合适人选,都一遍遍地在田沧海的脑子里转来转去。村主任的选举是关键中的关键,只有把村主任选出来了,才能再说村支部书记能不能达到市委要求的一肩挑。田沧海几乎把前额上的皱纹捋直了,也始终拿不准应该让谁当村主任。

前一天晚上,郑之渊又把田沧海叫到办公室,问他对选举有几成的把握,田沧海把头摇得和货郎鼓似的,说:"没有一点儿把握。"

看着郑之渊满脸的疑惑,田沧海又说:"我到仙鹤村已经好几天了,却一直感觉自己深不下去,不是我不愿意深下去,而是那些大大小小的干部,以及村民们从心底里涌出来的一种抗拒,让我无法了解他们真正的心理状态。尤其是几个村干部,表面上比以前更加客气,都不言不语地忙着自己分工的工作,但一个个明显是各怀心事,平静之下似乎酝酿着更大的黑暗和漩涡,随时都可能成为疾风骤雨。我看不清那些村干部们转过身去之后、离开村大院之后、人前人后的所作所为，这更让我觉得仙鹤村一直是暗流涌动。"

"无论如何，一定要保证选举效果。"郑之渊最后说。

"保证选举效果"，这似乎是党委的最后要求了，田沧海心里想。保证效果和保证结果，只有一字之差，却已是天壤之别。退而求其次，或许是最明智的选择。但对此，田沧海心有不甘，他不相信自己做不好选举的事，不相信仙鹤村真的让他进得来出不去。于是他更加用心地观察、思考、谋划，他希望自己能全身而退。

不论大会小会，孙维下和孙思错总在交流着眼神，脸上的表情似乎也是一样的。

不知从何时起，柳卫党和柳方鸣成了一条战线上的人，连座位都靠得很近。安爱这一段时间总是抢着说话，并且一直是替孙维下说话。在田沧海和选举委员会的人开会的时候，安爱变得更加勤快，还时不时地到办公室里，装着倒水的样子待上一会儿，听听这些人在说些什么。而在此之前，她几乎不为哪个人倒水，在家里更是一点活不干，反而让柳恒檀侍候得舒舒服服，是出了名的懒婆娘。

颜亭好一直坐在离任何人都很远的地方。柳方鸣一直想接近颜亭好，有些故意地咳嗽着，以各种理由向她借这借那，没有理由地没话找话，颜亭好却从来不给他一个好脸。

颜景观在进行选民登记的时候，戴上厚厚的老花镜，一副老学究的样子，并且对任何一个小的细节，都认真而仔细，完全地公事公办。田沧海知道，选举中必须有这么一个人，真正地按上级的政策办事，不能出一点纰漏，否则让老百姓追究起来，好多事都不好处理。

田沧海把头后仰在椅子背上，闭上眼睛，脑子里一堆乱麻。田沧海觉得，仙鹤村今年的选举，应该是他多年来遇到的最难的事，他如同在黑暗中摸索前行的人，辨不清道路和方向。田沧海清楚，仙鹤村的选举，似乎超越了选举本身的含义，超越了家族与权力的含义，更成为乡党委与仙鹤村恩怨纠结的复杂关系。

乡里的选举会议上，党委定了一个调子，选举能否成功，是对干部统筹和把握大局能力的一次检验，选举必须成功，不能失败，不能有一个村选不出"两委"班子。乡里的选举会议刚刚结束的时候，田沧海那么强烈地渴望着能够把柳恒稳重新树起来，毕竟他是全乡多少年来长青不老的一面旗帜，任何事情都没有落后过，并且也确实为村里做了好多事，能够把村子统起来，把人心聚起来，再难的工作一吆喝就成。可目前的境况越发表明，柳恒稳已是树倒猢狲散，田沧海已无力把一棵朽木雕刻成栋梁之才。这所有的一切，并不是柳恒稳的无能，而是人心的易变。比如柳卫党，他可是柳恒稳推荐使用的，而柳恒稳最讨厌柳方鸣，柳卫党怎么就这么快地和柳方鸣搅和到一起了呢？孙思错也是柳恒稳推荐提拔的，怎么就和孙维下搅到一起了呢？孙维下在群众的口碑并不怎么样，男人见了都想吃掉他，女人见了都想躲着他，尤其是前一段时间还闹出了和葛小窈的那档子事，让人对这个花心老萝卜更多了些鄙夷和不屑。孙思错口口声声是吃百家饭长大的，知道如何报恩，但他对柳恒稳却看不出一点点报恩的意思来。柳卫党和孙思错刚当上村干部的时候，好得和一个人似的，现在竟也各自拉起了山头。

还是老话说得好，没有永远的敌人，只有永远的利益。这是谁说的呢，田沧海想了好长时间也没有想起来。管他是谁说的呢，他现在只关心应该用谁做仙鹤村的领头人。就目前的这些干部，没有一个人能有柳恒稳的手腕，没有一个人能有柳恒稳的魄力，更没有一个人能像柳恒稳一样，对上对下、对人对事，能够结合到一种圆通的境界。更多的时候，机关干部都说柳恒稳太圆滑，但在田沧海看来，柳恒稳的圆滑不失质朴，能够让人接受。柳恒稳也确有计谋，但他的计谋不是不择手段，也能够让人理解。柳恒稳少了其他支部书记的猥琐、小家子气以及不知天高地厚的张狂，更多了些沉稳、理性和人情味。越这样想，田沧海越觉得现在这帮子人不行。既然选不出一个合适的村支书，那么他能做的，就是认真地把选举搞完，即使选不出来，大不了就弄一个临时村委会，几个人组成一个临时班子。等时机成熟了，再公布一个党委满意的支部书记，不也同样算是选举成功吗？可现在田沧海最担心的是这个临时村委会也无法选成。如果这些人选不出任何一个过半数的来，那么这次选举就得流产，就得重新进行，那不是更麻烦吗？可一旦选出一个过半数的，却不是党委满意或者相对满意的，那么这个临时村委会有还不如没有。比如柳方鸣，比如孙维下，这些人威信不高，如果依靠家族势力他们侥幸胜选，以后的问题将会接踵而至，会有处理不完的矛盾。这个临时村委会到底是选成好还是选不成好呢？田沧海自己也拿不准。这种事又不能征求其他管理区或者乡组织室的意见，那样会被人看不起，所以田沧海能做的，只能是一个人在这里苦思冥想。可这样想能有什么样的结果呢？选民登记已经完成，马上就要进行公示，接下来就要进行预选。预选是整个选举过程中最重要的环节，在此之前，田沧海必须有自己的选举安排，选谁，怎样操作，怎样引导，如何做工作。但直到现在，他仍然没有任何头绪。

头一天晚上，田沧海在民政局工作的战友栾友帮到家里来，他是替孙维金来说情的。栾友帮让田沧海帮忙，在选举中有意识地多为孙维金操些心，最好能拉些选票，让孙维金担任村支部书记。栾友帮不容反驳地留下了三千块钱，说是一点小意思，这让田沧海很反感。所以一大早，田沧海让老婆把钱送回了栾友帮的办公室。按说战友是扛过枪、同过窗、分过赃、嫖过娼的四大铁之一，应该帮忙的。但田沧海把话说得很清楚："友帮，仙鹤村和别的村不一样，情况特别复杂，我不想把这汪本就浑浊不堪的水搅得更浑，更不能让自己走不出仙鹤村。你我战友一场，应该能够从战友的角度思考问题。你和孙维金的关系再好，也不如和我的关系好吧？所以你要替我考虑，别让我犯错误。"

从栾友帮说情这一实际情况看，孙维金已经动起来了，并且还找到了最可能突破、成功率最高的地方。田沧海还从安爱有意无意的嘀咕声里，听到了一些情况："现在全村的人都知道，孙思良到处为孙维金拉票。唉，有钱人就是好啊，五十块钱一张票，咱这种人是拿不起的。孙思良这条毒狼，现在竟然成了孙维金的一条狗。"贿选让田沧海对孙维金充满反感和厌恶，这个孙维金到底是一种什么样的人？他明目张胆地拿五十块钱换一张选票，已经涉嫌违法。如果自己还支持他，他就会更加嚣张，将来组织追究起来，他将无法解释。再加上孙维金是柳恒稳在背后支持的，而柳恒稳在现任的村干部中间，早已成了众矢之的，如果孙维金真的当选，在岗位上的这些村干部，肯定会反过来告他，村里又将出现一批上访户，留下更多的矛盾和问题。可如果不能当选呢，村子里就能太平吗？这也说不准。田沧海处于两难境地，或者能够维持现在的状态，应该是这次选举的上上之策？

田沧海又将所有的可能性细细想了一遍，终于打定主意，他要让新选举的村"两委"尽可能地维持原貌。

顺利完成选举，比选出谁更重要，田沧海在心里想着。从另一方面讲，目前班子里的这些人，已经熟悉了村里的情况，并且磨合得还可以，没有出大溜。这些人现在有再多的矛盾，都是因为彼此把对方当成了自己的选举竞争对手，选举一旦结束，还会和以前一样，亲不亲，自乡人。更重要的是，这些人还是"两委"班子成员，还是要齐心协力干工作的，一场酒就可以消弭所有恩仇。那么现在，自己应该如何把这些人进一步地捏合到一块呢？

"老颜，你觉得我们现在的村干部预选的时候，能有几个过半数呢？"田沧海故意大声地问颜景观。田沧海其实是在用这种办法表达着自己的意愿和倾向，告诉那些只想着如何进班子的人，应该了解一些政策，过不了半数，任谁有再大的本事，也将无济于事。

"这还真不好说。参加预选的人能不能达到选民人数的一半，都还是一个未知数，选上谁选不上谁，都应该是后话。"颜景观明白田沧海的想法，也故意大声地回答。颜景观也看不惯村里的这几个人，更不赞成他们还没有选举，就开始互相掐的小人做派。

"我听说村里几个呼声很高的人，都有了自己的竞选班子，谁干支部书记谁干村主任，谁能担任村会计，基本上安排妥当了。每个选举班子都有自己专门跑选票的，我看这和美国总统竞选快没什么两样了。我还真不明白，如果真的这样，咱还要组织干什么？还要党的领导干什么？任何人想进班子，还得靠工作说话，靠组织说话。现在村里的工作谁也不能耽误，谁耽误了到时候我可得说道说道。"田沧海说这些话，是因为心里憋屈着一团火。选举工作进入准备阶段之后，现在的几个干部除了想着如何能选上自己理想的职位，对村里的其他事几乎不管不问。村里的土地整理项目几乎陷入停顿，没有人管那些整理的山地今年是不是能够种上麦子。早上九点多田沧海到村里来的时候，村办公室里竟没有一个人。颜景观后来说："这些人都挨家挨户地串门子拉选票去了。"

想着换届选举，还要想着土地整理项目，田沧海忽然觉得心里挺烦。但不管多烦，这都是自己应该做的工作。田沧海喝下一口茶，感觉有些苦，随即吐了出去。这时，田沧海看到办公室门口蹦蹦跳跳地有一只麻雀，毛都没有长全的模样，时不时地往办公室里张望着，竟让人觉得有些故意挑衅的味道。田沧海气不打一处来，摸起桌上的茶碗砸向门外的麻雀。一声脆响，让在座的人目瞪口呆。

孙维下看到，茶碗里的水划出了一道弧线，然后无声地落到地上，如谁故意尿出的一条印痕。

"这一只该死的笨鸟。"一屋人都听到田沧海咬牙切齿的骂声。

5

仙鹤村共有两家商店，一家在村南，一家在村北。村南孙思金家的店面稍大一些，货物品种也全，村北柏小槐家的稍小一些，货物种类和数量都少。孙思金出身地主，以前做过小买卖，头脑也灵活，所以商店的门面越做越大，现在已经成了市里万达商厦的连锁店，运输快捷方便，货物的质量也有保证。柏小槐是柳方远的媳妇，虽然店面不大，但能说会道，说出话来总让人感觉很亲近。尤其是她的身世，除了家族情结之外，更让人多了些怜悯，自然地想多帮她一把。柏小槐从二十岁嫁给柳方远，那时柳方远家里十分贫穷，除了三间破房子之外，屋里空空荡荡。但她相中了柳方远这个人，觉得他老实厚道，人也长得帅气，日子不都是人过出来的吗？她这样劝自己和爹娘。柏小槐出嫁的时候，娘家陪送了不少物品，凡是日常家居经常用的一些东西，娘家人几乎都给她当作嫁妆陪送过来了。娘家就这一个女孩，如果不是柳方远也是一根独苗，柏小槐是想按农村招养老女婿的做法，把他带到自己家里过日子的。可现实是两家都是一个孩子，嫁鸡随鸡，嫁狗随狗，这是村里的风俗。刚嫁到仙鹤村的时候，柳方远和柏小槐小两口恩恩爱爱，日子虽然清苦，但一家人都感受到了幸福和快乐。晚上睡不着觉的时候，小两口商量着如何改变家庭的贫穷，琢磨着应该做点小生意。在做什么好的问题上，小两口争执不下。柳方远说学着做豆腐卖，柏小槐则说开一个经销店，虽然比做豆腐投资大点，但风不着雨不着，不用四处串乡走户的，不受风吹日晒的罪，她说她不能让自己的男人吃那份苦。柳方远一心想着做豆腐，小本买卖，可能挣钱不快，但谁家的日子不是一天天过？老话讲，一口吃不成大胖子，任何事都需要慢慢来。况且，做豆腐的基本上没有赔的，水豆腐水豆腐，水做豆腐，一斤豆腐一斤水，豆腐与水一样钱，让谁干这样的买卖也赔不了钱。做豆腐也有赔钱的，那都是因为一家人嘴馋，卖不了的就自己吃，卖的不如自己吃的多。但不管柳方远怎么说，最后还是柏小槐的意见占了上风。他们便从娘家借了一部分钱，盖起了一个南屋，朝外开门，进了一批农家人的日用百货，算是正式开张。

可天有不测风云，柏小槐和丈夫柳方远结婚不到两年，两人正准备要孩子的时候，柳方远在外出进货时遇到了车祸，被一辆逆向行驶的大货车撞成了植物人。车祸发生后，因当时仙鹤乡交通不便，又没有出租车，柏小槐没能及时赶到医院。那一夜，她眼连合都没合，在院子里走来走去，她似乎已经没有了任何思想，只有对丈夫的挂念和担忧。第二天一大早，她坐上第一趟公共汽车，赶到医院见到了昏迷中的丈夫。那时，医院已经完成了对柳方远支气管的开口手术，医生同时告诉她，柳方远很有可能成为植物人，让她要有思想准备。那个时候，柏小槐感觉天塌了，她不知道命运为何给了她那么多的灾难。她曾经以为遇到柳方远自己就会幸福快乐地过一生，可现在，却要面对一个植物人，她怎么能够接受？她想起电视上那些用爱唤醒植物人的故事情节，她觉得她也同样可以做到，她坚信自己的爱情，能够让方远睁开眼睛。一天，两天，一个月，两个月，除了为柳方远洗裤子的时间之外，她每天都要坐在病床前，说着他们自己的爱情故事，说着自己内心里对丈夫的渴望。声声呼唤，终于感动苍天，柳方远在昏迷八个月之后，终于睁开眼睛。在那一刻，柏小槐泣不成声，她觉得自己的辛苦没有白费，感觉自己的爱情真的可以感天动地。然而随后她才知道，丈夫虽然能够睁开眼睛，但已经基本丧失了智力，他也仅仅是能够睁开眼睛，能够张口吃饭。并且由于做了气管开口手术，他的喉咙里安着呼吸器，他被切开的气管，随时都有可能被感染，而且由于他不会自己吐痰，如果给他吸痰不及时，他仍然有可能面临死亡的威胁。柏小槐感觉到了一种绝望，但命运或许只能如此，既然她早已经无权选择，也只有选择接受。

在医院里治疗了将近四年的时间，柏小槐见丈夫再没有好转的可能，在征得公公婆婆的同意后，柏小槐把丈夫接回了家，也从此开始了十几年陀螺似的生活。每天晚上十一点睡，睡前把一天用的裤子洗干净晾上，第二天早上起来，再把丈夫晚上尿湿的裤子洗完晒上。遇上晴天还好，如果阴雨天，特别是冬天连阴天的时候，她就要用柴火升起火，一片一片地给他烤干了。每天晚上她要时不时地给丈夫吸痰，翻身，换裤子，她一夜连三个小时的觉都睡不了。她困，有时困得竟一头栽到床下不想起来；她累，累得想一觉睡去不再醒来。但每每醒来，她都明白，她甚至连多睡一会的权利都没有，她所拥有的，只是日复一日、年复一年的重复：从床上背到藤椅上，再从藤椅上背床上，八十斤的身躯背负的是一百二十斤的重量；裤子湿了再干，早上十片，晚上同样是十片；每天晚上为丈夫翻身，十次或者二十次；每天为丈夫吸痰，三十次或者五十次；每天把蒸好的馒头切碎放在锅里煮烂，然后一口一口喂丈夫；她学会了打针，是因为村里的医生太忙，或者天太晚的时候人家不方便，她好强的性格不想让别人太受难为，为了找准位置，她自己先试试；多少年来，她害怕黑夜，害怕黑夜的寂寞和空洞；害怕看到别人家一家三口笑声不断，每每遇到这种时候，她都会低下自己的头……而更让她难受的是，自己面对的，是一个只有两三岁智力水平的大男人，没有语言，没有表情，没有交流，时间和空间的寂寞中只有不如意或者不高兴时的烦躁和厮打，或者是丈夫睡梦中的安详，那时她会抚着他的头说："你怎么忍心让我吃这么多苦，怎么忍心？我知道你再也站不起来，可我还是要牵住你的手，因为你曾经那么爱我。"她知道他听不见，可她还是一遍遍地说着，说着。

柏小槐自从丈夫遇到车祸以后，就再也不知道什么是富足的滋味，所有的收入都要一分不剩地交给医院。刚遇到车祸时，因为货车司机交款不及时，柏小槐借遍了所有亲戚朋友。三百二百，三十二十，从来不嫌多，也从来不嫌少，街坊邻居也都没多有少地给了她很多帮助，她都一笔一笔地记着。车祸赔了他们家九万块钱，赔偿到位以后，她首先还清了街坊邻居的钱，然后再留下给丈夫治病的。几年下来，丈夫除了把所有赔偿花光之外，家里又欠下了一大笔债务：亲戚两万多、街坊邻居一万多、村医务室好几千……

虽然长期不能动弹，但柳方远嘴很馋，时间长了没有肉吃，他就会发脾气，就会使劲地撕扯被子席子等他所有能够得着的东西。每当这个时候，柏小槐就会去村里的肉铺给丈夫买上一点，有时口袋里的钱确实很少，只有三五块钱，卖肉的都根本就称不着，不卖给她，她就哀求人家，甚至都下跪过，她实在不忍心看见丈夫那种渴望的眼神。有好心人劝她，小槐，家里这样穷，这种病根本没有治愈的希望，放弃算了。可她从来都没有动摇过自己的信念，她给那些医生说："贫穷从来都不是俺放弃的理由，更不会让俺流泪，因为俺习惯了。他毕竟是一个生命，只要还有一口气，俺就要把他照顾得好好的，俺不能眼看着一个生命在俺跟前儿消失，因为他是俺家里的，是俺命中注定的男人，他走了这个家也就没了。老天爷给了俺啥，俺就要啥，俺就不相信老天爷没有睁开眼的时候。"

即使在这样贫穷的境遇之下，柏小槐仍然不想让丈夫柳方远受太多的苦，能让他舒服地过上一天，是她最大的心愿，也是她这一天能不能让自己高兴一点的唯一理由。前几天丈夫喘不上气来,村里的医生没有查出什么原因,让带他去乡卫生院看看。公公想用地排车拉柳方远去医院,因为他怕花那十五块钱的租车钱。柏小槐死活不同意,硬是租了一辆小面包把丈夫送到卫生院,她还在车上一个劲儿地给司机解释说:"他得的不是传染病,是车祸引起的脑外伤。"她怕丈夫受不了颠簸,把他背上车后就一直紧紧地抱在怀里,一刻也没有放松。

女儿遇上这样的天灾人祸,爹娘便经常来看女儿。自从嫁到仙鹤村,都是爹娘来看她,她再也没有回过只有几里远的家,她怕丈夫一会儿见不着她就哭就喊。每次来的时候,柏小槐都抱着娘不让她走,她抱着娘说:"俺真的想哭,可俺不敢哭,俺就怕哭起来劝不住自己。俺也不敢想家,不敢想爹娘,一想你们俺还想哭,俺觉得委屈,委屈得不得了。俺从来没有为娘做过什么,俺怕娘也想俺,挂念俺,因为俺无法报答。俺也想和其他女人一样,有男人疼着,什么重活都不干,可俺没那样的命啊。"苦难让柏小槐以超人的坚韧,完成着一个个别人看来不可思议的举动。这个习惯了让父母疼爱着的小妇人,现在学会了男人们所有的活计,耕耙种收,无所不能。她从不找街坊邻居帮自己收拾家里的农活,因为她管不起他们饭,更重要的是,如果找哪个男劳力帮忙,她还怕邻居们说闲话。

刚出车祸那几年,刚刚开张的小门市部不得不关门。那个时候,家里人都没有心思照顾生意。这几年只有大笔的支出,却没有多少进项,家里花光了车祸的所有赔偿款。要让柳方远有好吃的好喝的,再加上治病,家里每年都需要很多钱。如果仅仅靠四口人五亩多地的收入,没有其他的额外收入做些贴补,柏小槐就没法再支撑下去了。所以从前年开始,她和公公婆婆商量,又把小门市部开了起来。好在进货再不用自己亲自到城里去,只要一个电话,什么货都能给送上门来。她把丈夫放在门市部的里间,既可以照顾生意,又可以照顾丈夫,一举两得。柳方远十几年不能动弹,手脚都已经变形,变得非常可怕,脸上也没有一丝血色,苍白得像一只活鬼。而他的脖子上打开的呼吸孔,一直呼哧呼哧地响个没完,用邻居们的话说:"柳方远的呼噜声,能把蚊子苍蝇吓个半死。"所以,柏小槐从来不敢让外人到里屋看她丈夫,她怕吓着街坊们,影响他们到自己的店面上买东西。

柏小槐从丈夫出车祸后,从来没有动过离开的念头,这让邻居们非常感动,都对柏小槐竖起了大拇指,这样的好人天底下挑着灯笼也难找了。也正因为如此,现在村里好多人买东西,哪怕多跑点路,也要到柏小槐的店面上,为的只是给这个女人一点帮助。柏小槐为能稳定这些乡亲们,让他们多来买自己的东西,她的货从来不敢太贵,她提醒自己不能见利忘义,要薄利多销。柏小槐知道乡亲们的好,所以只要能挣几分钱几毛钱,她就会卖给他们,甚至一些家境比自己还差的一些人,即使来赊欠一些,她也毫不含糊,因为她知道没钱求人的滋味是多么难受。两年慢慢经营下来,柏小槐几乎能够用这个小店的收入支撑起这个家里的支出了,尤其是丈夫治病的钱,算是多少有了着落,这是她最欣慰的。

因为村"两委"换届的缘故,柏小槐的店里这两天比较热闹。柳方鸣进来店门,又再次把头探出去,见没有人跟过来,急慌慌地把柏小槐拉到里屋,"大妹子,给你说句话。"

柳卫党听着柳方远难听的呼吸声,皱了皱眉头,脸上露出厌恶的表情。

柳方鸣转过身,递给柏小槐一个单子:"你按名单上列的名字每家送去两盒云雾烟、两袋洗衣粉,一定要说清楚是我和卫党两个人送的。到村里投票选举的时候,一定要给我们俩投票,就咱这觉悟,选上了还要专门拜访。"

柏小槐一脸的狐疑,"乡里乡亲的,有事吱声一句不就行了,用得着买东西送吗?"

"送,一定要送的,"柳方鸣坚定地说。

"送了人家要是不投你票怎么办?"柏小槐问。

"吃了人家的嘴短,拿了人家的手短,收了人家的东西哪有不为人家办事的?如果收了东西还不投我们的票,哼……"柳方鸣说着这些话的时候,眼神似乎有些发狠,心里也恨恨地想:"收了我们的东西不投我们的票,我会骂死他们、整死他们的。"

"人家不收怎么办?"柏小槐又问。

"不收就带回来,我们心里就有数了,谁不是我们这条线上的,就会去找他们。放心,这个社会,就咱这觉悟,哪有给东西不要的?"柳方鸣说。

"那可不一定,往人嘴里抹蜜还有咬手指头的呢,什么样的人没有啊。"柏小槐接着说。

"让你送你就送,其他的事你就别管了。不要的你就在名单后面做个记号,结账的时候按你实际送出去的数量结。"柳卫党说。

"结账能及时吗？你一下子要这么多货，如果不及时结账就把俺的小店压垮了。"柏小槐担心地问。

"放心吧，就咱这觉悟，像是不给你结账的角儿吗？方远小弟要治病，这我们知道。开店不怕大肚子汉，货多怕什么？货越多你挣的不就越多？再说了，洗衣粉还有你们家一份，账也一块儿结，你要保证投票的时候一定要投我和卫党。就咱这觉悟，当个村干部响当当的，也是给咱柳家争光，不受别人家欺负，毕竟一笔写不出俩柳字，都是一大家子人嘛。你说是吧，弟媳妇？"柳方鸣的嘴巴就是甜，几句话就把柏小槐说动了。

"那是当然，投票的时候我们家里的几张票，直接给你不就是了，也省得我们跑那一趟。再说俺还要照顾病人，没有那个时间凑热乎闹。"柏小槐一口应承下来。

"去还是要去一趟的，因为上边规定，预选的时候一人一票，不能让别人顶替，到时候你也别耽误了照顾方远，让你公公婆婆先去，他们回来你再去。"柳方鸣给柏小槐出着主意。

"不是还早着的吗？"柏小槐问。

"快了快了，还有十几天的时间，光等着乡里给批回名单来了。我告诉你一个实底，上报的人事安排方案里，我和卫党两个人都有，并且还是排在前面的呢。这事可是绝密，不能给别人说的。不过，即使说了也没什么大不了的。就咱这觉悟，谁能把咱怎么样？还有，大妹子，送东西的事你可要多长个心眼子，谁收谁不收，一定要留好底子，我们好接着找他们。"柳方鸣说。

"人家那些想当干部的也都送东西吗？"柏小槐问完这话就后悔了，这话让人听起来好像是要揽生意的样子。

"哪有不送的啊？就咱这觉悟，还算是送得少的，这些东西合起来还不到二十块钱。你知道人家孙维金送什么，一张选票五十块钱。你说，他算什么东西？就他那德性，也能当干部？他送也是白送。哼，不用他张狂，要是到时候真选上他了，就有他好看的。"柳方鸣的话语间露出极大的气愤。

"怪不得人家都说，村里换届，连狗的嗓子都叫哑了。"柏小槐开起了玩笑。

"此话怎讲？"柳方鸣问。

"往人家送东西的人多，把狗累的呗。嘿嘿，换届换届，越换越赖，花钱买来的官当然就不是什么好官了，你们可得当个好官啊。大哥，俺再问句不该问的话，你们花这么多钱拉选票，投资是不是太大了？几千块钱，将来你们怎么收回来呢？可别做了赔本的买卖啊。"

"大妹子，人活一张脸，树活一张皮。我们自己的脸面不说，咱仙鹤村的干部里不能没有姓柳的吧，要不人家光欺负咱。至于如何收回花的这些钱，还真不好说，我们总还有一些工资吧。就咱这觉悟，钱不钱的都不重要，重要的既然想干就一定得选上。"

"可村里穷得现在发不出工资来啊。"柏小槐接着问。

"猪往前拱，鸡往后刨，各有各的门道。这事你就别瞎操心了，总会有办法的。"柳方鸣回答。

"三年送一回，三年送一回，选上要送，选不上也要送。俺还真担心把你们这些当干部的送穷了。"柏小槐说。

"可不是嘛，三年时间太短了，这就是村干部们说的三年一次鬼门关哪。听说上级想改成五年一届，真能这样就好多了。"柳卫党说。

"其实普通百姓们无所谓，多一年少一年的，没人计较。换得勤了收的东西还多，说不定还有人盼着一年换一回呢。"柏小槐仔细读着名单，问："你们拉的这个名单，好像只有几百户，人数够吗？"

"我们也是这样想。俺兄弟俩今天来找你，还有一个原因，听说你和颜亭好关系不一般，是吧？"柳卫党问。

"哪有什么不一般呢？俺这种情况，人家只是可怜俺，多来了几趟，给俺谈谈心解解闷。"柏小槐不知道柳卫党怎么说起了这个。

"反正你能给她递上话喽。俺俩想托你给她捎个话，选举的时候和俺俩搭伙，一起做工作，俺俩做工作的人也选上她，她们家族的人也选上俺俩。姓颜的和姓柳的都选我们三个，就有十成的把握了。"柳卫党解释说。

"俺一个妇道人家，给她捎话顶用吗？"柏小槐对自己的能力有些怀疑，她不知道这俩人怎么想到她会和颜亭好关系不一般。

"肯定顶用。前几天我们已经找过她了，你再烧把火，就没有问题了。"柳方鸣接过话头说。其实柳方鸣心里明白着呢，前几天他们俩找颜亭好的时候，人家一口回绝了，颜亭好说选举的事她不会和任何人掺和。柳方鸣就想不明白，她颜亭好只是一个小小的药管员，如果不做做工作，就有那么大的把握能进入村"两委"班子？

"你们光做咱柳家人的工作也不行啊，姓颜的，姓孙的，都是上千口子人的大姓，没有这些人给你们投票也不行啊。"柏小槐说。

"攘外必先安内，把咱柳家的人先摆平了，再开拓外面的市场。就咱这觉悟，什么都懂，慢慢来。"柳方鸣说。

"对了，你们让俺给颜亭好捎话，不如直接去找颜景观。他是颜家的族长，颜家的人都听他的，他说句话肯定管用。"柏小槐给他们出着主意。

"这个老正统，根本不替任何人说话。孙维金拿了一万块钱都买不过来，我们去找他还会给什么好脸啊。不管他，咱好歹也是在任的干部啊，还不愿意这样低三下四地求他呢。"柳方鸣显出极大的愤怒。

"那几个大姓的街坊，也要给他们送洗衣粉和烟吗？"柏小槐问。

柳方鸣和柳卫党交换着眼神："我们还在考虑。不过你放心，只要送东西，还是让你送，毕竟咱是一家人嘛。"

柏小槐发现自己的问话，又被他们理解成她在推销洗衣粉，有些不好意思："俺只是随便问问，并没有想再卖洗衣粉给你们的意思。"

"没事没事，就咱这觉悟，不会想多了。等选举完了喝喜酒的时候，一定叫上你。大妹子，送东西的事就拜托你了，你就看着办吧。别耽误了事，一定啊。"

"你们要不先给俺些进货的钱，我们家是小本买卖，拿不出这么多的钱进货。再说了，要是这货卖不出去，俺也压不起。"柏小槐说得很真诚。

"没问题，我们带来一千块钱，先用着，最后一块儿结。放心，我们绝对不会让你吃亏的。"柳方鸣说完，和柳卫党一起转身往外走。柳方鸣出门的时候，又转过身看了一眼在床上打着呼噜的柳方远，"还是那样啊？"

一句话把柏小槐问得心里酸酸的："大哥这是怎么说话呢？俺这样多好啊，困了能解闷，乏了像听歌，虽然不能说话，他也一样知冷知热的。"

柳方鸣嘿嘿笑着："你看我这臭嘴，该扇。别生气啊，大妹子。"

刚出门，柳方鸣又转过身，低声对柏小槐说："还有，大妹子，如果姓孙的和姓颜的有谁来买你的东西，千万别给他们送啊。如果有谁来买，有谁来做工作，到时候你也给我吱一声。记住，一拃不如四指近，谁让咱都姓柳呢。"

柏小槐长出了一口气，答应着："唉，放心吧。"心里却有一种说不出的味道。

6

二别楞姓孙，叫孙中述。

从最初给"粉皮王"周小忠打零工，一直到后来成了周家的长工，现在已经成了仙鹤乡远近闻名的绿豆粉皮制作专家，二别楞已经在周小忠家干了二十年了。二别楞对谁都别楞，唯独对粉皮王，一百个忠诚。

孙中述的别楞很出名，几乎是无处不在，你说东他偏说西，你说南他偏说北。二别楞很小的时候，家里人挂的那种粗布蚊帐，是他娘用棉线纺成的布做成的，几乎是密不透风，夏天睡觉很热。一次晚上睡觉的时候，他娘看见他在屋里用蒲扇使劲扇屋子里的蚊子，问他在做什么，他回答："你夜里（昨天）黑夜没有把蚊子扇出来，把俺咬得不轻。俺现在可看明白了，蚊帐不透风，让俺在蚊帐里白出汗，又挨咬，蚊子们倒是在外面有小风吹着，它忒得劲儿了。俺现在非得把蚊帐外面的蚊子都赶到蚊帐里边去，让蚊子在蚊帐里面睡，咱们都在蚊帐外边睡，这样就不热了。"还有一次，大人让他切点咸菜，切得很粗，大人训斥他："你看你切的，和板凳腿似的。"没想到他真的拿起一根板凳腿："你们看看，俺切的咸菜和这条板凳腿，到底哪个粗？"

二别楞只上了五年小学，死活不上了，说那是骗人的东西，上学没有一点用处。但二别楞的脑子很聪明，只要想记的事竟能记得不差毫厘，比如中国的行政区划，不管怎么变，他随手可以拿起一支笔，非常准确地画出中国地图，省与省的分界线走的是怎样的曲线，到底以谁为界，并由此引起了多少省与省的争斗。他可以非常清楚地告诉你，哪个省有多少座山，有多少条河，山的海拔是多少，河的长度是多少。没有人知道这些知识二别楞是从何而来，没有人见他看过书。即使现在已经年过半百，他对这些数字仍然记得一清二楚。二别楞常说，中国地图就像自己的手指头，多粗多长心里有数着呢。

二别楞一辈子独身。据说年轻时曾经喜欢过邻村的一个姑娘，但后来女方家遇到一个丧事，让他去上大礼，他的别楞劲儿上来了，说："这媳妇还没过门就去送大礼，于情于理讲不过去，这不是贪图别人钱财吗？俺爹娘的钱也是血汗钱。"任别人怎么劝，都没有说服二别楞，他的婚事也便因此泡汤了。但二别楞确实喜欢那个女孩，自己又拉不下面子去求人家，所以女孩出嫁的那天，他跑到迎亲队伍前大哭大闹，被人家打了一顿，从此便对任何女人没有了丝毫兴趣。粉皮王多次劝他再找一个，他就是不说行，一个劲儿地摇头，说："女人太贱，不值二分钱的吊礼钱。"粉皮王明白二别楞说的啥意思，也跟着摇头。每到喝醉酒的时候，二别楞就一个人躲起来哭，一哭就要半天。每当这个时候，粉皮王就会让他哭个够，然后再准备几个小菜，等二别楞抹开了眼泪，爷俩再喝。以前二别楞每年总要哭上几回，这两年哭得明显少了。

粉皮王收留二别楞，就是在二别楞的婚事告吹之后。那个时候，二别楞一下子就瘦得没有了人样，粉皮王从心底里可怜他。按照周家的习俗，周氏粉皮的制作手艺是绝对不能传给外人的，更不可能传给外姓人。粉皮王让二别楞学做绿豆粉皮，得到了家里人的极力反对。但粉皮王喜欢二别楞的脑子好使，记性特别好，他不但打破街坊上的辈分，收了二别楞做自己的干儿子，这样传授粉皮手艺的时候就没有了障碍，还把自己所有的看家本事都教给了二别楞。粉皮王以前也担心过二别楞学成后会另起炉灶，但二别楞的忠诚几乎随处可见。粉皮王发现，二别楞比自己的亲儿子更懂得照顾他，懂得有事先给他说一句，还和没有学会手艺前一样勤快，从来不会在别人面前泄露粉皮王的任何手艺，更没有显摆过他的超世绝技。粉皮王也曾经问过二别楞："你的手艺已经学成了，想不想另立门户，做自己的生意？"这句话把二别楞问得哭了半天，二别楞说："俺是周家的人，当牛做马都是周家的人。俺只想着怎么着能多出点力，从来没想过要走，俺这种人去哪里都没有人愿意要俺。俺自己家里的人都不拿俺当回事，俺还有什么可以去的地方？俺只想着一心一意地留在周家，帮着周家做粉皮。只要周家不嫌弃俺，不撵俺，俺就哪里也不去。"一番话把粉皮王说得老泪纵横。粉皮王巴不得有这样的帮手，他可以省好多心。但二别楞越是实诚、肯干，粉皮王越是对他有说不出的疼，就感觉亏欠他许多。粉皮王经常想来想去，二别楞这辈子到底图什么？

粉皮王的手艺是祖上传下来的。虽然粉皮也同样是绿豆做的，并且经过绿豆浸泡、冲洗、磨浆、滤粉、旋制、晾晒、贮藏等所有程序，但周家的粉皮就是有着和别人家不一样的口味。周家粉皮以前被称为"周家吊桥粉皮"，这名字来历很简单：周家为了提防有人把祖传的手艺偷学出去，便在离村子很远的地方，盖起了前不着村后不着店的一处大院子，然后在院墙的四围挖了一米多深的沟，然后再灌上水，如果有人买粉皮或者周家的人进出，都要从吊桥上过，"吊桥粉皮"的名字也便慢慢被叫了起来。后来乾隆南巡，路过仙鹤乡，当时正值酷暑，当地的官员无以解暑，端上一盘调制好的凉粉皮，乾隆皇帝吃下了整整一盘。之后龙颜大悦，命地方官为周家在村内修建豪宅以示奖赏，并钦点周家粉皮为贡品。此后，周氏吊桥粉皮便进入皇宫，身价倍增。至于周家什么时候搬到仙鹤村里居住，后人已经淡忘，但"周家吊桥"作为周家粉皮的一种称谓，仍然在四里八乡家喻户晓。周家粉皮得到了乡邻们认可，老百姓也编出了顺口溜，说周家粉皮是"一桌菜席均有剩，唯有粉皮吃个净"。市里万达商场超市经理来的时候，也曾经对周家粉皮做过这样的评价：柔软如缎，薄如蝉翼，晶莹剔透，质地细腻，食之劲道，柔润爽滑，口感极佳。

仙鹤乡的人愿意吃粉皮，家家户户、男女老少都喜欢吃，这也使周家粉皮一直保持了比较大的生产量和销售量。在二别楞的提议下，粉皮王对所有的粉皮进行分类包装，印制了精美的包装盒，并且利用各种渠道，极力挖掘和宣传绿豆粉皮的药用保健作用，把常食绿豆粉皮具有的抗早衰、抗高血压及心脑血管疾病，能够清热解毒、清火解暑、健胃生津等等作用，进行了严格的科学认证，更使周家绿豆粉皮成为市场上的抢手货。眼看着绿豆粉皮的市场越做越大，一些自动化生产的小型企业开始出现，但人们对机械化产品似乎有一种发自心底的抗拒，总觉得不如手工的实诚，再加上周家粉皮皇家贡品的特殊身份，使粉皮王的生产加工没有受到任何冲击。倒是那些小企业，因为一些关键技术掌握不好，出了质量问题，相继倒闭。

周家粉皮真正走进全国超市，还是近几年的事，这同样要归功于二别楞的精明和创意。二别楞想起，小学课本里曾经学过一篇文章《半夜鸡叫》，里面有个地主叫周扒皮，说的是他用尽各种手段盘剥长工，长工们给他取名周扒皮。二别楞突发奇想，给周家粉皮用谐音"周八皮"做商标，不是能在全国迅速打响吗？于是他顺利地在工商局完成注册，并且在尽可能短的时间内，做出了八种粉皮。

除传统的绿豆粉皮之外，二别楞制作出了地瓜、玉米、高粱、菱角、土豆、黑豆、黄豆共八大类的粉皮。这些粉皮因为各自淀粉含量不同，便有了不同成本、不同口感的差别。一些原料比如黑豆黄豆之类，因为淀粉含量不高，制作难度很大。但二别楞坚信，任何事都是万变不离其宗，只要有淀粉，就肯定能做粉皮。为挖掘八种粉皮的商业价值，二别楞劝说师傅："咱要对原来的吊粉大院进行重新建设，建成工厂化庄园，可以让人参观生产过程，收取参观门票，又会是不少的一笔收入。"粉皮王起初不相信，二别楞便掰着手指头给他算，每天可以接待多少人，每个人可以收多少门票钱，如果再现场品尝或者直接在庄园用餐，又有多少收入等等。粉皮王终于被二别楞说动了，真的投资四十多万元，按农村四合院的方式，建起了框架结构的高标准厂房。庄园大门用仿古样式，两座石狮分立大门两侧，而整个大院的名称，粉皮王也完全按照二别楞的意见，取名为"周八皮庄园"。这座古今一体有些不伦不类的庄园，一建成便成为仙鹤乡的一大景观，凡来参观的检查的，都要到庄园一游，品尝刚刚出锅的鲜粉皮，留下一片啧啧赞叹。"周八皮"作为粉皮商标，迅速传播开来，也成为仙鹤乡唯一一个被列入省级非物质文化遗产名录的地方特产。

仙鹤村逢一、六为集。除了周八皮庄园的商业参观之外，每个月初一大集的时候，粉皮王都要在集市上表演一下自己制作超薄粉皮的绝技。一斤豆粉做二十张粉皮，现在只有粉皮王能做到，其他人能做到十二张就是高水平的了。市电视台一直张罗着，要给粉皮王做一个宣传片，让他专门表演一下制作超薄粉皮的手艺，然后送去参加全国的一个比赛。起初粉皮王并不同意，他说："我不能破祖上的规矩。每月初一的表演，说到底是在祭天祭祖，不纯粹是为了表演给集市上的人看。如果做粉皮的工艺成了商业表演，还要上电视，是对上天和祖上的不敬。"

电视台没有办法，搬出了宣传委员赵梦。赵梦没有直接找粉皮王，而是劝说二别楞："周家的手艺上了电视，是对周家手艺的一种肯定，是对其他品牌的一种排斥，参加全国的比赛，多好的事啊。一不小心再被列入世界吉尼斯纪录，就能把品牌传遍全世界，这是多好的事啊。电视片对制作工艺进行适当宣传，对产品也是全免费的好广告啊。"二别楞帮着赵梦和电视台，一起劝说粉皮王，这才把他说动了心。

粉皮王给电视台说:"咱丑话说在前面,有两个环节是不能拍的。"

"为什么?"电视台记者是一个小青年,叫郑义。

"用时下的话说叫商业机密。"粉皮王用了一个新词。

"哪两个环节?"郑义问。

"磨浆和滤粉。"

"我们更想看你旋制粉皮的过程,那两个环节并不是我们的重点。"郑义说。

粉皮王放心了,粉皮制作的秘密在于用什么材料、加什么配料,只要不拍这个,其他的都可以公开。

粉皮王旋皮子的手法确实独特,粉浆倒入旋子的那个瞬间,你几乎看不到粉皮王的手在哪,只看到一片模糊的影子在眼前旋转,等双手停下的时候,一张薄如蝉翼的周氏粉皮便光滑透明地呈现在人的眼前。

二别楞用盘子端出三五棵葱,旁边是蒜泥老醋,"喜欢吃什么口味,自己来吧。"

"就这样吃?"记者不解地问。

"这个时候吃,会有一种更加清香的味道。"二别楞说。

粉皮王继续旋了几个,分别递给赵梦和其他几个陪着记者一起来的乡里人。

拍完片子,记者又开始进行提问:"周老师,除了你的手艺之外,我听说你们家的粉皮还有其他一些不为人知的秘密,比如原料的选购非常严格,尤其是你们自己家种的绿豆,可能品质更好。还有你们祖上传下了一本秘籍,记下了旋制时应该怎样做,听说还要暗地里发气功,我们想知道这些话是不是真的?"

"呵呵,没有那么神道吧。周家粉皮只是一种手艺,没有其他更多的秘密,只是熟能生巧罢了。"粉皮王越是这样轻描淡写地说,外人越不相信他的话。尤其他的笑,似乎隐含了更多的秘密。所以更多的人开始猜测,粉皮王家里的承包地为什么一直在山上,无论多好的地块都不换?如果重新分地让别人拾到了他家的那块地,粉皮王即使花再大的本钱,也要再换回来,那块地肯定有文章。也有人猜测,周家粉皮的这种劲道,肯定加上了什么配料,只是没有人知道是什么。

"俺可以再告诉你们一些秘密,除了干爹说的那些之外,更重要的还有手法,怎样旋转,用多少力道,在什么样的天气下用多少力道,用什么样的材料煮浆，都是非常关键的。"二别楞的话让记者们更是迷糊起来。

郑义问："连烧锅的木材都要讲究，这不是更玄乎了？"

"哟，这么热闹啊。是不是也让我们尝尝粉皮王亲自做的皮子？"听到声音，几个人一起回头，见是孙维下和孙思错一起走了进来。

"这是什么风把两位重要人物吹来了，稀客啊。"粉皮王一边打着招呼，一边给他们开着玩笑，"是不是来拉选票了？"一句话把两个人问得满脸通红。

"我们是来看看您老人家的。"孙思错回答。按街坊辈分论，孙思错应该长粉皮王一辈。

"哟，我还有这么大脸吗？"粉皮王几十年来一直做自己的生意，与村里的任何干部从来不打交道，也从来不打听、不关心村里的任何事，所以他猜测这两个人来肯定有事。

孙维下和孙思错见乡宣传委员赵梦也在，觉得有些下不来台。他们给赵梦打着招呼，一边说着没其他事，一边退出了粉皮王的家。

粉皮王觉得有些失礼，给二别楞使了个眼神。二别楞追出来，问："两位长辈，真的没事走了？"

"给你说也行，咱爷们儿更好说话。"孙维下见二别楞出来，脸上露出高兴的神色，他觉得粉皮王还是很给面子的，知道有事就让二别楞追了出来。

"什么事，说吧，我还要回去做皮子呢。"

"咱一家人不说两家话，我就直说了啊。村委会快选举了，你要让粉皮王动员他们周家的人，都投我们一票。还有，我们还想让粉皮王一起参加村里的选举，和我们搭档，这样粉皮王以后的工商税收也能有个照顾，租用村里的淀粉池和集市里的摊位费，我们说句话，都可以免了。刚才人太多，我们没法说这事儿。你回去跟粉皮王合计合计，这事怎么样？行不行给我们个回话。"孙维下说。

"听着倒像是好主意，可干爹不想掺和村里的事。依俺看，你们也并不是真心想让他参加选举，如果有三分真心也早来了，不会拖到现在才来。"二别楞上斜着眼，看着他们俩，"你们是不是要让我们拿钱啊？"

"钱肯定是要拿点，我们也拿，一起参加选举嘛。这钱不是我们要，主要是送给选民的。二……"孙维下刚想喊二别楞，忽然觉得不妥，马上改口，"爷们儿，你也是咱孙家的人，不能眼看着别的姓占了上风吧。你回去多给粉皮王说些好话，这可是为咱们孙家好啊。"

"是为你们自己好吧，你们什么人俺还知不道？不拾钱就算是掉钱了，还会往外拿钱？别在这儿糊弄人了。街坊们说的一点儿也不错，你们这些人啊，选举前像哈巴狗，是拿下眼皮看人的，比你们小三辈的选民也都是你们的长辈。当选后就成了大狼狗，开始拿上眼皮看人，所有人又都成了你们的子孙后代。这青天白日的，世道公正着呢，不可能什么便宜事都让你们给占了。孙维下，你现在想起我是姓孙的了，那年你替村里收提留，往死里打俺爹娘的时候，怎么没想起俺也姓孙？再说了，我姓不姓孙你管得着吗？我愿意姓天王老子你就叫我天王老子？"

"你说的都是哪年的事了，陈谷子烂芝麻的，怎么还记着？你大人大量，不提也就是了。再说了，那还不都是为了公家吗？咱不过只是跑跑腿罢了。"

"净拣好听的说，骗谁呢？你们每收一块钱的提留，就有你们村干部的一毛钱，你以为老百姓都是让你们日弄着玩的？现在不用收提留了，没有油水外快的能捞了，就变着法子琢磨老百姓的钱。村里到现在还欠俺干爹几千块的粉皮钱，都欠了十几年啦，一分钱都还没还，现在还想再往外捞钱，你们就死了这份心吧。这年头，已经不是你们随随便便地从老百姓口袋里掏钱的年月了。你们说的这事，我回去绝对不会给俺干爹说，说了干爹也不会同意。即使他同意了，俺也会劝他不掺和你们这档子丑事。这事到此为止，就算你们没有来过。"二别楞说完，转身就走。

"这个狗日的别楞头。"孙维下给孙思错嘀咕着，"晚上咱再来，直接找粉皮王，不能给这个不通事理的狗一般见识。我还真不相信，这粉皮王就真的能成了周扒皮？"

7

孙维金计算着，孙思良送出去的钱和按了手印的人有些差距，便把孙思良叫到跟前："思良叔，你看，这送出去的钱好像和人数对不起头来。你没有落下什么人吧？"

"没有落下,绝对没有。"孙思良说完,忽然间觉得维金问的问题不对劲,脸腾地涨红了,嚅嚅着:"爷们儿,咱爷俩多少年了,我不给你说假话。我花了点钱,给恒稳叔买了两瓶好酒。他老人家最近瘦得比较厉害,脸色大不如从前。这次的换届选举,他虽然一直没出面,可背地里一直为咱操着心。你不是一直想去登门看看他吗?他不让你去是为了咱好。他老人家想得多,老是担心要是让村里人知道他支持咱,那些人就会把对他的怨恨发泄到咱们身上,说不定又会闹出什么岔子。他还说了个词叫什么,恨鸟及屋,对,就是这个词。我还专门问他这个词是什么意思,因为恨一只鸟就烧了屋,那是傻瓜才干的事。你说一个大老鸹,你恨它干什么?可世界上偏偏有人就看它不顺眼,这也是没办法的事。我最佩服的还是恒稳叔虑事周全,确实太不简单了。"

"给他老人家买酒我举双手赞成,这事确实该办。我问你钱的事你别放心上,我没别的意思,咱该花的钱一定要花。大钱花了千千万,咱还在乎这点小钱吗?不过,有些大的支出你要说一声,这是为咱爷俩好,亲兄弟还明算账呢,咱不能为了这点小钱的事心里犯嘀咕,更不能伤了和气。再说了,你帮我选成了村主任,咱也是明码标价,一万块钱我一分都不会少你的。"孙维金说着,为孙思良倒上一杯酒,"刚才的话算我多心,你别给我计较啊。"

"放心吧,咱爷们儿还有外人吗?从给街坊们送钱的情况看,几乎没有不收的,尤其是咱孙家门儿,都收下了。他奶奶的,只是我觉得亏得上,都姓孙,同根同宗,怎么就好意思收下呢?"孙思良有些愤愤不平的样子。

"收了是好事,不收才是坏事。不收咱的不就收别人的吗?真那样,咱可就屙裤子里了。你那天说有几家没收的,是谁家?"

孙思良把酒杯里的酒一仰头灌下:"都是后街姓颜的,还有几户姓柳的。据他们自己说,已经有人给他们送过东西了,他们的票都他奶奶的有主了。"

"柳卫党和柳方鸣送那点烂东西也算数?让这几家把洗衣粉送回去,收下咱的钱不就是了?"孙维金说。

"俺也这样劝他们,可他们说,都是抬头不见低头见的街坊邻居,什么事都应该有个先来后到吧。他奶奶的,咱还是比人家晚了一步,唉。还能有什么挽回的办法呢?"孙思良像是自言自语。

"这种事你还不是老手吗?软的不行来硬的。"

"可我现在不方便,派出所现在还找着我呢,我不便露面啊。"孙思良又长叹了一口气。

"你别怕派出所那些孬熊,这伙人没一个好人。也就仗着那身警服,要不我会扒了他们的皮。"孙维金说。

"他们就是那身警服咱惹不起啊。"

"可别了爷们儿,警服穿好人身上是警察,穿土匪身上也是警察,现在的冒牌货更吃香。还是那句话,派出所的事你不用管,我给你协调好了,不会出任何漏子。你自己不好亲自出面的话,我沙场里的那些人都是卖命的主,由你随便调遣,想用哪个都行,怎么用都行。我让人给他们打个招呼,你安排吧。"孙维金的话不容反驳。

"爷们儿,有你这句话,你就等好吧。"孙思良把酒杯猛地蹾到桌子上,"在仙鹤村,还没有俺毒狼办不好的事。那年柳卫党家养了一只藏獒,我喝多酒去他家玩,把那只藏獒训得掉了泪。我把它从笼子里放出来,把柳卫党家的人吓坏了。然后我让那藏獒马上回到笼子里去,那畜生套拉着头,又乖乖地回去。呵呵,藏獒我都治得了,还能有什么人种治不了?"

8

田沧海又被党委书记郑之渊叫到办公室,让他汇报仙鹤村"两委"换届的准备情况。

从郑之渊一次次的调度看,田沧海知道,党委在仙鹤村的问题上,并没有形成自己的主导意见和思路,郑之渊是担心村子里的选举,话语间明显缺少底气。仙鹤村确实已经乱得没有章法,现任的几个村干部各成帮派,自成体系,已经拢不到一起了。现在又出来一个孙维金,以现金收买的方式,笼络了一大批为他拉选票的人,并且很有可能在选举中胜出。而他一旦胜出,柳方鸣之类的老上访户,就会抓住他贿选的问题大做文章,那么不但是仙鹤村,即使是乡里,也将被带进无穷无尽的麻烦之中。

"仙鹤村是一个大村,与乡里的干部包括领导干部在内,都有着盘根错节的关系,稍有不慎,就可能出现很多麻烦。所以,党委对你的要求就是,不求你做得多么出色，只要你完全按照程序走，选出谁都无关紧要。你上次说的话很有道理，选举的程序比结果更重要。你自己一定要洁身自好，否则所有的后果都将由你承担。现在有的管理区书记收了别人的礼，还拍着胸脯打包票，这种事一旦被党委发现，只要证据确凿，绝不手软。村两委换届是大事，是当前党委工作最大的政治，不能有丝毫含糊。现在全乡所有的村都在换届，关键时候不能有一个出问题，一个出了，其他村也会效仿，很难控制，所以你的责任很重。我有一个想法，不知道你是不是考虑过，如果从确保平稳过渡的角度出发，尽量保持现有的村干部不动，如果确实有不太合适的，换届结束后用其他方式进行调换。"郑之渊在办公室里踱来踱去，几乎都要把田沧海的眼晃疼了。

田沧海没有说话，他知道郑之渊肯定是听说了孙维金贿选的事，但只要郑书记不明确说出来，他还不能汇报这事。前一天晚上袁成华书记到了十一点多给他打电话，让他关照一下孙维金。田沧海口头应承着，但他知道这事非同小可，并且这也不像是袁书记的做事风格。或许他真的应该把所有情况汇报给郑书记。

"最近村里新出现了一个比较有竞争力的人选，孙维金。"田沧海试探着说。

"这个人我知道，生意做得很大，黑白两道通吃。我就不明白，他不好好地做他的生意，掺和这个选举干什么呢？"郑之渊充满疑惑地问，"我还听说他在村里发钱买选票，一张选票五十块钱。这事是真的吗？"

"是真的。"田沧海豁然明白郑之渊这个时候找他的原因了。

"那么，你觉得这个人怎么样呢？"郑之渊的眼里发出一种深不可测的光，让田沧海浑身发出一阵寒意，郑书记该不是怀疑自己也收了孙维金的钱了吧？

"我对这个人没有很深的了解，但他贿选的事确实存在。如果他没有自己的私心，确实是想着当上村干部以后，为老百姓做点实事的话，这会是一个很有带动意义的典型，在乡里是，在全市也是。但如果他有其他目的和企图，别说村里的干部不答应，老百姓也不见得能接受他。"田沧海说。

"那么他的企图是什么呢？他的企业一年挣那么多的钱，甚至比全乡一年的财政收入都要多。仙鹤村里，还有什么是他感兴趣的东西呢？"郑之渊皱着眉头，问。

"据说，他看中了仙鹤山下几百亩没有承包出去的山地，他想在那儿搞养殖。"

"柳恒稳当书记的时候怎么没有承包给他呢？搞养殖是好事啊。"

"他出的价钱太低，简直就是掠夺。那几百亩地是村里的零花钱，村里一直舍不得承包出去。"

"如果是这样，还真的不能让他当这个村主任了。即使选上，也必须有一个强力的书记拿住他。你想没想过，如果现在就把那些土地承包给他，他是不是还要参选呢？"郑之渊对孙维金只是为地参选仍存怀疑。

"我也试着给其他几个村干部说过，但他们死活不同意。村里已经没有其他收入了，只有这点山地。并且现在的干部和村民，不少人对孙维金很反感，也有些眼红。孙维金前几年做了不少丧良心的事，比如强占河边的那些沙滩地，强占村里河道中间的杨树，在百姓中口碑不算好。所以，即使孙维金送了钱，我觉得他过半数的可能性也不一定很大。"田沧海这样分析着。

"既然这个人过不了政治关、道德关，那就按刚才我们说的，以维持班子现状作为基本思路，探讨一些办法，不要让现在的这些人散成一盘烂沙。"郑之渊站起身，拍着田沧海的肩膀，说："老田，仙鹤村的选举责任全部在你身上，你是乡里的老人了，在管理区这个岗位上也干得时间不短了，能力、人品我都是非常认可的。这次选举如果不出大的问题，我还会重用你，仙鹤村全靠你了。记住我的话，过程比结果更重要。"

郑之渊的一番话让田沧海热泪盈眶。一个党委书记，很少对自己的部下如此信任，如此重托，自己除了尽心做好工作之外，还能做什么呢？"郑书记你放心，仙鹤村不会给你添麻烦的。"田沧海表着态。

"郑书记，我问一句不该问的话，你有没有胆量，让仙鹤村先选支部，再选村委？"田沧海问。

"此话怎讲？"郑之渊蹙紧了眉头。

"如果先选支部，换届选举就成功了一半。选出支部后，支部书记会在村委选举中尽心尽力，因为村委选举成败他也同样承担责任。"田沧海说，"我知道上级对这次选举的大政策，要求村一级先选村委，先选村委容易失去党组织的影响力，我觉得这是上级没有考虑成熟的一个方面。如果党委敢于承担责任，先选支部，就能保证大部分村实现党委意图。"

"老田啊，这不是党委敢不敢的问题，是政策问题，你我这种小角色，是没有发言权的。你还是集中精力想想仙鹤村的问题吧。"郑之渊的话里，充满了无奈，然后接着说，"这次换届我也想了许多自己不该想的事。现在的基层民主，从大的方面讲，是国家和民族的进步，从小的方面讲，是对人权和生命的尊重。可我们的老百姓们，看问题的层次和角度，达不到上级的理想和要求。他们面对自己手中的权利，有些茫然失措，不知道该怎么做。所以他们的权利在大部分时候，让位给了金钱，让位给了家族势力，甚至让位给了拳头。党的领导面对这些的时候，显得有些苍白无力。我们可以引导一个人、一群人，却引导不了所有的老百姓，改变不了潮流和方向。我相信农村基层的党员，他们比普通的老百姓素质要相对高一些，但在这次的选举中，党员、基层组织失去了话语权。从党的领导这个角度讲，基层民主是对党的领导权的一种考验。民心和民主，本就不应该是对立的两个词汇，可我们在具体的操作中，总免不了失之偏颇。是政策因素，还是我们的能力有问题，我一直在思考这个问题。"

"我不经意的一句话，竟引出了书记这么深刻的思想，还是我们书记政治理论水平高啊。我只是顺便说说，你领导别往心里去啊。那我先走了，领导这几天也太累了，早些休息吧。"田沧海劝着郑之渊。

从乡里回去的路上，田沧海忽然觉得浑身发冷。街上已是漆黑一片，秋天夜里的风似乎有了些冬天的味道，凉的有些刺骨。田沧海掐指算了算预选的日期，只有不到十天的时间了。那么这十天里，他必须把现在的这些村干部捏合到一块，否则选举将会是一塌糊涂，他担不起这份责任，更对不起郑书记的信任。想到这里的时候，他抬头看了看乡大街最北头的饭店，发现那儿还亮着灯，脸上露出笑容。田沧海摸出手机，打给柳方鸣："招呼所有的现任村干部，马上到口口香饭店，我请客。"

几个村干部陆续到来，除了颜亭好，其他人都到齐了。田沧海开始说话："今天我请各位，是为各位考虑。前一段时间，你们各自分头给老百姓做工作，都花了不少的钱，还丢了不少的脸面，这事儿我都清楚，效果怎么样呢？我也不多说，你们心里也清楚。如果以现在的状态来看，在座的所有的人，门儿都没有，谁都进不了村两委。所以，我给你们做个说客，让你们拉起手，一起跑跑选民，让老百姓就选现在的村干部，多一个也不选，少一个也不行。一个人拉所有人的票，不搞单打独斗，你们的票就都上来了，选举不就成功了吗？还是原班人马，彼此知根知底，打生不如混熟嘛。毕竟这么长时间的伙计班子，对谁都是皆大欢喜的结局。这样，凡是赞成我这个提议的，干了你们面前的这一茶碗酒，一点也不能剩，滴酒罚三杯。不赞成这个提议的，马上走出这个饭店，刚才我说的话算没听见。怎么样？"

几个人互相对视一下，脸上慢慢露出笑容。柳方鸣站起身："田书记，还是你当领导的英明，一起跑跑，这样谁也掉不了，谁也挤不进来。我们怎么没有想到这个办法呢？我第一个赞成，一百个赞成，还有谁赞成的？端起杯子，干了，谁不干谁是儿的，不，是孙子。"

"谁不愿意谁是乌龟王八蛋。"柳卫党说。

"谁不一起跑日他祖宗八辈。"孙维下发誓。

"谁不按田书记说的做，让他出门遇车祸撞死。"孙思错发誓。

"你们大老爷们，骂誓也骂得狠。那俺也随上，谁不按田书记说的做，就……就……"安爱忽然想不起其他的毒誓了。

"就什么就，娘们儿家就是不行，关键时候掉链子，跟上喝酒吧。知道你发誓也离不开女人的那玩意儿。"孙维下似乎有些兴奋，调侃着安爱。

"你那死鬼样儿，离开女人那玩意儿你就能活？还有你玩女人那玩意玩得再多的吗？这会儿又打肿脸充胖子，还硬充不吃腥的英雄汉。"安爱一句话把孙维下说得满脸通红。满桌人看着这一对男女互相捉弄，放声大笑起来。

田沧海喝多了，满桌的人都喝多了。田沧海走出饭店门的时候，听见手机铃声，拿出一看，是一个熟悉的电话号码，心里想，还是老百姓的话说得好，说客来得不见得是最早的，却是最巧的。田沧海没有接那电话，而是把手机放进口袋里，任范伟搞笑的手机铃声在夜色里响个不停，"幸福就是：我饿了，看见别人手里拿个肉包子，他就比我幸福；我冷了，看见别人穿了一件厚棉袄，他就比我幸福；我想上茅房，就一个坑，你蹲那儿了，你就比我幸福。"

9

第二天，仙鹤村大街上所有的电线杆子上面，都贴上了电脑打印的材料，题目就叫《认清现有村干部的罪恶嘴脸》。白纸黑字的材料上，对现有的村班子所有成员进行攻击谩骂，名字上都还打了叉号，流氓成性孙维下、奸诈小人孙思错、恶棍赖皮柳方鸣、口是心非柳卫党，材料最后还不忘再捎上柳恒稳几句，并且十分尖刻，说他是贼心不死的野心家。柳方鸣找了几个本家兄弟，一边到处揭那些材料，一边大声地在街上叫骂着，但他的叫骂却没有得到一个人的附和。

10

派出所进村来查几起纵火案。虽然都是烧的几户人家门前的柴火堆，却让村里人心惶惶。如果柴火借着风势烧到了房子，后果将不堪设想。村民们知道，这火不是无缘无故烧起来的，肯定是有人故意放的。只是没有人能想得出，到底谁会使这样狠毒的阴招。

露 月

1

在阳山一带，每年十月初一的前后三天是一年中除清明之外，最重要的祭祀亲人的日子，有的地方称这三天为鬼节。最普通的祭祀活动被称之为"烧纸"。儿女亲人们在粗劣的草纸上打上古钱币的模印，或者直接买来这几年新出现的印刷好的冥币，在下午两三点之后太阳落山之前到坟上烧掉，洒几滴清泪，数几多怀念。鬼节头一天叫新坟纸，亲人去世不过三年的，要在这一天烧；第二天被称为正节，除新坟纸之外的大部分要在这一天烧；第三天一般是因为特殊原因错过前两个日子没有烧的，要在第三天中午十二点之前烧完。

不知从什么时候起，十月初一这一天，颜家人要举行祭祖仪式，所有过了十八岁的老少爷们儿，都要到颜庙里给祖宗颜回磕头，然后说说功绩。说功绩如同政府里的述职报告，是按照家族里的几个支系排序先后，逐个说。对颜氏家族来说，这也是几个支系互相看高低、比能耐的重要时机。所以对每年一次的祭祖，颜氏家族每个人都看得很重。一些妇孺因为祖训规定不能参与，不能到祭祖现场，就聚集在颜庙大门口，偷听里面的动静。

今年的祭祖因为颜庙正在整修，便有了特殊的意义。这次整修之后，颜庙将以一种新的形象展示给世人。

颜景观头一天通知维修队暂停维修，把院子先打扫了一遍，然后把那幅颜回的画像恭恭敬敬地挂在正堂的墙壁上。看着这幅几十年来他一直摘摘挂挂的画像，颜景观心里酸酸的，他不知道自己还能如此领着族人坚持多久，不知道这画像还能完整地保存多久。颜景观一直想募集一些资金，为祖宗塑一个金身，哪怕只是镀金，或者仅仅是一尊泥塑，祭拜的时候心里也能更安然一些，这事却始终没有办成。颜景观不知道，自己的有生之年是不是还能把这个心事了了。颜景观打算到今年年底的时候，到各家各户串一串，再募点钱，到底能募到多少钱，他心里没底。想想祖宗千金不拾的品格，现在后人甚至没有钱为他塑一尊雕像，心里有种说不出的滋味。

颜景观的大儿子颜世道老早就打开了仪门，招呼所有祭拜的人，都要从仪门进入。这个仪门也只有在举行祭拜仪式的时候才打开。颜世道招呼几个兄弟，帮着把准备好的三牲果品，恭恭敬敬地摆在祭台上，三荤三素三点，鸡鱼肉，苹果橘子香蕉以及三色点心，都非常新鲜。尤其是那苹果，上面还挂着新鲜的树叶，树叶上似乎还挂着晶莹的露珠，那露珠明晃晃的，一动就要掉下来的样子。香炉摆在祭台之前，三炷高香只等仪式开始后点上。

上午十点，祭祖仪式正式开始。

颜世道招呼族人往前站，成排成列。排和列的顺序是族里约定俗成的，长支居中，旁系分两边站列，长子居前，次子居后，孙辈再后。祭拜方阵前面全部为年长者，而愈往后年龄和辈分愈小，所以偶尔说笑之声，也多从后面发出。族里的司仪叫颜景瑞，年纪比颜景观稍小，对祭祀礼仪十分精通。再加上他也是族里辈分比较高的，司仪的差事便当仁不让地当了快十年。十年前颜景观也做过司仪，但现在他已经是族长了，不适宜做司仪了，就把司仪这个位置让给了颜景瑞。颜景观曾经想过让大儿子颜世道当司仪，一方面是他对礼数上的事还不是太精通，再加上腿脚不方便，总觉得有碍门面。但不管怎么样，儿子毕竟是儿子，所以颜景观有意无意地着力锻炼他，凡事都拉着他。也是奔六十的人了，说话渐渐有了分量，族人对他的尊重也日见增多。

颜景观站在队伍最前面，随着司仪似乎有些尖厉的声音，带着族人一起为颜回三叩九拜。所谓的三叩九拜，就是三次叩首，九次磕头。如果不是前面有颜景观领着，后面的年轻人有些真的已经不会磕头了。但颜氏族人，无论叩首时弯腰的程度，还是叩首的节奏，都拿捏得十分精到。三叩弯腰近于九十度，九拜额头接近于平地。颜家的这些礼仪，合规合矩，从祖上一直流传下来，多少年不曾有过任何更改。颜景观对三叩九拜的礼仪看得非常重，村里哪家的丧事，看着那些磕头不合规矩的，颜景观气就不打一处来。有些孝眷磕头时脸上表情不合适的，哪怕脸上露出一丝的不敬，或大丧之事食酒的，颜景观还有他自己的惩戒手段，在敬酒捻香时，他会故意把递香送酒的手往后缩一缩，让祭拜者够不着，必须跪着往前挪一步才行。

祭拜完毕，颜景观就要历数祖宗恩德。颜景观微闭上眼，喉结抖动，似乎有泪涌出。多少年了，每到这个时候，颜景观总要忍不住地激动。他从怀里掏出一本早已经发黄的家谱，慢慢读了起来，浑浊的嗓音有些颤抖：

吾祖颜回，亦称颜渊，字子渊，生于公元前521年，卒于公元前481年，孔子七十弟子之一。他一生大半时间跟随恩师孔子生活和学习，极深地理解并实践着先师的思想学说，以谦虚敏学、尊重师长、仁德出众而著称，被后人推居孔门"七十子"之首，尊为儒家的"复圣"。

吾祖颜回，出身书香，自幼天资聪慧，勤奋苦学，悟性极高，能"闻一以知十"。拜为孔门弟子后，有两点极其突出并深得世人称道：一是好学。他长期生活贫寒，却志学不辍，孔子形容说："一箪食，一瓢饮，居陋巷，人不堪其忧，回也不改其乐。"他早作晚息攻读研习诗礼，追求学业精进，被孔子认为是门生中唯一可以称为"好学"的人。二是尊师。他不仅完全听从孔子的指教，完全按孔子的学说行事，而且更为难能可贵的是，自成为孔子的学生后，他便时时跟随孔子，极少离开。少正卯与孔子争弟子时，"孔子之门，三盈三虚，唯颜渊不去"。后来，许多孔门弟子都出去做官，他却伴随孔子周游列国，兴坛讲学，甚至终身不仕，终成为一代名儒。

吾祖颜回，颂扬仁德思想。他谦虚做人，"无伐善，无施劳"，做到了不争名逐利和"敏于事而慎于言"。他安贫乐道，在箪食瓢饮居陋巷的情况下，也守"道"不移。他"不迁怒，不贰过"。平日里，总是谦和待人，不因怒于一个人而把怨愤迁于另一个，也从不重犯同样性质的错误。

吾祖颜回，推崇仁政思想。"愿得小国而相之，主以道制，臣以德化。君臣同心，外内相应。""教行乎百姓，德施乎四蛮，莫不释兵，辐臻乎四门，天下咸获永宁。蠢飞蠕动，各乐其性。进贤使能，各任其事。于是君绥于上，臣和于下。垂拱无为，动作中道，从容得礼。言仁义者赏，言战斗者死。"

吾祖颜回，讲求顺从自然，无为而治。他安贫乐道，与世不争，"不迁怒"，反对用强制和暴力的手段处事治国。他曾说过："愿得明王圣主为之相，使城郭不治，沟池不凿。"

吾祖颜回，于公元前481年英年早逝，时年40岁。此后，他被作为好学、善良、仁德的象征，受到了世代推崇，不断被追加谥号，唐太宗贞观二年起，先后被尊为"先师""兖公""兖国公""兖国复圣公"，到了明嘉靖九年被尊为"复圣"。

家谱有诗云：

吾祖复圣本平民，

忠孝仁义写乾坤；

箪壶瓢浆顺天道，

列国教化语昆仑。

重金不改清贫志，

学富斗车圣贤身；

安泰平和家国事，

万世敬仰列神尊。

颜景观双目紧闭，沉浸在对祖上的赞美和怀念之中，久久不能言语。等他再睁开眼的时候，泪水自眼角缓缓滑落。颜景观长出了一口气，继续说："众位颜氏子孙，自吾祖颜回以来，颜氏即以道德文章立于世间，儒家深学垂范千古。仙鹤村颜氏子孙，自古深得吾祖遗风真学，修身治世，堪称楷模。只是几百年来少有成大师者，少有成大器者，也少有为大官者，愧对祖上英灵。仙鹤村颜氏子孙，定要谨记忠厚道德，谨记与人为善，谨记仁义孝道，永远不做伤天害理之事。下面由各个颜氏支系陈表家族功绩。"

首先在祭台前表述功绩的是颜世道："我们兄弟四人，世道、世德、世文、世章，谨记祖上修身治世教诲，敬天敬地敬父母，交好邻里与族亲。"颜世道高小毕业，除了自己在学校里学到的知识之外，作为仙鹤村颜氏长支最年长的，紧跟父亲学习儒学道义，说话做事已经有了父亲温稳和善的性格特征，说话也显得文绉绉的。他看了一眼祭台下面的本家，继续说着："父母多病，我们兄弟四人，争先为父母买药看病，不计数额多少，不分彼此你我。子孙满堂，亦以儒学传授，历数祖上恩德荣光。邻居世舞盖房缺钱，吾兄弟四个合力帮其三千元。其余种种，不再赘述。"

接下来是颜世礼，说话已经没有了那些文言词句，全部成了日常说话的方式,这样让人听起来感觉更平和一些:"我今年五亩地打了六千斤粮食,卖掉三千斤,家庙维修我捐款六百元,为学校捐款二百元,剩下的打油盐酱醋还不够。"

接下来各个支系都在表述着各自的功绩,颜景观听着,心里忽然闪过一丝担忧,自己死了以后,这种祭祖仪式还能坚持下去吗?

2

柳恒贤死了,他是在自己家的屋梁上,搭了一根尼龙绳上吊死的。

柳方鸣到柳恒贤家里拉选票的时候,发现柳恒贤的尸体已经冰凉。柳方鸣打电话把柳卫党叫到柳恒贤家里,问:"这种情况,是不是需要报案?"

柳卫党说:"当然要报,不能让大叔死得这样不明不白的。虽然他老人家无儿无女的,咱这些当干部的,要主持公道,不能让他就这样糊糊涂涂地死了。"

柳方鸣说:"报了也白报,现在的公安还能破什么样的案子?以前人民公社的时候,全公社几万人就一个特派员,也没有什么案子,特派员成天闲得难受擦枪玩。现在倒好,已经几十个人了,有正式干警,还招了些土匪似的联防队员,派出所听说也要改成分局了。就这一帮人,改成联合国也是属用不当,案子照样不断,还一个都破不了。抓卖淫嫖娼一个顶俩,有奖金嘛。哎,大叔,我听说现在的派出所和洗头房是穿连裆裤的,人一进门,派出所就知道了,办没办事,罚款,然后四六分成。现在的小姐们哪,不靠卖,靠举报挣钱,也他奶奶的学乖了。"

柳卫党说:"你话也忒多了吧?怎么又扯上那些小姐了。抓紧时间报案吧,白报也要报。"于是他们就拨打了110。

派出所来了以后,又是拍照又是四处翻腾,终不知找到了一些什么。

派出所开始挨家挨户地排查破案线索。于是有人回忆,说前天还看见柳恒贤赶着他的八只绵羊下坡啃干草去了,怎么说死就死了呢?

也有人回忆,那天看见柳恒贤在地里和两个年轻人说话,是那种穿着黄大衣、骑着摩托车到处买羊的人,还以为他把自己的羊卖给他们呢。后来想想不对啊,这些羊是他的心头肉啊,怎么会舍得卖呢?

村头的蔡老三说:"前天我遇到了恒贤叔,给他说话眼皮儿都没抬。以前他从来不这样，有时还问问花儿和几个孩子的事。这次确实很奇怪，他嘴里一直嘟囔着一句话，这世道还有没有天理，有没有天理。我还以为恒贤叔是不是跟人吵架了，想让他到家里喝壶茶，他压根儿就没有看见我。"

于是有人分析，柳恒贤很有可能是因为那几只羊被两个年轻人抢了，一时想不开，寻了短见。这也难怪，那几只羊可是柳恒贤的命根子呢，他和它们吃住在一起，他还给他们起了非常好听的名字，并且都是小姑娘的名字，叫什么葵花、菊花、苦菜花之类的，他怎么能让他的这些心肝宝贝被人抢走呢？

仙鹤乡靠近邻县的几个村，以前发生过羊被抢牛被偷的事，有一伙人甚至连鸡鸭鹅都抢，在离驻地不到几百米的仙鹤村，还是第一次出现被人抢羊的事。这伙人真是越来越大胆了，竟然抢到乡镇驻地来了。以前的案子到现在都没有抓到一个犯罪嫌疑人，轮到柳恒贤这种无儿无女的人，即使是丢了性命，也不会有人上心管这种案子的。

"真是可惜，我们又丢了柳家的一张选票。他怎么就不晚死两天呢？"柳方鸣走出柳恒贤院子的时候，给柳卫党说。

3

按照乡党委的统一安排，全乡村级换届工作分两步走，先村委后支部。村委会的预选分为两批，第一批定在农历的十月二十四日，第二批定在农历的十月二十六日，仙鹤村被放在第二批。党委的意图很明显，好村在尽可能短的时间内完成，所以第一批放了四十个村，只有六个村被放在了第二批。

第一批的村预选非常顺利，基本上实现了党委意图，选举过程没有出现任何疏漏，预选结果也基本保持了各管理区提报的人事方案，这让郑之渊出了一口气。而第二批的六个村是情况非常复杂的，需要大量的机关干部靠到现场，亲自指导和参与选举，同时需要调配警力和联防队员维持秩序。而最不能让郑之渊放心的，就是仙鹤村。

田沧海过来汇报的时候，把前期的工作情况仔细地给他进行了汇报，包括他请几个现任的村干部吃饭，让他们齐心协力，抱成团共同参加选举，以及几个村干部如何骂着毒誓，确保选举成功等等。但郑之渊仍然对仙鹤村不敢掉以轻心，他害怕稍有不慎，就可能出现大问题。

预选的头一天，郑之渊把袁成华、田沧海、组织委员周全、宣传委员赵梦、派出所所长朱向前叫到自己办公室，对仙鹤村的预选进行最后的研究部署。

"沧海，你们提报的这个预选候选人名单，是不是按照文件要求，经过了群众的海选，会不会引起其他异义呢？"郑之渊问。

"选举委员会提了十几个候选人名单，除了现任的村干部之外，也同时包括了现在群众呼声比较高的孙维金，还包括原来的支部书记柳恒稳、副书记孙思良。"说到这里的时候，田沧海用眼角斜看了一眼袁成华，见他面无表情，"省里的选举办法规定，可以多于名额一到二人。所以根据选举委员会最后统计的结果，上报给党委的名单，都是按群众海选的结果确定的，顺序也是按预选人得票多少排列的。依我看，各方面都应该不会有不同意见。"

"孙思良的候选人提名票高不高？"郑之渊问。

"不高，没有进入最后的推荐名单。"田沧海回答。

"孙思良是乡里重点打击的对象，要确保他在整个选举过程中，不能有任何破坏活动。一旦选举开始，就要对他暂时放一放，否则有可能激化矛盾。"郑之渊看着朱向前说，"朱所长，一定要把握好这一块。但如果有严重的违法犯罪事实，只要证据确凿，也决不能手软。"

"没问题，我们一定坚决执行党委的意见，郑书记你就放心吧。"朱向前说。

"那么其他的准备工作呢？比如场地的安全问题，各个村民小组的分区问题，计票问题，投票秩序问题。"

"我觉得准备得还是比较充分的，场地就在忠字礼堂前面，很开阔，也不会引起安全事故。整个场院分成了八个区域，都用白石灰画上了线，一个小组一块场地，计票也是按村民小组，分头统计好以后再合计计算。秩序问题按照乡里机关干部在其他村参加预选时候的分工，全部分到了八个小组。午饭已经订好六百个大包子，要了一点咸菜，虽然艰苦点，但没有其他更好的办法了。投票箱我怕出意外，都是用铁皮打的，不会出现其他乡镇抢票箱子撕票箱子的情况。至于其他方面的秩序，我觉得还有派出所的干警在，应该不会出什么事儿吧。"田沧海一一回答着郑之渊的提问。

"干警是不能到现场去的，这次上级有明确规定，并且要求得特别严。我觉得可以让干警在村头待命，一有情况马上出警。但绝对不能到投票现场，这是局里的一条纪律。"派出所所长朱向前说。

"可以让他们在村院里等着，村院离忠字礼堂不远，方便随时出警。"郑之渊知道朱向前是一个老滑头，但这次不让民警到现场是市里的统一要求，他清楚这项要求，"但不管如何，老朱这次要亲自靠一靠，老将出马，一个顶俩。铁的要求就是：绝对不能出问题，只要有扰乱会场的，有打架斗殴的，要从快处置，绝对不能出现群体性事件。现在不怕别的，就怕群体事件，乡里已经担待不起了。"

"郑书记你放心，我明天一早就亲自过去。"朱向前这次表态很好。

"是不是让乡里的其他领导也多靠一靠？"田沧海问。经郑之渊这么细致地一问，田沧海心里反而更感觉没底了。

"袁书记去不太合适，亲戚里道的，有话不好说。就让周全和赵梦去现场，另外还可以让老牛去。三个乡级领导，应该行了吧？"郑之渊说。

田沧海答应着行，心里却在嘀咕，三个乡级领导顶不上一个使。关键时候这些人谁都不敢拿主意，谁也指望不上啊。

郑之渊忽然间沉默下去，有好几分钟没有说话，没有人知道他在想什么。最后郑之渊把目光从窗外收回，刚想说话，发现声音有些发堵，便清了清嗓子："周全和田沧海作为选举现场的总指挥，安排和调度选举工作的每个细节，其他同志也要多考虑选举的方方面面。仰仗各位了，明天我在办公室，哪儿也不去，静候各位的好消息啊。"

正式预选的时间定在了上午九点。

4

在选举的空当时间，郑之渊接待了泰山学院的文史考察队。带队的是文史学院的张国学教授，在全国是有名的《诗经》研究专家。

见到郑之渊之后，张国学教授侃侃而谈，说明了此次考察的本意："我们就是要真正发掘出《诗经》的发源地。在我看来，仙鹤乡文化的定位应该是《诗经》探源及颜子文化的综合体。有人说我把仙鹤乡的文化与《诗经》联系起来可以，但把仙鹤乡作为《诗经》的发源地多少有些牵强，但我想作为一种观点，应该是可以研究和探讨的。《诗经》的整理者孔子是鲁国人，而仙鹤乡作为齐鲁文化的一个地域以及在此地域上发掘和形成的各种文化风俗，都应该是《诗经》的歌咏内容，而《诗经》中有几首诗已被专家定论，确实是写的仙鹤乡的景色或者文化，这也是我把仙鹤乡文化定位于诗经探源的根本原因。'关关雎鸠，在河之洲，窈窕淑女，君子好逑。''鹤鸣于九皋，声闻于天。鱼在于渚，或潜在渊。乐彼之园，爰有树檀，其下维谷。他山之石，可以攻玉。'这两首诗经名篇，都应当说与仙鹤山有关。我们可以这样被充分解释和理解：'皋'字注释为水中的高地，前几年不少诗经研究者不知'九皋'在何处，其实'九皋'就是仙鹤乡的皋山及以东皋、西皋、泗皋九座原是汶河宽广水域中的高地。而所谓的他山之石是指可以打磨在中国四大知名砚台之一鲁砚中位居高品的龟山砚以及可以用来作为磨刀石的鹤山石。'河之洲'则可以被准确地定位于大汶河在仙鹤乡地域内的洲头。窈窕淑女除了指皋山下曾经有过的淑女泉之外，或许也有孔子歌颂妻子颜氏的用心所在。这首流传于各个地域、适用于各个时代的爱情经典，不管歌颂了何处的美丽女子，但孔子把这首爱情诗放在首位，或许也有他自己的私心在里面的。我们这样推测这位儒道古人或许有些不敬，但儿女情长对任何一位诗人来讲，都不应该是一种奢侈。"

看着张教授的儒雅风度，感受着他的渊博学识，郑之渊忽然感觉心里很不是滋味。作为在一个地方工作了那么多年的官员，自己对仙鹤乡的历史竟然没有多少了解，甚至可以说是浅薄到一种无知，这是历史的悲哀，还是当权者的悲哀。如今的时代，历史与文化已经被有意无意地边缘化了，人们看重发展，看重经济数据，文化已经渐渐沦落。但一个没有历史认同感的时代，会被将来认同吗？

郑之渊陷入了深深的思考。

5

天气预报说，二十六日是一个晴到少云的天气，气温为零下三度到八度。

柳恒稳五点多就准备起床，看了一眼自己的老婆邵秋之，见她仍然睡得和死猪一样，气不打一处来。这几天连续降温，天冷，她晚上老是靠他。床本来就很窄，挤得他都快掉下来了，所以柳恒稳感觉没有睡好，睡得很累，浑身不轻快。"这个臭娘们儿，她自己睡得还挺香。"柳恒稳嘟囔着。柳恒稳披上衣服，斜倚在床头上，轻闭上眼，想着夜里做过的那些梦，感觉梦里乱七八糟的，也不知道都是梦见了什么，好像有追着他跑的日本鬼子，长得奇丑，凶巴巴的样子。好像也有娘，也有大妈妈。柳恒稳也确实很想大妈妈了，这么长时间，也不知道她去了哪里，生活得怎么样，是不是又找了一个。选举完以后，自己一定要去看看她。只是上次她走的时候，说要迁到外地去，外地是哪里，是不是已经走了，现在去还能不能找到她。柳恒稳越想心里越烦，索性穿衣下床。

今天是村委会预选的日子。六点多的时候，村里的大喇叭就放开了音乐，一曲《今天是个好日子》唱得柳恒稳心里更加烦躁。狗日的，今天算什么好日子？黄历上写了，还是老天爷告诉你们了？柳恒稳心里一边不服气，一边戴上老花镜，把眼睛凑到条几上面，扒拉着日历看。柳恒稳发现，今天从总体上讲，还真是一个好日子，子吉丑吉寅吉卯凶辰凶巳凶午吉未中申吉酉中戌中亥中。柳恒稳长出了一口气，说了句"人算不如天算"，然后心里涌起了浓重的失落感。

出了房门，柳恒稳感觉天气很凉，这凉很快渗透到心里，让他的身子似乎颤抖起来。柳恒稳多次劝自己要看开些，不要再想当什么支部书记村主任这些鸟官的事，但他还是忍不住地去想。以前选举的时候，他总是跷着二郎腿喝着大茶一样是高票当选，可现在，自己连村里上报给党委的预选人名单，几乎都已经进不去了。这次如果不是田沧海，他柳恒稳只能作为看客参与到选举中来，然后眼看着别人手舞足蹈地庆祝谁谁当选。柳恒稳也曾经想过，自己要像邓小平那样卧薪尝胆韬光养晦，但自己却没有邓小平他老人家的胸怀。再说，年龄也大了，或许再也没有东山再起的可能了。柳恒稳盼着妹夫能当上党委书记，到那时自己再重新出山，却感觉希望渺茫。如果真能如此，柳恒稳会感觉更加没有底气，因为这官当得不能让人信服，反而让人瞧不起，凭关系走后门当上个村支部书记能算什么本事？

在确定上报给党委的最后预选人名单的时候，田沧海曾经给柳恒稳打过电话，问他是不是还想参选，但柳恒稳一口回绝了。这个时候，柳恒稳不想给自己惹来一身麻烦，他就是要看看现在的这些班子成员，能蹦跶多久。他就是想看他们的笑话，也好让这些老百姓知道，地球离了谁都转，但仙鹤村离了他柳恒稳就是玩不转。

妹夫打电话说，田沧海上报的名单里，有他。一方面柳恒稳感觉田沧海没有忘记他，心里充满了感激之情，却又感觉他是多此一举。自己已经没有了当支部书记的心劲儿，名单上再加上他，是福是祸都说不清，这样反而让别人感觉是他自己死皮赖脸地干。咳，管他呢，事不由己，更不由天，只由那些老百姓手中那张选票，爱谁谁吧。

至于今天是不是要到现场投票，柳恒稳感觉并不重要，因为所有的一切似乎都在按照自己的预想发展着。孙维金进入了预选人名单，这比什么都重要，孙维金做的所有工作，也必然能够确保他进入正式选举。自己的名字在候选人名单里，对班子里的其他成员可能是个威胁，对孙维金却未必不是一件好事，柳恒稳这样想。

高音喇叭上开始吆喝着所有选民到忠字礼堂前集合，柳恒稳知道，预选大幕已经拉开。他站在自家已经落光了叶子的葡萄架下面，见上面竟然还有一粒红得发紫的葡萄，有些招摇地挂在最上面的枝头上。这世道真是奇了，后天就是大雪节气了，竟然还有葡萄如此鲜亮。

"老头子老头子，快去看看，街上来了那么多的车。"老婆邵秋之起床后，打开大门往外瞧了一眼，接着就跑回来，对着柳恒稳喊开了。

"有多少车能让你这样大惊小怪的？真没见过世面。"柳恒稳呵斥着自己的老婆。

"不信你去看看。"邵秋之脸上有些不高兴，嘟囔着，"大清早的别训人行不行？你以为你还是大队书记啊？今天人家就要选新的了。自己心里不痛快拿俺撒什么气？"

老婆的几句话把柳恒稳惹恼了，他摸起身边的笤帚打了过去："娘的，不会说句人话你就少放屁。"

邵秋之躲开，她见男人真生气了，吓得大气不敢喘，低着头到屋里做饭去了。

柳恒稳拿了一个小马扎，坐到平房顶上。自己家离忠字礼堂很近，站在平房顶上，几乎能看清选举现场的所有活动。柳恒稳不知道老婆说的那些车是谁请来的，据他估计，应该是孙维金沙场和企业里的人，或者是他从外面请来的。如果真是这样，选举的事就有可能让孙维金搞砸了。

柳恒稳摸起电话，开始给孙思良通话。

在忠字礼堂周围，停了近百辆车，到场的选民一看架势不对，不少人打了一个转儿又各自回家了。一些喜欢热闹的人，站在离忠字礼堂几十米的地方，倒腾着两条腿站立的姿势，冷眼旁观着事态的发展。

田沧海给郑之渊汇报，郑之渊问清情况，知道停在村里的车辆都是外地牌照，感觉有些不对劲，便向市委书记彭子丰汇报。市委书记彭子丰安排公安局马上出警，查扣车辆进行检查，发现问题严惩不贷。郑之渊赶到村办公室，安排派出所所长朱向前马上到选举现场，维持秩序，不能出现任何意外。

二十分钟过后，市公安局防暴大队一百多名干警赶到仙鹤村，将所有车辆扣押到乡派出所，进行突击审讯。

郑之渊让田沧海在喇叭上继续下通知，让所有选民马上到忠字礼堂，选举正常进行。村民们三三两两地扯着闲谈，说着家长里短，心里一边打着鼓，一边慢腾腾地来到忠字礼堂前自己小组的划定区域，然后小声嘀咕着怎么选一个破村长还弄来了黑社会助阵。说话的声音虽然很小，但抵触情绪却很强。

这个时候，孙维金来到了选举现场，对着到场的群众拱手作揖："各位老少爷们儿，刚才那些车是我请来的，都是我生意场上的朋友哥们儿。他们主要是想来给我贺喜的，喝我的喜酒，来得早些了，各位老少爷们儿不要见怪。"

孙维金这样一说，村民们都反过来劝他："没事，这还算什么事？来帮个人场，理所当然的。"老百姓心里清楚，有些人是惹不起的。

孙维金知道，自己走了一步险棋。至于这步棋的效果如何，还要看最后的选举结果怎么样。孙维金开始后悔，自己怎么就没有事先征求柳恒稳的意见呢？孙维金现在担心的是，那帮小子们是不是听话，车上是不是带了家伙，如果带了可就惹大麻烦了。自己千嘱咐万嘱咐的，可千万别出什么岔子。

乡里的机关干部一大早就到了村里，按照分工都到了给自己指定的选举岗位。

田沧海让李务实悄悄清点了一下来到会场的人数，总共不到一千二百人。按照市里关于这次选举的规定，参加预选人人数必须达到选民总数的一半以上方能有效。但已经过了上午九点，能来的差不多都来了，再等也不会有更多的人。

现场来的人因为已经等了好长时间，秩序有些混乱，到处人声嘈杂。田沧海跟周全商量，是不是可以开始。周全不敢自己做主，向郑之渊电话请示后，给田沧海说："不要宣布到场人数，先开始选举再说。"

田沧海让颜景观按照预选程序，主持预选。

选举委员会主任颜景观站到用几张桌子拼凑起来的主席台前，对着话筒清了清嗓子，开始主持村委会的预选：

各位选民：

依照《中华人民共和国村民委员会组织法》《山东省村民委员会选举办法》和乡换届工作领导小组的安排，我村今天投票预选第九届村委会成员候选人。

我受村民选举委员会的委托，主持今天的预选。

这次预选的程序如下：

第一项：通过村民委员会候选人人数。根据市、乡镇换届选举大会工作方案，经村民会议讨论决定，我村第九届村委会成员由6人组成。《山东省村民委员会选举办法》规定，候选人的名额应当多于应选名额的一至二人。根据这个规定，经村民选举委员会讨论，建议差额1人。这次大会共推选候选人7人。下面举手表决，同意这个方案的请举手，请放下；不同意的请举手，请放下；弃权的请举手，请放下，按少数服从多数的原则通过。

第二项：通过监票人、计票人名单。村民选举委员会通过广泛征求意见、民主协商，推荐柳方实、孙维真两位同志为监票人，推荐颜世诚、孙连信、柳绪亮同志为唱票人，推荐颜廷公、孙思平、柳召明同志为计票人，推荐颜世道同志为总监票人，推荐颜丙师同志为总计票人。

（"怎么都是颜家的人？"下面有人嘀咕。颜景观没有理睬，继续主持会议。但他心里在想，因为颜家没有人像姓柳的、姓孙的人一样，拼了命地想当官。）

下面举手表决，同意的请举手……请放下；不同意的请举手……请放下；弃权的请举手……请放下；好，通过。

第三项：通过预选办法。

第一，实行无记名投票的方法。选票由选民自己填写。

第二，预选所投的票数，等于或少于投票人数的预选有效，多于投票人数的，预选无效。

每一选票所选人数，等于或者少于应选人数的有效，多于应选人数的作废。选票因涂改全部无法辨认的，作废票处理。废票计入总数。

第三，写票选举。你同意谁做村委会成员候选人，就在票上写上他的名字。

第四，村民要遵守大会纪律，保持会场安静，投票时按村民小组有序进行。

第五，选民在选票上填写的候选人名额不得超过应选名额，通过公开唱票和计票，根据得票多少的顺序，确定候选人，然后按姓名笔画顺序张榜公布候选人名单。

下面举手表决，同意的请举手……请放下；不同意的请举手……请放下；弃权的请举手……请放下；好，通过。

第四项：进行投票预选。

现在由监票人、计票人和选举工作人员核对人数，发放选票。选票发完以后，大家不要急着填写，请先核对有无漏发或多发选票。

会场里秩序开始有些混乱，"给我一张。""我来得早，先给我。""我还要等着去浇地，让我先领票。"村民你争我抢，有些控制不住的模样。

村里的现任干部只有颜亭好和安爱在选举委员会里，并且在选举中承担了登记选民的任务，其他几位村干部都成了甩手掌柜。田沧海心里清楚，其他几位村干部不想在选举中承担具体工作，因为他们还有更重要的事情要做，他们要眼睛盯着、手指指着那些选民，让他们为自己投票。

柳方鸣老早就跑到孙姓人所在的第六小组转来转去，看着那些领到票的人，一边拱手作揖，一边眼睛四处张望着。有人抬笔刚要写人名，他便凑上前去，那人身子一躲，把柳方鸣闪在身后，弄得他浑身不自在。

柳卫党到了孙姓人的另两个小组七八组，脸上没有一丝笑容。他在人群中穿来穿去，专门给人们制造紧张气氛。

孙维下和孙思错则到了柳姓人多的一二三组，他们站到了人群中间，说着现在的村班子成员是历年来素质最高的，也最能为老百姓办事之类的话。他们盼着有人替他们说几句话，旁边却没有一个人附和。

孙维金拉了一把椅子，坐在了主席台下面，眼睛眯成了一条缝。他把手里的烟四处撒给附近的选民，说着："这是中华烟，国家级领导人吸的，尝尝，尝尝。"眼睛却始终盯着别人手中的选票。

孙思良的周围，聚拢了柳姓、孙姓的一些年轻人，这些人都是跟着孙维金打工的。他们按照孙思良的嘱咐，都回到自己家人坐着的地方，把他们手中的票全部抢过来，一一填写完毕。

"拿过来，我看看你选了谁。"孙维正极不情愿地被儿子孙连生抢了票，有些生气。他站起身，想把儿子写好的票再要回去。

"看什么看，我选谁不行啊？"孙连生抢白自己的老爹。

一句话把孙维正说恼了："放你娘的狗屁！我自己的票，选谁我说了算。用得着你来献前子？"

被老爹这样一骂，孙连生有些下不来台，眼里露出凶光："你没事找事是吧？你以为我选谁，还用给你商量吗？"

"你选了孙维金是吧？那就更不行了。你没有骨气低三下四地跟着他干活，我已经够迁就你了。但你不能忘了，前几年他抢咱家的沙滩地，把我往死里揍的事。"孙维正虽然把声音压得很低，但周围的人还是听了个一清二楚。

"哪年的老黄历了，你怎么就和三岁的小孩子似的，赶紧换换你那老脑筋吧。端人家的饭碗，就得给人家干活。再说了，你那点沙滩地值几个钱？我现在一个月能挣多少钱，你不是心里没数。你就不要揣着明白装糊涂了。"

孙连生满脸的不耐烦，更把孙维正惹急了："你这个狗日的玩意儿，你爹再没钱你也不能有钱就是爹啊。"话没说完，他就抢起屁股下面的马扎子，朝着孙连生砸了过去，把孙连生砸得嗷嗷乱叫。

"你这个老不死的，怎么说打就打？你不要以为我怕你，你再碰我一下我就不客气了。"

"不客气你能怎么样，还能打你亲爹吗？"

"你以为我不敢啊？"孙连生抓住孙维正砸过来的马扎子，抓得紧紧的，孙维正想拉回去，孙连生猛一松手，一下子把孙维正晃倒在地上。孙维正没想到儿子会来这一手，没有任何提防，整个脑袋硬邦邦地摔到地上，后脑上立马就起了一个大疙瘩。

这下会场可就热闹了，孙维正起身追孙连生，嘴里大声地骂着王八羔子，孙连生就绕着人群跑，跑一会就站住，斜睨着孙维正，等他近了，就再跑，一直把孙维正累得再也跑不动。满场的人都和看耍猴似的，没有一个人拉架劝架。这种不花钱的大戏，多少年不遇，谁不愿意看呢？

父子俩终于折腾到都累了，孙思良这才站起身，让孙连生离开会场，现场才渐渐平歇下来。

过了不到十分钟，又出现热闹事了。歪把子李仁贤走到主席台前，把桌子上的话筒拿过来，用手使劲地拍了拍："大家伙儿静一静，俺得拉两句。"

"你拉什么拉，歪把子，别找难看。"田沧海上来，他怕李仁贤闹事，往台下轰他。

"田书记，俺就说三句话，多一个字也不说。俺不闹事，你放心。"李仁贤使劲地抓住话筒不放。

"一分钟，有屁快放。"田沧海说，"要是胡说八道小心我扒你的皮。"

"放心，俺不乱说。大家伙儿，俺李仁贤也是一辈子的好人了，也想当个村干部。但俺没钱送礼，又是单门独户，求求大家投俺一票。不为别的，俺就是想当干部了，俺给大家伙磕个头。"李仁贤真的跪下去，磕了三个响头。

李仁贤绰号歪把子，歪把子的名号比他的名字更响。以前上级没有进行枪支管制的时候，李仁贤有一杆土枪，专门用来打兔子。可他打了几十年的兔子，竟然一只兔子也没有打着。一次偶然的机会，一只受伤的兔子钻到白菜垛下面跑不动了，正好被他逮到。心想，这下可好了，以前不是所有人都笑话俺打不着兔子吗，这次俺要让笑话俺的那些人见识见识。李仁贤把自己的布条子裤腰带解下来，一头拴住兔子，一头拴住一捆大白菜，大摇大摆地回家去扛枪。回家后老伴颜四妮见他又拿出土枪，笑话他，说："这么大年纪了，别再出去丢人现眼了。这枪都跟着你丢人，一辈子沾不到一点腥味。"歪把子嘿嘿笑着："这次一定给你打一只兔子回来。"李仁贤兴冲冲地回到白菜垛下面，认真地瞄准，并且瞄了三次，然后扣动土枪的扳机，他似乎要把几十年没有打着兔子的怨气，一股脑儿地对着眼前的这只兔子打过去。当他把枪放下，兔子却又活蹦乱跳地跑了，原来歪把子的枪没有打着兔子，却把拴兔子的腰带打断了。歪把子回到家，一脸沮丧。老婆笑话他:"不是说能打回兔子吗?怎么又没见到兔子的影子?你就是歪把子的命。生了五个丫头片子,还怪别人,俺替你背了几十年黑锅,说到底,全都是因为你那斜枪打歪了。连打兔子都是歪着把子,打人就更瞄不准,丢不丢人啊?"这事被歪把子老婆给邻居们当笑话说了,歪把子的绰号也从此叫了起来。歪把子一气之下,再也不打兔子,并且发誓一辈子不吃兔子肉。

"就你那歪把子样儿,还想当干部。长得歪瓜裂枣的,不值一个卦钱,别想好事了。"柳方鸣的老婆香花不知从哪儿冒出来,站起来说。

"哪个不要脸的说俺不值一个卦钱?放你娘的屁!不会说话回去用麻线把嘴缝上。"歪把子的老婆本就是嘴皮子比较厉害的,听香花说完就骂上了。也难怪,说一个人不值一个卦钱,就把这个人贬到了极其没有质量的程度了。连算卦的都可怜这种人命运不济,不收他算命的钱。

"你这个烂娘们,骂谁呢?"香花也不示弱,一副要拼命的架势。

"这是哪里来的一条野狗?浪秧子浪到这里来了。看俺不撕碎你的嘴。"颜四妮虽然年龄比香花大几岁,但体态远比香花高大许多。她嘴里一边没有好坏地骂着,一边快步冲向香花。

"揍她,揍死她。"在颜四妮旁边的颜姓家族里的人开始起哄。四妮的几个姊妹也纷纷站起身,快步往香花这边聚集。

柳方鸣刚才还在主席台前转来转去,眼看着老婆要和人打架了,赶快跑过来,对着自己的老婆就是一巴掌:"臭娘们儿,这里是你乱放屁的地方?还不快给我滚回家去。"

柳方鸣这是好汉不吃眼前亏,先下手为强。他知道颜家人多势众,真打起来老婆肯定吃亏。再说,现在自己还需要颜家给自己投票,这个时候怎么能因小失大呢?柳方鸣这一招很灵,一巴掌下去,香花就放开嗓子哇哇大哭,然后抹着眼泪转身往家走。颜四妮一肚子的气也没地方撒了,一边嘟囔着,重又坐到自己的马扎上。

人群慢慢趋于安静,不少人开始写票。

孙维下一家在家的选民,只有他们两口子,他却给了老婆鸭子腚四五张票,让她写完后悄悄投到票箱里。鸭子腚心里有些疑惑,不是说一人一票吗,自己的男人怎么会有这么多票?她刚想开口问,看见男人眼里射出的凶光,马上闭上了嘴。可她感觉一直揪揪着心，她不知道多写这几张选票，自己会不会犯法。

直到中午十二点，负责登记的人数了数拿着身份证领取的选票数，只有一千两百多张，全村的选民总数有两千八百人，离市里要求的过半数还有很大的差距。田沧海让颜景观在高音喇叭上喊了好长时间，直到最后确实再也不会有人来了，他才和周全商量，是不是可以计票。周全不敢自己做主，因为选民必须过半数，预选才能有效，这是上级文件明确规定的，所以他请示了党委书记郑之渊，得到肯定答复之后，村里开始计票。

计票是按组进行的。

一二三组，柳方鸣、柳卫党的票非常高，有很多票只有他们两个人。

四五组颜亭好的票最高。

六七八组孙维下和孙思错的票非常高，同样有许多票只有他们两个人。

在所有小组里，都有一部分孙维金的票。

在计票的时候，田沧海看着黑板上一个个数字的变化，气得直骂。而几个村干部，坐得离田沧海远远的，几乎连头都不敢抬。

从计票的情况看，田沧海让村干部们共同拉票的安排，这几个人没有一个听的，他们都在自己家族里只是为自己拉选票。田沧海想起这些干部们骂过的那些毒誓，开口骂道："真他娘的死狗托不上南墙，一群小人。"

直到下午六点多，所有选票都统计完毕，孙维金得票第一，得了六百多票，颜亭好得了五百多票，孙维下、孙思错、柳方鸣、柳卫党都是三百多票，而歪把子李仁贤竟然真的得了四百多票。现任的村干部里面，只有安爱没有当选为正式候选人。统计结果一出来，安爱就哭着离开了会场。

这样的结果，出乎田沧海的预料，如果这些村干部按照自己的安排去操作，应该是孙维金和现任村干部七个人，一起进入正式选举。而得票的多少，更让田沧海陷入担忧。下面的正式选举，到底会出现什么样的结果呢？田沧海忽然感觉到，一切都已经脱离了自己的掌控之外。

孙维金在会场之外，燃起了鞭炮。

周全请示郑之渊："是不是可以公示预选结果了？"

"按得票多少公示吧。"郑之渊听完周全的汇报后，说。

郑之渊好长时间没有放下电话，手机在几个手指间转来转去。这种结局，或许是最好的结局了，花了钱的，请了客的，心安理得。各个方面，无论现任的还是想新挤进去的，都进入了正式候选人名单。那么正式选举的最后争夺，也开始进入了更加白热化的程度。

天渐渐暗了下来，夕阳把天空渲染成一片蔚蓝。这个时候，几乎没有人关心天空是不是晴好，他们只是沉浸在选举所带来的兴奋或者失望之中。拿到最后的预选结果后，预选主持人颜景观端坐到主席台上，即使戴上老花镜他也看不清楚字了。颜景观让人打开忠字礼堂前的电灯泡，借着微弱的光，用浑浊的嗓音宣布："按得票由高到低，同票的按姓名笔画顺序，我现在宣布预选结果：孙维金得667票、颜亭好得568票，李仁贤得469票，柳卫党得396票，孙思错得390票，孙维下得378票，柳方鸣得360票，颜世道得356票，安爱得256票，柳恒稳247票，孙思良220票……柳绪他1票。根据简单多数原则，按得票多少的顺序，确定孙维金、颜亭好、李仁贤、柳卫党、孙思错、孙维下、柳方鸣共七位同志，当选为第九届村委会成员候选人。"

忠字礼堂凸凹的墙上，很快用红纸贴出了仙鹤村第九届村民委员会候选人名单。

仙鹤村第九届村民委员会换届选举公告（第四号）

在预选的基础上，经村民选举委员会认定，仙鹤村第九届村民委员会候选人名单如下（以姓名笔画为序）：孙思错、孙维下、孙维金、李仁贤、柳卫党、柳方鸣、颜亭好。

正式选举定于农历十一月初一在村忠字礼堂前举行，届时请各位选民持选民证，积极参加投票。

仙鹤村村民选举委员会
丁亥年十月二十六日

填写完上报给党委的换届选举候选人推选报告单，田沧海和组织委员周全开始往外走。还没有走到村院门口，田沧海就又返回身，提高嗓门骂了起来，"你们这群狗东西，不要觉得自己进入了候选人名单，就万事大吉了。你们都再想想，那天晚上在酒桌上骂的毒誓，日他娘地骂。自己摸摸自己的心口窝，是不是那样做了。只要没那样做，吃亏的最终是你们自己。我告诉你们，天底下最不要脸的我见过，还真没见过像你们这样，能把自己的脸皮撕下来当裤子使的。要是知道你们这个熊样，我还不如把那顿饭喂狗。从今天开始，我再也不相信你们这一伙子不要脸的东西。你们最好给我提备着点儿，别有事犯到我手里。谁要是惹着我，我会治得你们屙裤子。"

刚刚还沉浸在被选上的喜悦情绪中的几个村干部，被田沧海一骂，竟连屁也不敢放一个。他们知道田沧海在骂什么，也知道自己做错了什么，脸上都紫一块青一块的。这个时候他们也都勤快起来了，帮着一天十块钱工钱为选举服务的村民拾掇着桌子凳子。这些活放在平时，这几人没有一个人会干。

孙维金从村院外面进来，听见田沧海在骂人，便呱唧呱唧地鼓起掌来："田书记，你这话我听着真过瘾，有些人就是欠骂。我今晚在家摆了几桌酒席，跟我去喝点，怎么样，给个面子？"

田沧海见是孙维金，没有做出任何表示，径直走出大院。然后他听见孙维金招呼还在忙活的那些人："老少爷们儿，辛苦一天了，今天我请客，到我家喝酒去。"

孙维金的嗓门如高音喇叭，几乎能让全村的人都能听到。孙维金觉得，身后的树在北风之中，发出动人的声响，如同眼前的这些人，都在回应着他的吆喝声一样。

6

选举后的第二天，孙维下给安爱的男人柳恒檀打电话："恒檀大老爷，把家里的那只小笨鸡杀了，我一会带两瓶好酒过去喝二两。"

"行，来吧，正好俺也馋了。借你的大杠，也好让你大奶奶给俺去买点好吃的。"柳恒檀答应得很干脆。

自从上次烧了孙维下家里的柴火，孙维下又到家里赔礼道歉之后，村里再没有人说孙维下和安爱相好的事，村里人都怕柳恒檀惹出更大的麻烦。安爱一次次对柳恒檀发毒誓，说："俺怎么能和孙维下之间有什么事？他是小辈的，别人说有事你能相信吗？都是那些想俺好事的坏男人，乱嚼舌头，往俺身上泼屎。亏你还是个男人，自己的老婆在外面受气，回来你还没个好脸。"然后对柳恒檀又哭又闹。柳恒檀嘿嘿笑着，说："有那事没那事的，人家把钱都拿过来了，也不吃亏。"这话更把安爱惹急了："你这个狗娘养的，这是把俺往粪堆里推。俺这样不明不白的，还不如喝农药死了算了。俺要跟你拼命。"看着老婆无辜的模样，柳恒檀也开始怀疑自己确实是听信了别人的谣言，冤枉了孙维下。所以再见到孙维下，便有了深深的愧疚。柳恒檀翻来覆去地想，觉得毕竟不同辈分，哪能有这种事呢？孙维下是花了点，但他总不至于花到自己的长辈身上吧。比如这个时候，孙维下来喝酒，肯定是因为安爱落选，特意来安慰安慰她的。维下虑事周全，心肠也好，村里人都公认的。这个时候，他没有和其他人一样看老婆的哈哈笑，不是破鼓乱人捶，多好的人哪，怎么会做那档子事呢？虽然俗话说是无风不起浪，要是说这些话的人真的像老婆说的，就是眼馋自己的老婆，搞不到手就故意胡闹呢？自己可不能再冤枉好人了。柳恒檀不自觉地嘿嘿笑了两声，自己的老婆确实太俊了，四十多岁的人了，看着像是二十七八的小媳妇，腰是腰腚是腚的，床上的活也好。自己可真有福气，竟然找了这样一个好媳妇，这一定是自己祖上几辈子修来的福气。土话说好汉无好妻，赖汉娶花枝，自己不是赖汉，但老婆绝对是花枝。花枝俏，老来少，自己的老婆这两样都占着了。这样想着的时候，柳恒檀的心里快活多了，他感觉老婆给自己家里增添了许多光彩，所以从院子里迈进屋去的脚似乎抬得高了许多："媳妇儿，一会维下会计来，去买几个好菜，俺爷俩喝两盅。"

安爱本来在床上躺着，一直不愿意起来，她觉得自己没脸见人了。但一听说孙维下过来，知道肯定有事，就一骨碌爬起来，到镜子前面认真地梳着头发。

"俺这个样子没法出去买菜，你去吧。"她给自己的男人说。

"都买什么菜？"柳恒檀问。

"猪头下货的，看着买点就行。就你们俩人，也吃不了多少。"安爱说。

柳恒檀前脚出门，孙维下后脚就跟了过来。

"这个时候你来干什么，俺又不是村干部了。"话未出口，安爱眼里的泪就掉了出来。

"就是怕你难过，才来看看你，安慰安慰你。"孙维下伸出胳膊，想抱住安爱，被安爱照着手背打了一巴掌。

"你什么时候有了这份孝心了，是专门来看我的笑话吧？"安爱虽然躲闪，但还是被孙维下抱住,"他买菜一会儿就回来,你先老实一会儿,行吧？"

孙维下看见安爱一直皱着眉头："好心当成驴肝肺。我来可是想看你笑脸的,别耷拉着脸和欠你多少钱似的,再这样我走了。"

"走啊,有本事再去找那个葛小窈！看你再招惹人家,她男人会把你的老二剁下来炒着吃。"安爱依然阴沉着脸。

"你看你看,又说这个。"孙维下被安爱说到了疼处,有些失望地坐到沙发上,"我今天来是给你说正事的。"

"你给俺说什么正事？"安爱想起那个葛小窈,气就不打一处来,"男人没一个好东西。"

柳恒檀买菜回来,见孙维下已经在家里坐着了,打过招呼后,一边用手撕着烧鸡,一边让老婆切切那几个熟肴,然后再炒几个青菜："你说你这个大奶奶,屁大点事就想不开,不干这个计划生育专职主任了,就和丢了魂似的。多大点儿官啊,不干就不干呗,还能吃不上饭吗？"

"大老爷,话可不能这样说。专职主任虽小,也是干部,还可以享受退休待遇。给三里五乡的亲戚邻人说起来,咱大小也是个官啊。在村里混事,各方面都很光面的。我今天也是为这事来的,还是想让她再回村里当专职主任。"孙维下等柳恒檀坐下,温上酒,一起坐在圆桌前。

"你有什么好主意,可以让她再回去啊？"柳恒檀碰了碰孙维下的绿豆茶碗,"你多喝点啊,我酒量不行。"

"回去不是太困难的事,但要稍微一等,要等到村里的选举结束以后。我这样寻思着,不管怎么着,我孙维下总不至于会落选吧,只要有我在村里,大奶奶的事儿就好办。"孙维下浅浅地呡了一口。

"你有百分之百的把握选上吗？再说了,如果选不上支部书记,你说了也不一定算数啊。"

"大老爷,你只要听我的,绝对没问题,这事我敢打包票。"孙维下拍着胸脯说。

"那你说说咱听听。"

"你们柳家是大姓,你家也是大家大户的。但柳方鸣和柳卫党群众威信不行,即使选上了,对你们柳姓人也不一定就好。所以到正式选举的时候,你发动本家本户的，少投他们十票八票，然后只投我一个人十票八票，准行。"

"十票八票能顶什么用？两千多口子人，谁在乎这十票八票的？"柳恒檀问。

"我不需要太多，因为我在预选中的优势还是不小的。你本家本户的只投我，我再有三五个关系好的也这样做，就能拉开更大的距离，这事就成了。不过，话咱可得说好了，只能选我一个，其他人一律不打勾，保准没问题。"

"如果你真的选上，就能让你大奶奶再去当专职主任？"

"咱爷俩儿，谁说话不算数谁是孙子，你一万个放心。即使我当不了支部书记，我也会想法把大奶奶弄到村里，再干那个活。"孙维下骂着誓。

"有你这句话，俺就放心了。那好，当爷爷的敬你一杯酒，干起，滴酒罚三杯。"柳恒檀一饮而尽，不一会儿便尽显酒态。安爱的青菜还没炒完，柳恒檀已经倒在床上呼呼大睡了。

安爱把所有的菜都端上桌，本想陪着孙维下再喝点，却被孙维下拉到另一个房间的大床上，不管冷不冷的，把安爱脱了个精光。

"我可是憋了好多天的劲儿了，你怕不怕我会把你的家伙什儿日肿了？"

"摊出来就是卖的，俺还没听说有怕屌的牝牛。别说那么多废话，老娘等着你吃顿饱饭呢。"

两人你一言我一语，互相挑逗，一直做到大汗淋漓。

"俺就知道你这个没良心的，一定不是为了让俺当村干部才来的，你就想着吃老娘的奶了。"安爱一边骂着孙维下，一边穿着衣服，"滚起来再陪老娘喝二两。"

"你这个臭娘们儿，我再不来你的奶就过期了，腿叉旯里也该发痒了，几天没干就骚得这个样了。我刚才给你男人说正事了，让他给我拉拉票，然后我再想办法把你弄到村里去。"

"你那点坏心眼子谁知不道？把俺弄村里去，还不是为了你自己用着方便。你那些花花肠子忒多了，快把你阴间里的心眼子都用上了。俺还知不道你？"

"你就别在那儿卖骚了，我陪你喝几个还要再去转几家，别忘记了正事。"

"你真的能让俺再回村里去？"安爱有些不放心地问。

"你一百二十个放心，我的那些手段你还知不道？"

"正是因为你手段多,柳恒稳才一直不敢重用你,每次推荐后备干部的时候都不推荐你。"

"他用不用的,最后咋样?还不是灰溜溜地下台了?你记住,一个村里没有支部书记没事,但绝对不能少了能掐会算、能写会说的村会计。柳恒稳这个老奸巨猾的东西,我只是不愿意整他,要想整他,我保准能让他进监狱。"

"那你也会跟着进去的,你们一起做的那些勾当,谁知不道啊。"

"别在这儿瞎扯淡了,我该走了。"孙维下临走的时候,又把安爱的腿里子揉了几下,"他娘的,你这家伙什儿怎么长的,怎么就这么勾男人的魂呢?"

7

三十下午的时候,市公安局防暴大队的李队长把孙维金叫到乡派出所,告诉孙维金:"明天是正式选举了,这是政治事件,绝对不许你胡来。虽然预选的时候你叫来的那些车上,没有查到一件凶器,但让那么多车来助威,已经让上面的领导非常生气了。如果正式选举时再来那么多车,一律吊销驾驶执照。即使在现场不做任何事,我也会从其他方面找他们的毛病,一旦发现任何蛛丝马迹,绝不轻饶。"

"放心领导,我孙维金还是有分寸的人。他们来只是凑热闹,不来我一样能选上。你们朱局长和我是好朋友,今天我做东请你。"

李队长拍了拍孙维金的肩膀:"你只要不给我惹麻烦,就算是请我了。"

"兄弟放心,有你这句话,我的人明天绝对不会出现在仙鹤村。我一条腿已经迈进村委大院了,还用得着那些小把戏吗?"

8

孙维金被派出所叫去训话的事,不到半个小时,就在仙鹤村传得沸沸扬扬。

孙思良挨家挨户地串着门,每家一条将军烟,他一遍遍地说:"给个面子,留下烟,明天投孙维金一票。不留下,没意见,想投谁投谁。"但孙思良走过的每一家,几乎都留下了他送去的烟。不少人心里嘀咕,六十块钱一条,不留白不留,留了也白留,白留谁不留?

9

孙维下、孙思错、柳方鸣、柳卫党几个人,再次聚在上次田沧海请他们吃饭的口口香饭店喝酒,一直喝到八点多。这次喝酒,他们还是共同骂着毒誓。柳方鸣说:"上次田书记安排的事,咱有的人没执行。至于是谁,大家心里都有数,就咱这觉悟,也既往不咎了。但这次正式选举,是刺刀见红的时候了,谁都不能当孙子,更不能出卖老子,要确保不能出现半点闪失。现在咱这一伙人,是一条绳上的蚂蚱,要团结起来,一起对抗孙维金,谁都不能够单打独斗,要坚决把孙维金挤出去。这次,咱还是骂誓,骂的誓都写到纸上,选举前一个小时看一遍。大家觉得怎么样?"柳方鸣俨然把自己当成了村里的领头人、指挥者,这让其他人心里很不舒服。但毕竟办的这事还算正事,几个人便都在纸上写下毒誓,然后交到柳方鸣手里,让他查验。

"好,好着呢。选举前我再发给各位爷们儿,我暂且保管。"柳方鸣脑子非常清醒,不像是喝了六七两白酒的样子。

几个人喝完酒出来的时候,已是十一点多了。柳方鸣抬头看了看路灯,感觉不是太亮,便骂道:"他奶奶的,这是谁安的路灯?还不如抬魂的灯亮呢。全给我砸了,咱重新安。"

"这路也不行,坑坑洼洼的。也忒窄,还不如一条千条腿呢。咱再加宽它三十米,弄得和长安街一样宽,愿意在上面行车行船的,干么都行,操女人咱也不管。哈哈。"柳卫党附和着。

孙维下小声地骂:"两条疯狗,真他娘的知不道天高地厚。钱呢?你娘生啊?"

所有的骂声,瞬间都消失在浓重的夜色中间。

葭 月

1

　　仙鹤村的正式选举按照原来的时间安排，定在了十一月初一，地点仍然在忠字礼堂前。

　　柳恒稳没有进入村委班子的正式选举，乡党委副书记袁成华也就无所谓亲属回避。党委书记郑之渊便让副书记袁成华带队，到仙鹤村亲自指挥正式选举。对这个差使，袁成华并不想接手，因为他了解仙鹤村，虽然有比较好的群众基础，但折腾了大半年，人心散了，组织乱了，班子内部更是钩心斗角。而预选时发生的事情，更让袁成华感觉整个选举的不可控制。但既然党委书记交代了，袁成华作为副书记，分管组织工作，他不可能拒绝，也不敢拒绝。

　　袁成华早早地来到村里，坐在办公室里，仔细思考着选举的各个细节。

　　有淡淡的雾，如细雨，让人感觉一阵阵的寒气袭来，即便是两千瓦的电暖器，吹出的暖风瞬间消失，似乎没有一丝暖意。袁成华把机关干部和村里的干部集合起来，开了一个短会，要求每个人都要瞪大了眼睛，不能出任何纰漏。派出所里的干警，全部集合起来，总共有二十多人，都在村里待命。可即使这样，袁成华仍然感觉心里没底。一切似乎都按部就班，该集合的集合，该闹笑话的闹笑话。但袁成华感觉到，在平静之下似乎有一种不可控制的暗流，慢慢地聚集，升腾，最后形成一个巨大的漩涡，不知会流到何方。袁成华清楚地感觉到心里慢慢涌起巨大的恐惧，他不知道今天究竟会发生什么事。他悄悄地走到一边，给柳恒稳打了一个电话："哥，你在哪？今天没事吧？你绝对不能给我添麻烦，正式选举是我总负责。"

　　电话的另一端，柳恒稳长时间没有说话。好久之后，柳恒稳终于长出一口气："你何苦要蹚这摊浑水呢？"

"我也是奉命行事。公家的人,只能做公家的事,没办法。"袁成华口气里明显带着示弱的情绪。袁成华知道自己的舅子哥在仙鹤村到底有多大的影响力,他可以做不成事,却有足够的能力阻挡一些事,让任何人做不成事。

"公家的人,就按公家的规矩办。我只想提醒你,今天无论选举中有没有漏洞,注定都是一次无用功。"柳恒稳口气坚决地说。

"怎么会呢?所有的程序都按政策要求来办,让任何人挑不出任何毛病。怎么会是无用功?"袁成华本想打听清楚,柳恒稳所说的无用功到底是什么意思,却听到了电话被挂断的嘟嘟声。

袁成华感觉到,自己不知如何应对仙鹤村的这些普通百姓。甚至自己的舅子哥,都把他当成了外人,不给他说一句实话。那么今天的选举,会是一种什么样的结果呢?他把田沧海叫到自己跟前:"田书记,咱丑话说到前头,选举虽然是我总负责,但村是你管的村,事也是你办的事,所谓属地管理,凡事你都要想仔细喽,不能出任何差错。如果出了这样那样的问题,党委追究我的责任,我首先要让你说个过来过去。"

"袁书记,你可别吓唬我,我可担不起这个责任。郑书记让你负责,我就百分之二百地听你的,你说什么我做什么,你不说我做了就是越权。"田沧海知道袁成华是个老滑头,是想推卸责任,所以故意这样说。但田沧海明白,无论什么人是总指挥,如果选举出了问题,他这个管理区书记都是逃脱不了干系的,党委在每次会议上都强调,管理区书记是换届选举的第一责任人。

为确保今天正式选举的预期效果,田沧海这几天又在私下里做了不少工作。田沧海让柳方鸣出面,把几个班子成员约到一起吃饭喝酒,再次骂了毒誓。不管有没有用处,田沧海觉得这应该是对稳定现在的班子成员,让这些人在正式选举中过半数有所帮助。这也是无奈之举,他不想看着一个好端端的村,就这样在自己的任上烂下去。

到了原定的选举集合时间,田沧海问:"袁书记,你是不是也到现场去?"

袁成华考虑再三,说:"我还是不去了吧,不能因为我的出现,影响了整个选举。周全一定要全程靠上,有事及时沟通汇报。我留在村里吧,统筹各方面的情况。"

袁成华特意叮嘱派出所所长朱向前:"你的手机要拿在手里,连口袋里都不能放，保持联络畅通。要尽全力保证选举的正常秩序，不受任何外来因素的干扰，在重要路口安排的联防队员，要加强联系，提高警惕，不能处置的突发事件，及时对上汇报。"

因为预选时出现的情况，朱向前不敢有丝毫怠慢："放心吧袁书记，所有事我都已经安排好了。教导员今天特意穿了便服，就跟在你身旁，有事及时处置。我还特意给市防暴大队联系好，需要他们出警时绝对做到快速行动。李大队拍着胸脯给我说，今天绝对不会出任何差错。"

袁成华把孙维金、柳方鸣、孙维下以及其他的候选人，都集中到了村大院的会议室，在那儿喝茶打牌，谁都不能出村大院，谁都不许到选举现场，有人去厕所也要有管理区的公务员陪着，一起去一起回。袁成华还让田沧海把这几个人的手机都收起来，然后放到了自己桑塔纳轿车的后备厢里，目的就是不让这几个村干部与外界有任何联络，等到所有选民都投完票以后，他们才能再写票投票。几个人一听要把他们集中，一个个大眼瞪小眼，全都傻了。

"要是乱了套怎么办？"柳方鸣问。

"天塌不下来。"袁成华训斥了柳方鸣一句，几个人也便再不说话，开始吆喝着打够级。但摸牌出牌，似乎都有些心不在焉。

"奶奶的，这手真臭。"孙维下说。

"你昨晚肯定又摸娘们儿啦。"柳卫党说。

"摸了娘们儿手应该香才对。"柳方鸣说。

到八点钟的时候，村民们陆续到了忠字礼堂前，按照上次预选时的要求，坐到了自己小组所处的等待区域。

选民们都坐在自己带来的座位上，说着家长里短。货郎九扛着一条长凳过来，长凳只有三条腿，一下子吸引了众人的眼光。

"货郎九，你那三条腿的凳子是给两条腿的蛤蟆坐的吧？"歪把子李仁贤喜欢给货郎九开玩笑，他老远就喊。

货郎九也不答话，笑嘻嘻地走到歪把子跟前："老歪，你和这条凳子是亲兄弟，都姓歪。来，你坐吧。"

歪把子对着货郎九的屁股抬起腿，但脚并没有落下去："狗东西，你还算计我呢。"

货郎九条件反射似的闪了闪身子："你抬腿干吗？你平时尿尿这样，坐板凳也这样啊？"

"你真是狗嘴里吐不出象牙。你少在这儿放屁，说点好听的，用你的狗嘴说一段？"歪把子坐到自己的小凳子上，说，"报个菜名怎么样。"

货郎九是仙鹤乡唯一一个至今还在走街串巷的货郎，小推车修修补补几十年，仍然能装满一车子的杂货，吱嘎作响地行走在仙鹤乡的大街小巷。

"咱今天不报满汉全席了，就报仙鹤乡现在种的菜吧。"货郎九拿出随身带着的快板，几个脆响之后开了腔："货郎九，实在好，针头线脑咱不表；货郎九，真可爱，说说仙鹤的好青菜。黄瓜辣椒西红柿，红白萝卜大白菜；地蛋洋葱和山药，蔓茎长得像员外；冬瓜南瓜西葫芦，丝瓜苦瓜黄花菜；菜花豆角和芦笋，吊瓜长到墙外边；鲜藕生姜和大蒜，芹菜蘑菇豆芽菜；什么东西最壮阳，数来数去是韭菜。说韭菜道韭菜，男人喜来女人爱，天天吃来可壮阳，年年吃来跑得快。说完青菜歇一歇，再说俺的五香面……"

"散了吧，别说你的五香面了，说说咱的村干部吧。"不知谁喊了一句。

"咱的干部真正好，好得像个大驴屌；抽筋扒皮坑群众，互相拆台窝里咬；披着人皮没人样，黑血黑脸黑心肠；坑蒙拐骗样样好，就是本事太了了……"

"行了行了，别在这儿瞎扯了。"田沧海见所有工作人员都已经到位，上前来制止了货郎九。然后，摸起电话请示袁成华是不是可以开始了。袁成华说了句按原计划进行，仙鹤村第九届村民委员会的正式选举，便在一阵鞭炮声中，隆重拉开了帷幕。

各位选民：

我叫颜景观，是本村第五村民小组村民。依照《中华人民共和国村民委员会组织法》《山东省实施〈中华人民共和国村民委员会组织法〉办法》《山东省村民委员会选举办法》和阳山市仙鹤乡第九届村委会换届选举工作实施方案的规定，今天举行正式选举大会，投票选举我村第九届村民委员会主任、副主任和委员。我受村民选举委员会的委托，主持今天的选举大会。

现在准备开会，首先，请工作人员清点参加会议的人数，包括在中心会场的人数、委托投票的人数和在流动票箱参加投票的人数。

各位选民，现在我向大家报告参加选举大会的人数。全村共登记选民

2989人。根据工作人员现场清点后报告,今天实到选民1644人,委托投票520人,合计参加本次选举大会投票的共计2164人,超过本村选民的半数,符合法律规定,可以开会。

现在我宣布,仙鹤村第九届村民委员会换届选举大会正式开始。

大会进行第一项:请全体起立,奏《中华人民共和国国歌》。(奏国歌)请坐下。

大会进行第二项:宣布会场纪律和注意事项。

1. 与会选民要服从选举大会工作人员的统一指挥,在指定地点就座;

2. 与会选民应注意维护好会场秩序,不要说话,不要在场内来回走动,不要提前退出会场;

3. 选民在领取选票时,要以村民小组为单位按顺序、凭选民证或委托投票证领取;填写选票时,要按每次一人的原则依次进入秘密写票处写票;投票时,选民要将自己的选票亲自投入票箱;

4. 候选人不得参与选举大会组织工作,不得接受委托投票,不得为其他选民代写和代投选票;

5. 任何组织和个人不得追查选民投票情况,不得改变选举结果,不得以威胁、贿赂、拉帮结派、伪造选票等不正当手段干扰选举;

6. 选民对选举程序或选举结果有异议的,可以向乡镇人民政府或者市民政局提出书面申诉,对其处理决定不服的,还可以向上一级民政部门提出书面申诉;

7. 严禁在选举中使用暴力、威胁、欺骗等手段扰乱会场秩序,情节轻者给予批评教育;情节严重的给予处罚;构成犯罪的,追究刑事责任。

大会进行第三项:向大家报告本村选民登记和村委会成员候选人的产生情况。

1. 关于本村进行选民登记的情况。按照《山东省村民委员会选举办法》第三章的规定,本村的选民登记工作于9月25日开始,到10月5日结束。年满18周岁、户籍在本村、符合选民登记条件的村民共有2989人,实际登记选民2989人,于10月6日张榜公布,在公布选民名单后无人对名单提出异议。

2. 关于村委会成员候选人的产生情况。本次村委会选举，共设主任1人，副主任2人，委员3人。按照直接、差额、无记名的原则，经10月26日召开村民会议，由选民直接提名，按照得票多少的顺序，最后确定本届村委会成员候选人共7人。现在，我再次宣布候选人名单，孙维金、颜亭好、李仁贤、柳卫党、孙思错、孙维下、柳方鸣。

大会进行第四项：推选监票人、计票人和唱票人。

我村本次选举大会，需要由相应的工作人员为选举大会服务，村民选举委员会经过广泛征求选民和村民代表意见，进行民主协商，推荐柳方实、孙维真两位同志为监票人，推荐颜世诚、孙连信、柳绪亮同志为唱票人，推荐颜廷公、孙思平、柳召明同志为计票人，推荐颜世道同志为总监票人，推荐颜丙师同志为总计票人。

大家有什么意见请发表。如果没有人发表意见，下面进行举手表决，同意以上人员为总监票人、总计票人、监票人、计票人和唱票人的请举手……请放下；不同意的请举手……没有；弃权的请举手……没有。好，一致通过。

下面，请总监票人、监票人、计票人、唱票人入座。请村民选举委员会为他们颁发工作证。

大会进行第五项：介绍选举形式并通过选举办法。

各位选民，《山东省村民委员会选举办法》第五章第十五条规定："选举时，可以在村民委员会成员候选人中一次投票选举出村民委员会主任、副主任和委员；也可以先选举出村民委员会成员，再由选民从其中选举主任、副主任。""村民委员会成员的选举形式，由村民选举委员会从前款规定的两种形式中确定一种。"

经村民选举委员会讨论决定，我们村今天的正式选举，采用一次投票选举的办法，选举村委会主任、副主任和委员。

大会中心会场设固定票箱8个，不设流动票箱。

下面，我宣布仙鹤村第九届村民委员会换届选举办法。

第一条 根据《中华人民共和国村民委员会组织法》《山东省〈实施中华人民共和国村民委员会组织法〉办法》和《山东省村民委员会选举办

法》，制定本办法。

第二条　村民委员会换届选举工作，在乡镇换届选举领导小组和村党支部的领导下，由村民选举委员会组织进行。

第三条　村民委员会成员实行差额选举。

第四条　村民委员会成员由6人组成。

第五条　村民委员会主任、副主任和委员，由选民直接选举产生。

第六条　选举村民委员会成员时，必须召开选举大会，有二分之一以上选民参加投票有效。选举大会由村选举委员会主持召开。

第七条　选举大会要当场推选总监票人、监票人、计票人、唱票人，负责核对投票人数、分发选票、计票。选举时，设立秘密写票处。

第八条　选举采取无记名投票的办法。选民对于确定的候选人可以投同意票，可以投不同意票，可以弃权，也可以另选他人。

对因故不能参加选举大会投票的选民，经选举委员会同意，可以委托其他选民代为投票；选民是文盲或残疾等不能画写选票的，可以委托除候选人以外的选民代写。代写和代投票的选民不得违背委托人的意志。每一位选民接受的委托不得超过三人。

第九条　选举所投的票数，等于或少于投票人数的，选举有效；多于投票人数的，选举无效。每一张选票所选人数等于或少于应选人数的选票有效；多于应选人数的选票作废；选票如因涂改、画写不清无法辨认的视为废票。废票计入选票总数。

第十条　投票结束后，由总监票人、计票人将所有票箱当众开箱，公开唱票和计票，当场公布选举结果，由总监票人进行记录、签字，村民选举委员会负责封存选票。

第十一条　计票方法：第一步，分别计票。即对每一位候选人分别计算其得主任票、副主任票和委员票的票数。第二步，"累计相加、过半当选委员"。即将每一位候选人所得的主任票、副主任票和委员票相加，累计计算出其得票总数，票数过半数者当选为村委会委员。如果获得过半数选票的候选人的人数超过了应选人数，以得票多的当选。第三步，"简单多数"确定主任。即在已当选的委员中，以得主任票多者当选为村委会主任。第四步,"上票下加、多者当选"确定副主任。即在计算副主任候选人的得票时,应当将其所得的主任票合并计算到副主任票中,由得票多者当选为副主任。剩下的是委员。如果获得同意票相等不能确定当选人时,应当就得同意票相等的候选人重新投票,以得票多的当选。

当选人数达到三人,但是仍不足应选人数时,不足的名额可以暂缺。

当选人数不足三人时,按得票多少的顺序补至三人,暂时履行村委会职责,但应当在六个月内另行选举。另行选举时,原当选的村委会成员资格有效。

同意以上选举办法的请举手……请放下;不同意的请举手……没有;弃权的请举手……没有。好,一致通过。

大会进行第六项:检查、密封票箱。

请监票人、计票人当众开箱检查票箱。请监票人、计票人封闭活动门,并贴上密封标签。

大会进行第七项:请监票人、计票人清点选票。

下面,请总监票人、监票人、计票人当众开启选票密封袋,清点选票数量。

(总监票人颜世道上台对着自己的父亲说:报告主持人,经清点,共有选票3000张。)

现在报告选票清点情况。本次选举中使用的选票,由村民选举委员会统一印刷后封存。现在开封清点的结果,共有选票3000张,超过本村登记选民数量。

大会进行第八项:讲解选票的填写方法。本次选举的候选人印在同一张选票上,每一位候选人姓名后面设置三个空格,分别为主任、副主任和委员三项职务。

大会进行第九项:分发选票。请工作人员抓紧时间到位,请监票人到主席台前领取选票,并分发选票。请总监票人、监票人、计票人报告选票发放情况。

(总监票人颜世道再次上台:报告主持人,原有选票3000张,实发选票2164张,剩余选票836张。)

大会进行第十项：秘密写票、投票。

首先，请大会主持人、村民选举委员会成员、监票人、计票人和唱票人秘密写票、投票……下面，请各位选民按照工作人员的安排，按顺序到秘密写票处写票，选票写完后，将选票投入票箱内，投票后请回原处。

一切似乎都进行得波澜不惊，严格按照上级给定的程序进行着。田沧海忽然感觉，这种平静有些不正常，即使人群中发出的喧嚣，似乎也都夹杂了小心翼翼的味道。几个正式候选人都不在选举现场，选民们不知出了什么事，一个个噤若寒蝉，猜测着干部们去了哪里。田沧海开始佩服起袁成华的高明手段，领导就是领导，水平就是不一般。但田沧海弄不明白的是，以前成天为那几位候选人拉选票的人跑哪儿去了呢？怎么也没有了动静？比如孙维金的那些手下，一个个都老实得像听话的猫，在自己的小组与家人坐在一起，虽然眼睛一直在四处张望，却没有了预选时的不安和躁动。田沧海有些搞不懂了，自己虽然让柳方鸣把几个村干部叫到一起吃了饭，让这些人拉起手一起跑票，但依他们的性格，他们不会没有任何动作的。那么，到底是什么，让这些人在忽然之间，没有了竞争的热情呢？

等选票全部发到选民手中的时候，柳恒稳突然出现在选举现场。

柳恒稳目不斜视，走到村民小组长面前，要了一张票，然后走到主席台前："老少爷们儿，我柳恒稳干了多年的支部书记，这次我已经退出了选举。但我想说几句贴心的话，请老少爷们儿考虑清楚。仙鹤村是一个大村，需要一个强有力的干部统起来，以前我做得不好，所以自己没脸干下去了，我觉得自己很对不起各位老少爷们儿。"

下面开始有人嘀咕："这老狐狸到底想干什么，他葫芦里卖的什么药？"

"但这次选举，大家一定要睁大眼睛，选出自己放心的干部。如果大家问我个人、我的家人这次会选谁，我可以明确地告诉大家，柳方鸣、孙维下、柳卫党、孙思错，因为他们都是我提拔起来的，并且在我工作期间，和我配合得非常好，私人感情也很铁。我也希望大家选他们一票，绝对不能因为我柳恒稳失势了，不行了，做了对不起大家伙儿的事，就把怨气撒到他们身上。如果大家不相信，我的票现在已经写好，大家可以随便看看。"

柳恒稳举着票，给他遇到的每个村民看："大家看仔细，我柳恒稳就写了

刚才说的那几位干部。"没有等颜景观宣布开始投票,柳恒稳就把票投到了票箱里。

"这个狗日的,来砸我弟弟的饭碗哪。"孙维下的哥哥孙维上脸色铁青,他想站起来,却被他的老婆死死地拉住,"这个老狐狸,自己臭了还要把别人身上弄骚。"

"你弟弟当会计给了你什么好处?选上选不上跟咱有啥关系?"孙维上的老婆低声说。

"还是咱老书记觉悟高,选了俺家方鸣,还替他向其他人拉票,真是天底下最好的大好人。"柳方鸣的老婆香花对旁边的人说,"俺家方鸣没有白跟着他干。"

孙维金的那些帮手,一个个面无表情,低垂着头,似乎柳恒稳的出现,与他们自己、与整个选举,没有丝毫关联。

就在人们还处在疑虑之中的时候,又来了一个人,九指老太。她颤巍巍的身影一出现在选举现场,人们就开始骚动起来。不少人开始嘀咕:"这又是唱的哪出戏啊?"

九指老太左手拄着拐杖,右手提着一个方便袋,里面装着花花绿绿的东西。颜世道见她过来,连忙迎上去,想把塑料袋接过来帮着她提,被九指老太推了一下,"俺谁也不用。"九指老太嘴巴一张一合,显出极大的气愤。她双腮下陷,嘴里的牙几乎掉光了,说出的话让人感觉四处漏风:"俺把这些东西拿过来,让大家伙儿瞧瞧,瞧瞧,这都是些什么啊?现在的人到底怎么了?给俺拿去了这些乱七八糟的东西,俺要这些干什么啊?不就是想让俺投你们一票吗?初级社高级社的时候,哪像现在这个样子,大队书记还选什么选?哪件事不都是上级说了算?俺一个快入土的人了,还给俺送礼让俺选你们,俺一个老太婆,能顶啥事?让俺跟着受这种罪干吗?把俺的票给俺,俺撕了它,谁也不选。看你们能把俺一个老太婆怎么样。"

颜世道把一张票递到九指老太的手里。

九指老太把塑料袋里的东西,一下子倒在主席台前的桌子上,有烟,有洗衣粉,有床单,还有五十块钱。

九指老太用拐杖戳着地面,说:"谁的东西谁拿走,别折腾俺这个老太婆。

吃了人家嘴短，拿了人家手软，俺不想折阳寿，还想多活几年。这张啥票，大家伙看清楚了啊，俺撕了。撕了还不行，给俺拿火来，俺要烧了它。"

"烧就不用了，只要撕了就行了。"颜景观走到九指老太跟前，把她扶到椅子上坐下，"你老人家不要生气，我去给你倒杯水，歇会儿再回去。"

"我不回去，我要看看这些黄鼠狼，到底能不能成精。"九指老太把手里的拐杖，又使劲地往地上戳了一下。

"走吧婶子，你老人家这么一大把年纪了，就不要管这些闲事了。"柳恒稳走上前来，扶起九指老太，和她一起慢慢往回走。

选举现场渐渐平歇下来，到处是借笔的人，写票的人，说着这样那样的笑话。投票时也完全按照工作人员的引领，按顺序一个小组一个小组地投。大尿㞗（方言念suī）将投票的时候，趁别人不注意，偷偷拿了一盒九指老太倒在主席台上的烟。大尿㞗姓柳，叫柳如水，街坊们叫他大尿㞗，是因为他有个谁也比不了的绝活，一顿饭可以喝一脸盆子糊涂。生产队的时候，别人拿碗抢糊涂喝，他却要拿脸盆抢。更绝的是，无论大尿㞗喝多少糊涂或水，都可以一天不撒尿，但只要是撒，就要撒二十分钟以上，用他自己的话说，自己一泡尿能浇二亩好地。也正是因为这个缘故，大尿㞗从来不在外面撒尿，或者回到自己家里的茅房，或者直接去自家自留地、责任田里，站在地的这头，一泡尿尿下去，几乎能看到地的那头在泛白光。大尿㞗有句话，叫瞎啥也别瞎尿。

"大尿㞗，你怎么偷人家的烟呢？"柳方鸣看见大尿㞗拿了桌上的烟，一咋呼，弄得大尿㞗很不好意思。他一边嘿嘿笑着，一边把烟重又掏出来拆开，给周围的人每人发了一根，然后把剩下的快速地放进自己的口袋。

村干部们进场，由组织委员周全亲自领着，每人从颜景观手中接过一张选票，按次序投完票后，又被周全带回了村大院。

村民们有些奇怪，似乎看耍猴一般，屏住了呼吸。这些家伙，啥时候变得如此听话了？像着了魔一样，没有一点脾气。或者像前些年那些在村里劳动改造的右派一样，太听话了。村民们开始嘀咕起来："这一档子准是犯事了，要不，不会这么老实。"

颜景观台上说道："大会进行第十一项：销毁剩余选票。各位选民，我村本次共印刷选票3000张，实际发出选票2166张，剩余选票834张。为严格选举程序,现在由总监票人将剩余选票当众销毁。"

颜世道将剩余选票,放入早已经准备好的空纸箱内,倒上汽油,然后站起身,点上一支烟猛抽了几口,把烟头扔到纸箱上。火苗"噗"的一声,蹿了老高。现场弥漫起烟熏的味道,这让颜世道想起了谁家出殡时草纸烧过的味道。

颜景观继续:"大会进行第十二项:集中票箱、开箱验票,宣布收回选票情况。请总监票人、监票人、计票人和唱票人集中票箱,开箱验票,清点选票,报告投票结果。请总监票人上台报告收回选票情况。"

颜世道在等各个小组清点完选票以后,走上主席台:"各位选民,今天实际参加投票选举的选民有2166人,实发选票2166张,收回选票2165张,收回的选票数量少于发出的选票数量,本次选举有效。"

颜景观继续主持选举大会,大会进行第十三项:进行唱票、计票。现在宣布计票方法:第一步,分别计票。即对每一位候选人分别计算其得主任票、副主任票和委员票的票数。第二步,"累计相加、过半当选委员"。即将每一位候选人所得的主任票、副主任票和委员票相加,累计计算出其得票总数,确定其是否过半数并当选为村委会委员。如果获得过半数选票的候选人的人数超过了应选人数,以得票多的当选。第三步,"简单多数"确定主任。即在已当选的委员中,以得主任票多者当选为村委会主任。第四步,"上票下加、多者当选"确定副主任。即在计算副主任候选人的得票时,应当将其所得的主任票合并计算到副主任票中,由票多者当选为副主任。剩下的是委员。下面开始唱票、计票,欢迎选民观看。

选举到了最艰苦细致的计票阶段。这个时候,开始有许多人围着看了,尤其是那些有家人参加选举的,更是一刻也不敢离开,生怕画票的人不小心少画一票。

天色渐渐暗下来,从早晨开始一直弥漫着的轻雾,不知何时慢慢消散了。刺骨的风由小渐大,时强时弱,将忠字礼堂前几棵寥落的杨树吹得更显孤单凄冷。有的人开始坚持不住,不少人回到家烧了碗姜汤喝了,套上件棉衣,再蜷缩着脖子回到忠字礼堂。有人见天色渐渐昏暗,又不知道计票还要多久才能结束,便回家拿了手电筒,准备熬夜了。颜景观让工作人员,把礼堂里的电灯换上了一盏五百瓦的灯泡,并且又在主席台前多挂了一盏,礼堂便在瞬间,亮如白昼。

到晚上七点多的时候，所有计票全部结束。袁成华到了忠字礼堂后，田沧海便把最后的统计结果交到他手里。

"这个结果要给郑书记汇报一下。"袁成华看着手里的计票结果，感觉到心里发紧，仙鹤村将从此陷入更大的混乱。袁成华心里非常清楚，无论正式选举是一种怎样的结果，任何人都无权改变，给郑之渊汇报也只是一种程序，也只是让郑之渊心里早作打算，及时考虑和安排选举结束后的善后处理。

"我知道了。"郑之渊听完袁成华的电话汇报后，只说了这几个字，便再也没有了下文。

"老颜，宣布最后结果吧。"袁成华给颜景观说。

颜景观仍然精神抖擞地走上主席台，清了清嗓子，对着下面昏暗中或站或坐的一二百口子人，说："各位选民，我现在宣布仙鹤村第九届村民委员会正式选举投票结果：孙维金同志得票1191张，其中主任票621张，副主任票181张、委员票389张；颜亭好同志得票1103张，其中主任票511张，副主任票293张、委员票299张；柳卫党同志得票1048张，其中主任票582张，副主任票201张、委员票301张；孙维下同志得票1082张，其中主任票560张，副主任票301张，委员票221张；孙思错同志得票1001张，其中主任票540张，副主任票201张、委员票260张；柳方鸣同志得票996张，其中主任票460张，副主任票280张，委员票256张；李仁贤同志得票960张，其中主任票401张，副主任票270张，委员票289张。其他还有一些有票的人选，柳恒稳200票，九指老太19票，苗小狗1张……过半数的是孙维金、颜亭好、柳卫党三位同志。"

"苗小狗是谁？怎么又出现了个苗小狗？"孙维金问孙思良。

"嗨，颜九家的倒插门女婿。街坊们都知道他的小名叫狗蛋，姓苗，不知道大号叫什么。选民登记的时候，村里人就给他起了这样一个名字，上届就有他的选民登记。这苗小狗的名字好着呢，总比苗老蛋强。"

"他怎么还会有一票？"孙维金问。

孙思良嘿嘿笑过："我写的，操着玩呗。"

田沧海把最后的统计结果报告给袁成华，问："选举结果是不是也要接着公告？"

"当然要公告。"袁成华感觉田沧海的请示多此一举。

"还好,刚好有三个人过半数,否则就更麻烦了。"田沧海说:"村里的这些东西不听话,只要按我的要求去做,肯定都能过半数的。可这一档子就是钻头不顾腚的,死狗托不上南墙。"

"现在更麻烦。"袁成华长叹一口气,"公告抓紧时间上墙吧。"

"怎么会更麻烦?"田沧海问,袁成华没有回答。

"他娘的,选举不公平。这事还没完,我绝对让你们安生不了,我明天就去上访。"柳方鸣站到桌子上喊。

田沧海看见柳方鸣这个样子,想上前把他拉下来,被袁成华拉住:"走吧,选举已经结束。"

几分钟后,一份正式的选举公告,贴在了忠字礼堂的土墙上。

仙鹤村民委员会第九届换届选举村民选举委员会公告

(第五号)

按照《山东省村民委员会选举办法》的规定,经本村选民投票选举,下列同志当选为本村第九届村民委员会主任、副主任、委员:

主任:孙维金

副主任:颜亭好

委员:柳卫党

仙鹤村民委员会第九届换届选举村民选举委员会

丁亥年十一月初一

2

市委组织部分管选举工作的副部长程远达和民政局局长夏虎,第二天一大早来到乡里的时候,党委书记郑之渊也刚刚到办公室坐下。看见他们俩进来,郑之渊随即起身让座寒暄,脸上却没有一丝笑容。郑之渊知道,他们肯定是为了仙鹤村选举的事来的,他心里也正为这事烦着呢。郑之渊让办公室通知袁成华到他的办公室。

"郑书记,我们今天来,就是想了解一下仙鹤村选举的真实情况和党委的意图。仙鹤村是阳山市最大的村,四千多号人,光选民就近三千人,处理起来稍有不慎，就可能引发不稳定因素。现在已近年底，县市级换届马上开始，这个时候给市委惹了麻烦，我们谁都无法向市委交代。从昨天选举结束到现在，先后有三十多个电话打到市委，打到组织部，市委彭子丰书记也接到了电话，这事非同小可，不容小视。所以我和夏局长来，就是商量一下这个事怎么处理，让各方面都能接受，都能过得去。"程远达从手提包里拿出一个笔记本，"任部长今天一大早把我叫到他的宿舍，提了三点要求：一是要摸准实情，有一是一，有二是二，实事求是地给市委写个书面报告；二是充分尊重党委意见，力求换届有一个各方面都能接受的结局，并且绝对不违反上级的各项规定和选举程序；三是严防出现上访或者集体上访事件，换届期间的上访事件，就是政治事件，要有这个觉悟。任部长说这也是彭书记的意见，让我们抓好落实，绝对不能出纰漏。"

"那些电话都有记录吗？比如谁打的，反映的什么问题？"郑之渊问。

"我让组织部办公室复印了一份，你看一下。"程远达把夹在记录本中间的一页纸，递给郑之渊。

郑之渊看完，说："柳方鸣、孙维下都是原来的村干部，这次落选肯定是不满意，打电话或者上访都不可避免。他们的想法很简单，就是要推翻这次选举结果，村班子维持原有的状况，他们是想保住原来的位子啊。至于其他几个打电话的，都与选举没有太直接的关系，我估计应该受命于哪个人，目的是制造一种混乱，引起领导的关注。昨天晚上，仙鹤村又出现小字报了，火力都集中在现在当选的干部身上。这种小字报，在别的村好多年都没有出现过了，而仙鹤村经常出现，这是沿袭了这个村子以前的传统，是政治斗争惯用的手法。"

"不过，从这几个人电话中反映的内容看，比如孙维下说自己的家属，在预选的时候一个人写了四张票，这说明从预选环节就已经出问题了。柳方鸣反映有人贿选，说九指老太提着的那些东西，选民都看见了，证据是非常充分的。有些不好认证的东西，我们可以用查无实据给市委汇报，但这些洗衣粉、烟之类的，都已经具体到人到事。如果做不通举报人的工作，死咬住不放的话，仙鹤村的选举就只能推倒重来。"程远达说。

"推倒重来不是不可以，问题是面临市里的换届，时间不允许了。如果我们接着进行第二次选举，会造成村子更大的混乱，更有可能出乱子。再说，推倒现在的选举结果,已经选上的这几个人,是不是就完全同意呢?如果他们也上访告状,摁下葫芦起来瓢,这事就会越弄越大,局面就更不好控制了。"郑之渊面露愁容,说。

"其实最好的办法,是让选上的村干部在组成村委会的时候,把没有选上的现任干部,都在村里安排一个适当的职务。人数虽然多点,但可以有效地化解矛盾。"民政局局长夏虎说。

"这些人尿不到一个壶里去,十个人得有二百个心眼子,谁也没有这个能耐,把这些人聚到一起共事。"袁成华看了一眼郑之渊,说。话刚一出口,袁成华就后悔了,这话会不会让郑之渊听起来,有点替自己的舅子哥说话的意思呢?

"再说了,职数多了,村里的老百姓是不是愿意?总有一部分人唯恐天下不乱,会提出来原来设定了六个职位,怎么出现了那么多的干部?老百姓会说我们没真事。"袁成华接着说。

"我看这样,不如先做做这几个人的工作,最好能维持选举结果不变。乡里在仙鹤村的选举上,前前后后费了好多劲儿,大部分的机关干部也参与到选举的具体工作中,如果全盘推翻,不好向老百姓交代,对机关干部也不好交代。如果真的做不下上访人的工作,我们再想下一步的对策。"郑之渊征求程远达的意见,说。

程远达点了点头,说:"这样也行。但这事要快,不能拖,一拖就有可能出大问题。这些人现在把电话打到市里,打到组织部,我们还可以控制。如果我们没有动静,没有具体的处理意见,他们会不会打到省里,都不好说。"

"这件事袁书记你还是要全权负责。马上联系这几个人,马上和柳方鸣、孙维下他们见面,把各种利害关系都说清楚,让他们掂量掂量。他们毕竟在村里工作多年,从本意上是想继续干,也不见得非得要把事情闹大,否则对他们也没有好处。"郑之渊接着给袁成华安排。

"行,我马上去。我叫上牛主席,再加上管理区的田书记吧。我们先谈谈试试。"袁成华站起身,"柳方鸣我觉得问题不大,可孙维下这家伙,什么心眼子都有,不知道能不能谈下来。"

"谈不下来好弄他,查他的财务账。我就不信,他干了几十年的村会计,账面上就那么一清二楚。"郑之渊接着说。

袁成华心里咯噔一响，他想起自己的舅子哥柳恒稳，早就成了财务账的牺牲品，弄得里外不是人，现在郑之渊又用同样的手段。

袁成华让办公室打电话给孙维下和柳方鸣，让他们马上到他的办公室。这两个人来得很快，不到半个小时就坐到了袁成华的对面。

牛子儒和田沧海也来到袁成华的办公室，和两个人打过招呼后，坐下。

"你们俩是村里的元老了，也应该算是老干部了。今天叫你们来，是想听听你们俩，也听听村里的老百姓，对这次选举有什么看法？"袁成华没有直接进入主题，而是采取了迂回策略。

"很公正，没有问题。"柳方鸣抢着回答。

孙维下沉默了好长时间，直到袁成华一直盯着他看，他才说："我也觉得程序完全没有问题，公开透明，很好。"

"刚才组织部里来了个电话，说村里有人反映这次的选举有问题，选举不符合程序，还反映了其他一些事。你们以为会是谁对这次选举有意见呢？"袁成华仍然不想问得太直接。

"就咱这觉悟，袁书记你放心，我们没有任何意见。至于谁有意见，我们说不好。"还是柳方鸣抢着说。

谈话似乎不好继续，两个人都一副赞成选举的模样。袁成华心里一边骂着这两个狗东西，竟给自己玩起了心眼子，一边寻找着继续深入的角度："你们俩呢？这次落选了，有什么想法？是不是还想在村里继续干？"

"这点屁官，有它过年没它也三十，有谁把它看到眼里？就咱这觉悟，早就不想干了。"柳方鸣回答。

孙维下一直沉默不语，嘴里的烟一根接着一根，眼睛时不时地抬起来瞟着袁成华，不想正好与袁成华的目光相对，他没有躲闪，反倒是袁成华感觉很不舒服。

这家伙真他娘的贼，袁成华心里想，这两个家伙也太能装，不能再和他们绕弯子了："市委组织部接到了举报电话，说你们俩反映选举有问题。我想弄清楚，是你们本人打的，还是别人假冒你们的名义打的。"

"我们怎么会打？就咱这觉悟，对组织还是十分忠诚的。"柳方鸣说。

"那么孙会计你呢？"袁成华点着名问孙维下。

"我就更不会打了。"孙维下头也没抬,仍然把烟抽得生龙活虎。

"电话里说你家属在预选时写了四张票。"袁成华看着孙维下,忽然觉得很恶心,他甚至想骂人了。

"她写四张票那是她的事,与我没有多大关系吧?"孙维下的声音很慢,烟雾在他脸前慢慢升起,把他在袁成华眼中的面部形象,扭曲得如同胡乱摆放着的麻花。

"孙会计,不,现在不能叫你孙会计了,你已经落选了。你别大得和个驴屌似的,袁书记给你说话,你给我坐直了老老实实地回答。你算什么东西?在书记办公室里还摆谱。你信不信我敢揍你个狗东西。"田沧海刚才一直没有说话,他看着孙维下阴阳怪气的样子,终于耐不住性子。

孙维下站起身,一句话没说,拉开门就想走。

田沧海从座位上起身,从后面抓住孙维下的衣服领子,一下子把他摁在沙发上:"你想干什么去?你再敢动一动,我一脚踩死你。"

孙维下额上冒出汗来,他闭上眼斜靠在沙发背上,脸上的肉抖动着。

"老田,你怎么这么胡闹?孙会计是老同志了,怎么能这样呢?"袁成华站起身,从纸盒里抽出几张面巾纸,"老孙,来,擦把脸。"

孙维下闭着眼接过纸,一下子捂到脸上,呜呜地哭了起来。

"孙会计,你哭什么?田书记是给你闹着玩的。一个大老爷们儿,怎么说哭就哭呢?"牛子儒站起身,拍着孙维下的肩膀,"老田,你去吧,不要在这儿惹事了。"

田沧海推门出去。

等孙维下停止了抽泣,袁成华用非常缓和的语气说:"老孙啊,你和方鸣都是村里的老干部了,组织上也不会让你们吃亏的。即使这次选举没有进入村委班子,还有机会嘛。等支部换届的时候,可以由党委直接提名,进入支部班子。但如果到处上访告状,党委不会给这种人任何机会。你们都是明白人,自己一定要三思而后行,不要坏了自己的名声,更不能砸了自己的饭碗。混了几十年了,官不大,可还有后续的一些事,退休待遇,咱还是得要的。"

"袁书记,我们也是这想法。这么多年了,不就是退休那点事惹的吗?没有这事牵着,进不进村委还能有什么好处?袁书记,你给我们交个底,就咱这觉悟，你能保证我们进入支部班子吗？"柳方鸣接着问。

"这要看你们的表现，并且还要听取党员的意见啊。这些程序都是要走的。"袁成华回答。

"那这事还是两可啊。就咱这觉悟，进支部班子应该是没问题的，咱还想为公家出力呀。"柳方鸣说。

"这样吧，你们回去再考虑考虑，给党委一个最后的答复，进班子是一种处理办法，不进班子是另一种处理办法。党委不亏待任何一个干活的。"袁成华觉得再谈下去也不会有更好的结果，"电话嘛，就不要再打了，你们的目的还是当干部，如果真的和党委对着干，老百姓有句俗话，胳膊拧不过大腿。你们回去好好琢磨琢磨。"

孙维下和柳方鸣一起走出袁成华的办公室，孙维下脸上的泪水还没有干，他恨恨地在心里骂道："狗日的，这点屄官，我还真不干了。我绝对不会让你们好受的。"

中午下班前，刚刚从仙鹤乡回到市里的程远达给郑之渊打电话："郑书记，仙鹤村的举报电话已经打到了省委组织部，不但举报选举程序违法，还说乡里的干部暴力殴打举报群众。我看这事不能再犹豫了，以乡选举委员会的名义发个通告，宣布仙鹤村这次的选举无效，半年内另行选举。"

郑之渊安排袁成华马上起草通告，张贴到仙鹤村，同时让袁成华和牛子儒以及组织委员周全，一起给村里的选举委员会和村干部开会，说明情况，然后安定好民心，不能出现任何新的矛盾纠纷。

半个小时后，颜景观亲手在忠字礼堂的墙上，贴出了一张白纸。颜景观感觉那字真黑，也很大，甚至有些刺眼。

仙鹤乡村两委换届选举委员会通告

根据群众举报，经查实，仙鹤村在第九届村民委员会选举中，个别候选人存在舞弊行为，根据《山东省村民委员会选举办法》的规定，经乡选举委员会研究决定，仙鹤村本次村民委员会换届选举无效，半年内另行选举。至选举日，年满十八周岁、具有选民资格的村民经登记确认的即可参加投票选举。望村民互相转告。

特此通告。

仙鹤乡村两委换届选举委员会
丁亥年十一月初二日

张贴完通告，袁成华让田沧海召集村干部开会，通知刚下到一半，村院里就开始聚集了好多群众。

"是谁说的选举无效？让他出来给咱解释清楚。"

"是你们的嘴大还是法律大啊？你们说无效就无效啊？"

"是谁举报的，把他拉出来，揍死他。"

"老百姓是让你们日弄着玩的吗？说让选我们就选，说无效就得承认无效。你们这些当官的，还有没有真事啊？"

"他们举报说有问题，我们还举报说没有问题呢。为什么听他们的不听我们的？"

"党委必须给一个明确答复，承认选举结果，要不咱也上访去。他们上访到省里，咱就到中央。"

不一会，村办公室里就聚满了人，把袁成华、牛子儒、周全围在中间，七嘴八舌地说开了。

袁成华站起身："各位父老乡亲，大家先不要激动，我给大家解释清楚。这次选举，在预选的过程中有人填写了四张选票，这不符合一人一票的规定，确实是违规了。预选出了毛病，正式选举也就不能成立。"

"预选不能成立为什么还要搞正式选举？这不是胡说八道吗？"有人质问。

"正式选举之前，我们不知道有人填了四张选票，不知道预选违规。"袁成华耐心地解释。他看了看今天来到村里的这些人，都不是姓柳的。因为自己毕竟是柳姓人的亲戚，如果真有柳姓本家，他还好说话。

"原来知不道，现在怎么就知道了？都是你们这些当官的一手操纵的。官官相护，你们想护谁啊这是？"

"他是柳恒稳的妹夫，他和姓柳的穿一条裤子，别听他胡屌扯了。"

"这位老乡，告诉我你叫什么名字？咱们静下心来，让我再给你说说。"牛子儒看见这些人的情绪依然激动，害怕这些人把对柳恒稳的怨恨，发泄到袁成华身上，就把袁成华按到椅子上坐下。

袁成华站起身，有人怕他出去，便喊了声："不能让他出去。"袁成华理都没理，从人群里挤到里间的办公室，摸出电话，打给柳恒稳，柳恒稳的手机却关了。袁成华又打柳恒稳家里的电话，接电话的是邵秋之："嫂子，我哥呢？"

"他从早上就一个人出去了，一直没有回来，也没说去哪里。"邵秋之回答。

"那你给他打个电话，说我在村里被人围起来了，出不去，让他过来劝劝这些人。"袁成华忽然感觉很无助。

"俺刚才有事给他打电话，他的手机关着呢。俺猜着可能是没电了。"邵秋之说。

"那好吧，我再想办法。"袁成华把电话打给党委书记郑之渊。

郑之渊说："你们首先要保证自身安全，我马上让派出所的人过去，把你们接回来再说。"

袁成华从里间出来的时候，发现有人已经站到桌子上，指着牛子儒的鼻子问："你凭什么说人家打举报电话的是刁民，打个电话就是刁民吗？仙鹤村从来都没有刁民。你敢不敢再说一遍刁民这俩字？再说一遍看我怎么收拾你。你也是一大把年纪了，不会说话就别说话，不会说人话就闭嘴。要不是看你年纪大，我今天先废了你。"

牛子儒一言不发，坐在椅子上喘粗气，被气得满脸通红。

"有气你对着我撒，我是党委副书记，代表党委，不要拿老同志出气。我们有事说事，不能进行人身攻击。"袁成华走上前，说。

"这就叫人身攻击？我今天手还痒痒了，准备揍人呢。"站在桌上的那人捋着胳膊，"不过，看在柳恒稳的面子上，我今天不揍你，揍你我还犯法呢。"

袁成华看都不再看他一眼："父老乡亲们，我和仙鹤村有亲戚，大家不看僧面看佛面，有话咱坐下来说。咱们到村里的会议室，坐下来说，怎么样？"

"你说什么说？还不都是些骗人的把戏。只要不承认选举有效，你们这些人就别想走。大家伙儿出去，把这几个人锁到屋里，看他们还有什么招。"有人提议，接着这些人鱼贯而出，真的把袁成华他们三个锁到办公室里。

虽然被锁住，袁成华倒是长出了口气。不管怎么说，他们现在是安全的，没有了谩骂和攻击，也没有了指责和喧嚣。这瞬间的安静如此难得，竟然如外面的阳光一样灿烂。

派出所三个民警来到的时候，看到满满一院子人，说说笑笑，没事人一般。见袁成华几个人被锁在办公室，指导员李满伦问身边的群众谁有钥匙，没有一个人回答。李满伦不再问，在院子里找了一块石头，准备去砸开办公室的锁，却被几个女人团团围住，他往哪走这几个女人便跟着往哪儿走，弄得他再也不敢动弹。李满伦准备给朱向前打电话，刚拿出手机，就被其中一个女人抢了去："打什么电话？手机俺先给你保管着，事处理完了再给你送回去。"

李满伦觉得这女人的声音很粗，有些男人的磁性，"好男不给女斗，让我出去行吧？"李满伦大声地喊。

"你算什么好男？当着这些大老爷们儿的面，你敢把这几个娘们日了，才算好男。"不知谁在后面喊。

"李指导，如果俺几个下手，把你的裤子扒了，算什么罪啊？"一个女人看着李满伦的脸问。

院子里的人哈哈大笑，弄得李满伦满脸通红。

袁成华看着院子里的情形，再次给郑之渊打了电话。

3

郑之渊在办公室里急得团团转，他不知道如何把袁成华他们接回来，派出所的人去了都没有办法，其他人就更不行了。最难的是和老百姓打交道，这话一点也不假，这些人再不讲道理，你却无计可施。郑之渊知道，这事背后的主谋肯定是孙维金，因为他是推翻选举结果的直接受害者。既然孙维金一直没有出面，没有直接参与，那么现在任何人都不适合直接与他接触，因为他能把自己的责任推得一干二净。必须找一个合适的切入点，能与孙维金直接对上话，说明所有的利害关系，让围住干部的老百姓先回去再说。

郑之渊忽然想起了一个人，就是公安局副局长郝成齐，他与孙维金私人交情很深。他找出电话本，拨通了郝成齐的电话："兄弟，我是仙鹤乡党委郑之渊啊。"

"哟，郑书记啊，我说今天从早上开始左眼皮就跳，是有贵人打电话啊。领导有什么指示？"郝成齐打着哈哈。

"小弟，老哥有事得麻烦你了。"郑之渊说。

"你一个大书记，一路诸侯，能有什么事麻烦我这个小局长啊？"郝成齐仍然用玩笑的口气说。

"兄弟，不是给你开玩笑，老哥想托你个人情。"

"什么人这么不给书记面子，还要托我的人情？有话直说吧，书记大人。"

"我听说你和我们乡里的个体大户孙维金关系不错。是这样，这次选举他选上村主任了，但上级接到群众举报，说选举过程中有舞弊行为，选举结果被市里否了。你能不能给孙维金递个话，让他从大局出发，接受市里的决定。他还年轻，还有机会，半年内还要进行选举，有实力再来一次嘛。再说了，这个时候替党委出力分忧了，党委也不会亏待他啊。"

"哟，这事啊。这小子，我怎么没听说他要参加村里选举的事呢？他掺和这事干吗？我觉得这事可不小，能不能说动他还真不一定。这小子有时那个犟脾气上来，牛都拉不回来，酒桌上他都跟我瞪过眼，上次还差点打起来。不过您老哥既然吩咐了，我马上找他。"

"兄弟，拜托了。乡里的几个干部还被围在村里，这事宜早不宜迟。"

"我明白。不过生意人都很实际，他如果提出什么要求，我怎么回答呢？"郝成齐问。

"有事好商量，我觉得他会给你这个面子的。"

"那我试试。"

袁成华再次打来电话，说："围观的群众越来越多，他们分成了派，互相之间已开始有小范围的肢体冲突，如不及时控制，很可能引发群体性事件。郑书记，你快想办法啊。"

郑之渊在办公室里快速地走来走去，眉头紧锁。郑之渊忽然觉得很委屈，这委屈来自自己的无能为力，党委的副书记被群众围住，自己竟没有任何办法。这委屈还来自刚才有些卑躬屈膝地去求郝成齐，而他竟不能痛快地应允。乡镇党委书记无论平时有多风光，关键时刻也只是一个经常受制于各个方面的政治上的小角色罢了，这让郑之渊感觉自己很失败。郑之渊不知道，一个仙鹤村为什么会有那么多事，而在整个选举过程中，为什么又会出这么多岔子？现在的干部和群众，为什么到了如此水火不容的地步？以前上级任命干部的时候，群众没有一个人敢说不，现在给了他们民主选举的权利，而在这些权利面前，为什么竟然如此混乱不堪、手足无措？而乡镇党委，作为基层最具权威和影响力的一级组织，在面对这些情境时，为何竟也失了方寸，面对这些嘻嘻哈哈的普通百姓，为何变得如此弱势，任何一句话都显得没有分量，甚至一钱不值。

时间不长，郝成齐打来电话："孙维金开价二十万，可以推翻选举结果，他的人立即撤出。"

郑之渊沉思良久："郝局长，请你转告孙维金，如果他以此作为谈判条件，绝对没有商量的余地，并且我还会追究他贿选、聚众滋事等所有责任。一个人，你本事再大，终究是对抗不过一级政权的。"

"这话我不能给他说，还是你亲口给他说吧，这事我也不再掺和了。刚才我就给你说过，我的话不见得管用。"郝成齐说道。

郑之渊一听郝成齐要撂挑子，意识到自己的话可能有些重了，便迅速调整了语气："好兄弟，算是帮你老哥一把，我有情后补。你放心，咱不是一天的交情了。你再试试压压那家伙，我觉得他还是会听你的。老哥欠你一份人情，我记下了。"

"那我再试试？"郝成齐问。

"再试试吧，兄弟。"郑之渊说。

十分钟过去，郝成齐打电话给郑之渊，说孙维金给了他一个面子，他不再闹了。郝成齐特意给郑之渊说："孙维金说，既然书记大人发话，他有条件撤退，条件就是郑书记要请他吃一顿饭，对围住机关干部的事，乡里也不要再追究，他只是闹着玩的。"

郑之渊放下电话，苦笑了一下。"闹着玩的，闹着玩的，"郑之渊喃喃自语，"闹得可真好啊。"

不到十分钟，袁成华他们三个人回来了。他们坐到郑之渊办公室里，你一言我一语地骂着："这些刁民，胆子真是太大了。"

郑之渊摇着头，无奈地说："他们，只是，只是闹着玩的。"

几个人面面相觑。

4

仙鹤乡在村委班子换届基本到位之后，对支部班子也进行了调整换届。支部换届是党委根据前期的党员民主推荐，结合平时掌握的情况，对新选出的村主任，能够一肩挑的尽量一肩挑，不能二合一就由党委提名，由党员支部大会按程序再进行等额选举。由于每个村的党员数量都不是太多，比较容易统一思想，所以党委对村支部换届的意图，在大多数村都能够实现。至于仙鹤村，党委的意图很明确，就是等所有换届工作基本结束以后，再集中精力进行研究，重点解决。

对乡镇领导班子的调整，似乎没有任何征兆。所有在乡镇工作的领导干部，心里都清楚今年会有一次小的调整，但没有想到速度这么快。尤其是在村级换届刚刚结束，许多遗留问题都没有处理好之前，就这么急匆匆地把乡镇的党政班子调整了，让人有些摸不着头脑。

一大早接到组织部干部科的电话之后，郑之渊有些发愣，这班子怎么说调就调呢？在村"两委"换届之前，郑之渊曾经到组织部，专题汇报对仙鹤乡党政领导班子的调整思路。郑之渊建议市委组织部，要坚决把车相渚调到其他乡镇，或者让他回市里工作，原因很简单，他非常不配合党委书记的工作，制造矛盾，工作能力差，不具备领导一个地方经济及社会事业发展的能力。郑之渊原本不想把话说得那么重，但他对车相渚确实太失望了。人本事小一点不要紧，但害怕的是品行差，拉帮结派，不干实事。组织部门在选用干部时，要求德才兼备，首先要德，然后再要才，有德无才不能用，有才无德更可怕，更不能用。郑之渊看着任部长把自己的意见都记到记录本上，心想，如果这次乡党委班子能够按自己的思路去调整，那么仙鹤乡会出现一个更加和谐、更加强有力的班子。

自从上次到组织部汇报之后，郑之渊再也没有给市里的其他领导，汇报过班子调整的总体思路，也没有到市委彭子丰书记那儿汇报过工作。市委对仙鹤乡的党政领导班子，能不能按照自己的意图进行调整，郑之渊心里一直没有底。原想等支部换完届后，再到市委主要领导那儿打探一下，没想到这么快就要召开集体谈话会。仙鹤乡本来就闭塞，好多信息都传不到乡里来，外界传言中的谁走谁留，到底有多少是真的？这次的调整到底最后会是一种什么样的结果？郑之渊心里一直惴惴不安。从组织部给他的通知名单上看，车相渚、袁成华、牛子儒、周全、赵梦都在这次的调整之列。牛子儒基本没有悬念，他到内退的年龄了，其他几个人应该是什么情况呢？郑之渊忽然感觉心里很难过，自己对市委的调整思路，竟然一点信息也没有得到，自己的意图能不能实现，车相渚能不能调出，其他几个人又会是什么样子，他竟然一概不知。

集体谈话会照例是市委书记先讲话，讲纪律，讲调整坚持的原则。每次干部调整都是这些套话官话，怎么解释都有道理。这种会议人们最关心的就是调整方案。调整名单是按乡镇顺序排列的，在宣读其他几个乡镇的调整方案时，郑之渊没有太用心。等念到自己的乡镇时，郑之渊竖起耳朵，唯恐落下半个字："郑之渊同志任市水利局党委书记，提名担任局长职务，不再担任仙鹤乡乡党委书记职务；车相渚同志任仙鹤乡党委书记，不再担任乡长职务；提名袁成华同志任仙鹤乡乡长职务；任命周全同志任仙鹤乡党委副书记；赵梦同志任市妇联党组书记、妇联主席，不再担任仙鹤乡党委委员职务，牛子儒同志任正乡级干部，不再担任仙鹤乡人大副主席职务……"

郑之渊的脑子瞬间失去了思考能力。郑之渊有些发蒙，麻木到了一种没有生命和身体的任何感知。郑之渊再也听不见后面几个乡镇的人事任免情况，只是一遍遍地想：怎么会这样，怎么会这样？自己仅仅担任了一年的党委书记，还有那么多的工作思路没有付诸实施，还有那么多的事，想做而没有做，市委怎么能把一个地方的工作当儿戏，把一个干部的政治生命当儿戏？郑之渊忽然觉得自己很委屈。这样的调整结果，尤其是当了一年多的党委书记就调整，说明市委对仙鹤乡的工作是不满意的，换句话说，对他郑之渊同样是不满意的。其他几个人的调整，让郑之渊稍感安慰，乡长提成书记，不管这个人是不是自己讨厌的，在外界看来，车相渚能提起来，应该是他郑之渊推荐的结果。袁成华成了乡长，周全成了副书记，都是原地提拔。牛子儒临退了还能提上半个格，享受正乡级待遇。赵梦这么年轻，到市里工作，并且成了正局级。这些人的提拔重用，似乎都应该归功于他，因为他是党委书记。而这所有的调整，似乎只有他是最失败的。而其他人提拔重用的所有功劳，又似乎都应当归功于他这个失败者。如此，便是地道的哑巴吃黄连，说不出一丁点的苦。

从乡党委书记到市水利局局长，谁又能说不是重用呢？郑之渊这样想。

会议结束的时候，坐在郑之渊旁边的车相渚站起身，然后伸出手："郑书记，谢谢你，没有你的推荐，就没有我们这些人的今天。"

郑之渊笑了笑，他感觉到，自己这一笑，肯定比哭还难看。但不管怎样，自己毕竟没有哭，自己是在笑，不管笑得多么不自在。郑之渊没有握车相渚伸出的手，说："是你们自己努力的结果，祝贺你们。"郑之渊越过车相渚，逐一握着袁成华、牛子儒、周全和赵梦的手，他感觉他们的手都那么热，只有自己的手凉得像冰一样。

"袁乡长，你感觉到没有，郑局长和你们握手的时候，一定是略带些随意、略带些蔑视、略带些惆怅、略带些无奈的。我在旁边看得一清二楚，他脸上的表情有十二万分的复杂。"走出会议室时，车相渚悄悄对袁成华说。

袁成华装作没听见的样子，接着就看见车相渚紧走了几步，追上郑之渊，说："郑书记，我是不是通知班子所有成员，今天中午我们聚一聚，也算是给你送行？"

"随你吧。"郑之渊觉得车相渚有些急不可耐。但现在，自己又能做什么呢？

司机刘岩听说郑之渊要到市里来工作，眼泪马上掉下来了："郑书记，你上来怎么也不提前说一声？"

刘岩的一句话让郑之渊鼻子发酸，泪水缓缓地流了下来。他没有去擦，他知道这泪水是擦不干的，不如索性让它流个痛快。

刘岩已经跟了自己十多年了，从他当副书记开始，他就坐刘岩的车。那个时候，刘岩刚刚从部队复员回来，开的还是乡里的面包车。娶老婆生孩子盖房子，刘岩复员后的大事小事，郑之渊都给他帮了很大的忙。后来郑之渊当了乡长，让刘岩跟着他当了专职司机，自己的事，无论公事私事，都是刘岩忙前忙后，他们之间不像是上下级关系，更像是兄弟感情。

"郑书记，要不，你也把我带到水利局里来。"刘岩仍然带着哭腔。

郑之渊不置可否。郑之渊知道，只要自己离开仙鹤乡，车相渚肯定不会再用刘岩为他开车，这是一般为官者的习惯。不用上一任的司机，怕司机不和自己一心，更怕上一任的事下一任知道了。如果把刘岩带到市里来，就目前来讲，是根本不可能把工作关系办过来的，那么工资还要在乡里发，车相渚会同意吗？带着司机到市里来，多少党委书记都不敢做，因为怕别人说闲话。

对刘岩，郑之渊有那么多的舍不得。

"郑书记，我们去哪？"刘岩问。

郑之渊这才回过神来。这个时候，他应该回乡里的，他要交接工作。组织部让明天上午到新单位报到。那么今天的调整会议结束之后，郑之渊还要与那些老干部见个面，与机关干部见个面。自己在仙鹤乡工作了这么多年，全亏了他们的支持和帮助。他还要给支部书记们发封信，对他们表示感谢，有过以酒抵命的豪爽，也有过为酒而仇的过节。他还要再去仙鹤山上走一走，他已经有好几年没有爬过那座山了。如果现在不去，再去就不知要等到猴年马月了。

"陪我去爬仙鹤山吧。"郑之渊长叹了一口气，说。

"赵梦主任刚才打电话，说要找你说句话。让她也去吗？"

"算了吧，一个人，可以清净些。"

此时的仙鹤山，早已经没有了春天的葱郁生机，也没有了夏日的绿意盎然。但即使是冬日的荒凉，仙鹤山仍然显得大度而容忍，如宽厚的臂膀，如母亲的胸怀。郑之渊没有觉得脚下的乱石让他寻不到前行的路，而体验到的，却是探险者的快乐。他对着大山大吼一声，声音粗犷而嘹亮，今天，郑之渊就是想让自己轻轻松松地放纵一番，就是要在没有路的山石上，再走一次荆棘丛生的荒蛮。郑之渊想起自己走过的四十年的光阴，那么短，却又那么长。他一直把自己走过的生命之路当成一次登山旅途，一直在往上爬着，虽然艰难，却一直是苦乐酸甜，乐在其中。而从今以后，他会在平静和安然中度过，享受舒适和规律带给他的平和之美。该歇歇了，世界前行的步伐不会因为哪一个人的离开而有丝毫停滞，无论你是伟人还是庸者。仙鹤乡也不会因为主政者的改变，而产生一丝一毫的改变。

郑之渊小心地拨开山枣树，他在为自己找一块平地，只为能放下他四十五码的鞋。这么宽厚的脚掌，竟走不出一片坦途，让郑之渊的心里忽然涌起无边的悲凉。一棵山枣树锋利的刺，深深地扎进了郑之渊的右手食指，他竟然感觉不到一丝疼痛。郑之渊索性找到一块石头坐下来，抬头看平畴沃野，看那些静默的村庄在淡淡的轻雾中，无声而遥远，如一段没有生命的文字，也如一段无人问津的歌谣，或者如被历史的烟尘遗忘的一盘磨，碾碎了生活，却留下无声的历史。郑之渊不知自己为何把这些村庄，竟然想成了这些虚拟的幻象。村庄是有生命的，有血肉的，那里活生生的人，都曾经是自己血脉相连的乡亲。郑之渊任食指上的血一点点地渗出，成滴，然后落到脚下的石头上。可这一滴，由郑之渊慢慢地挤出来，然后再由它慢慢地膨胀，直到缓缓滴落。郑之渊想，如果人身上没有凝血因子，身体上流出的血不能自己凝固，那么他会让自己的血自由流淌到生命的终结。郑之渊愿意和这片山，这片土，这儿的风土人情，一起成为生命的永恒，成为仙鹤乡的一部分。可郑之渊知道，自己的血，最终还是要凝固的，比如现在的这一滴，滴到山石上，会慢慢地冰凉、凝固，颜色慢慢地变淡，无论他有多少渴望，这滴血最终也不会成为山的一部分，甚至是全部的血，也抵不过一场没有任何力量的轻风细雨。世界上的万物是一把无情的刻刀，无论是时光，还是风雨，总是把最温情的记忆削剥得没有任何痕迹。历朝历代有多少人总是想流芳百世，总是想着人过留名、雁过留声，可哪个人能留下自己的声名直至不朽呢？多少帝王将相都不能做得到的事情，自己有何能耐做到呢？郑之渊发现自己想远了，想得也太高了，自己只是一个普通人，根本就没有和帝王将相相提并论的资本，或者自己只是如滴到地上的一滴血，此前在自己的血管里，彼时却成为风沙，再过一些时候，就会被别人踩在脚下。如果自己的这滴血，流淌在别人的血管里，活在别人的生命里，又会是怎样呢？郑之渊突然为自己的这个比喻激动着。其实想想，这个世界就是如此简单，每个人都活在别人的世界里，没有一个人是这个世界的主宰，没有一个，甚至连自己的主宰都做不到。每个人都只是这个世界的一部分，不管你曾经有过多少鸿鹄之志，也都不过是过眼烟云，如风雨如尘沙，来即来过，去也便去着。可郑之渊真的是不甘心，从一个农家子弟，到乡镇党委书记，他再多的付出总有许多的回报，他应该知足。可他还有那么多的事没有做，比如他想在仙鹤乡兴建的工业项目，比如他想在仙鹤乡兴办的旅游事业，比如他还想让每一个老百姓都能享受到的政府福利。郑之渊知道，自己并不是为了什么政绩，而只是想留下自己的足迹，想把自己所有的聪明才智奉献给这片土地，想把自己的理想国度变成世间的幸福桃源。在刚刚担任乡党委书记的时候，郑之渊驱车行走在一百平方公里的土地上，他想起了英国殖民地时期的圈地运动。郑之渊想，仙鹤乡其实就是自己的独立王国，而这几万的老百姓就是自己的子民，他那么想让这些普通百姓为自己的成就欢呼，更想让这片土地变得富庶而美丽。一百平方公里，不多，只是全中国的十万分之一，可她又不小，是梵蒂冈这个世界上最小国家的240倍，几乎是世界上面积最小的后五位国家面积的总和。

郑之渊多想把自己的所有心力和智慧，都变成点点滴滴的财富，让老百姓过上好日子，让老百姓的笑声都如《诗经》里复声与叠声的美丽歌唱，为此郑之渊愿意化成仙鹤乡的一片土地，成为仙鹤山的一块岩石。可现在，自己没有改变仙鹤乡的一丝一毫，上任之初的所有承诺，也没有多少变成现实，仙鹤山还是原来的那座山，人还是那些人，全乡的经济还是原来的落后状况。所有的雄心壮志，所有的美丽愿景，眨眼间都烟消云散，不复存在。一个人，可以改变一些事，可以改变一个人，却终是改不了世界大势，改不了风气和潮流。即使是一个党委书记，无论你曾经有过多少风光，有过多少的辉煌历程，最后留下的，也只是老百姓茶余饭后的谈资，只是乡志上在历任领导班子或者历任党委书记的排列中起眼或不起眼的一行黑体字。仔细想想，人其实就是这样可怜，文字或许是一个人在这个世界上最后的遗留，无论你曾经有过多少的丰功伟绩，有过多少的飞黄腾达，有那么一两行字，已经是不错的了。有多少芸芸众生，甚至连一行纪念的文字都没有，呵呵，真可怜啊。郑之渊发现自己竟在不经意间笑出声来，他不知道自己到底是在笑世人，还是在笑自己。

"郑书记。"

郑之渊听见有人喊，回头，见赵梦竟不知何时站在了自己身后。

"你怎么来了？"话未出口，郑之渊感觉自己竟有些哽咽。他轻轻闭上眼，任一行泪慢慢涌出。他胳膊肘撑在膝盖上，双手捂住了脸，泪水瞬间涌满了指缝。

赵梦走到郑之渊身边，把身子靠过去，她伸出手扶住了郑之渊的肩头，那么轻，轻得把郑之渊的心都撕碎了。郑之渊猛地抱住了赵梦两条颀长的腿，放声痛哭起来。

赵梦猛地心颤，她看到了不远处琵琶山下的盟誓台。想着如今的世界，还会有多少痴情男女，来这座浪漫得让人心疼的盟誓台，以生命和未来相托，然后缠绵着无数的爱情絮语呢？而自己偷偷爱着的这个男人，泪水横流却不是因为爱情，而是因为失意，失败，或者说是失落，这又是何等的悲哀啊！

"我们还在一起。"赵梦说。

"还在一起？"郑之渊有些不解地问。他仰起头，一行泪缓缓流进嘴里，凉，且是苦的。

5

车相渚终于露了一把,他喝了那么多的酒,大约有七八两的模样。但这并不是车相渚酒量的极限,他感觉自己还能再喝一些,最少还能再喝二三两。但郑之渊不行了,乡里的机关干部都称郑之渊是酒篓,从来没有见到他喝醉过。但今天的郑之渊明显不在状态,几杯酒下肚脸就红了,显出了醉意,上车的时候甚至找不到车门了。

"车乡长啊,噢,是车书记,呵呵,我告诉你,下一个走的就是你。你信不信?"上车前,郑之渊留下最后一句话,舌头僵硬,脸上的笑容有些神秘莫测。

车相渚打了一个冷战,笑容凝固在脸上。看着郑之渊的车子开出大院,转过身对袁成华说:"不成熟,真正的不成熟。最后的午餐,哪能喝这么多?让人感觉就是喝的落魄失意酒,不高兴嘛,不就是这个意思吗?不高兴非得用酒表示吗?谁不知道你不高兴呢?地球人都知道。铁打的营盘流水的兵,仙鹤乡又不是谁家的私有财产,何苦这样折磨自己呢?我肯定也要走,但不会走得这么窝囊。你信不信?"

袁成华笑了笑,点点头,算是回答。

车相渚早就知道自己要接任仙鹤乡的党委书记,三个月前就知道。但车相渚没有对任何一个人说过一个字,包括自己的老婆。在这个世界上,女人更不能说,坏事就坏到女人身上。比如郑之渊,虽然没有乱七八糟的女人,但他身边有工作的女人,那么就有文章可做,谁叫他不离女人远一点呢?哪怕她是他的下属。车相渚想起了那封时机恰当的人民来信,各级组织部门都收到了这封信,只有郑之渊这个傻瓜还一直蒙在鼓里。说实话,郑之渊也够亏的,混了大半辈子,竟然连个女人也没有。红颜知己,多好的词汇,红尘女子就更是充满了诱惑和女人特有的味道,郑之渊怎么就能无动于衷?他不是人吗?或者没有男人的性功能?车相渚搞不明白。还有仙鹤村花五万块钱买支部书记的事,也接二连三地反映到各级组织部门和领导们手里。一切都发生得这样巧合,只有小说中才能有这样的情节。

车相渚坐在郑之渊曾经坐过的老板椅上,闭上眼,身子转来转去。这个椅子不太舒服，皮子也似乎旧了些，应该换了。办公室里的其他沙发，样式似乎老了些，也该换了。还是现在流行的那种布艺沙发好，可以躺可以坐，软软的，如女人的皮肤。车相渚想起了那个叫小云的女人，是孙维金送来的，他知道小云肯定不是她的本名。但那女人的皮肤却比真正的云彩还柔软，像春天刚发芽的小草，嫩得让人心疼，他甚至都不忍心下手。这样的女人，一辈子享受这么一个，也就够了，其他女人也就成了可有可无。不过，这种事自己以后应该更小心些，让任何人都不能抓住任何把柄。这个世界没有几个人可以相信，尤其是女人。车相渚回想着自己和小云在一起翻云覆雨的每个细节，浪漫新奇，现在想来还让他心里发痒。只是，在省城的宾馆，不会有摄像头或者其他录音设备吧？应该不会，那是五星级宾馆呢，更何况孙维金是第一次请他，谅他也不会有这个胆。那么这次的艳遇，就只是作为孙维金的见面礼，笑纳也就笑纳了，以后再也不会让孙维金一起去。生意人，总有他自己的如意算盘，绝对不会做赔本的买卖，自己坚决不能让这种事，成为孙维金要挟他的条件。如果自己真的想小云，那么他会一个人再去，甚至连司机都不带。小云还是个大学生，车相渚没敢留下她的手机号，只留下了她的QQ号，非常安全，想她的时候可以用QQ给她联系。可这一段时间不行，班子刚刚调整，自己还有那么多的事情要做，郑之渊留下的这个烂摊子，他要慢慢地调理好、收拾好。

车相渚在记录本上写着自己的施政宣言，他要按照自己的为官之道，治理好仙鹤乡的所有人和事，对上用心，对外用脑，对下用手。对提拔重用自己的领导，用心侍候着，无论什么样的要求，都要不折不扣地完成。对班子成员，则要动动脑子，该提防的提防，该拉拢的拉拢，该当牛使的当牛使，该当猴耍的要当猴耍。对下边的机关干部和普通百姓们，则用强势的手段，甚至用武力解决问题。现在的老百姓已经不能一声号令一拥而上了，威逼利诱或许是最好的办法和手段。

车相渚打了电话，通知办公室把档案室留存的与广东客商签订的项目合同书拿过来。等公务员杜小可把文件拿来，车相渚看得十分用心。听到办公室的门被轻轻关上，车相渚从自己的公文包里拿出另一份合同文本，十分认真地对比着看了看，脸上露出淡淡的微笑。车相渚把这两份合同叠在一起，慢慢地撕，一分为二，二为四，四为八。车相渚心里在想，这份合同的真假再也不会有人知道，那个南方的客商也将从此销声匿迹。车相渚把已经撕成长条的白纸拿到碎纸机前，慢慢地塞进去。这个世界真是太奇妙了，科技就是这样发达，这些合同瞬间变成了一堆纸屑，除此之外，还有什么呢？如同一年来仙鹤乡发生的所有事，本来就发生得没有任何意义，所有的人和事，也都将随着这份合同的消失而渐渐淡出人们的记忆，那么留存于世的，只能是一片空白。对，这一段历史，或者就应该是一段空白，就如同仙鹤乡本来就不应该由郑之渊干党委书记，而只能是他，一年前就应该坐在这张办公桌前，想着飞黄腾达的美好前程。车相渚蹲下身子，认真地看着碎纸机里慢慢飘落的纸屑，那上面还会有文字吗，那些文字还是完整的吗？合同书上郑之渊的签名，粉碎之后会是一种什么样的状态呢？那三个字会变成多少个碎片呢？车相渚想，郑之渊的名字是不是变成碎片并不重要，他的心现在一定变成碎片了，他甚至连想都没有想过，他会如此狼狈地离开仙鹤乡，离开党委书记这个岗位，真是太幼稚了。车相渚感觉那些碎纸片，如同美丽的雪花在舞蹈，多漂亮啊，这圣洁而高尚的世界的精灵，舞得那样多姿多彩，让人心醉，让人心疼。

这个世界太干了，真的需要一场雪，哪怕是暴风雪，来滋润这个世界，滋润这个干燥得几乎没有生命感觉的世界。

车相渚站起身来，看着外面阴沉沉的世界，他坚信自己就是滋润仙鹤乡的一场瑞雪。

6

孙连国直到天快亮的时候，才回到了仙鹤村。

在孙连国看来，这天似乎早已经亮了，在雪地里走夜路，并没感觉是黑夜。整个世界都是雪白的一片，没有谁能感觉到几时是深夜，几时是天明。大雪把闭着眼都走不错的路，盖上了厚厚的一层，让孙连国深一脚浅一脚的。多少年没见过这样的雪了，似乎是鱼儿出生的那年，曾经有过这样的一场雪，那是哪一年了，不记得了，真的不记得了。鱼儿没有任何消息是他上大学的第二年，又快二十年了，那么他出生的那年，就应该是六九年了。噢，是六九年，自己怎么连鱼儿生在哪一年都忘记了，真的是老糊涂了。孙连国记得，那年自己也只有二十岁，和鱼儿没有音信时同样大。自己二十岁时就有儿子，多幸福的事啊。只是这种幸福，停留的时间太短。孙连国还想起，下那场大雪的时候，自己不顾老人的阻拦，把刚出生十天的孩子抱出来看雪。多好的雪啊，白得像棉花，对，就像是棉花，这个世界还有比棉花更白的东西吗？没有了，真的没有了。可自己已经有多少年没有见过棉花了，自己身上穿的棉袄里，那些棉花套子，已经黑得比天还黑。想到这里的时候，孙连国在地上抓起一把雪，对着自己棉袄上露出的棉花套子，比了又比，这哪叫什么棉花啊？简直就是一块黑炭。这个时候，孙连国多么想要一点炭啊，能让他点上家里的黑炭炉子，让长满冻疮的身子骨暖和暖和。孙连国感觉自己太冷了，冷得似乎只能使劲咬牙，才能保持身上的那点体温。好了，快到家了，快到家了，家里一定比外面暖和，自己毕竟还有一个家。想到这里的时候，孙连国几乎掉下泪来，他想起那些在街上曾经和自己一起寻找儿子的流浪汉哥们儿，他们连个名字都没有，他们那么多人都没有家，而自己有，并且还有个儿子，梦里梦外地念叨着，多幸福啊。他们死的时候，会死在哪个城市？死在哪一场风雪里？他们是不是也会感觉到今天一样的冷？他们又能去哪里取暖？可这个世界，没有属于他们的城市，任何一个城市也根本没有他们可以取暖的地方。他们只能眼看着城市的供热管道冒着热气，只能把自己的身子紧贴在那些在地下经过的管道上面，感受温暖的无情流过。我的这些亲哥们儿啊，你们是不是也会和我一样，一不小心就会死在哪一条坑坑洼洼的小路上？我回来的时候，真的怕坚持不到家，死在路上，被人随便扔进哪一条臭水沟，或者根本就没有人过问，让那些饿红了眼的野狗撕烂了吃掉。孙连国喃喃着。

看到了自己家的房子，看到了只有一扇的家门，孙连国几乎是跑了。孙连国不知道自己哪里来的力气，竟然还能跑得动。孙连国已经三天没有吃东西了，他知道家里也没有什么可以吃的东西，家里的粮食早已经让他卖光了，只为能换回去找儿子的钱。那么他这次回来，唯一的心愿就是死在家里。孙连国知道自己就要死了，他已经六十岁了，已经活得够长了。老婆是在鱼儿失踪那年死的，已经十八年了，她在那边也一定是哭着等了他十八年。这个婆娘活着的时候，她一会儿也离不开他，干什么事都得跟着，就是自己上个茅房，她也要拿了草纸站在跟前，她可真傻啊。她到了那边，一定会天天哭，一定没法一个人过。如果鱼儿……如果鱼儿……孙连国忽然哭出声来，他骂自己真是老糊涂了，怎么能这样想儿子、咒儿子呢？鱼儿小着呢，他只有二十岁，他一定还在大学的教室里，一定和他的同学们在一起。虽然他的老师同学，都说没有见过他，不知道他去了哪儿，他们一定知道，只是不告诉他一个人罢了。那个年轻漂亮的女老师，眼里流着泪，一定知道鱼儿的下落，或者是她把他藏起来了，她一定是心疼鱼儿的。这样也好，不管鱼儿去了哪里，只要他还活得好好的，自己也就放心了。只是女儿不知最近怎么了，电话老是打不通，她买了手机以后，让他十天半个月的给她打个电话，她好给他寄钱。但现在已经是半年打不通电话了。这个死丫头，一定是找到了好人家，把爹给忘了。忘了好，这样可以安心地过日子，生个胖小子，那么他就当上姥爷了。他孙连国一样可以当姥爷，多好的事啊，别人有过的幸福，他孙连国一样可以有。只是，只是，自己等不到看见外孙的那一天了，自己要死了，等不到看见外孙的那一天了。

孙连国几次把家里的钥匙掉在雪地上，他的手指几乎拿不住那把钥匙，锁也生锈了，几乎拧不动。孙连国费了好大的劲儿才把屋门打开。孙连国想点一把火取暖，院子里似乎还有一些柴火，但屋子里却没有火柴。孙连国想起了鱼儿上小学时给他讲的一个故事，说在外国有一个卖火柴的小女孩，在雪天连一盒火柴也卖不出去，就自己把火柴全部划着了，取暖。傻孩子，那点儿火能暖和吗？怎么不赶快回家呢？唉，人的命就是这样，就连外国人都是这样穷。自己家里有柴火，却没有点柴的火，嘿嘿，自己不就和那个小女孩一样吗？鱼儿这孩子真是一个小精灵，那么小的时候，怎么就会想到爹到死的时候，会没有点柴的火呢？他还故意弄一个卖火柴的小女孩馋他，这个小人精。

孙连国肚子疼得厉害，他觉得自己是饿的，谁知道呢，能吃饱的时候他也一样这样疼过。人活在世上，从来就没有吃不了的苦，没有受不了的罪，这点疼算什么。老百姓的命，贱着呢，也经得起折腾。但这一次，孙连国感觉自己不行了，他快死了，那么以后他就再也不用吃苦挨饿了。可临死之前，他多么想吃上一顿饱饭啊。犯死罪枪毙的人都还让吃最后一顿饱饭，不让他们当饿死鬼呢，自己怎么就不能吃上最后一顿饱饭呢？

孙连国把自己家里的所有衣服，全部穿到自己身上，无论冬天的还是夏天的，无论是自己的还是老婆留下的，这些长长短短、厚厚薄薄所有的衣服加起来，才让孙连国感觉身上暖和了许多。孙连国把床上的一张席子揭下来，放到堂屋的正中，然后铺上褥子，慢慢地躺下去，盖上家里仅有的两床散发着霉味、又黑又旧的被子。那么现在，他真的是太暖和了，睡意也很快地涌了上来。孙连国强睁开眼，他不想睡，他怕自己就这样睡去，再也不会醒来，他害怕就这样当着饿死鬼死去。孙连国看见屋顶上已经露出了天，似乎有雪花从天上飘下来，又似乎是鱼儿在屋顶上偷偷地看着他。这孩子，什么时候躲到屋顶上去了，害得爹找了你二十年。下来吧鱼儿，爹不会打你的，爹这一辈子，因为你偷拿了人家的一支钢笔打过你一次，就再也没有打过你一巴掌。下来吧鱼儿，和爹说会儿话。爹找你找得好苦，爹这么多年没有一个人说话了，心里的话一直没有地方说。鱼儿是个懂事的孩子，过来听爹唠叨几句。爹想你娘，想让她再给我缝几针衣裳，我的裤子好多地方都漏风，真冷啊。爹也想你妹，她是那么好的闺女，梦里梦外的都疼着爹，她不是别人说的那样，她有一份体面的工作，她一定能找一个好人家。爹更想你，你是爹的骄傲，爹是为你活着的。可鱼儿，你为何总是躲着爹，躲得那么远，让我跑了那么多的地方都找不到你。我顺着铁道找，顺着那些大江小河找，我怕你遇到什么事儿想不开。鱼儿，你对爹太狠心了，唉，狠心就狠心吧，谁让我是你爹呢，当爹的就该吃这些苦。鱼儿，你怎么流泪了，咱们爷俩儿还说什么对不起，只要你回来了，什么事就都过去了，我们一家人，你娘，你妹，我们四口人，就再也不分开，像别人家一样过日子，想多幸福就有多幸福，好不好？不过咱可要说好了，你以后再也不能出去了，再也不能一下子就没了音信，连个影子也让爹见不着，爹想你啊鱼儿。

爹想你啊鱼儿，孙连国喃喃着。他似乎牵到了儿子的手，那双温暖得如同太阳一般的手，孙连国使劲儿地亲着那双手，亲个没完，然后抚摸着鱼儿的头，脸上露出了幸福的笑容。

7

柳恒稳推开房门，见落下的雪几乎没过了门槛，足有七八公分厚，心情忽然间出奇地好，瑞雪兆丰年啊。柳恒稳没有急着清扫院子里的积雪，而是把沉重的铁门打开，他想出去走走，呼吸一下雪后的清新空气。柳恒稳看到街上有一行深深的脚印，横七竖八的，几乎走不成一条直线，心里有些疑惑，这是谁起得这么早呢？柳恒稳顺着脚印走，发现这脚印竟是进了孙连国的家。柳恒稳推开虚掩着的门，见堂屋正中躺着一个人，躬下身子仔细端详，发现就是孙连国本人，他已经瘦得皮包骨头，几乎没有个人样了，胡子拉碴的，并且已经全白了，脸上到处是灰，像是好长时间没有洗脸了。柳恒稳喊了几声连国，见没有动静，便把手指贴在孙连国的鼻子下面，发现他已经没有了呼吸。柳恒稳站起身，又把门虚掩上，他要等习惯睡懒觉的人们都起床以后，再为孙连国办丧事。

做生意的一大早遇到死人或者发丧是好事，别人丧自己得，而最害怕的是看到兔子，说是跑财。柳恒稳不信这个，但他仍然没有把遇到死去的孙连国当成一回事，心情仍然出奇地好。

柳恒稳慢慢地从村子里踱出来，走到仙鹤山下。这被大雪覆盖的仙鹤山，似乎有了些女人的阴柔，柳恒稳不喜欢。山就要有山的样子，像健壮的汉子，最好是青筋暴露，要能撑得起天，撑得住地。做人也要和这山一样，要做得实沉，厚重，要能经得起风雨，要有伟人们三起三落的胸怀和本领。柳恒稳感觉自己做到了，他就是一个如仙鹤山一样的人，浑身上下都写满故事，他一个人就是一部书，就是一部历史。柳恒稳知道自己的机会已经来临，现在党委已经换届了，自己的妹夫做了乡长，村委换届又被市里认定为选举无效，要重新进行选举，那么这就是上天给他的机会，他要卷土重来。柳恒稳想起小时候看过的电影，叫什么来着，《闪闪的红星》，对，就是《闪闪的红星》，胡汉山说过一句话，"我胡汉山又回来了。谁抢了我的粮种了我的地，拿了我的，给我送回来，吃了我的，要给我吐出来。"可柳恒稳知道，没有人拿他的，也没有人吃他的，他什么也没有丢，他还是原来的柳恒稳，还会和原来一样，是一个老百姓信任和拥护的好书记。

柳恒稳不知不觉地来到了半山腰，来到了他一直充满敬意的老柏树下面。这是一棵已经不知道活了多少年的老柏树了，树冠几乎能遮盖半亩土地。树的主干几乎干枯，但它的枝枝蔓蔓，每一根都粗壮如藤，长的有十米二十米，还有不少又重新连到地上，在地上长成了老柏树新的根，这也可能是这棵老柏树能活这么多年的原因所在吧。村人们都说，这棵柏树已经成了精，它是山的魂，是山的灵性所在。所以村里人都对它充满敬畏，逢年过节的总少不了或多或少的祭拜，几炷草香，或者一缕红绸，求的只是一个吉利。柳恒稳也相信柏树成精的说法，所以每次有不顺心的事的时候，他总是要到这棵柏树之下，与它说几句悄悄话。柳恒稳还十分痴迷于坐在这棵柏树之下，看蚂蚁上树或者蚂蚁搬家，他会一天动也不动地看着那些蚂蚁从树下到树上觅食，找到比自己的躯体大多少倍的虫子尸身，辛辛苦苦地把它们扛回家。柳恒稳更愿意看每次大雨来临，或者因为其他什么原因，蚂蚁们举家搬迁的样子，浩浩荡荡，扶老携幼，这让他想起电影上一次次人类的大逃难。其实想想，这人和蚂蚁，真的没有多少差别，无力抗拒的，都是自然的力量。无论你曾经多么强大，无论你有多少智慧，终不能改变世界的一丝一毫。想到这里的时候，柳恒稳的心里忽然暗淡下来，他突然间就弄不明白了自己活着的意义，就只是为了一个支部书记吗？好像不是。那么他还有其他的生活目的吗？柳恒稳不知道如何回答自己。

"柏树老兄，告诉我，人活着的意义是什么？我能变成你这样的老树吗？都说你成了精，能听得懂山风，分得清阴晴，能消灾祛病保平安，是真的吗？如果真是这样，这人世间的恩怨是非，你能看清多少？"

柳恒稳没有等到回答，只有一阵山风吹过。

刚才晴好的心情，此刻竟变得十分凄冷。管他呢，这个世界弄不明白的事多着呢，卫星是怎么上天的，自己也弄不明白。活着本来就不容易，何苦再为这些弄不明白的事伤神呢？自己既然能弄明白当支部书记是怎么回事，那么就还是要研究支部书记的问题，这才是生活的乐趣所在。柳恒稳拍了拍老柏树的树干，算是打了招呼："老兄，你继续做你的仙，任风雨阴晴东西南北，我还要回去继续我的人间烟火。"然后顺着山路往下走。柳恒稳走得十分小心，毕竟雪地那么滑，更何况自己也不是小年纪了，别人不在意自己可以，自己还是要在乎自己的。

柳恒稳看见有嫩嫩的麦苗，在厚厚的雪地里露出芽尖，忍不住地跪在地上，用舌尖舔了舔，清新伴着心疼，迅速涌遍柳恒稳的全身。

临进村口的时候，孙思良迎面走了过来："二叔，九指老太死了。"

柳恒稳的心里咯噔一响，她老人家怎么说死就死了呢？前两天他还专门去看过她，身体还结实得很。

"她可能是冻死的，也有可能是老死的，反正是死了。"孙思良说。

柳恒稳有些走神，他想起了毛主席语录上的一段话，"人总是要死的，但死

的意义有不同。中国古时候有个文学家叫做司马迁的说过：'人固有一死，或重于泰山，或轻于鸿毛。'为人民利益而死，就比泰山还重；替法西斯卖力，替剥削人民和压迫人民的人去死，就比鸿毛还轻。今后我们的队伍里，不管死了谁，不管是炊事员，是战士，只要他是做过一些有益的工作的，我们都要给他送葬，开追悼会。这要成为一个制度。这个方法也要介绍到老百姓那里去。村上的人死了，开个追悼会。用这样的方法，寄托我们的哀思，使整个人民团结起来。"

柳恒稳长出了一口气说："毛主席他老人家说，人总是要死的。"

"嘿嘿，这话我记得，《为人民服务》里边的。"孙思良说。

柳恒稳侧过头，看了孙思良一眼："啥时候变得这样有心了。"

"还不都是跟着二叔您学的。"孙思良回答。

孙思良跟在柳恒稳后面，和柳恒稳干支部书记的时候进进出出形影不离的样子一模一样，总是一前一后，一左一右，一步半的距离，不多不少，迈左脚的时候都迈左脚，迈右脚的时候都迈右脚，绝对出不了差错。今天他们进村的时候，有人看见他们就这样走着，仙鹤村似乎又恢复了往常的模样。

8

仙鹤乡机关大院里忽然有一条小道消息，传得有鼻子有眼的，说是市纪委工作组来暗访，调查新任党委书记车相渚的违纪问题。至于是什么问题，没有人说得清楚。

乡档案室管理员被车相渚骂了个狗血喷头，并被停止了工作，机关干部们一直没有弄清楚为什么。有人说因为一份合同的事，郑之渊调走之前带走了复印件。不就是一个合同复印件吗，车书记何必如此大动干戈？

9

忠字礼堂倒了，没有人知道它是怎么倒的。仙鹤村的人记得，那天是十一月二十二日或者是二十三日。派出所的人来调查的时候问阳历是哪天，谁知道呢，反正是那天。有人说，那天夜里听到了轰隆一声巨响，像打雷一样，这大冬天的,哪有什么雷呢?真是有些犯邪乎。有人说什么也没有听到,连下雪的动静也没有。听没听到又能怎么样呢?忠字礼堂反正是倒了,是白天倒的,还是晚上倒的,派出所的人越问越糊涂,谁知道呢,反正是倒了。

于是众人开始互相安慰,倒就倒了罢,本就没有什么可留恋的。倒了还可以腾出几亩好地,明年种上点粮食,说不定还能大丰收呢。

只是不知道,乡里还会不会打这块地的主意。

腊　月

1

柳卫党的三儿子柳召运在南方打工,他老婆为他生了个大胖小子,有七斤多重。柳卫党想给孙子起名叫样板,儿媳妇不愿意,爷俩儿吵了起来,最后还是依了柳卫党,叫样板。

颜景观听说此事,来找柳恒稳,说:"不是我多嘴,我是为祖宗的规矩着想,上一辈人的名讳,当小辈的还是要顾忌的。"

柳恒稳铁青着脸,让孙思良去找柳卫党。孙思良一进院门,看到柳卫党正蹲在墙角晒白菜,就说:"柳书记让我来给你吱声一句,样板这两个字不是随便可以用的,当名字就更不行了,必须换。老老少少的规矩,总还是要讲的。"

柳卫党抬头看了一眼孙思良,问:"哪个柳书记说的?"话语间有很大的不满。

孙思良指着柳卫党的鼻子:"你是老糊涂了还是真没听明白?"

柳卫党的儿媳妇听见有人争吵,出来拉着孙思良的胳膊:"哟,是孙主任啊。放心吧,我们这就为孩子改名字。放心,我们接着就改。"

孙思良"哼"了一声,转身走出了柳卫党家的院子。

2

腊七腊八,冻死叫花。

……

2008-01-01—2008-12-25初稿
2009-06-02—2009-09-30二次修改
2009-10-01—2009-10-16三次修改
2010-10-01—2011-05-01最后定稿